U0489978

精装典藏版 [No.7]

希区柯克悬念故事集
BEST STORIES CHOSEN
BY THE MASTER OF SUSPENSE

知情太多的人

王强 王帆 史玉哲 向宏
孟冬冬 等◎编译

时代文艺出版社

图书在版编目（CIP）数据

知情太多的人/（美）希区柯克 著；王强等译. —长春：时代文艺出版社，2014.7（2017.8 重印）

（希区柯克悬念故事集）

ISBN 978-7-5387-4608-2

I.①知… Ⅱ.①希… ②王… Ⅲ.①故事-作品集-美国-现代 Ⅳ.①I712.45

中国版本图书馆CIP数据核字（2014）第150889号

出 品 人	陈 琛
产品总监	郭力家
选题策划	高晓诗
责任编辑	方 伟
助理编辑	李 硕
装帧设计	孙 利
排版制作	李玉龙

本书著作权、版式和装帧设计受国际版权公约和中华人民共和国著作权法保护
本书所有文字、图片和示意图等专有使用权为时代文艺出版社所有
未事先获得时代文艺出版社许可
本书的任何部分不得以图表、电子、影印、缩拍、录音和其他任何手段
进行复制和转载，违者必究

知情太多的人

[美] 希区柯克 著　王强等译

出版发行/时代文艺出版社
地址/长春市泰来街1825号　时代文艺出版社　邮编/130011
总编办/0431-86012927　发行部/0431-86012957　北京开发部/010-63108163
网址/www.shidaicn.com
印刷/三河市京兰印务有限公司
开本/710mm×1000mm　1/16　字数/443千字　印张/26.25
版次/2015年1月第1版　印次/2017年8月第2次印刷　定价/68.00元

图书如有印装错误　请寄回印厂调换

出版说明

希区柯克不仅是著名的电影艺术大师，更是一位对人类精神世界高度关照的艺术家。在长达六十年的电影艺术生涯里，希区柯克拍摄了五十余部电影作品，一生获奖无数。对于后世人来说，希区柯克，已不仅仅是一个名字，他已赫然成为悬疑惊悚的代名词，代表了一种独树一帜的电影手法。

在美国电影协会评出的"百年百大惊悚电影"中，希区柯克的电影有9部入选，并且有3部位列前10名，当然包括第1名。

我社尽全力搜集、整理希区柯克的作品并结集出版，致力于打造国内收录希区柯克悬念故事最多的作品集，以飨读者。

本丛书共8卷：希区柯克导演的电影集两卷，《三十九级台阶》、《后窗》；悬念故事集六卷，分别为《有罪的女人》、《被冤枉的好人》、《不愿离开牢房的人》、《如影相随的人》、《迷雾中的陌生人》和《知情太多的人》，卷名取自希区柯克对其作品的分类。

我社此前出版的希区柯克系列曾受到广泛的欢迎，有很多热心读者还给我们提出了很多宝贵的建议和意见。为满足广大希区柯克作品爱好者的需求，我社重磅推出了希区柯克丛书精装修订版。本版不仅订正了上一版中的翻译和编校问题，同时又重新梳理了选文的顺序，力求接近希区柯克的精神核心，全面体现希区柯克的艺术追求。

虽经认真编校，但由于水平有限，错漏之处在所难免，敬望广大读者海涵，并请不吝指正。

前　言

在中国，几乎没有人不知道金庸，他的武侠小说让亿万华人沉醉其间。在全世界，几乎没有人不知道阿尔弗雷德·希区柯克（Alfred Hitchcock, 1899-1980），他的悬念和惊悚故事像海啸一样席卷人类的心灵。

这是一位来自阴暗世界的传奇天才。在希区柯克四五岁的时候，他的父亲交给他一张字条，让他送给警察。警察打开纸条，上面写着，把他儿子关上五分钟，以示惩戒。警察照办。惊悚和悬念就这样戏剧性地在希区柯克的心灵上打上了沉重的烙印。他总是一个人关在黑暗的小屋中，缩作一团，瑟瑟发抖。对他来说，恐惧并非一个突然飞过的蛾子，或阴暗角落里爬行的蜘蛛，而是一种感觉，一种来自内心的战栗。任何物体的摆放和存在，对于他来说，都可构成威胁，让他的心灵备受刺激。他喜欢猎奇，对谋杀、下毒之类的事深感兴趣，被无所不在的邪恶现实深深吸引。正是这种来自童年的阴影和经历，让希区柯克理解了黑暗的力量。这种力量伴随他一生，渗透在他的影片中并释放出来。如《惊魂记》（*Psycho*, 1960）中著名的浴室暗杀镜头，希区柯克始终用镜头来烘托和渲染恐怖的感觉，却并不表现任何直接的打斗冲突。危机和恐惧就在后面，让人惊悚。这部影片放映之后，成千上万的女性对浴室莫名恐惧，不敢洗澡。而希区柯克却说："对我而言，《惊魂记》是个大喜剧。"

这位登峰造极的悬念和惊悚大师1899年出生于英国的一个蔬菜批发商家庭，从未受过正规的电影和戏剧专业教育。1920年进入电影圈做字幕设计。1926年拍摄《房客》，一举奠定了他在电影界的地位，这部电影当时被誉为"英国有史以来最好的影片"。1939年,应米高梅电影公司的制片人之邀,希区柯克到好莱坞执导他的《蝴蝶梦》一鸣惊人,捧得奥斯卡最佳影片奖。此后,希区柯克一发不可收拾,佳作迭出,拍摄了《爱德华大夫》《美人计》《后窗》等杰作。

希区柯克的故事有自己一贯的模式,绝大多数以人的紧张、焦虑、窥探、恐惧等为叙事主题,设置悬念,故事情节惊险曲折,引人入胜,令人拍案叫绝。根据他的理论,悬疑必须设计成这种紧张气氛:以观众为主线,通过剧中角色陷入危机的情节来发展,但是观众却无法得知这些角色与危险是谁造成的,或是会再造成什么样的危险,但是又必须让身处其中的无辜者不会受到伤害。于是,我们看到了男女角色之间的互动,而他们却毫不知情,我们了解了剧中人物错综复杂的关系,但是却无法推测下一步希区柯克会让他们发生什么事情!这种故事叙述手法,让人们回味无穷,也正因为如此,他的多部片子都成为经典,其中充满了希区柯克元素:足智多谋的拍摄手法、不可思议的男女角色关系、戏剧性的真相、明亮鲜明的色彩、内敛的玩笑戏弄、机智风趣的象征符号以及支配人心的悬疑配乐。这些元素成就了"希区柯克"这个与悬疑、紧张画上等号的代名词——让人感觉无助、惊吓,祈祷着接下来要(或不要)发生什么——而这就是希区柯克!

希区柯克非常害怕跟警察打交道,以至于到了美国后,几乎不敢开车出门。有一次,他驱车去北加利福尼亚,仅仅因为从车中扔出一个可能尚未完全熄灭的烟头而终日惶惶不安。

他也是一个难以捉摸的人。他的知名度极高,几乎到了家喻户晓的程度,却离群索居,怕见生人,整天在家里跟书籍、照片、夫人、小狗、女儿为伍,还同很少几位密友往来。他很少参加各种社交聚会,不跟妖艳的女影星厮混。他除了拍片之外,的确是一心不二用的。有人问他,要是让他自由选择职业的话,那他愿意做什么,或者在他一生中想做什么。他回答说:"我不知道,我爱画,但我不会画。我爱读书,但我不是作家。我只懂得制片。我绝不会退出影界,除此之外,我还能做什么呢?"希区柯克把全部精力都用在准备制片上,他事先筹划一切,直到最后一个细节,并且全神贯注、兢兢业业地去实现他的计划。

对于希区柯克来说，电影只是这么一种手段，它能使惊恐不安、经常被莫名其妙的内疚和焦虑所折磨的人们，通过导演对剧中人物的巧妙安排来排除内心的痛苦。他说："戏剧就是将生活中的枯燥遗忘。"

也许正是由于希区柯克复杂的个性，才使得他的作品具有广阔的阐释空间。其丰富的意蕴，使得阅读他的作品成为一种巨大的享受。

《天才的阴暗面——悬念大师希区柯克的一生》一书中说："他对人类的心理世界和异常精神状态有着深刻的体悟，这使他的作品有力、深刻而迷人，并使他成为一位与卡夫卡、陀思妥耶夫斯基和爱伦·坡比肩而立的艺术大师。"

1979年，希区柯克80岁生日，坐在轮椅上，向前来道贺的人们致意："此刻，我最想要的礼物是一个包装精美的恐怖。"一年后，他在洛杉矶去世。

希区柯克一生导演、监制了59部电影，300多部电视连续剧。曾在1968年获特殊奥斯卡奖，同年获美国导演协会格里菲斯奖。为了表彰他对电影艺术作出的突出贡献，1979年，美国电影艺术与科学学院授予他终身成就奖。1980年，英国女王伊丽莎白二世封他为爵士。

这套书所汇总的故事，均根据希区柯克的电影和电视剧改编。编者竭尽所能，希望将这位大师的故事收集齐全，出版全集，但考虑到难免挂一漏万，故不敢称作"全集"。不过我们相信，这套书肯定是国内收集希区柯克惊悚悬念故事最多的。

在中国，希区柯克的电影、电视和图书一直备受欢迎，畅销不衰。我们相信，这些经典作品，必将像福尔摩斯的侦探小说和金庸的武侠小说一样，代代相传，流芳百年。

编者

目 录
CONTENTS

午夜追踪 / 001
捐款 / 010
自杀的遗书 / 015
红包 / 020
小村怪妇 / 023
丘比特公司 / 027
监狱黑幕 / 041
密探 / 051
都是为了爱 / 057
无名火起 / 062
特别债券 / 065
白痴复仇 / 070
行刑人 / 075
套 / 080
以牙还牙 / 084
无人之境 / 088
欠情 / 092
老江湖 / 095
请照顾拉斯 / 097
老夫少妻 / 103
谋杀 1990/ 107
谋杀艺术家 / 116
亡命猎手 / 125
亲自动手 / 143

连环结 / 148
他是谁 / 157
罪孽 / 163
征婚陷阱 / 175
自作聪明 / 185
"真实"的谎言 / 191
两件风衣 / 202
黑·黑·黑 / 209
书中有美金 / 217
醉鬼 / 229
风流韵事 / 234
丈夫的赌注 / 240
北非黄昏 / 245
职业刺客 / 251
两个老头 / 259
人生指南 / 267
生意 / 273
该死的人 / 277
律师太太 / 286
虚幻的绿色 / 289
一百万元的陪葬 / 294
看不见的线索 / 306
事故的寡妇 / 310
名片之谜 / 320
作家轶事 / 331
凶案研究 / 340
移情别恋 / 347
水獭西蒙 / 356

寻找遗体 / 364
三倍赔偿金 / 371
致命因素 / 378
猩猩的悲剧 / 385
轮椅上的邓肯小姐 / 393
手足之情 / 398

午夜追踪

"星期天的早晨又来临了……"

这是一首由莱利斯主唱的哀伤的流行歌曲,描述的是一个没有妻子、也没有儿女、不知何去何从的孤独男人在安静的星期日清晨的忧伤情形。在这个宁静的星期天的早晨,我就是歌里的那个男人,没有地方可去,也没有什么可盼望的。

我端起一杯咖啡走进起居室。我住在旧金山市的"太平洋山冈"。那天天气不错,天上没有云,有一点微风。从我的窗户里可以俯瞰海湾,海水是深绿色的,一些游艇分散在里面,就像一张地图插着许多小白旗。

我走到书架前,它占据了整整一面墙,上面有六千多本廉价的侦探、神秘杂志。我用手摸着一些书脊:《黑面具》《一角侦探》《线索》《侦探小说周刊》。这些书籍我从1947年就开始收集了,就是说,那上面有我生命的30年——将近我在这个世界上五分之三的时间,下个星期五,我就满50岁了。

我拿下一本《黑面具》,看着封面——钱勒、马田、聂伯、麦克,这些都曾是陪伴我度过寂静周日的老朋友。他们驱散我不少恶劣、低落的情绪,但今天不然……

电话铃响了,我走进卧室,拿起听筒,是老休本,一个严肃而正经的警探,也可能是我三十年来最亲近的朋友。

"嗨,"他说,"吵醒你啦?"

"没有,我已经起来好几个小时了。"

"上了年纪,渐渐要早起了。"

"可不是。"

"今天下午一起玩会儿牌,喝喝啤酒如何?我太太和孩子去苏里雅多了,不在家。"

"我不太想，休本，"我说，"我没那心情。"

"你好像又闹情绪病了。"

"是的，有点。"

"私家侦探的忧伤，嗯？"

"是啊——私家侦探的忧伤。"

他发出一阵笑声，"不是和即将来临的50大寿有关吧？去你的，50是人生的壮年，我是过来人，老弟，我现在已经52了。"

"当然。"

"哦，你至少改改主意，过来和我喝一杯，我给你留一罐。"

挂上电话，回到起居室，喝完咖啡，尽量不思考任何事情，最好连呼吸都不要。我站起来，无目的地踱了一会步。

星期天的上午来临了……

突然，肺病的老毛病又发作了。我开始咳嗽起来，只得坐下来，拿手帕捂住嘴，听枯燥、易碎的声音，在空空洞洞的公寓里徘徊。香烟，该死的香烟，35年来平均一天两包。50年中的35年，抽了不止五十万支的香烟，吸了不下一千万口……

算了吧，想那些有什么用？我再次站起来。唔？今天似乎只是站和坐。我也没出门，真要变成幽闭恐惧症患者了。找个地方去，找件事情做。也许独自驾车远游，我只是不想见休本或任何人。

穿上一件旧棉布夹克，离开公寓，开上车。出城最近的方向是向北，所以我开车驶过金门桥，直奔101号公路。两小时后，在科里尔北部数英里的红木区，我拐弯直驶海岸。下午2点多，我上了1号公路，再向南边行驶。

那一带笼罩着一层雾，看不见太阳，但能闻到海洋强烈的、清新的味道。这一带车辆很少，很长时间也看不到一辆。带白沫的海浪，不停地拍打着海岸，景致很吸引人。接近那个叫"锚湾"的海湾时，我驶上一处悬崖。我把车停在一个没有人迹的停车区，找到一处同样没有人迹的海滩。

我沿着海滩散步，看海浪拍打过来，又散开，听听海浪的吼叫，听听雾中的海鸥的叫声。那是个寂静的地方，但唯有寂静才是吸引人的。在这个星期天，它对我来说是个好地方。

半小时后，我开始觉得冷，又咳嗽起来。我走回小径，上坡，快到悬崖时，看到停车区停着另一辆汽车，一辆布满灰尘的绿色小型卡车，后面还挂着一辆小小的，也是布满灰尘的房车。车的右后部有点倾斜，那说明车胎扁了。附近只有两男一女，一切都是静止的，只有风吹动他们的头发和衣角。

我向他们走过去，走向我的车。我的脚步声高过海浪拍打海岸的声音。他们三人一起抬头，移动位置，相互说了几句什么，然后起步向我走来。我们在相距几码的地方站住了。

"你好！"其中一人说。那人二十出头，另外两个人也是这样的年纪，和我打招呼的那个人有一头红色的长发，下垂的八字胡，穿一件粗布风衣，蓝色工作裤，短筒鞋。他的神色不安，看得出微笑是勉强挤出来的。

另外的一男一女，神色同样紧张不安。男的是黑发，比那个红头发短，脸黑黑方方，穿着带格的伐木工人夹克、长裤、褐色的皮鞋。女的并不漂亮，嘴唇很薄，脸色苍白，穿了一件长而厚的风衣，一条绿色的大手帕包住头，蝴蝶结像修女的头饰，红棕色的头发垂在肩上。三个人的手都插在衣袋里。

我点点头，说："你们好。"

"我们有个车胎扁了。"红头发的男孩说。

"我看见了。"

"我们没带千斤顶。"

"哦，我有，欢迎你们用。"

"多谢。"

我有些犹豫，略略皱眉。当你的大半生都在干侦探工作时，有时你会有一种预感。现在我就有这样的预感，感到这儿有点不对劲，很不对劲。他们的不安是一部分，还有一种浓重的、显而易见的紧张夹在三人之中，有着某种轻浮，或者是带危险性的游戏。也许那和我无关，但是出于侦探的本能，侦探天生的好奇，不允许置这种"不对劲"感于不顾。

我说："我碰巧在这儿真是好事，今天这一带车辆似乎不多。"

红头发的男孩从衣袋里抽出左手，不太自信地用手指压压八字胡，说："是啊，我们可真够幸运的。"

女孩大声地吸鼻涕，拿出手帕，用力地擦。

黑头发的男孩把重心换到另一只脚，两眼的目光游移不定，紧了紧夹克，似乎话中有话地说："这儿真是很冷。"

我瞄了卡车一眼，车牌是俄勒冈的。我说："要到很远的地方去？"

"去蒙大拿度假。"

"你们在度假？"

"多少有点度假性质吧。"

"你们三个坐那辆轿车,一定有点挤吧?"

"我们喜欢挤。"红头发男孩说。他的音调一下拔高了,"借一下千斤顶,好吗?"

我取出钥匙,绕到车后面,打开后备厢。他们三人站在原地,留心地注视着我。我突然想到,他们并不是一伙的,这是不对劲的地方。红头发有八字胡和长头发,比较时髦,而黑头发比较保守,这意味着什么呢?其中之一可能是个"电灯泡",是个不需要的"第三个轮子"。不过这种情况可能不只是两个人刚好,三个人嫌多那种意义了。如果我的感觉没错的话,哪一个是多的呢?那女孩也不曾对哪一个含情脉脉,多看两眼。她那双在风里眯缝着的眼睛,一直直视着前方。

我解开扣住千斤顶的钩子,取出来,再关上厢盖,转过头对他们说:"也许最好由我来为你们换,这玩意儿还需要些技巧。"

"我们可以自己干。"黑头发的男孩说。

"没关系,我乐意帮忙。"

我把千斤顶搬到小卡车的后面,备用胎已经在那儿了。车的两扇门上各有一个小窗户,一个用粗布围着,另一个用的是透明塑胶纸。我从透明的那个窗口偷瞄车里,发现里边有个放杯盘的柜子,一张小桌,两张床形的长椅。所有的东西全都很干净,很整洁地放好,捆牢,以防车开动时滚动。

他们三个人也走过来,围成一个圆,这一次女孩站在中间。我蹲下来,把千斤顶放到轮轴下面,把它固定好。当我开始干时,黑头发和红头发男孩都上前帮忙,不过依我看,他们还不如不帮。

我们用了十五分钟换好车胎。我试图和他们交谈,以便从谈话中发现一些蛛丝马迹,看哪一个是"第三者",但他们什么口风也没透。两个男的只偶尔回答我一两个单字,女的还在清理鼻涕,一言不发。

我摇动千斤顶手柄,让卡车四轮着地。我说:"哦,好了,你们最好一碰到修车店就修好你们爆了的那个车胎,你们总不想不带备用胎到处闯吧?"

"好的。"黑发男孩说。

我发出一个试图沟通的微笑:"你们车里有啤酒或汽水吗?出了些力气,口也渴了。"

红头发男孩看了看女孩子,又看看黑头发男孩,不安地说:"对不起,什么都没有。"

"我们上路吧。"黑发男孩说。他捡起扁的轮胎,放进车后的金属储物架里,扣住，然后三人向车门走去。

我很不想让他们离开，但我想不出办法把他们留下。没有什么让人怀疑的，座位上，座位后面的小架子上，仪表板上，乘客坐的地板上，都没有什么东西。女孩子第二个上车，黑发男孩是司机，他们关上门，发动引擎。

"慢慢开，不要慌。"我说着，举手示意告别，但他们一个也不看我。卡车向前冲去，但是冲得太快，车胎扬起了一些碎石，然后转上了1号公路。他们向南边去了，越开越快。

我站在那儿，直到他们的影子消失才回到汽车里发动引擎。现在干什么？开车回旧金山市，不理这件小事情——这是最简单的做法。可我就是不能忘记它。那几个年轻人之一，或者不止一个，不是一伙的。我越想越觉得应该弄清楚是哪一个。更重要的是三个人全都显得很紧张，很焦急。

我没有正式的理由或权力扮演侦探，但我不想违背自己的意愿，而且我对空荡、寂寞的住所有一种强烈的厌恶，所以不妨再做一次过去三十年中一直在做的老本行。

我发动汽车，上了公路，向南开去。我开了四里路才赶上他们。他们的速度很快，也许超过限速十英里，但还在安全限度内。我调整车速，与他们保持数百码的距离。时间已近黄昏，不是跟踪的好时候，何况还有一层雾，好在他们的车灯亮着，这就足以使我跟住他们。我们沿海岸走，路上的车辆一直不多。雾越来越浓，还不停地落着雾水，我不得不打开雨刮器。慢慢地，已进入了漫长阴冷的夜，天很快就黑透了。

继续前行数英里后，小卡车进入蒙大拿湾，他们没有减速，而是直穿过去。这样就证明了黑发男孩对他们的目的地撒了谎。我猜想他们的最终目的地是去哪儿，不禁又想到准备追他们多远。我决定跟踪到底，直到他们停在某地，直到我对他们的关系有所掌握为止。如果那意味着跟踪到明天，甚至追到另一个州，没关系，我没有未决的案子，手边和脑子里都没什么任务，不论有无目的，因为我知道工作是医治自怜和沮丧的良药。

福特村，雷尹镇……小卡车直向前开去，差不多在离金门桥三十英里的地方，我的汽油已经用掉不少，不过还够我驶回旧金山市，再远就不行了。看来我得在什么地方停下来加油了。

在奥立马村南面，小卡车减速，刹车灯亮了一下，然后向西拐上一条二级路，向雪尹国家海滨开去。

两分钟后，我来到十字路口时，车灯照到一块路牌，上面写着："公共营地，前方三英里。"这么说,他们要在这儿过夜,或者吃晚饭。我抬头看了看天空,尽管黑,但这儿的雾稀薄了一些,还有风不断地把它们吹走。视线不错。次等路上车少,为了不引起他们注意,我拐了上去,关上车灯,以二十英里的时速前进。

那地区风景不佳,乱糟糟的,原因是这一带是圣安维斯的断层地带。我经过一个小池塘,向前走了三英里。营地就在左边,靠近海洋。它的西面有些沙丘,南边有松树和枞树,还有一个小的管理处。那是个木质建筑物,有一些烧烤用的石台架和一些散放的垃圾筒。

小卡车在营地里,灯还亮着,停在林木附近。

我从远处看见它,一些树木挡住了我的部分视线。我没有直接从入口进去,那样他们可能看见我或者听见我。我向旁边一条小路驶去,关掉发动机。十秒钟后,小卡车的灯也熄了。

我静静地坐在方向盘后面,想着下一步该怎么做。但人的头脑的确很怪:一路上我都没法弄清到底是什么让我觉得三个中的一个或两个不对劲,而现在我却又在考虑别的事。我的记忆细胞飞快地转动,突然间我明白了一些事——三件不同的小事,一直在困扰我,它们凑在一起告诉我哪一个不对劲。我眉头皱了起来,我仍弄不清到底是什么情况,但我刚才发现的事使整件事显得更加古怪,更加紧迫。

我伸手取下车顶的圆形塑料灯罩和里面的灯泡,然后下车,越过路面。风刮得很急,像小锯齿一样切割着我的脸和手。头顶上一缕细雾在黑暗中飞动,如同冰冷的手指在寻找温暖一样。

我谨慎而缓慢地进入树林中,向南走,大致和卡车停放的地方平行。穿过被风吹断的树枝,我估计车和我的距离有四十码。车厢里是黑的,似乎没人,后面的房车透出微弱的光,其亮度之弱告诉我车门上的两个窗子都放下了布帘。

我大步向卡车走过去,在距它不到十码的地方停下来倾听,这时我正躲在一棵大松树的阴影里。除了风的狂叫和远处海浪的声音,我什么也没听见。我凝视了一会儿那房车,然后打量了一下卡车旁边的地面,那里没有硬石,只有泥土和松针叶,踏上去会发出沉闷的声音。

我慢慢走到房车旁边停下,把耳朵贴到冰冷的金属板上听,同时拿手指堵上另一只耳朵以防风声的干扰。最初三十秒钟光景,里面有微弱的走动声,但没有谈话声。然后,其中之一,就是那个不同伙的人,在用低沉、模糊的声音说话。

"快把三明治做好。"

"就好了。"另一个声音畏怯地说。

"我快饿死了,我可不想就这么等个没完,你懂吗?"

"这是公共露营地，管理员不会来打扰我们，如果你……"

"闭嘴，我早告诉过你，如果不想挨子弹的话，就乖乖地，少啰唆，我还有必要再说一次吗？"

"不用了。"

"那么闭嘴，赶紧把三明治弄好，我们还有很远的路才到墨西哥呢。"

这通对话告诉我，情况比我想象的还要糟。绑架，可能还有其他天才知道的重罪。这时我准备拔腿离开，向附近的公路巡逻人员报告。私家侦探的职责到此为止，如果你在这时候还不想把事情移交给官方，你就是傻子。我轻轻退后，转过身，准备退回树林，回到我自己的车上。

事情有时就是那样发生的——没法预料，非常巧，巧得你毫无防备——一阵风把一棵树的树枝刮断了，断枝被吹到卡车前，"嘭"地撞到上面，发出巨响。

房车里立刻有了反应，传出一阵突如其来的和什么东西的刮擦声。我还在后退，但来不及逃跑了。房车的门拉开，其中一个人冲出来，进入我的视线。他也看见了我，大叫："站住，你给我站住。"他手中拿着一支长的黑黑的东西，那是枪。

我停住了。

那人正是我觉得不同伙的人——那个不同伙的人正是那女人。

他双腿叉开，站在那儿，双手托着枪，紧张，害怕，又危险。现在他不戴假发和包头巾，他的头发是短的，淡色的，在黑暗中看上去是白的。除了他苍白的、女子般的面孔和天生没什么汗毛的手，周身没有一点女人阴柔的特点。

"到这边来。"他说。

我犹豫片刻，然后照他的话做。他很快退后，到一个可以对着我和房车后部的地方。当我走到距他三大步时，我看见另外两人站在打开的车门旁，里面的灯光照着他们的侧影，他们的四只眼睛在我和那个拿枪的家伙之间转来转去。

"你在干什么？"拿枪的说，他认出了我，"你在跟踪我们？"

我没答话。

"为什么？你是谁？"

我注视他一会儿，然后透露出一点真相，因为我要看他的反应。我说："我是警察。"

他嘴边的肌肉抽动了一下，枪也晃了一下，好像拿不稳似的。他会对我和那两个年轻人毫不犹豫地开枪的，这点我可以肯定，你凭阅历就可以看出一个人会做到什么地步。这个人，在他心慌意乱之时，不用逼他也会开枪。

他终于又开口了，"那是你的事，"说着发出一个含糊的、似笑非笑的声音，

"我不是女人，你似乎不觉得吃惊。"

"是的。"

"什么让你识破了？"

"三件事。"我坦白地说，"第一件是你在停车场擦鼻涕的样子，你用力的姿势，不停地擦，都不是女人的样子；第二件是你走路的方式，迈大步，步子又大又重，和另外两个男孩子一模一样；第三件是你没带钱包或手袋，卡车里和房车里也没有，我从没见过一个女人不带这类东西。"

他用没拿枪的手擦擦鼻子，说："很不错，你很精明。"

红头发的男孩子用发抖的声音说："你打算怎么办？"

拿枪的家伙没有立刻回答，仍用紧张的目光盯着我，嘴角仍在抽动。我看见他想了一会儿，向另外两个人说："你们里面有晾衣绳一类的东西没有？"

"有。"黑头发男孩说。

"去拿，我们得绑上这个警察，带上他和我们同行。"

怒火在我心中燃烧。我对自己说，我就眼睁睁地任他捆绑吗？我就这么站着，无动于衷地等死吗？就这样让自己和两个孩子死在路上的某个角落？我说："干吗不现在就杀死我？这儿和别的地方有什么不同？"

他的脸阴暗下来："你闭嘴。"

我向他迈出一步。

"站住，"他拿枪做了一个威胁的手势，"我警告你，老头，如果你不站住的话，我就要开枪了。"

"你一定会开的。"我说着向他扑去。

子弹在离我脸一英寸左右射出，火焰灼烧着我的皮肤，几乎使我半盲。我感到子弹从我右颊飞过，枪声也很响，但我还是抓住了他的手腕，在他再开枪前打掉了他的枪。我用右拳猛击他胃部和胸口。他嘴里呼着气，步伐乱了，身体失去了平衡。我再给他一脚，把他踢倒在地，然后骑在他身上，凶狠地送出一串重拳。我感到他浑身发软时，他已经昏了过去。

我站了起来，同时拾起那支枪。我的面颊刺痛，火灼一般，两眼也感到刺痛，还流着泪，但我的伤也就限于这些了。除了双腿有些无力之外，我的反应和行动方面也没有任何迟钝的感觉。

红发和黑发的男孩子急急地冲过来，他们僵硬而苍白的脸上有着一种获得释放的愉快感觉。

"好了，"我对他们说，"现在你们最好把晾衣绳拿出来。"

我们开我的车把那个不同伙的人送到了附近的公路巡逻站，那家伙叫于连。在路上，另外两个男孩，一个叫安东尼，一个叫艾德，告诉了我被劫持十二个小时的恐怖历程。

他们是俄勒冈州麦克斯城的农林学院学生，那天上午他们从学校出发，想野营两天。然而他们在路上犯了个错误，停车搭上了他们以为是女人的那个家伙。于连上车后就掏出枪，逼他们沿海岸向南开，进入加州。他想去墨西哥，但他不会开车，把他们选作了司机。

他还说他是个逃犯，入狱是因为持枪抢劫和两起谋杀未遂案。他越狱后全州都在缉拿他，他闯进一所空房子找衣服和钱。可那房子显然住的是个老姑娘，因为找遍了也没有发现任何一件男人的东西，不过他发现两顶假发和一些适合他自己的女性衣物，于是他产生了女扮男装的念头。

当我们到达公路巡逻站时，于连仍在昏迷之中。安东尼和艾德向那儿的梅尔警官重述了一遍事情的经过，我则简短地讲了讲我的那部分。他们在感激之余，坚持把我说成了大无畏的英雄。

梅尔警官和我单独在办公室里时，我亮出私家侦探的执照给他看。他看完给我一个含混的微笑："一个私家侦探，呃？你缴于连的枪的方式就是私家侦探的那一套，不错，就像电视上演的。"

"当然，"我疲倦地说，"就像电视上演的。"

"我只能说，你胆量过人。"

"不，我不是什么胆量过人。我一生中从没做过这样的事，只是如果我能帮忙，我就不能让那两个孩子受到伤害。于连可能会杀死他们，迟早而已。但他们的生命就像刚升起的太阳，前途远大。"

"朋友，他差点杀了你。"梅尔警官搓着他的手说。

"那我倒不在乎，"我顿了顿，"我只关心那两个孩子。"

"无私的人，对吗？"

"错。"

"那么，你为什么不在乎自己的安危？"梅尔警官停止搓他的手，问道。

有好一会儿，我默不作声，然后，我决定说，因为我它放在心里已经够久了。"好，我告诉你，事实上，你是第一个知道的人，我最好的朋友也不知道。"

"知道什么？"

我走到窗前，"医生说我只能活十八个月了，除非有什么奇迹。我得的是晚期肺癌。"

捐　款

布朗先生不住在这幢公寓里，所以他不像一些住户那样，每天光顾楼下的酒吧，但是他去得很有规律。一个下雨的星期二晚上，当酒吧没有人的时候，他出现了。他在吧台末端的一个凳子上坐下来。

我为他调配他喜欢喝的饮料。"晚安，布朗先生。"

"你好，乔治。"布朗先生说。

他四十多岁，长得高大英俊，衣着华贵，是一家公司的经理。他平常总是兴高采烈地开玩笑，今天晚上，却显然情绪不太好。我退到一边，开始擦拭玻璃杯。

布朗先生慢慢地喝着酒，好像那是例行公事，而不是愉快的享乐。他乌黑的眼睛沉思地注视着昏暗的酒吧，终于，他的杯子空了。他要我添酒，接着，又要了一杯。

当我给他送第三杯酒的时候，我微笑着对他说："布朗先生，出什么事了吗？"

他低声说："可以这么说。"

"有什么需要我帮忙的吗？"

"没有。"布朗先生说，然后又补充道，"谢谢你，乔治。可是那不在你的工作范围之内。"

我说："是的，先生。"然后继续擦我的酒杯。布朗先生和前两杯一样，慢慢地喝着。最后，喝完了，他向我招招手，我拿起杜松子酒，但是布朗先生摇摇头，我走过去，"什么事，布朗先生？"

"刚才我有点心不在焉，乔治。"布朗先生说，"你结婚了吗？"

"结了，先生。"我说。

"你和你太太相处得好吗？"

我说:"我想我们是相当好的一对,虽然我们各有各的事业。"

布朗先生扬起眉毛,"事业?"

我咧嘴一笑:"安琪在一家律师事务所当接待员,但是她喜欢当演员,并且加入了城里的小剧团。我呢,我喜欢写作,希望有朝一日能发表我的小说。"

布朗先生点点头,"可是,你们彼此了解吗?"

我说:"了解,先生。"

布朗先生叹了口气,"乔治,你真幸运,真是幸运。我太太根本不了解我。我知道,这话听起来很俗气,但这是事实。她热衷于俱乐部的活动,热衷于搞救济活动,她几乎不知道我还活着。"布朗先生的视线落在了他的空杯子上。

我觉得我应该说点什么,我说:"这真是太糟糕了。"

我的同情鼓励了他,布朗先生抬起双眼,凝视着我。"这就是我为什么会来这里的原因,也是我每星期二和星期四来这里的原因。"他严肃地说,接着,他眼中闪过一丝狡黠的神情,"我不是在告诉你什么秘密,一个像你这样聪明的侍者,对整幢公寓的事情一定非常了解,你知道玛丽亚小姐和我的事吧?"

我眨眨眼,"先生?"

"玛丽亚,就是住在楼上四层C房的那位金发美女。"

我摊开双手,"瞧,布朗先生……"

布朗先生又摇摇头,"我可没有醉啊,我只是没有把握,该不该那么说,也许你可以给我一些建议。"

我说:"有关玛丽亚小姐吗?先生,我不知道我该说什么……"

"我把这事告诉你,"布朗先生说,"五个月来,我一直在为玛丽亚小姐付房租,她是个体贴热情的好姑娘,并非我不爱我的太太,但是,我们已经互相不关心了。玛丽亚小姐刚好弥补了我的痛苦。"他直勾勾地盯着我,"你能理解吗,乔治?"

我说:"我想我能,只是……"

布朗先生还没有说完,"那么你也许有办法,看看我该怎么处理这件事。"说着,他从口袋里掏出一张折叠的纸,摊开在吧台上。

那是一封信,打印的,没有日期,没有签字。它简洁地写道:

"这是最后的警告了,除非你立即停止和那无耻女人的罪恶关系,否则下封信就寄给你太太。"

布朗先生直盯着我,"怎么样?"

我问:"你是说,还有其他类似的信件?"

"三封,"他告诉我,"三个星期来,每星期一封,寄到我的办公室,"布朗取回信,"很明显,有个守旧、古板的女人知道我和玛丽亚的事。"他继续严肃地说,"当然,她可能是任何人,住在任何地方,但是,我认为她是住在这幢公寓里,那就是我刚才的意思,你认识大部分的房客,你想她可能是谁?"

我咬咬牙,说:"嘿,布朗先生,我可不喜欢随便说别人。"我想了一会儿,"从信的本身看,不一定是女人。"

布朗先生说:"一定是女人,是那些死板、相信宗教的女人。"他狡黠地打量着我,"乔治,你知道是谁,对吗?"

我避开他的问题,说:"知道又怎么样?你有什么办法吗?我是说除非你不再和玛丽亚小姐……"

布朗先生吸了口气,说:"我没法不和玛丽亚小姐来往,我也不知道该怎么处理这些信。"

"不过,如果你清楚这是谁写的,我倒很想知道。"

我犹豫了一会儿,最后说:"我这纯粹是猜测,可能是路易斯小姐。"

布朗先生干笑了一声,"路易斯小姐?"

"她是一位七十岁的老小姐,"我告诉他,"她就住在这个大厦里面。"

"一位老小姐!"布朗先生很满意地说,"你的猜测就这些吗?"

"我想是的。"我承认说,"路易斯小姐相当拘谨,给这幢大厦送报纸的小孩告诉我,她认为报纸上的电影广告很下流,就不肯订报。她向剧院经理抱怨我太太演的戏,说主题很下作。"

布朗先生紧张地说:"就是她!我知道,就是她。"

"可是你能做什么呢?"我说,"即使你面对她……"我停了下来。

布朗先生很严厉地看了我一眼,"你想说什么,乔治?"

"我正在想路易斯小姐的猫。"我慢慢地说。

"猫?"

"是的,先生。"我说,"那位老小姐喜欢猫,她公寓里有三只心爱的猫,她按期捐钱给动物保护协会,照料迷失的猫。我还知道,她遗嘱也写到这些。"

布朗先生开始明白我的意思,"你是建议我投其所好?"

"也许你得做点事,"我说,"如果路易斯小姐写了那些信,你最好捐一百块钱给她,给她喜欢的动物保护协会,她知道你也捐了钱,对你和玛丽亚小姐的事,可能就能容忍了。"

布朗先生很不高兴地说:"那么,她不仅死板,而且伪善。"

我说:"那也不见得,先生,可能她把猫看得重于一切。"

布朗先生突然笑起来,"乔治,我就知道你会有好主意的。"他取出钱包,"我可以多捐一点儿,领我上楼,介绍我认识路易斯小姐。"

"对不起,布朗先生,"我说,"我不能离开酒吧。"我看了一眼手表,"再说,路易斯小姐现在不会在公寓,每天晚上这个时候,她总到街对面的餐厅吃晚饭。"

布朗先生用手指敲敲吧台,低声说:"她没有理由认为我怀疑她,但是我觉得,如果由第三者介绍我们认识的话,那就更好。"

"是的,先生,"我说,"我也这么认为。明天我休假,如果你愿意的话,我们可以在这个时候到餐厅去,我可以介绍你们认识,这样更自然一些。"

布朗先生高兴地笑起来,他的忧郁已经烟消云散了,他说:"谢谢你,乔治。"他把一张十元钞票放在吧台上,"不用找了。"

我说:"谢谢你,先生。"

"她在那里。"第二天晚上,我指着一位坐在餐厅角落的女人,告诉布朗先生。

布朗先生气愤地哼了一声,但他控制住自己,装出高兴的样子。我们穿过餐厅。

"晚上好,路易斯小姐。"我说。

"啊,乔治,很高兴见到你。"路易斯小姐声音很细,她戴着一副厚厚的老花镜,蓝眼睛高兴地闪着光。

"很高兴遇见你,"我说,然后又补充说,"路易斯小姐,我向你介绍我的一位顾客布朗先生。布朗先生,这位是路易斯小姐。"

路易斯小姐点点头,"你好,布朗先生。"

布朗先生鞠了个躬,"很高兴遇见你,路易斯小姐。"

我说:"坦白地说,路易斯小姐,一直到刚才下班前,我才知道他和你有共同的兴趣,所以我把他带过来和你认识。"

路易斯小姐微笑着说:"你也对猫感兴趣?真有意思。你们两位请坐。"

布朗先生说:"我很喜欢猫,经常向动物保护协会捐款。如果可以的话,我愿意在你的私人基金里捐一点。"

路易斯小姐微笑着,可是,当布朗先生把一沓钞票塞到她手里时,她叫起来,"五百元,太多了,布朗先生,我不能接受。"

"你当然可以。"布朗先生向她保证说。

"不,真的。"

"亲爱的小姐,是我自愿捐助的。"

双方争执了一会儿,最后,路易斯小姐收下了钱,我们离开了。在路易斯小姐听不到的地方，布朗先生板起脸说："现在，我们要看看她的道德观是不是值五百美元。"

"如果是她写信给你的，那就试得出来。"我提醒他。

布朗先生很肯定地说："就是她，乔治，肯定是她。"

以后的三个星期里，布朗先生没有到酒吧来过。在一个星期四的黄昏，他终于出现了，他咧着嘴，冲我打招呼："乔治，你好！"

"嘿，布朗先生，"我说，"我一直在怀疑，我是说那些信……"

"它们停止了，就在我捐钱给那位古板的路易斯小姐后，就停止了。"

"布朗太太没有收到信？"

布朗先生咯咯笑起来，"如果她收到信的话，我就没法和玛丽亚小姐来往了。"

我说："我想你是对的，先生，一定是路易斯小姐。"

布朗先生严肃地说："当然是她，她是个该死的伪善家伙，五百块钱就把她给买通了。"说着，布朗先生递给我一个信封，"这是我的一点小意思，如果没有你的帮助，我就不知道该怎么办。"

我打开信封，里面是两张崭新的百元钞票。

"嘿，先生，"我说，"你太……"

布朗先生拍拍我，说："一点小意思，乔治。"当他离开酒吧时对我说，"再见。"

瞧他朝电梯走去的样子，我相信，他一定是去看玛丽亚小姐。

当我把那两百元给我太太安琪看的时候，我们大笑起来，我提醒她："这一笔，我们挣了七百元，我告诉过你，我们能捞一笔的。"

安琪微笑着说："如果你没有一位会演戏和乔装改扮的太太配合的话，你又怎么能够成功呢？"

"你说得对，"我说，"把那眼镜和假发留着，一位广告公司的人按时来酒吧，他在六楼有个小秘，两个人正打得火热。"

安琪抚摸着我的头发，说："最好快寄出第一封信。"

我咧嘴一笑，说："我已经寄出了。"

正像我告诉布朗先生的，安琪和我是非常好的一对。

自杀的遗书

火车车厢里，只有我们两个人。坐在我对面的人，身材高大，有一头黑发。他站起来，脱掉西装外套。那天天气并不热，事实上，初秋的天气还有点冷，火车也没有暖气。

他说："先生，我劝你像我一样，脱掉外套，然后在座位上躺下来。"

他用西装外套裹住头，直挺挺地躺下来，喃喃自语地说。

"三分钟内，会有车祸发生，火车头和车厢会脱轨，这截车厢会滚到路基下面。"

我的第一个念头是，他一定是个疯子。他一定已经猜到了我的想法，因为他说："不，先生，我不是疯子，我不过是碰巧能看见未来。请接受我的忠告，我并不是在开玩笑。"

他声音平稳，态度严肃，于是我也犹犹豫豫地脱掉外衣，包着头，平躺在座位上。

"你预料多久……"

我一张口，他便粗鲁地打断说："闭嘴，别打开西装。"

接着，车祸发生了。

我听到碰撞声，接着人便掉到地板上，车厢翻滚起来，玻璃碎片四处乱飞，还有许多尖叫声，接着我就什么都不知道了。

我不知道自己昏迷了多长时间，但当我醒来时，人躺在田野里，四周全是火车的残骸，远处火车头正在熊熊燃烧。那位警告过我的人，正拿着一个酒瓶往我嘴里灌酒。

我吞了一口，差点把我呛着，他微笑着说："我身边总带点白兰地，它是恢复体力的好东西。你觉得怎么样？"

"头昏。"说着我想坐起来，但他又把我按下去。

"躺一会儿，"他劝告我说，"平躺是最好的恢复方法。我因为预知未来，所以没有受伤。"

我大声问道："你怎么预知的？"

"现在别问这个问题。"他回答说，"你躺在这儿，我要去救别人了，过一会儿就回来。"他走开了，我看到他去别的车厢救人。

我全身无力，过了很久，我被抬上担架，抬离车祸现场，那位黑头发的朋友对我说："你没事儿，你身上没有伤，只是受了惊吓。"

"嘿，"我说，"我欠你一份情，请问你叫什么名字？"

他取出皮夹，递给我一张名片。

"你最好忘掉这一切。"他对我说。

但是，我忘不了。

我很快痊愈了。我在医院只待了一天就回家了，我只是受了点惊吓，其他还好。我很想再见到那个人，他给我的名片上的名字是白朗宁，没有住址，只有俱乐部的名字。我刚好知道那个俱乐部，我的一位律师朋友请我在那儿吃过两次饭。那个俱乐部的人都有点儿古怪，他们的职业大多与法律有关。那个俱乐部会员给人的印象是：年纪大，脾气大，性格乖戾。他们之间很少谈话，那是我见过的最安静的俱乐部。

我决定写信给白朗宁。三个星期后，才接到他的回信，回信正式而冷淡。

"亲爱的先生，"信中写道，"来信收到。对于那类事情，我从不指望别人的感谢。有些人认为，预知未来是件好事，我则认为这是一种痛苦，这件事就到此为止吧。"

但是我不能到此为止，我必须知道是怎么回事，所以我又给白朗宁先生写了一封信。

这一次，他过了一个月才给我回信。

"亲爱的先生，"他写道，"我早知道你会追问的，这是我自作自受。我不喜欢写信，所以你可以找个时间，到俱乐部和我一起共进午餐，下面的日子任你选择……"他列出了五个时间。

两个星期之后，我坐在俱乐部一个安静的角落里，和他共进午餐。

"我们先吃饭，吃完饭，我再回答你的问题。"他说。

饭后，他请我抽一支上等雪茄，但是我迫不及待地想要问他问题。最后，我打破沉默。

"我想你有一般人所说的那种预知力吧？"

"那是一种痛苦。"他不太高兴地说。

"痛苦！"我大叫道，"它有它的好处……"

他打断我的话，说："那是一种疾病。"

记得小时候，我读过一篇文章，题目叫"一个有疾病的人"，讲的是一个能够预知未来的人，那是一个可悲的令人难忘的故事。

"你难道听说过一位预言家会很快乐吗？"他继续说，"你当然没有听说过，他们预言的，都是不幸和灾难，他们预知未来，知道未来要发生的事，对他们来讲，未来是无法改变的。"

"可是……"

"别打岔，"他说，"我确切地知道会发生什么事，你不知道，人类总是害怕未来的事情，如果他们确知有什么事会发生，一定会惊慌失措的。"

我没有说话，因为我觉得他说的那些很不可思议。

"我并不想说服你，"他说，"如果你对未来一无所知的话，可能会过得更好一点。"

我对此表示异议。"预知未来可以给你带来好处，你可以乘机发财。"

他冷冷地看了我一会儿。

"我已经那么做了，"他说，"但是，财富并不能给一个人带来心灵的宁静、希望或信心。有那么几分钟，我忘记了将会发生什么事，又成了一个正常人，那时候我觉得真幸福，但那种时刻太短暂了。偶尔，我也忘记对自己的能力保持沉默，就像上次在火车上我警告你一样。"

"这表明你能改变事情的发展，"我说，"如果你能警告我，那么当然也能警告别人。"

"是的，我可以那么做，"他同意说，"但我没有那么做。我早知道你我会在那次车祸中生还的，如果我知道你会死去，那我就会保持沉默。我不能改变天意。"

"这么说，那次车祸你警告我，并没有什么意义？"我说。

他微微一笑，说："我告诉过你，我有时会变成正常人。"

我沉默了很久，然后说："你也许觉得我的问题很讨厌，不过，我是一位凡人，希望能多问一点。首先，你能预知多远的事呢？"

"这问题我不想回答。"

"可是，你至少可以说是不是可以预知很远吧？"

"不能超过我自己的生命。"

"那么说，你知道自己会活多长时间。"

"是的。"

"多长时间？"

"比你活得要长得多，要长好多年。可是，我不想说出具体时间和会发生的事。先生，我已经说够了。"

可是，我觉得还不够，我坚持问道：

"那些阿波罗神父，也具有预知未来的能力吧？"

"是的。"他同意说。

"还有伟大的希伯来预言家？"

"当然。"

"可是你没有利用这种预知未来的能力……"我突然意识到自己要问的是一个愚蠢的问题。显然，他已经利用这种能力来获得财富，这一点他已经承认了。我犹豫了一下，继续问："你刚才说，你不警告任何人，难道你连朋友也不警告吗？"

"我没有朋友，"他回答说，"现在没有。当你知道人们将要做什么，是什么动机迫使他们行动的，那么，你就会蔑视他们的自私与琐屑。我不再尊重那种人，当然不认为他们是朋友，我一般找陌生人做朋友，希望能找到一些心理平衡、公正无私的人。当我找到的时候，我就必须断绝那种友谊，因为我的天赋使我知道，几年内朋友会发生什么事，新朋友会怎么改变，变成叫人讨厌的人。你，先生，是我新认识的一个人，今天我们在这里见面，主要是因为你坚持要见面，我只好同意。还有，你的心理相当平衡，虽然不是绝对的公正无私。你很关心未来，甚至为此而感到忧虑。你应该为未来感到忧虑。"他突然停下来。

我发现自己很不愿问这个问题，正当我犹豫不决的时候，他说："我不该向你提及未来。"

"啊，你已经提到了，那么你最好说下去。"我说。

他摇摇头说，他不会那么残忍。

"你不说，让我担心，这也不见得就是仁慈。"我说。

他瞄了一眼壁炉上的钟。

"你当然可以告诉我，我还可以活多久，"我坚持说。

"我是可以告诉你的，但我不准备那么做。"他回答道。

那顿午饭是七个星期前吃的,从那天以后,我没有睡过一天安稳觉。我不怀疑白朗宁有预知未来的能力。我已经受够了。写完这篇文章后,我发现自己轻松多了,因为我是以写作为生的人。不过,这篇东西是我今生最后一篇文章,我复印了两份,一份给我的律师,一份寄给白朗宁。

所以,你怎么称呼这篇文章都可以,你可以说它是我的最后一篇小说,也可以说它是一份报告,或者照验尸官的说法,说它是一份自杀的遗书。

红 包

我的工作是向客人推销印有画廊名画的明信片，安格尔的工作是接过客人的外套、雨衣和帽子，存放到衣帽间。从我工作的地方，可以很清楚地看到他是怎么工作的。

我是一位大学生，暑假出来打工赚学费。我花了好几个星期的时间，才搞明白安格尔是怎么回事。

我第一次看见安格尔的时候，觉得他是一个非常诚实的人。

那天，一群顾客离开我的柜台，我发现他掀开柜台的一块隔板，冲进大厅。

"先生，等一等！这东西一定是从你口袋里掉出来的。"说着，安格尔把一个皮钥匙袋递给一位满脸惊讶的客人。

"天哪！我所有的钥匙！没有这些东西，我的麻烦可大了！"

"我很高兴及时发现，物归原主。"

客人伸手从外套口袋掏出一张钞票，"这个……"

安格尔朝墙上一面"不收小费"的牌子一指，"我们不准……"

"胡说，诚实必须受到奖赏。"那人说。

安格尔谦恭地接过钞票，那张钞票的面额好像是五元。

我们上班时间不完全相同，不过，三天后，我又看到一次同样的情景。这一回，对象是一位衣着入时的女人，她是来他那儿领回一只塞满东西的藤手提袋的。当她正向门口走去时，安格尔从存物间冲出来，手里拿着一只亮晶晶的打火机。

"夫人，这东西一定是从你袋子里掉下来的！"

"哦，天哪！太感谢你了。"

"不用谢,我很高兴物归原主。"

"这是我丈夫送给我的,丢了这东西,回去真不好交代。"

"那我太高兴了。"安格尔鞠了个躬,然后搓着双手。突然我明白了,他在暗示人家。果然,她明白了,给了他一些钱。

我又看到两次这种事情,才认定那是他自导自演的把戏。当然,这跟我无关。但是,一天晚上,下班后,我在隔壁一家酒吧休息,安格尔进来,看见我,立刻走过来。

"我可以坐下吗?"

"请便。"我猜他是来找我的,果然,一杯酒和一些客套话后,他切入正题。

"我猜你已经注意到我的小把戏了。"

"把戏?"

"就是丢了又找回来的把戏。别装了,我知道你看见了。那是我的发明,我让一件外套或皮夹里掉个东西出来,然后在客人正要走开时找到。我们的薪水太少了,又不能收小费,我们能有什么办法?"

我们?他把我也包括进去,这使我很不高兴。我是靠微薄的打工收入维持生活的,同时又要存钱交下学期的学费。他好像知道我在想什么,因为他说:"我想你要分一点?"

"分什么?"

"分一点,让你保持沉默,不告诉老板。"

"算了!"我说。他以为用钱可以收买我,这使我感到厌恶。

"这么说,你要告发我?"

"别担心,"我说,"我不是贼,也不是告密者。"

暑假工作结束的前一星期,我目击了安格尔的许多次表演。那几次他都得到了小费。无疑,还有许多我没有看到的。他归还人家皮夹、照相机、有价值的书、汽车钥匙等,而他总是得到一笔小费。我估计,他每年这种不法收入,总在千元以上,还不用交所得税。

我工作的最后一天是星期六。那天下午,明信片部门生意非常好。有一位相貌平平的女人进来,她和安格尔说了几句话,我听到她问安格尔:"有没有要送银行的?"他点点头,从身上掏出一只信封,交给她。

那时正好有客人要买明信片,所以我转而接待客人,客人走后,刚刚和安格尔说话的那个女人走过来，说她要买两套明信片。我接待了她，在和她说话时，发现她有点醉醺醺的。她离开后，我在柜台上发现了一只信封。毫无疑问，这就是安格尔交给她的那个信封。

我转过身，拿起信封，信封没有封口，里面有一沓十元的钞票，看来不下二百元。我悄悄把它放进我的口袋里。

几分钟后，她脸色灰白，折回来看安格尔。他们在一起很快地说什么。

然后，两个人一起向我走来。我旁若无人地继续算账。

"这是我妻子，"安格尔说，"她认为十分钟前，把一只信封忘在你的柜台上了。"

"我记得她，"我说，"不过，她没有落下任何东西，如果有的话，我会看见的。"

安格尔凝视着我，足足有五分钟，我勉强回看着他，那是我打工的最后一天，以后我再也不会来了。至于他妻子，我根本不去看她。

那天下午，我离开打工的画廊，身上带着足够付下半年学费的钱，我把那笔钱当成是画廊给我的红包。

小村怪妇

高蒙是个很小的村子,村上只有五十三个人,十二匹马,九辆小货车,没有汽车,除非你想把老约翰那部 1955 年的福特汽车算上。实际上,那辆车从 1963 年到现在就从来没有发动过。村上的每一户人家都务农,其实也没有别的什么事情可做,除非你想经营加油站,可是加油站已属于威廉了,他在业余时间经营,或者你想当村子里的牧师,但这个职位已经由罗德士兼任了将近 12 年了。

村民们买日用品都到四十二英里外的 L 镇。并不是村民需要多少额外的食物,因为村上八户人家全部务农,每隔一周的周六,他们都会集合在柯比家的大院子里,可以互相交换他们的产品。

每个家庭互相交换需要的食物。比如,十磅的洋葱直接交换十磅的马铃薯;八加仑的红萝卜换三加仑的牛奶;两只鸡换八加仑的玉米。

高蒙村有一条狭窄的路,沿着路走大约四英里,可以到达一幢小小的白色木屋。那幢木屋已经空了二十多年了。房子最后一任主人叫安娜,村里人把她称作"女巫",她二十二年前因年迈死去。只要认识这位老妇人的人,都不会很快忘记她。

安娜唯一的亲戚住在另外一个州,从来没有使用过那幢木屋。假如哪个人对这幢房子感兴趣的话,可以以相当便宜的价钱买下。二十二年来,有很多年轻夫妇想自立门户,单独住幢小屋,但本地的居民没有一个想住老女巫的那幢房子,村民们认为那房子闹鬼。

但是,有一天,一个陌生人出现在 L 镇,他自称来自州北一百英里的克雷堡,他正在找一幢僻静的小屋。这个名叫乔治的男人走遍了 L 镇的房地产中介公司,最后来到高蒙村唯一的房地产公司。

霍氏房地产公司是由霍特个人经营的,他既是老板,又兼职员。这天,当他向客人逐项说明他这个小公司的诚实与公正时，乔治先生打断了他，希望办事效率高些。乔治说他很忙，他是个律师，在克雷堡还有重要的事情要办。

"现在，让我看看我是不是把事情说明白了。"霍特说，心中有点迷惑。他不常有顾客登门，他希望再用十分钟来说明，"你正在找一幢小屋，一个房间就可以，不要有人吵，租买均可。乔治先生，我可不可以大胆冒昧地问，为什么一个年轻人——你看来不会超过30岁——要单独住在一幢小屋里？"

"第一，霍特先生，我33岁，所以，你是看走眼了；第二，我从没有说我自己要住一幢房子。这些事本来与你无关，既然你问了，我就告诉你，我是想找一个安静清雅的房子给我姑妈住。我姑妈年纪大，又有风湿性关节炎，我想要她静享余年。她不喜欢人们的打扰或人们的怜悯。现在，我似乎是在浪费时间……"

"不，等一等，乔治先生，我认为我有一个合适的地方介绍给你。"

三个星期之后，高蒙村外的小木屋已经整理得差不多了，只等着乔治的姑妈来住了。乔治亲自来打扫，修理，油漆。

有一天，他开着一辆租来的小货车来到木屋，卸下一个老式的炉子、一个小冰箱、一张床和几个小箱子。三天之后，他又开一部绿色的轿车回来，后面塞了好几袋杂货。

他的一举一动，高蒙村的村民都看得清清楚楚。只要霍特知道有关乔治的事，那么全村的人都会知道，因为霍特的二儿子和威廉的小女儿相好，霍特家的人是不可能守口如瓶的。

村子里唯一的一条道路弯弯曲曲，经过八户人家，外加加油站和教堂。这也是进出安娜木屋的唯一的道路。所以，高蒙村的居民都知道乔治的来和去。他们估计，乔治先生留下杂货之后，会返回州北去接他的姑妈。村民还从装杂货的纸袋上的图案，知道他的杂货是在L镇的温森特开的超级市场购买的。那是L镇唯一的超市，村民都在那儿购物，所以知道。

总之，除了杂货袋之外，高蒙村的村民们还留心注意乔治开来的绿色小汽车，想看看坐在车中的老姑妈。然而，从来没有人看见，至少白天是没有人看见过。乔治开车回北部后大约一个星期，村民又看见他了，可是，看见的是他朝北行驶。每个人都猜想，这对姑侄一定是在某个晚上，村民都熟睡时搬来的。

葛拉夫家42岁的孪生姐妹，决定带一块腌肉、一个烤饼和一些腌制的食品，到木屋去欢迎这位高蒙村第五十四位居民。事实上是五十五位，因为可怜的洛林小姐在六天前生下第十一个孩子。这对孪生老姐妹怎么也弄不明白，洛林没有丈夫，是如何生出孩子的。

当葛拉夫姐妹驱车前往木屋时，正是中午。她们步下小货车，各携带一些自制的东西，刚要踏上石砌的小路时，一声低低的狗吠声使她们停下了脚步。原来木屋外，用链子拴着一条很瘦的、看起来非常饥饿的牧羊犬。她们姐妹俩没敢留下来试试狗的威力。

这两位老小姐被吓坏之后半小时不到，整个村子的人都知道木屋有一条凶猛的看门狗。当各户年长的人在猜测，乔治和他姑妈养狗用来干什么时，村里的三个小孩子已经出发到安娜的木屋，他们要亲自瞧瞧牧羊犬长什么样子。因为他们只在图片上见过纯种狗。

那三个孩子——罗切特、贝赫德和洛林小姐家的巴克——他们都是13岁，都很好奇。他们爬到贝赫德家的骡子身上，骑了四英里路。他们把骡子拴在距木屋有一段距离的地方，然后潜进木屋的院子，尽量不惊扰那只牧羊犬。

牧羊犬躺在一棵老榆树的树荫下。不错，它是最凶狠残暴的狗，甚至连睡觉的神情都很难看。

"假如它不这么瘦的话，它是只很漂亮的狗。"一个男孩大声说，他的声音吵醒了那只狗，在他们没有来得及发出尖叫之前，狗已经在铁链的末端。它吓坏了三个孩子。当他们慌慌张张朝拴骡子的地方跑过去的时候，他们都感谢幸运之神，幸亏他们没有多往前走近两英尺。从那一天起，村子里没有一个人对木屋的神秘老妇人有兴趣，也不敢有兴趣了。他们都希望，她和那个会吃人的狗快乐相处。

以后的几个月里，乔治每星期都穿过村子，带着L镇超市的那种杂货袋来探望姑妈。这成了例行公事，就像每星期天早上到教堂做礼拜一样平常。

乔治的姑妈就像三年多前住进高蒙村时一样，她在一个夜晚又悄悄离开了。和以前一样，没有人看见她，不过，他们看见乔治先生开车进了村子，稍晚又出去了，用的是和三年前租来的同型号的小货车。

为什么？这位老妇人原先说是来木屋度余生的，怎么现在又离去？村里没有一个人知道，也没有人可以查出，也没有人真正关心。

"看看这个，福莱尔。"L镇超级市场的老板温森特对着伙计说，"报纸上说，克雷堡有个人一夜间成了百万富翁！"

售货员似乎不太相信，露出怀疑的表情。

"哎，真的，"温森特继续说，"好像这个人——嗯，让我看看——他叫乔治，他有个有钱的太太,真正有钱的富婆。但是,他们结婚的时候,他签了一张字据,说假如他们离婚,他得不到她的钱。假如她先他死亡的话,钱全归和她前夫一起生活的儿子。

"福莱尔,你听懂没有?好,现在,报道上说,三年多以前,这位富有的妇人失踪了,她的丈夫说她有外遇,可能跑去与情夫同居了。这种事不新鲜吗,福莱尔?

"嗯,现在是最妙的一部分。昨天,这位百万富婆出现了,赤身裸体,午夜走过克雷堡警察局前的大街,她是真的疯了!她不知道她是谁,住在哪里。她皮肤上的污垢就像很多年没有洗澡。她瘦弱得连路都快走不动了。唯一能问出她的话,只有一条狗的事。

"总之,他们把她送走了,可能把她送进哪个疗养院的一个房间里。现在,这个叫乔治的人发了。不过,读读这个,福莱尔。这是那个家伙唯一能获得那笔钱财产的唯一的方法,那个老妇人言明,如果她首先发疯的话。

"这种事发生得多怪呀!哎,福莱尔,这个叫乔治的真是好运气啊!"

福莱尔看看报纸上的照片,觉得照片上的人似乎在哪儿见过。

丘比特公司

哈利刚把死者的照片平铺在桌上，敞开的窗户外就吹进一阵风，把好几张照片都吹到地板上。哈利叹了口气，这一星期真是事事不顺。

事情是从星期一开始的。上司派了一位叫华生的年轻警探给他当助手，两人一起出去逮捕一名盗窃犯，那个盗窃犯拒捕，华生缺乏经验，害得哈利的右脸挨了一拳，留下一个锯齿形的伤口，疼得不得了，眼睛也肿得眯起来。哈利本来长得就不是很好，这一下活像一个恶魔了。星期二，一个叫麦琪的少妇被掐死在她的公寓，案发后二十四小时，哈利仍然找不到一点线索。麦琪22岁，独居，没有什么朋友，在一家律师事务所当秘书。在她住的那幢花园式的公寓里，没有一人看见什么或听见什么。

现在，星期三，又有一个女人被掐死，组长因为人手短缺，又把这个案子交给哈利来办。因为他曾经在公园那一带工作过，而尸体是在公园边的一条路上发现的。有证据表明，尸体是从一辆汽车上扔下的。穿过公园的那条路很少有人走，深夜里更是渺无人迹，路边没有车轮的痕迹，哈利不知从何下手。

哈利拉下窗户，重新整理桌上的照片，看着照片，他心想，这一个比另一个更糟，我们连她的名字都不知道。

他打量着照片，他们暂时把这个女人叫做玛丽。从外表上看，她和麦琪有许多相似之处：她们两人都很年轻，一头长而直的金发，两人都不很漂亮。哈利觉得，这两桩谋杀案应该是有联系的。对玛丽的初步报告指出，她被杀害的手法和麦琪相似。

华生的圆脸上挂着微笑，手里拎着一只女用皮包走了进来，他小心翼翼地把皮包放在照片上，"瞧，他们在公园那儿找到什么。"

哈利说："在尸体附近发现的？"

"大约半里路外的田野上，好像也是从汽车上扔出来的。"

哈利问："皮包检查过了吗？"

"没有检查，皮包上也许会有指纹，要不要送到化验室？"

"现在就送，"哈利低声说，"我可不想在这儿打开皮包。"

化验室的沙特只花了几分钟，就找到了一个清楚的指纹。"即使有了，也没什么用，"他说，"在法庭上永远用不上。"

"我不觉得意外。"哈利说，"我们找一找，看这皮包是谁的。"

沙特戴上一副手套，把皮包里的东西倒在桌子上。在妇女常用的一些用品中，一个塑料的中心城百货公司的职员证，还有一个钱包。

沙特小心地捡起职员证，"如果这是属于你的玛丽的话，那么她的真实姓名叫安妮。"说着又检查皮夹里面的东西，"这不是抢劫，钱包里的钱还在。"

"钱包里有身份证吗？"华生问。沙特点点头，"安妮，住在南12街，127号。"

"我知道那个地方，"哈利说，"一家卖熟食的店铺，楼上有公寓。"

"你认为它是玛丽小姐的吗？"华生问。

"肯定是她的。我们拿张照片对一对。"

"我把这些东西贴上标签，找一下指纹。"沙特说。

"仔细查一下，我们需要所有的指纹。"

关于那个住址，哈利说对了。那幢房子很旧，熟食店夹在一个车库和一家旅馆之间，走道上的一个信箱上面有"安妮"二字，从那里可以知道，那女人住在后栋二楼。

他们发现熟食店的老板正在柜台前。

"你好，老板！"哈利挥挥手说。

老板是个驼背的老人，他含笑说："你好，哈利！好久没见你了，谁把你的脸打成这样？"

"说来话长。"哈利向他介绍了华生，然后掏出照片问，"这是你的房客吗？"

"这是安妮小姐。"老板眯起眼睛仔细瞧瞧，"她死了？"

"是的，也许你可以到停尸间指认一下。"

"不，"老板说，"我很愿意帮忙，可是我走不开，我想你能理解。她是怎么死的？"

哈利告诉了他。

老人摇摇头，叹了口气，"哈利，你们一定要抓到凶手，她是个好女孩。"

"她有没有亲友？"

"有几个朋友，都是和她一样大的女孩。没有男人。亲戚，我就不太清楚了。"

"昨天晚上你看见她没有？"

"没有，不过她可能没有回家。平常回家之前，她总到店里来买点东西，昨晚没有来买。"

"我们想看看她的公寓。"华生说。

哈利想了一下，决定把华生支开。"我来检查公寓，你开车去她工作的地方，看看她的人事记录。同时，看看能不能找到她的朋友。我们仍然需要有人来认尸，如果你能找到自愿者，就把他带回办公室。"

华生点点头，"我尽力而为。"

公寓很小：一个客厅、卧室、浴室和小厨房，家具可能是买的二手货，可以看出用了许多年了。

安妮想让那公寓显出她的个性，但没有成功。窗子上的窗帘，墙壁上的印花都没有什么特色，只显得很俗气。

哈利心中一动，这个公寓和麦琪的公寓没有什么不同。孤单的少妇的生活方式一定是相同的，单调的公寓也是她们生活方式的一部分。

他走进卧室，屋里收拾得很整齐。哈利打开衣橱，用手摸摸衣服，卧室里什么也没有。

浴室和厨房，他各停留一分钟不到。大体说来，安妮是个整洁的人。

回到客厅，他不自觉地摸了一下受伤的脸，疼得他不禁低叫一声。假如公寓里有什么线索可找的话，一定是在这里。

沿着一面墙，有一张破旧的沙发，一台小型电视机面对一张安乐椅，靠另一面墙，有一套音响，角落有一张小写字桌，写字桌旁边有一个书架，上面全是小说和杂志。哈利心想，另一个相似之处：麦琪的公寓里，也有许多读物。

哈利走到书桌前，桌子有两个抽屉。上面的抽屉里，有一个没有锁的现金柜，里面什么都没有，只有一本银行存折和一本支票簿。哈利翻了翻支票簿的存根。支票都是签付房租和日用品，有几张是开给百货公司的，几张是兑换现金用的。其中有一张让哈利很迷惑，一张二十五元，注明"丘比特"。看完他把支票放在一旁。

从存折看来，安妮差不多每星期存二十元。

哈利咬咬嘴唇，这些东西和他在另一个公寓里发现的差不多。私人支票，有少量的剩额，一本存折，有固定的存款。这相似的情况让他不安。这两个遇害的女人，两人之间几乎没有什么不同，就好像她们两人互相认识，决定共同遵守某种约定一样。

他合上存折，打开下面的抽屉，里面有一个档案袋，全是作废的支票，没有什么新线索，只有一点，那张注明"丘比特"的支票还没有回来。哈利记下银行名字和支票号码。他关上抽屉，希望在邻居那里能打听到什么东西。

调查邻居的时间花得不多。住在对面的是个老女人，她和安妮只是点头之交。前天夜里，她什么也没有看见，什么也没有听见。哈利看了一下手表，决定以后让华生再来查一遍。

下午天气变坏了，冷风吹在他脸上的伤口上，非常疼。

哈利决定走回总局。当他经过安妮小姐开户的银行时，他想起了支票存根上注明的那个"丘比特"。他走进去，见到一位副经理，副经理非常合作，马上打电话到银行的记录室。

"它是开给一个叫丘比特的公司的。"副经理说。

哈利皱皱眉，"从来没有听说过。"

副经理微笑着说："据我所知，丘比特公司是一家电脑择偶公司，男人和女人寄出申请表，付了费用，公司就依据所填的资料给你选择对象。现在这种电脑择偶很盛行，城里有好几家公司刊登了这类服务的广告。"

哈利记下了名字，"这张支票被兑现了吗？"

"三个星期前就兑现了。"

哈利向他道谢，心想，安妮小姐一定很寂寞，所以才会花二十五元请公司代为择偶。

当他回到办公室门前时，突然停下，心里暗骂自己是个傻瓜。

华生坐在办公桌边，正和一位美丽的少妇谈话。"这位是朱莉亚，安妮小姐的朋友，她已经在陈尸间认了尸。"

哈利对朱莉亚笑笑。她看起来好像一直在哭，而且准备再次大哭。"你和安妮小姐很熟吗？"

"很熟，我们是同事。"

"知道她昨天晚上到哪儿去了吗？"

"她提到什么约会，但没有提到男人的名字。她很兴奋，因为她不常出去。"

"对那位男士，她说了什么？"

"她没有什么好说的，因为她还不认识对方呢。"

"他是到她公寓去接她的吗？"

"不，她是下班后，和他在'老鹰'那儿见面。"

哈利知道，在安妮小姐工作的百货公司的一楼中央，有一个铜制的老鹰，那是一个约会的地点。多年以来，有无数的人在那里约会，购物的人很多，没有人会注意的。

"你知不知道是谁安排的这个约会。"

"她没有说。"她回答说。

"她提到过丘比特公司吗？"

"没有提到过。"

她说不出别的什么来了，哈利有一种碰壁的感觉。

他看着她走出去，办公室的男士们个个都向她行注目礼。他心想，至少她找对象不需要别人帮助。

"你在百货公司还找到了其他什么没有？"他问华生。

"人事记录卡上有亲戚的名字，她有一位姑妈住在州北，我已经请人通知她了。你呢？"

哈利提到丘比特公司。

"你认为是那个公司安排她进行这个约会的？"

"值得查一查。看一下地址，我们去瞧瞧。"

丘比特公司在市中心一幢新办公大厦的十五层。

当他们走出电梯时，华生扬起两道眉毛，"我没有想到寂寞还这么值钱。"

哈利咧嘴一笑，"这是一个大城市，许多人老死不相往来。"说着，亮出警徽给接待小姐看，"我要见负责人。"

"有什么事？"她问。

哈利突然变得很不耐烦，说："你给我叫出来就行了。"

女接待的笑容消失了，她拿起电话，讲了几句，然后一本正经地说："鲁斯先生一会儿就出来。"

对于鲁斯先生，哈利唯一能形容的就是，帅气整洁。他看上去就像从橱窗里走出来的模特一样。

"有什么事吗？"鲁斯彬彬有礼地问。

哈利解释说："你的顾客中有叫安妮的吗？"

鲁斯请他们走进里面的办公室。"我必须查一下。"他按了一下办公桌上的对讲机，另一个女孩进来，他告诉她要找什么，然后那女孩退出去。

"你们的服务工作是怎么进行的?"华生问。

鲁斯微微一笑,"很简单,人们提出申请,填写资料,我们把资料译成电码,送进电脑储存,然后用电脑打出性格、条件和你相似的异性的姓名和住址,就这么简单。"

"对那些条件不合适的人呢?"哈利问,"你们会接到精神病者的申请书吗?"

"我们的申请书是经过科学设计的,可以排除那类人。"鲁斯说。

"我相信是这样的。"哈利干巴巴地说。这时,刚刚出去的女孩又走进来,递给鲁斯一张卡片。

"安妮小姐被介绍给一位名叫华莱士的人。"鲁斯说。

"你们把她的名字给华莱士了?"哈利问。

"是的,我们的工作程序就是那样。我们给参加者一个名字,以后的交往就看他们自己了。"

"我想请你把华莱士的卡片拿出来。"哈利小心地说。

鲁斯盯着他,"你有理由吗?"

"有。"

鲁斯向那个女孩点点头,后者马上离开了。"我们的资料应该保密的。"鲁斯说。

"我很容易取得法院的许可,"哈利说,"不过,这样大家都省点事。"

"我希望你能找到你所要的东西。"

哈利耸耸肩,"看看再说。"

女孩带着另一张卡片回来了。

鲁斯看了一眼说:"我们给了华莱士先生三个名字,一个叫麦琪,一个就是安妮小姐,还有一个叫苏菲。"

华生一听,轻轻吹了一声口哨。哈利则觉得自己找到线索了。

"你们已经找到要找的东西了吗?"鲁斯问。

"那三个女人中,有两个已经被掐死了。"哈利说,"这未免太巧了。"

鲁斯往椅子背上一靠,"是有点儿怪。"

"我们需要华莱士和第三个女人的住址。"哈利说。

"我想我是别无选择了。"鲁斯说。

"是。"哈利严肃地说。

"华莱士的住址是,第七街和南街交汇处的新月旅馆。苏菲小姐是洛比亚街1417号。"华生把两个地址写下来,他说:"我很奇怪,为什么给这位华莱士介绍了三位小姐,而给安妮小姐却只介绍了一位男士?"

"当然是费用问题。"鲁斯说，他的声音和态度都很僵硬，"华莱士先生付的钱多，女孩付的钱少。"

"这三个女人，你们是不是也介绍给其他的男士？"

鲁斯很不情愿地说："没那么复杂，你们知道电脑是……"

哈利已经向门口走去。

华生追上哈利，"你结束得太匆忙了。"

"我受不了那个人。"哈利平静地说，"那个狡猾的家伙，他一直想告诉我们，这是科学，而且是合法的，可我宁愿去找乡下的媒婆。不过，他至少知道，他在跟谁打交道，没有开口要预付金。我总觉得，他们这种方式不对头。"

"我们现在去哪儿？"

"旅馆，如果今晚华莱士真的和苏菲小姐有约的话，现在时间还早，她可能要5点才下班。"

"对这位华莱士，我们至少知道一件事，"华生说，"如果他住在新月旅馆的话，那么他不会是很有钱的人。"

"别急着下结论，也许住址对他并不重要。"

新月旅馆的总台服务员是个肩膀窄窄的小矮个儿，一头短短的黑发，戴着一副厚厚的眼镜。他正在阅读一本封面很不雅的廉价的书籍，柜台上有一牌子，标明他叫鲍勃。

哈利向他打听华莱士。

鲍勃放下手中的书，犹豫了一下，摘下眼镜，慢慢地擦着，"华莱士先生已经不住在这儿了，他今天结完账走了。"

"真倒霉。"华生说。

"他有没有留下地址？"哈利问。

"住这儿的人从不留地址。"鲍勃含笑说。

华生取出笔记本，问："他长得什么样？"

鲍勃把眼镜挂在耳朵上，"那很难说。"

"你不是见过他吗？"

"只见过几次，我的意思是说，这位华莱士先生没有什么突出的，和大部分男人都一样。"

"不用评论，照实说就行了。"哈利说。

"中等身材，"鲍勃急急忙忙地说，"棕色长发，25岁左右，宽肩膀，看上去像个运动员。"

"眼睛是什么颜色的？"

鲍勃微笑着说："我从不注意男人眼睛的颜色。"

哈利笑着说："你记得他身上有什么不同寻常之处吗？"

"没有，我告诉过你，他很平常，一点也不突出，和大部分其他男人一样。"

"他是自己有车还是租车？"哈利说。

鲍勃摇摇头，"我这个人太爱看书了，如果客人不到我的柜台来，我什么也看不见。"他指指眼镜，"我不戴眼镜什么都看不见。"

"也许我会再来找你的。"哈利说，"你什么时候下班？"

"5点。我就住在旅馆，我很乐意帮忙。"

华生熟练地驾着车，"今晚也许是她第一次和他约会，也许她已经和他约会过了。"

"那样的话，她就能告诉我们，他长得什么样，不过，我想他们没有约会过，如果约会过了，她恐怕已经死了。他一连和两个女的约会，我相信，他今晚一定会约第三个的。他搬出旅馆，可能是想离开此地，这倒是很聪明。"

"如果他就是凶手的话，那么他计划得很好。你认为，这会是他第一次吗？"

"谁知道呢！他似乎憎恨某种类型的年轻女子。这个丘比特公司刚好向他提供了便利。"

华生看看手表，"如果苏菲小姐5点下班的话，现在到她家去，是早了点儿。"

"她也可能搬家了。"哈利说。

洛比亚街铺着鹅卵石，街面不宽，这里从前是一条很时髦的街，现在已经破落了。两层的房子改成了公寓，苏菲就住在二楼。

哈利按了门铃，没有人回答。他想，她可能不回家。

他按了一楼的门铃。

一位瘦削的少女开了一条门缝，从门缝里小心地向外窥探。

哈利举起警徽让她看，"我们在找苏菲小姐。"

"我听见你们在按门铃，她很晚才会回来。"

哈利紧张起来，"知道在哪儿可以找到她吗？"

"不知道她到哪儿与人约会。"

哈利看看手表，差不多快5点了，"你知道她在哪儿上班吗？"

少女点点头。

"你能为我们给她挂个电话吗？"

"我不知道,"少女怀疑地说,"我不能让人进来。"

"你可能会帮苏菲小姐一个大忙。"

"在这儿等等。"少女说着关上大门。

"她对警察可真有信心。"华生讽刺地说。

"我们没有穿制服,"哈利说,"这个警徽可能是假的,我现在的这个样子,换了你,你相信吗?"

门再次打开,少女说:"她已经下班了。"

"你真不知道上哪儿找她吗?"哈利问,"好好想想,她有没有提到在哪儿约会?"

少女摇摇头,"我告诉过你,我不知道。"

"告诉我们,她长得什么样子。"华生说。

"她比我高一点儿,头发梳成马尾巴。"

"金色、棕色,还是红色?"

"金发,棕色的眼睛。"

哈利哼了一声,心想,这早该知道。"她今天穿什么衣服?"

"我没有看见她出去。"

哈利向她道谢,示意华生上车。

"现在怎么办?"华生问。

"如果你是那个华莱士,你会在哪儿和她见面?"

"这是个大城市,再说,我们还不知道她是不是去和华莱士约会。"

"你想不想冒个险?"

"不想。"华生承认说,"我认为,我们必须先找到她,问题是怎么找到她。他可能在某个餐厅预订一张桌子,和她在那儿见面。"

"我认为,他不想那么引人注目的。"哈利慢吞吞地说,"他会和她在某个不引人注意的地方见面的。如果这是第一次约会,他先得把她认出来。"

华生没有说话。

"又是老鹰?"华生终于开口道。

哈利微微一笑,"我想是的,他以前利用过那个地方,它符合他的作案方式。"

百货公司很大,那只青铜色的老鹰端坐在一楼大厅的中央,周围的空间很大,挤满了人,有些是路过的,有些是在那里等人。

哈利看看四周,二楼有一个低低的回廊,有一部分改成了廉价书店。他和华生一起走了上去,穿过一排排的书架,来到栏杆边。从那里,他们可以监视下面,既不会引起人们的注意,也可以随时跑下去,拦住嫌疑犯。

他们打量着人群,等候着。

"我想我们等对了。"华生说,用手一指,"瞧,那个穿紫色外套的。"

哈利仔细打量着那个女人,她跟安妮很像。"我想是的。"

"我们可以下去问问她。"

"这没有什么好处。如果他在暗中注意的话,我们只会吓走他。"

"这事情真是荒唐,"华生说,"我们在监视一位我们认为是苏菲的女人,而她在等候一位我们没有见过的人出现。"

哈利"哼"了一声,"我们不会老是犯错误吧。"

"如果我们错了的话,今天晚上可能又会有个女人死掉。"

"我和你一样清楚。"哈利说,"那你还有什么好办法?告诉我。"

华生眼睛不看哈利,却落到书店那里。他碰碰哈利的手肘,"瞧,谁在那儿?"

哈利转身一看,原来是新月旅馆的鲍勃。他整个人几乎躲在书架后面,正在看一本书的目录。

哈利看看下面的空地,又打量了一会儿鲍勃,然后迈大步走过去,"你在这儿干什么?"

鲍勃手里的书差点儿掉到地上,"我在找书看,这地方的书是全市最好的。"

哈利紧紧抓住他的手臂,"我们正在寻找华莱士,你可以帮个忙,你见过他,我们没有。"

鲍勃试图摆脱他,"我可不想卷入。"

"你已经卷入了。"哈利把他拉到栏杆边,指指下面,"你要做的就是,当你看到他的时候,就告诉我们是哪一个。"

鲍勃扶扶眼镜,向下望去,"我看不太清楚。"

"使劲儿看。"哈利严厉地说。

那位留马尾、穿紫色外衣的女人,不耐烦地从老鹰的这一边走到那一边。哈利看看手表,他们来这儿已经半小时了,没有人接近她。

一位宽肩膀、穿茶色外套的年轻人站在老鹰的另一边,偶尔瞄那女人一眼。

哈利指着那人问鲍勃:"那是华莱士吗?"

"太远了,我看不清楚。"鲍勃抱怨说。

哈利再次抓住他的手臂,"那么我们走近去看看。"

他领着鲍勃走下楼梯,来到下面大厅,站在那个宽肩男士的附近,"你现在能不能看见?"

鲍勃眯着眼睛,"可能是他,这儿的光线不太好。"

宽肩膀的男人慢慢走近那个女人。

"这儿光线很好,"哈利压低声音恶狠狠地说,"你给我好好瞧瞧。"

"他戴着帽子,"鲍勃怀疑地说,"我从来没有看见他戴帽子。"

哈利犹豫不决。那男人正对着那女人说话。

"我们怎么办?"华生问,"如果他们走出去,我们可能就找不着他们了。"

哈利做出决定,"那个华莱士该出面了,除了他,还有谁会走近她。"说着,两人一起向那个年轻人围拢过去。

哈利举起警徽,"苏菲小姐吗?"女孩点点头,一脸茫然。哈利松了一口气,转向那位年轻人,"你是华莱士?"

年轻人茫然地摇摇头,"什么事?"

哈利对那女孩说:"你是不是在这儿等一位叫华莱士的男人?"

她一脸惊讶地点点头。

"你以前见过他吗?"

她摇摇头。

"那么你知道这位是不是华莱士先生?"

她睁大两眼,"他可能是。"

年轻人想摆脱华生,"放开你的手!"

"别紧张。"哈利训斥道,"你的麻烦大了。"

"为什么?我只不过想和她说几句话。"

"不仅因为这个,华莱士。"

"我不叫华莱士。"

"瞧,"哈利说,"她今晚和一位没有见过面的华莱士先生有约,而你出现了,开始和她说话,然后,你又说你不是华莱士,你能解释这是怎么回事吗?"

"没有什么好解释的。我看见她站在那儿,我心想,能套就套上,套不上也没什么关系,这有什么错的?"

"如果你说的是真话,这的确没什么错,不过,你必须证明。"

"如果他是华莱士,"苏菲说,"那又有什么关系呢?我们有约。"

"不,我们没有!"那个年轻人叫了起来,"我以前从没见过你!"

她眼含泪水,对哈利说:"瞧,看你们干的什么好事。"

哈利看看围观的人群,叹了口气,"我们不准备在这里解决问题,我们到局里去谈。"他对华生说,"把鲍勃找来,我们带他一起回局里。"

华生在人群中寻找，"他不见了。"

哈利有一种可怕的感觉，觉得事情又搞错了。他凝视着华生，"我们一回到局里，立刻通知逮捕他。"

两个小时后，那个年轻人仍然坚持说他不是华莱士，他要找律师，他在报纸上读到过麦琪和安妮的事，他没有向丘比特公司申请择偶。星期一和星期二的晚上，他有不在场的证明。哈利向苏菲解释完为什么要找华莱士，就放她回家了。不过，苏菲很不高兴，她觉得哈利毁了她一个晚上。她说华莱士给她打过电话，他的声音低沉悦耳。

"他的谈吐很文雅，像是受过教育的人。"她说，叹了口气。

这显然与眼前这位年轻人不符。

那位年轻人被他的哥哥带走后，哈利很气愤地坐着，凝视着窗外，他的头和脸又疼起来。华生端了一杯咖啡给他，"我们一整天都没有吃东西。"

"我不饿，没有胃口。"

"至少我们救了苏菲的命。"华生安慰他说，"我们仍然可能会抓到华莱士。"

"我们本该能抓到他。"哈利说。

"他可能永远不会出现了。"

哈利摇摇头，"如果我的判断没错的话，他会出现的，他一定目睹了那个场面，趁着人多溜走了，我们动作太快了点儿，如果我们稍等一会儿，苏菲一发现那年轻人不是华莱士，就会打发他走开的。"

"我们不能冒那个险。"华生说，"鲍勃应该更帮忙才对，真遗憾，他的眼睛不好。"

"我越想越奇怪，瞧他看书的样子，他的眼睛不该那么坏。"哈利板着脸说，"你还没有找到他？"

"他不在旅馆里，我已经派人四处找他去了。"

"他真是个怪物。"哈利说。两人互相望着。

"你和我想的一样？"华生问。

"他可能用华莱士的名字和旅馆的地址，因为信都是他自己拿着。"哈利慢慢地说。

"而且也太巧了，华莱士要出现的时候，他恰巧也在百货公司里。"

"那个矮个儿可能就是华莱士。"哈利说。

华生站起来，"问题是，他现在在哪儿？一个像他那样的人会去哪儿？你认为他会出城吗？"

"没有理由出城,就他所知,我们并没有怀疑他是华莱士,他还不至于离开这里。"

"他可能正坐在什么地方嘲笑我们。"

"不会的,像他那样的人没有幽默感,他一定觉得很沮丧,因为我们破坏了他和苏菲小姐的好事。对他来讲,那是未完成的事。"

"我记得以前有个类似的案子,"华生说,"他那种人,总是一条道走到底,事情没有办好,他绝对不死心的,他一定会再试一试。"

"也许这一个也会再试一试。"哈利说着,把椅子往后一踢,"我们现在就去苏菲小姐那里看看。"

洛比亚街晚上非常安静,安静得有点荒凉。

哈利按了按苏菲公寓的门铃,虽然窗子里有昏暗的灯光,但没有人回答。他轻轻推她的门,门开了,一个楼梯通到二楼,楼梯口的灯光很暗,哈利快步上楼,来到一道门前,他转动门把手向里一推,门没有锁。

他看到昏暗的房中有两个人。

苏菲瞪大眼睛,绝望地盯着哈利,眼睛下面是一只大手,正捂住她的嘴,男人的另一只手,横抱着她的腰,他的半边脸被她的头挡住。她用力挣扎,踢翻了茶几上的一盏灯,屋里顿时一片漆黑。

哈利向旁边一闪,但动作还是慢了一步,脸上挨了一拳,疼得他差点叫出声。他身后的华生喊了一声。

哈利右拳猛击那个男人的腹部,紧接着是一记左勾拳,那一拳用尽全力,把他三天来的怨气都打出来了。当他的拳头击中对方时,感到一阵火辣辣的疼。那个男人跌倒在走廊上。

华生把电灯打开。

哈利靠在墙上,握住麻木的左手,低头看倒在地上的男人,原来是丘比特公司的鲁斯。

苏菲全身发抖地走过来,"他说要和我谈退费的事,我不知道……"

"另外两个女孩也不知道。"哈利说。

华生看看他,"我们也不太聪明。"

一切办妥后,哈利和华生两人坐下来吃当天的第一顿饭,哈利的食欲大增,他的左手包扎着,右脸比以前肿得还厉害,眼睛也眯起来了。哈利坐在那儿,凝视着女服务员为他送来的牛排。

"怎么了？"华生问。

"我认为我的运气已经变了，我点的是三明治，结果送来的是牛排。"

"退回去？"

"算了。"

"我们干得不错，"华生说，"我们抓到了凶手，而且及时解救了一位少女。"

"我们是世界上最伟大的侦探。"哈利讽刺地说，"我一点也没有怀疑过鲁斯，他坐在办公室里，可以接近每一个申请择偶的女人，选谁都可以。"

"我仍然不懂，"华生说，"一个那样的男人……"

"算了，"哈利说，"抓到就行了，别去分析他们，不然你会发疯的。"

"奇怪的是，他选了三个介绍给华莱士的女人。"

"这并不奇怪，他利用华莱士作掩护，结果我们相信了。有一件事他不知道，那就是根本没有华莱士这个人，那名字是鲍勃用来择偶用的，因为他认为，华莱士这个名字要比他的本名浪漫。当然，丘比特公司从来没有给他介绍过女人，鲁斯没有把那些材料寄出去。"

"鲁斯的胆子也太大了，他知道我们在找华莱士和苏菲小姐，可是他还是照样到老鹰那儿去，如果我们没有去，他约会成功的话，苏菲小姐就死定了。"

"我告诉过你，这些人的思维和我们不一样。"哈利切着牛排，"我太忙了，没有空去了解那些人。不过，在哪儿找到鲍勃的？"

华生笑着说："在图书馆找到他的。他坦白说，当我们去找华莱士时，他差点吓昏了，所以他把书上人物的长相跟我们说了一遍，后来，当我们在百货公司要他指认华莱士的时候，他只能说视力不好，一有机会就溜了，因为根本没有华莱士这个人。"

哈利痛苦地嚼着牛排，"我想苏菲小姐对丘比特公司已经受够了，她可能会当一辈子的老小姐。"

"别那么说，也许那个电脑生效了，我最后看见她的时候，她正和鲍勃手拉着手在讨论书呢，我没见过比那一对更不般配的夫妇。"

哈利叹了口气，把盘子推开，绑纱布的左手，连切牛排都不方便，而嚼牛排又搞得他右脸非常疼，这三天真是不好过。

"这种事不常发生。"哈利说。

"什么事？"华生问。

"苏菲付了一点钱，经历了一场紧张刺激的事件，最终有情人终成眷属，她真值得。"

监狱黑幕

新监狱长劳森，星期一中午上任。那天，天空阴沉沉的，下着毛毛细雨。

上任后一个小时，他就举行了一次会议。

参加会议的有副监狱长、警卫队长和三个有官衔的警卫。

"诸位，"他坐在办公桌后面说，那张办公桌是前任监狱长上午才腾出来的，"你们知道我是谁，为什么来这儿。我是州长指派来接替前任监狱长的，州长授权我处理本监狱的一切事务。"

劳森站起来，转向椅子后面的窗户，看着外面的大院，由于四十八小时前的一次暴乱，院子被烧得黑乎乎的。

"两名囚犯死亡，"劳森冷静地说，"十六人受伤，其中五名是警卫，还有，"他转回头，"损失了好几万元公款。"

他坐下来，从口袋里掏出一个旧烟斗，小心地从一只皮袋里拿出烟丝塞进烟斗里。装好烟斗后，他把烟斗咬在嘴上，然后划火柴点着，吸一口，吐出来，灰色的烟在屋里慢慢散去。"州长向我提出了三项任务，"他说着，把火柴摇灭，扔进烟灰缸，"第一，也是最重要的，就是我必须恢复监狱中的秩序；第二，我必须加强和维护内部的安全；第三，我要深入调查这次暴乱的原因，找出主谋。现在，"他往椅背上一靠，"我想听听大家对完成第一项任务的意见，也就是说，如何完全恢复监狱中的秩序。"

"我可以回答这一问题，"雷蒙回答道，他是警卫队长，"实际上，我可以告诉你如何完成这三项任务。把弗兰克关进洞里，永远不放出来。"

"弗兰克？"劳森想了一下这个名字，手指在椅子的扶手上轻轻敲打着，"弗兰克？是不是那个专门收购赃物的？他已经在这儿服刑十四五年了吧？"

"十六年，"雷蒙队长说，"他被判了二十年，他会在这儿服刑到期满的。三个月前，保释委员会驳回他的申请，他们给他一个四年的期限，所以，他必须服刑满二十年。"

"你的意思是说，弗兰克是关键人物？监狱的暴乱就是他引起的？"

"是的，"雷蒙坦率地说，"正是如此。"

"嗯。"劳森说，吐了一口烟，缓缓地点点头，"其他各位的意见呢？你们同意雷蒙队长的说法吗？"

房间里沉默了一会儿。三位警卫互相看看，没有说什么。最后，年轻的副监狱长说话了，他叫吉尔德，他对劳森说："监狱长，虽然我们很尊重雷蒙队长的地位和经验，但是，我很冒昧地说，我不赞成他的说法。我认为雷蒙队长夸大了弗兰克在囚犯中的重要性。我认为他的影响并不像雷蒙队长说得那么……"

"影响？"雷蒙队长吼道，"整个监狱里，每次闹事，他都是幕后主使者，他控制了每一个有职位的囚犯。"

"不是这样的，"吉尔德说，"他并没控制每一个辅导班的老师……"

"什么老师！"雷蒙队长不屑地说，"谁想控制他们？他们在那些囚犯的眼里根本不算什么！我说的是控制那些举足轻重的人——那些在监狱教堂、餐厅、洗衣间有影响的人。我指的是那些想花点钱让自己吃得好、过得好的人。"

"你在暗示说，那一切全是由弗兰克控制的？"劳森问。

"是的，可能还不仅如此，"雷蒙队长说，"我并不是在暗示，我是在陈述事实。"

"一种没有事实根据的意见，不能称之为事实。"副监狱长平静地说。

"吉尔德说得有理。"新监狱长对雷蒙队长说，"队长，你有没有什么证据？有没有什么确切的指控？"

雷蒙队长瞥了副监狱长一眼，愠怒地说："没有。"

"囚犯中有没有愿意和我们合作调查弗兰克的人？"劳森问。

雷蒙摇摇头。

"你们一定有一两个告密者，"劳森说，"我从没见过没有告密者的监狱。"

"当然有，"雷蒙承认说，"我们是有内线，他们会把任何一名囚犯的事告诉我们……弗兰克除外。"

"这么说，我们对此无能为力了？"

"除非你接受我的意见，把他孤立起来，否则就没有。"雷蒙的语气有些僵硬地说。

劳森的手指又在桌面上敲打起来，然后说："这件事让我考虑一下，我得熟悉这里的事情，在我做出最后的决定时，我会和你们商量的。同时呢，我想我们最好快点动手，恢复整个监狱的秩序。目前情况怎么样？"

"安全上没有什么问题，"雷蒙回答说，"A、B两栋都在我们的控制中，C栋的1号到5号牢房，也都在控制中。C栋的6号牢房，囚犯都被锁在里面，他们在绝食，从上星期六早晨起就没有进食。"

"你认为他们能熬多久？"

雷蒙摸摸下巴，沉思地说："最多到星期二中午吧。"

"好，还有什么别的事吗？"

"暴乱分子中，有八人仍然占据着鞋厂，他们都没有武装……"他意味深长地看看副监狱长，"不过，我们接到指示，不要用武力逼他们出来。"

劳森转向副监狱长，探询地扬起眉毛。

"那个厂里，有价值四千元以上的制鞋设备，"副监狱长解释说，"如果我们用武力逼他们出来的话，他们就会毁坏那些设备。我已经派神父进去沟通，我想他们会自动出来的，"他扫了雷蒙一眼，"这样就不必遭受损失了。"

"好，"劳森说，又转向雷蒙，"还有什么吗？"

警卫队长耸耸肩，"大致就是这样。隔离囚房一半是满的，医务室也差不多满了。三栋牢房都早早上锁，暂停各种娱乐活动。"

"很好，"劳森说，"现在，我们这么办：继续早早地锁上牢门，但是恢复听收音机和阅读书籍，绝食的那个牢房除外。今天晚餐的时候，推两辆有热腾腾饭菜的餐车过去，给每个绝食者一盘吃的，不论是谁，先吃的人，就可以回到餐厅吃饭。至于在制鞋厂的那些人，让神父去劝说。"说到这儿，他扫了雷蒙的三位部下一眼，"明天中午之前，我要每栋牢房的主管，写一份对各牢房情况的报告，附上采取什么步骤的简单意见。关于弗兰克的事，我们以后再研究。"他停了一下，"还有什么问题吗？"

"没问题了。"雷蒙回答说，从椅子上站了起来，他的三位部下也跟着站起来，四个人一起走出去。

屋里只剩下劳森和吉尔德两个人。年轻的副监狱长说："对刚才的意见我很抱歉，我希望你的第一次会议顺利一点。"

"别把这事放在心上。"劳森微笑着说，"说句实话，在目前的情况下，我也不指望事事顺利。"他站起来，把烟斗塞进嘴角，"我们到餐厅喝杯咖啡，聊一聊。"

囚犯的餐厅很宽敞，不过，现在除了工作人员外，没有其他人。劳森和吉尔德取过金属杯，自己动手倒了两杯咖啡，然后走到附近的一张桌子边坐下来。劳森默默地喝了一会儿咖啡，然后盯着年轻的副手。

"我们才认识，我真不愿这么快就找你来谈话，"他坦率地说，"不过，你知道我也是没有办法，我想尽快了结此事。你对雷蒙这个人有什么看法？"

吉尔德勉强一笑，"你倒是很直率。"

"我一般不这么开门见山，不过，我现在没有时间了。"

"好，"吉尔德喝了一口咖啡，"雷蒙队长很能干，他两天就平息了监狱的暴乱，要是在别的地方，起码要拖两个星期以上。还有，他在这儿十六年，没有一个越狱的。但是在囚犯教育、职业训练和心理重建方面，雷蒙队长是个彻底的失败者。他认为，监狱的功能就是惩罚犯人，我认为那是错误的。"

劳森抿了一下嘴。"你不喜欢雷蒙？"他脱口问道。

"不喜欢，"吉尔德说，"不过，也没有什么不喜欢的，我们只是志向不同，成不了朋友。"

"是的，"劳森点头说，"我很感谢你的坦率。"他的手指又在桌面上敲打起来，他似乎有敲打的习惯，"弗兰克这个人怎么样？他是这儿的囚犯头吗？"

吉尔德耸耸肩，"雷蒙认为是，我并不这么认为。"

"雷蒙不仅仅认为是，"劳森更正说，"他坚信他就是囚犯头，为什么？"

"我不知道，"年轻的副监狱长说，"我承认，弗兰克可能参与过一两次，他在这儿已经十来年了，为了使生活好过一点，任何老囚犯偶尔都会参与。不过，我根本不相信他控制着所有囚犯。"

"你认为，雷蒙是不是由于某些原因而和弗兰克过不去？"

吉尔德摸摸下巴，"有可能，他们两人在这儿都很长时间了，他们可能很久以前有过什么过节。"

劳森想了一会儿，说："以后再讨论这个问题吧，明天我就找弗兰克问话，问他有关改进监狱的看法。"

吉尔德皱起眉头，"你要向弗兰克征求改进监狱的意见？"

"对，向弗兰克和每一个在这儿的老囚犯征求意见。我在别处当监狱长时，用过这个方法，他们会提出许多建设性的批评意见。"

"我非常赞成，"吉尔德回答说，"这种做法很开明。"

"我希望会有些好结果。"劳森说，"这件事就由你来安排，明天上午9点开始，每一位囚犯十五分钟左右，今晚6点之前，把他们每个人的资料放到我桌上，我晚上要先看看。"

"是，我会照办的。"

"好极了，"劳森喝完咖啡，"我们回去吧。"

第二天上午9点，劳森监狱长开始和监狱中的老囚犯谈话。他很专业地问问题，刺探那些人的心理和思想，那样子，就像一位高明的外科医生在病人的身上刺探肿瘤一样。

劳森在和六位老囚犯谈过话以后，才轮到老弗兰克。

劳森看到弗兰克时暗暗吃了一惊。这位曾经显赫一时的收赃者，在坐了十多年牢后，外貌大变。他有点驼背，头发全掉光了，眼睛水汪汪的，皮肤灰白，很不健康，根本不像一个能煽动囚犯暴动的人。

"弗兰克，"劳森开口说，"我请狱中所有的老人来谈话，是想征求一下意见，看看有什么需要改进的。你有什么建议吗？"

弗兰克坐在椅子边，愁眉苦脸地抓着一顶便帽，耸耸肩，"我……我……关于监狱……我什么都不知道。"

"弗兰克，你不要害怕，"劳森说，"你说的话绝对没有人知道，请你坦白地说，说出你的想法。"

他再次耸耸肩，"当然有，监狱长，我的意思是说，有很多方面可以改善。食物方面可以改善，星期天放的电影都太老了。"

"这都是一般的意见，"劳森对他说，"我要找的是比较特别的意见，尤其是会引起暴乱的问题。"他漫不经心地打开弗兰克的资料，"比如说，警卫对某些囚犯好，对某些囚犯不好，你说这种情况会不会有？"

弗兰克双手扭着便帽，同时避开劳森的眼睛。"也许有，也许没有。"他说，"我不知道。"

劳森手指轻轻地敲着桌面，"弗兰克，如果你觉得某个警卫虐待你的话，你会向我报告吗？"

"当然会。"弗兰克抬起头，然后又垂下来，"为什么不呢？我在这儿已经很长时间了，一直规规矩矩的。"

"这么说，如果有警卫或者警官和你过不去，你愿意来报告。"

"是的，先生，我会的。"弗兰克很明确地说，"我在这儿一直很规矩，我也希望获得公平的待遇。"

"我明白，"劳森点点头，"你和雷蒙队长相处得还好吗？"

弗兰克摇摇头，"队长不太喜欢我。"

"为什么？你和他有什么过节吗？"

"是的，监狱长，有过一次。不过，那不是什么了不起的事。"

"什么事？什么时候发生的？说出来让我听听。"

弗兰克拉一拉一只耳朵，"让我想想。大约五年前，我在洗衣厂当核对员，我的工作是确定某天收某栋某号牢房的床单。那一个月的第二个星期二，雷蒙队长来对我说，洗衣厂的值班人员没有去收B栋5号和6号的床单，我告诉他，那两个牢房要下星期二才收来洗，队长说，牢房外面全是床单，我说那天不是他们洗床单的日子，他说我不负责任，就解除了我的工作。"

劳森点点头，"然后呢？"

"我认为那不公平，所以我就去找副监狱长，他是吉尔德先生的前任，他调查了这件事情，发现我没有错，错的是雷蒙队长。"

"你怪不怪他？"劳森问。

"我不怪他。"

"你向副监狱长申诉之后，结果怎么样？"

"副监狱长恢复了我的工作。"

"你认为，这件事使得雷蒙队长对你产生成见了吗？"

"不，先生。那只是一件小事，当天就解决了，除了我、雷蒙队长和副监狱长之外，没有人知道。"

劳森微笑着说："你的意思是说，你没有向其他囚犯吹牛，说你战胜了警卫队的队长？"

"没有，先生。"弗兰克说，"我才不去惹麻烦呢。"

劳森坐着想了一会儿，盯着眼前这位瘦弱的犯人，他认为那件事并不是一件小事，雷蒙队长可能因此对弗兰克产生了成见。"弗兰克，我想就这样了，我感谢你的坦率，谢谢你。"

星期三快下班的时候，监狱长召开了第二次会议，参加会议的还是上次那些人。

"我不会耽误大家很长时间，"劳森说，"我已经看过各栋牢房的报告，写得很好，大部分意见都可以采纳。"说着将报告搁在一边，"鞋厂的那八个人怎么样？"

"他们都出来了，监狱长。"吉尔德报告说，忍不住扫了雷蒙一眼，"他们是自动出来的，工厂的机器完好无损。"

"这八个人现在在哪儿？"

"隔离房。"

"好，"劳森转向雷蒙队长，"我知道，C栋6号房的绝食已经解决了。"

"是的，监狱长，"雷蒙说，"你那个用热菜的主意很好。今天早餐时，只剩下三个人拒绝吃，我们已经把那三个人送到隔离房，所以现在C栋完全恢复正常了。"

"牢房气氛怎么样？"劳森问。

"很平静，"雷蒙自信地说，"暴乱的火花已经全部熄灭了。"

"你认为它不会再燃起吗？"

"那除非发生大事。"

"哪一类大事？"

雷蒙耸耸肩，"警卫杀死囚犯这一类的事。"

"我想不会发生那种事的。"吉尔德干巴巴地说。

"我可不敢那么肯定。"雷蒙说，冷冷地看着吉尔德，"去年一年里，在四个不同的监狱发生过四次。一个囚犯和监狱官在办公室，那个囚犯突然扑向监狱官，监狱官用枪打死了他。这种事情随时可能发生。"

"让我们假定不会发生这种事，"监狱长插进来说，"不要谈那种意外的事。"

"是，先生。"雷蒙平静地说。

"很好，"劳森转向三位警卫官，"如果今晚和明天一切顺利，从明晚起，就不必早锁牢门，可以恢复娱乐，包括体育馆、电视。但是，所有警卫留在控制室里，各牢房门没有上锁之前，警卫不要在通道上走，明白吗？"

"是，监狱长。"三位警卫官说。

"好，"劳森的手指又在敲了，"至于隔离房的那些人，把他们留在那儿。"他看看手表，"今天就到这儿吧。雷蒙队长，你多留一会儿，好吗？"

吉尔德和三位警卫官站起来，离开了办公室。雷蒙板着脸留了下来。

"雷蒙队长，"劳森说，"关于你对弗兰克的看法，我做了一些调查，坦白地说，我找不到任何证据……"

"你不可能找到，"雷蒙队长说，"弗兰克是个聪明的歹徒。"

"他可能是全监狱里最聪明的歹徒，但是，他不可能一点痕迹都不留。"

"你是说我需要证据？证明为什么要把弗兰克那样的坏蛋扔进洞里？"

"对，这就是我的意思，队长。"

雷蒙靠在椅背上，"我以为你是来加强安全防范的，可是你的谈吐好像要姑息这些坏蛋。"

"我不打算姑息任何人，囚犯或警卫都不姑息。"他站起身，开始收拾手提箱，"队长，如果你没有充分的证据，请你对弗兰克和其他囚犯一视同仁，你告诉你的部下，绝不能虐待犯人，明白了吗？"

"明白了，监狱长。"雷蒙也站起来，看着劳森锁上手提箱。

"雷蒙队长，"劳森从办公桌后面绕出来，"你再过四年就可以合法退休了，你最好考虑去干别的工作。"他停了一下，拍拍雷蒙的肩膀，"我不是无情，队长，只是有些人不能适应变化。你是一个看守人的人，而我和吉尔德是改造人的人。你在你的那个时代是很有价值的，可是，我想你的那个时代已经过去了，我希望你不要把这件事当做我们俩的私人问题。"

"不会的。"雷蒙平静地说，说着，随着监狱长走出办公室。他们走出行政大楼，走下台阶，来到监狱长的私人停车处。劳森把手提箱往汽车里一放，上了汽车。

"队长，你还是放聪明一点儿，"他警告说，"别再和弗兰克那种人过不去了，他们有什么问题，由我和吉尔德来处理，你只要把这四年混过去，然后领退休金就是了。"

劳森倒车，向工作人员专用的门开去。

雷蒙站在空空的停车场旁，目送他离去。一位警卫官走过来，站在他旁边，这位警卫官是值夜班的。

"队长？"警卫官的声音有些不安。

"什么事？"雷蒙问，眼睛没有看他。

"你认为新监狱长的说法对吗？你认为暴乱已经结束了吗？"

"可能，"雷蒙回答说，"除非发生囚犯被杀这类的事件。"

警卫官点点头，显然松了一口气，"那种事不太可能发生。"

"不，"雷蒙说，"那种事很可能发生。"他看看警卫官，"你巡视过了没有？"

"正准备去。"

"今晚的秩序是怎样的？"

警卫官从衬衫口袋掏出一张卡片，"今晚是先B栋，然后A栋，最后是C栋。"

雷蒙队长看看手表，"你巡视完之后，我在餐厅等你，我们一起喝杯咖啡。"

"好的，队长。"那个警卫说。

雷蒙转身走上水泥台阶，而警卫官开始朝院子走去。雷蒙慢慢地爬上台阶，重新进入行政大楼。沿着走廊行走时，他看看右边，又看看左边，察看是不是还有办公人员在。他发现都下班了。他没有理会监狱长的办公室，因为他知道里面没有人。经过副监狱长的办公室前，他停了一下，轻轻敲门，然后推开门探头进去，发现吉尔德已经下班了。行政大楼只剩下他一人。

雷蒙队长继续向前走，进入自己的办公室。他在办公桌前坐了十五分钟，一直到他肯定值日的警卫官巡逻过B栋，然后他挂电话找B栋的警卫官。

"我是雷蒙队长，"他说，"把弗兰克带到我办公室。"

带弗兰克进来的是一个新来的人。他和弗兰克见面后，站在办公桌前，雷蒙队长扫了弗兰克一眼，然后，伸手接过警卫手中的签收条。

"不用等了。"雷蒙队长签好收条后告诉警卫，"等一会儿我自己带他回去。"

"是，队长。"年轻的警卫接过签收条，敬了个礼。

"出去的时候，请顺便把门关上。"

"是，队长。"警卫离开办公室，随手关上门。

在静悄悄的办公室，雷蒙队长和弗兰克对看了一会儿，然后，雷蒙漫不经心地打开底层抽屉，拿出一瓶威士忌和一个酒杯，往杯中倒了点酒，往桌面上一推。弗兰克急切地抓起酒杯，一饮而尽，然后深深地叹了口气，跌坐到椅子里。

"我需要酒。"他说。

"我知道。"雷蒙队长说，盖好瓶盖，放回抽屉。

弗兰克探身向前，把酒杯放在桌子上，紧张地说："好了，我们谈吧。"

"你可以放心了，"雷蒙队长说，"我们的新监狱长是一个改革家，他忙于改造人，不会注意监狱的欺诈行为。"

"真的吗？"弗兰克问。

"当然是真的。"雷蒙队长轻松地说。他站起身走到窗前，他可以看见点着灯的牢房、警卫的守望塔、院子和墙壁，他知道这是他的王国。他点着一支昂贵的雪茄，深深地吸了一口，"我们这儿有两千名犯人，每天至少有一半人在某件事上会多花两三毛钱，比如把裤子烫平，多给一张日用品供应条，图书馆为他保留某本书，一封额外投寄的信，星期日晚餐多给一份甜食……"

雷蒙队长转身对着弗兰克，微笑着说："一天两三毛钱，听上去很少，可是整个监狱那么多人，那可是不少啊。"

弗兰克耸耸肩，"我们平均一天可以搞到二百八十到三百元钱。"

"对了，你我每天分一百元，其他的付给那些需要打点的人。不过，首先我们俩要先拿到我们的那一份，对不对？"

"当然，"弗兰克说，耸耸肩，"我们该拿那钱，这是我们想出来的计划。"

"完全正确。"雷蒙说，"弗兰克，你知不知道我们在瑞士银行存有多少钱？超过五十万了！告诉你，单是利息，每个月就有一千多。弗兰克，再过四年你就刑满释放了，我申请退休，那时候，我们就可以享受了。"

"如果这位新监狱长不放聪明一些，是不是也要像过去一样整他？"

"对，"雷蒙队长的微笑消失了，"我们就像对付上一任那样，干掉他。我们再策划一次暴动，那些和他合作的人，趁着暴乱一起干掉，就像我们干掉那两个多嘴的人一样。弗兰克，这地方我们经营了十四年了，绝不能让人来破坏我们的心血。"说着拿起弗兰克的酒杯放进抽屉里，"走，我带你回牢房。"

两个男人离开办公室，他们走到院子里，雷蒙队长深吸了一口气，抬头看天空。

"美丽的夜晚。"他说。

"是啊，"弗兰克说，也抬起头，"繁星满天，这样满天星星的夜晚真是太妙了。熄灯之后，还有东西可看。"

"真有意思。"雷蒙队长说。

他们继续向前走着，一直到只剩两个黑黑的影子，从那两个影子分不清谁是谁。

密　探

报纸头条新闻以显著的标题标出："囚犯黑夜越狱，当场被击毙！"一阵从沙漠吹过来的微风，吹动着旅馆房间破旧的窗帘。一个年轻人在旅馆房间里，把手中报纸倚放在镜子前，注视着报纸上的两张照片。这位年轻人没有理会第一张照片，他关注的是另一张年轻的、表情严肃的照片，那张照片旁边注明"在逃"。他对着镜子中的自己皱皱眉，做出严肃的表情，然后，又试着笑了笑，做出一副明朗、友善的表情，再和报纸上的照片核对一下效果。

他向镜子里的影子点点头，然后打开报纸，匆匆忙忙读完新闻。报道中说，一位名叫毛勒的囚犯，是两年前抢劫一家储蓄公司的两名匪徒之一，在那次抢劫中，有一位职员和一位顾客遇害。毛勒被判终身监禁，今天凌晨在企图越狱时被击毙，死前没有说出当年的同案犯的姓名和藏钱处。新闻报道中提到和他一起越狱的同犯名叫约瑟，此人已经逃脱了。一位监狱警卫认为，他击中了约瑟，但他不能肯定。

年轻人把报纸卷起来，塞进一只破旧的垃圾筒里。他走到窗前，稍稍拉开窗帘，朝外观看。一部暗蓝色的小汽车停在街的对面。外面有些微弱的灯光，可以看见方向盘前坐着一个人，正拿着一张地图观看。年轻人一直注视着车上的人，直到他把地图放下，露出蓄八字胡的粗糙脸孔。脸上那双冷冷的小眼睛，向旅馆闪动了一下，然后又把地图拿高一些。

年轻人把窗帘放回去，然后，从腰带上掏出一支沉甸甸的暗蓝色手枪。他检查了一下枪膛和扳机，然后把枪放回原处，再将风衣下摆拉好盖住枪柄。他扫视一下房间，走出房子外，轻轻关上门。

他绕过吱吱作响的电梯，径直走下狭窄的楼梯。在他穿过小走廊正要进入前厅时，听见有人在谈话，他停下来，侧耳聆听。

"这儿没有像那样的人，究竟谁想打听？"

"这枚警徽想打听，"一个低沉的声音说道，"你再瞧一次照片，认真想想。"

年轻人紧贴着墙壁探头观望，看见一个方下巴的粗壮男人，双手扒在柜台上，身子向前倾着。

总台服务员仔细辨认摊在面前的报纸，然后说："两小时前，也就是今晚6点钟，有个人住进来。那人可能是你要找的人，我无法发誓说绝对是他。"

"让我看看登记簿。"粗壮的男人说。

总台服务员把柜台上的登记簿旋转过去，指指上面的一个名字。

"汤普森？"那个男人低声咕哝，"这些渣滓，老是改名换姓。几号房？"

年轻人没等听见总台服务员的回答，就快步折回，经过电梯，从后门出去。外面天色已经黑了下来，他跨过旅馆后面的小弄，溜进停车场。在停车场，他找到一辆生锈的老爷轿车，钥匙还在点火器上。他发动引擎，朝北向城里的新社区开去。他开车时，频频地看后视镜。

十五分钟之后，他把车停在一处空地，拐过街角，来到一幢白色的两层楼公寓。他查看一排排的信箱，然后穿过铁门，向右转弯，停在第二道门前。门上没有门铃，所以他轻敲铝质纱门。

里面的门打开，一位脸色苍白、留金色长发的少女，透过纱门看着他。

"拉里小姐？"

"是的。"

"我是毛勒的朋友。"

"那么你不是我的朋友，"少女说，"走开！"

"等一等，你看没看今天的报纸？约瑟这个名字对你有什么意义没有？"

少女仔细端详他的脸，"你是今天早上和毛勒一起越狱的？"

"能不能快些让我进去？"

女子解开门上的挂钩，年轻人进入一间整齐的公寓，屋子不大，电视机开着。

"你怎么找到我的？"少女问，"毛勒并不知道这个住址。"

"我到野猫俱乐部问的，经理开始装蒜，后来我告诉他，我认识毛勒，他才肯说。"

"哎，你这个人一定是个笨蛋，你不知道那是鱼龙混杂的地方吗？你那样做，就像要把消息告诉给和毛勒一起作案的那个人。他们说，自从抢劫案发生之后，那人一直逗留在那儿，等候那笔钱的线索。你知道，当时他们逃跑时，钱是毛勒携带的。"

"你知不知道毛勒的这个伙伴是谁?"

"不知道他长什么样,我只知道开枪杀死那两个人的是他。毛勒也不是好东西,不过,他不是开枪的凶手——我得先告诉你,我不知道那十万元钱在哪儿。"

"我知道。"

女子打量了年轻人一阵儿,"你在开我的玩笑?"

"不,我知道钱藏在哪里,假如你帮助我的话,我们俩一半对一半分了。我需要一个地方躲两天,我发现有两个人在跟踪我——一个是警方,一个看来更麻烦。"

"为什么找我?你自己没有朋友吗?"

"没有,毛勒告诉我,他相信你。"

"但还没有相信到告诉我藏钱处的地步。"

"也许你没有什么可用来交换的……比如掩护计划。"

"没什么好交换的,反正他已经死了。"

女人抓住窗帘角,用单眼向外窥视,"有一个留八字胡的人,开一部蓝色汽车,慢慢地在巡视,看来像是在留意门牌号。他是不是你认识的?"

"也许,让我瞧瞧。"

女人抓住窗帘,"见鬼了,你!假如那个家伙看见你从我的窗户向外看的话,你我两个就死定了。是不是有人跟踪你到这里?"

"我没有看见什么人。嘿,让我住个一两天,假如有什么麻烦的话,你可以说是我拿枪逼迫你的。"

"我可以分得多少钱?"

"一半,怎么样?"

那女人的眼睛仰望着天花板,心里在暗暗计算,十万元除以二是多少。"好吧,不过,那会是两天紧张不安的日子。你希望喝点什么吗?"

"酒。"

"我没有酒。"

"附近有卖酒的商店吗?"

"要过一条半街才有。"

年轻人从皮夹掏出一张十元钞票,"喏,去买瓶酒吧!"

一开始那女人没有动,然后,她接过钱,朝门口走去。"躲好,别让人瞧见了。"她说。

"别担心。"

女人离开公寓后,年轻人关掉电视,坐下来抽烟。当那女人回来时,他已经抽完两支烟了。"酒呢?"他问。

"我没有买。听我说,你不能留在这儿。我在一条街外,又看见那个留八字胡的人。他一定知道你在这一带。"

"你要我怎么办?走到外面街上挨子弹?"

"不,我知道一个地方——去沙漠那个方向,有一幢小屋,从前毛勒偶尔住住。没有人去那个地方,我们可以乘我的汽车去。"

年轻人露出怀疑的神色。

"不那样的话,你现在就出去冒你的险。"女人说,"我这儿不留你。"

"好吧,你打算什么时候去?"

"越快越好。我去把车开到前面来,我看街头没有人的时候,再给你打信号,然后你跑出来,躲到后座。"

年轻人熄掉公寓的灯光,留心窗外。当一部白色汽车开到屋前,车头灯一闪的时候,他便冲到街上,跳进汽车,趴到汽车地板上。

汽车开动向前驶去。女人默默开了几分钟。

"有多远?"年轻人问,"这儿挤得难受。"

"不远了,忍耐着点儿。"

汽车离开平滑的公路,在一条曲折的泥土路上颠簸了五分钟,然后刹住车。

"到了,"女人说,"你可以出来了。"

年轻人从狭窄的汽车后座下来,一拐一拐地跟在女人的后面,向一幢只有汽车间大小的木屋走去。借着月色,可以看出小木屋有些倾斜。女人拉开门站在一旁。

年轻人一踏入门,一道强光像拳头一样,击中他的双眼。他倏地后退,但已经来不及了,身后的门被关上了。几秒钟之后,灯光移向天花板。当年轻人的视线恢复时,他看见灯光来自一盏手提灯,它放在一张木桌上。房间里还有一张坏腿的帆布床,两把厨房旧椅子,一张椅子上正坐着那个留八字胡、面孔粗糙的人。

"这是怎么回事?"年轻人说。

"你被出卖了。"另一个人说。

年轻人带着迷惑又生气的表情转头看那个女人,"打的什么主意?"

她说:"先生,我不知道你是谁,不过,当你掏钞票让我买酒的时候,我知道你不是今天早晨越狱的人。所以,当我到外面碰到这位八字胡先生时,他正好停车在街角。我问他是不是对一个叫约瑟的有兴趣,他说是的,所以,我告诉他到这地方来,我会把他要的人送来,不论你们玩的什么把戏,我才不趟这浑水呢!"

"涉及金钱的事，都不是很聪明的。"坐在椅子上的人说。

年轻人耸耸肩，"没有完美的人。至少我没有蓄一道大老远就可以认出的八字胡。"

这时，小屋门砰地打开，冲进一位宽下巴的粗壮男人，他拿着手枪，那女人吓得目瞪口呆，那人挥动手枪，对着屋里的人。

"举起双手！"他狠狠地叫道。

他们照做了。

"现在，转身，面对墙。我有话要和这个名叫约瑟的说。嘿！小家伙，别以为我没有看见你走出那个旅馆后门，然后又跑出来，躲进这个妞儿的汽车里。我一定是在什么地方疏忽了，没有看见卡鲁西。"

"你弄错了，路克。"留八字胡的男人说着，回过头来。

"该死的你，卡鲁西。"粗壮的男人说着，扣动了扳机。卡鲁西应声倒下，他还没来得及开第二枪，那个年轻男子的自动手枪开枪了，连发三枪。头两颗子弹打在那个叫路克的男子的胸膛，把他打得向后仰，第三颗打在他的头上。他沉甸甸地倒地，不再动弹了。

那位蓄八字胡的男人在地上滚了滚，小心地在他的外套背部下面摸索。年轻人快步过去，跪在他身边。

"卡鲁西，打到哪里啦？"

另一个人呻吟着，拉出一只弯曲的钢环，"我想，他正好打到我的手铐。"他进一步摸索，然后看看手指，"没有血。不过，明早一定会淤血变紫。路克死啦？"

"是呀！"

"我看见他进入旅馆。你引诱他到那儿的？"

"不，他向总台服务员亮假警徽，我从毛勒的朋友那儿看到过他的照片，认出了他。假如当时我能肯定这女子没有涉及的话，我可能当场就引诱他，让他采取行动。"

女子站在那儿，双手蒙面，眼睛看看这一个又看看那一个，"你们能不能告诉我，谁是谁，这是怎么回事？"

留八字胡的慢慢站起来，搓搓背脊，"对不起，拉里小姐。我是警察局的卡鲁西警官，你的这位年轻朋友是警长办公室助理狄伦先生。躺在地板上的那个人是凶悍的路克，本地的一名歹徒，很显然，他是你从前那个男朋友的抢劫同案犯。"

"那么，谁是约瑟？"女人问，"真有越狱的事吗？"

"不错，是有越狱的事，就像新闻报道上说的。毛勒被击毙，当发布新闻的时候，我们以为约瑟逃脱了。可是，两小时之后，我们在一个树林里找到了约瑟的尸体。有位警卫说他可能击中了他，此言不假。

"当我们把尸首运回来的时候，有人发现，约瑟和狄伦长得非常相像。所以，我们花了一个下午的时间，故意使毛勒的抢劫同案犯认为约瑟在追那笔赃款，用这个方法把他诱出来。我们必须要把这家伙诱出来，而且要快，因为约瑟死亡的消息，我们不能封锁二十四小时以上。"

"很聪明，"女人说，"我现在可以走了吗？"

两个男人互相看看，然后再看看女子。卡鲁西说："我想可以的。不过，对路克的死亡，我们要你出面做见证人，反正，你也没有犯什么罪。"

"谢谢。"女人转向年轻的狄伦说，"顺便问一声，我猜，你知道赃款下落的事是唬人的。"

"哦，不，我可以告诉你那笔钱在哪里。它已经送回那家储蓄公司了。警方在毛勒入狱后半年便找到了。这个消息没有公开，因为另一位匪徒还没有归案，那笔款子是个好鱼饵。"

女子摇摇头，"你们两个人真是的，不但外貌看来像歹徒，而且把人骗得死死的，这不是警察该做的。"说着，迈步向门口走出去，发动汽车，扬长而去。

都是为了爱

那瓶杜松子酒现在只剩半瓶了,他刚带回家时,是原封未动的一整瓶。

"瓦特,你准备把我怎么样?"她卖弄风情地说。

她的声音黏糊糊的,两眼有点迷蒙。她一定是觉得有些燥热,因为她已经脱掉毛衣,一双肥手放在桌面上。可怜的安娜,她已经人老珠黄,她的双手已经不再美丽,大腿也露出了青筋。他根本不想再看她的腿了。

"瓦特,你要把我怎么样?"她再次问道。当她探身过来时,丰满肥大的乳房搁在桌面上,"是不是要带我上楼?你知道,你不必再用杜松子酒来助兴了。"

不,他不带她上楼,但对她还有一种温情。可怜的安娜,没有人相信她的金发是真的,还有涂在睫毛上的黑玩意儿……他希望她不要哭,否则那黑睫毛油流到面颊,就更难看了。

安娜是非常坚强的,也许她不会哭,但是此刻他还不能告诉她真话。也许她心理上早有准备,但他却还没有勇气。他在两个酒杯里又倒满了酒。

"瓦特,"她对他说,"如果我再喝的话,我就没有办法给你做晚饭了。今晚我要为你准备好吃的。"

他没有问她什么好吃的,只是说:"我喝过午茶了。"说着,喝了一大口酒。

她也喝了一口酒,但是她的微笑中深藏着一丝忧虑和关切。"瓦特,"她脱口而出,"你没有被解雇吧?"

他摇摇头。他并不是懦夫,他只是开不了口。要打破沉默,真是难啊。

他喝完了酒。如果他再喝的话,就没法谈话了。为了他自己,总得勇敢起来。就在今天夜里,要把事情解决了。

"安娜,"他开始说,原来想大声说,可说出来的声音却很柔和,有些哽咽,

"安娜,我要离开这个家。"

显然,开始她不相信。她眨眨眼睛,凝视着他,确信他喝醉了。

"我可没有醉,安娜,"他向她保证说,"我告诉你,我要离开这个家,离开你,今天晚上就离开。我本来可以打电话告诉你,或者写信给你,但是我不能那么无情,所以,安娜,我要当面告诉你。"

她吓坏了,嘴唇发抖,肥胖的面颊塌陷下去,她开始相信了。过了好一会儿,她喃喃地说:"我做了什么对不起你的事?"

"没有,你什么也没有做,安娜,你是位好太太,我一直就是这么说的。你是一个忠实的好太太。"

她竭力思索,怎么也不明白,"可是,你要离我而去……"

"是的,我要离开。"

"你要去哪儿?"

他早知道这事非告诉她不可,反正她迟早会发现,偶尔也会遇见。于是,他很不情愿地说:"去另一个女人那儿。"

"另一个女人?"她脸上一片茫然,没有生气,也没有伤心,"谁?她叫什么名字?"

"莉丝。"

"莉丝?"安娜停下来,吃惊得一时说不出话。

瓦特耐心地等着。没有比这对一个女人的打击更大了,这深深地伤了她的自尊。当然,这种打击不可能在几秒钟或几分钟内被化解。

"你是指……"她终于能说话了,"你是指住在白兰地胡同的莉丝?"

"就是她。"

安娜突然放下手中的杜松子酒。

"莉丝!"

"是的。"

"你要离开我,去和她同居?"

"是的。"

"永远的?"

"恐怕是的,安娜。"

"在那次大会上,我看见你瞟了她一两次。"

"是的。"

"在酒吧也是。"

"我没想到你会注意。"

"莉丝！那个老莉丝！瓦特，你听到我说话吗？她年纪比我大，也比你大。"

"我想是的。"

"她比我还要胖。"

"也许。"

"她不是梦露，也不是索菲亚·罗兰。"

"都不是。"

"那么，是什么？她富有吗？依我看，她也不富有。瓦特，她是不是今后向你提供奢华的生活？"

"我想不是。我仍然得干原来的工作，白天上班，做我一向做的工作，然后……"

"夜晚则回到她那儿，不回我这儿。你要不要离婚，瓦特？"

"如果方便的话。"

安娜给自己倒了一杯酒，一饮而尽。"莉丝是个又老又胖的女人，而且不富有。"她再次沉思地说，"瓦特，你是瞎了，还是疯了？到底是怎么回事？"

"两者都不是。"他必须告诉她，告诉她才公平。好吧，忠实的安娜，至少应该得到解释。

"为什么？她丈夫尸骨未寒呢！"安娜说，"她究竟是个什么样的女人？连丧都不守啊！老贝尔才死了多久？一年不到。"

"对，安娜，"他抓住机会，打断她的话。"问题就在这里，我的意思是说，老贝尔所以进坟墓，完全是因为我。"

安娜不明白他的意思，又露出茫然的神情。

"莉丝喜欢我，已经好多年了，安娜，别问我为什么，我不能告诉你。但是她一直对我有意思，有时和我说悄悄话，邀请我出去。我总是对她说：'你是个放浪的女人，莉丝，你是有夫之妇，居然胆敢勾引男人。'她的回答总是一成不变的：'我不勾引别人，只勾引你一个人。'然后，有一天，在老贝尔的葬礼之后，她告诉我说：'贝尔已经不妨碍我们的事了。我给他吃了砒霜，如今我自由了。'"

"砒霜！"安娜大吃一惊。

"老鼠药，"瓦特解释说，"你还不明白吗，安娜？"

"不，我不明白。"她说。

"她为了我才下手害死老贝尔，她为我犯罪，一个女人为了你犯这样的大罪，这可是很少见的啊！"

"感谢上帝，的确是很少见的。"

"你仍然没有明白，是不是？我并不是说她那样做是好事，或者是对的，或者从法律观点看是合法的,或者从老贝尔的立场看是仁慈的,都不是。我已经46岁了,只是一个律师事务所的小职员,她竟然为我做出这种事,我真是觉得受宠若惊。"

她盯着他,并没有伸手倒酒。她说:"瓦特,我从来不知道你这么容易被人拍昏了头。"

"这也很浪漫。"他说。

"瓦特,你是个浪漫的人?"她惊讶地问。

"我是有点浪漫,"他说,"我得承认,莉丝害死老贝尔这件事,让我很感动。"

安娜摇摇头。"你真是个怪人,瓦特。"她说,继续摇头,但是,情绪很快就变过来了。

"砒霜?"她问,眼中闪着怒气。

"对。"

"警方怎么样?"

"他们并不感兴趣。"

"我可以把你告诉我的话报告给警察。"

"安娜,如果你那么做的话,只会使你丢脸,他们会把你的报告当做一位嫉妒女人的诬告。当然,我会否认,莉丝也会。"

安娜眯起眼睛,坚持说:"他们可以开棺验尸,砒霜会留在尸体里,这种新闻屡见不鲜,警方可以证明老贝尔是被毒死的。"

瓦特摇摇头,争辩说:"你必须说服警方老贝尔不是自然死亡。老贝尔胃病拖了很多年,这一点可以从他的病历上得到证明。要开棺验尸,需要很多手续,不是凭着道听途说就可以开棺的。"他缓和声音,"别那样,安娜,别再争了,事情有时候就是这样,我找到新的爱人,也许你也会找到新的。"

泪水突然涌进安娜的眼中,很快就流了出来,在脸上留下一条条黑色的泪痕。他不想看她哭,所以急忙从椅子上站起来,跨过房间走到门前,透过窗子看夏日夕阳下的后花园。安娜在他身后,用手帕擤鼻涕,发出很大的响声。

让她哭一阵吧!他想,可怜的安娜有权利哭。事实上,如果他的告别引不出她的泪水的话,他心中会感到不是滋味。她继续难过了三四分钟。他听见她打开手提包,拿出干净手帕,也许她用围裙擦泪水也说不定。

然后,哭泣声停止了。现在要转身是安全了。安娜的样子真是吓人,她多肉的脸上全是一条条的黑色泪痕,头发乱蓬蓬的,但是,嘴唇却坚定地抿着。她正在坚强起来。

"我想,你不会留下吃晚饭吧?"她问。

他摇摇头，告诉她："我已经收拾好一只行李箱，其他东西，我可以改天再来拿。"

"你真的要走吗，瓦特？"

"真的要走。"

她看了他一眼，那眼神非常凄楚、可怜，他差点要心软了。他本来以为把事情说出来是最难的，现在才发现，真要出走也得有一些勇气。

"别那样吧，安娜！"他说，在她对面坐下，把剩余的杜松子酒倒在杯子里，"让我们为过去的美好岁月干一杯！"

他高举酒杯，做出敬酒的样子，然后一饮而尽。安娜则心不在焉地呷了一口。

"你也没有损失什么，"他继续说，"在我逐渐衰老的日子里，让莉丝照顾我，你则占有年轻时的我，安娜，干了！"

他使劲喝酒，不是在鼓励安娜，而是在鼓励自己。喝完酒后，他再也无法忍受安娜那副愁苦的样子了。

他离开厨房，冲进过道，上了楼梯。行李箱仍然在他的床下，他把它拖出来。

然后找到他的帽子，准备戴上，到莉丝那里去。莉丝是世界上最热情的女人，这一点已经得到证明了。

他在镜前照照，把帽子戴得更斜点，在心中问自己："我有什么了不起的地方，竟然引起了两个女人的爱？"他什么也看不出来，不过，他自己是挺好看的。现在，走吧！

他下楼。

走到楼底时，他突然全身发麻，扔下手中的行李箱，在楼梯上坐下来。他眨眨眼睛，原本阴暗的过道，更昏暗了。他把帽檐儿向后推推，但仍然看不清。

安娜走了过来，焦虑地低头看着他。"怎么了，瓦特？"她问。

"我不知道……"

她在他身旁坐下，肥胖的手臂搭在他的肩上。

"瓦特，那是我的安眠药，"她亲切地低声说，"整整一盒，今天我才配回来的，我全倒进酒里了。"

"你什么时候放的？"他问，一点也不生气，只是好奇。

"你站在门前，背对着我的时候。我的皮包就在手边，我故意大声哭，又大声擤鼻涕，所以你不知道。我不能让你到莉丝那儿去。她毒死她不想要的人，我则毒死我很想要的人，我比她更爱你，不是吗？"

是的，她爱他，不是吗？他将头靠在她的肩上。

"睡吧，瓦特，"她安慰道，"祝你睡个好觉……"

无名火起

"现在,亨利太太,请尽可能详细地告诉我们,是什么一连串的大事,导致了——嗯,促成了这个悲剧。"

"是,法官大人。我想第一件事开始于星期天晚上。那天我们正举行宴会,你知道,我们买了许多新出的、昂贵的唱片,准备听听音乐,跳跳舞,好好玩一通,可是宴会还没有开始,唱片机就出了毛病,好听的摇滚乐没有出来,却放出了许多难听的噪音。

"我丈夫立刻打电话找人,希望他能立刻过来看看,可是对方说要到星期一上午才能过来。于是宴会的气氛开始低落,我们准备的唯一的娱乐就是音乐,没有了音乐,客人纷纷离去。首先是我丈夫的老板夫妇,这使我们非常尴尬,因为他们俩是主要客人,而且唱片花了我们不少钱。

"然后,星期一上午,烤面包机也出了毛病,开始我没有注意,一直到嗅到焦味才发现。该自动跳出的面包没有跳出,我丈夫喜欢吃焦一点的面包,但不喜欢焦成那样的。所以我又试了两次,结果一样,根本没有跳出来。最后我只好算了,因为家里没有面包了。

"我难以想象我丈夫吃不上早餐的情形,所以,我比平时早些开车送他去上班,送他到办公室附近的一家饭店吃早餐。

"嗯,在我开车回家的途中,才开了一会儿,发动机就开始出毛病,汽车冒烟,噗噗直响,差不多开不动了。最后,我送到一家修理厂,那里的一个修理工掀开车头盖,听听敲敲,最后说,汽车零件没有调好,什么油箱里的浮漂堵住了,或爆裂了,我最好叫辆出租车回家,因为要到那天下午,或第二天,或第三天才能修好。

"然后，回到家，我才发现我把烤面包机忘在汽车里了，也忘了买面包，因此，我去找邻居玛丽——在她那里吃了一顿午饭，同时和她聊聊一连串不如意的事，诸如唱片机出来的噪音，烤面包机的不自动跳出，汽车发动机的毛病，那人又说是什么浮漂爆裂或阻塞什么的。嗯，玛丽说她不知道汽车里有什么浮漂，她只知道钓鱼的时候有浮漂，也许潜水艇有，可是不明白汽车要浮漂做什么用，除非是装上它，免得汽车涉水时沉下去，等等。她也不明白，为什么一个爆裂的浮漂，会使汽车噗噗响，还冒烟。

"她说，汽车修理厂和一般的修理工，总是骗我们女人，说出一些怪名词，让你听不懂，然后狠狠地敲一笔。有时候没有毛病的，他也说有毛病，弄来修，而真有毛病的，他却不修。有一次，她家冰箱有毛病，来了个修理工，他告诉她，毛病出在热圈上。她觉得受了侮辱，因为她确信自己并不笨，知道冰箱里面没有热圈，因为冰箱是要保持低温，不是保持高温，不像炉子什么的，而且摸摸弄弄要收她八十八元五角，可能根本就没有修什么。就像有些医生，小毛病，却说成大毛病好多收你的钱。就像有个医生，告诉他叔叔，说他患有严重的胆结石，非开刀不可，但刀一开，取出的石头，肉眼几乎看不见，收取的费用，可以买比那块石头大六倍的钻石。

"嗯，法官大人，可以想象我离开玛丽家时的心情。回到家，我打开电视机，要看我最喜欢的节目，我要看爱丽丝是不是流产，鲍比是不是发现自己的弟弟就是自己儿子的父亲，小彼得要变女孩或男孩，结果，打开电视，银幕跳跃——"

"跳跃？"

"是的，法官大人，我们家电视机是常有毛病，但这样猛跳倒是第一次，我坐在那里发呆，越想越生气，因为这一系列的修理，要花很多钱，会弄得我手头很紧张的。正在这时，有人敲门。原来是来修唱片机的人。

"他一看到电视机猛跳的样子，就走过去，扭了一下一个小钮，屏幕立刻清楚了。他告诉我，毛病出在垂直控制上。正像玛丽说的那样，修理工就想骗不懂机械的女人，为了多敲点钱。他就是那样的，而我不让他得逞，因为我懂得垂直是表示上下的，而他并没有做什么上下的事，只扭动了一个小钮。

"然后，他走到唱片机那儿，打开，听听，然后关掉，取出工具，递给我一把榔头，要我替他拿着，然后他开始拆唱片机，就像医生在进行大手术一样，为了多赚我一点钱。当他把东西全部拆下来后，他说这——"

"是的，亨利太太，请说下去。那人说什么？"

"你不会相信的,法官大人,他说我们家唱片机的低音大喇叭爆了,小喇叭的尖声线松了,然后……然后……"

"然后你就——"

"是的,法官大人,就在那个时候,我无名火起,举起他递给我、让我帮他拿的那把榔头,狠狠地砸在了他头上。"

特别债券

赫伯站在门边,一只小小瘦瘦的手抓住圆顶高帽和一把折伞,另一只手搁在半开半闭的门把手上。

"我走了,妈妈。"赫伯对着宁静的清晨喊道。

"祝你有个愉快的日子!"从后面卧室中传出来的声音甜甜的,但是没有精神,"你今晚不会迟到吧,孩子?"

"不会的,妈妈。"

"7点钟,是吗?"

"7点钟。"他心不在焉地回答着,眼睛扫过起居室,心里不觉一动,他想:我将会怀念这一切。

他看看优雅的家具,红木橱子,里面装着他母亲辛勤收集的瓷器,房角有个小饰物架,装着各色各样的小玩意儿。

这个房间———一度颇值得骄傲的房间,每一件家具在晨光中都会闪耀发光。如今,每件东西都褪色、破旧、疲惫不堪,甚至他母亲似乎也和这些家具一样。自从1929年生意惨败、她又成为寡妇之后,她一直在工作,因为赫伯的薪水菲薄,所以她从没有舍弃那份工作。

他轻声对那个刚刚闪进厨房身披法兰绒袍子的人影道别,等候熟悉的"再见"声后,再随手关上门。

赫伯进入电梯,按"1"字的钮。这部呻吟着的老爷电梯,疮痍满目,按钮上全是年轻人的名字,唯独没有他的名字,想到这点,不禁有些伤感。在四十年的岁月中,他有三十年是居住在这幢公寓里的,但一直没有勇气在锈迹斑斑的电梯里刻上自己名字的缩写。他摸摸挂在胸前那只怀表末端的金刀子,心中有一股冲动,但是天生的胆怯和遵守秩序的习惯,使他将手从背心口袋中挪出——空手伸出来。他叹了口气,永远没有机会了。

赫伯是个一丝不苟、拘泥于形式、生活规律而单调的人。这天,当他步入清晨的阳光中,计划在日落前偷窃五十万元时,他也只给自己一个秘密的微笑。

这天上午和平时一样,赫伯坐在第三节车厢的后面,他的《纽约时报》整整齐齐地折叠成四分之一大,试着用近视的双眼阅读新闻。

到华尔街站的时候,赫伯和许多身穿黑色西装、头戴圆顶礼帽、手拿雨伞的人一起下车。他步行一小段路,进入一座灰色的大厦,进去的时候,向门口的保安点点头,再乘电梯上到十七层,走出电梯,在一扇玻璃不透明的门前站了好一会儿。那扇门上刻着:

"泰波父子公司,创立于1848年,纽约证券交易公会会员。"

他顺着一条通道走过去,推开一道栏杆的门,看都不看用粉笔记载着前一天各公司股票行情的黑板,径直进入一间小小的办公室。里面有六张办公桌,镶着玻璃的档案柜,一道墙边有一个像笼子一样的窗户。赫伯的办公桌和其他人分开着,以表明他在公司做了二十三年的资历。

9点钟左右,其他的办公桌都有了人。高高的、憔悴的比利,草率地和赫伯点个头,溜到自己的座位上。他的资历只少赫伯两年。芬黛小姐是个相当有才干的年轻女人,30岁,当她扑扑粉后,在桌子后面坐下来,她的座位在一扇通往副经理办公室的橡木门边。接下来是两位低级职员,最后进来的是劳伦斯,他是副经理妹妹的儿子。

劳伦斯刚进来,他舅舅就从里面的办公室出来,检查考勤。他对大家准时到达感到很高兴,然后向芬黛小姐点头让她进去。

10点30分,芬黛小姐从泰波副经理办公室走出来,泰波随后走出来,来到赫伯的桌边。

"早晨好,赫伯!"他假模假式地说,"一切都好吗?"

"很好,泰波先生。"赫伯回答。

"今天是星期五,特种债券下午送到,由你负责。那都是可以流通的债券,我们要存到楼下的仓库里。"

赫伯点点头。突然劳伦斯走到副经理的身旁。

"舅舅,"劳伦斯说,"我也来干吧。"

泰波问赫伯:"你觉得怎么样?"

赫伯可不想再要一个人插进来,他说:"我想我一个人就行了。"

"很好。"泰波说。

劳伦斯回到了他自己的座位。

泰波回到自己的办公室后,赫伯看看整个办公室,看到没有人注意到他,便拿起电话,打了三个电话。第一个是给他母亲的,第二个是约人在一个自助餐厅见面的,第三个是打给楼下房地产公司的。

放下电话后,他拉开办公桌中间的抽屉,拿出一沓空白收据,这是他上个月从一家运输公司弄来的,这个公司下午又要送债券来。

赫伯开始在空白收据上填写。中午时,赫伯差不多填写完了那些假收据,把它们又放回中间的抽屉锁上,然后穿上外套,戴上帽子。

他下电梯,走到街上,快步走过五条街,走到一家小自助餐馆,他选了几样食物,端着盘子来到两个男人身旁。两个男人一个很瘦小,一个很魁梧。

赫伯称他们为斯通先生和布朗先生,他们是黑社会外圈的人物,赫伯花了三个星期在纽约的酒吧里找到的。

吃午饭的时候,赫伯解释了叫他们来的原因,当他提到金钱的数目时,那两个人吃惊地互相望望。

赫伯说:"不管怎么说,这事情没有一点危险,计划得非常周密。"他探过身,说出了他的计划。

计划里最重要的是时间。赫伯知道,同事们在星期五总是提前下班,所以要斯通和布朗到楼下房地产公司假装谈业务,然后从防火楼梯离开。芬黛小姐总是在下班前五分钟到洗手间化妆,抢劫要在她不在的那一刻进行。

计划很简单,当赫伯带着债券进入副经理办公室时,斯通和布朗要跟进去,拔出手枪,抢过债券,打昏副经理,为了掩人耳目,他们也要打赫伯,不过赫伯警告他们说:"绝对不许伤人。"

斯通问:"如果那个叫芬黛的女人回来得早,那我们就麻烦了。"

"是啊,"布朗说,"如果封锁全楼,进行搜身,他们就会找到债券。"

"不,他们不会找到。"赫伯胜利地宣布道,"因为你们身上没有债券。"

两个歹徒扬起眉毛。

"那是最后的一个细节,"他示意两个人靠近些,"现在你们听仔细了,当你们抢到东西之后,在离开时,把两卷债券扔进废纸篓里,我会在桌子上留一些废纸,你们可以顺手一扫,盖住债券,然后你们从防火楼梯出去,摘掉面罩,乘电梯下楼。"

布朗说:"那么就是警铃响了我们也没事,对不对?"

"对。"

"不见得，"斯通说，"债券怎么送出大厦？"

"简单得很。警方会问我话，当然会发现我是无辜的。当他们离开后，我就从纸篓中取出债券，放进手提箱，离开。"他很骄傲地说。

"真是太妙了！"布朗高兴地说，"我们抢五十万，连被抓到的机会都没有。"

斯通更实际些，"那些债券我们可以卖多少钱？你说它们很容易兑成现金。"

赫伯说："可以卖二十五万元。现在，我们把时间弄清楚。"

他们聚在一起，重新说了一下各个步骤，然后赫伯站起来，戴上圆顶帽。

"再见，"他严肃地说，"4 点 58 分见。"

3 点 30 分，特别债券送到。

4 点时，他默默祈祷那两个人已经来到楼下。

4 点 15 分，他拿出一张黄色的收据，放在写字桌上，开始登记伪造的项目。劳伦斯已经离开，另外两个年轻职员也走了，最后是比利。

赫伯看看时间，惊讶地发现，已经 4 点 55 分了，正是斯通和布朗离开楼下办公室的时间，也是芬黛化妆的时间。

那位秘书小姐从抽屉取出一只大手提袋，向洗手间走去，经过他身边时，冲他微微一笑。

他迅速将纸篓放到最方便的位置，小心地把十来张废纸放在办公桌边，部分罩在纸篓上，然后，看了看，觉得很好，接着，用橡皮筋把债券捆起来，压得紧紧。他瞧瞧钟，4 点 58 分，那两个人该来了。

赫伯紧紧地闭上眼睛，再缓缓张开。这时，门边闪进两个戴面罩的人。

抢劫完全依照计划实行。

赫伯从他俯卧的位置，看见债券被丢进废纸篓，废纸滑落，盖住债券，四条腿跑开了。

立刻出现了穿着丝袜的两条腿，芬黛小姐的尖叫声在房间里回响。

一个小时之后，警官问完芬黛小姐和泰波副经理，转而问赫伯。

"这么说，你描述不出歹徒的模样，赫伯先生？"警官坐在赫伯桌子的角上，两脚悬空。

"是的，"赫伯回答说，"一个矮胖，一个瘦高，两人都戴着面罩。"

警察手里拿着一张号码单问："这是被抢债券的全部号码吗？"

"是的。"

"你还要问我们话吗？"泰波问。

"我想不要问了，我再问问这位赫伯先生就没事了。"

"那么我们先走了。"泰波和芬黛小姐走了出去。

警官在问话时，来回摆动他的脚，踢到了纸篓，纸篓摇摆了一下，差点翻倒。

赫伯屏住呼吸，现在有一捆从废纸篓中露出来了！

警官站起身，沉思地望着副经理办公室，赫伯用手肘把其余的纸从桌上推进纸篓。

警官带他向副经理的办公室走去，赫伯看见一个粗麻袋被放在一辆推车上推进办公室，车后是一个满脸皱纹的老女人。

警官看了那老女人一眼说："是清洁工。"说着拉赫伯走进办公室。

赫伯向警官叙述当时的情况，这时他听到擦桌子的声音，听到纸篓被拿起来倒进大麻袋。

当他们从副经理办公室出来的时候，赫伯急忙走到自己的办公桌前，低头往下看。

纸篓空了！

当清洁工推着车穿过门进入走道时，他眼睛一直盯着她的背影。

半小时后，警官才结束谈话，和他一起乘电梯下楼，到了街上。

警车一走，赫伯立刻跑到拐角叫了一辆出租车。

当出租车在机场停下时，赫伯跳下车，跑进候机室，喇叭正在播报：

"最后一次播报，飞往里约热内卢的706航班的旅客请走4－C门。"

赫伯看看机场的钟，7点。从早晨起床到现在，刚好十二个小时。

在4－C门前，他走到一位穿黑大衣、戴花帽子的人身边，那人背对着他，看着两个行李箱。

赫伯拍拍那人的肩膀说："妈，我正好赶上。"

"好极了，孩子。"声音仍然是甜蜜蜜的，但是精神好多了，"一切顺利吗？"

"是的，妈妈，非常顺利。"

赫伯拿起行李，向登机口走去，他笑了，从今以后，妈妈再也不用在泰波父子公司当清洁工了。

白痴复仇

威尔警长倚靠在一棵高大的枫树上，闷闷地抽着烟。他没有吃午饭，又有许多烦心事等着他处理。

他站立在悬崖边上，五十米下的谷底，卡尔松的尸体正躺在那儿。尸体仰面向天，四肢摊开，像一个被抛弃的玩偶。

威尔警长转过头去打量尼斯副警长和大卫逐渐离开的身影，他们正朝山下走，赶去看守所。大卫在受审判之前就要暂时被扣押在那个看守所中。威尔警长又转回头，盯着那具尸体。

卡尔松的尸体像一个大问号，等待着他的解答。

威尔记得大卫刚开始像一个正常人一样，腼腆羞涩，后来逐渐信任自己，亲近自己，两人成为朋友。威尔对智障少年大卫的关心，引来许多镇民温暖的微笑。但也有一些居民认为应把大卫送走，像大卫这样一个痴傻的少年是大家的潜在危险。

依照事实来办的话，这件命案很简单。但对大卫来说，就不那么简单了。威尔站在悬崖边，一支又一支地抽着烟，不知如何是好。

事情发生在两小时前。

他坐在办公桌后面，正在打盹，耳边传来熟悉的脚步声。他抬起头，向站在门口的大卫打招呼。

大卫没有回答。

"进来，孩子。"威尔说，"外面太阳很毒。"

大卫大步走进来，站在办公桌边，低头凝望他的朋友，眼神比平日更迷茫，更呆板。大卫长得不难看，甚至可以说是一个英俊少年，可是那双模糊的眼睛完全抵消了相貌的优点。幼年时的一场疾病使他的智商停止发展，但他的身体却越长越高，声带也开始低沉，沙哑。

"坐下，大卫。"威尔说，"今天天气很热。"

大卫僵直地坐下，眼睛死盯着警长。

威尔忽然感到手指关节一阵钻心的痛。很长时间以来，他就认为关节炎是一件很讨厌的事，就像有人定时用钉子扎你的骨缝。在春天的梅雨季节，他甚至不愿再碰手枪的扳机。自己老了？该退休了？

大卫终于开口："我是来告诉你，我开枪杀了卡尔松。"

威尔身体前倾，慢慢地问："你杀了卡尔松？"他的声音虽然稳定，心中却感到一种突然的恐惧，手指钻心地痛。

大卫点点头。

"你可不许撒谎，孩子。"威尔说，"你说的是真的？"

"是的，是真的。"

"他死了？"

"他一动也不动。"

"在哪儿——卡尔松现在哪儿？"

大卫将大拇指向肩后一指，"在采石场那边。"然后又将手放回膝上。他的手也在颤抖。

威尔警长发现大卫的手上有血。这孩子平时从没有打过猎，也没有摸过枪——他讨厌枪支和打猎。威尔长长吐了口气，"哦，大卫，为什么？"

少年慢慢摇头，没有说话。

"你从哪儿弄来的枪？"

"枪是他的。"

"卡尔松的？"

"是的，卡尔松的。"

"你意外走火了？"威尔的口气中含着绝望，也含着希望。

大卫再次摇摇头："不，我是有意的，"他顿了一下，"我想说，我很高兴地那样做了。"

威尔高声叫道："尼斯！"

皮靴声响起，尼斯副警长跑入办公室，他一眼看见大卫，又看见警长沮丧的神情，一语未发。

威尔警长告诉尼斯："大卫说他枪杀了卡尔松。"说着，指了指大卫手上的血。

尼斯发出一声惊讶的呼声，"什么时候？"

"半小时前。"大卫回答，"我直接跑来告诉你们。"他低头搓弄着双手。

"我很遗憾，警长。"尼斯副警长同情地说，"你已尽了最大的努力。"

威尔抬起头，看见了尼斯眼中的示意。他沉思：虽然觉得遗憾，但自己已尽了最大的努力。自己虽然能力有限，但已尽可能地教这孩子缝衣服、做饭。自己还尽一切可能教这孩子自尊、自重、真诚，还有许多连自己也不完全能做到的事情。自己虽已尽了最大努力，现在看来，还远远不够。

威尔把视线移到大卫坐的地方。孩子双目低垂，双肩失意地垂落着。就智商来说，他知道大卫是一个真正的孩子——镇上每个人都知道这一点。人们只会记得他看见美丽的蝴蝶时瞪大的眼睛，记得他听见笑话时的痴笑，经常不去注意他已有了强健的胳膊和肌肉。他已是一辆没有方向盘的坦克。十五年前，他母亲遗弃他而去，把他留给一个老姑妈。老姑妈死后，大卫孤苦伶仃，只有一条有斑点的小狗比尔陪着他。人狗两个如影随形，在漫山遍野的春花、夏草、秋叶、冬雪中，随时可见大卫和比尔一起奔跑的身影。

威尔警长强迫自己把思维拉回现实中来：大卫杀了卡尔松！

"警长，大卫有没有说他为什么杀人？"尼斯副警长问。

威尔摇摇头，"他只告诉我怎么杀的——用卡尔松的枪。他不愿意说为什么。"威尔痛苦地沉思，对大多数人来说，知道"杀人手段"已足够，人们总是对杀人过程感兴趣，凶手用刀、枪、绳索、毒药？但很少有人真正关心"为什么"，没有人会去研究杀人者的心理。

"也许，"尼斯试探着说，"也许是自卫。"

威尔当然希望是自卫。他觉得自己的手指如木头一样地僵冷。他把双手插入口袋，仿佛为了掩饰一种羞辱。他缓缓站起来，以一种温和的口气说："大卫，能不能带我们去采石场，告诉我们事情是如何发生的？"

大卫一声不响地站起来，走出门。威尔绕过办公桌，与尼斯一起，走进阳光里。

他们花了四十分钟才抵达采石场，并排站在悬崖边，看着下面卡尔松扭曲的尸体。

风声呼啸，威尔却充耳不闻，他一直在回忆卡尔松——停车场收票员的为人——喜欢吹牛，喜怒无常。

"你在这儿等着。"威尔对大卫说。他又转向尼斯，"我要下去看看，你留在这儿，看着孩子。"

威尔小心翼翼、惊险万分地爬下悬崖。他扪心自问，自己为什么要这样做，但他知道自己必须亲自下来察看一下，摸摸脉搏，查查心跳，必须亲自认定大卫杀了他，否则，他心中永远不安。

威尔的一双利眼，仔细检查尸体的每个部分。完了，卡尔松早已死透了。他抬起头，尼斯和大卫正站在五十米的上方。

向上爬比向下爬还要危险，每一步都有松动的石块蹬落，爬上两步就要滑下一步。最后，他终于爬上了崖顶。

"他死了，没错。"威尔告诉尼斯，"大卫哪去了？"他游目四顾，气喘吁吁。

尼斯说："一分钟前还在这儿，我怀疑他是不是……"

"在那儿。"威尔用手指去。十几米外有一块巨石，大卫正弯腰在石头后做些什么。

"过去看看。"

他们走过去，看见大卫正低头抱着一件东西。听见他们的叫喊，大卫抬起头，泪眼模糊。

"你拿的什么？"威尔问。他忽然意识到自己的问话是多余的，因为他已看出大卫拿的东西。

"这是比尔。"大卫回答，低头看着浑身是血的小狗尸体，"它死了。"

"告诉我，到底是怎么回事？"威尔轻声问。

"比尔一直很好动，很活泼，"大卫脸上露出一丝微微的笑意，"它没有恶意地跑到卡尔松先生前面。可是卡尔松生气了，因为比尔追赶一只卡尔松要打的野兔，他开始大吼。比尔调皮，跑回上面，向卡尔松又跳又叫。卡尔松挥动枪托，把比尔打得团团转。他不停手，比尔惨叫。"

威尔低头看了看大卫捧的小狗软软的尸体，继续试探着问："后来怎样？"他甚至不敢抬头，好像怕遇到大卫的眼神。

"我赶过来，但比尔差不多已经要死了。它的背被打折了。卡尔松说对不起，他……"

"他怎样？"

"他说要赔偿。"大卫说，"他说我要什么都可以，他都愿赔！"他的呼吸急促起来，"比尔看着我，眼睛半眯着。我从卡尔松手中夺过枪，他后退，开始跑。我向他开了两枪，他就从悬崖边跌了下去。我杀死他之后，比尔就断气了。"大卫痛苦地吸了口气，抬头看了看青天白云，又吐了口气，继续说，"你知道，比尔看着我，好像在等候，看看我为它做些什么，我……"余下的话，他再也说不下去。

尼斯副警长掏出一块干净手帕，弯下腰，要去拾起大卫扔在地上的卡尔松的枪。

威尔赶上一步，用低低的声音说："枪由我来拿。"说着，从副警长手中接过手帕，"你和大卫一起带着来复枪，会惹人注意。带他下去，我把比尔埋了，一会儿就来。"

尼斯已经带大卫走了半小时，威尔依旧倚在枫树干上，最后一次思考案子。

大卫天生命苦，这孩子一无所有，先天不足，后天失调……不知父亲是谁，母亲一走了之，姑母病亡……在大卫的生命中，只有比尔一个亲人，所以当比尔垂死时，大卫看到它哀怜的目光，复仇之心油然而生。

然而，威尔下去检查卡尔松的尸体时，发现大卫并没有能为比尔报仇。因为卡尔松的尸体上没有子弹，也没有枪伤——大卫抓过从未使用过的来复枪，狂乱开枪。卡尔松惊恐地后退，失足滑下悬崖摔死——至于大卫手上的血，一定是比尔的。

这样的话，大卫不会被因谋杀而起诉，他的罪名会很轻，但大卫也会知道自己并未能给比尔报仇，他会痛恨自己。对这样一个偏执的少年来说，很难预料他有什么疯狂的反应。无论如何，这案子肯定要上法庭，而大卫也将会被送入州立精神病院。如果让大卫丧失对自己的信心，他真的就毁了，除非……

威尔终于下定决心。他捡起来复枪，用手帕包住枪柄，检查弹仓。里面还有两颗子弹。他把枪举起，顶在肩胛，瞄准五十米下的尸体，用僵疼的手指扣动扳机。子弹射入了卡尔松没有生命的心脏。

威尔垂下枪。太阳照得暖烘烘的。突然，他发现自己的手指不再发抖，和年轻时一样有力。他加快脚步，急步下山，尼斯副警长一定等急了吧？

尼斯副警长正微笑着等着他，微笑着递给他一张照片。他看了一眼，呆住了。

照片上是他正开枪射卡尔松的情景，远程聚焦拍的。

"警长，你会因枪杀卡尔松而嫁祸人卫被起诉。"尼斯副警长冷笑道，"如果你早两年退休，我已是警长了，说不定我会看在旧日的友情上网开一面……"

威尔紧握着卡尔松的来复枪。里面还有最后一颗子弹。

……

两个星期以后，大卫由于枪杀卡尔松和副警长尼斯而被送入州立精神病院。

行刑人

我经常开车外出旅行。在路上，几乎每天都可以看到一两部撞毁的汽车。有时，我会在现场一片凌乱、尚未清理之前就赶到。每当我看到人家车毁人亡时，自己居然还无动于衷，我就常常自责自己是一个心肠冷酷的人。

可是，一天傍晚，在宾夕法尼亚州的公路上，我发现以前对自己的判断是错误的。那晚缓缓地驶过一辆救护车、两辆公路警察巡逻车，在这些停下的车旁，从灯光中，我看到一幕令人难以忘怀的景象。

她很年轻，不会超过16岁或17岁，不过她再也无法长大了。她身上穿的是T恤衫，牛仔裤，脚上却是高跟鞋，衣着不太相称。一头金色的直发，嘴唇涂得很红，蓝镜片的太阳镜吊在一只耳朵上。

不过，她并不是平静地躺在路边，而是歪歪斜斜地悬挂在十尺的高空中。电话线柱从她的背部刺入，穿透了她的胸膛。当两位穿白衣的医护人员把她从上面卸下来放到地面上时，警察们的眼睛不是看鞋子，就是看公路上来来往往的汽车——那情景真是惨不忍睹。

如果看到现场，你很容易就会明白是怎么回事。路边有一辆撞坏的小汽车，一只轮胎爆了。一个面色惨白、泪流满面的男孩坐在前座。在警方带探照灯来之前，这一带漆黑一片。当时这对年青男女把车停在路旁，正在修理坏的轮胎，一辆经过此地的汽车撞上了那女孩，其力量之猛，把她撞上了半空，附近没有其他车，那人闯祸后，逃走了。

现场两百码开外，几个驾车的人停车在路旁，不停地弯腰呕吐。我嘴里也开始出现一股酸味，我放下车窗，清清喉咙，吐出一口唾沫，可并没什么益处。

我开车一向很谨慎，从不超速，现在由于肇事者逃离现场，我的车速慢慢减到每小时十八英里。警方会全面出动，四处搜索，我可不想被他们拦下来。我有个秘密，我不想和他们纠缠。我估计如果警方不详查的话，我可以顺利过关。

我向前开了三四十英里路，决定在一个加油站停车，加点油，吃点东西。当时是凌晨两点。我的目的地是费城，离得还远。我告诉加油员加满油箱，然后把车停到餐厅旁，下车，仔细地锁上车门。

我在吧台旁喝着咖啡，考虑到费城的安排。就在那时，我感到有人在注视着我。我转过身子，发现身后坐着一位衣着考究、两鬓斑白的人。透过他旁边的窗子，可以看到我那辆挂犹他州牌照的车子。

那人的兴趣似乎并不在我身上，他衣着太好，不会是警察。单是他的西装、袖扣、手表和钻石，粗略估计一下，价值也不会低于五千元。我的脸整过形，他也不可能认得我。我不再管他，喝我自己的咖啡。

我起身离开时，注意到他随后跟出。我转向右边，他则向左转。我停下来装作看礼品橱窗，同时我瞄到他停在后面的一辆红色的、昂贵的外国跑车旁。

上了通向干道的弯道时，他没有跟着我，我留心后视镜中的车头灯，也没有跟踪的车的影子。

我把时速保持在四十英里，舒服地开着车，偶尔看看后视镜，心里总觉得餐厅里的那个家伙不对劲。

大约开出两三英里路之后，我注意到一个黑影急速地向我追来。那是辆车，时速至少八十英里，但熄着灯。它并不想超车，而是以我的车尾灯为目标，两辆车就要撞上的时候，我猛踩油门，身子使劲往座椅背上靠，来减少撞击时的震动。

那样可能没什么帮助，不过总得想法子不让脖子被扭断。我的车失去控制，被撞出了路面，开进附近的排水沟，右边轮子泡在沟里，左边轮子则还在路面上。另外那辆车继续跑了两百码，沿路洒下水、油，还有引擎碎片，停住了。

司机跳下车，慢慢冲我走过来，手里拿着手电筒，步态活像一个老妇人在清晨散步。可以预料，是餐厅里那个衣着考究的家伙。

我解开安全带，从撞坏的车里出来。我的车身后面至少撞凹了一英尺深，油箱也破了，油料漏进水沟里，在汽车下形成一摊，汽油味很重。

"你没受伤吧？"他问。

我没理他，我是气得说不出话来。我在心里发誓，在我把东西从车里搬出来之前如果汽油燃起来的话，我一定要拿生锈的铁条把他打死。

警车到时，我已经从车厢里拿出衣箱、样品箱和布袋子，舒舒服服地坐在样品箱上，没人怀疑到我正想杀人。

当警车停下时，衣着考究的人立刻跑过去，大叫："警官先生，警官先生，逮捕那个人，他超车，他故意撞坏我的车。"

我抬起头，看见他正用一只手指着我，眼里有一种挑衅的神情，好像在挑逗我来反驳他。

"冷静，安伦先生，我们会处理的。"一位警察说。

本来我打算争论一番，看来我得改改想法了，变得识相一点。警察认识他，他是"安伦先生"，他的话当然有力得多。

"别信他说的话，"安伦先生又说，"他可能喝酒了，他一定是个疯子。"

我坐在那儿一动不动，直到警察走过来才站起来。我亮出犹他州的驾照，还有汽车登记证，这些证件给人的印象都不错。我不知道犹他州的驾照和汽车登记证真正长什么样子，但我相信不会比我的印刷人员的作品更逼真。仿照其实并不必要，因为东部的人少有知道真驾照长什么样子的。

驾照上是金色纸，蓝色字，有我的拇指指纹印，还有我的照片。登记证是蓝色的，只是纸张稍薄一点，上面有一串号码，和那部被撞坏的汽车牌照号码相同。那块金属牌必须取下来，经过仔细的检查，人们才会看出它其实是几年前的另一个牌照，经过改造，重新喷漆的。

警察看看文件，塞进口袋里，"你听到安伦先生的话了，你有什么要说的？"

我耸耸肩，摊开手，做出一副无助的样子，"没什么可说的，警官先生。我想就像安伦先生所说的，我经过的时候，是挡了他一点路。不过，那不会造成车祸，主要的是，我在没有考虑的情况下猛然刹车，结果事情却适得其反，事情就是这样。"

安伦先生歪着头，一脸的惊愕。在暗淡的车灯下，我看见他眯起双眼。

"安伦先生，事情是那样的吗？"

"是……是，我想是的。"安伦先生吞吞吐吐地说。

我不知道安伦先生在动什么脑筋，但我只希望他们不要回头看汽车滑出公路时留下的车痕。

这时，开来一辆道路救援车，他们大概是听见警察报告出事地点后而赶来的。我让他们把车从水沟里拖出来，但我告诉他们我不想让车被拖走，好让我的保险公司派人来查看。他们用多跑几趟会多收费来吓唬我，但我没有让步。我可不想让汽车停在我进不去的停车场。安伦却要他们用拖车把他的车拖走。这样那拖车司机满意了，因为他的拖车一次只能拖一辆车。

在拖车把跑车拖走后，我和安伦爬上警车后座。我们要到警局去填车祸报告表。

我向警察要我的证件以填写那些表格，他毫不迟疑地还给了我。他相信我的话，这令我心里轻松不少。

当我们站在一个长台子前填表格时，那位安伦先生不停地瞄我，他估不透我干吗要扯谎，这个谜令他担心。我也瞄着他，不过我看的只是他填在表格上的地址。我没跟他讲话。回头有的是时间，地点也会更好。

手续办完后，我到最近的镇上租下一辆车，开到我那辆车旁边。

我取下牌照，卸下乘客座位那扇车门上的一块钢板，从里面的空间里取出一把半自动手枪，一只消音器，一套应急的身份证明文件，还有够聘用好律师和买通坏法官的一沓百元大钞。

开出约一英里后，我停下车，把牌照埋进土里，一起埋掉的还有驾照和汽车登记证的碎片。在这种计算机时代，没有牌照和文件，你什么也查不到。

下一站，我要到安伦家。

他住的不是普通的房子，而是有大片草场的牧场式房舍。他的牧场大约有三十英亩，周围风景很不错。我顺着一条弯弯曲曲的车道开进去，停在门前，这时天边刚刚泛出一缕阳光。

没等我按门铃，安伦先生便打开了门。他说："我一直在等你。"

"当然。"我回答。这句话令他在嘴角泛起一丝微笑。

一阵停顿后，安伦先生后退几步，说："到我书房去好吗？我们可以在那儿谈，我妻子和家人都在睡觉。"

书房门一开，我就掏出装好消音器的枪对准他。

"你害我赔了不少钱，你屋里现在有多少？我不想为钱杀你。"

"你知道一切，是吗？"

"当然知道。其实如果为了不让人发现，你该选一辆朝反方向行驶的车。"

他皱起了眉头，"我倒忘了这一点。"

"你应该想到，没有好理由，谁也不会像你一样撞车。只要几分钟就能想出来，你那样做，为的是掩盖先前撞坏的痕迹。你就是那个撞死女孩，然后逃走的司机。你可能喝醉了酒，但很快就清醒了，然后想到各个出口都在检查车辆，你就决定再撞一次车，来掩盖先前撞坏的痕迹。"

"你为什么不直接告诉警方？"安伦先生问道。

我不理他的问题，反问他："你要我为钱杀你吗？"

他似乎刚注意到枪，"我想你会要钱，所以在书房的盒子里准备好了。"他指指桌子上的盒子,"如果还不够,我可以再卖一些公债,一两周后就可以多给你一些。"

我没看那个盒子,只说了句:"那就够了。"说着向他开了两枪。

我并不是为了钱杀他,我一直在想那个挂在半空的女孩子。

他应该开车小心点,那样那个女孩就不会死得那样惨了。

更不可原谅的是,他想撞我的车来掩饰他的罪行。

套

"照你这样说,今天晚上,或者说是昨晚11点钟,你是在距希尔顿饭店几里远的地方。"迈克尔警官思考一阵后说。

"是的,"约翰接着说,"可有好几里,从城南向东走。"

迈克尔警官从面前的办公桌上随手拿起一支烟,顺便看了一眼警探杜勒斯先生。杜勒斯若有所思地说:"他得到一个证明能说明约翰不在现场,但这个证明看起来不太可靠。"

约翰转过身来,迅速地瞥了杜勒斯一眼说:"你说的不太可靠的证明是什么意思?你和别的警察已查过了吗?仙蒂不是已经告诉过你们,我一整个晚上都是和她在一起吗?"

杜勒斯警探一句话也没说,他用笔不停地在记事簿上写着什么。

迈克尔警官怒吼道:"你是要我们相信像仙蒂那样的女人的话吗?她那种人会为了钱去说谎。"

约翰无奈地耸了耸他那宽阔的肩膀说:"我说你呀,"他越说越激动,"你派你的手下,凌晨1点钟毫无道理地把我从床上给拖了起来,他们只给……"

"我们已给你理由了!"杜勒斯警探打岔说,"尽管你急着告诉我们你有证人,但我们还是告诉了你原因,事实上,你只管你自己说,容不得别人插嘴。"

迈克尔警官平静地说:"杜勒斯先生,你出去看一下你的搭档,怎么没有看见皮得逊回来,他是不是查一个案子去了?"

杜勒斯站了起来,点点他那乌黑而有光泽的头,走出了迈克尔警官的办公室,到对面的凶杀组去了,出门时,随手关上了门。

"现在,"迈克尔警官注视着约翰,"让我们再好好地谈谈,在11点钟的时候,也就三个小时之前，有两个头戴面具的孩子，持枪去抢劫饭店，让饭店的账房先生打开存放客人的保险箱的库房……"

"是，是，"约翰打着哈欠说，那哈欠和他那紧张有神的灰色眼睛的神情不太配，"你已经告诉给我了。"

"然后饭店的警卫闻讯后迅速地赶到通道口的休息室，"迈克尔继续说，他并不理会约翰的打岔，"经过一阵激烈的搏斗，两个抢劫犯夺门而逃，但是其中一个还没有冲到等在街道拐角处的汽车旁，警卫就给他后脑勺上来了一枪，倒在路边，他的同伙却上了汽车，扬长而去。那个挨枪的家伙叫雷蒙，是你的一个老朋友，并且也是和你在一起的犯人，约翰，你现在不会再奇怪为什么让你来了吧？"

约翰一只手紧紧地抓着他那又红又乱的头发说："你没有任何证明能把我牵涉到那桩抢劫案当中，我从晚上7点钟到晚上12点钟，一直都和仙蒂待在一起，你去问她，你就会明白，你为什么不去问她？"

迈克尔警官慢慢地转回了椅背，眼睛瞧着又黑又脏的天花板。他实在没有任何证据能证明，只是根据以往的经验，认为约翰与抢劫案有关——但是他的确和该案有关。

杜勒斯警官兴冲冲地回到办公室，他告诉迈克尔警官说："是的，皮得逊回来了，他又去查了一下。"

"哦，"迈克尔警官满意地"哦"了一声，"这回有什么收获吗？"

"一把刀，身上和背部共中六刀。"杜勒斯一边说着，一边坐了下来并拿起了笔和记事本。

约翰从一个人看到另一个人身上说："你们是怎么回事？是不是你们警察又要陷害那些可怜的人？"

"我最后给你坦白的机会，"迈克尔严厉地说，"你是和雷蒙……"

"废话，"约翰说，"我根本就不在。"说着便站了起来。

"坐下，"迈克尔警官怒冲冲地说，"杜勒斯先生，如果他再不老实，就用铐子铐上他。"

约翰急忙坐回他的座位，一边还咕咕哝哝地说："警察……"

"我只是想知道你干了什么，"迈克尔警官说，"你说你7点钟到12点钟和仙蒂在一起……"

"午夜后，我刚回到家，上床去睡，这个人和另外一个人来敲门，那时有一点钟吧。"约翰激动地说。

"好吧，你必须发誓。"迈克尔警官说。

"要发誓我这半小时所说的话？"约翰问。

他说话的时候，眼睛看着杜勒斯，杜勒斯此时正在记事簿上写着什么。约翰皱皱眉头，跷起二郎腿，随即又放开，很显然，他显得有点不安。

迈克尔警官直视着杜勒斯说："杜勒斯先生，你和皮得逊一点钟到约翰的公寓去了是不是？那时候发生了什么事？"

"他在床上睡觉，"杜勒斯说，"他要告诉我们那个女人的事，我们等他穿好衣服，然后就下了楼。他一直不停地说他的证人，所以我们就在一家还没有关门的小店前停下，皮得逊进去打电话给那个叫仙蒂的女人……"

"她告诉你们我并没有撒谎，"约翰理直气壮地说，"但是你们还是把我给抓到这里来。"

"事实上，皮得逊并没有和仙蒂通电话，"杜勒斯平静地说，"他只是和女房东说话。"

约翰气急败坏地说："我不懂，她……"

"皮得逊打不通仙蒂的电话，于是打电话给房东，让她去查。"杜勒斯说完，然后停下手抽烟。

"是呀，是呀，"约翰说，"仙蒂是个睡得很死的人，不过你找到她没有？"

杜勒斯没有回答，他看了看迈克尔警官。

"哦，是的，"迈克尔警官说，"警察找到了她，噢，对了，唯一一件使我们不解的事是，为什么你不否认你在她那里，反而坚持说你和她在一起。"

"你是什么意思？"约翰反问。他转动着屁股下的椅子，手指紧扯着衬衣领子，"当然我是和她在一起，她会告诉你们的。"

杜勒斯合上他的记事本，慎重地说："警官，我要告诉你，可能会有人看见约翰在她的屋里，约翰他也知道，所以想反咬我们一口，坚持说他在那里，使他看来不可能……你知道，可能他还不明白，验尸的人会查出正确的死亡时间。"

迈克尔警官并不理会约翰，说："是的，他们会查出来，杜勒斯先生，他以为他会撒谎，使我们相信……"

"等一等，"约翰粗暴地说，人也站了起来，汗珠从他的细长的脸孔滴落下来，"你们俩在谈些什么？"

"坐下，"迈克尔警官说，"孩子，我们正有消息告诉你，关于饭店抢劫案，你有了证人仙蒂，这个皮得逊已经查过了。"

约翰慢慢地坐了下来，神情看上去有点迷惑不解，他用衣袖擦了一下汗说："这又能怎样，我不懂。"

"你这可怜的家伙,"杜勒斯说,"这半小时皮得逊去哪儿了?"

约翰想了一会儿,终于明白了,几乎昏过去,他声音开始发抖:"你是说,这个抢劫案中有人被刀刺伤了?那……那……她是仙蒂?"

一阵沉默,迈克尔和杜勒斯看着他不安地扭动着。

"等……等一下。"约翰开始说。

"我一直都在等,已经等了很久了。"迈克尔警官说。

约翰开口说:"那个臭婊子,谁都知道她早晚会挨千刀,当然,今晚果真发生了。"

"那么,"迈克尔说,"为什么你……"

"哦,我昨晚并不在那里,"约翰说,"说实话,我给她打电话安排事情,懂吗?是的,我和我的朋友雷蒙去抢劫饭店,本可以捞一把的,结果警卫来了,什么也没捞到。"

迈克尔警官说:"现在你又说你是抢劫犯中的一个,你不是说你一直在仙蒂那儿待到午夜吗?"

"我告诉你,我已经一个星期没有看到她了,我只是打电话给她,告诉她做个证人可以得多少钱,你们明白我的意思吗?"

杜勒斯说:"这和我们这里的调查不符。"

"听着,"约翰咽了一下口水接着说,"我会带你去看我的枪丢进的那条水沟,那就可以证明我在旅社,我可没有干谋杀的勾当。"

最后,迈克尔对杜勒斯说:"你和皮得逊带他到那地方查查,如果他狡猾,你们知道该怎么处理的。"

他们走后,迈克尔突然大笑起来,一个抢劫又杀人的罪犯很少有自我招认的,当然,约翰不知道饭店的警卫已经死了,否则,他不会承认的。

迈克尔警官哼着歌,站起来走出办公室,对站在外面的警察说:"把仙蒂带进来,我要和她好好谈谈。"

以牙还牙

我一向做事有条有理，不过，自己把握不准的事曾经使我很心烦。每个人都应承担自己做事的后果，这就是我为什么要跟踪尼尔森。

一年前，尼尔森杀害了我的妻子黛安娜，没有人能证明这件事，即使是最好的律师也无法打赢这场官司，因为没有证据。尼尔森在下手之前，曾做过周密安排。黛安娜和他私通的事，越来越使他感到棘手，并且威胁到他的婚姻。由于经济上的原因，尼尔森不想使那种事再发生，所以经过精心安排，掐死了黛安娜，并使证人发誓说，事情发生的时候，他在一千里之外。

我知道的和这并不一样。因为那天晚上我跟踪黛安娜，看见她和尼尔森约会。他杀害了她，我要亲眼看到他得到报应。喔，她是和他私通，但是她是我的太太，他确实杀了她。一个人应该爱他的妻子。

现在我在丹佛，在后面跟踪尼尔森，他因为工作需要，要在全国各地旅行，我用我的积蓄到处跟踪他。我知道他就要走进鸡尾酒厅，他常去那种地方。

我进入鸡尾酒厅，找到一个可以看见他的座位。他坐在吧台前的座位上，他知道我在那儿，我总是小心地不让他看见我。当他叫酒而在镜中看到我的时候，他英俊、结实的脸孔微微泛红。最近，我的跟踪使他越来越烦。

尼尔森可能会过来，试着和我谈谈，把事情和盘托出。但是，我不会让我们的谈话成为他解除压力的方法。我知道是什么使他烦心，他有真正的理由感到害怕。

现在，他站在我身旁，手端着酒，虽然他腹部凸出，但在黑色的西裤和合身的外套下，看起来还是有着运动员般的健壮，的确是个相当吸引女人的男人。

"帕尼，你什么时候才会放弃？"

"我想你现在该知道，尼尔森，我永远不会放弃。"我总是直呼其名，他颇为不高兴。

我没有邀他坐下，他却径自坐在我的对面，"我一点都不懂，你这样到处跟踪，到底会有什么结果？"

我很平静地说："你杀害了我的太太，应当偿命。"

"可是，我没有杀害你的太太！"尼尔森既生气又迷惑，"再说，对警方来说，那案子已结束，我只是遭到怀疑，可我是清白的。"

"对警方来说，并不是我说。"

他发出一声长笑："警方的结果是算数的，伙计，我是清白的，你没有办法。"他举起杯子，大大地喝了一口，"你我之间，黛安娜反正要离开你，为什么你要浪费时间去为憎恨你的已死的女人而伤心？"

"你不懂。"

"哦，是吗？我不懂的是，整个事情都过去了，你可以跟踪我到老死，事情也不会再有所改变。假如你恐吓伤害我的话，我就会报警，假如你杀了我，你也完蛋。"

"我知道。"尼尔森早告诉过我，他曾经留了一封信给他的律师，如果他死亡便可拆阅，信中说明我如何一直跟踪他，骂他是凶手。除此之外，我有一个直觉，认为他杀害黛安娜并不是秘密。

"你不能证明任何事情，"尼尔森说，"你知道你不能证明任何事情。"

"不能吗？"我缓缓地呷了口酒，"我认为你应该坐牢，尼尔森，我认为你杀害了黛安娜，你应该过一段等候死亡的日子，那时候你查日子，算岁数，数几分钟后你会走进死亡室。我想，当他们把金属帽子罩在你头上的时候，你应该连秒都数。"

"去你的！"尼尔森满脸流汗，抓酒杯的手在颤抖。

我耸了耸肩，"就如你所观察的，我不能证明任何事情。"

他黑色的眉毛拧成了结，目光凌厉地看着我，"那么，为什么你一直跟踪我？"

"我只是恰巧和你同路而已。"

他咬紧嘴唇，目光仍死死地盯住我，然后站起来，走了出去。我等了一会儿，也站了起来，跟在他的后面。

尼尔森是对的，当然我不能证明是他杀害了黛安娜。不过，我仍有法子使他受到惩罚。正义要求凶手要为他的恶行付出代价。

我和尼尔森住在同一家旅馆，我总是这样做，以便盯梢。现在我再不需要如此了，现在，他连试都懒得试着躲开我，他知道，即使他想办法甩掉了我，我也会在下一站跟上他。我知道他的所有的顾客，如果有意外，那么，我也可以等在他家的旁边，直到他出现，然后再开始跟踪，但从来没有出现这种事。

当我跟踪尼尔森回到旅馆的时候，我想到了信的问题。我一点也不怀疑他写了信，并且留在了他律师那里。他认为那样可以保证他的安全，从某种程度上讲，那是有效的。当我跟在他身后，进入旅馆时，我笑了。反正我不会设法来谋害他，那会犯法。

那个月，我们到过圣路易、印第安纳波利斯、芝加哥，最后是底特律。我太清楚他的路线了，清楚到我可以先乘飞机到那里等他。但那样会破坏我的目的，所以我逗留在他身边，几乎总是在他的视野之内，我在等候他的崩溃！他已接近崩溃了。

在印第安波利的时候，他走到酒吧来，威胁要揍我一顿，于是，我告诉侍者，请他打电话给警局，这一招使他冷静下来。

现在，我离尼尔森很近。当我听到尼尔森在休息厅打电话订飞往迈阿密的机位时，我并不感到意外，我不是容易激动的人，但我的心中仍怦然一动，因为迈阿密不在他的巡回路线上。

我打电话给同一家航空公司，订同一班机。通常我都那样做，我喜欢坐在他前面，让他看见我的后脑勺，我们都明白，在飞机上，他不能躲避我。

尼尔森在迈阿密的机场租了部车，开到城边一个相当高级的大旅馆，但这一次我没有住在他住的旅馆。我住进了一家我能发现的最大旅馆，它有私人海滩和娱乐区。这家旅馆挤满了人，我要了一个中层可以看见热闹街市的房间。它是间布置相当不错的小房间，静静的，但周围却颇热闹，好极了。

我打电话去骚扰尼尔森，告诉他我住哪一座旅馆后，便坐下来等。

尼尔森正如我所预料的，那天晚上他来了，他浪费不起时间。当我开门时，他似乎准备强行进入，当我向他微笑，退后让他进入时，他颇觉意外。

"我怎么如此荣幸？"我问。

他看看四周，好像在检查房间。窗帘全部垂落着，他从他那个有特色的西装口袋里掏出一把手枪。

"我猜你准备杀害我。"我说。

"对了。"尼尔森说，他的嘴咧得更大了，但是他的眼中充满了仇恨，"你自己找的，这是唯一除去你跟踪我的办法。"

"可是，你不怕被逮捕吗？"

"争论救不了你，"尼尔森说，"我化名旅行到这儿，今晚我以同样的方式回去，没有人会注意我来到迈阿密，即使他们怀疑的话，我在底特律已买通了一位不在场的证人，现在，我是在那边的旅馆房间玩扑克牌。"

"黛安娜遇害的时候，你在赛马场，不是吗？"

"当然，"尼尔森说，"我甚至有撕下的票根做证明。"

"聪明。"我称赞他。

"你也很聪明，小子，这一次你聪明反被聪明误，你像一只平常而有规律的鸽子飞到这里，你急急飞来，甚至没有任何人知道你的行踪，为什么？等到他们发现你的尸首时，我已经回到了底特律。对警方而言，最好的是，我连杀你的动机也没有。"

"有一件事，"我说，"假如我诱使你到这里来杀我的呢？"

尼尔森脸色突然变白，然后用力镇定下来，"你不会伤我一根毫毛，小子，记得那封信吗？"

我点点头。

"进卧室去！"现在他的声音提高了，因为他要付诸行动。

"你会坐牢的。"当他用枪顶住我的后背，推我进入卧室时，我说，"你会数最后那几秒。"

"收回你的话，小子。"他拿起手枪用枕头包住。

当我感觉到子弹进入我的胸膛时，我连枪声都没有听见。我仰躺在床上，我打赌，他一定奇怪，为什么我死时面带微笑，这一点会使他百思不得其解……

他还不知道我口袋里的录音机，也不知道我留在我律师那里的信。

无人之境

道尔丁身材非常高大,长得就像粗糙的石雕,冰冷的双眼就像阿拉斯加的冻土。任何人认识他的第一个月都不会看到他会在脸上表现出什么明显的表情。直到此刻,他俯身越过桌面,冷漠的脸上明白地显示出不信任。他两眼盯着我,说:"你刚才说什么?"

"如果你太太忽然去世,"我缓慢而清晰地重复,"你高兴吗?"

他向四周观察一番,好像要确定有没有人在偷听。除了我们俩,酒吧那头还有三个上年纪的人在谈天。温泉乡村俱乐部的酒吧实际上空空荡荡的。

道尔丁的目光又移回我身上,低声说:"卡尔,你有什么意见?"

"我只是在想。"

"我……我不关心想的事。"

"你不关心?"我说,"如果你太太死了,你就能拿到她所有的钱,不是吗?还有,你就可以名正言顺地和瑞拉结婚了。"

道尔丁目瞪口呆。

"不错,我知道瑞拉的事,"我说,"她很可爱,不是吗?比脆弱古板的道尔丁太太可性感多了。"

他继续盯视我了一会儿,然后忽然端起杯子,喝了大半杯白兰地,他想控制自己的情绪。但王牌在我手中,我会握住的。

"你知道,"我说,"多病的中年妇人,例如意外、心脏病、自杀,如此等等,方法可有的是。"

道尔丁的呼吸又开始困难起来。他喘口气,问:"你到底是谁?卡尔,你难道只是个见鬼的财务专家?四周前的那个晚上,你真的只是偶然碰到我,跟我聊天的?"

"两者都没错。"我微微一笑。

"你到底是谁？"他又问。

我耸耸肩，"就算是个为人分忧、减少麻烦的人吧。"

"一个杀手，"道尔丁说，"一个职业杀手。"他的声音很有趣，惊骇以外，明显地还包含着别的东西。这巩固了我在谈话中的位置，我套上他了。

"我不在乎你所说的那个特别的字眼，"我说，"不过用来衡量我的职业，你说的那个词算是很正确了。"

"那么，你怎么参加温泉乡村俱乐部呢？你不可能是会员。"

我微微一笑，"不是。不过我有朋友，他们是。道尔丁，你知道，我的生活大部分也和普通人一样。"

"那么，"道尔丁似乎考虑了一下，"你是不是在向我提供你的专业服务？"

"不错。"

我们互视一会儿，然后道尔丁说："你觉得我现在该干什么？"

"干什么？"

"把你送到警察局去。"

"不过，你永远不会，不是吗？"

"是不会。"他双眼紧盯着我。

"我想也不会，"我说，"当然，就算你决定那么干，也没什么关系。我会否认和你说过的话，就像现在一样。你没有指控的证据。如果警方调查，他们会发现我在家乡还是位优秀的守法市民呢。"

现在轮到道尔丁微笑了，只是嘴角的笑意始终不能传递到他冷漠的双眼中，"你一定仔细研究过我，卡尔。"

"嗯，很正确。"

"你怎么知道我名字的？"

"我说过，在这儿我有不少朋友。"

"你的暗探，是吗？"

"随你用什么称呼了。"

他从衣袋里掏出一根雪茄，用金剪刀剪去末端，再用金质打火机点燃，然后透过烟雾说："多少？"

"我就喜欢干脆的人，"我说，"一万块。先付一半，事后付另一半。"

"我得考虑一下，"道尔丁说，他现在又恢复了平日的模样，镇定，自信，善于算计，"我不喜欢草率行事。"

"不用着急。"我告诉他。

"明晚，9点。"

"好，"我说，"如果你决定接受我的服务，带五千块现钞来，小面额的。外加一张你家房子的平面图。"

道尔丁点点头，站起来，"那么，明天见。"说着离开了酒吧。

第二天晚上，9点整，在我叫第二杯酒时，道尔丁来了。侍者离开后，我向他晃了晃酒杯，他向我的桌子走过来。

"正点到达。"我愉快地说。

"我的原则是约会准时。"

"好品德。"

"我还有一个原则，"道尔丁说，"遇到正面可以完成的事，从不回避。"他的手伸进衣袋，拿出一只厚厚的牛皮纸信封，放在我面前，"五千元。"

"好的，"我把信封收起来，也没有数，问，"平面图呢？"

"这儿。"他说着摊开一张纸，花了五分钟向我解释纸上的内容，然后问："你什么时候下手？"

"在你喜欢的任何时候。"

"星期四午夜？"道尔丁说，"我让我妻子一个人在家，然后想办法把仆人们支走。"

"狗呢？"我问。

他扬起眉毛，"这你也知道？"

"当然。"

"我试着把它们锁上就是了，不会给你添麻烦。"

"好。还有，我要你打开仆人们进出的那扇门，行吗？"

"可以。"道尔丁思索了一会儿，"卡尔，你准备怎么做？"

"你真想知道？"

"唔，不要细节，"他回答说，"我要一个大概。"

"我想，那会是个意外。"我回答说，"你知道，每五个家庭的意外事件中，就会有一个发生死亡。"

道尔丁冷冷地笑起来，"那个统计真是很有趣。"

"是吗？"我举起酒杯，"敬你，道尔丁先生，还有瑞拉。"

"敬瑞拉？"他说，眼里的冰融化了一些。

我微笑着，喝完我的酒。

星期四午夜前几分钟，我把车停在一个不会招来怀疑的地方，走完四分之一里路到道尔丁的家。顺着高高的、长满青苔的围墙，穿过一片月桂树的矮树林，我停下来，戴上一副薄手套，爬过墙，没费什么力气就跳到了院子里。

穿过黑乎乎的、长满林木的地面，我谨慎地向前走。周围静悄悄的，狗也没叫，道尔丁按他说的做了。

我很快找到仆人们进出的那扇门，试着推了一下，门开了。我溜了进去，拿出笔式手电筒，轻轻地把门关上，站在原地听了一会，周围一片安静。

我在脑子里又研究了一次道尔丁给我的平面图，然后扭亮电筒，以左手遮住光圈，穿过后面房间，找到有个圆形入口的甬道。我站在有装饰扶手的楼梯底下，再听了一会儿，好像从楼上阴暗处传来妇人的鼾声。剩下的就只有一座老爷钟的钟摆声。

道尔丁太太，我愉快地想，祝你有一个愉快的梦。然后我离开楼梯，走进道尔丁的私人书房。

我花了整整十一分钟才找到他嵌在墙里的保险箱。那是个方形的带转盘的、老式的保险箱。打开后，我发现里边共计：现金两千块，一条钻石项链，两套耳环，不少于一万五千元的公债。

三分钟后，所有的东西都进了我的外套口袋。我迅速地原路返回。有那么一阵，我真希望能看见道尔丁从外面回来发现太太还活着，保险箱却已经空了的情形时的表情。这个人的冷漠无情，从一开始就让我厌恶至极。

欠　情

雇主把来肯带到一家灯光昏暗的酒吧里，然后向那个站在吧台旁边、穿格子西服的人点头示意。在他向吧台走过去之前，装作不经意地向来肯看了一眼，微微点了一下头，其实这时来肯已经知道那个穿格子西服的人就是他的目标了。来肯仔细打量了那人一番，胆囊不由得抽紧起来。目标是个肥胖、秃顶的人，看上去四五十岁的样子。来肯等他的雇主离去后，从桌上端起啤酒，坐到那个胖子旁边的凳子上。他说："是马丁吗？"

"是的，"那人扬起两道眉毛，"哦，来肯，我居然没认出你来，真该死。"

来肯心里想，也许你认不出我对你还更妙些。他说："我认识你的时候你不是叫马瑞罗吗？"

"喔，朝鲜战争回来以后改的名。"他握着来肯的手，"你还是那么英俊，几乎和当年我把你从中国人的埋伏圈里救出来时一模一样。"

"谢谢。"

"我说，你在这一带做什么？"马丁脸上的笑容忽然开始消退，"你怎么知道我改名字啦？"

"我知道你很多事，马丁。"

"什么意思？"

"我们找张桌子坐下来，好好聊聊。"

他们坐定之后，来肯说："马丁，你不用你的钱赌博，是吗？"

"谁告诉你的？"马丁开始收拢他的双眉。

"我们为同一伙人工作。"

"你……你跟我们是一伙的？"

"在行动小组。"

"行动——？"

"他们派我来干掉你。"

马丁的脸顿时变得惨白。来肯说："最初你的名字和长相我根本没记起来，你只是我的一次任务，直到刚才见到你，我才知道我的目标就是你。"

"可是，可是菲尔斯先生说一切都没问题，我可以慢慢还那笔钱。而且……"

"他是想让你没有防备。马丁，菲尔斯之所以把我从加州找到这儿来，是因为你认得全纽约的职业杀手。你搞什么鬼，居然敢动帮会的钱。"

"有个骑师跟我说，有匹马已经做了手脚，一比二十，我想发笔横财。"

"结果呢？"

"一开赛马的右腿就跌断了。"

"而你的马票就此吹了。"

"是啊，我……我告诉老板时，他叫我去找菲尔斯先生本人。我告诉他，我在公司的记录一直很好。我说我一定还上那笔钱，他说没问题。"

"菲尔斯是要拿你开刀，做个榜样。"

"可是，为什么？我一定会想办法把账扯平的。"

"即使不为了生意，菲尔斯也得树立一个权威。"

"来肯，求求你——看在我救过你一命的分上——"

"走吧，马丁。"

来肯满意地看着早报。一则新闻说一个匿名电话打到警方，报告晚上一个码头仓库发生了枪战。警方搜查后找到一件男人外套的一部分，夹在一根锯齿状的木桩上，衣服口袋中有份驾驶执照，主人叫马丁，黑社会外围的一个小喽啰。

来肯走出旅馆，找了个公用电话亭，拨了个电话。

电话铃只响了一会儿就有人接："喂。"

"任务完成。"

"七点整，到家里来。"

菲尔斯是个瘦长、冷漠的中年人。他坐在宽大的写字台后面，板着脸，一点笑意也没有。来肯解释说他没带枪，但还是站得笔直，任门房搜身。

菲尔斯说："例行预防措施，坐下。"

"谢谢。"

"昨晚你干得可真不怎么样。"

"很差劲？"

"比如说，我要找到尸体。"

"我让他喝了不少酒，把他带到码头上，可他看到枪时还是吓坏了，向水边跑。我开枪了，他就倒下来，掉进水里了。"

"谁打电话报的警？"

"有辆车经过那儿，可能是司机听见了我的枪声。"

"这就是洛杉矶专家的手法？"

来肯耸耸肩。菲尔斯说："如果你的说法真实的话，我倒要向你的头儿做反面的报告。"

"如果？这是什么意思？"

"你瞧。瞧瞧你身后。"

来肯缓缓转过身，然后僵住了。

马丁说："对不起，来肯。"

"你对往日伙伴的忠诚是值得赞扬的，"菲尔斯说，"但它不该超过对帮会的忠实程度。马丁告诉我你如何设计，在木桩那儿留下外套，再报警，等等。"

来肯冷冷地看着马丁，"你怎么能这么干？"

"我不得不如此，你送我的五千元没法花一辈子。早晚我还得找工作，帮会的人到处都是，总会被发现的。"

"你在加拿大的亲戚呢？还有农场……"

"我编的，怕你变卦。"

菲尔斯插进来："马丁做得对，回来找我们，还付清了欠的钱。"

"用我给他的钱。"

"不错，用你的钱。他表现忠诚，所以我们给他一次机会，证明他自己。"

马丁从衣袋里取出一团钢丝。来肯想站起来，但门房的沉重的拳头落在他的胃部，他软绵绵地靠在椅背上。

马丁把钢丝套在来肯的脖子上，说："来肯，朝鲜战场上的那份情你是扯平了。现在算我倒欠你一份。"

老江湖

趁售货员转身到后面的货架上取另外一些手套的时候，我把柜台上的一副晚宴用的长手套塞进背包里，售货员把几副手套放在柜台上，和原有的几副混在了一起。

"小姐，这些手套怎么样？"售货员问，声音带些疲惫。

我皱了皱眉，挑了一下，"不，我都不喜欢，谢谢。"

我挪步走开了，心中暗自好笑。我和她磨了大约十五分钟，使她忙得不知自己在干些什么，然后再偷偷地取走一副值二十块钱的手套。

这家百货公司有八层，从一层到这里——五层，我是得心应手，顺顺利利，真感谢我肩上的这个大背包。有一次，我拿了一台烤面包机装在里面，居然没有人发现异常。

这一天是周末，百货公司里十分拥挤，但还没到摩肩接踵、寸步难行的地步，只是便于你在人群中隐蔽自己。这可是一个顺手牵羊的理想环境，只要留心公司里的保安就行了。公司里既有穿制服的保安也有穿便衣的。那些穿便衣的习惯于双手放在背后，站在电梯旁边，在行家的眼里，便衣比穿制服的更显眼。

"嘿，小姐。"

我的心一惊，可能是售货员或保安，我转过身，但不是，是一位面带微笑的白发绅士。

"什么事？"

他靠近我，压低声音说："你在后面玩的把戏真不高明。"

也许他是公司里的便衣保安，我终究被逮住了，"我……"我刚想辩解。

"小点声，你不想在大庭广众之下出丑吧！"

"你想怎么样？"

"帮助你，"他说，"你是位漂亮的小姐，但是坐牢时漂亮是没有用的。相信我，小姐，从你的身手来看你离牢房不远了。瞧瞧你自己——牛仔裤、褪色夹克，单是肩上那个背包就是死路一条。如果不是那个售货员眼睛有问题的话，你早就被抓住了。"

"嘿，你是这家公司的保安还是什么？"

他光润的脸上的笑容扩大了，有些得意，"不是，小姐。"他的手挥了一下，仍面带笑容，"我想帮你，你会知道我是干什么的。现在留心看我的。"

他环顾了一下四周，然后朝化妆品柜台走去。柜台上有几瓶香水和香精，是样品。他混进顾客里，一个动作，仅仅一个动作就神不知鬼不觉地把一瓶香精样品偷走了。如果事先他没要我留心他的话，无论如何我也不知道发生了什么。那个人手脚之利索干净让人叹为观止，然后他朝我走了过来。

"现在你总该相信我的话了吧！我绝不是那种信口开河的人。你还吃奶的时候，我就靠这行吃饭了。我可以说是这行的老大。通常我是不展露我的身手的，但你是位可爱的小姐。今晚我可以请你吃饭吗？到时我多教你些这行的技巧。"

我掏出我的工作证，上面证明我是"艾登侦探所"的职员。我专门负责检查零售部门的安全工作，发现哪处薄弱，以便在安全措施上有所改进。过去我从没碰到过这种自投罗网的人，此公不请自来，我可能会因此获得两天假或一点奖金。

无论怎么说，我还是挺感激那人的，虽然干顺手牵羊的事有了工作证会非常安全，但艺多不压身嘛。

请照顾拉斯

今天这个病人明显与众不同,从他第一次走入诊室我就注意到了。

他大约三十四五岁,中等身材,是一个比较好看的男人。他戴着一顶宽檐帽子,当他摘下帽子时,我发现他的头发有些蓬乱,这说明他最近有些烦恼。他脸色不太好,眼窝有些发黑,脸上的肌肉略显松弛,眼中布满了血丝,这说明他最近睡眠不好。他走进门时眼神闪烁不定,左右逡巡,却又不敢与别人对视,这说明他心情紧张。我还注意到,他穿了一双相当高档新潮的牛皮鞋,但上面有了一些灰尘和泥垢,这说明他本来是一个很时尚、很新潮的人,只是最近的遭遇让他的生活水平急剧下降。

多年来职业性的眼光使我有了这一套观察人的本领。实际上,我是英国年轻一代最有前途的心理和神经科医生。

"请坐。看看我能帮您做点什么。"我站起身,伸出手去与他握了握手。他的手很干燥,也很有力。这有些出乎我的意料,看来,他本来应是一个很自信很坚定的人。这说明他最近的问题的确很严重。

他坐在办公桌对面的椅子上。

"霍德尔医生,很抱歉打搅您。我叫卡尔·方达,是巴恩斯先生介绍我来找您的——事实上,巴恩斯是我的远房表兄。"

巴恩斯是我大学的同学,多年来关系一直很好。他总是喜欢给我找点小麻烦,也总是推荐一些特殊的病例过来。我倒是觉得这样不错,能有助于我在神经和心理方面有更深的造诣和声望。我成名的原因也正是巴恩斯推荐过来的一位病人。那是一位典型的骤发性神经官能症患者,我把她医好了,后来才知道她的丈夫恰好是一位新闻界的显赫人物。于是,几次独家采访使我一举成名。

我并不想做欺世盗名之辈，虽然我觉得专家的名声不错，但我从不放松对病理的研究。这次，既然来的是巴恩斯的表弟，我就更应该认真对待了。

"方达先生，请不要客气。巴恩斯是我最好的朋友和专业伙伴。我一定会尽自己的全力。现在，请先坐好，让我猜测一下您的来意。"

我盯着方达的眼睛，不慌不忙地说："您是一个很坚强的人，工作很出色，一定是位成绩不错的推销员。只是，在一个月，或者是三个星期以前，您遇到了一件意外的难题。事情很糟，您一定寝食不安，而且充满担忧和恐惧。不知道我说得对不对？"

"您真是太神奇了，您怎么会知道的？"方达惊诧地问。

"其实很简单。您身上带着金色领带来，这是飞利浦公司优秀销售人员的标志。您握手有力，能说明您的性格。从您的衣着和皮鞋的泥垢可以判断您心情不好的时间。从您憔悴的面容和眼睛中看出您的担忧，而且肯定是由突发事件引起的，否则，您也就没有必要到我这里来了。"

我并不是在卖弄自己的逻辑推理能力，作为神经和心理医生，取得病人的信任是很重要的。

"您真了不起，看来我这次可以不虚此行了。"

"好吧，方达先生，现在请您告诉我具体的情况。"

下面是卡尔·方达的叙述：

我由于销售业绩出色，被公司奖给两周旅游假。我一直想有机会去法兰克福看望自己的姑妈，这次适逢其便。德国的风光虽然并不很美，但郊区农场的空气让我过得很愉快。

一天夜里，我从一位朋友家中参加完聚会，开车回姑妈的农场。天有些凉，微微有些雾。那是一段很不好走的路。我虽然只喝了一点点酒，但不得不更加小心翼翼。

雾逐渐大起来。车窗有些模糊，我不断地开动车窗擦。忽然，我发现前面远处有一团白影，白雾中的白影显得更加凄迷而隐约。那团白影飘飘忽忽，时隐时现。车辆？行人？建筑？转弯？……我只有更加小心地驾驶，打开了前部所有车灯，不停地按喇叭。

经过一个岔路口，白影不见了。一定是转弯了。我不禁舒了口气。我刚放松下来，白影忽然又出现在我车前，一瞬间，我看清了那是一个穿白色长裙的女子。我来不及刹车，向左急转方向盘，白影也跟着向左。我猛地向右转弯，白影也跟着向右；我又一次左转车头，白影居然又跟了过来。我再也无时间做其他动作，车身猛地一顿，撞在她身上，我看见她一下子飞了出去，在空中划了一道白色的虹，远远地落在前方的地上。

我震得头脑发晕，两分钟后才镇静下来。我推开车门，爬出车外，蹒跚着向她走过去。我的身体还在颤抖，头很疼，但我知道自己并没有受伤。

我伏下身体，把她上半身抱在怀里。她身体冰冷，但肯定还活着。她只有十八九岁，脸色惨白，但美丽异常。她的头发披散着，身上的白衣已经撕裂。胸口上有一个巨大的伤口，事实上，那伤口简直就是一个黑洞。我无暇去想怎么会撞出这样的伤口。她赤裸白皙的胸膛上满是一道道的抓痕，是人手？兽爪？树枝？利器？我不知道。我闻到一种奇怪的味道，那种气味我永生难忘。不，不是体香，不是香水味。像枯草，像橡胶，像狐臭，像胡椒……又什么都不像。我以前从来没有闻到过这样的气味，我只能管它叫死亡的气味。

她的脸真美，美得让人心悸。她的肩膀在我怀中轻轻抽动了一下，然后张开了眼睛，睫毛一颤一颤。她的眼神迷茫而空洞，看着我又好像看着遥远的天际。

"谢谢……谢……"她用微弱的声音对我说。

我惊恐得不知该说什么才好。她居然说谢谢我，谢一个亲手撞死了她的人。我不知道是她真的已厌倦生活，还是临危的神经错乱。

她用冰冷的手颤抖着搜寻我的手，我赶忙把手递给她。她紧紧握我的手。

"我求你一件事……请，照顾拉斯……"她呼吸急促，眼中忽然亮起诡异的光芒。

"请照顾拉斯……请答应我……"她的手越握越紧，但我却可以感觉到生命正在离她而去。

我不知该如何是好，是我亲手毁灭了这样一个灿烂如花的生命。也许，几秒钟后她就会香消玉殒。死亡的过程在我的怀抱中清晰可见。我不知该如何是好。

"请……照顾拉斯……"她的声音已几不可闻。

我不假思索地脱口而出："我一定会照顾拉斯的，我发誓。"我根本不可能拒绝她临死前的任何请求。哪怕她要我去摘天上的星星，去斗海里的鲨鱼，我也无法拒绝。我只想安慰她垂死的心。

听完我这句话，她闭上了眼睛。我确信她听到了我这个承诺，因为她居然在嘴角上显出了一丝笑意。我确信她死了。

我正不知该如何是好，一辆亮着前灯的汽车从后面疾驶而来，戛然而止。我看清原来是辆警车。

车上跳下一位穿制服的德国警察。

"你好，先生。我是马托斯警官。"他举手致意，"刚才，我恰好开车行驶在与你并行的路上，瞧，就是南边平行的这条路。我目睹了这件事的整个过程。我认为，你并没有丝毫的责任。这一点，我可以为你做证，她好像要故意撞上你的车。只要你的化验报告中酒精浓度不高于正常标准，我认为你没有责任。"

他的话使我安心了一点。可是，面对着死于自己怀中的姑娘，我仍然不知该说些什么。

警察又上来仔细检查了她的脉搏和眼睛，轻轻摇了摇头，确认她已死亡。"请问，你下车之后她已经死亡了吗？"

"不，没有，她还活着。"

"她留有什么遗言吗？"

"她只说要我照顾拉斯。"

"拉斯？"

"对，拉斯。"

"拉斯是什么？人还是动物？"警官问。

"我不知道，她没有说。我想，也许是她的弟弟，也许是她养的一只猫、一只小兔子或蜗牛什么的……"我沉吟道。

大批警局的人马上赶来，我被带回去问话。幸好那天我只喝了一点点酒，血液中的酒精浓度并没有超标。由于马托斯警官为我做证，我很快被释放。

"你可以走了，方达先生。"

"可是，警官先生，死者曾请求我照顾拉斯。"我坚持着问。

"这一点请放心。我们德国地方政府会很妥善地处理这些事情。虽然我们现在还不知道拉斯是谁，但是，死者的亲属，比如她的弟弟，可以获得政府的救济或被送往福利学校；死者生前所豢养的动物会被送往动物保护协会。无论拉斯是什么，都将受到很好的照料。或许，拉斯只是她临死前的呓语。从我们掌握的情况看，我们并不认为死者的精神状态很正常。"

我离开警局，回到姑妈家，两天之后就离开了德国。我想，忘记这件事会对我有好处，但我清楚地记得我曾许诺那姑娘要照顾拉斯。

回国之后，我感到无比疲劳，一口气睡了四天。第五天早晨醒来，我闻到了那种死亡的气味，像干草，像橡胶，像狐臭，像胡椒……这股味道每天早晨很明显，太阳出来后就逐渐消失。我疯狂地洗澡，换掉所有的床上被褥，第二天气味仍然存在。我开始经常做噩梦，总是觉得有一个毛茸茸的东西睡在我身边，又好像睡在我身上，睡在我身体内。我总是在半梦半醒之间感到它的存在，但当我完全清醒时，它就消失无踪。我关上所有的门窗，密封了阳台和通风口，可依旧无济于事。我的睡眠越来越糟，近一个星期甚至每夜都处于一种半梦半醒的状态。我的卧室每天早晨都会乱成一团，我开始恐惧睡眠，恐惧黑夜。

五天以前，我在睡梦中清醒地听到了一个声音——"拉……斯……拉……斯……拉……斯……"那绝不是人的声音。这个声音每天响起，我知道拉斯一定来找我了，是我答应照顾它的。三天前，我早晨起来，发现自己胸口上有抓痕。我知道事情越来越严重。我开始每天去教堂，可还是听到"拉斯"的声音。我听了巴恩斯表哥的劝告，特来找您。

霍德尔医生，请帮帮我。

"我是一个神经和心理医生。坦率地讲，我认为您是典型的神经紊乱。请不要过于担心，任何人经过那样的车祸之后，总要受到刺激。"

"可是我闻到了那种气味。"

"神经功能紊乱很容易造成幻嗅。那女子奇特的气味给您的嗅觉神经刺激太强。据我猜测，她可能患有一种由卡氏细菌引起的皮肤病，这种病总会产生令人不快的气味。"

"可是，我感到了毛茸茸东西的存在。"

"这是典型的由于大脑紧张引起的幻觉。你说过自己关上了所有的门窗和通道，这说明这种毛茸茸的东西是不存在的。如果病人在睡梦中身体触到毛毯或自己的毛发之类的东西，经常有这种幻觉。"

"可是她身上与我身上都有抓痕。"

"她身上的伤痕可能是被撞之后路边的碎石和树枝的刮伤，也不排除她因为厌倦生活而有自虐倾向的可能，你说过她好像并不喜欢活着。至于你身上的抓痕，恕我直言，是你自己所为。你由于撞死那个女孩，悔恨不休，潜意识里责怪和痛恨着自己，再加上精神极度紧张，必然产生梦中自伤的现象。你说过每天早晨卧室都乱糟糟一片，说明你的梦游症还很严重。不过，这种梦游症是突发性的，当你的精神放松下来，就会不治自愈。"

"可是，霍德尔医生，我还听到了'拉……斯……拉……斯……'的声音。"

方达依旧惊魂未定。

"这更好理解。那女孩临死前说了一句请你顾照拉斯，由于你感觉对她的死负疚，所以一直放不下自己的承诺。我同意警官的见解，拉斯只不过是她的弟弟，也许是她的男朋友，也许是她所养的一条金鱼，一盆水仙花。无论如何，德国官方处理问题一向严谨，所以你不必担心。我保证，经过一段时间治疗，你这种幻听现象会逐渐消失。"

"可是，医生，我虽然相信你的判断，但还是无法放松，我总觉得这样下去，我会活不了多久……"

"方达先生，你最大的问题就是潜意识中的愧疚和自责，虽然那起事故的责任不在你，但看见那样一个美丽的女孩死在自己怀里，任何人都会痛恨自身。你总觉得对她负有责任，再者你又是一个言出必行的人，所以才日思夜想着也许并不存在的所谓拉斯。"

"可是，医生……"

"这样吧，如果你还是放不下，那么我承诺替你照顾拉斯。"我微笑着说。

第二天凌晨，我于蒙眬之间感到自己头痛欲裂。我又闻到了一种像干草、像橡胶、像狐臭、像胡椒的气味，一个毛茸茸的东西正伏在我身上，我听到一个声音在我耳边响起：

"拉……斯……拉……斯……拉……斯……"

老夫少妻

迈克尔这个人，既不愚钝，也不缺乏想象力。他注意到妻子最近常常精神恍恍惚惚的，但他也不是那种胸有城府、不动声色、静观事态发展的人，因此，他便直截了当地问妻子："有什么不顺心的事吗？"

妻子看着他，那眼神既不是无动于衷，也不是一片茫然，只是淡淡地说道："没有什么事不顺心，能有什么事不顺心呢？"

迈克尔没有寻根究底地问下去，而是就此打住。在他看来，妻子在他问过之后，似乎轻松了许多。每当电话铃响起时，她不再显得紧张不安，当他对她说话时，她也不再显得神不守舍。她或多或少地恢复了常态，显得比以前轻松愉快，也恪守妇道。"或多或少"这个词，是迈克尔自己给妻子加上的，他相信自己很善于分析问题，毕竟，他们夫妻之间年龄太过悬殊。

数周时间平静地过去了，他们夫妻之间一切正常。虽然迈克尔有时仍觉得妻子心不在焉，神不守舍，但他还是觉得很满意，不管怎样，妻子没有什么可以叫他指责的，因此，他也就不再提起。

跑短途做生意时，迈克尔宁可坐巴士，因为停车是件麻烦事。

有一天下午，迈克尔比平时提前半小时离开办公室，当他坐在回家的巴士上时，他惊奇地发现，妻子正板着脸，驾驶着他们家的汽车从后面追上来。这一惊非同小可，他知道自己的妻子根本不会开车，更令他惊讶的是，她身旁还坐着一位年轻的男士，正认真地和妻子交谈着什么。迈克尔所乘的巴士正和妻子开的轿车并行着，没有错，那开车的是他妻子，汽车是他的，旁边的男子是个陌生人。他注视着他们的一举一动，差点儿让妻子发现了。但当她转过头来看时，巴士正好左拐。这次意外的巧遇总算过去——当然不是结束。

迈克尔不禁皱眉深思：结婚三年中，他曾经教她开车，但是简直没办法教下去，一坐上驾驶座，她就显得紧张不安，脸色发白，有好几次，他气得真想将妻子大骂一顿。女人怎么会如此不堪造就？！最后，面对现实，迈克尔不得不放弃了——她太紧张，不开车会更安全些。

这情况使他烦恼了好一阵子，因为，如果妻子会开车的话，那就最方便不过了，她可以和其他的家庭主妇一样，早晨送他到车站，下午到车站接他，这样，他就不用受乘巴士的苦了。

现在，迈克尔开始怀疑了。如果妻子早就学会了开车，或者她最近才学会，无论前者抑或后者，总有一个大大的问号悬在那里：她为什么瞒着自己？

婚前，他对她了解不多。她是他经常去的一家公司的接待员，因此他们互相认识，成了朋友，然后胜过朋友，然后他不得不承认自己爱上了她。结果是她也爱着他，并且向他保证，年纪没有关系，因此，他们结婚了，结成了夫妻。

可是现在呢？迈克尔觉得困惑不解。

迈克尔不想告诉妻子，他曾经看见她开车，想请她解释。起先，他认为自己如果突然直截了当地发问，会使她措手不及，吐露实情。但她的行为确实让他震惊不已。同时，不得不考虑另外一种可能，她会撒谎，那么一来，情况会更加复杂。然而，有一天晚上，他在不经意中开口问道："亲爱的，今天有没有做什么有趣的事情？"

"哦，"她说，"我到购物中心去了。"

"哦？"他说，心中感到轻松了些。

"你的'哦？'是什么意思？"她问道，"你必须知道一切经过和细节吗？"

他暗吃一惊，但是她却微笑着。

"一个女人在结婚周年将近时，总会想买点什么，"她补充道，然后温柔地说道，"你今天都做了些什么？"仿佛她真想知道一样。

他们的结婚周年确实就要到了，他也准备了一份礼物准备送给她，如果是以前，他会买一枚昂贵的钻石戒指给她，但最近发生的事情让他打消了这个念头。

是的，所有的事情都可以找到一个令人心悦诚服的说法，但是开车这件事呢？

以后的几天里，他小心地思考着这件事，并且做了一些简单的计划。

结婚周年纪念日的前一天晚上，他告诉妻子，他要带她到乡村俱乐部吃饭，她似乎显得很高兴。前往乡村俱乐部时，他开车，她坐在一旁，显得轻松而愉快。

那晚夜色很黑，路上车辆行人稀少。俱乐部在市郊，当他们还未抵达俱乐部的时候，他突然煞住了车，身体无力地靠在座位上。

"迈克尔,"她问道,"怎么啦?"

"我不知道,"他喃喃地说道,"肯定是我的心脏出了什么问题,我觉得全身无力。"

她一动不动地坐着,似乎惊呆了。

"你必须找人来帮忙。"他以几不可闻的声音说道,"叫一辆出租车,我没办法再开车了。"

她下车,绕过来,打开左边车门。

"迈克尔,"她紧张地说,"我要把你扶过去。俱乐部里也许会有个医生。放轻松,坐好,一会儿我就送你到那儿。"

她车开得很快,而且动作熟练。

过了一会儿,他将身体坐直,说道:"我觉得好过些了,那种昏眩欲绝的感觉总算过去了。"

"哦,迈克尔,"她吐了一口气,"我好害怕,你得立刻看医生。"

"不必了,我现在很好,明天再看吧。"

她没有说话,只是神情紧张地开着车。

当他们抵达俱乐部时,他又恢复正常了。俱乐部里没有医生,她拗不过他,决定夫妻俩先吃饭,保证明天早上再去找医生。

在这次猫捉老鼠的游戏中,他发现自己失败了。

"亲爱的,"他紧张地说,"你很勇敢,不过,你可能会因为无照驾驶而犯法。"

她凝视着他,"哦,"她低声说道,"那是我准备给你的惊喜!"然后,她微笑着说,"我想,这理由应当不坏。喏!"说着,递给他一个信封。

他好奇地接过来,信封上是他的姓名。信封里是一张精美的结婚周年卡,用回纹针和周年卡夹在一块儿的是一张新近签发给妻子的驾照。

他好奇地凝视着她。

"我觉得自己帮不了你什么。"她解释说,"于是,我便到汽车驾驶训练班去学习,教我开车的教练很好,很有耐心,而且很冷静,你知道,迈克尔,我认为做丈夫的不应教自己的妻子开车。"

迈克尔完全同意她的说法,他教她开车的时候,有几次气得简直要发疯。

他瞧着妻子,无话可说。他内心充满了内疚:"哦,上帝!我的行为是多么的卑劣!老是觉得有人要谋害我,以获得保险金。"他的心里充满了感激之情,暗忖,我要如何弥补对她的这份愧疚?

当妻子去洗手间时,迈克尔想着各种各样补偿她的办法:给她买一部小跑车？带她出去旅行？给她买一套手镯和戒指？这一切似乎都无法消除心中的那份歉意。他在心中暗暗告诫自己，以后再也不能多疑了。

在洗手间，迈克尔妻子的电话对白不长：

"彼得吗？我说对了，那天在购物中心他是看见我们了，事情必须今晚办。"

"同一地点？"

"是的。"

同一地点，是指两里外一个千尺深的悬崖上，迈克尔回家时，将由妻子开车，从那儿经过，在最后一分钟时，她将跳出车外，任凭汽车坠落到崖下。

"咱们怎么碰头？"

"就像咱们计划的，汽车头灯一闪一闪，打两次。"

"你很自信。"

"是的，亲爱的，我教过你了。"

"再见。"她挂上了电话。

谋杀1990

保罗2473的问题，是从他发现那本古老的书开始的。他一眼就认出那是一本书，因为有一次他去微缩档案室，看到他们正在那里拷贝一些这样有价值的老式书，然后把那些书销毁。这本书显然是遥远模糊的过去留下来的，没有被人发现，它激起了保罗的好奇心和恐惧感。

他正在一条乡下小道上参加星期四长跑训练，现在他们刚好休息十分钟，都躺在路边杂草丛生的古老建筑旁。保罗感到很无聊——星期四的训练总是让他感到很无聊——他四处张望，想找点有趣的东西。

他的视线落到身边破败的墙壁上，他立刻发现了那条缝。砖头掉下来落到墙边，形成了一个小洞穴，那些小小的野生动物可以在那里生活。

保罗趴到地上，朝黑乎乎的洞穴里张望，看到了那本书。当然，他马上意识到应该怎么做。他应该掏出那本书，但不能打开它，而是立刻把它交给排长。他从小接受的教育就是，与过去文明有关的东西，是既有价值又很危险的。他无权毁掉那本书，也无权阅读那本书。

他环顾四周，看看有没有人注意他。没有排长的踪影。排里的其他人都躺在地上，离保罗远远的，谁也没有注意到他。保罗战战兢兢地把手伸入洞里，抓住那本书，掏了出来。

那本书非常小，非常轻，好像一碰就会变成碎片。他很害怕，也很好奇，双手颤抖地揭开封面，瞥了一眼扉页，书名是《谋杀的逻辑》。

在那一瞬，他感到非常失望。"逻辑"这个词对他还有点意义，虽然很模糊。但是"谋杀"这个词，就完全不知道是什么意思了。如果他不懂这本书的内容，那么，这本书就是无用的。但是他考虑了一下，拿不定主意。这本书也许可以告诉他"谋杀"是什么，而"谋杀"可能是非常有趣的。

"全体起立！"远处传来排长的叫声。

在全排人员来得及站起身之前，保罗2473做出了一个决定。他把那本书塞进他的衬衫里，然后，站起身，伸了个懒腰，走去集合。

在他的小屋里，保罗2473玩起了学生的那套老把戏。每天晚上，在他一个人的那几分钟里，他把那本小书放在《进步新闻报》下午版的下面，装出一副读报的样子，实际上却在读那本小书。他这么做，是怕被墙上的监视器发现。

他这么做是很危险的，但是，这本小书中的内容越来越让他着迷。慢慢地，他得出了一些结论。

他很震惊地发现，谋杀就是夺取一个人的生命。这对他是一个全新的念头，他做梦都没有想到过。他知道人不会长命百岁。他知道老人有时候会生病，会被送到医院、生理实验室或诊所，然后就再也看不到了。他也知道，死亡通常是没有痛苦的。唯一的例外就是，当局为了科学研究而规定它应该痛苦。所以，他很少考虑死亡，也不害怕死亡。

但是，谋杀显然是以前文明中的一种现象，在那种文明中，当局并不负责人的死亡，但实际上反对个人控制这种事。但在实际生活中，谋杀似乎是一种非常普遍的现象，虽然谋杀很危险。保罗2473对这种残酷的现象感到震惊，但他还是忍不住要读下去。

当他考虑那本书的主要内容时，他发现，虽然谋杀是很邪恶的事，但是在过去那种环境中，还是可以理解的。在那个社会里，人们可以随意选择自己的伴侣，于是出于嫉妒或报复，人们进行谋杀。在那个社会里，当局没有向每个人提供生活必需品，为了得到财富，人们也进行谋杀。

保罗2473越读就越了解杀人的各种动机，包括健康和不健康的。有一章专门讲谋杀的各种方法。还有专门讲侦破、逮捕和惩罚谋杀犯的章节。

但是，那本书最惊人的还是它的结论部分。它强调指出："谋杀是一种普遍的现象，远远超过了统计的数字。许多谋杀不是预谋的，而是一时冲动。这一类凶手经常受到法律的惩罚。但是，更多的杀人犯成功地逃过了法律的惩罚，那些杀人犯事先经过精心的准备。大量未破的谋杀案都属于这一种。在凶手和警察的较量中，前者占优势。虽然统计数字有不同，但都指出，大部分谋杀案都没有侦破。大部分杀人犯都能逍遥法外，安度晚年，享受他们犯罪的成果。"

保罗2473读完那本书后，沉思了很久。他意识到，他的处境更加危险了。新的文明绝不会允许传播这种书，不会让人类意识到，在不远的过去，它是多么的野蛮。他阅读这本书，本身就是犯罪，而且他现在明白了，为什么不允许读这种书。如果他被发现，那就一定会受到斥责、降级，甚至被公开的羞辱。

但是他没有毁掉那本书。相反，他把它藏在床垫里。谋杀这一概念很让他着迷，他所有的空闲时间都在考虑这事。

他甚至想向卡洛尔7427提起此事。他几乎每天晚上都在娱乐中心见到卡洛尔7427，并且经常与她走进爱抚小屋，其频繁程度，超过了与其他任何一位姑娘。他正在接受与卡洛尔7427的和谐性试验，希望能把她配给他三年，如果能五年，那就更好。

他读完那本书的第一个晚上，他差点把这事告诉她。她仍然穿着她的工作服走进娱乐中心，但那工作服非常合身，显出她迷人的身材。他凝视着她的金发，凝视着她明亮的蓝眼睛和雪白的皮肤，他想到了配对一事。能够跟她共住在一个双人间，谈谈心里话，讨论一些像谋杀这类新奇、有趣的话题，那真是太好了。

他把她拉到一个角落，远离辐射农业的谈话小组。"你想知道一个真正的秘密吗，卡洛尔？"他问她。

她眨眨长长的睫毛，脸红了。"一个秘密，保罗？"她轻声说，"什么样的秘密？"

"我违反了一条规则。"

"真的？！"

"一条重要的规则。"

"真的？！"她非常兴奋。

"我发现了非常有趣的东西。"

"告诉我！"她探过身。她吃了香水片，她呼出的气息让他陶醉。

"如果我告诉你，你要么去告发我，要么就处在和我一样危险的境地。"

"我不会告发你的，保罗。"

"但我不想让你陷入危险中。"

她很失望，撅起嘴巴。但她的反应让他很高兴。他们俩都很有冒险精神和好奇心。他现在不能告诉她。但是，当下个星期配对结果公布后，当他们同住一间屋时，他就会把那本书给她，让她读读，他们可以连续几个小时地讨论凶杀。

就在那天，保罗2473认定，他与卡洛尔7427非常和谐，他还相信，那非常科学的配对试验也能证明这一点。

但是，试验没有证明。星期四，当他训练回来时，看到了结果。巨大的布告几乎盖满了公告栏，上面写着："55区成员五年配对表。"他很自信地走到布告前。

但是，他惊恐地发现了两件事。卡洛尔7427与理查德3833配成对，他则与劳拉6356。

跟劳拉6356过五年！她是一个矮胖的姑娘，一脸傻笑，一头深灰色头发。他们认为他能跟她和谐相处？而理查德3833居然独占卡洛尔五年，他是一个傲慢的、装腔作势的畜生。

保罗2473愤怒地考虑他的未来。他现在的年龄，已经不允许去爱抚小屋了。当局认为，一个人到了这个年龄，如果他安定下来，过着有规律的生活，对社会更有好处。因此，配对意味着他只能和劳拉6356在一起，而卡洛尔则只能被理查德3833独占。

他和卡洛尔7427将再也不能见面了！他们将没有温馨的双人房，不能连续几小时地讨论他那本神奇的书。

那本书！！！

保罗毫不犹豫地做出了一个决定：他要进行谋杀。

这是解决难题的唯一办法。他马上依据那本书，考虑起动机、方法和风险。

动机是有的。他被配给了一个与他不匹配的人，而与他匹配的人却被配给了别人。他又查阅了那本书，寻找在他这种情况下可能采取的方法。他发现，一个非常情绪化的凶手，可能选择杀掉卡洛尔7427，以阻止理查德3833得到她。但这样做，并不能使他自己得到卡洛尔7427，而且还是要跟劳拉6356在一起。

那么，必须进行两次谋杀。杀掉理查德3833和劳拉6356。执行起来有点复杂，但只有这样，才能得到满意的结果。

详细的执行办法他放到以后考虑。但他却选好了武器，或者说，现实情况使他只能选择那个武器。他没有枪，也没有办法搞到。他不懂毒药，也弄不到。理查德3833比他高大强壮，劳拉6356也不是一个娇小的人，所以对他来讲，用扼杀之类纯粹的暴力是行不通的。但他可以弄到一把刀，还可以把它磨得很锋利。他还有些生理学的知识，知道用刀捅人的哪个部位。最后，他尝试着计算了一下风险。他们会抓住他吗？如果他们抓住他了，会把他怎么样？

就在这时，他意识到一件让他吃惊的事。就他所知，法律中没有被称为谋杀的罪行。如果有的话，他应该早就知道了。他们从小就被教育应该干什么和不应该干什么。当然，在不应该干的事情中，列在首位的就是叛国罪。这包括破坏、暴动和各种各样的颠覆活动。叛国罪下面的是懒惰罪，包括不完成额定工作量，不参加会议，不保持精神和肉体健康。

罪行就是这些。谋杀没有列在上面，其他与谋杀相关的罪行也没有列在上面，诸如伪造、抢劫。保罗意识到他生活在一个理想的文明中，那里没有犯罪的动机，除了他现在发现的，即某些官员在进行和谐性实验时犯了错误。

让他吃惊的就是这事。国家在法律中连谋杀罪都没有提到，那就没有对付它的工具。没有专门的组织，没有老练的侦探，没有反谋杀的科学家，那本书上说的存在于古老文明中的那些相应机构，这里都没有。只要精心筹划，这个新的文明根本就不知道怎么对付谋杀案。他进行谋杀是绝对安全的！

意识到这一点，保罗2473心跳加速，开始认真筹划。只要一公布住房，配对计划就要实施了。他知道，这需要一个星期。他有足够的时间。他准备在两天内开始行动。

他的工作给他提供了方便。做为一个空气过滤工程师，他可以在55区里随便走。没有人会问他为什么在这里或不在那里。他只需要一个工作路线，使他能够先接近第一个受害者，然后再接近第二个受害者。

星期四来了，他不得不整个下午进行长跑训练。但是，星期五他交了好运。他看了一眼空气过滤有问题的地点的名单，就知道机会来了。

他把锋利的刀子塞进衬衫后的皮带里。他穿着柔软的绝缘鞋，悄无声息地走过干净的走廊。他的工作安排得很紧，但是路线非常好。他可以抽出一两分钟时间。

他先来到理查德3833附近。理查德在病毒化验室工作，有一个自己的角落，可以不受别人的打扰。保罗2473在那里找到他，他正着迷地趴在显微镜上。"理查德，"保罗轻声地跟他打招呼，"祝贺你的配对。卡洛尔是个好姑娘。"

当然，总有那种可能，就是话筒会在偷听，或者墙上的监视器突然打开。但是，理查德3833和劳拉6356从来没有惹过麻烦，所以他们不会受到特别的监视。在工作时间，卫兵也很少会监视谁。他必须冒那小小的风险。他必须尽快完事。

"谢谢。"理查德3833说，但他的心思不在卡洛尔7427身上，"你来了，快来看看这个小东西。"他从凳子上下来，让保罗2473上去看。

保罗2473敷衍地看了一眼，故意转了一下显微镜。"我什么也看不见。"他说。

理查德3833耐心地过去重新调整显微镜。他宽宽的背对着保罗2473，注意力全在显微镜上。

保罗2473从衬衫下抽出刀子，看准了，一刀捅进去。

理查德3833吃惊地哼了一声。他双手抓住桌子。保罗2473抽出刀子，站到一边，看着他的受害者倒在地上不动了。然后他仔细地在理查德3833衬衫上擦干净刀子，迅速离开化验室。没有人看见他离开。

在他捅死理查德 3833 后四分钟里，他来到数学计算中心，劳拉 6356 正在摆弄那些巨大的机器。和理查德的情况一样，劳拉也是一个人工作，与做同样工作的姑娘们不在一起。

劳拉 6356 从眼角看到了她的访问者，但她继续向机器内输入指令。她是一个非常勤奋的工人。

"你好，保罗。"她咯咯笑着说。在配对方案公布之前，她几乎没有注意过他，但是从那以后，她变得非常女性化，"别告诉我房子已经准备好，可以搬进去了！"

她认为他来这里，就是要告诉她这个消息的。他走到她身后，伸手到衬衫下摸刀。

也许她以为他要抚摸她，虽然在工作时间，这种行为是严格禁止的。她胖胖的肩膀期待地颤动着，等待着他的抚摸。但他使劲把刀捅了进去。

她没有像理查德 3833 那样倒在地上，而是向前扑倒在控制盘上。当劳拉 6356 压到盘面上时，机器继续嗡嗡地响，灯继续闪烁。

保罗 2473 拔出刀，在劳拉 6356 的上衣上擦干净，高兴地想：机器可能会给出不正确的回答。

他离开后继续做他的工作，这时，他高兴地想：卡洛尔 7427 和保罗 2473 现在都没有伴侣了。合乎逻辑的做法就是，委员会让他们两人住进同一间房子。他们可以一起过五年，到时候还可以延续。

他不知道会发生什么事，他不知道 55 区的统治者们会作出什么样的反应。在这方面，那本书没有用，它谈的只是古老文明中的谋杀现象。

书上说，谋杀总会引起人们兴趣的。特别是当受害者是知名人物，或者牵扯到什么丑闻时，更是如此。报纸会对谋杀进行详尽的报道，还会随着案情的发展进行追踪报道，最后，当凶手被抓到时，还会报道审判。整个事件可能拖几个星期、几个月，甚至几年。

但是，在 55 区，当天下午出版的《进步新闻报》根本没有提这件事。那天晚上在娱乐中心，除了理查德 3833 和劳拉 6356 不见了之外，也没有什么异样。

保罗 2473 在那里看到了卡洛尔 7427，意识到自从公布配对后，他还没有跟她说过话。他想法把她从她的同伴那里带开，小心地问她："理查德在哪儿？"

她耸耸肩。"我不知道。我没有看见他。"

他对她的态度感到很高兴。理查德 3833 失踪了，她一点儿也不关心，好像她根本不知道配对这回事一样。也许她根本不在乎他，当这件事结束后，她会很乐于接受新的安排。

他几乎整个晚上都和她在一起，感到非常幸福。他甚至开始相信，当局碰到这种棘手的事，可能不知所措，宁愿不谈这事，装成什么也没有发生一样。这样就免得一般人知道有谋杀这种事。

那天晚上睡觉时，保罗 2473 相信自己的推理是正确的。

星期六早晨的起床号打破了他的幻觉。实际上，当尖利的号声响起时，他都不敢肯定是起床号。那号声似乎越来越响。他的单人房间外，还是一片漆黑。

他迅速穿上衣服，随着其他人一起跑进走廊。他们都像他一样惊讶，有点摇摇摆摆。

"向前齐步走！"

他们排着长队，向走廊尽头走去，走下楼梯，来到院子。那里灯光明亮，屋顶和高墙上的探照灯都突然打开，在刺眼的灯光中，各个排和各个连都排成队列，站得直挺挺的，队伍里没有人说话，也没有人抱怨这么早就被赶起来，整个院子里笼罩着恐惧和压抑的气氛。

保罗 2473 也感到恐惧和压抑，虽然他知道没有必要害怕，但是其他人的恐惧传染给了他。以前从来没有发生过这种事，肯定不会有什么好事。

他们会做什么呢？可能会宣布两个人被杀了。接着会做什么呢？他们可能会要求罪犯坦白吗？或者要求知情者提供情报？

非常奇怪的是，他感到非常镇静。如果他们把所有的人都带到这里，那就意味着他们不知道是谁杀的人，对不对？这使他感到鼓舞，当然，现在看起来是在进行调查，会问各种问题，核查你在什么地方。他必须小心谨慎，但最重要的是，要记住当局不知道凶手是谁，如果他保持镇静的话，他们永远也不会知道。

但是喇叭并没有说什么，这一大群人被扔在这里，品尝恐惧的滋味。也许这是当局的一种办法，用恐惧来使凶手屈服。

半个小时过去了，天还没有亮，但谁也不敢离开队伍，没有一个人咳嗽或者倒脚，唯一的声音就是寒风的呼啸。

最让保罗 2473 不舒服的是探照灯，它们似乎直射进他的眼睛。他可以在刺眼的强光中眨眨眼睛，但是他发现，如果他闭上一会儿眼睛的话，他的身体就会晃动，他不想摔倒或晃动，这样会引起人们的注意，所以他尽力忍受着，努力去想这个折磨结束后可能发生的好事。

这种折磨总会结束的，整个 55 区的几万个成员不能只因为两个人被杀，就永远站在这里。每天都有人死去，他们的位置被年青人、农场的人填补，会有一些兴奋和紧张，但一切迟早会恢复正常的。

正常……与卡洛尔 7427 住在一个房间……有人说话了……可以说悄悄话……结束了可怕的孤独……甚至没有了话筒和监视器，他知道，配对的两人可以有一定的隐私。

"一连！向右转！齐步走！"

整齐的脚步声，一百个人离开了院子。

听着口令，保罗 2473 可以猜出他们去哪儿了。去宿舍旁的娱乐中心。不管他们发生什么事，不管他们要接受什么样的检查，都是在娱乐中心进行的。这听上去并不可怕。如果他们走出大门，他可能会更不安。

几分钟过去了，也许十几分钟过去了，灯光变得难以忍受，天还没有亮。保罗 2473 是在二连，他觉得两腿非常疼，有点头晕，灯光在他眼前闪动。他紧紧地闭上眼睛，但是仍然挡不住那些灯光。

"二连！"

他向前走去，很高兴又可以走动了。是的，他们是去娱乐中心，两个卫兵拉开门，整个连队走进空旷的娱乐中心。

还是有很多灯光，但已经不那么痛苦了，里面有嗡嗡的人声，连队被带到最顶头，排成单列，他们不用再立正了，但他们仍然无法放松，他们忍受了太长时间的恐惧，只能保持沉默，不愿说话。

最后，单列变成了一排，开始穿过一个小门。保罗 2473 排在二十名的位置，他觉得前面的人是三十秒左右一个通过那扇门，他等着轮到自己，仍然很镇静，他相信，这么大规模的行为表明了当局的绝望和无助。

然后，他从前面人的肩膀看到那扇门通向一个房间，那里头只有一个护士和满满一桌针头。他松了口气，差点要哭或者笑起来。他们只是在接受注射，可能是注射什么疫苗吧，跟他微不足道的两次谋杀毫无关系。

当轮到他打针时，他对钉扎进去时的疼痛毫不在意。经过院子里漫长的折磨和不安的猜测后，这根本不算什么了。

打了针后的感觉很奇怪，他的手臂不疼了，但是脑袋却轻飘飘的，他可不想在这胜利的时刻晕倒。但是这时，他完全失去了自我的感觉，他按卫兵的命令行事，他走进下一间房间，屋里有一个穿白大褂的人，一双锐利的眼睛盯着他。

"你昨天捅死了两个人吗？"那个人问。

他似乎别无选择，只能说真话，也许这是打针的原因。

"是的。"他说。

他受到了公开审判，但这不是为了他，而是为了教育55区的所有成员。

过后，他们把他放到院子一头的一个玻璃笼里，他被直立地绑在那里，有一百条电线插在他身体的不同部位，那些电线都通到外面的一个控制板上，每根电线都有一个按钮，他的拷打者就是55区的成员，为了表示他们热爱他们的文明，他们一有空就来到笼子前按几下按钮。这会使保罗2473疼得尖叫起来，但却不是致命的。

当然，每天一次，广播会提醒他和其他人，他为什么在那里。

"保罗2473，"广播抑扬顿挫地宣布，"肆无忌惮地破坏了两个国家财产，理查德3833和劳拉6356，犯下了破坏国家财产罪，成为国家的叛徒。"

但是，他的估计错误不仅于此。最经常到笼子前来，并且最喜欢按按钮的，是卡洛尔7427。

谋杀艺术家

最近，我对一位著名凶杀小说评论家的一段话很感兴趣。实际上，我自己就是一个谋杀者。那位评论家说："现今最好也是最刺激的侦探小说当数那些重在揭示罪犯为什么犯罪的小说。至少'为什么'与'谁'是，'如何'犯罪是同等重要的。"

对此我深表赞同。我认为小说中谋杀犯的性格与内心完全值得进一步分析。过去，太多注意力被放到找出谁是罪犯，然后怎么逮住了他。而且我觉得不该浪费时间找出那些罪犯是怎么干的。虽然不少时候他们的手段方法决定了他们能否出名，但说到底那些不过是这帮人使用的方式罢了。

我必须指出：我们，谋杀者们，并不那么爱犯错误。那些不幸的家伙被逮住只是因为他们犯了错而又引起了警察的注意。总体上我们非常能干，虽然有那么多对付我们的机构，但看看发生的案件数目，就会知道我们绝大部分人都平安无事。

但人们对谋杀者最多的误解是认为他们异于常人，总用夸张的词汇把他们描绘成疯狂的怪物或者冷血杀手。其实事实远非如此。实际上谋杀者都非常正常，只是敢于按照那个铁的原则行事：人人都要为自己。

为了纠正这些误解，也顺便为侦探小说家提供点素材，我决定把我是怎么干的写出来。我很聪明，也挺走运，不用担心写这些东西会招来什么被捕一类的不愉快的后果。

就我个人而言，当我杀掉苏珊时，我对她没什么仇恨，但总有那么些人要认为我是出于仇恨杀了她。实际上我曾经很喜欢她，还差点和她结婚。可她后来看上了那个愚不可及的布内斯卫特，嫁给了他。我知道，当她想和那个钱袋子结婚时，她的生活也就完了。

我猜想，是苏珊的女性气质吸引了我，而她被布内斯卫特的所谓男人味迷住了。实际上他只是一个粗野的人，但比较会为人处世。他攒下一些钱，但没投到赌博上，而是投入了变幻莫测的投资行当，买股票，而且赚了不少钱。在加纳斯股票交易所，当奥瑞奇弗雷州发现金矿的消息令人们一片乐观、市场行情上扬时，他冷静地抓住每一个机会赚进利润，不断增加自己的财富。当经济萧条不可避免地到来时，他的大部分财富也和别人一样化为乌有，但他不像人们在萧条时期那样只是抛出股票，而是不声不响地买入那些几乎便宜到白送的股票。这样，当经济恢复同样不可避免地到来的时候，他的财富又迅速膨胀起来，他是一个令人恼怒的家伙。

当我把布内斯卫特介绍给苏珊时，她被他的风度和成功吸引住了。后来她被他带去了欧洲。我们之间的婚约就这样解除了。

我再也不想见到她了。

八个月后，有人敲我的后门。我打开门，看见站在台阶上的苏珊，她手里还拿着提箱。在软和的长沙发上坐下后，她开始讲她的故事。正像我预料到的，吸引住她的布内斯卫特自诩的男人味，后来变成了彻头彻尾的暴力和自私自利。她再也不能忍受他的粗暴，就逃走了，回到我这里来。看在过去的情分上，她觉得我会帮助她的。

她没有注意到我已经没什么热情帮她了。实际上，她抛弃我后，我感到很难过，努力把她从我的生活中抹去，尽力地经营我的牧禽场。我的农场已经可以自给自足，用那些机器，我能单独管理整个农场。我喜欢那些动物，更愿意自己干农场的活。

但如果苏珊加进来，我就很难再像现在这样自得其乐了。我得把她安顿下来，为了不闷坏她，得让她干些不那么重要的活。我按部就班的生活就会被打破了——那三千只鸡，正是让人操心的时候，说不定就会受凉或染上什么病。

不幸的是，我找不到什么像样的理由来拒绝她。而且苏珊用心选择了到达的时间。这时候她在村里找不到别的住处，回加纳斯堡的火车也没有了。一旦我把她留下来，我们之间的坚冰便会打破，第二天要送她走就不会那么容易了。毕竟，我曾经很喜欢她，而且那时候我还对她说不论我与她之间发生什么事，如果有麻烦，她都可以来找我。我一向为自己的言而有信而自豪，我真不敢想象她向我的朋友们宣扬在她需要帮助时我如何食言的。

苏珊还在讲她的丈夫如何粗鲁地对她，而所有的念头都已在我脑子里转了一遍。表面上，我在听她说话，而我心里一直想着那些念头，直到她自大地认为我理应帮助她才把我弄得有点恼火了。从她的话里，我已知道她希望我如何帮她，而这令我更加恼火。

我开始看到我怎样花钱替她请律师办理离婚，我安适的生活将怎样被打乱，我内心的平静将怎样被那些复杂的情感问题破坏。总之，我生活中的所有美好之处都会结束。我越来越恼火，我真想掐住她的脖子。

不过真的掐死一个人可比想象的难得多，我不愿意面对她的脸，就绕到沙发后面，再把手在她的颈上收拢，加劲。后来我发现这样干效率还挺高，因为我的手可以使劲地压住她的脖子和头，就像绞刑架上吊死一样，而且我还不会被她的手脚的剧烈挥舞踢打弄伤。当她终于瘫软下去时，我还并不怎么累，坚持到确信她断气。

她的脸变成了紫黑色，舌头吐出来了，和几分钟前漂亮的面孔比起来令人毛骨悚然。她褐色油亮的头发也变得暗淡无光，毫无生气。除此以外，苏珊的尸体也没给我留下别的什么感受。

确定她已死去之后，我把她的舌头塞回她嘴里，开始处理尸体。对这一点，当我读到侦探小说里谋杀者总为销毁尸体伤脑筋时，我总想指出，这根本没什么难的。那天晚上我很快就干完了。其实几个星期后才会有人关心苏珊去了哪儿，我无须这么匆忙，但想到我可以把自己的主意付诸实施，我就兴奋不已。第二天早上，我早早起床，在我的农场里忙开了，和平时没什么两样。

三星期后的一个下午，地方警察斯龙登门造访，想弄清我所知的有关苏珊的情况。

问我话的这个约翰·斯龙和不当班时的约翰·斯龙是不同的两个人。后者在天气暖和时会在维金的酒吧里为我们表演他的西部枪法。他稍微下蹲，把两支六响左轮枪握在腰间，准确无误地射出他的子弹，同时像电影里那样左右观察以防潜在的敌手。在人们的喝彩声中，他向枪管上吐口唾沫，冷却他的枪。他是个惟妙惟肖的西部牛仔英雄。

而约翰·斯龙警官则是个警觉、精明、忠于职守的警察。从他的问话中我觉察到他认定我知道苏珊的事。

我想有人报告苏珊失踪了，他们顺着线索找到了我这儿。我坦诚地告诉斯龙警官过去我和苏珊的关系以及三个星期前的晚上她如何来看望我，又怎样在同一个晚上离开。

自然，他想知道更详细的情况，还问我为什么在看到报上的寻人启事后不去向警察报告有关苏珊的情况。我解释说，我从不看报纸，而且就算看到报上的启示也不会向警方报告的,因为我知道她是从她丈夫那儿逃出来的。

我告诉斯龙她要我帮助她,但我拒绝了,我们吵了起来,最后她狂怒地跑出屋子,连帽子、手套和箱子也没拿。我还告诉他我不知道苏珊会去哪儿,不知道她打算怎么办,也不知道她带没带手提袋。

问完这些,斯龙想看看苏珊的箱子。见箱子没锁,他打开了它。箱子里有个灰色的手提袋,里面是些零钱,还有耳环、钻石戒指、珍珠项链这些女人用的玩意儿,此外还有几把钥匙,其中一把就是这箱子的。检查完箱子里的东西后,斯龙问起我苏珊——也就是布内斯卫特夫人当晚所穿的衣服。

这个问题来得比我预料的时间早。我把三个星期前就想好的话告诉了他。这些话听起来完全是真的,只是都含糊其辞,毫无价值。三个星期前我把苏珊的衣服和手提袋放进她的箱子里(这和箱子没上锁、钥匙在箱子里发现的情况相符合。干这些事我都戴着手套,我可不想干一些诸如在箱子里留下指纹的傻事)。

斯龙仔细地听着我的描述,然后拿出一件箱子里的衣服问我是不是布内斯卫特太太那天晚上穿的那件。那衣服显然是穿过的,但我当然会回答不是。我知道若由那晚看见苏珊走进我的农场的人来描述那件衣服的话,它听起来也会或多或少地与我描述的那件是相似的。

又问了几个不太重要的问题后,斯龙警官告辞了,带走了那箱子、帽子,还有手套。

警察好几天都不来找我。晚上我照常去酒吧喝一杯。我去的就是约翰·斯龙常去的那酒吧,但他一直没露面。

我知道警察还会找上门来,那只是个时间问题,因为苏珊的行踪是在我这儿中断的,除非找到其他有价值的地方,否则警察会盯住我这儿的。一个星期后,斯龙警官又来了。这次他和另外两个人一块儿来的。一个是早秃的康斯坦布·巴利,这个年轻人从不摘下他的帽子,却把村里的美人瑞蕾·奥多追到手了。第三个人是他们的头,加纳斯堡来的中央情报局的探长。这次前前后后斯龙只说了一句话:"威廉,这是本·里布伯格探长。"

听完他的介绍,我打量着这位探长。他是个高个子的英俊男人,像个演员而不像一个侦探。后来我听说他还是个不错的调酒师。他的爱好就是发明新的鸡尾酒和其他混合酒配方。

里布伯格探长先对他的打扰表示歉意,然后提出在我的房子和周围看看。显然有人看见布内斯卫特夫人走进我的农场,而且就没人再在别的地方见到过她了,因此探长想弄清她是不是藏在我农场里某个地方了。

我告诉他我能理解，并且乐意带他们在农场里四处看看。

在介绍我的农场时，我告诉他们我的愿望是尽量独立于外部世界，所以把我的农场和房子都弄成尽可能地自成一体。我把煤仓指给他们看。煤仓在厨房里，就像一所小房子，煤一直堆到顶，还掉了一些在外面，在地板附近有个出煤的口，一直通到炉子附近。厨房里还有个混凝土的水槽，我拿它贮存雨水，上边连了一个手摇泵，出水管通向浴室。其他用水则是来自于屋顶上的大水箱，水箱上也连了一个水泵。

看完这些，我把他们带到鸡舍，鸡舍长三百英尺，属于紧凑型的那种，从母鸡们得意的叫声看，它们正在炫耀它们的蛋。警察们还看到了旁边的人工孵化室，我在这里面试验人工孵化小鸡。

接下来我带他们到那个波纹铁皮仓库。仓库里是农用机械，像拖拉机、打谷机、粉碎机和像苜蓿收割机这样的小机具，当然还有我的耙、犁之类。仓库外面是成排的大型储存罐，里面是玉米粒、玉米粉、花生粉、骨粉这类畜禽饲料，用这些我能配出不同的混合饲料。

这帮警察目测这些罐子的大小，在本子上匆匆地记下一些东西。

我把远处的耕地也指给他们看，苜蓿地是绿色的，旁边有个水塘，玉米地和其他地则是黄褐色的。远处一群群的奶牛、公牛还有马在草地上吃着草。

看完整个农场，里布伯格探长道了谢就带着他的人走了。看得出来，他比较失望。

又是一个星期平静地过去了，他们开始监视我，这可让我受不了。康斯坦布·巴利改变了他平时出门的线路而绕道经过我的大门，从那儿观察我的草坪和屋子。

我决定出趟门，这样整出戏就会走向高潮了。

我做了些准备，在一天很早的时候开车离开家。我驾着车飞快地跑了五英里，然后把车停到远离公路的树林里，找个树木最密的地方把它藏起来。

剩下的路我就得自己走了，我的目的地是离布利切特金矿不远的那些地下洞穴。这些洞穴虽然不小，但没什么看头，也就没什么游人。我知道警察已经彻底搜过了，所以不会有人来打扰我。我带了便携式阅读灯，为野营准备了充足的食物，这样我就可以舒舒服服地待在这些洞里了。

关于我的鸡群我并不担心，它们的食槽里加足了三天的食料，饮水器里的水也是满满的，鸡蛋会自动滚到鸡舍前边的那溜凹槽里而不会堆成一堆。其他的那些马和牛也不会饿肚子，它们的吃的喝的都充足得很。现在那些小鸡已经不需要人工加温了，晚上一盏电灯的热量会把它们聚到一起，也足以取暖了。

所以，我心里没什么要牵挂的，我可以安安静静地读我的侦探小说。那些故事都挺不错，只是那些各式各样的侦探并不是那么厉害，总要向他们的作者求助。

巧得很，我回到农场下车时第一个碰到的就是斯龙警官。上帝并没把人的脸设计成一次就可以表现诸如惊奇、兴奋、满足、好奇、探求、友谊还有遗憾这种种表情，但斯龙警官一下就做到了。

他好不容易才恢复正常，问我去了哪儿。我告诉他我去那些岩洞看看布内斯卫特是不是在那儿迷了路困在那儿或者死在那儿了，结果我自己倒迷了路，直到现在才转出来。斯龙警官使劲地捏着自己的手指，我猜他把网撒得又远又大，却没料到我就待在这么近的地方，几乎就在他手边。

当他想接下来该问我什么时，我四处看了看，发现我的农场就像一个打翻的蚂蚁窝那样乱成一团。显然警察动用了不下二十个人，到处都是乱糟糟的。他们在各个角落搜寻，屋顶上，屋子里，屋子外全是人。一些人低头弯腰地查屋子有没有地下室，一些人到处挖坑，一些人在水塘边、水槽旁还有庄稼地里比比画画。我看不到仓库里的情形，但肯定也挤满了人，因为农作物仓库外头到处都洒着玉米、苜蓿。

鸡舍的情景是最好看的。他们把鸡弄到外头，检查鸡舍里的混凝土地板。鸡舍地板上的干草足有六英寸厚，好多年没动过了，现在全给翻了一遍，还有不少堆在外面的空地上。

外面还有几个家伙准备把鸡舍地基也翻上一遍，看来他们确实准备要挖地三尺了。我用"准备"这个词是因为母鸡们总在碍手碍脚，它们没地方去，但这帮像母鸡一样执著的警察准备继续征用母鸡的房间。母鸡很恋家，更何况它们还有蛋要下，被围在鸡舍的外墙和一堵栅栏之间，母鸡们拒绝履行它们的天职。现在那堵外墙又成了检查的目标。

警察们又开始打扰这群来格豪恩种的母鸡。这种鸡很容易受惊，时不时地又叫又跳，跟它们在一起，你最好是保持安静。这时，一个在鸡群中挖地基的警察抬起头，因为远处有人在叫他。他回答了一声，立刻几千只母鸡整齐划一地跳起来开始叫唤，此外还有呼呼的扇翅膀声。所以那个警察的影子就在鸡毛、干草、尘土还有饲料的混合物里消失了。

我没能看下去，因为斯龙警官要我去警局回答几个问题。在警局我先被交给康斯坦布·巴利看管了一会儿，我向他点点头打了声招呼。过了一阵，斯龙才过来，开始问我，不过努力做出已经掌握真相、问我问题不过例行公事的那种无所谓的神情。

我第三支烟抽到一半时，一阵叫声传进房间："找到尸体了。"

我跳起来，叫道："真的？在哪儿？"语调正好显示我与布内斯卫特夫人确是好友但又没有半点罪行被发现的那种恐慌。我转过头看看斯龙，他也正目不转睛地盯着我，眼睛里满是怀疑。

不过那构不成什么威胁，我很安全，无论还有什么把戏也不会骗我露出什么马脚的。如果我显示出一点问心有愧的样子，斯龙就会确凿无疑地把我当作杀人犯盯住不放。这是我必须避开的，看来以后再在酒吧里碰见他，多少会有些窘迫。他公事公办的怀疑我不介意，但若他个人非把我当谋杀犯就是另一回事了。

斯龙继续演出他的把戏，问进来的手下尸体是在哪儿被发现的。后者则没有信心地描述了某块未耕种的土地。他们两个都瞪着我，抱着最后的希望等待着我露出点什么马脚。我叫道："真是奇想，我从没想过那块地还能埋尸体。这样说来，苏珊是被人谋杀的，是不是？"

当然他们永远不会在我的农场里或者别的什么地方找到她的尸体。他们检查过炉子想找到烧过的人骨碎片，还弄了不少炉灰去作化学分析。他们还把地沟挖开看看我是不是在浴池里用什么化学药品把尸体溶化掉了。总之他们找遍了每个地方，让加纳斯堡的中央情报局专家化验了每一点可疑的细枝末节，但结果仍然是一无所获。

最后他们不得不放弃了，撤走了。他们连苏珊是否被谋杀也不能证明。他们搜遍了我农场的每个角落，却不能找到苏珊的尸体。自然我头上那团谋杀犯的疑云也烟消云散了。

圣诞节，为了表明我问心无愧，我还送了一对小公鸡给斯龙警官作为圣诞礼物。

九个月过去了，生活仍像过去那样平静，只是当听说斯龙警官要调到鲁德森警察局时我的好心情稍有损坏。

我们为他举行了一个热闹的送别晚会，比尔·维金提供喝的，鸡肉当然由我来出。可怜的约翰在晚会上没能为我们来一次最后的射击表演。因为我们走到院子里时新鲜空气似乎发挥了一点不良作用，他花了很长时间也没能站直，只好晃晃悠悠地靠在晾衣服的那排木杆上。

后来新建孵化室的事占据了我的全部精力，我是自己干的，这事让我的房子又脏又乱，于是我请了一个女管家。她皮肤很白，金发高个，不过给人的印象却像个孩子那样胖乎乎的。她很能干，她热情的笑容也说明她是个心地善良的人。

我的新管家把我的房子收拾得井井有条，所以现在在晚上我可以坐下来从从容容地把我的成就记下来了。

我盼望着这些文字能出版。我也特别对斯龙警官看到这些东西时的反应感兴趣。我还想知道他读完这些东西时对他一直喜欢的肥鸡会怎么想。

我想他会恶心之极，不过他也大可不必，他怎么会知道那些鸡是用苏珊的尸体喂大的呢？

我并不是说那些鸡直接在苏珊的尸体上啄来啄去，恰恰相反，它们所吃的苏珊是包含在精心配制的饲料里的。苏珊的每一部分都在粉碎机里磨成了粉末，变成了优质的骨粉和肉粉，至于血也处理成了干血粉，只是通过了另外的一道工序。

这些活对我来说一点不难，因为很久前我就读过《农夫杂志》上介绍的处理动物躯干的方法。人的尸体、骨骼还要小一些，所以用粉碎机处理起来，就更容易。

我要特别注意的只是把尸体上的每一个小块都要磨成粉，比如牙就得粉碎两次，直到和骨粉一样细不可辨。至于头发，我把它们烧成了焦炭。

处理好后，我用绿苜蓿把那个地方都扫过，接着，动物尸体还有绿苜蓿、玉米粒都被放进粉碎机里加工成饲料，这样人体细胞的痕迹就彻底消除掉了。

肉粉、骨粉还有血粉混上别的什么粉配成混合饲料，这就是我试验孵出的小鸡们的美食。这些小鸡就长成了斯龙警官尝到的那些肥鸡。而且这些小鸡以及它们产出的鸡肉为我的农场带来了不小的名声，其他的一些农场主还曾向我讨教混合饲料的配方。

里布伯格肯定会重新注意我的农场，也会试图在哪儿找出证据证明我的农场里曾经有一具尸体，但我保证他不会成功。解剖整批的肉鸡他也不会在它们的身体里发现半点人的细胞。每只吃过人尸体做成的饲料的鸡都已经进了人的肚子里了。

人们不会把鸡骨头吞下去，但我想出了个主意，把鸡杀好、清洗好，卖给或送给我的顾客们时要他们答应我回收鸡骨头。我的理由是我短缺骨粉。这样鸡骨头和别的骨头就又进入我的粉碎机里了，一个无限循环的好例子，不是吗？此外还有相当多的人，有些还在很远的地方，都参加了这顿人肉大餐，因为他们吃了那些母鸡下的蛋。

里布伯格探长也不会有兴趣去推敲推敲那些肥料的，如果我是他，我就不会去白费这个劲。不能出售和食用的鸡的头、爪、内脏还有羽毛之类经过焚烧或烧干后，它们所去的地方还是那个无穷无尽的粉碎机。作为肥料，它们已经遍布在我的农场里了。

希望这位好探长可别起什么用我的故事促使我认罪的念头。如果一个醉心于侦探小说写作的人在作品发表后却被逮捕，而其罪名就是发明了一个解释一位妇女失踪的理由，那可是太遗憾了。

我想我的书要是让村里人读了的话我就得面临一些不良情绪了。某些心胸狭窄的居民会用恐惧的眼光来看我。不过这种情绪的后果是我再也不会受那些来访者的打扰，那么我就适得其所了。

我的房子里又发生了一些新的事情。我的管家——安·丽丝女士最后可能会很失望，因为她已经爱上我了。她对我的行踪的关心到了不给我留下隐私的地步，而且还过分操心要让我舒服一点——她开始令我厌烦了。

我不会直接让她停止那些出于善良而对我的种种过分的照料，我不想伤害她的感情，我也不会解雇她，让她重新去争取一份工作。她没多大本事，这么干我自己就会觉得羞耻。

我建议她应该多出去交际交际，尤其是晚上。但她说一个人出去实在没什么意思。我的女管家没有朋友，连亲戚也没有。

可怜的人，没人挂念她。而我则在盘算着怎么准备下个季节用的特种混合饲料。国家禽类委员会的主席已经表示准备参观我的农场和那些让我出名的鸡。

亡命猎手

"就在那儿，有个不小的岛屿，"怀特尼惊叫着，"真是太神秘了。"

"那是个什么岛？"雷夫德问道。

"在旧地图上的标识为'迷船岛'，"怀特尼答道，"那是个非常恐怖的地方，水手们一提到它便觉得毛骨悚然，我不知道究竟是为什么，也许是由于他们迷信的缘故吧……"

"看不见哪！"雷夫德架起高倍望远镜试图去观察那个神秘的岛屿。

"哟，你眼力好像很不错呀！"怀特尼笑着说，"我仿佛已经看见在四百英尺之外正躺着你打倒的麋鹿呢，怎么这点夜色就连四码外的东西都看不到了吗？"

"哈哈，别逗了，确实连四码都看不见，这夜太黑了，整个天空就像是一道黑幕布。"雷夫德并不理睬怀特尼的玩笑。

"到了里约就差不多天亮了，"怀特尼似乎蛮有把握地说，"我们应该在几天内把打猎的用具都准备好，我想那种专门用来对付美洲虎的猎枪也应该有货了吧。到艾默顿我们将有一次十分尽兴的狩猎活动，狩猎这玩意，可是不错。"

"对，我觉得那是世界上最棒的运动。"雷夫德答道。

"哦，那只是对猎手而言，"怀特尼更正说，"对美洲虎而言可就情形大异了。"

"胡说什么呢，怀特尼？"雷夫德说，"你是个大猎手，但不是个哲学家，谁会在乎美洲虎的感觉？"

"也许美洲虎确实这样想。"怀特尼坚持说。

"哎，它们是没有思想的。"

"即便如此，我也认为它们至少懂得害怕——害怕痛苦，害怕死亡。"

"真荒唐，"雷夫德笑着说，"这种鬼天气，热得什么都不想干。现实点吧，怀特尼，世界是由两个阶层组成的——猎手和猎物。幸运的是，你我都是猎人——喂，你觉得咱们现在过了那个岛了吗？"

"天太黑了，我不敢保证，但愿我们已经过了。"

"你说什么？"雷夫德问道。

"这地方名声不太好。"

"你是说有野人吗？"雷夫德满脸疑惑。

"不，连野人也不能在这个魔鬼之地生存，或许那只是老水手们的传闻掌故，不过你不觉得今天整个船组都很紧张吗？"

"亏你还提起，他们都有点神经兮兮的，就连船长尼尔森……"

"是的，就连那见多识广的老船长，一个身处险境也敢叫魔鬼滚开的瑞典老家伙也显得有点怪异，他那蓝色的眼睛满含着令人捉摸不透的东西，我从来没见过。我能从他那儿得知的便是'这地方在那些远渡重洋的人们心中是个鬼地方'，接着他便严肃地问我：'难道你感觉不到异常吗？'似乎我们周围的空气里都弥漫着恶毒的因子——喂，你这家伙，我同你谈论这个话题的时候，请你不要嬉笑，我确实感到身上冷飕飕的。"

"可是并没有风啊，这海面就像玻璃一样平静。哦，那么我们一定是在向那个险恶的岛屿靠近，我唯一的感觉就是一种彻骨的寒冷，可能是恐惧生寒意吧。"

"纯粹是胡思乱想，"雷夫德说，"一个迷信的水手总是可以把他的恐惧传染给整条船的人。"

"也许吧，但有时我认为水手们能在他们身处险境的时候有一种特殊的预感，而且我觉得邪恶是可以感受到的东西。它在用波长传递信息，就像声音和光那样。不管怎样，我们将离开这个地区了，我很高兴。好吧，我想我该回去睡觉了，雷夫德。"

"我可不困，"雷夫德说，"我要到后甲板上再抽支烟。"

"那好吧，雷夫德，明早见。"

"晚安，怀特尼。"

雷夫德独坐在那里，夜已深沉。万籁俱寂，只有游艇隆隆的马达声和船桨哗哗的拨水声不断涌入耳鼓。

雷夫德靠在一张气垫椅上，悠然地品尝着他所钟爱的雪茄。渐渐地，与恬静之夜相伴而生的困倦之意悄然袭来。"天这么暗，我可以睁着眼睡一觉了，那夜空就像是我的睫毛……"雷夫德心想着，便进入了梦乡。

突然一阵声响惊醒了他，那声音就在右边，是不可能弄错的，他的耳朵可是精于此道的。他又听到了那阵声响，哦，又一次，在这黑暗深处的什么地方，有人放了三枪。

雷夫德一下子跳起身来，他尽力睁大眼睛，循着那怪异的枪声望去，但在这样漆黑的夜里简直是伸手不见五指，一点也看不见。他对准那声音传来的方向扭了扭身，并尽力让身体保持平衡。他踮起脚来，试图能望得远一些，却不料他嘴里叼着的烟斗触着了船上的一条绳子并掉了下来，他急忙探身去接那只烟斗。突然只听到一声尖叫，他失去了平衡，接着"砰"的一声，他只感觉到加勒比海那似温又凉的水淹没了他的头顶。

他挣扎着想浮出水面并试图大声呼救，但那飞速前行的游艇掀起的波浪冲在他的脸上，苦咸的海水也趁势涌进他张开的嘴中。游艇的后照灯闪亮地照在水面上，他拼命摇摆着身子，力图钻出水面，他奋力挥动双臂，追赶前行的游艇，忽然一个冷静的念头出现在他的脑海中，这种情况也并不是第一次了，或许还有机会，或许船上的人会听见他的呼叫，他在水里慢慢甩掉衣服，并竭尽全力地大声叫喊着，但游艇在开足马力前行，想尽快离开这个诡异难测的地方，游艇的灯光变得越来越远，直至成了夜空中闪烁的萤火，船上的人完全被这深沉的夜所迷醉了。

希望由渺茫而破灭，雷夫德游了五十英尺之后便无奈地停下了，他被弃落在这险恶的深海里，这一望无垠的黑暗可是通向地狱大门的罪恶深渊。

一个浪头打在雷夫德脸上，他忽然想起了那枪声，有枪声，雷夫德又似乎看见了生的希望。对，在右边，那枪声来自右边，于是他在海浪中翻了个身，调头朝着那枪声传来的方向挥臂游去，为了节省体力，他游得很慢很慢，舒展的双臂轻轻地击打着水面。在这无尽的黑暗中，时间也仿佛凝固了，他开始为自己的划动次数计数，一次，两次……十次……四十次……他能划上几百次或更多……

雷夫德忽然听到一个声音，一种在极度恐慌和绝望时动物发出的无奈的吼声，那凄厉的声音隐隐约约从那黑暗的深处传来。

他并没有意识到那发出声音的究竟是何种野兽，他也并不想去弄清楚。只是那声音又一次激起他对生的渴求，就在前方，就在前方，他重新振奋起精神向那声音游去。哦，他又听到了，先前的那种声音很快又被另一种嘈杂纷乱、断断续续的声响所打断。

"是枪声。"雷夫德暗想着，仍继续向前游。

大约十分钟过去了，雷夫德那敏感的听觉又告诉他，那又是另一种声音。哦，那是海浪拍击岩石的狂啸和怒吼，在他听来，那无疑是此生所听到的最美妙的音乐，他精神为之一振，倾听着这欢快的迎宾曲，奋力游啊，游啊……当他从那激情的陶醉中醒悟过来的时候，他发现他已在岸边的岩石上了。这是个多么不平静的夜晚啊，他居然挣脱了那黑暗中魔鬼的罪恶的手，从地狱的深渊中登上了诺亚方舟，他长长地舒出了一口气，在离岸边不远的草丛中躺下，不久便沉浸在此生最甜美的梦乡之中了。

当他睁开眼睛的时候，温暖的阳光正柔和地照在他的身上，从太阳的位置来看好似已经接近黄昏了。一天的睡眠又给了他新的力量，他的全身心都充满了一种再获新生的兴奋之感。他爬起身来，伸了伸懒腰，便开始四处观望，忽地，一种强烈的饥饿之感油然袭来。

"有枪声的地方，一定有人，有人的地方，就一定有可以充饥之物。"他思忖着，但那——会是什么种族的人呢？在这样天荒地远的地方，没有港湾，没有船舶，只有那满目的茂密的丛林在海岸线上延伸。

在密密麻麻编织如网的草木之间，并没有任何道路的痕迹。也许沿着海岸线走并不算困难，雷夫德一边揣测着一边向前走。就在距离他昨天上岸不远的地方，他忽然站住了。

好像有什么东西受伤了，四周草丛杂乱无章东倒西歪地躺倒在地上，边上绿树的枝杈也三三两两折断在地上，可能是头大的猛兽吧。循着踩倒的草印，隐约有一条小路伸向密林深处，忽然一个小小的闪闪发光的东西映入雷夫德眼帘，他弯腰捡起一看，原来是个空的子弹壳。

"二十二颗，"他嘀咕着，"真奇怪，这头野兽有这么大，那猎人肯定是小心翼翼地循着那条路追过来的，很显然和那大家伙在这里有过一场恶仗。哦，明白了，我起初听到的那三声枪响，一定是那猎人发现了这头野兽并开枪使它受了伤，这最后一枪是他追赶到这里并开枪打死了那家伙……"

他仔细地检查着地面，终于发现了他最想发现的东西——猎人的脚印。那行脚印正是通向他上岸的那个石崖的方向，他沿着那脚印焦急而满心激动地向前奔行，脚下都是些腐烂了的枝叶和疏松的石子，夜幕正渐渐笼罩了小岛……

当他终于发现灯光的时候，他不禁满心欢喜，差点要跳了起来。身后是浩瀚无边的黑暗，吞噬了大海，吞噬了丛林，也几乎吞噬了他，而眼前是星星点点摇曳闪烁的灯火，那是希望的灯火，他不禁眼前一亮，来不及多想便朝着那灯光奔去。在他刚转过一个弯的时候，他还以为他遇上了一个村庄，因为那儿有那么多的灯。但当他狂奔至跟前的时候，才惊异地发现那是一座气势磅礴的古堡，恢弘壮观的高塔式结构，高耸入云的塔尖，在灯光的掩映之下，整个古堡的轮廓清晰可辨。这个古堡建在高高的山脊之上，古堡之外三面都是悬崖，借着堡内的灯光，可以清楚地看见崖下肆虐的海水翻吐着浪花，俨如一个罪恶之渊，令人不禁毛骨悚然。

"是海市蜃楼？"雷夫德有些不相信自己的眼睛，但当他伸手推开那高大森严的铁门的时候，他发现那并不是海市蜃楼。这石阶是真的，他在上面跺了三跺，那严实的大门和那硕大的门环也是真的，他在上面摸了又摸，确实是真的，但这仍像是一幅悬挂在半空中的幻景。

他拉起门环，门环吱吱地响着，似乎已经很多年没有用过了，他松开手让门环落下，门环扣在门上发出一阵沉闷的声响。他似乎觉得已经听见里边的脚步声了，但那门仍然紧紧地关着。雷夫德再次拉起那沉重的门环来叩击铁门，门"吱"的一声开了，一道光柱从门内流泻出来，将雷夫德笼罩在这温暖的金色之中。首先映入雷夫德眼帘的是那个大家伙，这是他平生所见过的最健壮的彪形大汉——结实的肌肉，浑圆的臂膀，拖至脖颈的络腮胡须，一把长筒的手枪紧紧地握在手里，而那枪口就正对着雷夫德的心口。两只小眼睛正隐藏在杂乱的长发之后，恶狠狠地盯视着雷夫德。

"别紧张，朋友。"雷夫德满脸堆笑以试图缓和这紧张的气氛，"我可不是强盗，我从游船上落水了，我叫圣哥·雷夫德，从纽约来。"

那家伙像个石雕似的依然用枪指着雷夫德，目光中威吓的神情并没有消失，仿佛他根本听不懂雷夫德在说什么，或者他压根就什么都没听，他穿着一种黑色的制服，镶着银灰色的衣边。

"我是纽约的圣哥·雷夫德，"雷夫德又重复着，"我从游艇上落水了，我很饿！"

那壮汉唯一的反应便是用手指举起枪托，然后两脚"咔"的一声侧转立正，举起另一只手敬了一个军礼，紧接着一个清瘦高大的男子从台阶上走下来，到了雷夫德跟前，并伸出了手。

他以一种轻柔优雅、彬彬有礼的语调说："非常荣幸能欢迎杰出的猎手圣哥·雷夫德先生的到来，我很高兴。"

雷夫德自然而然地和他握了手。

"你要知道，我可是读过关于你在西藏猎捕雪豹的书，"那男子解释道，"我是亚拉夫中将。"

雷夫德的第一印象便是觉得这男子非常英俊，接着便又感到他脸上有一种奇异古怪的神情。他身材高大，已过中年，头发有点花白，但他那浓密的眉毛和军人式的大胡子却黑亮无比，他的眼睛里闪烁着深邃而又不可捉摸的目光，高颧骨，大鼻梁，一张黝黑的脸上充满了矜持和威严。中将转过身去，打了个手势，那个大家伙才把枪移开，敬了个军礼退到后边。

"伊万是个令人难以置信的强壮的家伙，"中将说，"但很不幸他天生是个聋哑人。哦，可怜的家伙，恐怕像他这样的只能做奴隶了。"

"他是俄国人吗？"

"他是哥萨克人，"将军微笑着说，浓密的胡须丛中露出了鲜红的嘴唇，"我也是哥萨克人。"

"来吧，"他说，"我们别在这儿聊天了，我们可以进屋谈得更晚些，现在你最需要的是衣服、食物，还有休息，你都会有的，这可是个很舒适的地方。"

伊万又出现了，中将嘴唇翕动着，在和他进行着无声的交谈。

"如果你不介意的话，请随伊万去换换衣服，雷夫德先生，"中将说，"你来的时候，我正准备晚饭呢——哦，我会等你的，晚饭会很丰盛——哦，你先去吧，你会发现我的衣服会很合体。"

雷夫德跟随着那个一言不发的家伙来到一间宽敞的卧室，里边灯火通明，一张大床足以睡得下六个人。这时伊万从壁柜里取出一件睡衣，雷夫德接过来穿上，衣服质地上好，款式典雅。雷夫德忽然在衣角发现了一个圆体的字母"K"字，那是出自伦敦的一个有名的裁缝之手，这个裁缝是专为伯爵以上的贵族做衣服的。

伊万又领着雷夫德到了一个餐厅，这个餐厅充满了中世纪的恢宏高雅之气，橡木的方格地板，高旷威严的脊式屋顶，足以容纳二十个人用餐的宽大的长形餐桌，俨然是封建帝王的皇宫一般，最令人惊奇的是，在大堂四周依次摆放着很多的动物头颅，狮子、老虎、大象、鹿、熊，还有很多是雷夫德从未见过的。屋内灯光灿烂夺目，而在餐桌的顶端，中将正独自端坐在那里。

"雷夫德先生，你喝点鸡尾酒吧。"他建议说。哦，当然，鸡尾酒是再好不过的了，雷夫德注意到桌上的餐具竟是如此精致美妙，而且全部是上好的银器和瓷器。

饭菜样式各异，非常丰盛。亚拉夫中将吃了一半说："我们尽力来保持这种文明祥和的气氛吧，请原谅我的失礼——当然，我们离那些猎物很远——哦，你不介意这远涉重洋而来的香槟酒吧。"

"不，一点也不！"雷夫德应答着。他觉得中将真是个热情好客的主人，彬彬有礼，温文尔雅，考虑周详。但有一点，或者仅是那么一点点，使雷夫德有些不自在，那便是每次当他吃完东西抬起头来的时候，都会发现中将在目不转睛地盯视着他，似乎是在鉴定一件文物，又仿佛是在审视一个囚犯。

"也许，"亚拉夫中将说，"也许你很奇怪我居然知道你的名字。可是你要知道，我读过关于打猎的所有的书，不管是英国出版的，还是法国、俄国出版的。

在我的生活中我只有一个喜好，那就是打猎。"

"怪不得这儿有这么多奇妙的猎物。"雷夫德咽下一块嫩香酥软的牛排，又接着说，"那头大野牛是我见过的最大的。"

"哦，你是说那只吗？那可是个大家伙。"亚拉夫中将指着那只野牛的头颅标本不无得意地说。

"它用角抵了你吗？"

"在一棵大树下它撞倒了我，"中将说，"它用角戳伤了我的颅骨，但是，我却要了它的命。"

"我一直觉得，"雷夫德面露敬佩之情，"大野牛是所有狩猎目标中最危险的家伙。"

中将半天没有答话，他矜骄地微笑着，拉长了声调说："不，先生，你错了，大野牛可不是最危险的。"他呷了一口酒，"在我所保留的这个岛上，"他以一种异样的语调接着说，"我的狩猎活动更加危险……"

雷夫德惊奇地问："在这个岛上还有狩猎活动吗？"

中将意味深长地点了点头，"是最大最危险的狩猎活动。"

"真的吗？"

"哦，那当然不是这儿本来就有的，是我——保存在这个岛上的！"

"中将先生，你引进的是什么？"雷夫德接着探问，"是老虎吗？"

中将哈哈一笑说："不，猎杀老虎在多年以前就不是我的兴趣所在了，我已经厌倦了，打老虎没有丝毫的激动和兴奋，也没有丝毫真正的危险。我可是为危险而存在的，雷夫德先生。"

中将从他口袋里取出一个金的雪茄盒，递给客人一支，那是一支带银边的黑色的长雪茄，它被香料熏过，因此发出阵阵的幽香。

"我们将进行一次大型的狩猎活动，你和我一块儿参加，"中将说，"我非常高兴能和你互相切磋狩猎的技艺。"

"但那是什么狩猎呢？"雷夫德问。

"哦，让我来慢慢告诉你，"中将说，"我知道你一定会被陶醉的，我想我可以宣布我的确做了一件世上少有的事，我创造了一种全新的感受，啊——雷夫德先生，我可以给你再倒杯酒吗？"

"非常感谢，中将先生。"

中将又倒了两杯酒，接着说："上帝使一些人成为诗人，一些人成为国王，另一些成为乞丐，而我，他让我成了一个猎手。我父亲说我的手是生来拨弄扳机用的。哦,我父亲是个富翁,他在克什米尔有二十五万英亩土地,他还是个热情的运动健将。在我5岁的时候,他就给了我一支小枪,这支小枪是在莫斯科为我专门订做的,是用来发射短箭的。有一次我用枪射中了他的一块金质奖牌,他并没有惩罚我,而是为我有这种男子汉的勇气表扬了我。我10岁的时候便在高加索杀了一头熊,我的整个生命都是狩猎的延伸。后来,我参了军——那可是被认为属于贵族子弟最大的荣耀,可是哥萨克骑兵队却发生了分裂,但我真正的兴趣仍然是狩猎。我已在所有的土地上进行过各种形式的狩猎,我无法告诉你我所猎杀的动物的数目——简直是不计其数了。"

中将吸了一口手中的雪茄烟,又陷入回忆之中。

"在俄国大政变以后,我离开了祖国,因为对任何一个哥萨克军官来说,那都是一种极大的羞辱,很多俄国贵族刹那之间丧失了一切,幸运的是,我在美国安全部投了一笔巨资,因此我可以不必在开罗开个茶叶店或在巴黎为人开出租车了。自然,我也就可以继续我的狩猎爱好了。我在岩石区猎捕大灰熊,在刚果猎捕鳄鱼,在东非猎捕犀牛,哦,我就是在非洲猎捕大野牛的时候受伤挂了彩,我也因此在床上躺了六个多月。等到我身体一恢复就出发到艾默顿打美洲虎,因为我老早就听说它们是很难捕猎的,于是我就慕名前往,可是事实也并非如此。"那满是传奇色彩的哥萨克人说,"对于一个猎手来说,以他的思维,以他的猎枪,那些野兽根本是无法可比的。我非常失望,我曾为此而彻夜难眠,直到一个美妙的念头开始在我的脑海中出现,打猎才又开始让我兴奋不已。别忘了,打猎是我的生命所在,我曾听说过美国商人一旦离开生意场就会逐渐精神崩溃,因为那是他们的生命。"

"不错,确实是这样的。"雷夫德说。

中将笑着说:"我还不想精神崩溃,我必须做点什么。要知道,我的头脑是极富逻辑思维的,非常善于分析。很显然,这就是我为什么喜欢狩猎活动的真正原因。"

"没错,亚拉夫中将。"

"因此,"中将继续道,"我问自己为什么狩猎游戏不再吸引我——雷夫德先生,你比我年轻,也许并没有像我打过这么多的猎,但是或许你已经猜着答案了。"

"那是什么?"

"很简单,打猎已经不能叫做刺激性的运动了,它已经变得太简单了,我经常可以猎取猎物,却只是不费吹灰之力地猎取……"

中将又点燃了一支新雪茄。

"我所到之处，猎物无不丧生，那可不是自吹自擂，那肯定是必然结果。动物除了它们的腿脚和本能之外一无所有，本能这玩意可是不能用来思维的。哦，每当我想到这个美妙的时刻就异常激动——别着急，听我说。"

雷夫德斜靠在椅子上，听着主人的话不禁陷入了沉思。

"究竟我该怎么办？突然一个灵感来了。"将军继续卖弄着玄虚。

"那是——"

中将笑了，仿佛在面对自己创造的奇迹之时能感受到无尽的满足："我必须创造一种新的动物来供我狩猎。"

"新的动物？你在开玩笑吧。"

"一点也不，"中将说，"关于打猎我从来不开玩笑。我需要一种新动物，而我找着了。因此我买下了这个岛，并在这里修了这间宅院，在这里我可以继续我的打猎嗜好。对于打猎来说，这个岛屿真是无与伦比，有丛林，有小山，有泥淖，还有迷宫一般的小道……"

"可是那是什么动物呢，亚拉夫中将？"雷夫德打断中将的话。

"哦，"中将说，"那可是世界上最令人兴奋激动的狩猎游戏，目前还没有什么能和它相比。每天我都去打猎，但我至今还没有感到厌烦，因为我的猎物非常狡黠，它们很有头脑。"

雷夫德露出满脸的疑惑。

"我的狩猎需要一种十分理想的动物，"中将解释说，"因此，这种理想的猎物有何特征呢？答案当然是它必须有胆量，有智慧——一句话，它必须能够思维。"

"没有动物能思维。"雷夫德反驳着。

"我亲爱的朋友，"中将以一种非常诡秘的声调说，"有一种动物可以……"

"难道你是在说——"雷夫德惊讶地问。

"为什么不可以呢？"

"我认为你并非在郑重其事，亚拉夫中将，你一定是在讲笑话吧。"

"为何我不可以郑重其事？要知道我是在谈论打猎。"

"打猎？上帝，亚拉夫中将，你所说的一切简直是在屠杀。"

中将爽朗地大笑，他得意地审视着雷夫德，"我可不相信像你这样有知有识的现代青年在这区区人命上还有这样陈旧浪漫的想法，相信你一定经历过战争吧！"中将打住了话语。

"我可不会宽恕那些凶残的刽子手的！"雷夫德显得有点义愤。

"哈哈哈，"中将一阵狂笑，"你是多么顽固不化啊！当今世界，即使是在美国，也没有人能指望那些富有阶层中会有一个年轻人还有你这样纯真美好的观点，那就像是在一艘豪华游轮上发现了一个鼻烟壶。哦，很显然你是个清教徒，就和很多美国人表面上看起来一样。但我相信，在你和我一同狩猎的时候，你会忘掉你那幼稚的想法的，雷夫德先生，那时你会有一种前所未有的震撼灵魂的快感的。"

"非常感谢，亚拉夫中将先生，我是个猎手，却不是个凶手。"

"哦，亲爱的，"中将面露不快之色，"别再用这个难听的字眼了，我想我会让你明白这种想法是多么错误。"

"是吗？"

"生命是为强者而准备的，也是为强者而延续和升华的，如果需要的话，也是要被强者独占的。弱者是为了给强者创造欢乐而作为上帝赐予强者的礼物降临于世的。我既然是强者，为何我不能使用我的天赐之物呢？那么如果我愿意去打猎，为什么我不能使用他们呢？我猎杀的只是这人世间的沉渣浮滓——游船上的水手、那些卑贱的黑鬼——就连一匹喂饱了的猎马或一只猎犬都胜过他们百倍。"

"但他们是人！"雷夫德激动地叫嚷着。

"准确地说，"中将不动声色地说，"那正是我使用他们的原因，他们给了我快乐，他们能像我一样思考，因此他们很危险，但非常刺激。"

"但是你从哪里抓获他们呢？"

中将的左眉得意地挑了几挑，眨了一下眼睛说，"这个岛叫做迷船岛，有时候愤怒的海神把他们给我送来，有时候当海神不是这么仁慈的时候，我就给海神帮个小忙。来，到窗户边来。"

雷夫德来到窗边放眼向外望去。

"看，就在那边。"中将手指着那黑暗深处解释道。雷夫德只能看见黑黑的一片，这时，中将按了一个按钮，雷夫德立刻在远处的海面上看见了一道光柱。

中将发出嘿嘿地冷笑，"那表示那是一条通道，可事实上那里什么都没有，那里只有嶙峋尖利的岩石礁，就像一张开大嘴的海兽，它会轻而易举地将船只击成碎片。"中将用手狠狠地捏碎了一颗花生，扔在地上又重重地踩了几脚。"哦，是的，"他漫不经心地说，"我们有的是钱，我们在尽力使这地方变得文明起来。"

"文明？是你在袭击那些人的吧？"

一缕恼怒的神情划过中将的脸庞，但又转瞬即逝了，他仍以一种快乐的语调说："亲爱的，你是个多么正直的年轻人啊，我向你保证我并没有干你所说的那种事，那可太野蛮了。我对这些客人们照顾得无微不至，他们会得到很多的食物和训练，他们会恢复强健的身体素质。明天打猎时你就会明白了。"

"你在说什么？"

"我们将参观一下我的训练营，"中将笑着说，"在地窖里，我已经有大约十二个人了，他们从西班牙来，很不幸撞到了礁石上，我很遗憾，这些可怜的家伙，他们只习惯了在甲板上生活，却不适应丛林生活。"

他举起了手，作为侍者的伊万端来了一壶醇厚浓香的咖啡，而雷夫德在力图保持镇静。

"你要知道，那只是一场游戏，"中将继续说道，"我建议咱们挑选一个人去狩猎，我会给他充足的食物和锋利的猎刀，我会给他三个小时的出发时间，然后我去追捕，只带一把最小口径的手枪，如果我的猎物可以躲藏三天而不让我发现，那么这游戏他就赢了，如果我不幸找着了他，"中将冷笑着又说，"那么他就输了……"

"如果他拒绝作为猎物被追捕呢？"

"哦，"中将说，"我当然会给他选择的机会，如果他不愿意的话，他不必去玩这场游戏，如果他不想去狩猎，我就把他交给伊万，伊万是强悍的白哥萨克的上尉，获过战功，他会有他自己的游戏偏好，但毫无例外的是，他们全都选择狩猎这种方式，雷夫德先生。"

"如果他们赢了呢？"

中将掩饰不住一脸的自得之情，"至今我还没有失误过。"他说。

接着他又急忙补充道："我不希望你认为我是个吹牛的家伙，他们很多人给我出的题目都过于简单，几乎不费吹灰之力。但有一次，我遇上了一个强劲的对手，他差点就赢了我，最后我不得不动用了我的猎狗。"

"猎狗？"

"在这儿，我指给你。"

中将让雷夫德来到窗前，房屋里的灯光飞泻在飘摇斑驳的夜色中，在后院草木摇曳的阴影里隐约可见十几条来回穿梭游动的巨大的黑影。

"多棒的伙计啊！"中将观察着，"它们每天晚上7点才放出来，如果有什么人想进我的房间，或者想从我的房间跑出去，我可保不住会发生什么不幸的事。"

"现在，"中将说，"我要给你展示一下我近期的新收获，你愿意跟我来资料室吗？"

"哦，不，"雷夫德说，"希望你能原谅我，亚拉夫中将，我真的感觉不太好。"

"真的吗？"中将狐疑地询问道，"哦，我想那只是因为你长时间的游泳之后有些不舒服吧，你需要一个宁谧安静的夜晚和一个甜美的睡眠，明天你就会精神焕发了，然后我们一块去打猎，我肯定会有新的收获的。"

雷夫德匆忙向刚才那间卧室走去。

"很遗憾，今晚我们只能谈到这里了，我可是正期待着那场非常公平的狩猎游戏呢——一个体形高大、身体健壮的黑家伙，他看上去非常愚蛮——好吧，晚安，雷夫德先生，祝你做个好梦。"

那张大床很是宽敞，身上的睡衣也非常的柔软舒适。雷夫德可是累坏了，每块肌肉都在隐隐作痛，但他却久久不能平静。他仰面躺着，睁大了眼睛，心里像一团麻一样乱糟糟的。一听到房间外的走廊里来来回回间续不断的脚步声，他就睡意全无。他跃起身子想把门打开，但房门已在外面被上了锁。他回转身来到窗前，向外望去，他的房间是在古堡的一个塔尖上，古堡里闪耀着的灯光辉映着四周无边无际的黑暗，俨然是只怪兽的眼睛。周围万籁无声，只有一弯残碎的冷月躲在乌云之后隐约地泛着暗淡的光芒，灯光辉映之下，透过窗户他可以看见十几只猎狗正仰头望着这边，眼睛里闪着绿色的荧光，像幽灵一般来回游弋着。

雷夫德回到床上躺下，他尽力迫使自己能够入睡，但似乎总有一种异样的感觉在紧紧地撕扯他的心。当天已蒙蒙亮的时候，他终于觉得困倦了，他隐约听见在很远的丛林里，传来一阵模糊的枪声……

亚拉夫中将直到中午吃饭的时候才出现，他穿着一套乡绅的花呢套装，面露疲惫，但他似乎更加关切雷夫德的健康状况。

"于我而言，我可是感觉并不大好，我有点担心，雷夫德先生，昨晚我的老毛病又犯了。"中将伸了个懒腰。

看着雷夫德依旧是满脸疑惑的神情，中将又说了一句："真是太无聊了。"

接着中将坐下来解释说："昨晚的狩猎可是一点也没意思，那家伙直接沿着小道跑了，那根本就不是什么难题。哦，这些水手可是麻烦大了，他们的脑子一点也不开窍，居然不懂得钻进丛林，他们的所作所为真是愚蠢之极，无聊透顶。雷夫德先生，你愿再来一杯凯利斯酒吗？"

"中将先生，"雷夫德一字一顿地说，"我希望能马上离开这个岛屿！"

中将皱起眉头，一副受了羞辱的样子，"可是，亲爱的朋友，你才刚来不久，你还没有尝试一下打猎的滋味呢……"

"我希望今天就能走！"雷夫德斩钉截铁地说，他的目光与中将那深不可测的眼神相遇在一起的时候，中将的脸色为之一变。

他拿起一只尘封了许久的酒瓶又给雷夫德倒了一杯凯利斯酒。

"今天晚上，"中将以一种异常冷峻的声调说，"我们就开始狩猎——你和我。"

雷夫德坚决地摇着头说："不，中将，我不会去狩猎的。"

中将耸了耸肩，夹了一块热火腿放在嘴里，"如你所愿，我的朋友，你当然可以自由选择，但也许我可以提醒你，你会发现我的游戏要比伊万的游戏好得多……"

他朝着那个站在角落里的大家伙点了点头，那家伙凶狠狠地走了过来，双臂弯起交叉放在胸前。

"你要干吗？"雷夫德惊叫着。

"我亲爱的朋友，难道我没告诉你我所说的狩猎是怎么一回事吗？这可真是个天才的创造，我终于能和一个势均力敌的对手在狩猎之前喝杯酒了。"

中将举起了酒杯向雷夫德示意，但雷夫德却坐在那里一动不动，两眼愤怒地注视着亚拉夫中将。

"你会发现这场狩猎游戏是值得你去认真对待的，"中将以一种满含着兴奋激情的口气说，"用你的头脑来对付我的头脑，用你的猎刀来对付我的猎刀，用你的力量来对付我的力量，来吧，朋友，天下是没有无价值的赌注的，对吗？"

"如果我赢了……"雷夫德开始有点急促不安起来。

"如果在第三天午夜，我还没有发现你，我会很愉快地宣布我输了，"亚拉夫中将说，"我会派船把你送到一个附近的小镇上的。"

中将注视着雷夫德，似乎在揣摩对方的内心世界。

"哦，你完全可以相信我，我以一个绅士和运动家的身份来向你保证。当然，你必须同意对你的此岛之行保持缄默。"

"别做梦了，我不会答应的！"雷夫德毫不犹豫地加以拒绝。

"是吗？"中将说，"如果是这样——但是为什么我们现在就讨论这个问题呢？还为时过早吧，还是三天以后我们边喝麦利酒边讨论它吧，除非……"

中将呷了一口酒，似乎充满了必胜的把握。

接着他似乎突然又来了精神。"伊万，"他对雷夫德说，"伊万将会给你准备好猎装、食物和猎刀，我建议你最好穿上鹿皮鞋，那样你会少留下一丝痕迹，另外我还得提醒你要绕开这个岛屿东南角上的泥淖地，那里我们可是称之为'死亡之淖'啊，噢，一个愚蠢的家伙曾经尝试过，不幸的是，'乞丐'很快就发现了他。雷夫德先生，你要知道我非常喜欢'乞丐'，它是我那一群中最好的猎狗。哦，请你原谅我在午饭之后总要午睡一会儿，但恐怕你没时间打盹了。毫无疑问，你就要准备出发了，到了黄昏的时候，我会去追赶你的，在晚上狩猎可是要比白天刺激得多。哦，雷夫德先生，祝你好运！"

亚拉夫中将礼貌地一鞠躬，便上楼去了。

伊万从另一个门进来，腋下夹着一套猎装，手里拎着一袋食物和一把长刃的猎刀，但他的右手一直把在腰间的枪柄上。

……

雷夫德已在杂草丛生的林木中拼命地向前奔逃已近两个钟头了，"我必须振作精神，我必须振作精神，要振作！"他咬紧牙关，不断地自我勉励着。

当古堡的大门在他身后"砰"地一声关上的时候，他已经失去理智了，头脑中一片模糊，唯一的念头只是远离古堡，远离那个丧心病狂的亚拉夫中将。恐惧，发自内心深处的恐惧已深深地浸透了他，他已经没有了冷静的思维，只有一条：逃命，发疯似的逃命。

他奔跑着，一头不回一刻不停地奔跑着，当迎面吹来一股冷风的时候，他似乎醒悟过来，从恐惧的状况中醒悟过来，他停住了脚，任由心在胸腔内剧烈地跳动，他开始集中起思维。可是他猛然发现他这样一直奔逃下去是徒劳无用的，很显然那只会跑到海边。而这个岛是个孤岛，四面环水，看来他只能在岛上寻求藏匿了，于是他就开始检查他的贮备和周围的环境。

"我不能给他留下明显的痕迹。"雷夫德暗想着，他把裸露在那条小路上的脚印一一清除掉，然后转身走进了浓密杂乱的草丛。他竭力回想着当年猎捕狐狸时用过的各种招式以及狐狸给他所留下的种种伪装，他把他那能够回想起来的狡黠和智慧全部施展出来，他设计了一系列的天衣无缝的圈套，他反复斟酌着每一个细节，反复论证着每一个标记。当夜色落下帷幕的时候，他已是身困力乏、手上脸上被树枝多处划伤，他已经到了密林的深处，他意识到即便他有精力可以继续前行也是不妥当的了，因为在黑暗中摸索前行是极不安全的，而且他确实需要休息了，那是刻不容缓的事情。"我已经扮演了一只狐狸，这次我可是要扮演一只狸猫。"他边想边来到近前一棵躯干粗壮、枝繁叶茂的大树之下，他回头望了望，在确信确实没有留下什么痕迹之后才小心翼翼地爬上了树，躲在一个枝叶重叠、纵横交错的枝杈上。片刻的休息使他恢复了自信，俨然又增添了一种安全的力量，即便是像亚拉夫中将这样老奸巨猾的猎手也不会追踪至此的，他告慰着自己，或许只有魔鬼才能在这茫茫黑暗中跟踪至此，但也许，亚拉夫就是个万恶的魔鬼。

这阴森恐怖的夜晚就像一条受了伤的毒蛇正慢慢爬上树梢，在伺机准备着进攻。尽管丛林中已暗如地狱，但雷夫德仍不敢有半点睡意。当天空又露出鱼肚白的时候，不远处的丛林中忽然惊起一群鸟雀，好像有什么东西正穿过那条杂草丛生的小路，慢慢吞吞、小心翼翼地朝着雷夫德的方向过来。雷夫德心里一紧，急忙探起身子，透过遮挡的层层枝叶间的缝隙，他辨认出那正向这边移动的是个人影。

是亚拉夫中将！他两眼紧紧盯着地面，不停地又抬起头来向四处望望，越来越近，他正沿着雷夫德走过来的小路一点点地跟踪过来。他站住了，几乎就是在雷夫德的树下，他弯着腰蹲下身去仔细地端详着地面，苦思着这以前从未有过的复杂难辨的丝缕线索。雷夫德的第一反应就是从天而降像杀死山豹一样杀死这个罪恶的家伙，但他突然看见亚拉夫的右手正紧握着一把小型的自动手枪，并随时准备应付突发的意外。

亚拉夫中将几次摇着头，似乎显得非常迷惑，接着他直起身子并掏出烟盒取出一支黑色的雪茄烟，很快雪茄的浓烟飘上树梢，直扑雷夫德的鼻窍，雷夫德赶紧屏住呼吸。那中将的目光已经离开地面，开始仰起头来一点一点地搜寻树上，雷夫德紧紧绷着每一根神经，生怕发出一点声响。当那狡猾的猎手的目光停留在雷夫德藏身的那片树杈时，喜悦的笑容绽开在古铜色的脸上，他故意朝空中吐了个烟圈，而后便转身沿着来时的路漫不经心地去了，那猎靴踩在草丛上的吱吱声越来越远。

一触即发的紧张的空气在雷夫德四周松弛下来，一个念头忽地涌入大脑，他是多么愚蠢无知而又自命不凡，亚拉夫那家伙竟然能在黑暗中穿过丛林，竟然能跟踪着这样扑朔迷离的线索追猎至此，这万恶的哥萨克人，居然连星点的蛛丝马迹都不放过。

忽然雷夫德想起刚才的一幕，他不禁全身一颤，为何亚拉夫会有那样的笑容？为何他又转身离去呢？

也许雷夫德并不愿相信他的理智所告诉他的那样，但是事实已无可辩驳，显而易见，所有的迷惑都已如同那初升的太阳扫除了所有的雾霾一样变得一清二楚。亚拉夫中将是在玩弄他，是要留他活命到第二天新的游戏，那凶残的哥萨克杂种是只贪婪无比的猫，而他只是一只听天由命的小老鼠。雷夫德终于领悟了那冷笑背后深藏的全部含义，也终于明白了这全身心的恐惧的原因。

"我不会失去信心的，我绝不会！"

他迅速爬下树，又纵身跳进丛林之中，他绞尽脑汁地思索着，以便让他那自命不凡的头脑发挥点功效。就在离他藏身之处三百码的地方，他停住了脚步。一棵巨大的枯树斜靠在旁边的一棵小树上，于是他灵机一动，扔掉他的食品袋，掏出那柄猎刀，迫不及待地卖力干了起来……

艰难的工作终于完成了，他蜷缩着身子藏在百码以外的一棵圆树后边，没等多久，那只恶毒的猫便又来戏弄这只可怜的小老鼠了。

顺着先前的足迹，亚拉夫中将带着一只棕色的猎狗又赶来了。也许是没有什么东西能够逃脱亚拉夫那锐利的双眼的，草丛没有被压弯的痕迹，苔藓也没有触碰过的迹象……这个哥萨克魔鬼观察得是那样仔细，那样认真，生怕遗漏一丝一毫的异常。忽然他的脚碰着了伸出来的一根树枝，就在这刹那之间，亚拉夫似乎意识到了某种危险，于是便急忙向后跳去，但似乎已经来不及了，那斜靠在小树身上的枯木重重地砸下来，亚拉夫闪身一躲，一根树权在肩上擦了一道。天啊，要不是他的警觉，他一定已被压倒在树下了，他左右摇晃了一下，却并没有摔倒，他手里紧紧握着那把手枪，慢慢稳住了脚跟，用另一只手捂住了擦破的伤口。雷夫德为自己的计谋失败而又一次陷入深深的恐惧之中。这时身边响起了那哥萨克人恶魔般的笑声。

"雷夫德，"中将嚷道，"如果你能听见我说话，我想你肯定在附近，请允许我向你祝贺，并不是所有充当猎物的人都懂得用暗器伤人的，我非常幸运，就像我在马尼拉时也是如此幸运一样。雷夫德先生，你很有趣，我要回去把伤口包扎一下，只是一点轻伤。我会回来的，我很快就回来。"

当亚拉夫中将回去处理伤口的时候，雷夫德继续向前奔逃，绝望和沮丧再一次涌上心头。黄昏的太阳疲惫而无力地向西滑行逐渐落入大海，于是天边很快又挂上了夜幕，雷夫德仍在气喘吁吁地奔逃，脚下变得松软起来，层层叠叠的植被斑驳陆离，似隐忽现，飞虫肆无忌惮地扑在脸上手上来吮吸他的鲜血。他已经顾及不上这所有的一切了，只是一味地往前奔逃，忽然他的脚陷进了泥淖，他试图用尽全力往外拔腿，但那像胶一样的泥好似生了根一般纹丝不动，他一次又一次地努力，汗水早已湿透了全身，经过好大一番周折，他才把脚松动出来，他忽然明白了眼前的这个地方，就是亚拉夫中将提起过的那个"死亡之淖"。

他紧攥着双拳，闭上无奈的眼睛，似乎在等待这黑暗中渐近的死亡将他片片撕碎……忽然这松软的泥淖给了他一个绝好的主意，他向后退了十二码左右，开始像一只大海狸一样，在地上拼命挖起来。

每一秒钟的拖延都意味着死亡的逼近。雷夫德曾在法国打猎时干过这活计，但和现在相比，那只是小孩的游戏，雷夫德的大坑挖得越来越深了，当它高过肩膀的时候，他从坑里爬出来，从附近的树上折下几枝质地坚硬的枝权，而后用猎刀把它们削尖，然后将这些大木橛倒插在坑底，让尖头朝上，接着他又飞快地用树枝和草茎编成一个草垫子，盖在了这个大坑的口上，又检查了一下四周，做了些伪装，这才拖着又困又累的身子到不远处的一个大树桩后缩身躲下。

他倏地明白他的追猎者又在近前了，因为他听见了那踩在泥巴上的脚步声。晚风吹来，夹带着那哥萨克人雪茄的香味，这回那恶魔来得如此迅速，看起来他并没有一个脚印一个脚印地访查追踪过来。雷夫德蜷缩在那里，既看不见亚拉夫中将，也看不见设置好的那个陷阱，心中似打鼓一般焦躁不安。正在雷夫德烦躁之际，他忽然听到一阵似树枝折断的咔嚓声，雷夫德差点要高兴地叫出声儿来了，而后便是几声痛苦的凄厉的惨叫声，他从树桩后探出头来，又赶紧缩进去，就在离陷阱几步远的地方站着一个人，手里正拿着一个电筒。

"干得好极了，雷夫德先生，"中将大叫着，"你布下的陷阱夺去了我最好的猎狗，你又赢了，但那只是一只，我要看看你怎样对付那一群。好了，现在我要回去睡觉了，感谢你给了我一个愉快的夜晚。"

雷夫德迷迷糊糊地躺在泥淖附近，直到被一阵喧闹的声音所吵醒，他才意识到他又有新的危险了，那声音由远而近，那是一群猎狗的狂吠。

雷夫德知道他只有两条路可走了，一条是他待在这里——那等于自杀；另一条是赶快离开这里——那不过是垂死的挣扎。他站在那里，脑子飞快地运转着，一个主意突然冲进脑海——那或许还有一线生机。于是他系紧腰带，飞快地从泥淖之地向前奔去。

猎犬的群吠近了，近了，更近了，在一个山脊上雷夫德爬上了一棵树，顺着小溪望去，就在不远处，他看到草木在晃动，当他睁大眼睛极力远望时，终于看见了那个恶棍哥萨克人，在他前边还有个熊腰虎背的家伙，那是伊万，伊万手里好像牵着什么，那一定是伊万牵着那群该死的猎狗在前边开道。

他们马上就要过来了，他在紧张地思索着，突然想起了他在乌干达学过的一招。他爬下树来，挑了一棵很有韧性的小树，把猎刀紧紧地绑在齐人高的树梢上，然后用一些野葡萄藤一头系着被拉得弯倒在地上的小树顶端，另一头铺设在杂草丛中，而后故意在前后踏上一串脚印。做完这一切，他就又开始疯狂逃命了，忽然身后的犬吠声变得嘈杂起来，是那些猎狗闻着了生疏的气味，雷夫德便知道他的命运只在这瞬间了。

他停下来喘着粗气，犬吠声突然停止了，雷夫德的心一下子提到了嗓子眼上，他们一定是到了那猎刀附近。

他急忙爬上一棵树，透过枝叶向后面望去，他的追逐者们已经就在眼前了，但是雷夫德的希望也破灭了，因为他看见了浅谷里亚拉夫又在向前追赶，但伊万却不见了。雷夫德舒了一口气，看来用小树做成的弓的上面那把猎刀并没有完全失效。

那群犬吠声又喧嚷起来，雷夫德跳下来的时候差点摔了个跟头。

"振作，振作，要振作！"他边跑边给自己打着气，忽然一道沟壑出现在眼前,猎狗的狂吠声更近了,雷夫德强迫自己去面对眼前的这个深渊,这就是海岸了,穿过这个小海湾便可以看见那个古堡的灰色的石墙,在他脚下大约有二十英尺深,海水在狂啸奔涌着,雷夫德犹豫了,但那犬吠声已在耳边了,他纵身一跃跳进了那汹涌的波涛之中。

当中将和他的猎狗来到海边的这个石崖的时候,这个残忍的哥萨克人站住了,他注视着那幽暗翻涌的海平面好久,他颇有些遗憾地耸了耸肩,然后盘腿坐下,取出一瓶白兰地,满满地倒了一银杯,接着又点燃了一支雪茄烟,哼唱起了快乐的小曲……

那天晚上,亚拉夫中将在他的餐厅吃了一顿非常美妙可口的晚餐,他喝了整整一瓶保罗酒,又饮了几大杯香槟。他在获得前所未有的极大的快感之后,隐隐有两点遗憾,其一就是再没有人能替代伊万,像他那样忠诚;其二便是他竟让他的猎物从手心里逃脱了。当然那个美国佬是死定了,他品尝着饭后的果蔬,觉得快意无比。而后在他的资料室里,他仔细把玩着那些他猎捕而来的纪念物,一天的疲劳也似乎减轻了许多。10点钟的时候,他来到了卧室,他确实有些困倦了,他顺手把房门锁上,窗外淡淡的月光如银辉一般流泻进来,他走到窗边,望了望后院,他那群得意的高大的猎狗还在底下穿梭,他囔着:"祝你们好运。"便顺势开了灯。

璀璨的灯光下,一个男子突然站在了他眼前。

"雷夫德,"亚拉夫惊叫着,"哦,上帝保佑,你是怎么到这儿来的?"

"游泳,"雷夫德平静地说,"我发现那比穿过丛林到这儿来要快得多!"

亚拉夫中将深吸了一口气,脸上猛然挂上了笑容,"祝贺你,雷夫德先生!这场狩猎游戏,你赢了!"

雷夫德表情肃然,以一种低沉、沙哑的声调说,"来吧,亚拉夫中将,我现在可是困兽犹斗!"

中将鞠了个九十度的躬,"我明白,今晚太精彩了,我们其中一个要去给猎狗们饱餐一顿了,而另外一个会在这张舒适的床上睡个好觉。雷夫德先生,来吧!"

……

雷夫德暗下决心,今晚这床是睡定了。

亲自动手

下班后的警官乔治，站在他邻居的家前，看着高低不平、蒲公英丛生的草坪，有条纹的落地窗，废纸扔了一地的走廊，他摇了摇头，悲伤能使一个人改变这么多，对此他感到吃惊。

过去迈尔斯修剪草坪的细心程度，其他任何一个街坊邻居都无法与之相比。邻居们一般在周末或假日的时候才整理一下草坪，避免它们长得太难看，而迈尔斯则蹲在那里，拿着小剪刀和铲子，除杂草，剪枝和剪草，天天早上如此。每年春天，他都要把房子重新漆一遍。车本来已经干净发亮，他照样要冲洗。邻居的女主人们常拿迈尔斯来教育她们的丈夫，责怪他们干活不卖力气。

情况的确改变了，乔治想。

三个月前，迈尔斯的妻子被汽车撞死，肇事者逃之夭夭，从那之后，乔治就再也没看见迈尔斯在草坪上工作。不幸发生后，乔治和其他一些邻居都曾劝迈尔斯节哀，但是他很坚强，说，虽然他很悲伤，他会挺得过去的，大家不用为他担心。

周围的人都很佩服他。

迈尔斯和他的妻子结婚已经二十多年了，没有子女，他们以一种特殊的方式爱着对方。

乔治犹豫了一会儿，虽然他要做的事不太符合规定，但是从道义上说，他还是应该做。他深吸了一口气，大步走到迈尔斯的屋前，按响了门铃。

里面没有回答。乔治又按了一下，比上次的时间要长，然后门慢慢地开了。乔治对着站在门边阴暗过道的男人眨了眨眼睛，定了定神，心中怀疑，这人就是迈尔斯，他十三年的隔墙邻居。

"嘿，乔治，"那人面带倦容地寒暄，"你好吗？"草坪变了，更想不到的是人也变了。以前衣履整洁的人现在居然穿着污渍斑斑、宽大的裤子，脏兮兮的T恤衫，一头蓬乱、结在一起的灰白的头发盖住了前额，密密匝匝的胡子使脸看上去更黑了。

"我很好，迈尔斯，"乔治说，"你自己呢？我们最近很长时间没看见你了。"

"我想时间能冲淡一切，有什么事吗？"

"我想和你聊聊天。我可以进来吗？"乔治说。

迈尔斯耸了耸肩，"当然可以。"

当乔治进到屋里，虽然脸上没表现出什么，但屋里的一切着实让他吃了一惊。迈尔斯太太生前把家里收拾得一尘不染，以前每次串门，家具总是发亮，各种小饰品都各就各位，井然有序，而如今屋里像野人住的一样，脏衣服、报纸、空啤酒罐扔得到处都是，地毯上油腻腻的，还有纸屑、面包屑，蜘蛛网从天花板上垂下来，屋角的电视正播放一场足球赛，声音刺耳。

迈尔斯调低了电视的音量，说道："请坐。"把一堆报纸从沙发推到地板上，"来罐啤酒？"

"不，谢谢。"乔治记不起何时见到过这位邻居喝带酒精的饮料。

迈尔斯在长沙发上斜躺下来，一只脚跷到了旁边的小凳子上。

"谈点什么？"他问。

"今天上午，我们逮到了那位肇事的司机。"乔治脱口而出。

迈尔斯的双眉扬了一下，露出惊讶之色。"你们逮到他了？"他轻轻地说。

乔治点了点头，"他还没有招供，不过他是肇事人是无疑的。一个23岁的无赖，总是到处惹是生非，他的汽车和目击人说的一模一样，车牌、车型、颜色都符合，而且前面的保险杠有些弯曲。那家伙那天晚上没有不在现场的证明。他离过婚，现在单身，我们是接到他邻居的报告才抓住他的，因为过去三个月里他一直把车停在车库里。"

"他现在在哪儿？"

乔治愤愤地说："我本不打算告诉你这个，不过，迈尔斯，他目前保释在外，这对您有点不公平，因为他找了一个很厉害的律师。不用担心，他无法逃脱，我们证据确凿。"

"他叫什么名字？"

"嘿，迈尔斯！原则上我是不该告诉你我们已经逮住他的，但是我知道，自从那次车祸后，你的情绪很差。我想，你知道我们已抓住那肇事者，你也许会好过些。不过其余的让法律来处理吧！你知道他的名字又有什么意思呢？"

144

"只是好奇，乔治。"迈尔斯有些焦急。

"你很快就会知道的，因为马上就在报纸登出。那家伙挺愚蠢的，我们去抓他时，他正在他那小木屋里赌博，和他的一些狐朋狗友。"

"他被保释在外？"迈尔斯若有所思地停顿了一会儿才问。

"只是保释到开庭，我可以向你保证他肯定会坐牢。"

迈尔斯从沙发的扶手上抓起一罐啤酒，一仰脖喝完了里面的酒，然后用手摸了摸嘴巴，"谢谢，乔治，谢谢你告诉我这些，单是知道那可恶的家伙被抓，我就感觉好多了。"

"我想你会好过些，"乔治说，"所以我才过来告诉你，像这种不幸的事的确很折磨人。"

迈尔斯凝望着手中的空啤酒罐，点了点头。

"我知道这件事让你苦够了，迈尔斯，我们都不知道该说什么，但是未来的日子还长，你应该重新振作起来，你可以考虑回去工作或者外出散散心。不要忘了，我就在隔壁，有什么事尽管说。"

"当然，谢谢你，乔治。"

乔治一离开，迈尔斯就关掉电视，头部那股熟悉的悸动，像两根金属杆子钻进肉里一样。过去的几个月里，他差不多忘记了那种感觉，但是现在那种悸动的压迫感又回来了，而且更强烈，他猛地倒在沙发里，闭上双眼。

然而他刚进入自己熟悉的黑暗里，那个熟悉的身影就立刻映现在他的脑海里。他看见他的妻子手抱一个购物袋，从超级市场里走了出来。她是一个一向很谨慎的女人。她在路边停步，看看左右的车辆，然后才穿越马路。这时一阵发动机声响起，她惊恐地看着右方，然后恐怖地僵在那儿，一部茶色的汽车向她冲过去，把她抛入几尺高的空中，然后急驰而去，撇下她血流如注、血肉模糊地躺在马路中央。家具擦亮剂、空气清新剂、杀虫剂扔了一地。

迈尔斯躺在那儿，心跳加快，汗一会儿便从额头上冒了出来。他知道自己必须采取行动，否则自己永远无法再生活下去。这想法使他乏力，使他差不多病倒，但是没有办法逃避。这问题太迫切了，在法庭做出正确的判决前，他必须有所行动，否则什么都要晚了。

他从沙发上站了起来，试着平静了一下心绪，迈步走过通道进入卧室。他拉开五斗柜最下面的抽屉，在一大堆乱七八糟的杂物中搜索，翻出一把藏在那里的左轮手枪，小心地检查了一番，确定上了子弹。那把枪没有登记过，从没有发射过。他又重新想了一下乔治告诉他的话，小木屋，小木屋，想起来了，那家伙曾得意地告诉过他有这样一个小木屋，是在安东尼奥街193号，没想到那家伙能躲到那儿去，让他找得好辛苦。手表的指针指向6点38分，距天黑尚早，擦枪的时间和计划的时间还很充裕。

11点钟过后不久，迈尔斯悄悄溜进汽车的驾驶座，开始了他的行动。三个月前的那种压迫感又来了，使他很紧张很难受。他一向是一个优柔寡断的人，但是一种新发现的有目的的感情引导着他在行动。

找那个家伙的住址并不困难，他那房子在那儿很显眼。屋里有一盏灯昏黄地透出光来。迈尔斯把汽车停在街头，戴上手套，走向那幢房子，口袋里的枪沉重得出乎意料，他知道自己在冒险，但是又别无选择。

迈尔斯来到房檐下，轻轻地试了试侧门的门柄，当门开了时，他觉得有些意外，不过这是一个很静的住宅区，在这儿住的人心理上也许有一种虚伪的安全感，或者那家伙太粗心，忘记了锁门。

他走进了房中，掏出左轮枪，静静地站了一会儿，谢天谢地屋里没有狗。然后迈尔斯慢慢地进入厨房，里面没有什么异样的地方。他穿过厨房进入走道，看见一线灯光从后面房间里射出来。他小心翼翼地朝灯光走去，然后听见有人在打鼾。

这是一个书房，一个高高瘦瘦的男人坐在一把椅子上，正仰着头，张着嘴，睡得很死。身旁的一张桌子上，有一瓶酒和一只装有半杯酒的酒杯。

迈尔斯心中暗暗庆幸。他进入房间，向那家伙走去，他小心地把左轮枪放在那家伙较无力的手中，把指尖压在枪的扳机上。那可怜的家伙在睡梦中讷讷的，两腿扭动了一下。迈尔斯抬起手，把枪指到那家伙的太阳穴上，突然那家伙睁开眼。两个人目光撞到了一起，在那短暂的一瞬，那家伙的脸上露出了理解的表情。

就在这时枪响了。

当枪声还在屋里回荡时，迈尔斯扔下枪，逃离了屋子关上了门，走向自己的汽车。一上驾驶座，他就扯掉手套扔在了旁边的座位上，用发抖的手发动汽车一溜烟地跑了。

他告诉自己，一切顺利，自己安全了。对一位身犯重罪，又将出庭受审的人，没有人会怀疑他杀。即使怀疑也绝不会有人把自己和那家伙的死联系在一起，因为自己不知道他的名字和住址，这点乔治可为自己做证，并且枪也没有登记，幸运之神又一次降临到了自己的头上。

但这些想法并没有减轻他的紧张的心绪。

一直到自己的家门口，看到前面滋生蔓长的草坪时，迈尔斯才轻松了一些，他想如果太太还活着的话，草坪一定被修剪得很整齐，但是那种日子已经一去不复返了。

他停了车，把手套塞进夹克的口袋里，开门进了屋子，他鼻孔吸进灰尘的怪气味，再也没有柠檬的香味了，他看着屋里的零乱，心想再也听不见妻子的指手画脚了。

"这是椅子的地方，那是鞋子的放处。"

迈尔斯越想心里越舒畅，他大步走入卧室换上了舒适的脏衣服，把脱下的衣服扔到床脚的一堆杂物里，然后转身来到厨房，从冰箱里取出一罐啤酒，扯开罐口，猛喝了一口。妻子绝不允许家中有含酒精的饮料。迈尔斯笑了，大脑也清醒了许多。

只有一件事妨碍了他的满足感——当他携带啤酒进入卧室时，心中想，我早该亲自杀死她，免得花钱请那个窝囊家伙，到头来还得麻烦自己再动一次手。

连环结

爱德华郑重其事地亲自从公司总部莅临我们分部介绍新的分部主任。他召集所有同事讲话，说我们非常幸运有一位像查理这样合格的、能干的人来领导我们。爱德华没有详细说明哪些合格条件，我想那是因为查理的整个背景是在业务部，而不是在会计部，而我们分部所负责的，正是会计工作。我知道，这种想法是苛刻的，不过，在这种情况下——至少是我的情况——我那种想法不能算是不近情理。我在会计部已经做了二十多年，过去八年来，我是这个分部的第二号人物。

讲过话，在其他同事各自回到自己的岗位后，爱德华碰碰我的手臂，对我说："艾伦，我想我应该私下再给你介绍一下，"他说，"查理，"他转向查理，"这是艾伦，我向你提过的。"

查理点点头，两眼落在我身上，打量着。他比爱德华矮一两英尺，看来和我差不多高。年纪也和我相仿——你无法从他的外表来判断他的准确年龄，他脸上没有一丝皱纹，褐色的皮肤显示出他在太阳下待过很长时间。

"托马斯任职期间，艾伦是他的左右手，"爱德华继续说，"自从托马斯退休以后，他一直独立支撑。艾伦，有多久了？六个月？七个月？我相信你一定很高兴能卸下重担。"

查理的嘴角露出一丝讽刺的微笑，讷讷地说："我相信那是真的。"然后，那抹微笑消失了，"艾伦，我回头再跟你谈谈。"

"是的，主任。"我说，明白那是一个辞退令，于是识相地离开。

当我穿越办公室，回我的办公桌时，我意识到有许多眼睛在跟随着我，但没有任何人讲任何话。

汤姆漫步过来，他是一个高高瘦瘦的人，职位比我略低一点。

"艾伦，真没道理，"他说，"就那样地被忽略过去。"

我觉得脸绷得很紧，而且很不舒服。"或许。"我困难地咽了口口水，"不过社会上的事情很难说，这种事经常发生，说真的，我真的没有觊觎过那个职位。"

其实，起先我真的不在意，托马斯退休的时候告诉我，"艾伦，我曾推举你接任我的职位，可是，总部认为我们需要新鲜血液来推动这个单位。这实在不公平，不过……"他没有说完，但我明白他的意思。

而我也接受事实。几个月慢慢地过去了，那个职位一直空着，很明显，总部很难找到合适的人选。

在这种情况下，不抱希望是不可能的，久而久之，我甚至说服自己，公司会把这个职位交给我的。

然而，事与愿违。

"哦，"汤姆说，"我只想要你知道我的感受，而我并不是唯一有这感受的人，这里有许多人对这种安排感到遗憾。"

或许是那样，但另一方面，有些人就很高兴我不当主任。莎莉就是其中一个。

莎莉是担任打字和抄写工作的两个小姐中较年轻的一个。她是个微不足道的小姐，我有几次训她占着电话聊天，还有她的裙子穿得太短。

查理到位不到三周，就指派莎莉做他的私人秘书，而且加了薪。

对我个人的晦气，我绝口不提，但我觉得，自己有责任向查理提醒，这样做会让另一位小姐不服，而这位小姐无论工作能力和资历，都比莎莉强。

而查理却耸耸肩说："这儿多的是资历深、倚老卖老的。"

我应该明白这是在警告我，被整的时候就要来了。

但我却并未明白过来，所以，下次被叫到他办公室的时候，我完全没有准备。他一直把我当做一个悔罪的学生一般，让我站在他的办公桌前。

"艾伦，为什么你还在批阅这些东西？"他说着，一面敲着桌前的传票，"这难道不是我的责任吗？"

"哦，"我说，"技术上说，是的，但是您的前任从不要人拿琐碎事烦他，所以他把这些事交我批阅，我以为你也会照样办理。"

"哦，"查理说，停顿一会儿，他打量着传票格式，"上星期，你批准了多少传票？"

我耸耸肩，"不知道，它们在不同时间来自不同部门。不过，我们平均每星期有二三十件。"

"哦，"查理又哦了一声，敲了一下传票，然后靠在椅背上。

"好，"他粗率地说，"让我们看看，我们能否从这片混乱中理出个头绪来。让莎莉负责，收集保管一周的传票，一直到星期五，然后一次送来由我批阅。"

"那样的话，付款就会慢得多。"我说。

"不会慢多少，"查理说，"而且可以给我们一个更好的观念，就是说我们在这里做什么。"

"悉听尊便。"我说完转过身去，走出去通知莎莉。

说是那么说，可我知道，他们不可能照查理说的那样去做。过了一周，他又叫我去他办公室，这一次，整沓的传票都放在他桌上。

"好，艾伦，"他和气地说，"告诉我为什么这些传票被退回，又加盖着'恕难办理'的章。"

我捡起传票，故意慢慢翻阅。其实没这个必要，我早知道症结所在。"很简单，"我说，"小姐们忘记加进适当的号码，我不提醒她们，她们经常忘记。"

"哦，那好，"查理说，"那你为什么不提醒她们，盯着她们做好，再给我送来？"

"因为我连这些传票的影子也没见着，"我说，"我以为你的意思是直接送给你批阅。"

"艾伦呀，艾伦，"查理说，"我要做的是建立一个监督系统，你总不能指望我知道传票的每一个细节，反正开始是不了解的。"

我心想，很明显你是不了解的，不过，我默默地站着，不发一语。

"瞧，艾伦，"查理继续说，"我要和你一起工作，而且要公平合理地做，但是你拉我的后腿，你不光耍这类小诡计，而且不停地想离间我和同事们。"

"没那种事。"

"对不起，"查理冷冷地说，"不过，我有理由相信有那种事。"

"那么，我说任何话或做任何事，均没法改变你的想法，"我说，"不过，有苦境的不仅仅是你一个人。你知道，六个月来，我做两份工作，到头来得到什么？什么也没有。最起码，我该有份奖金或加薪。"

查理表情严肃地看着我："这事应该由总部方面决定。"

"他们需要的是一个提醒者！"我说。我恨自己，不过，事实是，我过分期望获得分部主任的职位，而且，我急需要钱。

"对那种事我可没有把握，"查理说，"我本不想说的，不过，这个空缺留这么久不填补，就是给你机会去证明你的才干，但是你失败了。艾伦，所以即使我乐于推荐，也不见得有用。事实上，我唯一考虑推荐你的是，你早点退休吧。"

他身子倚靠着旋转椅，双臂抱在胸前，严正地补充道："对这意见你最好考虑，并且照办。"

"是的，主任。"我说。

回到办公室时，我坐下来握住前面的记事簿，整个人被这一切不公平吓呆了。回想起来，总部不是要我不要妨碍查理吗，而且，也不要觊觎主任的职位。至于传票的事，我是奉命行事，工作程序分明，又不是我的错。

我不相信空缺迟迟不补，是在试验我的工作能力，那只不过是公司的一种借口。我有一个办法，就是超越查理的职位，向爱德华去要那份应得的奖赏。

但是，我突然有点泄气，不论对查理感觉如何，爱德华从不干涉主任职权，这点我毫无办法。

我坐在那儿看着双手发呆，这时莎莉拿着一沓退回的传票过来。"主任让你编上号码，然后再交给我送去重办。"她停顿了一下，补充说，"他要我告诉你，你要负责办好，不要再打回票。"

我叹口气，"好，放着吧。"

我继续坐了一两分钟，然后伸手去拿圆珠笔，开始机械地写下传票编号。

在我填写号码时，眼睛落在查理签在"核准栏"上的签字上。我认为像许多大人物一样，他小心写下签名时，他的签字已退化成一种形式，他的签名几乎让我认不出那些字母是什么。自从他就任以来，我看过他许多签名，从没动过什么念头，直到现在，我才发觉是那么容易模仿。

推开那些传票，拿出一张便笺，我开始试着模仿。头几个仿得太离谱，但几分钟后，我已仿得不错，而且有把握经过练习后仿得惟妙惟肖。

我揉掉便笺，扔进纸篓。这时，就如何弄到所需要的钱的计划，已在脑中形成，只要准备就绪，就可以下手实行。

但那要在万事俱备的情况下才可以，现在除了做完那些传票送给莎莉外，没什么可做的了。

当我把传票交给莎莉时，她看也没看，塞进一只信封里。

我清清喉咙说："从今以后，传票进来后，交给我看看，主任过目后，再给我看一次。"

她好奇地看着我，问道："他核准以后？"

我点头，等待着问话，而且这种问话也很难回答。可是，我必须再看第二遍，主任一旦核准，除了装订归档外，不会有疑问，那我可以控制，我不能控制的是主任核准前的问题。

我说:"假如要我负个人责任的话,我有权再过目。"

我知道这样说有点自命不凡,不过,也许那全是为了获得利益。莎莉轻蔑地看了我一眼,然后耸耸肩,接受我的理由。就是那样,到目前,一切顺利。

虽然如此,我不能在传票上写我的名字,也不能冒险寄到我家去。因此,中午时我午饭没吃,开始设立一个不存在的公司——极好日用品公司。事实上,设立公司比你想象的容易,虽要一个通信地址,我租用一个邮箱就可完成手续,此外,还开了一个银行户头,银行档案里存了一张签名卡。

一切满意后,我回到公司,只比平日迟了几分钟,下午规规矩矩工作。下班时,我夹了一些空白的传票在报纸里,带回家。

那天晚上,我练习主任的签字,直到圆珠笔尖能轻易、不费力、又惟妙惟肖地写出来。然后,用我的老爷打字机,在空白传票上打出一张一百九十七元五角的支付传票,这个数目不太大,也不太小,不会引起任何怀疑。

我复查每一个项目,确定没有疏忽、遗漏之处,免得自己出纰漏。检查满意后,我又拿起笔踌躇了一会儿,然后在"核准栏"里写上查理的名字,我将模仿的和主任的真迹比较,尽可能地分辨,却分辨不出真伪来。我微笑着把传票锁进书桌里,准备睡觉。

星期五下午,莎莉把一大沓主任核准签过字的传票放在我桌上。她没有说话,不过,她的表情明显地告诉我,她认为我婆婆妈妈的。当她走开后,我心中想,你知道什么?

我佯装重新检查传票,然后,乘没什么人注意我的当儿,安全地把假传票夹进其中,为了确保安全起见,我又等了五六分钟,再送去给莎莉。"全部无误。"我说。

"好呀!"她说着,不经意地搁在一旁。

这点使我吃惊,因为我预期她会立刻装进信封里封起来,一旦装好,就会安全得多,不会有闲人翻看。我站在她办公桌前犹豫着。"还有什么吗?"莎莉问。

"没有了。"我说着,回自己的办公桌,但眼睛却怎么也离不开暴露在那儿的传票。

我正在考虑找借口弄回来的时候,公司的传递人员正好进来,莎莉忙把传票装进一只信封,递给传递。我松弛地喘了口气。

那份轻松是短暂的。

虽然我在公司做了这么多年,但我还不知道,一旦传票核准,送到总部后,支票多久才能开好，寄出。

接下来的一周和下下周，我真正如坐针毡，每周怀着混淆希望与畏惧的心情去邮局。终于有了——一封薄薄的棕色信封，上面写着"极好日用品公司"。我的计划已经成功了，我弄到钱了。

我原先的计划是，一弄够钱还清欠款，立即中止这种勾当。或许，假如我照原计划的话，一切会顺利，不出纰漏，但计划太顺利的话，就此歇手，稍嫌愚蠢。

当然，我一直做手脚，造假传票骗公司钱，一直到查理召我去他办公室，亮一堆传票在办公桌上给我看时，我才发觉从一开始造假传票就太愚蠢了。

"艾伦，你在搞什么鬼？"他说，"即使莎莉没有注意到我们送出去的传票比收到的还多，查账员迟早也会查出你的花招来。"

我茫然地看着他，"我不知道什么查账员。"

"你当然不知道，"查理说，"分部里只有我和莎莉两人知道。不过，一位像你这样背景和经验的人一定该知道，当公司的费用莫名其妙地超出太多的时候，公司必定会采取措施找出原因。"

他话中的真正意义，我事后才领悟出来，当时，我的罪行被公司识破，我吓得领悟不出。

主任厌嫌地看着我。"显然，你是不知道，不是吗？"他摇摇头，"老实说，我想公司这些年来多少欠你一点，所以，我给你一周时间，让你'自动'退回那些款子，再向总部报告。假如你能补回的话，我可以向你保证，公司不予追究。"

我缓缓地站起来说声"谢谢"，然后慢慢地离开。

查理叫住我，说："当然，你不上班不会有问题，我会向同事解释，说你度假去了。不过把办公室钥匙留给莎莉。"

我点头，退出去。

莎莉表情严肃地接过钥匙，说："你也许不会相信，不过，我真的感到很难过，我没有办法。"

"是的，"我说，"你是没有办法。"

转身时，我心想，至少我还有一周时间，那是重要的。

一周的时间或许重要，但是你知道，假如你要在压力下筹一大笔款子，一周是不够的。判决会延一次，也许可以再延，这个希望使我在限期到的前一夜来到查理的家。

他住在市郊一条安静的街道的末端，当我站在他家门前按门铃时，我在夜风中颤抖。

我听见门铃叮咚声在里面响着，但屋里却静悄悄的。我再用力按，担心他可能不在家，而我的期限已到，不过，门突然打开，查理瞪着我，"我的天，艾伦，你在这里做什么。"

"我必须和你谈谈。"我说，"我不想在办公室谈。"

他踌躇着，回头看着屋里。有一会儿，我以为他要给我闭门羹，但他却耸耸肩，移到一旁，让我进入。"好吧。"他说。

"家里很乱，请不要见怪，"他继续大声说着，领我走进过道，"我太太去看她妹妹，一周半来，我一直过光棍生活。"

他打开走道尽头的一扇门，领我进入一间装饰很好的书房，里面有一个石砌的壁炉，炉内有烧瓦斯的圆柱状燃管，管子上烧着火，室内温暖如春，壁炉左边有扇门，通往房屋内部，门半开着。

另一件事立刻刺闪我的眼睛——两只玻璃杯并排放在一张矮茶几上，两只都剩半杯，有一只杯子口边还有口红印。这就是为什么查理会迟迟应门和紧张的原因。

他这儿有个女人陪他——不是他太太。

当查理看到我的眼神时，他皱眉了，"好，艾伦，你要谈什么？"

"我需要多一点时间筹钱，"我说，"再给一星期。"

查理摇头说："不行，假如你没有钱，再给一星期也不会有。"

"会的，我会有，"我急忙补充道，"我有些产业，已经找好买主，但是那人也需要时间筹钱。"

这是骗人的，不论事情如何，一个星期总是一个星期。在那段时间内，我也许可以多发现一些查理和女人的事，然后逼迫查理不要告发。

现在，他从胸前口袋抽出一支雪茄，轻轻夹在指缝中，抬到胸前，问道，"你可以弄到多少？"

"六千，"我急切地说，"够归还挪用的，还留有……"

"留什么？"查理打断我，"六千只是你盗用公款的十分之一。"

"哪有这回事，"我争辩，"极好公司的传票总共才三千出头。"

"我相信'极好'是那个数目，"他说，"但是加上你杜撰的'康白公司'、'丁大公司'和其他许多假公司的钱，总计将近七万五千元。"

我目瞪口呆，良久才迸出一个"不！"我的声音软弱无力，"其他的那些公司，我一无所知。"

"哦，别否认了，艾伦，"查理说，"你不是真正希望人家相信吧？"我的上帝呀！我早该明白，我盗用的数目并不会引人注意！我所以会做小数目，就是那个原因！

"是你，你不用小心行事，因为你把我当做一个替罪的羔羊，所以你才会给我一个星期时间筹钱，你以为我会逃亡，让你随心所欲地编造说辞，哦，事情不会那样，我要弄得每个人都知道事情真相。"

"够了！"查理凶狠地叫，"我真不知道你是什么用心。自己可能一千年也归还不了那笔钱，竟然想拖我下水。让我告诉你——你这一招，把我对你的一点怜悯心全抹杀掉了。"

他用雪茄做了一个强调的手势，"你说你一周内能弄到六千元，好极了，你正好可用那笔钱请律师。"说着，突然转身，将雪茄叼在嘴里，在壁炉上划火柴。

这席话使我完全失去抑制力，我抓起最近的东西——一只沉重的玻璃烟灰缸——砸在他的后脑勺上。

查理向前倾，碰到壁炉，然后倒下来，一动不动倒在地上。

有很久，我只是瞪着他。然后，我弯腰，拉他离开壁炉，摸摸他是否还有心跳。没有，我已失手杀死了他！于是我惊恐，慌乱，转身逃走。

我疯狂地驾车回到公寓，但是怎么回到家的一点也不记得。我第一个能连贯记忆的是站在公寓房门里，呼吸沉重，极力想下一步怎么办。

然而，我知道自己没有任何办法，即使我没留下指纹，那个藏在门后的妇人也会听到整个的争吵——可能还看见我。她会指认我，我没有逃脱之路，只有一途可循。

我没有脱下外套，径直走进浴室，打开药柜，我取出放在那儿的安眠药。整罐差不多满的，我倒两片在手里，用一杯水吞下去，然后再倒两片，却没勇气再吞。

最后，我把药片放回瓶子里，走进卧室，和衣躺在床上，药片慢慢生效，于是，我沉沉入睡。

第二天早上，电话声吵醒了我，我十分沮丧地拖着身子下床接电话。但那不是我预期的警方电话，而是公司总部爱德华打来的。

"艾伦，"他说，"感谢上帝，你在家。公司出了大事，我们需要你现在就来公司，我很不愿意打断你的假期，不过，说明白了，查理死了，不知道是意外，还是自杀。他书房里有瓦斯暖炉，不知是瓦斯开着，没有点火还是什么，或者他划了火柴，总之，他家里爆炸起火，反正我们永远不能确定怎么发生的。"他的声音停顿了下，然后又说，"你迟早会知道，艾伦，所以我最好先告诉你，查理一直核准付钱给不存在的公司,他知道我们正在找人查账,他知道一定会被逮到,所以他好像采取轻生办法——自杀。"

我开始发抖,脑中想起自己差点就走的那条路。

"我们可以信赖你吗,艾伦?"爱德华问。

"可以,"我勉强说,"当然可以。"

"好,那么,艾伦,我们正在重新考虑,由你担任分部主任。你或许不是世界上最好的主管,不过,至少你是诚实的。"

"是的。"我说着,放下电话。

我几乎不敢相信真有这种事发生。但是,事情确实发生了。瓦斯爆炸,消灭了真正发生的一切证据,现在,对传票的事,我可以高兴怎么说就怎么说。

可是,为什么查理的女友没有去报案?这点使我待了一会儿。然后,我明白,她自己可能也是有夫之妇,怕丑闻。不论什么原因,她没有出面,由于她没有出面,我的世界突然变得光明起来。

我淋浴,更衣,心里打定主意,今后不再做假传票那种蠢事。因为我不可能再有这样的好运了。

当我正在打领带的时候,门铃响了。我打完领带结,拉直,然后去开门。

莎莉站在那儿神秘地微笑着,高举的手指上挂着一串钥匙。那是查理开除我的时候,我交给她的。她说,"现在你回办公室,就需要这些钥匙。我想亲自给你送过来,省得你自己去要。"

"真的,艾伦,"她说,面部的微笑消逝,"就一位聪明人而言,你昨晚的举止是愚蠢的,一走了之,留他那样躺在那儿!"

我镇定地锁门,说:"你,就是昨夜和查理在一起的女人?"

"对,"她说,"你真幸运,我也在场,假如我不在那儿熄灭那些火,再到厨房弄定时钟,定在一小时后点火的话,你现在双手一定铐在手铐里,而不是坐主任的位置。"

"可是,为什么?"我说。

"因为其他的那些假传票并不是查理做的。我花了三星期才弄清你在耍什么花样,然后,哦——你能做的,我也能做,而且十分安全,因为必要的时候,我可以指着你,说是你做的,你呢?你没法证明这件事并非是你做的。"

"当然,现在他死了,可怜的查理成了替罪羊,"她喘口气,"虽然就某些方面来说,实在惋惜,不过,他的签字也真是太容易模仿了,还有……"她继续说,"现在,你就要当主任了,你的签字也不难模仿吧?你说呢?"

他是谁

数月前，当我在医院疗养心脏病时，经历了一件古怪而恐怖的事情，那件事让我困惑不解。

现在，我要趁记忆还有一点，赶快把它记下来。

病情有起色之后，院方把我从加护房转到一个普通单人房，它位置在心脏病房的末端。

这个房间长而窄，灯光照明不十分好。病房两边大约还有十余间单人病房。

头一两天，我经常紧闭房门以阻挡其他房间传来的收音机声和电视声，我喜欢静静地看书。

有一天，我正在阅读时，房门轻轻开启了。我没有听到开门声，不过不用抬头，我能感觉到有人站在门边。

我希望来者是位访客，但是很失望，来者居然是医院的理发师。他穿一件薄薄的、有些褴褛的羊驼呢夹克，手提一只难看的黑色袋子。

他没有开口说话，只抬起浓厚的眉毛，做无言的问语。

我摇摇头，"现在不理，晚点再说吧。"

他没有掩饰失望的神色，在门口逗留了一会儿，最后转身，悄然掩上了门。

不知为什么，我无法再静下心来看书。我自己承认，他吓了我一跳，他的打扰令我生气。我也明白，对一位心脏病患者，这种情况是不适合的。

我服下镇静剂，想休息，但没有成功。虽然如此，那天晚上我睡得不坏（在安眠药的帮助下），第二天上午，在一连串洗澡、换床单、量体温与各种事情之后，我坐下来准备再看书。

我发现我仍不能集中精力看书，虽然前一天那本书很吸引我。

最后，当我环顾四周时，我懊恼地皱眉，因为我明白烦恼是什么啦。

在我的请求下，门再次关上。但是现在，说不出为什么，我发觉自己居然不想把它关上。因为我仍不能起床行走，所以，我按铃找护士。

一位活泼、浅黄头发的瑞典籍女护士进来。她说："已经厌倦隐士的生活啦？我知道你会改变主意的！"我微笑，我想是有点温驯。她说着，走出去，任房门开着。

我回头看书，但是潜意识里不停地思索有关门的事。最后，我不得不承认一件事实：我阅读的时候，绝对不想要那个理发师再来开房门，惊吓我。电视和收音机的叫声继续打扰我，但我尽量充耳不闻，径直看书。就这点上，我只是部分成功。

午饭之前，我开始觉得困，搁下书，刚要打盹，蓦地，一阵恐怖的、令人毛骨悚然的尖叫之声使我从床上坐起。我相信那声音发自附近的病房。

我心脏怦怦跳，暗暗告诉自己，那声音来自电视。我安慰自己，那是某人粗心把电视音量开到最大。

数分钟之后，病房走道上一阵骚动，人声嘈杂。护士和医院工作人员匆匆而过。我没有料到这病房还有那么多的人。

医生们匆匆过去。一阵低低的命令、谈话声，然后几近完全的沉默。慢慢地，护士和工作人员走回病房的通道，几分钟之后，一具从头到脚都盖着胶布的人体被推着，从我的病室经过。

我等候了一会儿，然后按铃叫护士。浅黄色头发的护士的助手急急进来，我从不知道她的反应有如此之快，她脸色有点苍白。

"发生了什么事？"我问。

她犹豫了一阵，然后耸耸肩，说："通道对面的艾克先生。"

"心脏病猝发？"我问。她点点头。

我留心看她的脸，问："一位有心脏病的人，那样叫是不是有点不正常？"

她再次犹豫。

当她再次开口时，用字小心翼翼，说："依一般的病情，是不大正常。不过，那样的事有时也会发生。嗯，他可能病情加剧，痛苦不堪。大部分患者都会无力地倒下，但是他居然高声尖叫，是有些……不正常。"

她微微一笑，我认为她笑得有些勉强，"不过，你不要去想它。你渐渐有起色，你读你的书，不要胡思乱想。"

当然，我会胡思，也会乱想。我全天都在想，夜晚都在想，最后他们没有办法，给我一颗额外的药片，才使我安静下来。

日子平安过了两天，一个下午，当我正在阅读时，门开了，我又经历到那种被紧紧地、仔细地监视的不愉快感。

我抬头，门边站的仍是那位穿羊驼呢夹克、手携黑色破旧袋子的理发师。和前次一样，浓眉抬起，做一种无言的问话。

和前一次的情形一样，我生气了，因为他又吓了我一跳，我心想，这人真可恶！虽说门没关，但没有一点应有的礼貌——先轻敲两下。

"我不理发！"我强忍怒气地告诉他，"我需要理发的时候，我会请护士小姐通知你！"

他仍然逗留在门边，脸色柔和，没有表情，活像一副面具，但是明亮、黑色的眼睛在闪动，在失望地闪动。

那样子不仅仅是失望，但我说不出是什么，我可以说是憎恨，但似乎太轻了些，那样子更像是深仇大恨。

我觉得血液涌上脸部和颈部。

"请离开好吗？"我暴躁地对他说，"你很无礼。"

我可能是幻想，不过，我觉得他像是微微鞠躬，一分钟之后，离开了。

我才开始轻松下来，满心等候吃顿晚饭时，从附近房间又传来一阵令人毛骨悚然的叫声。这回不是高而尖的叫，而是一种抑制的低泣。

我僵住了，心脏怦怦跳，我听见大叫声，然后是跑步声。我听见轻轻的但是惊慌的逃跑声——向防火梯跑去。一分钟之后，跟着一阵沉重、有力的脚步声，三四阶一步地追下去。

我看不大清楚走道，此外，这回发出叫声的病房在距离我更远的地方，然而，和先前一样，我听见人们急速地过去，叫喊声，命令声，低喃声，然后复归平静。

在我的想象中，我可以看见担架再次沿通道推出，担架上躺着不发一语的人，那人畏缩在一袭灰色的胶布下。

那天，我那位瑞典护士的助手休假，新护士是位娇小、迷人和红发的女人，由她为我端来晚餐。很明显，她的愉悦表情是勉强装出来的。

"这次是谁？"我问。

她沉默了一会儿，佯装安排我的餐盘，"梅先生，375病室的。"

我的病室是377，梅先生距我两间病室。

我想从新护士那儿多打听一些消息，但没有成功。她告诉我，当时她不在现场，听到梅先生不幸的消息，还只是几分钟前。

第二天，我想从别的护士那儿打听到什么消息，但没有打听出什么。她们不是受指示不说，就是自己决定不说。

她们向我保证说，梅先生安静地死亡，声称没有呻吟或低泣那回事。她们告诉我，梅先生昏迷之前，曾按铃叫护士。她们坚称，假如是哭声的话，那是"不自主的"。

对我所提的，关于有脚步声奔向防火梯的事，她们耸耸肩，其中一位说，我可能打盹，幻听。

我想忘却那段插曲，但心中却不能满意。那天下午，我正在阅读来信时，听见门上有轻敲声，我抬头看。

一位衣着整齐、头发光亮、蓄八字胡的年轻人站在门旁。他身上穿着洁白的夹克，手携着一个褐色的小箱子。

"先生，理发吗？"

我踌躇了一下，"唔——现在不理，或许一两天内。"他和蔼地点点头，"遵命，先生，过一两天我再来。"

他一离开，我就后悔没有要他立刻理，第一，我需要理发，此外，我要问他医院另一位理发师的事。我希望他永远滚蛋。

我的病情恢复得很顺利，在新理发师再来为我理发之前，有一天下午，我坚持要乘轮椅到日光浴室闲坐一小时。

当我无聊地坐在那儿的时候，医院的一位安全人员漫步过来，我招呼他过来聊天。

在我个人的许多"职业"中，我曾干过许多不同的工作。比方，多年前，我自己也兼过警卫的差事。因此，医院安全人员与我一见如故，友善而亲切地聊了开来。

免不掉的，我们的谈话扯到心脏病房的两件死亡案子上。我立刻注意到，新朋友的话变少了，而且好多次不安地左顾右盼，看是否有人在听，像是斟酌一个决定，最后终于耸耸肩。

"假如你答应不向任何人，尤其是这儿的任何人谈到的话，我就告诉你一点故事。"

我以人格发誓，保证不吐一个字。

他皱皱眉头，不知如何开始。

"嗯，那两人的死亡是相当奇特，首先，那两人都面露恐怖，死在床上，两眼睁开，死盯着，好像他们看见了什么恐怖的东西，因惊吓过度而死亡！其次，在他们大叫或呻吟之后，都有人看见一个小矮人，手携一只黑色小袋子向通道奔跑！事实上，第二次我自己也看见了，而且也追过去。"

我觉得心脏怦怦跳，"你可以描绘一下那人吗？"

"我多半看到他的背影，瘦瘦小小的人，穿一件薄薄的灰夹克，手携一只破旧的黑色小袋子，我只是瞄到他的侧面，皮肤光滑，没有什么可描绘的，一张没有表情的脸，眉毛浓黑。"

"那是医院里的另一位理发师！"我告诉他。

他瞠目而视。

"另一位理发师？医院里只有一位——一个年轻人，蓄八字胡，穿白色外套，他在这儿已经做了一年多了。"他犹豫一会儿，"嘿，你也见过他这个人？"

我挥挥手，"现在不要管那些，继续说下去。"

他搓搓下巴，"噢，第一次我没有看见这个家伙，但是第二次我正好在一楼，就在梅先生呻吟、按铃叫护士时，我看见这个瘦小的家伙从他的房间跑出来，我立刻沿通道追赶过去。他从防火梯跑下去了。"

"逮到他没有？"

他摇摇头，"毫无机会，他像只兔子一样地逃跑，然后像只鹿一样，越过停车场的围篱。我花费两三分钟才爬过围篱，那时候，他已经无影无踪了。"

他看着我，说："但是最疯狂的部分还没来呢，你知道他携带的那只黑色小袋子吧？"

我点点头。

"嗯，当他跳越围篱时，袋子钩住上面的铁丝，掉落在停车场。过后我捡起了它。你猜里面装的是什么东西？"

"我不知道，"我告诉他，"别卖关子了！"

"泥土！"他回答，"一袋子的土！地上的土！"

他继续说："我们在两位死者的床上也发现了同样的土！"

他又看着四周，说："也许我不应该把这个故事告诉你，但既然告诉你了，我就把结尾告诉你吧。"

"嗯，我把那黑袋子交给当局。不过，在警方没有拿走之前，我用纸袋装了一些土。我把它给一位在化验室工作的朋友，他有显微镜和各种化验东西。你知道他发现了什么？"

"我无法想象！"

他倚近，"那土，那些泥土——他发誓来自坟墓！"

我又觉得心脏怦怦地跳起来，但我佯装怀疑："哦，他怎么判断的？"

"从混在其中的小东西：大理石和花岗石的细碎片，人造花和花环的碎片。不只那些，他还说，土中还有两小片碎骨，经过检查，那是人类的骨头！所有的土都混有青苔，好像是从坟墓一处潮湿、黑暗的角落挖掘出来的！"

这是故事，一个我无法解释的故事。那个面无表情、眼睛闪烁、眉毛浓黑的小矮人再也没有出现过。

我有一位自认聪明的朋友，说那故事很容易解释。他告诉我，拎黑色袋子的男人是一个典型的精神病患者，他不是生下来就五官不正，就是某次车祸受了伤，他戴着面具，潜入心脏病房，摘掉面具，吓死两位病人。我的朋友说，床下遗留的泥土，只是一位心智不正的人所造的一种恐怖的奇想。

这个解释听来也许合情合理，但我绝不相信是正确的。

我个人觉得，由于某些模糊的超自然原因，那个我误认为是理发师的恐怖东西，根本无能力进入一位病患者的房间，除非被命令去做，我相信，那两位惊恐叫喊而死亡的心脏病患者，曾允许他进入病室。当然，似乎没人记得他们是否要理发！我不能解释我的观点，它只存留在我心中，如此而已。

不过，有一点我敢肯定，如果我答应那位要命的人进入病室，你就读不到这个神秘的故事了，因为我相信，我不会活下来写这篇文章。

我的余生里，将永远有一个问题：他是谁？

罪　孽

"有位先生坚持要见你。"康妮小姐带着非常不情愿的语气通报。她敲敲麦克威尔办公室的房门，只推开一点点小缝挤进来，随后迅速把门关好。

"他不肯报出姓名和来访的意图，不过，他让我给你这件东西。"说着，她走到麦克威尔的写字桌前，把一个信封放在桌上。

"一位神秘人物，呃？"麦克威尔向女秘书笑笑。他喜欢这位康妮小姐，喜欢她来到他办公室以后的紧张和忙碌的气氛。身为岳父的运输公司的一位职员，麦克威尔的职位是个闲差。但尽管如此，康妮小姐所带来的活跃气氛，仍然使他感到愉快。

他拆开信封，打开里面的信纸，纸上没有信文，只有用铅笔写的一个日期——"4月17日"。

微笑从麦克威尔的嘴角消逝，换上的则是一抹痛苦的表情。

康妮小姐静静地等候着。

"他要见我，呃？"麦克威尔终于抬起头来，顺手把信纸揉成一团。

"我告诉过他，你正忙着。"康妮小姐小心地说。

麦克威尔又挤出一丝微笑，"可是，我现在并不忙，康妮小姐，带他进来。"

"好的，麦克威尔先生。"康妮小姐训练有素，甚至语气也极恭顺。

麦克威尔站了起来，走到窗前，双掌反握，搁在背后，以尽力控制全身一阵突然袭来的抖颤。

当他转过身来时，他看到一位年约四十岁、身材矮小的男人，他有一张表情迟钝的脸，穿一身肮脏的西装，双手正抓着一顶帽子。

"谢谢你，康妮小姐，假如需要的话，我会叫你的。"说着，麦克威尔坐回办公桌后,"你有什么要紧的事情吗?"他向来人问道。

那人手指捏玩着帽子,眼睛扫视着铺有地毯、经过装潢的办公室。

"我叫柯利,"他两眼盯着麦克威尔,"是开出租车的,你可能不记得我,但是我忘不掉你。"

事情之糟,正如麦克威尔所预料的——当然,还可能更糟,"问题是,"他含糊地说,"我该记得你吗?"

"我的名字你可能不记得,"柯利慢慢地说,"但是我想你一定不会忘记,一年前,4月17日晚上,你乘一部出租车到了毕丁街的某个地方。"

麦克威尔不以为然地看着他,"我乘过许多出租车,到过许多地方。4月?去年4月?那是很久以前了。"

"是的,"柯利接着又发话了,"可是,我认为那个特别的日子会永远牢记在你脑中的。"

麦克威尔看看眼前那张洋洋自得的脸:"你怎么会那样想?"

"介不介意我坐下来?"没有等候回答,柯利就拉把椅子坐了下来,"4月17日,就在这一天,菲亚黛遇害了。"

麦克威尔猛然站了起来,拿出那张已被他揉成团的信纸,愤怒地撕成碎片。之后,他向柯利说:"我记得那个案子,案子在报纸上接连报道了数星期,但是我不明白,这和我有什么关系。"

"假如警方知道菲亚黛遇害的那天晚上,你曾经去拜访过她的话,我想,他们就不会像你这样看了。"

"太荒谬了,"麦克威尔的嗓门高得吓人,"我从来不认识菲亚黛,很明显,你弄错了——我要告诉你,那可是个很严重的错误。"

柯利似乎一寸寸地审视着麦克威尔的脸,"没有错,我对认人很有一套,一年多来,我一直在找你。像新奥尔良这样的城市,我估计只要你还在的话,我迟早会找到你的。"

"你大错特错了,我不是那天晚上你载去毕丁街的那个人。夜晚天黑,那晚又下着雨,而且又是那么久以前。"

柯利咧嘴笑了,"你还记得下雨?"

麦克威尔的脸涨红了,"每个看报的人都记得那天下雨,以及有关那案子的一些其他事情。"

"我敢打赌,你比一般人看得更仔细,不是吗,先生?我打赌你一直在提心吊胆,冷汗直冒……记得《记事报》刊出过我的照片吧?还有那句'他是死神的司机吗？'我喜欢'死神的司机'这一提法。好多记者访问过我，刊登过我对你的描述——中等个子，四十岁出头，戴棕色帽子，披茶色雨衣……"

"那适合许多男人。"麦克威尔打断了他。

"的确可能，所以他们才一直没有找到你。但是我已经找到你了，虽然你蓄了八字胡，我还是一眼就认出你来了。"他停了一下，又盯住他的脸，"你什么时候开始蓄胡的，先生？杀人之后吗？"

麦克威尔愤怒地站了起来，"好了，我已经听够了你的一派胡言乱语了，我要报警来赶你出去！"

柯利索性斜靠在椅子上了，"好啊，你当然应当报警啊。"

麦克威尔气坏了，对眼前的这个人，他只希望他能马上滚开，"我不希望由于你疯狂的幻想，使我卷进那桩案子里去。假如你现在乖乖出去，并保证不再来骚扰我的话，我对你可以不予追究。"

柯利坦然地抬起两道浓眉，"你太伟大了，太高尚了，太慷慨了，麦克威尔先生，真的。既然这样，我告诉你实话吧，我希望你更大方一些。"

麦克威尔的两手又开始发抖了，因此，他把手塞进口袋里，"你是什么意思？"

"你知道我是什么意思。朋友，你想，为什么我不去警方，反而到你这儿来？因为我有一副好心肠，我不忍心让一个人去坐电椅。我想，假如我不宣扬出去的话，可能值点什么——我说，每月初一一笔小额款子如何？我一直想在湖边弄幢小房子，那样，我可以在那儿钓鱼、休闲——你有何意见？"

"你要在哪儿钓鱼和我不相干。"麦克威尔冷冷地说。

"你不喜欢钓鱼吗，麦克威尔先生？"来人夸张地瞪大了眼睛，"那就有些怪了，我有个印象，你经常钓鱼，还经常打高尔夫球，还开游艇。我还知道，你岳父付给你非常丰厚的薪水……"

他站了起来，懒散地走到窗前，用手摸摸漂亮的窗帘，又回过头来，"在这样的地方办公，简直太棒了，这里有没有酒吧？"

麦克威尔极力忍耐着，以避免自己冲过去揍他。

"滚开这儿。"他冷峻地说。

柯利耸耸肩，"不谈交易，呃？噢，那么你死定了。我想，我得履行我的公民义务，告诉警方我已经找到人了……"

"警方不会相信勒索者的证词的。"麦克威尔提醒他。

柯利仰首纵声大笑起来，"我愿意冒那个险，就我个人来说，我还从来没有听过有杀人凶手反告人的。"

他站起来，戴上帽子，开始向门口走去。当他把手搁在门柄上时，他又回过头来，"决定不再考虑？"

"滚出去！"他只听到三个字。

柯利依旧不阴不阳地看着他，"麦克威尔先生，我真不愿告发你，但是，你要想想你的夫人，那会伤透她的心的，不是吗？也许，我应当去和她谈谈。"

麦克威尔挺直身子，"你敢去找我太太？你敢！"

柯利摇摇脖子，"噢，这事我要光明正大地做，告诉你我要怎么做吧。我等你到今晚6点，给你时间思考。"他回到书桌前，在记事簿上写下一个电话号码，"假如到6点没有你电话的话，我就去和你太太打交道。"他扔下笔，顺手摸弄起麦克威尔撕碎的信。

"怎么？害怕了吧？怕那位瓦刀脸的小姐拿去归档吗？"

麦克威尔暴怒地伸出手，把碎纸一把抓起，回身向字纸篓扔去，因为用力过猛，碎纸四散在地毯上。

"别紧张，别激动。"柯利咧嘴笑着说，"我走了。"

柯利重重地拉开门，任门大开着，走了出去。

麦克威尔埋首在双掌中，捂住了眼睛。

柯利对他的指认似乎绝对肯定。警方对这人的话会相信吗？时间因素对他是有利些，因为那毕竟是一年以前的事情了，检察官不大可能单就证人——一位仅见过他一次，又是在一年以前，还是在雨夜里——的证词而起诉他的，不过，当然，也应看到，什么事情都有可能。

麦克威尔站起来，开始在办公室踱步。接受勒索是不行的，那等于承认犯罪，而玛瑞，他的太太，一定要问他钱都到哪儿去了。况且，谁敢保证那个人不会再得寸进尺，提出更高的要价呢？想到这一切，尤其想到太太那专横跋扈的面孔，麦克威尔不由得打了个寒战。

但是，假如不这样的话，柯利真的会去找玛瑞吗？

无论如何，他想，他必须和玛瑞谈一谈——在柯利找她之前。

麦克威尔伸手取外套，将柯利的电话号码放进口袋里，向康妮小姐打了个招呼，便走出了办公室。

驾车回家途中，麦克威尔想起自己是如何陷进这污浊的泥潭中的。那真是太冤枉了。

最开初，他就不该和菲亚黛有关系的，但他心中的另一部分也知道，那是不可避免的。他是在和太太感情最难以维持的危急时刻认识菲亚黛的，他渴望爱——不仅仅是生理上的，而且渴望温情，渴望宽容和友谊。他在菲亚黛身上找到了这些，从那时候起，他才感到自己是个快乐的人。

麦克威尔是在32岁时和玛瑞结婚的，在那之前的一段很长时间里，他在生活中总是面临一串串的失败——经济上、情场上和社交上。他飘浮不定，是一个无足轻重的人。直到有一天，他认识了玛瑞——运输公司老板的女儿时，他才找到了一条平步青云的捷径。玛瑞长得不美，甚至可以说很丑，年纪比他还大几岁，肥胖、近视、粗俗。虽然她们家富甲一方，但从没有人向她求过婚，因此，他一向她求婚，她没有踌躇，立刻就答应了。

他期望婚姻能给他带来好运气：老丈人公司的一个好职位、优厚的薪水，还有地位。当然，这些他全部如愿以偿了。

但似乎一夜之间，玛瑞就变成了一位不仅丑陋，而且专横霸道的妻子，她就像一条章鱼，紧紧缠绕着他，几乎使他窒息。

结婚八年之后，麦克威尔开始和菲亚黛有暧昧关系。她是个美丽、苗条而且很时髦的离婚妇人，她雅致可人，温柔体贴。与他的太太简直不可同日而语。

对他们之间的关系，他也极端细心。当他给菲亚黛钱的时候，他总是给现金；见她的时候，总是夜晚到毕丁街她的寓所，并且停车在数条街外；他们从没有一起出游过；他经常打电话给她，但总是在公共电话亭打；他从不写信给她甚至连一张条子也没有写过。

但他知道，他犯了一次愚蠢的错误，虽然只有一次。

一年前的4月17日，那天晚上玛瑞回来得很晚，进来时一面抖外套上的雨水，一面抱怨说车库的门在她关闭的时候卡死了。这使他焦躁不安，因为那晚他是与菲亚黛约好见面的，而他家的两辆汽车均在车库里。

玛瑞早早就回卧室去了。当他9点钟悄悄溜出门时，小雨变成了倾盆大雨。他冒着大雨和车库门较了半天劲，仍然打不开，没有办法，只好放弃。气急之下，他叫了一辆出租车，直奔菲亚黛的家。

平时，当他自己开车去的时候，总是把车停在几条街外，但此时正是倾盆大雨，在几条街外下车，似乎有些笨，也有些怪异。因此他一直坐到菲亚黛公寓的门口才下车。

谁能想到，一年以后，冒出了个柯利，而且他准备出庭做证，说4月17日那天晚上，他曾载麦克威尔到毕丁街的凶宅。因为，第二天，4月18日上午8点，女佣发现菲亚黛陈尸起居室，胸部中了两枪。

然而，老天做证，麦克威尔并没有杀害她。

当时，他曾按电铃，等候，但一直没有动静，最后，他只好用菲亚黛给他的钥匙打开门。屋里只亮着入口通道的一盏灯，他摸索着进入房间，扭亮台灯，喊菲亚黛的名字，他知道她在等候他。当他看到她倒在地上时，他的第一个想法是，她可能是昏厥了或是摔倒了，他弯身想去扶起她，过了好一会儿，他才领悟到她死了。以前他从没有看见过死人，因此也并不害怕，一直向她说话，摇着她，悲痛万分。突然，他清醒了，想到了自己，他，麦克威尔，正在被人谋害已经身亡的情妇房中，那将会……他害怕了，他赶紧掏出手帕，猛烈地揩拭他可能碰过的任何物品，然后悄悄离开。10 点 30 分，他回到家，全身已经湿透了。谢谢上帝，玛瑞已经睡熟，他蹑手蹑脚地经过她的房门，溜到自己的房间，那天晚上，他做了一整夜的噩梦。

第二天中午送到他桌上的午报，整版都是菲亚黛死亡的报道。标题是："何人如此心狠手辣？应召女郎菲亚黛，陈尸香闺，警方正从男友入手侦查。"

应召女郎？菲亚黛？麦克威尔不能置信，但是白纸黑字，印得明明白白。

这么说，他不是她唯一的相好了，难道是她的什么其他相好因为什么原因，辣手摧花，残暴地杀害了她？

不管怎样，麦克威尔恨透了杀害菲亚黛的凶手，恨那人摧毁了他唯一的精神寄托，恨他无巧不巧，就在他去拜访她的夜晚，使他搅进人命案的漩涡，实际上，他是完全无辜的。

当时，警方查到了几位可疑的男人，他们不像麦克威尔那样谨慎，他们送私人支票给她，有的还送她珠宝。但警方找不到证据，也难以确认动机。过了一段时间，报纸对这个案子终于冷淡下来，但麦克威尔知道，警方仍锲而不舍，依旧在明察暗访。

从那以后，他害怕上街，从不坐出租车，还蓄了八字胡，避开人多的地方，拒绝拍照。

从那以后，他经常被噩梦惊醒，梦中的他就像是真正的凶手，手握着枪，奔跑着，后面成群的警察和成排的出租车在追逐他。

麦克威尔看见花匠的卡车停在他家的屋前，才记起这天是玛瑞订玫瑰花的日子，他把车停进汽车库，跨过草坪，来到他太太监督花匠工作的地方。她正在粗鲁地比画着什么，背对着他，他不禁一阵伤心，太太的一切做派，实在令他讨厌。

听见他的声音，她立刻转身，同时看腕表。

"天啊，什么风中午把你吹回来了？你病了吗？"

"没有，出了点事，我要和你谈谈。"麦克威尔一脸沉重。

"有什么重要的事啊？"她的脸上显出不耐烦的神色。

"是私人的事。"他说，声音低低的。

"等一会儿！"她仍是那种毫无顾忌的大嗓门。

好不容易，他们走到了一起。

"当然，那全是一派胡扯，"他开始说，"那人是个疯子，但是我要先和你谈——在他找你胡扯之前。"他真怕激怒她，小心翼翼地说着。

"谁？"玛瑞烦躁地问，"你在说什么？"她脱下花园用的手套，点了支香烟。

"今天有一个人来找我，是一位名叫柯利的出租车司机，他说他可以指认我就是菲亚黛遇害那天晚上，他送去菲亚黛住所的人。你可能还记得关于那案子的报道——我想那是大约一年前的事。总之，这人胆大包天，居然想来勒索我，他恐吓说要到警方去告发。"

一席话居然吸引了玛瑞的全部注意力，"还有呢？"

麦克威尔紧张不安地耸耸肩，"当然，我把他赶出去了。"

玛瑞突然俯身向前，抓住他的手臂，脸色惨白，"他去警方报案了？"

"还没有，他似乎爱钱爱得要命，他说假如我不付他钱的话，他会来找你。当然，我不会让你见他，不过，我要事先告诉你。"

玛瑞吐出一口烟，"假定他去警方告发呢？"

"哦，假定他去告发了，那就会十分尴尬，但也只是尴尬而已，我连那个妇人都不认识，更不用说去看她了。"在太太面前，他还要装假。

"哦，你认识她。你骗不了我。"她的话不容辩驳。他抬起头时，发现她那歹毒的目光正恶狠狠地瞪着他。

麦克威尔突然感到一阵天旋地转。

"玛瑞，你不会……"

"我不会什么？我早知道你一直和那妇人要好，"她打断他的话，"哦，我们不要为那事争吵吧！毕竟，她已经死了。我一直不告诉你我知道，为的是不让你难堪，但是现在事情好像很难缠。"

"玛瑞，对上帝发誓，我没有杀害菲亚黛。"

"我知道你没有，你连一只苍蝇也不敢打死，不过，你那晚去她那儿啦？告诉我实话！"

麦克威尔用手蒙脸，"是的，我去了。"

"你这笨蛋，"她愤怒地看着他，"不折不扣的笨蛋！你弄不到汽车，所以你就在大雨中雇出租车去看你的宝贝去了。"

"我的上帝，玛瑞，我不知道有人会杀她，你能不能想象我走进去，结果发现尸首的感受？"

"这比我想象的更糟，"玛瑞摁熄香烟，"我们必须付那个叫柯利的钱，他要多少？"

"他没有说。很多，我想。"

"你能联络到他吗？"

"他留给我一个电话，可是，玛瑞，我不喜欢被勒索，我宁可由警方去弄个清楚，我想一年前我就该这样，可是我害怕，我没有仔细想清楚。我要坦白告诉他们实情，玛瑞，我讨厌像犯人一样地活着，我无辜，他们可以相信我。"

"为什么要冒那个险？为何我们要卷入那一潭浑水？我也不喜欢被勒索，但我付得起钱，打电话给那个柯利，让他晚上来。"

第一次，麦克威尔感激妻子的决断，她一向粗鲁、专横暴戾，那曾经让他难以忍受，不过，这件事如果由她出面，不论对错，倒使他轻松不少。也许她的看法是对的——接受勒索比把事情闹大要好一些。

当他在屋里打电话给柯利时，玛瑞走了进来。

"我是麦克威尔，"他说，"关于你的提议，我几经考虑，你今晚8点钟能来我家吗？我不想在办公室见你。"

"这才像话。"柯利说。

玛瑞耳语了些什么，麦克威尔补充说："假如你车子不停得太近的话，我会感激不尽的，你明白我的意思吗？"

"当然，朋友，我做事总是很隐秘的。"

麦克威尔挂上电话，向太太点点头。

"不用担心，"玛瑞说，"我有一种感觉，会平安无事的。你为什么不吃点东西，然后睡个午觉，或者去玩高尔夫球？你不适合回办公室……"

8点不到，前门的门铃响了，麦克威尔亲自去开门。

"麦克威尔先生，你好。"柯利走进客厅，神情比上午更傲慢。他身穿灰色制服，戴一顶有帽檐的便帽。

麦克威尔领他进了书房，那是一间通向花园的小房间。

"请坐，"他说，"我们速战速决，你打算要多少？"

柯利在一张安乐椅中坐下，"你太太不在吧？"

"不幸得很,她在。不过,我告诉她,我在等候一位保险公司的人。假如她进来的话,你那样说就行,好吗?"

"喔,当然,"柯利咧嘴笑,"哦,麦克威尔先生,一个月一千元如何?那不会叫你破产,而我却可派上用场。"

麦克威尔觉得火气往上冲,他叫道:"太荒谬了!我只是想避开丑闻而已,我可不是凶手。"

"你不是凶手?"柯利淡淡地说,"不是就不是,但那是我的价格。"

"我怎么知道你会不会在高兴的时候就加倍要?"

柯利刚要开口,书房门打开了,玛瑞微笑着走进来。她端着一个托盘,上面有两个高脚杯和一盘用餐巾盖住的东西。

"我想二位可以用点酒。"她说着,在一张桌子上放下托盘。

"玛瑞,这位是保险公司的先生,"麦克威尔介绍说,"这是内人。"

柯利站起来,"幸会,麦克威尔太太。"

玛瑞热情地和他握手,"请坐,先生,你做的是哪一种保险?"

"人寿险。"柯利回答,带着微笑瞥了麦克威尔一眼。

"哦,我不打扰了,我只是给你们送点喝的和吃的来。"她递给他们俩每人一杯酒,然后掀开餐巾。

就在那一瞬间,随着一声低闷的枪响,柯利已经仰靠在椅子上了,他的胸前,涌出一圈鲜红的血迹,而且越来越大。他的高脚杯也掉在地板上了,杯子里的威士忌立刻被厚地毯吸收了。

玛瑞把枪放回餐盘,急急向柯利的尸首走过去,"快!"她告诉麦克威尔,"帮我移动他!"

麦克威尔站在那儿,傻了似的。他哆嗦着干燥的嘴唇说:"玛瑞,玛瑞……"

"别那样!"玛瑞生气地说,"你要让血滴在椅子上吗?"

他们俩一起半抬半拖地把沉重的尸体拖离房间,经过法式落地窗,到了铺有大石板的后院。

玛瑞直起腰,看着她的丈夫,"事情必须这样做。这本应该由你来做的,不过我知道你下不了手。"

"你打开始就计划杀他?"

"当然,这是唯一的办法。"

"可是尸首,你要怎样处理?"

"我已经安排好了,"她说,"今天下午我请花匠掘了一个花床,正巧可以成为他的坟墓。"

麦克威尔不禁颤抖了一下，几乎要倒下。

他看着她缓慢而仔细地搜查柯利的口袋，取出他的皮夹、证件、钥匙，最后还搜出一把小左轮手枪。

他们将柯利的尸首拖过庭院，推进那个正好像个墓穴的花床里。然后，由麦克威尔用尽平生之力，铲土填平，玛瑞则用手把着，把三株根部用粗麻布整齐包裹着的玫瑰苗栽好。

当花床填满理平后，玛瑞退后欣赏着。她说："看来不错，呃？这些是名种的玫瑰花，我希望它们长得茂盛。"

麦克威尔早已精疲力竭了，只是木然地跟随太太穿过落地门走进书房。

在书房里，他还是呆呆地站着，看她收拾、清理被酒打湿的地毯，把玻璃杯放回托盘。他还看到她很仔细地检查柯利坐过的地方，似乎很满意，"我怕椅子上有子弹洞。"之后，她弯身，捡起柯利的帽子，"还有一件事，那部出租车。"

麦克威尔呻吟了一声，他吓得早已忘记还有车子需要处理。

"我们要怎么办？也埋掉？"他愣愣地问。

"那是不可能的，"她嘲笑地看着他说，"你必须把它开到桥上，留在那儿，我开车跟在你后面，接应你。"

"你意思是说，要让他们认为他跳进水里？那我们需要一具尸首在河中才能证明。"

"记不记得经常有那些自杀的案子，他们的尸首一直也找不到？"她捡起柯利的便帽、皮夹和枪，然后交给麦克威尔，"这些，把它们扔进河里，把钥匙留在点火器上。"

"我不能那样做，玛瑞，万一被人看见了呢？"

"这时刻桥上人不多，你只要停车，下车往前走，我会在前面不远的地方停车接你。"

"可是……我不喜欢。"

她递给他原来那杯没有动的酒，焦躁却断然地说："喝口酒吧，你必须鼓起勇气！"

柯利来时，把出租车停在拐角。麦克威尔爬上车，等了一会儿，直到看见玛瑞开车过来，他才用那双戴了手套的僵硬的手，驾驶着柯利的汽车向凯斯大道驶去。

在他座位旁边是柯利的便帽和皮夹，以及手枪。从后视镜中，他看到，玛瑞就在他的不远处，小心保持着一定距离，跟随他由凯斯大道拐进杰弗逊公路。

一位路人向他招手，示意停车，把他几乎吓了个半死，好半天他才缓过神来，记起自己驾着的是一部出租车。

当他开到玛瑞说的那座桥的时候，已经10点钟了。那是一座高大的水泥桥，它雄伟地横跨在黑黑的河水上面。在桥的正中央，他刹住车，仓皇地跳下来，左右看看，趁没有别的车辆经过时，扔下柯利的东西，开始沿人行道跑了起来。他的两腿软得几乎迈不开步子，但还是玩命似的跑着。两部汽车从他身边呼啸着驶过去，他祈祷着，他们千万不要特别注意到他。他知道，桥上的弃车，不久就会有人向警方报告的。

终于——似乎经过好长时间——他听见玛瑞开车过来了，她喊他。他扑进车子里，一进车，他便靠在了椅背上，不断地喘气，一直到他们驶回到公路上，他才睁开眼睛。

"活儿干得很漂亮，不是吗？"她问。

他难以置信地看着她冷酷的面孔，发现她的双手稳定地把着驾驶盘，就像是刚刚结束了一个尽兴的舞会，正在回家一样。

一个可怕的想法在他脑中升起。

"玛瑞，"他慢慢地说，"菲亚黛遇害的那天晚上，车库门并不是真的卡死了，呃？"

"当然是真的卡死了。"

"不是卡死，是钉死。是你钉死的，以使我那天晚上不能去菲亚黛家去，不是吗？因为你知道她死了。"

玛瑞不说话。

"是你杀死了菲亚黛。"麦克威尔死死地盯着她。

玛瑞眼望前方，不为所动，"你要干什么，亲爱的？"她平静地说，"你那是一种多么古怪的想法啊！"

那晚，麦克威尔一夜没睡，一直到天亮时他才迷迷糊糊地睡着了，他又做了一个梦，这次他是梦到他家后院的玫瑰了，它们长得特别大，花瓣肥厚，香味浓郁，血一样的花开满房屋四周，遮掩了门窗。

玛瑞那天不要他去上班，她给他服用了镇静剂，还打电话给康妮小姐说他身体不适。麦克威尔只有乖乖地听从她。他有一种怪怪的感觉，好像他和玛瑞从昨天起变成一个人了，或者讲是被恶魔熔为一个人了。

她给他送来晚报，他们一起阅读。关于出租车司机失踪案，警方怀疑自杀成分居多。

第二天，麦克威尔上班去了，当他进入办公室时，康妮小姐正在办公桌前打字。她愉快地抬头说："早安，麦克威尔先生，看见你回来上班真高兴，希望你身体无恙。"

"没事了，谢谢你，康妮小姐。"

"很为你高兴。麦克威尔先生，假如你有空的话，我想和你说几句话。"

"进来吧！"

她跟随他进入办公室，等候他挂帽子和外套。

"哦，"他说，在桌子边坐下来，瞥瞥信件，"你有什么事？"

"我想要求加薪，麦克威尔先生。"

"加薪，呃？你认为有道理吗？"

"当然是的，麦克威尔先生。"康妮小姐挺直了身子。

他抬眼，目光犀利，"嗯？"

"是的，先生，"她有些似笑非笑，"你知道，我发现那个周二来烦你的人名叫柯利，报纸上说那人是自杀，但我认出了他的照片。"

"你错了，康妮小姐，周二来的那个人是个码头工人，名叫莫非，他和我来谈些工会的事。"

"我可不这样认为，先生，你和他的谈话，我曾为你们录了音，以备万一你过后需要参考。"

麦克威尔顿时脸色惨白，"录音带在哪儿？"

"在我的保险箱里，"康妮小姐说，"那一段谈话很有意思，麦克威尔先生。"

麦克威尔呆呆地注视着康妮小姐，她正静静地站在他的面前，神情自若，仿佛隐隐还有一抹胜利的微笑……

突然，麦克威尔感到一切都那么有趣，就好像是一场玩笑——一场开在玛瑞和他身上的大玩笑……他想着，开始笑了，最初还只是轻轻地笑，但很快就变成了大笑，变成了控制不住的大笑，一直到笑得流出了眼泪……

征婚陷阱

突然心血来潮，我想去看看老爸。

那一定是上帝的旨意。因为自从五个月前老爸过了 74 岁生日之后，我就再也没有去看过他，然而这天早晨起床时，冥冥中好像有个声音告诉我，你应该去看看你的老爸。

一进门，我就惊呆了，老爸稀疏的头发，连同杂乱不齐的眉毛全染得黑黑的。他水渍渍的蓝眼睛透着怪异的光芒，很明显是戴了隐形眼镜，假牙也换了，变得又白又大。

"老天，爸爸！"我说，"你在搞什么鬼呀？"

"不干你的事，"他回答，"现在我没有时间和你鬼扯，我要赶火车。"

"去哪儿？"

"假如你一定要知道的话，告诉你，去奥伦治。"老爸行色匆匆，不耐烦地说，"我以为你是出租车司机，否则，我就不开门了。"

我发现，走道的桌子下面，有一只黑色的皮旅行袋，肯定是新买的，已经装得满满的了。

"看样子，"我说，"你似乎准备在奥伦治住些日子？"

"也许住，也许不住。"他不高兴地说。

"那是什么意思？"

"那要看那位女士而定。"

"喔，这么说，你是去老远的地方见一位女士？"

老爸忘记了自己的满嘴假牙，他开始咧嘴笑，"我还没有完全进入角色呢。"

他把手伸进外套口袋，掏出他的皮夹，拿出一张照片和一个蓝色的信封，"满足一下你的好奇心吧！"说着，他把照片递给我。

那是一张女人的彩色照片，她倚着一棵树，穿一件红毛衣、一条蓝裙子。背景是一片宽阔的牧场。照相机取的是近景，女人臀部以上的部分充斥了几乎整个画面。纤细的腰肢，高耸的乳房，还有一张吸引人的面孔和一头棕红色的头发。年龄大约也就35岁，顶多40岁。

我打量着照片，除了女人的姿态有点演戏般的做作外，这张脸似乎还有一点点熟悉。

"怎么样？"老爸美滋滋地说，"她可能是你未来的继母。"

"从背景看，她是个乡下女人，瞧那些牧草！"

"你说得不错。"

"她看来比娜娜年轻。"娜娜是我妻子。

"娜娜是你的事，儿子，她是我的。"

"我要是你的话，我会识相点。"我说。

老爸正要发脾气时，对讲机发出嗡嗡声。对讲机就挂在走道桌子上面的一个三角托架上。我先老爸一步，取下对讲机。

"杜斯先生？"门房问。

"我是小杜斯先生。"

"你父亲叫的出租车来了，先生。"

"塞两块钱给司机，打发他走，回头我再还给你。"我交代门房说。

"遵命。"

"你要干什么？"老爸顿时火冒三丈，"我真该在你小的时候掐死你。"

"别生气，老爸，假如你愿意再告诉我一些更详细的情况，我会送你去车站的。"

老爸一把照片收回，气鼓鼓地坐了下来，一句话也不说。

但当他把照片正小心翼翼地放回皮夹时，我采取了第二步行动，我非常迅速地抽出了他皮夹里的那个蓝色的信封。

"还给我！"老爸大吼。

"不要紧张，爸爸。"

信封是打字的，没有回信地址，不过有"纽海芬"的邮戳，日期是四天前，是直接寄给老爸的。

我取出里面的信件，只有一张纸，也是蓝色的。信文是用笔尖颇精致的钢笔写的，墨水颜色不比信纸本身蓝多少，在走廊的阴暗光线中看，颇为困难，因此我挤过狂叫怒喊的老爸身边进入起居室，走到俯瞰河滨公园和胡得逊河的大窗子边。

在明亮的晨光中，信文仍然出奇地难以辨认，就是在当时，我也只能凭记忆模糊读懂信的内容。

亲爱的骑士：

这么说，你终于要来看我的小农场了。我说不出来有多高兴……要找我的住处并不难，你一上了士林路，就可以随便问任何人甘迪寡妇的住处，他们就会告诉你的……房舍是幢饰白边的绿色小屋，在街的左边。我相信你会喜爱它……另外，别忘了带支票簿……

期待的甘迪

"甘迪？"我带着责问的眼神看老爸。

"谢谢你，还我信。"他说。

"士林路的寡妇？老爸，你不认为那有一点叫人受不了？"

"小东西，没有你的评论，我照样可以办事。"老爸说。

"还有，她提带支票簿干吗？"

"那是甘迪和我之间的事。"

"那当然，她要多大数目？"

"我已经回答完了你的最后一个问题，"老爸似乎忍无可忍，"把信还给我，马上送我上车站。"

"哦，假如你要做冤大头的话，我也没有办法阻止你。"我边说边折叠信纸，准备将它放回信封里。

突然我发现了一件很奇怪的事情。急切之间，我匆忙重新打开信纸。不错，我没有看错，甚至在我瞪大眼睛盯视的时候，信上那些细细的字仍旧在继继消逝。再过三十秒不到，信纸上已是一片空白了。

"怎么回事？"老爸问。

"你自己看。"我说着，递给他信纸和信封。不论戴没戴隐形眼镜，他立刻看出发生了什么事。

"那是怎么回事？"老爸问，眼睛盯视着空白的信纸。

"那意味着，甘迪寡妇用了一种消逝墨水，墨水暴露在阳光中，就会起化学变化，就会消失。"

"她这是搞什么鬼？"

"别傻了，爸爸，"我说道，"她要消灭记录。这类信件家里还有没有？"

老爸在昏眩中走向另一间房间，来到一个壁炉前，壁炉架上有一个镀金的古钟。他拉开钟座下面的抽屉，取出薄薄的、用橡皮筋系起来的一沓蓝色信封，耸耸肩，迷茫地递给我。

信封上没有一封是有回信地址的，全盖着"纽海芬"的邮戳。最早的日期是三个月前，最近的是十天前。

正如我所预料的，信里面的内容空空如也。

我一封封地抽出信纸，再将一张张空白的信纸递给老爸。他胡乱推到一旁，说："我仍然不明白。"

"她在设陷阱，爸爸。我希望你到我那里去住一阵儿。路上我们还有时间讨论这件事。"

途中，父亲向我讲了认识甘迪的经过。

他是在一本杂志的分类广告上看到一则征婚启事而去应征的。在他们短短的通信中，甘迪说，她拥有一幢二十亩的农舍，政府课税的估价是六万五千元，而市价目前至少值十万元。但是由于她亡夫投资的事业失败，因此，她付不出贷款的钱。如今分期偿还的钱已拖欠数月，银行正在威胁要取消赎取权，除非她立刻找到现金，否则，她将失去一切。因为情况紧迫，逼使她不得不在杂志上刊登征求"富有绅士为伴"的启事。

如果我猜测的"情节"不错的话，在以后的信函里，甘迪可能会进一步提出某些意见，使老爸开窍。比方，假如他喜欢那片农场的话，他只要拿出她需要的一部分钱，她就可以给他相当的权益。假如他不嫌弃她（她也不讨厌他）的话，他们还可能结成佳偶。

"好一个骗子！"我说。

"我想我头脑发昏了。"老爸说。

"介不介意我再看看照片？"

"我真想把它扔了。"

他虽不情愿，但还是把照片递给我。

我一手驾车，一手拿着照片瞄了几眼，在瞄第三眼的时候，我突然明白了。难怪脸孔和身段有些熟悉，那是早期电影界的美人鱼伊丝惠莲丝。

我开始"咯咯"地笑，逐渐变成大笑，而且越笑声越大……

"有那么好笑吗？"老爸不高兴了，因为他正在难受。

我没有告诉他什么，那会像是在他的伤口搓盐巴，让老人家更受不了的。

中午过一会儿，我们就到了我家。

我把情况同太太大概讲了一番，让她照顾老爸，然后就出发了。

纽海芬在奥伦治镇郊外，距我们家只有三十分钟不到的车程。我先在中途停车，去看我的一位当化学老师的朋友，之后很快便到了奥伦治的镇公所。

我告诉镇公所的一位职员说，我想打听士林路的一块土地。

"地主是谁？"那位女职员问。

"我想是一位叫甘迪的太太。"

女职员进入后面办公室，数分钟后再出来。

"士林路的地主没有叫甘迪的。"她说。

"你肯定？"

"十分肯定。不过，是有一个叫甘迪的人，住在士林路179号，她是暂居在那里。"

"该处的真正地主是谁？"

"它是属于去世不久的隆尼的，她的财产还在认证之中。"

在这个清爽的夏日里，我之所以会停车在标有"甘迪"的信箱前，我想是由于爱因斯坦所谓的"一种神圣的好奇"。信箱后面一大片院子都未整理，杂草滋生。一条煤渣铺就的小径，通向浅绿色房屋的前门。我注意到有车迹的泥土车道上停放着一部新式的轿车。

敲门时，我不禁想起了伊丝惠莲丝那动人的笑容。

开门的妇人五十来岁，暗褐色的头发剪成贵族式，看来使人怀疑是假发，细眯的眼睛，眼袋成扇形下垂，鱼尾纹也多，两道细长的皱纹，把一张薄薄的、涂红色的嘴括在弧内。她身穿白色夹克上身，着蓝色牛仔裤，身段如木板条，毫无曲线。青筋暴露的右手指间，夹着一根点燃的香烟。

我说："我是来看甘迪的。"

"那是我的名字。"她以一种困惑的声音说。

"我是杜斯。"我说。

她面颊的皱纹和细薄的嘴唇挤成一个古怪的微笑，"喔，我的天，你是杜斯。"

"到这种乡村野地来，骑士可能更合适。"我说。

"请进。"她移到一旁，"你比我预想的要年轻得多。"

"我的年纪比我的长相要大得多。"我说着，进入阴暗的通道，"我也没有忘记带支票簿。"

"喔，那个呀！"她抗议般地挥一下手，"我希望你不要把我看成是图利的。不过，我的情况的确不佳。"

你的人也不佳，我暗自沉思。

不论这场戏演的是什么戏码，结婚恐怕不是重要的了，任何男人，只要不是瞎子，发现照片和本人之间的巨大反差时，早已倒尽胃口，哪儿还有任何罗曼蒂克？因此，我想，真正的诡计一定还有别的，多半和并不属于她的房地产有关。

"你的情况，"我跟随她走过通道，来到起居室的门前，"很叫我感动，甘迪。"

"我们是老朋友了，"这个女人居然还会故作姿态地笑，"你喜不喜欢坐下来休息休息，或者喜欢先看看这个地方？"

"假如我把生意放在首位，你会原谅我吧？"

我要首先看房子的主要原因是，我要确定她有没有同伙躲藏在屋里。

在查看中有两件东西引起了我的注意。

第一件是地下室的梯子下面，有一捆红色的浇花园用的水管。

第二件是车库后面，种有一畦薄荷。

回到起居室，甘迪提议喝点儿什么，"冰茶或热茶？冷咖啡或热咖啡？啤酒还是杜松子酒或波恩酒？"

"你已经说着了，"我说，"给我来杯波恩酒。"

"我调有掺薄荷的饮料。"她说，再次展示她那古怪的微笑。

"那么给我一杯。"

她离开起居室，五分钟后，端个托盘出来，盘子上放有两只高高的不透明的玻璃杯。她把托盘放在我右肘边，让我自由取。我选最近手边的那一杯，她选另一杯，然后坐下来。

几小枝新鲜翠绿的薄荷叶子，芳香扑鼻地攀在杯子边，一根塑胶吸管插在刨碎的冰里。

"色、香、味俱佳。"我说。

"我希望它能满足你的需要。"她说。

这话一时使我恐惧，不过，过了一会儿，我告诉自己，甘迪在我未落陷阱之前，是不会给我下药的。

当我的饮料喝完一半时，我要她多来些冰块。

"我对冰块有特别的偏爱，"我解释，"我喜欢饮料里冰块满满的。"

"我可以满足你的偏爱。"她从椅子里站起来，伸手取我的杯子。

我把杯子从托盘上抓回来，放到胸前，"这可口的饮料我一秒都不忍释手。"我说着，微笑。

"好，那么你留着。"她有皱纹的脸上浮出烦恼之色，同时急忙离开起居室。我可以看见她在通道尽头的厨房里摸索，几分钟后，她带了一个装满冰块的玻璃壶出来。

"谢谢你，甘迪。"我在杯子里加添冰块。

"冰块还多得是，"她殷勤地说，然后开始谈正事，"自从上周我给你写过信后，我生命中又发生了一件更难意料的事。"她抬头迅速看了我一眼，"现在只要有一点点帮助，我就可以从先夫留下来的经济困境中解脱，而不必要一个没有爱情的婚姻。"

"是的。"我说着，喝了一大口变淡的饮料。

"我没有恶意，"她急急补充，"我发现你很有人情味，你的信照亮了我的许多黑暗日子，但我必须坦白说，先夫的影子仍不时萦绕在我的脑际。"

"我理解，"我说，脸上表情仍不露喜怒之色，"现在谈谈你提到的更难意料的事。"

"巧的是，我刚刚继承了在加州的一笔遗产。"她发出一阵吓人的"咯咯"笑声，"幸亏，加州的产业不像这儿要抵押，它清清爽爽，连本年度的税都缴清了。"

"噢，恭喜你。"

"不过，那些遗产还有些问题。"

我心想，圈套来了。"为什么？"我问。

她的描述和其他任何捏造的事情一样，绝少漏洞。为了给我灌输加州那份遗产的价值，她兴奋地说，那块地上有一幢西班牙式的大房子，还有一个游泳池、一个网球场、一个小型高尔夫球场、一座可以停放三部汽车的汽车库。那些财产，一直到现在，均是属于她的姨妈的。

"所以，你知道，"甘迪作结论说，"现在我有相当多的财产，但没有现金。"

"那或许我们可以想办法。"我说。

"你真认为可以？"她高兴得差不多要鼓掌了。

"再来一杯，我们好好说一说。"我故意哑哑有声，做出有把握的样子。

在喝第二杯酒的时候，我们都在玩"欺骗"的游戏，我得让她认为她玩得比我好。比方，我佯装要找出个解决她的现金困难的办法，她则满怀希望和无助地假装依赖我出主意，实际上呢，她正机巧地想把我领到那花园的小径上，并落入她预先设下的陷阱。

最后我卖给她的"包裹"，当然是她一开始就想要的。一言以蔽之，这个可怜又可悲的甘迪，打个比喻来说，就如同被人捆住了双手和双脚之后，居然还要企图以她的腹部去堵枪口一样。

那"包裹"的内容是：

我开一张一万五千元的支票给甘迪。她依照我的口述,写一张字据,同意使用一万元去赎回士林路上的土地产权,然后付清欠债和欠税,清清爽爽地过户给我。

这一来,表面上变成我花一万五千元"窃得"市价值十万元的房地产。而甘迪同意在"逼迫下"卖房地产,是为了获得五千元的现金,以便可以到加州磋商她姨妈留下来的房产。

从表面看,这桩买卖多欺负人!

当支票和同意书交换过后,我又突然装出犹豫的表情说:"甘迪,我们忽略了一个琐碎的细节,所有权状。"

"什么所有权状?"

"这块土地的所有权状,为了要确定一切都合法无纰漏,我想看看。"

"当然可以,不过,我的所有权状一直放在银行保险箱里,而且……"她瞄了腕表一眼,"已经过4点,银行关门了。"

"那样的话,我们打电话到镇公所去,我好求证……"

"这个镇公所,也是4点下班,你可以明天上午求证。"

"我没有做在镇上过夜的安排。"

"你可以住在这儿……在这房子里。房间多得是。我知道你会……"她粗鄙地抬起两道眉毛,"发乎情,止乎礼,做个绅士。"

"哦,谢谢。"我说。

我们的酒杯又空了,甘迪站起来,将两只杯子放进托盘,端走。

"我觉得我们应该再喝一杯,庆贺庆贺。"她说。

"好主意。"

她咧着嘴离去。

我提醒自己:正戏就要开始了!除非我判断错误,否则这次端来的饮料中肯定应该掺有氰化物或其他类似的毒药。

她一回来,我就看出了端倪,托盘里的杯子和我们先前用的不同。杯边有一圈细细的螺纹,而先前的没有。在不透明的玻璃下,这样细致的纹路,普通眼睛是不容易看见的,但是我的视力特别好,又不失警觉,因此,连她递给我的杯子,纹路是红的,而她自己留的是黑的,我都注意到了。

甘迪坐下来说:"为这难忘的下午干一杯!"说着,杯子高举到额头。

我也举起了杯子:"祝有一个同样难忘的夜晚。"

她"咯咯"笑着,满足地啜了一口。

我依样画葫芦把杯子放到唇边,然后说:"嘿,甘迪,你没给我放薄荷。"

"对不起,我没有了。"

"我看到你的车库后面有一大堆,我可不可以去剪几根?"

她细眯的眼睛警惕地瞥了我的杯子一眼,也许在怀疑,假如我到外面的话,我会耍什么鬼把戏。

"我去给你摘薄荷,"她终于说,"毕竟我是女主人呀,女人是干吗的?"她把酒杯放回托盘里,急急离开起居室。

当我听到厨房后面纱门"砰"的一响时,我非常快地,就像一位酒保调酒一样,把甘迪杯中的酒倒入还有半满的冰壶里,把我杯中的酒倒进她的杯子里,然后把冰壶中的酒倒进我的杯子里。

刚做完这一切,女主人就用白色碟子盛着绿色的薄荷进来了,她在我的杯子里加进一些薄荷枝,我当然没有忽略她的眼睛同时瞄了杯子红色的螺纹一眼。

"冰和薄荷,"她说着,重又执起杯子,坐下来,"你真是个过分讲究饮食的人。"

"那可能就是我还没有再婚的原因,"我说,"嗯,谢谢你的款待,甘迪,"我猛喝一大口,"噢噢……"

"现在味道够了吧?"

"罕有的。"我说着,显得很刺激地又喝了一口。

"真高兴听到赞美。"她说着,眯着眼睛看我,自己的酒倒一滴未动。

我喝了第三口,然后说:"我想酒开始作怪了,甘迪……"然后,我打个呵欠,再打个呵欠,同时要把杯子放回桌上,可是手突然一软,酒杯从桌边滑落,掉到脚边的地毯上。我假装抖颤地吸口长气,闭上两眼。

静悄悄的,一秒、两秒、三秒、四秒、五秒、六秒……然后有了行动,合着眼睛我也可以知道她向门走去,出了起居室,进入通道。我听见前门打开,又关上,随后是脚踩水和煤渣的声音。

我睁开眼睛,转头看身后的窗外,透过白纱的窗帘,我看见甘迪进入我汽车的驾驶座。我的车钥匙仍插在点火器上,所以她毫无困难地发动了。她把车倒回车道的入口处,再开进来,停在她的汽车后面,然后下车,消失在屋后。

我坐在椅子里,侧耳聆听,声音从椅子下面的地下室响起,像是拖拉什么的声音。

我站起来,在窗边,利用窗帘作掩饰,为的是要看清车道上的情形。

很快地,甘迪出现了,她抱着一卷红色水管,走向乘客那边的车门,打开它,将水管扔进座位上,"砰"地关上门,跑回屋子后面。纱门"咯吱"一声,"砰"地又关上。

当她进入起居室时，我依然在椅子上装死。我听见刨冰块的"嘎嘎"声。

"喔，真正适合男人的饮料！"现在，甘迪以比原先低八度的声音说话了。

我冒险睁开眼睛，看看她到底在干什么。

甘迪侧面站着，仰头，正在狂饮那杯饮料。

几乎当我正眯眼偷瞄时，那饮料就起了作用。甘迪的空杯子还没有放回托盘里，她便倒栽葱般地栽倒在地毯上。

当她的头部碰在地上时，暗褐色的假发脱落了。我惊讶地睁大眼睛走近倒地的身体边，不禁吃了一惊，她——士林路上的甘迪寡妇——实际上是"他"。

是的，那是一个男人，一个灰发的老头儿。

镇方和当地警局人员让我回家时，已经过了午夜。他们当然都很高兴。抓到甘巴尼——那是他的真名——解释了一年来四桩老年人死亡的诸多疑问，他们自然会有一种如释重负的感觉。

过去，四桩老人致死的原因，都被暂时地归咎于自杀，尽管这几位死者的背景材料都找不到自杀的原因。其中三个是鳏夫，一个是独身。四人全死在士林路179号方圆十里之内，每一桩死亡相隔数月，四个案子的尸首，均发现在汽车驾驶座里，车则全停在人迹罕至的地方——死巷里、墓地、垃圾场、戏院停车场——从汽车的废气口有一条管子出来，穿过差不多是关闭的窗子。每个案子里的管子都是普通花园用的塑胶管，颜色均是红色的。

我对甘迪的指控证据不必多，单是动机和作案方式就够了，何况还有要作为证据归档的，我的那一万五千元的支票和同意书。

我对负责该案的镇方警官说："如果我是你的话，这两样文件，我要立刻照相存证。"

"为什么？"

"到明早，写字的墨水可能褪掉，我告诉过你们，他写给我父亲的信全褪掉了，一个字也看不见。"

"甘迪所写的同意书可能要照相，"警官说，"可是，你的支票也同样会褪吗？"

"是的，"我不无得意地说，"我有个朋友当化学老师，今天下午来这儿途中，我到过他那里，我的钢笔里灌满了那种墨水。"

自作聪明

当汉弗莱警员抵达银行时,银行已经关门了。警卫看过汉弗莱的证件后,开门让他进去。

半个小时之前,他接到这家银行经理的一个电话,来银行的路上,他一直心存疑虑,那个经理告诉他,有一个顾客要提走他账户上的全部三万元存款,因为他的太太被绑票了,他要用那些钱去付赎金。

进入银行,一位穿着整齐、脸部瘦削的男人从一间嵌有玻璃的门里出来迎接他。那人自我介绍,他是这家银行的经理,电话是他打的。

"摩尔先生,我向你报告的那位顾客,正在我办公室等候,我带你去见他。"

"等一等,"汉弗莱说,心中仍觉得这个电话是个玩笑,"首先,我要先有个概念,这件事是怎么发生的?据你所讲,他从街上走进银行,向你们说他要提光所有存款,是因为他太太被绑架了?"

经理牵强地笑了笑,"并不完全是那样,他只说他要提款,可是提那么多现金有点不寻常,一般提款数额比较大的话,都是请银行开本票、信用状或用其他某种安全方式,所以我们的出纳问他,可否告诉她为什么要取那么多现款。

"事实上,那是银行的原则——预防存款被冒领或类似事件。但无论如何,出纳小姐的问话使摩尔先生不悦,那更加证实了出纳员的怀疑——当然,摩尔当时的神色也很不正常——于是,出纳打电话给我,在更进一步的追问下,他才吐露出太太被绑架的事。"

汉弗莱叹口气,"那么,我想我最好去和他谈谈。"说着,跟随经理来到他的私人办公室。

那是一个用玻璃隔出的小房间,刚够放一张写字台和两张椅子,摩尔就坐在写字桌的一端。

摩尔双肩狭窄，五十岁开外，一张教师般的苍白脸孔，稀疏的灰发下，透着粉红色的发光的头皮。

汉弗莱在他对面坐下来，经理停步在外面。

"我叫汉弗莱，"他说，"是警察局的警员。"

"我知道，"摩尔说，没有抬眼，"我很抱歉，我知道我应该一开始就打电话给你们，可是……哦，坦白说，我不太敢，我唯一关心的是妻子的安危……"他抬起两眼迎视汉弗莱的眼睛，"求求你，那是我的钱，让我依那帮混蛋的意思去做。"

"当然，"汉弗莱说，"假如你要那样做的话。"

"你不阻止我？"摩尔似乎有些吃惊。

汉弗莱摇摇头，"作为警方，我们关注这件事，但要不要付赎金，则完全随你的意。没有人会做任何可能危及尊夫人安全的事，我们也不会。不过，绑架者是不可以信赖的，因此，我们通常可以提供帮助。"

摩尔叹口气，点点头，"我想你讲得有道理，不过，我还能怎么办？"

"首先，"汉弗莱说，"你应当告诉我，你何时发现太太失踪的？"

"今早，"摩尔说，"事实上，我最后看到她的时候是昨天下午五点三十分，那还是她离家去看她姑妈的时候。她姑妈住在城的另一头，她经常去看她。每次她都是午夜以后才回来，所以我一般不等她。晚上，我以为她怕打扰我而在楼下睡了，但早晨起来没有见到她时，我开始紧张了。"

"你有没有和她姑妈联系一下？"

"当然，第一件事就是打电话找她，"摩尔说，"可是她只告诉我，曼莲——我妻子的名字——跟平常一样时间离开的。坦白地说，那时候我急坏了。我首先想到的是，她可能出了意外。当今早邮差把这封信送来时，我正在打电话到各医院询问……"

他说着，从胸前的口袋里取出一张折叠的纸出来，递给汉弗莱。

那份东西经过摩尔的摸弄折叠后，不会有多少机会留下可用的指纹，但是，汉弗莱仍然捏着纸边，小心翼翼地把它打开，平放在桌面上。

同预想的一样，那是一张标准的信纸，信文是用从报纸上剪下来的字贴就的。

上面的文字是：

我们扣留了你的太太，假如你想要她回去的话，星期四之前，放三万元在火车站的一个存物箱里，把钥匙留在公共电话亭，然后回家。
照做的话，尊夫人就会安然返回。否则的话，你将永远不会再看见她。

"今天就是星期四，"摩尔在汉弗莱读完后说，"信又来得晚，我没有多少时间了。所以，我急忙赶到这儿来取钱，其他的你已经知道了。"

"是的！"汉弗莱说，同时和先前一样，小心地折叠信纸，"你有没有尊夫人的照片，或者什么可以用来辨认的？"

"有，"摩尔说着，掏出皮夹，拿出一张三寸照片，"这张行吗？那是一年多前我们结婚时照的。"

照片很明显是从结婚照上剪下来的，和大多数的新娘不同，摩尔太太并没有微笑，她只是肃穆地凝视着照相机的镜头。但姿态倒还适宜，因为她是个很俊俏的女子。还有，她至少比她丈夫年轻二十岁或二十五岁。

汉弗莱把照片放在信的旁边，然后打电话向警察局报告。

"假如信是专人送来的话，"接电话的查理警官说，"他们会派人盯的，那样的话，我们的行动必须小心。存款没有问题吧？"

"银行经理说没有问题。"汉弗莱回答。

"好，你至少要把一些钞票的号码登记下来，然后，盯着那个人，一直到他把钱放在那儿。这件事顺利得有点叫人难以置信，我们要多动些脑子。"

挂上电话后，他又重新和摩尔谈，以便让他知道自己应该怎么办。

当他跟随摩尔进入火车站时，墙上的时钟正过三点三十分。

他很容易地在稀落的人群中找出了那两位警局里派出来的便衣人员，他们也肯定看见他了，然后，他不经意地走向摩尔，拍拍他的肩，借个火。此举非常不显眼，但很有效。之后，按计划，就没有他的什么事情了，因为现在摩尔已被认出，等他放下赎金后，便衣人员还会跟着他的。

尽管如此，他并不太急于马上离开，毕竟，这件事情有些蹊跷，绑匪莫非真的那么傻，就不怕摩尔报案吗？再说，有幸目睹一下其后的发展，应该也很有趣。想到此，他来到一处小餐馆，叫了一杯咖啡，坐了下来。

他发现，他选择的位置很好，坐在那儿既可监视，又不碍事。

当他喝第二杯咖啡的时候，一位穿着鲜艳的紫色衣裳的矮壮妇人，急匆匆地进入了摩尔丢下钥匙的公共电话亭。汉弗莱放下咖啡，紧张地盯着她。

他看到了她拨电话，讲话。当她出来时，摩尔所留下的钥匙，明显地悬在她的手中。

当然，他知道，那两个便衣是不会放过她的。

没有想到，那个胖女人居然直接向火车站的失物招领台走去了，他急得差点儿从椅子上掉下来。

汉弗莱回到办公室，脱掉外套，松开领带，他觉得丧气，辛苦半天，结果却是这样。

"不要急躁，要耐心，"查理警官安慰他，"可能纯属偶然，也不排除是一种试探。那个人现在在哪里？"

"家里，"汉弗莱说，"我们有人陪着他。"

"很好，肯定，绑匪还会给他新指示的，等候的这段时间，你可以去查问一下那位姑妈。"

"已经问过她了，"汉弗莱说，"她不可能告诉我们什么。"

"那又怎样？"查理警官的神态严峻。

汉弗莱叹口气，"好，我去和她谈谈。"伸手戴上帽子。

老太太坐在一张椅子里，旁边是铝制的光滑拐杖。

"我所能告诉你的，和今早摩尔打电话来时我告诉他的一样，"看得出来，老太太很紧张，"昨晚曼莲大约七点钟来到这儿，大约九点钟离开，以后就没有她的影子和消息。"

"当她离开时，你有没有注意到她和平时有何不同？有什么怪异或失常？"汉弗莱小心地选择着措辞。

老太太摇头，说："没有，不过，我也不大可能注意到，从这儿，我看不见街上，而且……"她瞥了拐杖一眼，"我不会，也没法送她出门。"

"对不起，打扰了。"汉弗莱礼貌地说着，站起来，事情正如他所预料的一样，老太太不会提供什么线索的。

"有一件事情，"突然，老太太又张口了，"她离开后大约半小时的时候，有位妇人打电话来找她，这种事以前从来没有过，不过，我不知道那是不是意味着什么。"

"你有没有问她叫什么名字？"汉弗莱赶紧追问。

"没有，当时，我只告诉她，曼莲一会儿就会到家。"老太太满是皱纹的脸哆嗦起来，"只是她……并没有到家。"

回到警局，汉弗莱找到查理警官，将情况向他汇报。

"时间有些对不上，"汉弗莱沉思着，"摩尔说，姑妈告诉他，他太太是在平常的时间离开的，但是老太太告诉我的却是，曼莲九点钟就离开了。"

"这么说，"查理警官说，"她平常离开的时间是九点钟。"

"不，"汉弗莱说，"她平常去她姑妈家总是在午夜之后才回家，这是摩尔自己说的……"停顿了一下，他似乎有点儿犹豫，看到查理警官鼓励的眼神，他继续说下去，"还有赎金，也很奇怪。三万元是个怪数目，它太巧了，居然正好是摩尔的存款数目。"

查理警官沉思,"你怎么想?"他问。

汉弗莱鼓了鼓勇气,"很有可能,曼莲有个男友,她在离开她姑妈家后,去会男友了……"他注意看查理警官的反应,"可能我们手里的案子根本不是绑架,而是一出自导自演的戏。"

"把老头子的银行存款刮光,再和男友情奔?"很幸运,查理警官没有嘲弄他,显然也在思索。

"社会上这种事可是太多了。"汉弗莱说。

"是的,"查理警官点头,"那户头是夫妻联合的吗?"

"这点我必须查查。"

"最好查查,因为假如是夫妻联合户头的话,你的推论就站不住脚了。"

"假如不是联合户头呢?"汉弗莱感到又学了一手。

"那我们就必须找到她的男友!"查理警官坚决地说。

下班的时间到了,汉弗莱还在反复推演着种种可能,查理警官满意地向他笑笑,扬手告辞。

正在这时,电话铃响了,是警局化验科打来的,"别怪我,"电话的那头说,"查理警官告诉我,他要尽快得到那封信的化验报告。但我们没有发现对你们有帮助的指纹,那种信纸到处都可以买到。只有一件我们可以肯定,信上的字是从今天的《太阳日报》上剪下来的。"

"谢谢你。"汉弗莱挂上电话,想了一会儿,转身戴好帽子,走了出去。

陪摩尔的警员已经换了人,当他打开摩尔住宅的门向外看到是汉弗莱时,不禁有些诧异,"你来这儿做什么?"他问。

汉弗莱顾不得回答他的问话,"摩尔呢?"

"在他的书房里。"

"给他服用镇静剂了吗?"

警员摇头,"没有,不过,他似乎很镇静。"

"好,"汉弗莱说,"那么我去和他谈谈。"

摩尔虽然比早些时候显得有些苍白和憔悴,但一点儿没有惊慌或恐惧的表情,当两位警员进入书房时,他站了起来。

"你们已经找到她啦?"他有些结结巴巴地问。

汉弗莱摇头,"还没有,不过我们已经有了线索,目前正在追查。"他盯着摩尔,"我来是要看看,看看送信来的那个信封。"

摩尔茫然地看着他,"我在银行的时候已经给你了,不是吗?"

汉弗莱摇头,"没有,你只从口袋里掏出信纸,我想,以你当时的心境,你不会有时间抛掉信封,所以信封可能还在这儿的什么地方,也许就在你的字纸篓里。"

"不,"摩尔惊恐地转过身去,突然又猛烈地摇头说,"不,不在字纸篓里。"

"反正得让我们瞧瞧。"汉弗莱心中有数,声音和表情丝毫没有妥协的余地。

当然,他没有发现信封,但是找到了剪碎的报纸条,信上所贴用的字就是从那儿剪下来的。

汉弗莱不无得意地说:"你真应该抽空烧掉这些剪碎的报纸。"

摩尔站在那儿,傻了一样,脸色惨白。

"是你杀死了她,呃?"汉弗莱的眼睛咄咄逼人。

摩尔只有乖乖地点头了,"假如那女人没打电话来的话,所有事情就都不会发生了,她是要和她谈什么网球俱乐部驾车出游的事,她要曼莲当晚就做决定。所以我把姑妈家的电话告诉了她,然后,她又打电话告诉我,曼莲已经离开,她要曼莲回来时打电话给她。"

"但是她午夜以后才回来。我说的对吗?"汉弗莱说话的口气,就像是对一个孩子。

摩尔颓然坐了下来,"你说的都对。当她上楼到卧室时,我问她离开姑妈家后到哪儿去了?她只是笑而不答,我坚持要她回答,不料她反而大笑起来,我气坏了,她笑,我就打她,她大笑,我就更使劲地打她,最后,她跌落到楼底下了。"

他双手抱紧脑袋,"啊,上帝!是我杀了她!我不能想,我不敢面对丑闻。"

"你差一点遮掩成功,但你太自作聪明了。"一切都明白了,汉弗莱也感到轻松,"我们曾经相信了你的话,以为这是一桩绑票案,你一定也是那样设计的,即使我们找到你太太的尸首,我们也会估计是歹徒没有达到目的而撕票。但是,唯一的问题是,你的威胁信收到得太快了。我打电话问过邮局,他们说,依你收到的时间看,那封信最少要在前大中午以前投邮,所以,你这么快地接到信,当然我要怀疑你是怎么接到的。"

"我的上帝!"摩尔叫着,双肩开始控制不住地颤抖,"一点点像那样小的事……"

"绊倒人的东西,常常都是小的!"汉弗莱说着,掏出本子,开始向摩尔念他可以享有的权利。

"真实"的谎言

一直到母亲弥留之际，朱丽亚才知道安德逊并不是她真正的父亲。那些天，朱丽亚寸步不离地守在母亲身边，而安德逊却只是偶尔才来看看。眼看着母亲即将离开人世，朱丽亚悲痛欲绝，她打心眼里恨安德逊，就在这时，母亲道出了她真正的身世。

母亲没有告诉朱丽亚她的生父是谁，只说和安德逊结婚时，她已有身孕。朱丽亚对此并不在意，知道安德逊不是生父，只是养父，和这个男人没有血缘关系，倒使她一下觉得轻松了，使她那积蓄已久的对安德逊的憎恨不再掺杂一种罪过感。

朱丽亚当时想：说不定有人会说，他是多么高贵，知道母亲怀有别人的孩子，依然娶她。去他的高贵吧！他得到了一个百依百顺、默默工作的奴隶，而自己打记事以来也是一个辛苦工作的小奴隶，只是不像母亲那么驯良，那么百依百顺罢了。

朱丽亚记不起安德逊曾对她和母亲说过什么仁慈体贴的话，他总是指手画脚地吩咐她们"做这个"或"不要做那个"，稍不如他的意，就大声叫骂，每到这时，母亲的肩膀就瑟缩起来。他是个自私的暴君，视钱如命，朱丽亚清楚地记得他抚摸一张五十元钞票时那种爱不释手的样子。

母亲患的是癌症，最后死在家里。朱丽亚常想，假如她能早些医治开刀的话……但是，母亲没有钱，安德逊也不给母亲出钱看病。

安德逊经营的汽车旅店在旧金山和雷诺城之间的一条次级公路上，说来这算不上什么旅店，只有十二间小屋、一个停车场，而且不供应饮食——半里路外有一家餐厅。安德逊和朱丽亚住在后面，加上一个办公室，正好呈半圆形，能看到前面的每一个房间。

由于这条公路上旅馆不多，所以这里经常客满，只有到隆冬严寒时，才稍微萧条。多年来，这里一直是安德逊当老板，朱丽亚的母亲当仆人，而朱丽亚在上学前和放学后也绝不能闲着，即使在旅客满员的时候，安德逊也不愿意雇人，因为那要花钱。

朱丽亚中学毕业时成绩很好，有两位老师想帮她申请奖学金，母亲也希望她继续求学。可那时，母亲已经病入膏肓，没有力气为她争取了，事实上，她从无能耐争取任何事。当朱丽亚第一次提到升学的事时，安德逊就斩钉截铁地说："等你21岁时，你才可以为所欲为。假如你离开这儿的话，你甭想从我这儿获得一分钱。但是，这三年里你如果还留在这儿帮忙的话，我还会养你。"

母亲去世之后，朱丽亚本可以一走了之，但是，她身无分文，无谋生技能，又无任何工作经验，只好含悲忍泪留了下来，但是她从没有伪装喜欢留下或喜欢这个养父。

对朱丽亚来说，整个事情开始于母亲谢世后不久。大约每周有一次，安德逊总要朱丽亚接替看守两小时的柜台，然后不声不响地出门去。有一阵子，朱丽亚以为他出去找女人，大概是想在她走后，再找一位免费的奴隶。可是他每次只去不到两小时，减去来回车程，剩余时间不多，而且附近也没有什么居民，他能追求谁呢？

下一次安德逊出发之前，朱丽亚发现他到母亲在世时开辟的花园里挖了一株花，连花带土地携进他称作车库的工具间，然后用一个铁皮罐装着花走出来，把花和一个小铲子放进汽车里。

大约十天之后，他又做同样的事情。再一个星期之后，朱丽亚决定采取行动。当他爬上汽车时，朱丽亚从厨房走出来，问道："你带那花做什么？"

安德逊以鄙夷的神色看着朱丽亚，咕哝着说："我去照料你妈的坟墓，不行吗？"

一霎时，朱丽亚的心差一点被软化，她没有想到安德逊会每周到母亲坟前种一株花，更不能理解在母亲生前如此刻薄的男人如今会做这样的事。她想起最后一次去母亲坟上探望的时候，那里荒芜一片，母亲的坟头只有一块廉价的墓碑竖在那儿，上面刻着母亲的姓名和生卒日期。

"她是我母亲，"朱丽亚说，"为什么你不让我为她做？"

"她是我太太，"安德逊不高兴地回答，"我做什么是我的事。假如你不想当废物的话，回去守着办公室。"说着，他"砰"地关上车门，任朱丽亚呆呆地站在那儿。

这种出去挖花的事一直继续着，以致朱丽亚觉得带出去的花可以遮盖两倍墓园了。但是，她发现铁皮罐子从没有带回来，这事她无论如何也想不透。

由于安德逊的吝啬，店里任何东西都没有多余的。平时，当床单送到镇上去洗的时候，必须第二天就取回，否则，便不敷应用。这一天，当洗衣车该来而没来的时候，安德逊打电话过去问原因。对方说车坏了，要到明天才能送。

"我派我女儿去取。"他告诉洗衣店的人。

自从母亲去世以后，安德逊就不让朱丽亚出家门，尽管朱丽亚早在上学时就拿了驾照，但安德逊很少让朱丽亚碰他的车。朱丽亚心想，这回终于有了机会。

取了床单，在回途中，朱丽亚把车停在墓园。不错，母亲的坟墓是盖满了繁茂的花草，有些花朵正盛开着。安德逊两天前才来过，朱丽亚注意到脚下那一株新栽的小天竺葵，还是她从母亲种的一株大天竺葵上剪枝插的呢！

她站在那儿，半信半疑地，以为自己一向错怪安德逊了。也许在冷峻的外壳下，他还是高尚的人？也许他深爱着母亲，只是不善于表达？但这似乎是不可能的。

突然，她记起那些没有带回来的铁皮罐。

朱丽亚蹲下来，发现天竺葵下的土壤松松的。她小心地用双手挖着，花挖出来后，正如她所猜想的，铁皮罐仍在下面。

那似乎有些说不通！朱丽亚想了想，又开始挖铁皮罐里的土，结果在层层的泥土下面，有什么东西闪了一下。她把它掏出来，原来是一个锡纸包。锡纸下是厚厚的塑料袋，袋口用绳子捆住。

朱丽亚把绳子解开，袋子里是满满的钞票——面额有五元、十元、二十元和一些一元的。她数了数，总共七十八元。

假如每一株花下面都有一个铁皮罐，而每一个铁皮罐里都有一袋子钞票……

这些钱是哪儿来的？在这之前，朱丽亚只知道安德逊是个守财奴，但没有想到他会是个贼，因为，假如他这钱是合法的话，为什么要那样藏着？当然那不仅仅是为了她——她一毛钱也不敢偷他的。他每周上冬木镇去存款，那些多半是旅行支票或普通私人支票。自从朱丽亚开始为他看守柜台后，他就告诉她，在接受旅客的私人支票之前，要彻底看清他们的信用卡。当然，有时候他们付现金，这些现金他也会和支票一起存进银行。朱丽亚记得，这些年来，曾有过五张退票，但也被他想办法兑现回来了。

世界上任何事都可以原谅，但是拿母亲的坟墓做藏金处，以怀念母亲为借口，进行卑鄙的勾当，这使朱丽亚对安德逊的恨又加深了一层，她真想马上赶回去质问他。

但很快，她改变了主意，她将钱重新包好，又将天竺葵种了回去。

晚上她躺在床上，一直想着这件事，心情从没有如此烦乱、盛怒过。

他那些钱可不可能是偷的？偷谁的？朱丽亚想象着他夜里用旅店的总钥匙开客人的房间，翻寻客人的皮夹。那几乎不太可能，客人可能会醒来；即便没有醒来的话，第二天发现丢了钱，他们也一定会大声叫嚷的。

他是不是抢过银行？不可能，他不大出门，而且数年来本州这一带从没有抢劫案发生。同样道理，他也不可能夜间潜溜出去，做偷窃勾当。

那么，这些钱是不是他从前偷的？假如那样的话，朱丽亚想，自己将无法查出来，因为那时很可能她还没有出生。

无论如何，朱丽亚决定找一个机会揭露他，但她自己也不知道这个机会将是什么样的。

大约半个月以后，一天晚上十点钟，店里来了一位喝醉酒的客人，他摇晃着，高声大叫着，肥胖的脸红得发紫。

他登记时，朱丽亚正好也在柜台那儿。她看见他在登记簿上写下的名字叫约翰，然后，约翰醉醺醺地从一卷厚厚的钞票上剥下一张十元钞票付房租，并高声大叫着："那地方钞票可真多，老天！我赢光他们的钞票，傻子才会继续赌下去，把赢来的钱双手奉还。"

"好！好！"安德逊拍着他的肩膀，边说边连推带抱地把他带进房屋。也许，这是安德逊唯一还算好的一点，夜晚他从不让朱丽亚领客人去房间，尤其是客人带几分醉意、头脑不清时。当然，这并不是出于体贴，而是怕万一朱丽亚出了什么事，就不能再帮他工作了。

朱丽亚留在办公室里，开始思索。假如安德逊偷客人钱的话，这是一个机会。当然，不是现在，而是等客人昏睡时，再伺机下手。

她决定通宵不眠监视安德逊。

约翰住的八号房间，和朱丽亚卧室的窗户正好遥遥相对。

夜深了，朱丽亚仍直挺挺地坐在窗户边的椅子上，她注意到八号房的灯光一直亮着，她暗忖安德逊会多么生气，气客人浪费他宝贵的电力。

午夜时分，她听见隔壁房中安德逊准备上床的声音，然后又过了好久，万籁俱寂，只有安德逊的打鼾声。倦意向朱丽亚袭来，当她正要打盹时，突然听见隔壁床铺"咯噔"一声，然后听见拖鞋声"啪嗒啪嗒"地走进厨房。她立刻清醒了，警觉起来。

先是水哗哗地流进水槽中的声音，一分钟后，厨房的门打开了。不错，正是安德逊，他身穿睡袍，脚蹬拖鞋，正向八号房走去。

他在房门外站了一会儿,然后敲敲门——透过敞开的窗户,朱丽亚可以听见每一个声响。里面没有回答,他再敲。然后,他必定是掏出钥匙来开门,朱丽亚看见他推开门走进去了。

大约五分钟过去,屋里的灯光熄灭了,又过了一会儿,安德逊出来了。朱丽亚急忙躲在窗户后面,免得他发现她正在窥视。

听着安德逊进了屋,在床上翻来覆去好久才传出鼾声,朱丽亚断定,他一定是看上了约翰那沓厚厚的钞票,趁约翰昏睡时偷偷剥下一些,因为喝醉酒的约翰自己也弄不清自己究竟有多少钱。

第二天上午,也就是数小时后,朱丽亚照常起床,收拾完毕,便开始打扫旅客结账后离去的房间。这时,安德逊正在吃早饭,他从餐盘上抬起头对朱丽亚说:"记住,进每个房间之前,要先确定里面没有人之后再进去。"

"我一向都是那样,不是吗?"朱丽亚一边不高兴地回答,一边觉得他的神情怪怪的。因此,她当即决定要进八号房间看看,不管约翰走了没有,都要进去。即便他还在的话,道一声歉退出就是了。

收拾好空房间之后,朱丽亚悄悄走到八号房门口,推开门。她知道这会儿安德逊正在前面柜台上忙着点钱,不会顾及她在哪儿。

约翰不在床上,他仰面躺在地板上,看上去已经死了!他的双膝弯曲,颈子向后仰着,嘴巴张开,好像正在呼吸一样,只是呼吸早已停止。还有,昨夜紫红的脸膛,现在已像铅灰一样,手指也变蓝了。

朱丽亚只觉得耳朵在嗡嗡地响,她下意识地紧紧咬住嘴唇,以防自己叫出声来,然后又拼命呼吸着,让自己不呕吐出来。

过了半晌,她镇定下来,先是竖耳倾听,唯恐有人闯进,接着,便大胆地向前,把手伸进了约翰的口袋。厚厚的钞票仍在,只是外面是大钞,里面多数是小额的。朱丽亚没有数,只匆匆瞄了一下,就又把钱放了回去。她断定安德逊剥走不少的大额钞票,而且,很显然,昨夜安德逊进去时,那人已经死了,"怪不得刚才他那样警告我呢!"朱丽亚想。可是,即使那样的话,他还是留下了问题,他必须报警,还有,假如死者钱财被搜光的话,就会引起怀疑。

朱丽亚看了一眼躺在地上的约翰,猜想他是因中风而死。大概他平时就血压高,再加上喝酒,就引发了脑出血。

可是,为什么安德逊不立刻打电话报警?假如他不半夜报警,为何今早不报?无疑的,他首先必须藏下赃物,然后装作毫不知情,最后再找个机会假装发现意外。

突然，像闪电一样，一个完美的主意掠入朱丽亚的脑中，当然，她必须独自安静一会儿，略略多做些思考。于是，她悄悄地退出八号房，并重新掩好房门。幸运的是，从始至终，她没有碰上任何人。

接近中午时候，前一天住进来的旅客差不多都结账离开了，朱丽亚正在准备午饭。就在这时，安德逊高声喊着朱丽亚，让她代守一下柜台。

"我要去看看住八号的那位客人，"他似乎不经意地说，"他还没有出来，昨晚他住进来时就喝高了，别是出了什么事。"

他这一招有些异乎寻常。朱丽亚想，安德逊从来要做什么，都不会对她讲的，看来，他要开始处理这件事情了。

果然，只过了一两分钟，他便冲进厨房，大声喊着："朱丽亚，打电话报警，他死了。"

一切均如朱丽亚所希望的那样，大约二十分钟后，两位副警长出现了。

朱丽亚第一眼便惊喜地发现，副警长之一比尔是她中学时的校友。他比朱丽亚高两级，在学校很出名，既是班长，也是足球队的队长，更重要的是，他一直是朱丽亚心中的白马王子。

比尔一开始只觉得朱丽亚有些面熟，但当她告诉他他们曾是校友时，他立刻显得热情了许多，因此，朱丽亚决定要吐露惊人的秘密时，对象就是他。

两位副警长听着安德逊的报告，朱丽亚一直没有插嘴，只是在最后才帮忙证实了安德逊所说约翰前一夜的醉酒情况。然后他们打电话叫救护车，准备把约翰的尸首送往冬木镇的验尸官办公室。

正当他们准备离去时，有旅客来投宿了，安德逊忙着去招呼客人。朱丽亚跟随两位副警长到外面，在确定安德逊看不见她的地方，对比尔说："比尔，我可不可以私下和你说句话？我有事要告诉你。"

另一位叫康纳斯的副警长刚要走开，朱丽亚马上接着说："不是现在，在这儿我不能说，我不敢让安德逊发现。"

她十分紧张，因为比尔收敛了笑容，眼睛正视着她。她怕比尔会认为她在玩什么花招，因为在中学时，好些女同学为了接近比尔，使出无穷的花样。

"你要和我们进镇，到警所去说吗？"比尔问，"我们会送你回来。"

"不，我不能……"朱丽亚重复地说，"我不能让安德逊知道我说的事。除非他知道我去哪儿、做什么，否则，我哪儿都不能去。"

"我明白了。"比尔说着，以一种同情的眼神看着朱丽亚，然后坚决地说，"我来办。"

没待朱丽亚开口，比尔便大步走进办公室。刚刚投宿的旅客已经办完手续，住进五号房间。朱丽亚只觉得自己在不停地发抖，康纳斯示意她坐进汽车里，但她摇摇头，只是站在那儿，满怀疑虑地向里望着。

过了一会儿，比尔和安德逊一起走出来。安德逊看上去很不高兴，有些勉强地说："朱丽亚，警官说你得和他们去一趟冬木镇，告诉他们有关那人昨夜住店时候的情形，他们需要你去做一个证人。现在，快去快回，这儿有许多事还等着你做呢！"

"为什么要我去？"朱丽亚假装不解地问道，"今早发现他的是你，我最后看见他的时候，他还活生生的呢。"

"因为等会儿救护车来的时候，我必须在这里，他们在法院必须有记录——是这位警长这么说的。"

"正确。"比尔点头称是。

年纪较大的康纳斯看看比尔，又看看朱丽亚，表情有些怪，不过他只是说："走吧，小姐，我们上路吧！"

车子驶开时，安德逊在后面大叫着："完了事立刻回来！"

行驶大约一里路后，驾车的比尔把车开到路旁停住，平静地说："当然，那些都是废话，朱丽亚，我们并不要你去冬木镇，你说你有事情告诉我？"

朱丽亚心惊胆战，她真正惊慌了。这是她第一次、可能也是仅有的一次机会，她绝不能错过。

她的声音颤抖着，这恰好让比尔觉得她的恐惧是有来由的，"我看见一件事，"她说，"他不知道我看见了。但是，在不保证我的安全之前，我一句话也不能说。假如还继续和他住在一起的话，我的生命就不值一分钱。"

"你在说谁呀？"康纳斯问，"你父亲？"

父亲？哼！好一个父亲！光是他对待母亲的事，朱丽亚就永远没法原谅他。"等一等，小姐，"他继续说，"你在指控他什么？告诉我们。"

朱丽亚紧紧地闭着嘴，只是摇头。

"好，朱丽亚，"比尔说，"我们暂时可以不送你回去，你那儿有没有需要用的物品？"

"有，我可以开个单子给你，你再派人去取。可是，我得搬到哪儿，他才找不到我？他一旦知道我说出了什么，那可不得了的。"

"在郡方看守所给你一间干净的房间如何？"康纳斯说。

"这可不是开玩笑，康纳斯，"比尔说，"这孩子可是真害怕。"

孩子？朱丽亚在心里笑起来：他只大我三岁，就倚老卖老。不过，朱丽亚嘴上却什么也没说。

"我们家有地方，"比尔说，"我可以和我妈妈说，让你住下来，直到事情了结。这种事我妈以前做过。"

"我会真正安全吗？"朱丽亚进一步问。

"我也住在那儿，不是吗？住在我家，不要单独出门，你父亲就没法接近你。而且，没人会告诉他你在哪儿。"

"那样一直到审判，平安是平安，可是，假定事情出了岔子，他被宣判无罪呢？"

"什么审判？"康纳斯插话了，"别卖关子，说出来吧！"

朱丽亚深吸了一口气，然后决意冒险，"我认为安德逊谋害了那人，我看见他做的。"

在这以前数小时里，朱丽亚早已把这事翻来覆去温习了不止一百遍了。

人命案，就该验尸，而冬木镇没有真正的病理学者，验尸工作通常由普通的外科医生兼任。朱丽亚从常阅读的报纸杂志里知道，约翰的情形，很像是窒息而死——有人称闷死。但万一解剖后，发现是脑出血呢？那也不要紧，当安德逊进入房间时，发现约翰正在地板上痛苦地打滚，困难地呼吸着……可他没有立刻找人为他急救，反而……

朱丽亚告诉两位副警长，昨晚发生的事情是这样的：她被安德逊开后门的声音惊醒，于是走到窗前看看有什么事。

"我是……担心，"她小心地挑着字眼，"担心"这两字要比"好奇"或"怀疑"好，"因为安德逊一般不会进入有客人住的房间，除非他听见什么动静了。所以，我穿上牛仔裤，套上毛衣，赤着脚跟随他出去。八号房间的灯亮着，窗帘歪在一旁，所以我可以从窗户外看到里面。"

康纳斯在记录要点，朱丽亚停了一会儿，决定破釜沉舟。

"那人在地板上，呻吟着，打着滚。我看见安德逊站在那儿，看了他一会儿，然后走到床前，然后——拿起一个枕头……

"他跪在那人身旁，用枕头压住那人的脸，一直到那人不再动弹了。他按了很久，之后拿掉枕头，再摸摸那人的心脏；然后，再把枕头放上去一会儿，再拿掉，再摸摸那人的脉搏，看看他是否已死亡。"

"可是，为什么？"比尔冲口问，"为什么你父亲要杀害一位刚来投宿的陌生人？或者，你想他是不是认识他——以前的旧识？"

"就我所知是不认识，我相信不认识。我告诉你为什么吧。我当时麻木地站在那儿，吓得不敢出气，只想到万一他听见我的声响，便立刻逃开。接着我看到，他伸手进那人的外套口袋，掏出一卷钞票。"

比尔吹了一声口哨，康纳斯只是瞪着朱丽亚。

"他数着钞票，留下一些——多少我不知道——塞进睡袍口袋。我连忙逃开，越过草地，免得踩动石子。等我听见他回来时，我已躺在床上，假装熟睡了。"

"我不能相信这事，"康纳斯慢吞吞地说，"我不真正认识令尊，不过我从没有听说过他有偷窃的行为，也没听说过你们有任何经济上的困难，事实上，我多少知道他是个节俭的人。"

"他是个守财奴。"朱丽亚痛心地打断了他的话。

"算了吧，对做生意的人来讲，守财也很正常。而现在你居然告诉我，他为了一笔不知数的钱而杀人。"

"好，"朱丽亚扬起头说，她现在已经没有丝毫惧怕了，"或许他在银行里有巨额存款，这我并不清楚，但我可以带你们到一个地方，看他埋藏的几十个铁皮罐子，里面藏有花花绿绿的钞票。不久以前，我自己才做过侦探工作，我发现的，我带你们去。当然，就我所知，这是他多年来所偷的钱，但我不知道他是否杀过人。"

"那是在什么地方？"康纳斯问，他仍然怀疑。

"在……在……"朱丽亚的声音哽咽了，她开始哭出来，"在冬木镇的墓园，我母亲的墓地下……"

之后，一切像时钟行走一般地顺利，朱丽亚没有再见到安德逊，一直到上法庭审判。当然，她是原告的主要证人——差不多是唯一的证人。除她之外，就是两位副警长，他们出庭做证有关掘钱的事。还有，当他们逮捕安德逊时，他是如何地不合作，不仅骂了许多极难听的话，甚至还要动手打人，可后来当他听说罪名之一是谋杀时，又佯装成目瞪口呆的样子。

安德逊在银行里有很多钞票，但他是那类真正爱钱的人，他没有从银行取钱，只是卖掉了经营了二十五年左右的旅店，从旧金山请来一位大牌律师。

在法庭上，那位律师很会渲染气氛，制造高潮。朱丽亚最害怕的是他翻来覆去地问，但她坚持着，一而再、再而三地将这个故事告诉郡方官员，一直到她自己都相信了。

这个小郡的高等法庭只有一位法官，他讨厌大城市来的律师。当安德逊的律师指责朱丽亚，讥讽她，威胁她，害得她痛哭流涕时，这位法官为她解围，要那个律师闭嘴。陪审团的成员大都来自冬木镇，他们不很喜欢像安德逊这种人，他们一致认为他把淳朴的乡村，变成了旅客的陷阱。

当律师公开指责朱丽亚做伪证时，她吓慌了。因为他指出，安德逊一向严厉管教女儿，不让她出去享受"时下年轻人过的狂野的、不守道德的生活"。但是法官不高兴地说："这位证人真诚地发过誓，假如你不能证明她说的哪些是伪证的话，她是可以起诉你的。"那位律师只得闭嘴了。

安德逊在辩护上是主要证人，也就是那时候，朱丽亚和每个人都大吃一惊。他虽然说出事实，但那对他已无任何益处了。

两项控诉的罪名，都由他的贪婪所致。

他承认午夜去八号房间，当他敲门没有回应时，他才进去的。他说事情经过是这样的：他半夜口渴醒来，去厨房喝杯水，从厨房看见八号房间的灯仍亮着，那不是太浪费电了吗？他只是想进去把灯关上，但进去时，却发现约翰已死在地板上。他断然否认碰了那个人，除了确定那人已死、他无力援救外，他连那个人口袋也没有接近，更甭提钞票了。

"为什么你不立刻报警？"检察官想知道。

"什么？凌晨两点，旅店客人都在熟睡，要制造纷扰呀？到天亮时他也一样是死亡，我要等到每位客人都结账离开，我女儿像平常一样打扫整理完毕。"

"让十八岁的女孩冒可能发现尸首的险？"检察官甜甜地说。

他红了一下脸，接下去说："朱丽亚一向做清洁整理的工作——全由她做，但是客人没走之前她从不进去。"他用不安、迷惘和生气的眼神瞥了朱丽亚一眼，她避开了他的眼睛。

至于铁皮罐里的钱，把国税局也扯进来了。

他承认多年来每当旅客付现金，而妻子和女儿又不在的情况下，他就留下钱，等客人走后，他便用墨水把那个客人的名字涂掉。

事后国税局发现，他曾汇款邮购一些昂贵的墨水抹除剂，它可以抹除写过的字，而不在纸上留下任何痕迹。他是在一本客人留下的杂志上看到这种墨水的广告，而产生这种念头的。

他存进银行的是支票、汇票和他不在柜台时收的现金，而他秘密藏下的钞票则越来越多。他想到租赁保险柜，但又打消了那念头，因为他认为保险柜也不够安全。因此，最初他把钱装在罐里，埋在车库后面，案发时，还有一小部分埋在那儿。但那也危险，因此，妻子死后，他灵机一动，便将钱埋在妻子的坟边。

其目的当然是漏税，多年来他一直那样做。他知道招供后，会罚很重的税金，或者很可能蹲一段时间的联邦监狱，但那总比杀人抢劫的罪好。他大声嚷嚷说，他有生以来从未偷人一毛钱，更甭提杀人了，"如果这个撒谎的、不知羞耻的私生子……"他的脾气终于发展到最高潮，法官立即要他闭嘴。

他以为朱丽亚只是在法庭上听了他的叫骂才知道自己的身世，他以为朱丽亚听到这些会多么地震惊，但是，他只看到朱丽亚冷冷的、镇静的目光迎着他。这一刻，他似乎明白了，朱丽亚早就知道这一切，他真的低估了这个才十八岁的女孩子。

陪审团只用了半个小时就拿出了意见，他们认为他犯有二级谋杀罪。假如不是为偷客人的钱，那么为什么要杀他？他们都相信朱丽亚的话。

在加州，死刑案均要再经另一次审判，让另一组陪审团裁决有没有罪。安德逊在这一次被免于死刑，但被判十年徒刑，送往圣昆丁监狱服刑。但是同时，另有一个审判结果也下来了，因为他已触犯重罪，被判处十年监禁，所以，漏税部分，不予以罚金，而改为服刑。这么说，当他十年的刑期服完后，还要接下去服另一段，依他的情况，是不易被假释的。

一年后，朱丽亚成为比尔的太太。

她和比尔相爱着，但独自一人时，她心里却并不快乐。因为他们之间存有永远不能泄露的秘密。比尔相信朱丽亚说的每一句话，这想法更令她难受。她一直担心，生活中会发生某种意外，当然，并不是怕将来有一天和安德逊面对面——等他从监狱出来时，已是个老迈之人——但是对康纳斯警长，朱丽亚一直有一种感觉，他不相信她的话，何况他们目前还常见面。还有，她害怕自己会在哪次梦呓中造成极大的、可怕的错误，泄露出秘密，使得比尔怀疑，那时可怎么办？他们之间的一切就全完了。

因此，朱丽亚常常想，自己是自作自受，她必须昧着良心，不论发生任何事，永远坚持说那就是事实。

两件风衣

他们从寒冷的 11 月雨中，穿过边门走进博物馆里。他们几乎一样的黑色风衣湿淋淋地闪着雨珠，头发上淡淡地罩着一层白霜。

皮诺博士和哈柏两人一路很沉默，直到进入馆长外面的办公室时，皮诺博士才终于开腔说："哈柏，我觉得今天的烤鲑鱼太差劲了！"

"我完全同意你的说法，皮诺博士。"哈柏说，"我可以帮你挂你的外衣吗？"

"不着急。帕特小姐，有我的电话吗？"

帕特是办公室的工作人员，她说："你太太急着找你。"

"非常急吗？噢，那么……"

"我要不要给她挂电话？"

"帕特小姐，请接到我办公室来。"

"我可以给你脱下外衣吗，先生？"哈柏又问，近乎巴结地请求着。

"当然可以，不过再待会儿，我不想让珍妮等候。"皮诺说着，留下哈柏难堪地站在帕特面前，径直进入他的私人办公室。

皮诺博士非常爱他的妻子，她从没有因为一句话或一件事使他烦恼，在他们简单而美妙的婚姻生活中，他从她口中听到的都是能慰藉人的谈话，话题也不会引起争论，诸如：享受玫瑰茶的欢愉，赞美松饼的可口，烤肉的最佳方法，海绵垫子的功效，烘卡罗里糕饼用什么样的糖，等等。因此，当他听到她在电话中询问他的紧迫语气时，感到非常意外。

"亲爱的，你看今天下午的报纸了吗？"

"还没有呢，亲爱的，我一向是等着回家再看。"

"佩丝被杀了。"

"我不懂你的话，珍妮，你先提到报纸……"

"报纸登了头条新闻，他们在中午以前发现的她的尸体，门房发现的。"

"佩丝的尸体？"

"是的，佩丝的尸体。"

"已经证实了吗？"

"是的，警方有充分的证据，他们把可怜的佩丝列为那位收集纪念物的杀人凶手的第九位受害人。"

"收集纪念物的杀人凶手？这名称怎么这么古怪？"

"假如你不是光看艺术和拍卖动态，多看些新闻的话，你就不会问这样多余的话。警方根据他的作案方式这么称呼他。"

"警察人员现在在学拉丁文吗？"

"我可不知道。他每杀害一个人后，总会从人家房子里拿些不重要的小东西，这次拿一个镀金的香炉，下次拿一个印有名字缩写的小碗。"

"那么他在哪里放置那些东西呢？"皮诺博士琢磨着说，同时将没有拿话筒的手插进风衣口袋，摸他的烟斗和烟丝。

"我想没人知道，据警方说，他随身带一双尼龙丝袜，用来做勒人的工具。"

"野兽一样的家伙。可是，袜子在他身边，警方怎么推论犯罪工具是袜子？"

"从喉咙上的伤痕推论的，你知道，现代警察用的是科学方法。"

"的确。"皮诺博士在左边口袋找不到任何东西，便把话筒换到右手，"噢，我刚刚记起来，佩丝今天向博物馆捐赠了一万元，我们是她的受益人。这一来可糟透了。"

"你现在只能去求哈柏了，你知道，他是她的继承人——唯一的继承人，是佩丝唯一的亲属。"

"我的天，这个关系我差点给忘了，佩丝是哈柏的姨妈，是吧？"

"是姑婆。"

"对了，对了，哈柏和我刚刚一块儿吃午饭回来。"皮诺博士右手伸进风衣口袋，仍在找他的烟斗，"我们在麦卡琪饭店里聚会。"

"麦卡琪饭店，那很不错嘛！"

"哦，老实说，烤鲑鱼有点差劲，连老皮得逊也这么说，他好几年前就没有胃口了。"

"我正在想佩丝的公寓，它就在麦卡琪饭店的正对面。"

"怎么了？"

"你们在吃鲑鱼的时候，佩丝惨遭杀害，你们互相只有不到十米的距离。想到这点叫我不寒而栗。"

"珍妮，事情已经这样了，别自己吓唬自己了，好吗？"

"哈柏现在和你在一起吗？"

"他和帕特小姐在外面办公室。"

"你最好赶紧把新闻通知他。"

"我正在这么想，回头再打电话给你。"

皮诺博士放下听筒，他的手指在风衣口袋里摸到两样不熟悉的东西。

有一个摸起来柔软，光滑，另一个硬硬的，是个立方体。

他皱皱眉，一起把它们抓出来。那个柔软、光滑的东西是一只棕色尼龙袜子；另一样是发黄的象牙鼻烟盒。

有整整一分钟，皮诺博士注视着这两件陌生的东西，但没有领悟到它们所含的意义。他除了自己仅有的这门古董学问外，对其他事物了解得不太敏锐。

他的头一个感觉是肩胛骨上的明显的压迫感，这是一种外来的压迫感，而不是心里发出的，这种压迫感是从他在麦卡琪饭店里穿上风衣时就有了，那种感觉在他们徒步回博物馆的途中，一直没有消失，现在仍然存在，他终于领悟到是什么了。

他拿错餐桌附近衣帽架上的风衣了，就是那么简单。

他拿了另一个人的风衣，那人身上携带着一只尼龙丝袜和一个精致的空的鼻烟盒。

这是个什么人？

皮诺博士认真思考着这个问题。突然，就像有人给了他一棍子似的，他恍然大悟。

我的天！他想，这件外套的主人很可能就是所谓的"收集纪念物的杀人凶手"，太令人震惊了！这双尼龙袜子，按警方的说法，可能是致人死命的工具；还有，这个鼻烟盒就是容易携带的纪念物。

那人今天肯定也在麦卡琪饭店里用午餐，皮诺博士对自己的这种想法感到惊骇。那人在对面的公寓勒死佩丝后，面不改色地到饭店里来吃午饭，可能还要喝酒。太令人恐怖了！

这件风衣的主人肯定在麦卡琪饭店里待过，而且肯定把外套挂在后面的衣帽架上。那衣帽架是专门给圆桌客人用的，那意味着，那人必定是我们几个之一。哦，我的天！

皮诺博士眨眨淡蓝色的眼睛，把袜子和鼻烟盒塞回风衣口袋，来到外面办公室。

帕特小姐翻着档案柜，同时对皮诺博士微微一笑。他认为在这种情况下，要和她说话多少有点别扭，他正想退回的时候，哈柏从办公室末端他私人的小办公室里走出来。他没有穿风衣，对别人没有什么，可是此刻在皮诺博士眼中，他似乎是个卑鄙的人。

"哈柏。"

"是的，馆长。"

"我得和你说几句话。"

"是的，馆长。"

"我可能穿错了一件别人的风衣。"

哈柏低声骂了一句什么。

帕特小姐从档案柜前直起身，严肃地说："你进来的时候，我就注意到你的风衣肩膀有点窄。"

"帕特小姐，你的观察力值得称赞，顺便告诉你，不论谁拥有我的风衣，他都拥有一只上等的石南烟斗，更不要提一小袋特级烟丝了。哦，帕特小姐，我想你是否……"

"哈柏先生的风衣显得比平日宽松些。"帕特小姐说。

"可能。"皮诺博士说，"帕特小姐，我想请你到街角的报摊给我买一份下午的报纸。"

"一份报纸？"

"是的，一份报纸。"

"现在？下这么大雨？"

"我相信你有雨伞，帕特小姐。"皮诺博士说着，向哈柏歪了歪头，示意他随他进馆长办公室。

关上门后，他坐在办公桌边用食指缓缓地敲着下巴，沉思了一会儿，最后说："哈柏，我有一件十分可怕的消息要告诉你。哦，是有好几件，假如你希望听的话，请坐。"

哈柏在一把质量很好的旧皮椅上坐下来。

"假如我的记忆没有错的话，"皮诺博士说着，开始缓缓地绕办公桌踱步，"你在博物馆里已经做了七八个月？"

"先生，我只来了三个月。"

"嗯，好，我相信你仍然在参加我们的分类工作。"

"对。"

"很吸引人的工作，对不对？"

哈柏没有回答，但是脸上空虚茫然的微笑被皮诺博士的话冻结了。

"哦，哈柏，你可能不知道，你这里的好职位是由一位好人热情的推荐而获得的，那人是佩丝小姐，你的姑婆。"

"我知道。"

"那么，我告诉你的事会更叫你难受。就我记忆所及，这位好人强调，在这种有学术气氛的环境里工作，会使你定下心来。假如我没有记错的话，她还坚持说，不在乎薪俸的多少——对一位初级工作人员来说，你的工资是够少的——重要的是例行工作的训练。佩丝小姐是个明智的女人，因此，我相信，我将要说出口的话是一件会令你震惊的事，我劝你先稳住自己。"

哈柏放在椅子扶手上的指节变白了。

皮诺博士在一张博物馆创建人的肖像下结束他的踱步。他拧拧鼻子，摸摸光头，润润双唇，然后说："哈柏，你的姑婆数小时前遇害了。"

哈柏脸上浮出空虚的微笑："先生，你怎么知道？"

"哦，我太太在电话中告诉我的。"

"她怎么知道，先生？"

"她在报纸上看到的，我知道它刊在头版。"

"已经刊登啦？那样快？"

"振作点，哈柏，振作点。我承认，这些报纸是不管人家的悲哀的，他们只不过是尽他们的本分罢了。"

哈柏吃力地向前倾了倾身体，眼睛看着鞋尖问："他们，嗯，他们有没有怀疑什么人？"

"当然，哈柏，很显然，警方知道是谁干的。"

"他们知道？谁？"

"这个家伙以'收集纪念物的杀人凶手'闻名。顺便问你，哈柏，瞧瞧这个。"皮诺博士从皮衣口袋里取出鼻烟盒，"你以前见过它没有？"

哈柏点点头说："是我姑婆的，我记得在她那里见过。"

"我的天，那就证实了。"皮诺博士拉出袜子，扔在哈柏的膝盖上说，"还有这个，一个用来勒死那不幸女人的东西，我在这件风衣口袋里发现了这两样东西，你明白这是什么意思吗？"

哈柏显得很沮丧，但仍否定地摇了摇头。

皮诺博士继续说："让我来叙述一下事实。我前面提到过，这件风衣不是我的，我在麦卡琪饭店的衣帽架上误拿了它，它是今天下午在圆桌上吃饭的某个人的。不论那人是谁，他吃饭前去了街对面佩丝小姐的公寓，这由口袋里的鼻烟盒做证。另一件证物是警方认为用来勒死人的工具，这两样东西明确地指出，这件外套的主人就是凶手。哈柏，我们已经发现'凶手'了，你难道不同意吗？"

哈柏看着皮诺博士，好像不能相信所见所闻。

皮诺博士绕过写字台，坐在他的旋转椅上，说道："我明白，我必须把这些证物立刻交给警方，但是在这之前，我认为当会儿侦探也许会很有趣，那样我今晚就有话题和珍妮谈了。所以，哈柏，我们集中精神来破个案，怎么样？"

哈柏已经在全神贯注地想着什么了。

皮诺博士把椅子转到可以抬头看见博物馆创建人那冷峻的肖像的位置，说："现在，我们来想想，中午我们有多少人坐在圆桌旁？我想是十个，不，十一个，假如把老皮得逊算在内的话。可是，我觉得一开头就可以不算老皮得逊，他的年龄和他的腰疼病，无法干勒死人的事。你同意吗，哈柏？"

"我同意，先生。"哈柏说着，双手拿起膝盖上的尼龙袜。

"哦，那么，我们从头来。我们十二点五分到麦卡琪饭店——时间我记得很清楚，因为我看了吧台后面的钟——巴顿正在柜台那里买烟。他向我们打招呼，然后我们三人一起——等一等，这里不大对，嘿，当然，那时候你不在，对吗，哈柏？事实上，咱俩今天根本没有一起去麦卡琪饭店。噢，我想起来了，十一点的时候，我派你到配画框的人那里去取画。哈柏，那些画在哪里？就我最好的记忆所及，你空着手，大约十二点半左右才到麦卡琪饭店。"

皮诺博士的转椅转向哈柏，但是，他突然停住了，因为有样软软的东西狠狠地勒住了他的脖子……

当他醒来时，正躺在办公厅的长沙发上。一张瘦削的男人的脸在他眼前晃荡，在他后面，是帕特小姐那张圆圆的脸。

"哈柏在哪里？"他听见自己发出刺耳的声音。

"在送警察局的途中。"那瘦削的人说，"我是凶杀组的巴克利警官。"

"那么说，哈柏就是那个'收集纪念物的杀人凶手'？"他难以置信地问。

"恐怕不是。"瘦削的人说，"虽然不是，他却企图以那个呆瓜的名义下手，来对付佩丝小姐。我刚刚知道她是他的姑婆。他差一点也把你整了，皮诺博士，假如帕特小姐不在这里的话。"

207

"怎么回事，帕特小姐？"

她说："馆长，我没有去买报纸，因为雨下得太大了，我觉得你可能有点烦躁，尤其是没有烟抽。我走进哈柏先生的办公室，从挂在那里的风衣口袋里找到了你的烟斗和烟丝，当我把它送进你办公室的时候，哈柏先生正用袜子勒住你的脖子，我就打了他。"

"帕特小姐，你用什么打的他？"

"只用我的手，馆长，我实际上比我表面看要强壮得多。"

他想：有可能。同时带着一种安全的温暖感闭上了两眼。

黑·黑·黑

那天早上，我将车停在商业银行门前时，差几分就是十点。

我钻出汽车，站在路边的人行道上，点燃了一支烟。

当有人从我身边走过时，我故意向他们点点头，又做出一个怪相，令他们诧异地看着我。然后，我迈步走进银行大门，将背影甩给他们。

这是一家小型银行，一共只有三个出纳口，我进去时，两个出纳口没有人，只有一个出纳口有一位四十多岁的妇人。

"亚当斯先生呢？"我按着杰西的指示说，"我有事想找亚当斯先生谈谈。"

"我相信亚当斯先生一有空，就会接见你。"出纳说。

我顺着她的手指望过去，在最后一个窗口旁、一道低栅栏分开的地方，一位肥胖的、着黑色西装的男人正坐在一张办公桌后面和一位农夫谈话。栅栏的门口左边有一条空着的长板凳。

我走过去，在长凳上坐下来。栅栏上用金字写着"总经理"三个字，我侧过身，想吸引他的视线。

亚当斯先生看上去在三十五到四十岁之间，体重超过的磅数，大约和岁数差不多。他的外套敞开着，下面的两枚扣子已经扣不上了，那表示，他不是因为最近体重增加，就是因为知道今天是个"黄道吉日"，穿件旧西装无妨——我估计后者的成分居多。

和亚当斯先生谈话的农夫，长着一头白发和一双指节粗大、青筋暴露的手。他弓着腰身，坐在写字桌边，露出一副尊敬的表情。他以低低的声音，企图解释为何他必须贷款来饲养家畜或种植……我听得并不十分清楚。

当亚当斯先生看到我的时候，立刻打断那人的话，结束了会谈。

"对不起，现在银根紧，我帮不上忙。"他说，但他的表情和声音都没有抱歉之意。他站起来，向农夫伸出肥胖的手。

农夫疲乏地站起来，手在工作服上揩揩，再伸给亚当斯先生。亚当斯先生只是匆匆一握，然后送那人到栅栏门前。

送走农夫，亚当斯先生的注意力转向我。

"有什么事吗？"他抬起两道眉毛做询问状。

"我是曾给你打过电话的福斯特。"我说着，同时做出联络的手势。

"哦，是的！幸会，福斯特先生，自从我们在电话中谈过话后，我一直盼望着你的光临。我们银行在这地区拥有不少产业，我相信会令你满意。"

他故意把声音提高，让那位出纳听见，然后又转身对她说："萝拉，麻烦你到咖啡店去给我们弄点咖啡来，好吗？"看上去，他待我真如上宾。

当亚当斯先生和我独处时，我立刻解开外套，从裤腰带上抽出点四五自动手枪。有它在手，我觉得好过得多。

"钱在哪儿？"我问。

"在金库里的帆布袋里，"他回答，"别忘了出纳那儿也去搜搜。"

"别愁，我会的，转身过去。"

他才待转身，然后犹豫了，"下手别太重，只要看上去逼真就行。"

"是的，我知道，转身……"

我用枪柄头打在他的右耳际上，用的力量比需要的更重一点点，然后弯过手腕，用枪的准星把他头皮上的伤口挖长些。他像一袋马铃薯从卸货台上放下去一样，发出沉甸甸的声音，然后躺在我的脚边。我倚身过去，再赏他一记，这回是为那位受欺凌的农夫而给的。

然后，我快步走到已打开的金库里，从地上抓起钱袋；接着，再转到出纳那儿，拉开几个抽屉，让它们落在地上，当发现钞票时，我便大把地抓起往外套口袋里塞……

当我离开银行、跨过人行道、爬上轿车的驾驶座时，附近没有人影。

我把手枪和钱袋放在旁边座位上，发动汽车，迅速离开，越跑速度越快。当我抵达路面变窄、形成两条巷道的地方时，我的车速已经每小时高达五十里。

通常，要抢兰道银行的钱是不可能成功的，哪怕是有内应。但杰西使这件事大不相同。他设计了一个十分完美的逃跑计划。兰道村的位置太荒僻，远离任何普通的逃走行程，但是杰西安排好一个地洞，让大地真正地吞噬我。

当我开到大约六里外的时候，路面下降，兰道村从我的后视镜里消失了，但是仍没有追缉者的迹象。路边有一道小桥，桥下是溪谷，可以看见桥那边有不少车迹，我转过车头，顺着车迹，沿溪谷行驶。

堪萨斯的雨量多半不够供应树木，因此堪萨斯的乡村似乎平坦而空旷，但是不久，我来到一处由溪水滋润的榆树丛。它们是数里之内唯一的树丛，夜里，这儿是出名的情人幽会处。现在这儿没有人，只有杰西，他正在树丛下的一辆汽车里等候着我。

我直接停车在杰西的后面，然后下车，手中携带钱袋，腰际塞好手枪。杰西爬出汽车，用拖车用的铁条把我那辆逃跑用的轿车接在他的车后面。我身高五英尺十英寸，体重一百八十磅。杰西体重和我差不多，但身高有六英尺四英寸，他又经常穿西装和高跟鞋，戴高帽，那一来使他看上去像一根没有旗帜的旗杆。

我转身回到轿车旁，取下堪萨斯的牌照，挂上得州牌照。做完这件事后，便爬上杰西的汽车，坐在他旁边，两人拖着轿车离开了。

"一切顺利吗？"杰西问。这是他第一次开口说话。现在，我们离开树丛，沿着一条夹在麦田之间的石子路行驶。

我脱掉西装外套，把长长的金色假发塞进口袋，我在流汗，绿色丝质衬衫黏在背上。我摘掉领带，解开领口。

"是的，一切顺利，"我回答，"正如你所预料的。"

那正是他想听的，他看来颇为愉快。我们经过一片休耕的土地，他停下车，在我的手臂上善意地一击，我则捡起衣服、堪萨斯牌照和钱袋下车。

"我五天内会回来，或者风声平息后立刻回来。"他说，"你小心些。"

我下了车，站在汽车旁，面对着他。时间似乎凝聚了，我们相互对视着，终于，他踏上加速器，驶开了。我目送两部汽车离去，一直到滚滚飞扬的灰尘遮住它们，不见踪影。然后，我走进荒芜的田中央，推开两块泥土遮盖的木板，跳进我们数天前就预定藏匿的洞里。

藏身洞并不很大，事实上，我曾在比那个洞更大一点的牢房里呆过。虽然如此，藏身洞里仍有各种舒适的享受物品，包括收音机、手提电视机、冰块冰的冷啤酒和一大堆可口的食品。我可以舒舒服服地在洞里待着，即便警察全部出动进行搜查，也没有人会在空旷的田野中央寻找，站在路边只要一瞥，就知道没什么可找的了。

我和杰西之间的关系，就好比驾车的和搭车的。当我载了一位搭便车的人时，我不会让他驾驶车辆来操纵我。事实上，我握有钱袋，等于是我在驾驶汽车，换句话说，是杰西要我坐驾驶座的。他那样做的唯一理由是，他需要有人去出面干，而且要万无一失。然而，一旦抢劫完成、我又顺利逃脱时，他就不再需要我了，那么，现在我藏匿的洞，很容易就会变成我的墓穴。

我决定白天睡觉，夜里守夜，以防万一杰西不是五天或五天过一点，而是三天或四天内回来。我认识最久的朋友，恰恰是我最要当心提防的。

我脱掉"抢劫"时所穿的衣服，埋在洞里的一角，然后穿上牛仔裤和运动衫，打开钱袋数起来。钱总共有四万五千多一点，我分成三份，装在系在衬衫下的三条布袋里。

有三分之一是我的，那是事先谈好的。其他三分之二归杰西，这一切都是他计划的，他又参与了行动，因此，他有权多分一点，何况，他还得和"内应"亚当斯先生再分赃呢。

两天过去了，从手提电视机中我得知，有好几个搜索队分头搜索，用直升机指挥，指出某个地方可能藏匿匪徒和汽车。在匪徒能够逃出之前，所有出郡的路都关闭了。没有人怀疑会抓不到匪徒，追不回赃款，那只是时间的问题。

我忍不住微笑了，假如需要的话，我准备在洞里待一个月。搜索工作不会延续那么久，我估计他们会搜索一周，然后，开始推理，找出抢劫犯如何逃脱的"合理"解释。

耽留在洞里的第四天下午，近黄昏时候，天色逐渐变黑，风速加快，雨开始像瀑布一样倾盆而下。大风和大雨，这两者都是杰西和我始料不及的。不久，盖住洞口的松土被吹散，露出木板盖。雨水倾倒在我身上，连我穿的帆布夹克也罩不住了。

仅仅几分钟内，我的庇护所就变成一片泥泞，而我的睡袋已沉在泥沼之下。我探首洞外，风已吹掉几块当"屋顶"的木板，一块打到我的脑袋，使我跪下来，一时失去知觉。

等我再度站起来时，整个"屋顶"被吹走了，一阵旋风正向我横扫过来。下一件我知道的事情是，我像一株野草被拔起来一样，凌空飘荡，然后突然结束"风行"，碰撞在什么东西上，只觉右脚一阵剧痛。

醒来时，我发现自己躺在一根木桩边，可能是围绕我藏匿的那个田野的一根柱子。暴风雨不知什么时候已经停了，天空晴朗，我可以看见远处星星的光，像一条黑布上的针洞。我的右脚在身躯下扭成一个不可能的角度，痛苦地悸动，我因浑身湿透颤抖着。

花了十分钟，我弄直脚，然后腹部着地爬着。有两次差点儿昏厥，但是我必须以这姿势爬行。我已不能行走，假如不想耽留在那儿的话，唯一的选择是爬行。

我拖着身躯爬上碎石路，尽量不去想我那只扭伤的脚。我不知道最近的农场在哪儿，所以我向右转，开始顺着路肩爬行。这时我只想着自己受了伤，需要援手。痛苦使我忘却可能的后果。

不知爬了多远，终于看到了一幢农舍的房子。当我推开大门爬进围院时，天色正现出一道曙光。

房舍的窗子里有橘色的光，所以我知道，不论谁住在里面，已经有人起床，并且正在四处走动。

正当我要高声呼喊时，一条大黑狗从屋侧跑出来，然后全速向我攻击，一边低吼着，一边用利齿咬住我的右裤管猛拉。那痛苦真难熬，使我再次昏厥过去。

当我醒来时，发现自己躺在一个大房间的一张双人床上，全身赤裸，只盖着一张床单，右脚上用木板和石膏固定着。房中还有三位穿普通棉衣的少女：一位坐在一张小桌边正用破布在擦我的点四五手枪；另一个拿着熨斗，正在熨板上熨我那些打湿的钞票，有一些已经熨平熨干，堆放在熨板的一角；第三位站在床边，俯身看着我。

三人很明显是姐妹，她们长相酷似：鹅蛋脸，有雀斑，红头发，身高体重都相似——五英尺五英寸高，一百二十磅左右。她们个个有农家女孩的健康外貌，假如要我选择字眼来形容她们的话，那就是"能干"。

"我们的银行强盗醒来了。"站在床边的女孩说。

另外两位停止了手中的工作，围拢到床边。她们微笑着，招呼说"嗨"，好像我们是在教堂的聚会里，正在经人介绍一样。

我问："我的衣服搞到哪儿去啦？"

"曼珊拿去洗，正在晒干。"一个说。而那个为我熨钞票的女孩向我一笑，那表示她就是曼珊。

我把手放在赤裸裸的胸部，"怎么会……谁……"

"爷爷给你脱的衣服。"曼珊说着，手捂着嘴，"咯咯"笑起来。

"他也给你治腿，"另一个说，"他懂得医治动物。"

"动物？"

"你知道，人也是动物。"她辩解着。

"是的，大半时候是动物。"我同意。

我似乎没有什么选择的余地，因此索性倚着枕头，放轻松些。

"现在要怎样？"

"你要休息，疗伤，"第一个女孩说，"然后爷爷会帮助你离开这儿。"

那实在说不通，即使他们打算黑吃黑，吃下赃款，不把我送官，那么，我此时应该被埋在谷仓后面,而不是倚靠在床上。

"我叫吉娜。"那位擦枪的自我介绍。

"我是曼珊。"曼珊说。

"我是爱莲,"最后一个说,然后补充,"我是最大的。"

"我是海德斯。"我凭空捏造出一个名字来完成这个介绍的场面。

这时,外面传来一阵纱门的碰撞声,半分钟之后,一位高大的老人出现在门口。我一怔,这真是太巧了,他正是我在银行遇见的那位农夫。看见我醒来,他似乎很高兴。

"你好,孩子,"他说,"你已经睡了一天半,觉得好些没有?"

有人喊我"孩子",已经是很久以前的事情,不过,他年纪是大得够喊任何人"孩子"了。

他带着不真正生气的表情,转向女孩子们说:"你们三人站在这儿做什么?你们看不出这人饿了吗?到厨房去给他弄点吃的。"

一阵裙子的声,然后,我就单独和老人在一起了。

"首先,告诉我关于抢劫的事。"他说。

"首先,告诉我,你是谁。"我反问。

"为什么?哦,当然,我以为女孩子们已经告诉你了。我叫科列特,那三个女孩是我的孙女儿,她们都是乖孩子,是我真正的慰藉。"

我看看堆放在熨衣板上的钱,和附近桌上卸下来的手枪,"她们对你也许是慰藉,"我说,"但她们正要把我逼疯呢。"

他看见我目光落在何处,"你不该那样说,孩子,她们是想帮助你,我们都站在你这一边的。"

"为什么?"

"因为我们不喜欢银行,至少,我们不喜欢银行家。"

我想起他向亚当斯先生贷款时受到的"待遇",我耸耸肩,"好,关于抢劫的事,你想知道什么?"

农夫坐在床边,"当你打亚当斯的时候,他尖叫没有?"

"叫得像猪一样。"我回答,说出他爱听的,同时看他搓着双手,一副欣赏又满足的样子。

然后,我认为是轮到我问问题的时候了,"你和女孩子们单独住在这儿吗?"

他点点头,"她们的爸爸,也就是我的儿子,十一年前在一次牵引机的事故中丧生,她们妈妈受到打击,一病不起,几个月后就死了。从那时候起,她们一直和我生活在一起。"

"你这农场很大？"

"相当大，时下的农场必须大。"

"可是你经济拮据。"

他再次点头，自信地说："不过吉人天相，情况会好转的，这三个女孩子不完成大学业，找到好人家，我是不会瞑目的。"

女孩子们端着一托盘的食物回来，单是瞥那餐盘一眼，我就知道自己是多么饥饿了。

老人离开房间一会儿，然后抱着一大堆报纸回来。"我想你可能喜欢阅读有关你自己的事。"他说。

我边吃边读。报纸是从抢案的当天开始。新闻报道说，一位穿着花花绿绿的枪手，如何抢劫银行，残酷地打伤亚当斯先生，携走一笔数目尚未确定的钱。以后的几天里，警察努力追捕歹徒的情形一直占据着头版，直到刮旋风的消息才使它退居其次。

虽然如此，真正令我吃惊的是昨天的报纸：我藏匿的地洞被空中的侦察机发现，一组搜索队从洞里找出了睡袋、衣物和假发，于是追捕歹徒的消息又回到社会版头条。

另外还有一条新闻报道说，一位名叫杰西的得州旧汽车商，车祸死亡。不难想象，车祸是如何发生的。他必定是读到旋风侵袭的报道后，便急急忙忙往回赶，在匆忙赶路中，撞上一部拖车。

看来杰西是无法享受我们的"成果"了，但我从没欺骗过合伙人，甚至像亚当斯先生那样的滑头。此时合伙人只剩两人，所以我马上想到要将赃款分一半给亚当斯，然而，接下来，我发现无此必要了。因为很明显的，他不像我那样诚实。报纸上说，银行检查员已经统计出正确的数目，被劫款总数在九万多一点，那正是我劫走钞票的两倍。所以说，亚当斯先生已经取得他的一份，我手边的应该只属于我。

第二天，警长办公室的人员和公路警察一起来到农场问话。他们的来临有黑狗吠叫做通报。老农夫和三个女孩告诉他们，没有看见或听见不寻常的……没有见到陌生人，也没有弃车。警察们在谷地附近瞧了瞧，然后离开。

几天以后，FBI的人和堪萨斯调查局的人也来到农场，他们比先前来的那批人多停留了一些时候，问得也比前一批彻底些，但是得到同样的回答。

老人邀请他们进入屋里喝咖啡，我在旁边的房间里听见他们大部分的谈话。

我觉得挺滑稽,我坐在床上,点四五手枪在手边,而数尺外是极力追捕我的人员。塞有烫好钞票的布袋,放在床边的床头柜上……

调查人员去后,女孩子们和爷爷一起进入房里。

吉娜在床边坐下来,拿起我的手枪。她是三姐妹中最男孩子气的,她对枪支和打猎的常识比我丰富。她把枪拿在手中估量估量,然后又放下来,"海德斯,假如我问一个问题,你愿意回答吗?"

"可能不回答。"我说。

"我们很想知道,你是怎么处理你那辆逃走用的汽车的?"曼珊说。

"对了,"爱莲同意妹妹的说法,"你愿意告诉我们,你是如何处理的吗?"

"不愿意。"

"为什么不愿意?"

"因为那是一个秘密。"我认为没有必要告诉她们杰西所施的诡计。

"喔,你可以告诉我们的。"

"假如我告诉你们的话,就不会是秘密了。"我故弄玄虚地说。

"求求你!"

老人进来给我解了围,"你们这几个女孩,别再烦海德斯先生了,一个人总有些秘密。现在,出去,做自己的事去。"

爬进农场后的第六周。老人解下绑在我脚上的木板,我又能走路了。那天早上,我把三条钱袋绑在胸前,穿上洗净的衬衫,爬上卡车,坐在老人身旁。我并不急着离开,但是老人不要我久留。

"现在,你已恢复健康,我不能再留你,"他说,"那些女孩子太喜欢你了。"

他开车送我到城里的巴士站。警方早在数周前就撤掉路卡,所以中途没有啰唆。他在距车站半条街处停下车,我解开衬衫,开始解一条钱袋。

"科列特先生,我要送你一些东西,以报答你的大恩大德。"我说。

他看见我在做什么,立即阻止,他说:"我不要你送任何东西。"说话时,表情似乎有些尴尬。我试着将一条钱袋给他,但见他诚诚恳恳地推却,我也就不勉强了。

当时,我感激地想,能碰上科列特先生一家这样的好人,真是我的幸运。

然而,住进圣路易斯的一家旅馆之后,我知道他为何尴尬了。我发现有两条钱袋里塞的是报纸——剪成和钞票一样大小的。

我只是有一点点生气,而且很快就过去了。世事原本就是如此:这样得来,必那样失去,何况老农一家于我有救命之恩。当我有空思量这件事时,我很高兴老农拿走大部分的钱,那分法似乎很合理,况且,他还有正当用途。

书中有美金

我在距魏曼家两条街外的加油站边找到了一个公共电话亭。

我把汽车驶进加油站，停在加油行列之外，进入空气污浊的电话亭，摸索着口袋中的零钱。

我记得那是8月里的一个炎热、晴朗的星期二，我还没有关上电话亭的门，人已经沐浴在汗水之中。

我没有打紧急电话，反而打警察总局，找凶杀组的乔希警官。他是我从前的上司，我已经有好几个月没有见到他或者有他的消息了。所以，我认为这是一个问候的良机。

"喂？"乔希的声音显得有点厌烦，"我是乔希警官。"

"乔希警官，我是布雷斯林，记得我吗？"

"模模糊糊的。"他回答，"你不是公共图书馆那位娘娘腔的警察吗？"

"谢谢你记得我。"我说，"那真好，你还那么忙吗，警官？"

"马马虎虎。"他停顿了一会儿，然后带点怀疑地说，"有什么事吗？"

"我想，我也许偶尔碰到一件事给你办，警官。"

"你总是老爹的小助手。"乔希警官说，"什么样的事？"

"我认为东木街4321号，有个人遇害了。"

"你'认为'有个人遇害了？"

"是的，我刚刚到那儿去追逾期未还的书籍，因为没有人应门，所以我透过起居室的窗帘向里面看，窗帘没有拉好，有缝，所以，我看见一个人躺在电视机前，电视还在响，从窗子我还可以看见银幕上有画面。"

"你有没有进去？"

我吓了一跳,"在你的手下干过那么长时间,我能进去?当然没有进去,我连门也没有打开。"

"这么说,那人因为电视的噪声,没有听见。"乔希警官不以为然地说,"他疲倦了,躺在地板上休息,一边休息,一边看他喜欢的节目。"

"面部向下?衬衫背部全是血?"

乔希警官叹口气,"东木街4321号?"

"对的。"

"我这就派人去查查,你说那人叫什么名字?"

"魏曼。不过,我希望地板上那人不是他。"

"为什么?"

"因为假如是魏曼的话,他欠图书馆两元两角的逾期罚金。"

"你这人真叫我伤心,"乔希警官说,"这种关头还在提那区区的小罚金。你现在在哪儿打电话?"

"两条街外的一个公共电话亭。你要不要我回去,等候你们的人?"

"不必了,谢谢。"他的声音变得温和起来,"假如那是命案的话,这回我们要全部自己处理。布雷斯林,你今天不是还有些逾期未还的书要去追讨吗?"

那天晚上,乔希警官打电话到我家。他打来的时候,我正好调了一杯饭前的冰马丁尼酒,正呷了第一口。我还没有决定是出去吃,还是吃两天前自己做的光棍晚餐的残羹剩饭。

乔希警官说:"那家伙不是在看电视,布雷斯林,他死了。"

"他看起来像是死了,"我说,"他是不是被谋害的?"

"我们认为是被谋害——后门锁被强行推开,人是从背后挨枪的,屋里没有枪。"

"哦,"我说,"那人是魏曼吗?"

"根据房东、邻居和街头'星星酒吧'女招待的指认,他是魏曼。女招待和他出去玩过多次,似乎他是个光棍,独居。"

"女招待人如何?"

"不错,而且长得并不难看。"乔希警官说,"假如你喜欢金发和假睫毛的话。"

对这消息我并不关心。到目前为止,我仍然在等候马西娅,她是图书馆的一位小姐,我正要她答应婚事,不然就分手,各奔东西。

"乔希警官,魏曼借的那些公家书籍呢?"我说,"我可以领回吗?"

"哪一本?他的起居室里有好多公家图书馆的书。"

"我必须看看单子，魏曼最近可能还借些别的书，有些还未逾期。我可不可以弄回来，清一清记录卡？"

"为什么不可以？"乔希警官同意说，"明天到警局里来，我把书交给你就是了。"

"谢谢。"我说，"我会过来。"

乔希警官很守信。第二天上午大约11点钟，我到达他办公室的时候，他已经把一堆图书馆的书为我准备好了。

"你有没有找到嫌疑犯？"我问他。

他摇头，"根据房东说，魏曼在那儿只住了一年。屋里没有一样东西显示他以前在哪儿住过。就我们目前所发现的，他在镇上无亲无故，又无朋友，只有'星星酒吧'那位金发女招待还算是他的朋友。"

我说："谁在找朋友？杀他的是仇人，当然，这只是推测。"

乔希警官咕咕哝哝，"我们还没有找到他的仇人哩。"

"怪了，一个人居然会没有亲戚，没有朋友，也没有敌人？"

"而且还没有工作。"

"魏曼没有工作？"

"一位赋闲的绅士，而且还有隐秘的私人财产。这是那位金发女招待告诉我的。"

"去他的，如果是我，我也会那样告诉她。"我说，"那不意味着是事实。"

乔希警官点支雪茄——假如你说他抽的那种黑绳子般的烟叫雪茄的话。他说："昨天你透过魏曼的窗帘，究竟看见过什么？"

"正是我告诉过你的，魏曼躺在地板上，看起来像死了，血到处都是，电视开着。"

"你没有注意到别的？"

"没有，我一看见以后，就到外面挂电话给你，我该注意到什么别的吗？"

"那地方乱七八糟，布雷斯林，有人把它翻乱了，翻寻的手法，差不多是职业的。"

"凶手？"

"我们是那么猜测，好像很认真地在搜寻什么东西。"

"一个窃贼在搜寻钞票，"我打岔说，"结果被魏曼撞个正着。"

乔希警官耸耸肩说："也许。魏曼的钱包不见了，不过，假如是那样的话，窃贼却忽略了魏曼钱袋里的五百元。"

"你在射杀一个人之后，总不该再逗留彻底搜身吧？"

乔希警官再次耸耸肩。

我站起来，"哦，总之，警探，谢谢你救回我们图书馆那些书。"说着，我收拾起书籍。

"需不需要帮忙？"他问。

我没有理会，而是说："这些书你查看过没有？"

"当然查看过。"

"不过，杀魏曼的是谁？那人一定在寻找什么。"我说，"书是很上等的藏匿地方。"

"我们查过，布雷斯林，里面没有夹什么。"

"除非我这位'专家'来搜查过，否则，不算是查过。"我说，心里明白这话会激怒乔希警官。

他嗤之以鼻，"哦，别在这儿查，回去随你的便，想怎么查就怎么查，好吗？"

我对他咧嘴笑笑，拿起书出了门。我还得先继续我的工作。我的工作是追查图书馆遗失、被窃、逾期的书。在凶杀组乔希警官手下做了五年之后，图书馆这个工作是安静平和的，不过我很喜欢，那喜欢之程度和乔希警官的憎厌差不多相同。

下午4点钟回到图书馆时，我把这些书带回小办公室里，开始一本一本地小心检查。

我检查每一本书上的卡片袋、书脊和封面、书皮之间的空间。我努力地检查，看看书页间有没有藏匿什么。

书一共有八本，我用双手抓住每本书的封面和封底，在办公桌上抖着，希望书页中可能会有东西掉下来⋯⋯

查到最后一本时，在我右手指的下面，我感觉到书皮下有些不平。

我们图书馆的每一本书，都用透明的厚玻璃纸衬白纸包起来，然后沿书角折叠，再用糨糊粘起来。我手指触到的是那个折叠的书角，它似乎略显高了，也就是表示，那儿特别的厚。那本书名叫《培植蘑菇新法》。

我有些兴奋地慢慢拆开书角糨糊粘的地方，把整个书皮拆掉，这时，一沓崭新的百元大钞出现在我眼前。

我注视了它一两秒钟，没有去碰它，我觉得惊讶，不错，还有些欣喜。身为一位退职的刑警，我知道不能去碰钞票，以免毁坏或弄污任何可以采到的指纹。然而，身为一个好奇的图书馆警卫，我忍不住从抽屉里取出邮票夹子，把钞票夹开，去数一数下面的那些。里面共有十张，全都是百元大钞，崭新，清脆，诱人，可以花用，一共是一千元。

我不能说我不动心，一刹那，各种古怪念头在我脑中转过。我想，没有人知道这笔钱，只有我知道。我告诉自己，这是一本图书馆的书，所以，那是公家的财产，不是哪个私人的东西。不是有一条法律规定说，捡到财物，多久以后没有人认领，就归捡到的人所有吗？那么，这些钱肯定是无人认领了，然而，两分钟后，我很坚定地拿起电话，请总机给我接乔希警官办公室。

第二天，我在图书馆餐厅吃午饭时，乔希警官出现在餐厅门口。他立刻发现了我，走到我的餐桌边，坐下来。

我说："欢迎，警官，你正好赶来为我付账。"

乔希警官说："我为什么该替你付账？因为你把钱交给我，你恐怕那是伪钞？"

我将送到口边的一匙巧克力冰淇淋停在口边，问："是吗？"

他摇摇头，"把冰淇淋吃完，我们离开这儿，我有话要说。"

我故意慢吞吞地吃。我说："事有先后，也有始终，我在想，警方感激我的帮忙，应该为我付一次账，其实那也不为过，何况只有一元两角三分。"

"那会有贿赂证人之嫌。"乔希警官说着，夸张地从口袋里取出一支黑色的雪茄，再摸索火柴。我说："这儿不准吸烟，警官，你没有看见那个牌子吗？"

他投给我一个冷冷的脸色，"谁要阻止我？我的警衔可比眼前的另一位警察高得多。"

"好好，"我叹口气，"我走就是了。"

我付了账，然后两人一起上楼到我的办公室。警官在我办公桌前面的一张扶手椅上坐下来。我说："好，警官，你还需要帮忙，那是什么事？"

乔希警官谦逊地点个头，"这次书籍里发现钱的事，多亏你了。今早我们就发现魏曼有一点蹊跷。显然，魏曼这个人有很多百元大钞。他的房东说，他一向用百元大钞付房租，'星星酒吧'的女招待说，有时候他喝酒也用百元大钞来付账，我们发现他的时候，身上的钱袋里还有五张百元大钞。"

"图书馆那本书里的钱也是百元大钞，你认为那些钱是故意要给魏曼的？"

"似乎有那可能，而且那些钱可能来源相同。"

"也是利用图书馆的书来传递？"

"可能，"乔希警官皱着眉头说，"不过我弄不明白，不论何人藏钱在书里，怎么能确定魏曼取到？任何人都可能借到那本该死的书，再原封不动送回……"

"如果魏曼事先预定的话，就不会，"我说，"当书送回图书馆后，我们就会寄明信片通知他，为他保留三天。"

"哦，"乔希警官说，"不过，对付钱的那些人又怎么说？他如何知道魏曼要他放在哪一本书里？"

我靠着椅背思索着这件事。最后我说："我只看出一个法子。魏曼可以打电话给图书馆，以别人名义预定一本书，然后，当那本书归还时，我们就自动通知那个人，他知道那就是魏曼要他放钱的书。"

乔希警官点点头，"同时呢，魏曼打电话用自己名义预定同一本书，那样一来，等书一送回图书馆，他一定可以弄到？"

"是呀，"我说，"那可能行得通。"

"那相当复杂。谁这么了解图书馆的作业方式，而来做那种把戏？"

"比方，我就了解，"我谦逊地回答，"也许魏曼也了解。"

乔希警官沉思着，"就算你说得对，那么，钱怎么会还在书里面呢？为什么魏曼不一到家就取出来呢？"

"验尸官判断他是什么时候遇害的？"

"你发现他之前十六到十八小时。"

"哦，那可能正是他从图书馆带书回家的时候，也许他刚给自己调好一杯鸡尾酒，打开电视，再准备从书上取钱，就在这时，他遇害了。"

乔希警官双手做了一个没有评论的手势，然后摸弄着没有点燃的雪茄，"我觉得整桩事越来越有勒索的意味了。对疯狂的付款方式，我能想到的唯一理由是，要向被勒索者掩藏自己的身份。这个借书的计谋可比一般用假姓名、假住址和邮箱，让被勒索者寄到那个邮箱，更深谋远虑。"

"当然，那样你可以守候在邮箱那儿，看谁来收信。"我说，"可是在你归还书籍后，你很难向公共图书馆调查谁马上借了这一本。此外，我们的书籍同一本版本不只一本在流通，你怎么能查出哪一本藏有钞票的？"

乔希警官问："那么《培植蘑菇新法》这本书贵馆一共有多少本在流通？"

"一册，"我承认，同时对他咧嘴笑，"有些冷门的书籍，我们只有一本在流通。也许那是值得注意的，因为《培植蘑菇新法》这本书，是魏曼借的书中唯一没有两本或三本在流通的。"

"那又怎样？"

"那就是说，魏曼为被害人预定一本不受欢迎的，又是单册的书。那么，他不用等候多天就可以弄到钱。"

"真邪门！"乔希警官愤怒地说，"一个人要查查谁借去某一本书，只要问你们的馆员就知道，对不对？"

"错了，那是违反规定的。即使告诉人家，何人在等候某一本书也不行。我们的作业方式是根据卡片号码，不是名字。"

"我知道，不过，当你发借书卡给某人填写的时候，你们是不是也记录有那人的姓名和住址？"

"当然，"我轻快地说，"不过，要将号码和姓名配合起来还得需要技巧哩。你从前借过的书，由下一位借阅者送回来的时候，你就可以从卡片袋的卡片查出，谁在你后面借书，但上面只有号码，不是姓名。"

"一定有许多方法可以突破那卑鄙系统。"乔希警官酸涩地说。

我耸耸肩，"我们存放姓名和号码的资料留在大办公室里。"

"锁起来，还是存放在保险箱？"

"只是放在一个简单的资料柜里，"我面无表情地说，"我想有人可能未经许可而进去使用。"

乔希警官轻蔑地说："真是儿戏。"

"举个例子来听听？"

"我可以哪个晚上躲在书架后，一直到图书馆关门，职员下班，然后，**我整夜可以找资料，找到我想要的**。"

"那很好，"我称赞他，"但也小心你的头衔。"

乔希警官跳起来，"布雷斯林，我们别再鬼扯，带我到放资料的办公室去，你有权可以使用它，对不对？所以，假如我们可以查出在魏曼前面借《培植蘑菇新法》这本书的人名和住址，我们就可能找到凶手。"

"等一等，"我说，"假定我们推论勒索这件事正确，被勒索的人从卡片号码推出魏曼的身份，周一下午到魏曼的住所，由后门闯入，把屋子翻遍，为的是寻找魏曼勒索他的证据。魏曼正好从图书馆回来，不预期地打扰了他，因此挨了子弹。那么，凶手一定会看见魏曼从图书馆带回家的书，也一定看见其中那一本《培植蘑菇新法》，假如他一两天前才在那本书上藏了一千元的话，难道说，他不会收回？为什么要把钱留下来，事后让我找到？"

乔希警官烦躁地说："我怎么知道？把他的名字给我，我去问他！别那样，布雷斯林，走吧！"

我伸手到写字桌的中间抽屉，拉出一张卡片，"我这儿碰巧有你要的资料，警官，我今早去查的。"

"你为什么不早说？"

"我要你问我，好好地、有礼貌地问，"我说，"因为星期二上午你告诉我，这回你不需要我任何帮忙，记得吗？"

乔希警官一点也不让步,"我怎么知道,一位办凶杀案的人会成为图书馆的专家?"他说。

他接过卡片,大声读出名字,"哈伯勒,号码是 L1310077。"

当他离开时,很高雅地回过头来说:"布雷斯林,谢谢。"

我觉得很得意。

第二天中午,当乔希警官打电话到图书馆给我时,我的得意感消逝了。

"这是图书馆专家的住处吗?"他招呼说。

"要称赞不嫌晚些吗?你逮捕那位哈伯勒先生了没有?"

"没有,他被淘汰了,布雷斯林,他和我一样,不会是杀人凶手。"

我觉得失望,但不惊讶,"他不是被勒索者?"

"哦,是的,他承认是被勒索了。当我告诉他,我们在图书馆书籍中的钞票上发现他的指纹时,他承认了。"

"你真发现他的指纹了吗?"

乔希警官咳嗽一下,"是的,我们是找到了指纹,但并不知道那些指纹是他的,一直到他承认付勒索之款。"乔希警官再咳嗽了一下,"总之,他很快承认,他把百元大钞封在图书馆的书籍中,在付钱给某人——但一直到我告诉他之前,他也不知道那是魏曼。他说根本就不认识魏曼这个人。"

"他是否告诉你,这事是怎么发生的?"

"和我们推测的差不多。一年前,哈伯勒接到一张可能会损害名誉的照片,没有发信人的住址,然后,一个男人打电话给他,威胁说,如果不付款的话,他就要把照片寄给他太太。当他同意付款时,那人问他有没有借书卡,然后就安排这个图书馆借书夹钱付款的办法。"

"魏曼抓到哈伯勒的什么把柄?"我好奇地问。

"那不关你什么事。"

"对不起,"我说,"你相信哈伯勒没有杀害魏曼,这是不是也不关我什么事?"

"魏曼遇害那天晚上,哈伯勒有确切的不在现场证明。"

我以舌头打牙齿,做出啧啧声,"太糟了,你说确切点儿。"

"那时,哈伯勒人在巴尔摩,在保险人员的餐会上发表演说,巴尔摩距离此地五百里,我们已经查证过。"

"不错,那是确切的、十分坚固的不在现场证明,"我说,"这么说,下一招是什么?"

"我想是回到原地,除非你有更好的意见。"

"让我想想。"

"去你的，从现在起，我来想，你只需在我需要的时候给我图书馆方面的协助，好吗？所以，这儿有可以开始着手的。假定魏曼勒索哈伯勒以外的人——这事很有可能——利用图书馆借书还书这个同样的方式来收钱的话，他会用对哈伯勒的同一本书吗？或者不同的书？"

"不同的书，"我立刻说，"即使他时间表上没有搞成一团糟，如果他同一本书预定一次以上的话，我们的办事人员也会觉得怪怪的。"

"好，现在另外还有个问题问你，布雷斯林，你有没有注意到，我们从魏曼家带回来的八本书中，没有一本是逾期的？"

他在等候我领悟自己疏忽的"罪孽"时，低低地轻吹起口哨来。然后，他说："布雷斯林，你告诉我了，不是吗？你周二是到魏曼家去收逾期未归还的书。"

我歉然地说："是的，我是说了，警官，对不起，自从在那本《培植蘑菇新法》的书中发现钱后，我脑子中什么事都忘光了，包括那本逾期的书。"

"哦，哦。"乔希警官轻轻说。

我说："你是要我出去跳河自杀或做什么？"

"还没有，"我越觉得歉然，乔希警官越觉得愉快，"要跳河也得等你告诉我逾期的书名之后再去跳。"

"等等，"我说，"我来查查。"我翻看着逾期的书单，"那本书名叫《沉静的蜂房》，作者是狄西蒙。"

"另一本我急于想看的书，"乔希警官声音因为兴奋、紧张而粗哑，"我这就到魏曼家去找，假如我们运气好的话，也许那本书能告诉我们一些线索。"

"你要查在魏曼之前的借书人姓名？"我说。

"先找到书再说。"说着，他挂上电话。

下午，我出去收完书回到图书馆，大约是五点半。桌上有一份留言，要我挂电话给乔希警官。我打过去，他说："布雷斯林，现在我要那个名字。"

"你找到那本书啦？"

"在电视机后面和墙壁之间，很明显的，魏曼取出钱后，书掉在那儿，于是他才会忘记归还图书馆，所以才会逾期。"

"他取出钱之后，"我重复说，"这么说，那是魏曼另一本付款的书？"

"废话少说，把魏曼的前一个借书人的姓名住址告诉我，希望这一个不像哈伯勒那样，有确切的不在场证明。"

我从资料柜那儿为他念出姓名和住址：巴里奎克，梅树街1723号。

我知道一切顺利，因为乔希警官打电话给我，在下周的星期二要请我到"艾尔餐厅"吃饭，但食物的总价不能超过一元两角三分。

他在"艾尔餐厅"的一个后座等候我，脸上有一种工作顺利完成的满意神色，座位前摆着一杯啤酒。

"请坐，"他开朗地邀请我，"和我喝一杯啤酒。我希望你不要叫沙拉来配汉堡，你知道，这家餐厅光是沙拉就要二毛五分。"

"我从不碰那些，"我说着，溜到他的前面坐下来，"不过，我要来一杯啤酒。"他举手示意要女招待过来。当她送来啤酒时，我们告诉她，过会儿再点晚餐。

我呷了一口啤酒，对乔希警官说："你有没有逮到这个巴里奎克？"

他点点头。

"他是凶手？"

他再点点头，"凶手、银行盗窃犯、贩毒犯，还有，很遗憾的，是一位退职警察。"

我凝视他，"你是说正经的？"

"他过去在洛杉矶的缉毒组，名字是另一个不同的——他的真实姓名叫罗杰·迈尔斯，目前他在此地的第一国家银行当安全警卫。这家伙胆大包天，居然从自己保卫的银行中窃取百元大钞来支付魏曼的勒索，你对这种'机智'认为如何？"

"假如他有那么'机智'的话，"我提议，"他也可能机智得能够避开你的杀人控诉。你刚刚说，他是杀魏曼的凶手？"

"没有疑问，一望便知，就像电影里的警察们常说的。别愁，我们已经逮住了，他再也溜不掉了。"

"好，"我说，"你的'再也溜不掉'是什么意思？"

"他曾被洛城警局停职，罪名是拿收缴来的毒品出去贩卖，在法院给他定罪之前，他逃掉了，永远离开了洛城，无影无踪。现在他摇身一变，变成巴里奎克，当起这儿的银行警卫来。"

"你肯定魏曼是他杀的？"

"绝对肯定，"乔希警官说，"身为银行的警卫，他每天都携带着点三八的手枪。"乔希警官在我想开口说什么之前，举手阻止说，"你想问如何肯定，是不是？哦，我们在那本《沉静的蜂房》的书页边，找到了他的三枚指纹，魏曼钱袋里的钞票上，也找到三个同样的指纹。还有，巴里奎克手枪上也有三个同样的指纹，那还不够吗？"

"不够定他的罪，你是知道的。"

他的眼睛透射出满意的光芒，"哦，那么，这个消息怎样？我们弹道组的人员告诉我们，从魏曼身上取下来的子弹，正是发自巴里奎克的枪。巴里奎克在魏曼遇害的时间里，没有不在场证明，而且，他还有不折不扣的杀人动机。"

"魏曼有他的什么把柄？"我问。

"可能他知道，巴里奎克是真正的罗杰·迈尔斯，就是那个贩毒后逃走的洛城警察。魏曼只要向洛城警局报告，巴里奎克就要坐好一阵子牢呢！"

我说："我不懂，假如是那样的话，巴里奎克在魏曼家的时候，搜索些什么？他需要的只是杀死魏曼保护自己。"

"就这件事，我有两个推理。"乔希警官说，"一、他想使命案像我们最初所想的看上去更像是遭窃；二、……"乔希警官那双一眨也不眨的硫黄色眼睛，愚弄似的盯视着我，"也许巴里奎克想接收魏曼的'客户'，继续收取勒索金，而不是支付。"

我说："第一项推论也许可能，可是，什么使你有第二项推论？你有过分活跃的想象？"

"我们在巴里奎克的公寓里发现了一些有趣的东西。"乔希警官回答说。

我问："是什么？"

"魏曼用来勒索哈伯勒的底片，"乔希警官说，"全整整齐齐地贴着标签，写明哈伯勒的名字和住址。"

"哦，哦，"我说，"对一位退职警察而言，巴里奎克真聪明，呃？"

"你今晚不能侮辱我，"乔希警官凛然地说，"喝完你的啤酒，我们来点菜。"

"不忙，我仍然没有弄明白。"

"明白什么？"

"魏曼怎么知道巴里奎克是逃跑的罗杰·迈尔斯？"

乔希警官耸耸肩，"怎么知道有何关系？我猜是碰巧发现。可能有一天，魏曼无意中在银行看见巴里奎克，认出了他。"

"你意思是说，魏曼是在洛城认识他的？"

"也许，或者，至少知道他长什么样子。"

"好，我的下一个问题才是真正令我不解的。你怎么发现巴里奎克和魏曼都来自洛城？就我上次听到的，你对巴里奎克或魏曼，根本一无所知。"

他大大咧咧地挥挥手，"小伙子，那只是警察周详而扎实的例行工作而已。我们是在哈伯勒指点下着手调查的。"

"哈伯勒？"我不解地问，"他指点你们向洛城查？"

"我不是说过了吗，"乔希警官沾沾自喜地，"哈伯勒不小心被魏曼所勒索的事，就是去年在洛城开会时所发生的。"

"哦。"我说。

"洛城方面也给了我们一份有关魏曼的资料，他们曾经因为他犯勒索罪而逮捕过他一次，有两次贩卖黄色胶卷，每次都被他狡猾地脱逃。他是一个相当狡诈的人。顺便告诉你，他在洛城的记录中说，他读中学时，暑假曾在公共图书馆打工。"

我喝完啤酒，"非常非常的干净利落，警官，现在我们可以点菜了吗？"当他向女招待打信号时，那样子很自得，以至我忍不住说，"还是一样，这案子假如没有我在《培植蘑菇新法》那本书中找到钱的话，你连一垒都上不了，更不用说回本垒得分了。"

"不见得是那样，"乔希警官一本正经地说，"不过，当然，你可能是对的。"

"这么说，"我说，"我可不可以叫盘沙拉配汉堡吃？"

乔希警官咧嘴笑着说："哦——好吧，只此一次，下不为例。"

"谈到钱的事，"我继续说，"在魏曼钱袋里发现的那五百元，你打算怎样处理？"

"因为无亲无故，又无继承人，所以，我想交给警方的福利基金会。"

"你不能那么做，"我说，"至少不能全部捐出去。"

"不能？"他发怒地说，"为什么不能？"

"因为有部分钱是我的。"

他看我的样子，就好像我是神经病一样，"你的？你是什么意思，你的？"

"嘿，究竟是谁记性差？"我说，"我上周二不是和你说过，魏曼欠我一本逾期书籍的罚金，两元两角吗？也就是那本《沉静的蜂房》。"

醉　鬼

"蕾丝？"睡得迷迷糊糊的男人咕哝了一声。就在这时，一双圆圆的眼睛隐隐约约地出现在他头顶上，没有面孔，只有那两个在空中飘浮的黑洞，似乎要爆炸开来。接着，它突然向他猛冲过来。

布鲁·史通发出一声窒息的尖叫，从沙发床滚落到地板上。他全身颤抖地躺在那里，头脑渐渐清醒过来。

多么可怕的梦啊！那双眼睛！幸亏自己喝得迷迷糊糊的，否则更可怕。

他妒忌贝蒂。每天早晨起来，她都是那么容光焕发，从来没有睡眠不足的倦怠。不过，到底她比自己小得多——她才二十几岁。

正当他挣扎着要爬上床时，贝蒂从浴室里走了出来。由于昨晚的狂欢，她的脚步有些不稳。当她穿过杯盘狼藉的地板时，空酒瓶和空啤酒罐在污秽的地板上发出刺耳的叮当声。

"我的头！"他呻吟道。

贝蒂俯下身，嘲笑道："布鲁，你是不是又做噩梦了？"

她娇声娇气的声音一直很让他着迷。现在，这声音又在撩拨他的神经，使他振作了些。

"没有，我在锻炼身体，"他自嘲说，"每天早晨醒来，我都要做运动。"

这话倒不完全是玩笑。认识她之前，他从来没有像现在这样喝过酒。他心中暗想："我是三四星期前搬到这儿来的吗？"记不起来了。每次他试图回忆起搬进来的确切日期时，脑子里都是一片空白。他只能记得一件事——他是在离开妻子蕾丝的那天晚上搬到贝蒂这儿来的。

贝蒂娇哼了一声，乳房在布鲁的胸口上蹭了一下。布鲁尴尬地装出要抽烟的样子，用胳膊肘将她推开。他从丢在旁边破椅子上的外套里拿出一盒烟。贝蒂把烟灰缸扔到他胸口，他疼得大叫一声。

"我去给你买咖啡好吗？"她说，朝门口走去。

"他妈的，"布鲁咕哝道，点着了香烟，"搞什么鬼，为什么不在这儿自己煮呢？"可是，门已经关上了。

他觉得很烦。贝蒂从来不进厨房，如果进去，也只是拿冰块和玻璃杯。他们的食物都是从外面买来的熟食，而咖啡也是用他讨厌的塑料杯装的。记得在家里时，不论是在后院烤肉，还是全家人出去野餐，蕾丝都会为他特意准备一只瓷杯。

布鲁任思绪飘向过去，想着妻子为他准备的那些东西——煎牛排、烤鸭、糖醋排骨——他把这些都给毁了。毁了就毁了吧，也没什么，二十年的婚姻生活中他反正从来没有满足过，为什么他要为这次导致破裂的争吵而自责呢？

不错，他爱喝两杯，也很少回家。可这也算犯罪？如果是的话，那他也有很多可抱怨的事呢。他和蕾丝一样，都是受害者。

是的，她很聪明，他早就知道，也早就受够了！难道他要永远忍受她的聪明吗？而最叫他难以容忍的，就是她的性冷淡。对此，他并不隐瞒。

"也许，是你不希望我有反应，"她曾经这么反驳说。

他勃然大怒，"别对我胡扯些什么心理问题，你冷淡就是你冷淡！"

"求求你，别这么大喊大叫！女儿会听见的！"她低声恳求他说。

"也许这正是她了解生活真实面目的时候。"他反驳说。

他们的女儿已经十八岁，正在楼上房间里整理开学需要的东西。

"布鲁，听我一次劝，好不好！"蕾丝的双眼在她清秀的脸庞衬托下，显得很大，"你总是不顾别人，一意孤行。每当我紧张的时候，你就生气，又不听我的解释。"

"我已经听够了，蕾丝！"他咆哮道，"结婚这么久，我得到的只有你的冷漠。噢，你真会找借口，女儿一生病你就到她房间去睡，等她好了，你又会有别的借口。总是有借口，全是借口！"他越说声音越大，丝毫不理睬妻子请求他降低嗓音的手势，"你以为我是什么东西做的？我是人，是人啊！"

"你想知道真相吗？那我告诉你，我讨厌你喝酒，我已经告诉你多少次了。真的，我受不了你酒后来碰我，你让我恶心！你明白吗？你让我恶心……"

他开着车，想到芳威公园去看篮球比赛。也许球赛能分散他的注意力，帮他稳定纷乱的情绪。但是，由于没有注意路标，他把车开进了滑雪区。为了问路，他不得不下车到附近的一家低级酒吧去喝一杯。就是在那里，他遇见了贝蒂。

布鲁在胸口上的烟灰缸里捻灭烟头。贝蒂到哪儿买咖啡去了？他的喉咙发干，嘴巴苦涩，头像裂开了一样痛。

酒瓶就放在床头柜上。但是，他认为，只有酒鬼才会一大早就喝酒，他可不是蕾丝所说的酒鬼。

虽然对蕾丝有种种不满，但他发现自己仍然在想念她。在他离家后的这段时间里，她会怎么想呢？为他的离去而难过，还是如释重负？

布鲁忧虑地想着，眼睛却厌恶地打量着四周：乌黑的木质家具，褪色的壁纸，什么都是乱七八糟的。这和他在郊区干净整洁的家真有天壤之别。

他昏昏沉沉地又睡着了。那索命似的圆东西又出现在他眼前。他大叫一声，打翻了胸前的烟灰缸。

他呻吟着从床上爬起来，摸了摸脸，发现两腮的胡子已经很扎手了。他想，最好洗个澡，再刮刮胡子。他可不想再倒头睡去，梦见那可怕的眼睛。

他摇摇晃晃走进浴室，打开喷头，正准备用香皂洗脸时，突然怔住了。

小时候，他是和表兄们一起长大的。那是一群漂亮的孩子，相比之下，他一直认为自己极其丑陋。长大后，他发现自己还说不上丑陋，只是相貌平平，有一大把胡子。

而现在那镜子中的脸不仅丑陋，而且恐怖：眼睛布满血丝，下面还有大大的眼袋，脸色发青，嘴角松弛。天哪，才过了几个星期，人就变得这么难看！

愤怒、惊慌和沮丧交织在一起，简直要让他发疯了。他一拳将镜子打得粉碎。从像蜘蛛网一样破碎的镜子里，无数双怪异的眼睛瞪着他。鲜血从他手上滴下，落到洗手池里。

他打开水龙头，在凉水下冲洗受伤的手，他淡淡地一笑，想起了他十几岁时候的事情。那次，表弟讥笑他，他勃然大怒，如果不是姑妈及时阻止，他差点掐死了表弟。

"你有一双屠夫的手。"姑妈冷冷地对他说。

从那以后，他再也没去过姑妈家，他恨她和表弟。

布鲁用毛巾裹着手，回到卧室，不知道自己该做些什么。星期六，贝蒂那帮朋友的聚会很早就会开始，他们中的一半人在天黑前就会喝得酩酊大醉，剩下另一半人继续疯狂纵饮。他不想参加这样的聚会，他想离开，可是去哪儿呢？

他从地板上捡起一张皱巴巴的报纸，摊开放在桌子上，并把酒瓶放在报纸旁边。

他看了一眼体育版：纽约的扬基队和本市的红袜队今天决赛，如果他仍然和蕾丝在一起的话，他们会一同去欣赏这场比赛的，扬基队和红袜队是他们最喜欢的两支球队。

布鲁闷闷不乐地翻看报纸的其他版面，他记得蕾丝当初并不怎么喜欢球赛，但为了让他高兴，最后竟成了球迷。

一想到给蕾丝打电话，请她一起去看球赛，他突然变得紧张和兴奋起来。为什么不呢？找自己的妻子一起去看球赛，没有什么不对的。

事实上，他已经厌倦了现在的生活，他需要重新振作起来。可是，要重返原先的正常生活，除了向蕾丝低头认错外，还有什么好办法吗？虽然外表冷漠，但她心地善良。

他相信，如果她给他机会解释的话，她会回心转意的。蕾丝认为自己非常公正，并为此而感到骄傲。想到这里，他的心情轻松起来，并且开始考虑如何实施自己的计划。

他能够取得蕾丝的同情——由于他们之间的争执，他在伤心之下，走进了一家低级旅馆，茶饭不思，只要看看他的样子，她就会相信的。

在她软化下来后，他将向她保证，以后一定戒酒，并且再不乱发脾气了，这样，她一定会回心转意。

想到这里，布鲁觉得非常得意，他走到电话机前，拨通了家里的电话。

"你好吗，琳达？"听到女儿的声音他高兴地说。

对方一阵沉默。

"嘿，琳达，我是爸爸。学校怎么样？"他问道。

"爸爸？"琳达似乎刚从震惊中醒过来，"你在哪儿？"

"现在别管我在哪儿，让妈妈来接电话，好吗？"

"你要和妈妈说话？"

"是啊，我不是说了吗？"他不耐烦地答道，他怀疑琳达并不欢迎他回家。在父母的争吵中，女儿总是向着妈妈，因为他是个严厉的人，总管着孩子。

他忽然想起，今天是蕾丝上街买东西的日子，于是他说道："琳达，听我说……"他声音依然很严厉，因为他要琳达知道，他不能容忍夫妻间的争吵，"请你告诉妈妈，她回来后，请她收拾一下，中午在玫瑰广场附近的餐厅和我见面——我们过去看球赛前,总是在那儿吃饭。"

"是那家意大利餐馆吗?你说的是那家吗?"

"是的,"他说,对女儿的合作态度感到很满意,并且有点儿意外,"告诉妈妈,我会在那儿等她,别忘了——中午。"

布鲁满怀希望地搓着手,运气真好,她不在家,他这么久才打电话回来,她出于愤怒,可能会拒绝他的邀请。现在,不管生气不生气,她都会来,因为让他在那儿空等,是件残忍的事。

该准备一下,他的衣服还没有穿好,最好在她之前先到餐厅,否则还没来得及开口就得被她训斥。

匆忙中,他拿起椅子上的外套,不小心踩到一个啤酒罐上,险些摔倒,幸好他扶住了桌角,但桌上的酒瓶却打翻了,他耸耸肩,没去管它,反正这屋里已经是一团糟了。

想到贝蒂看见酒瓶打翻时的表情,他不禁咧嘴笑了。贝蒂最恨的就是浪费酒,不管是什么酒。

布鲁一边扣着外衣的扣子,一边沾沾自喜地想到自己如何征服了她。噢,也许偶尔他还会溜回来偷偷情,那样他可就享尽人世快乐了:一个是能给他干净整洁、美食美衣的妻子,另一个是能给他肉体满足的情妇。蕾丝不知道也就不会伤心了。

他吹着口哨,大踏步走出了公寓。

打翻的酒流淌到报纸上,浸湿了上面一个女人的照片。照片下面的文字这样写着:

　　凶杀组的警探们仍在积极寻找布鲁·史通,他是一个月前扼杀妻子蕾丝的最大嫌疑犯。

　　据死者十八岁的女儿琳达说,她在听见父母吵架后从楼上下来时,发现母亲倒在起居室的地板上,而父亲则不见了踪影。自那天晚上起,人们便没有了布鲁·史通的消息。

　　警方说,到目前为止,仍无布鲁·史通的消息。

风流韵事

　　克拉克刚刚走到自己的门前，就听到里面的电话铃响了，他掏出钥匙开门，却又把钥匙掉在了地上，等他捡起钥匙，打开房门，电话铃已经不响了。他关上门，自言自语说，她会再打来的，一定会的。

　　他把手提箱放在椅子上，帽子扔到五斗柜上，外套丢在长沙发上，然后走到酒柜前，打量里面的各种酒、冰罐和玻璃杯。他大声地说道："还是来一杯冰凉的杜松子酒吧！"

　　他打开冰罐，里面空空的。"该死的服务员！"

　　他走到电话前，刚要打电话，电话铃又响了起来，他知道这是谁打来的。他以前并不认识她，只是经常能看见她。在一个鸡尾酒会上，他们终于认识了，在这种场合相识，两个人之间一定是有什么共同之处，否则不会一拍即合。

　　他对着话筒说："你好。"

　　"你好，克拉克。"

　　"是丽兹吗？"

　　"还能是谁？"

　　"我以为今晚你和你先生听音乐去了。"

　　"他去了，但是……我告诉他，我偏头痛又犯了。"

　　"你的偏头痛也太频繁了，丽兹，他不是傻瓜。"

　　"克拉克，我今晚必须见你。"

　　"我想今晚见面，对你我都不太好。顺便问一句，你哥哥是不是到这儿了？"

　　"我哥哥？"她微微一顿，"你是说雷吗？"

　　"是的，难道你还有别的哥哥吗？"

"只有一个，你在哪儿看见他的？"

"酒店对面的汽车站，不到二十分钟前。"

"那你肯定是认错人了。"

"也许吧。不过说来也怪，我觉得汽车站的那个人似乎也认识我，我觉得他故意把头扭开了。"

"雷不会那样的，毕竟你见过他一面。"

"他已经刮掉了那个八字胡。"

她哈哈大笑，"问题就在这儿，雷宁肯舍弃一只胳膊，也不会刮掉他的胡子。现在说正经的，我有重要事情要告诉你，但要当面说。"

"你想好见面地点了吗？"

"有一个地方离这儿好几里远，可非常合适，我二十分钟内，开车来接你。"

"好的，"他对镜中的自己微微一笑，然后又摇摇头说，"你不要在酒店门口，街头有一家丁森鞋店，八点五分我在那儿等你。"

他准时到达指定地点，而她却迟到了五分钟。在等待她的几分钟里，他心想，如果继续和她交往，将危及自己的事业。直到前天，他才知道，自己和她之间的这种关系是多么危险。前天，他发现，这位新近和自己交往的美丽女子，原来是乔治·桑普的夫人，而乔治·桑普是ＣＤ公司的董事长。

这段时间他正在为ＣＤ公司工作。克拉克是纽约一家咨询公司的建筑工程顾问，六个星期前，公司派他来ＣＤ公司做兴建行政大楼初步设计的研究工作。到达这个陌生城市后不久，他在酒店的鸡尾酒会上，认识了丽兹。

两人似乎从一开始就知道，他们之间不止是一夜之缘。克拉克知道，这位丽兹是桑普太太，嫁给了一位很富有的老头，但那时，他并不知道乔治·桑普是谁，即使他听说过ＣＤ公司的老板姓桑普，他也早忘得一干二净。

他们的恋情发展得很顺利，两人从酒吧到餐厅，从旅馆到酒店，尽情享受肉体的欢乐。

克拉克是一位事业成功的单身贵族，像他这样的人，通常是比较小心的。但是这一次，他深受丽兹对一切都满不在乎的态度影响，沉醉于温柔乡中。

三个星期前，当他在纽约一家旅馆酒吧偶然遇见她时，他就该明白丽兹的鲁莽性格。那天，他回纽约和公司同事讨论建筑草图，因为还有十五分钟晚班火车才到站，所以他走进一家旅馆酒吧，想喝一杯，谁知却迎面碰上丽兹，她正和她那位面貌凶恶的哥哥从里面走出来。

"太巧了，"丽兹说，"这世界真小。"

克拉克嫉妒地望着那个挽着丽兹、留着八字胡的男人。那人长着一双充满野性的蓝眼睛。"世界真是太小了。"克拉克说。

他的声音中肯定带有指责的意味,因为丽兹马上说道:"噢,克拉克,我要你见见我哥哥雷。雷,这就是我跟你说过的克拉克。"

握手时,雷说:"很高兴遇见你,早就听丽兹谈起过你。"

"希望不是坏话。"这话与其说是给雷听,还不如说是给丽兹听。

但雷回答说:"二者都有。"

克拉克有些不自然地对丽兹:"我乘四点十六分的火车,要不要一起回去?"

"我很想回去,可是我还有很多事情要办,这样吧,我一回去就给你打电话,好吗?"

"好的。"

她的确很守信用,那天晚上十一点多,她打来电话。她解释说,她哥哥是个赌徒,债台高筑,她是去纽约救他的,"否则,"她说,"会有人杀了他。"

"杀了他?"克拉克记得,自己对她那种无所谓的态度感到非常意外,"太过分了吧。"

"他交的就是那种朋友。"丽兹答道。

他早该知道,和这种什么都不在乎的人交往很危险。现在,他知道了,可是不是太晚了呢?他正在沉思的时候,一辆白色敞篷轿车开到他身边,停了下来,他上了车,汽车继续向前开去,丽兹热情地拍拍他的膝盖。

克拉克说:"你不能开辆别的车吗?比如说黑色的?"

"你还在担心我丈夫呀?"

"'担心'这个词还不够,我真该去检查检查脑袋。每次想起前天和哈利的谈话,我的心就凉了半截。"

"你该喝一杯,暖一暖。"

"你打电话来时,我正要倒酒。是的,我确实需要喝一杯。"

"谁是哈利?"

"老板公司的建筑协调人。"

"哦,是他呀!"

"幸亏他是个笨蛋,否则等他弄明白了,我的工作也完了。"

"告诉我,他是怎么说的。"

"他说,酒店的服务员告诉他,乔治·桑普的太太和一位客人有染,然后把服务员向他描述的客人模样向我描述了一遍。我问他谁是乔治·桑普,他说,就是

ＣＤ公司的董事长。可我到那时还没想到你和他的关系。你瞧，我这人一旦着迷，就变成了呆子。"

"知道这事以后，你一直在担心？"

"你知道，我是凡人。乔治那种人一旦知道你我的私情，会把我整死的。他还可以取消与我们公司的合约。我们老板是个生活态度严谨的人，我离开后，他连推荐信都不会给我写。"

"我给你写推荐信。"

"人事经理们可不会那么容易上当。丽兹，我们要去哪里？"

"那个地方离这儿还有半个小时的路程，是在一片松树林里，前面就有一个湖泊。那家咖啡厅的烹调手艺是一流的。"

门卫小心翼翼地扶丽兹下了车，衣帽间的小姐尊敬地称她"夫人"，经理向她问候桑普先生的健康，侍者问她要不要冰一瓶香槟。由此看来，克拉克明白，他们夫妇是此地的常客。

他们刚坐下来，克拉克便开口道："我们还不如在市内租一个橱窗。"

"这儿挺不错，"丽兹自得地说道，"你不喜欢这儿的情调吗？"

"情调是不错，可并不隐蔽。这儿的人似乎都认识你和你丈夫。"

"那正是我选择这里的原因。"

"什么？"

侍者出现在桌旁。克拉克叫了杯酒，丽兹也叫了杯香槟鸡尾酒。

丽兹从包里取出一支烟，一个侍者立刻为她点上了火。"什么原因？"克拉克再次问道。

丽兹吐出一口烟，说道："嗯，也许我应该告诉你实话。老头子开始怀疑我外面有人。"克拉克眼前霎时一片黑暗。

"这是迟早的事，"她继续冷冷地说道，"你已经看到，我并不怎么谨慎。"

克拉克舔舔嘴唇，"他，他是不是已经……"

"他是不是已经采取了什么措施？是的。"

"什么？"

"他聘请了私人侦探跟踪我。"

"哦，天哪！"

丽兹大笑，"别那么紧张，你看上去像个吓破胆的小男孩。"

克拉克努力保持着镇定，"丽兹，你不知道这件事的复杂性，也没有看出它的利害关系。"

"我想我还是能看出的，"她神秘地笑笑说，"第一，它关系到你的工作。"

"完全正确。"

"还有我的生命。"

"你的生命？这是什么意思，丽兹？"

"假如我听凭老头子把我的丑事搜集起来的话，我的生命就一钱不值了。我的结果是名誉扫地，而且得不到一分钱的赡养费。一个白手起家的人，自尊心受到伤害时，报复起来是无比残酷的。"她顽皮地瞟了他一眼，"克拉克，等你年纪大些，手头有些钱时，也会像我丈夫那样的。"

"照现在的情况看，我不会富有了。那个侦探跟踪你多久啦？"

"自从那晚我们在酒店的鸡尾酒会上认识开始。"

饮料送来了。克拉克迫不及待地喝下一大口。他叫的酒很浓，很凉。胃里火辣辣的感觉反而使他清醒了。"等等，我得把这件事弄清楚，"他恐惧地说道，"你是说一个私人侦探，在过去几个星期里一直在跟踪我们？"

"是的。"

"而你一开始就知道此事？"

"是的。"

克拉克举起酒杯一饮而尽，"那么我想乔治什么都知道了。"

"不错。"

"他已拿到报告和……一切？"

"他昨天收到了全部报告，还有照片。别冒汗，再来一杯，别发抖。"

侍者朝这边走来。在他没走到之前，克拉克又问道："你特意把见面安排在这儿，为的是让侦探跟踪？"

"那人今天上午领了酬金，他已经完成了任务。"

侍者把电话机放在桌上，弯腰在地板上接上插头。"夫人，有您的电话。"他说。

"我一点儿也不明白，"克拉克说。

她一手按着话筒，说："克拉克，一会儿你就会明白的。"说着，她转向侍者："再来一杯香槟鸡尾酒。"然后她拿起话筒，"我是桑普夫人。"听了一会儿，她放下电话。她的双眼闪着泪光。

克拉克被她的变化吓呆了，"这到底是怎么回事？"

"克拉克，你不用再担心了。"

"为什么？"

"我刚刚接到电话，十分钟前，我丈夫在音乐厅的男洗手间被人枪杀了。"

克拉克说："你在开玩笑。"

"生死大事，我从来不开玩笑，"丽兹回答说，"所以，我才会安排这样一个不在场的证明。"

"不在场的证明？"克拉克被搞糊涂了。

"我想我们可能会需要这样的证明的，"丽兹愉快地说，"当警察开始调查，并看到侦探的报告时，我们就成了最大的嫌疑犯，难道不是这样吗？"

"是的。"

"可是，他被枪杀时，我们是在这里，在这个远离犯罪现场六十五英里的咖啡厅里，正在喝香槟酒。当然，也许会有人怀疑我们雇佣了职业杀手。可我们知道那不是真的，是不是，克拉克？"

"我们真的没有吗？"克拉克反问道。

"除非你要那么说。无论如何，我是不会承认你我之间有阴谋的。"

克拉克麻木的脑子又开始转动了，"像刚才那种电话，就是为了让警察去查的，是吗？"

"是的。那是一个赌马经纪人打来的，他告诉我圣安提纳赌马场最后一场的结果。我赌了五百元，输了。他们可以查到的。"

"丽兹，谁干的？"

"你真想知道？"

"是你哥哥干的，对吗？"

"我没有哥哥。"她坦然地说。

"你知道我指的是谁，雷。"

"我不认识任何叫雷的人。"

"哦，管他叫什么名字呢！"

"无论他叫什么名字，都让它成为秘密吧。"冰冷的语气，那是克拉克以前从来没有听过的，"为了要保住这个秘密，我们才利用了你这个人。"

"这是什么意思？"

"你难道猜不出来吗？我们利用你这个人，完全是给乔治和侦探看的。这就叫声东击西。而你确实把他们引到岔路上去了。现在，为了应付警方，我们的戏还得演一阵。"

他举起酒杯，猛喝两口，心中觉得好冷。

丈夫的赌注

这家汽车旅馆外观豪华、气派，有两层楼，U字造型，二楼有一大排阳台，可以俯瞰下面的一个巨大的游泳池，房屋全由红木、铝和玻璃建成。

罗伯特夫妇下午一点钟，从机场乘出租车来到这里。

莉莎抓住他的手臂。"罗伯特，这儿真美，对不对？"她微笑着说。

"是的，非常美。"罗伯特比莉莎大二十岁，他们结婚已经八年了，莉莎现在是三十二岁。十年前，罗伯特的第一位妻子去世后，他就独自养育两个儿子，一直到和莉莎结婚。他欣赏她的开朗活泼，一看到她，他就感到非常高兴。

他们在房间里换上游泳衣，他亲吻她说："这回又对了，我很高兴我们来这儿玩。"

他们的婚姻，一开始就遭到许多人的反对。他的那些朋友说："罗伯特，你不会娶一个来路不明的女人吧？"

在一个下雨的晚上，罗伯特开车从一个桥上经过时，看见莉莎正爬越桥的栏杆，准备跳河自杀。那时，她二十四岁，心中充满创伤，厌倦了人生，想一死了之。

但是，罗伯特拦住了她，他费尽口舌，打消了她自杀的念头。他告诉她，自己是个很寂寞的男人，希望她能跟他结合，让他的生活充实起来。

罗伯特的爱，给了她温暖和安全感，终于使她又变得充满生机。他们愉快地过了八年。他认为，她比刚结婚时更加可爱。

过去几个月里，莉莎看出，她丈夫工作上压力很大，因此坚持要出来度假。那种紧张是有原因的，他已经五十二岁了，总担心自己会破产，他的生意做得不是很好，在这种时候出门去玩，似乎是一件很不明智的事情。但是，现在，他很高兴听从莉莎的建议出来玩，莉莎的乐观开朗感染了他。他们离开房间，朝游泳池走去，这时，在旅馆二楼的阳台上，出现了一位金发男子。他高大魁梧，有着健美先生一样的身材。他高声喊道："莉莎，亲爱的！"喊完后，向游泳池跳下去。在那个瞬间，罗伯特发觉，莉莎脸上闪过一丝惊恐之色。

"怎么了？"他问，"你脸色惨白。"

"没什么。我认识他，十年前我在佛罗里达住过一段时间，如果你愿意的话，我们可以离开。"她又补充了一句，"我认为，我们最好离开这里。"

"不，留下来，我们不逃避任何事情，莉莎。"他温和地说。

那男人从游泳池爬出来，浑身滴着水。他全身肌肉结实发达，皮肤晒得黑黝黝的，一头金色长发，看上去像古代北欧的海盗。

他向莉莎走过来，好像昨天还见到她一样，一手抓住她的手臂，"莉莎，亲爱的，你去哪儿了？我一看见你，马上就认出来了。"他虽然和她说话，眼睛却打量着罗伯特。

"这是我先生。"她说，罗伯特可以感觉到太太的不安，"我先生罗伯特。"她强调说，"我不记得你的名字了。"

金发男人叉开双腿站在那儿，两手放在臀部上，一副自信的样子。"你忘记我的名字，那是很自然的，莉莎。"他微笑着说，"我叫莱尼，我们好久不见了，你那时认识很多人。有没有香烟？"他漫不经心地问。

罗伯特递给他一支香烟，并且为他点着。

莱尼直勾勾地看着她，咧着薄薄的嘴唇，笑起来，"好久不见面了，再次见面真让人高兴，你真是非常漂亮。"他的眼睛看着她的身体，笑着说，"你好像胖了一点，我记得那时你很瘦。"说着向罗伯特伸出手说，"你真是太幸运了。"

罗伯特听出，语含讥讽，不过他还是很有礼貌地回答说："谢谢你，我也有同感。"

莱尼转向莉莎，"你看到我从阳台上跳下来，有点儿吃惊吧？每次我那么跳，总会让很多旅客大吃一惊，他们不会想到，有人会从那么高的台上跳下来。"他向她眨眨眼睛，"记得我吗，莉莎？我总是喜欢跳水。"

"是的，"她说，"我记得你。"

他用一只大手拍拍肚子，"身材还不错，"他又指指阳台，"我住在上面十五号房间，我早晨起来，就像鸟儿一样从上面跳下来，从不走楼梯。你们两位在这儿待多久？"

"一个星期。"罗伯特说。

莱尼弹弹烟灰，"你们两位今晚可以到我房间来，我要举行一个宴会，有些是本地人，有些是旅客，我们要举行一个舞会，你们穿什么都可以，短裤、泳衣或礼服，爱穿什么就穿什么，只要舒服就行。我呢，我穿泳裤。"

"我想我们恐怕没法参加，"莉莎说，"我们刚到，又是长途旅行……"

"啊，别这样，"莱尼高兴地说，"莉莎，我们要叙叙旧，先生，你也会玩得很愉快的。"他对罗伯特说。

"我相信会的，"罗伯特回答说，"我们会参加的，谢谢你，我们很乐意参加。"

"太好了，"莱尼说，"我们十二点左右才开始，你知道，这儿的人不大睡觉。"

当他离开时，罗伯特注视着他健壮的背影。

"我不想去。"莉莎轻声说。

"我们不一定非去不可，"他和气地回答，"但是我认为，我们应该去。"

她的脸红了，"你看见他看我的样子了。"

他缓缓地摇摇头，"他错了，他看到的是过去。"

"他只记得过去。"她抓住他的手肘，"罗伯特，我们不一定非待在这儿，好地方多的是。"

"一个地方和另一个地方没什么不同，重要的是你。"

"那么我们离开这儿，罗伯特，说真的，我想离开这里，留在这儿，对你很不公平。"说着，她转过脸，平静地说，"我认识他的时候，我是个很肮脏的人，你听见他说的话，你看见他瞧我的眼神，他让我觉得自己非常肮脏。"

他摇摇头，"我们还是留下。"那男人讽刺的语调让他心中刺痛。

"你想证明什么？"莉莎生气地问。

"我根本不想证明什么，问题是，我们不必证明任何事。"

"谢谢你。"她说，勉强挤出一丝微笑，这微笑让他觉得很同情，"罗伯特，他不会停止的。"

他清醒地摇摇头。他个子不高，但很结实。"他不知道他在跟谁打交道，我却知道。"

"我爱你，罗伯特。"她简洁地说，快步跑开，一个猛子扎进游泳池，她游得非常好。

过了一会儿，他也跳入池中，游了几分钟，爬出来，躺在池边晒太阳，听着游泳池边人们的谈话和喧闹声，还有孩子们的尖叫声。

他直挺挺地躺在椅子上，闭起眼睛。一个浑身是水的孩子跑过来，碰了他一下，他这才睁开眼睛，看到游泳池对面，莉莎和莱尼并排坐在游泳池边，两脚放在水里，男的在纵声大笑。虽然隔了一段距离，罗伯特还可以看见莉莎脸上痛苦的表情。

罗伯特在心里对自己说：你真是一位勇敢的人，一位英雄，你五十二岁了，居然把她送到一个年轻男人面前。

他看到莉莎对莱尼露出微笑。

罗伯特又问自己，你已经娶了她，并且过着非常完满的生活，你还能求什么呢？如果你现在跑开，不正好承认对她缺乏信心吗？那不是正摧毁两个人之间所建立的一切感情吗？

饭后，罗伯特和莉莎散了一会儿步，然后回到房中。他们俩都很疲倦，她提议睡一会儿，他先倒在床上休息。起先他听见她在房中走动，然后听见沐浴的水声，过了一会儿，他听见她从浴室出来，坐在梳妆台前梳头。

罗伯特睡着了，醒来时，房间里一片漆黑，只有空调的嗡嗡声，屋里只有他一个人，莉莎踪迹不见。他可以感觉到心在怦怦乱跳，躺在那里感到非常痛苦。

然后，他听到钥匙开门的声音，不知为什么，他闭起眼睛假装睡着了。她蹑手蹑脚地走进来，他觉得床动了一下，然后，听到她急促的呼吸声。在黑暗的房间中，他觉得自己全身无力。过了一会儿，她起床穿衣服，他一定又睡着了，等她摇醒他时，他才明白，已经是晚上十一点四十五了。

她身上穿着一件闪亮的白色礼服，头发梳得非常漂亮，脖子又白又嫩，嘴唇红扑扑的。

"走吧，"她微笑着说，"我们要去参加舞会，你可能要披上一件夹克。"

他们到达时，舞会已经开始了。莱尼上前迎接他们，罗伯特可以看出莱尼眼中的不怀好意。房间里大约有十五个人，穿什么的都有，罗伯特看到，舞会上有些女人很可爱，但没有一位比他妻子更可爱的，他心中突然涌出一种说不清的悲哀。

客人们随着录音机播放的音乐翩翩起舞，莱尼请所有的女人跳舞，后来他和莉莎跳，把她抱得紧紧的，还不停地在她耳边低语。

到了凌晨三点，客人大都有了酒意，一位黑发女子喝醉了，痛哭起来，说她爱她的老板，可是老板爱他的太太。

罗伯特看着太太和莱尼跳舞。他看见太太对男主人说的话点点头，然后她快步离开男人，回到他身边，她的脸色显得非常苍白，衬得她的蓝眼睛非常大。

"我要回房间一下，"她轻轻说，"我要去拿一样东西，我要回去补妆。"

"好，"他说，"好。"

他又给自己倒了一杯酒，可是他知道，就是把这里所有的威士忌都喝下去，也不能解他的愁。莱尼站在房间中央，突然装出一副喝醉的样子，实际上他可能还很清醒，他跌跌撞撞地叫道："再见，残酷的世界！"说完，爬上打开的窗户，摆好姿势，准备跳水。

一阵惊恐的叫声，从他的屋里传来，那些尖叫的人都没有见过他跳水，见过他跳水的人则笑起来。

罗伯特看到，莱尼脸上有一种嘲弄的神情，他现在一切都明白了：莉莎先走一步，现在莱尼借跳水要跟过去，他们要到什么地方去幽会。罗伯特下的赌注现在输了。有生以来，他从来没有觉得这样疲倦。

莱尼越过阳台栏杆，向游泳池跳下去，这是他当众表演的特技。有些客人冲到窗前，一个女人尖叫起来，但那是嘲弄的尖叫。她旁边有好些客人都很安静。

突然，下面游泳池边，传来一个女人的尖叫声，那叫声划破了夜空。于是，四处的灯光都亮了起来。

男人们从四面八方跑过来，他们把莱尼从池子里拉起来，把他平放在地上，等着救护车。他还活着，不过双臂折断，头上有重伤，脸再也不会和以前一样英俊了。

一位把他从水中拉起来的男人说："他还算幸运，深水区还有三尺深的水，如果没有这三尺水，他就完了。"

警车响着警笛赶到，他们调查事故原因，结果发现，不知谁开玩笑，把两边的排水盖全打开了，因此，池子里的水差不多漏光了。

"这一定是早些时候打开的，"旅馆经理说，"从水平线漏到这个程度，一定经过好几个小时了。"

罗伯特慢慢走回他们自己的房间。池子里的水要经过几个小时才会漏到这种程度，那大约是晚饭后他睡着的时候。

罗伯特悄悄地走进房间，室内亮着一盏小灯，他可以看见可爱的妻子正在熟睡，也许是幻想，他看到太太的嘴角居然有一抹淡淡的微笑。

罗伯特弯下腰，吻吻她，心中有一种胜利的兴奋感。

北非黄昏

卡明德从不喜欢阿尔及尔,他很不耐烦地向窗外望去,外面是红瓦顶的房子,以及蓝色的地中海。今天是大清扫的日子,每间公寓的铁栏杆上,都挂着洗好的各种各样的衣物,使这个城市显得杂乱无章。旅馆下面的花园里,种着一些枯萎的植物。在灰白色屋子之间,是一条条狭窄、蜿蜒的街道。

卡明德离开窗户,转身来到床边。屋里开着空调,但他仍然汗流浃背,那件黄色的上衣都湿透了。他右手拿着一杯甜酒,当他坐下时,深深地喝了一大口。他把冰凉的杯子放在额头上滚了一圈,看看手表。妮可已经迟到半小时了,卡德明绝不会去爱一个不守时的女孩,他自认不是一个有耐心的人。

他脸上的皱纹很多,就像磨损过度的皮革一样。但是,他的眼睛却炯炯有神,眉毛很浓密。一头灰白的头发,长得盖住他的耳朵。他的脸让人想起木乃伊,平板而乏味。

说起他的职业,可以说他是专门帮别人解决问题的。比如说,如果你想找一个鲜为人知的地方,想要一个假护照,或想买武器,那他就能帮你办到。

跟他打交道价格很高,但很有保证,所以在这一行中,他的信誉很好,在各地都有与他接头的代理人。十八年来,他从来没有失手过。

他的基地在地中海的一个小岛上,离最近的陆地有九十里。在距离当地市中心不远的地方,他有一栋小别墅,除了在世界各地的办事处外,那里就是他的休息及娱乐场所。

除非你认识卡明德本人,或你在某些社交场合很有名,否则一定要先经过代理人才能见到他,这样,卡明德就可能摆脱一些琐事,或者避开一些不愿见的人。

这次促使他到北非来的,是一笔价值二千五百万美元的珠宝。前天,住在阿尔及尔的阿切尔通知他,有个自称保罗的法国人拥有这笔珠宝,并曾将它藏在苏丹,他以前的一群伙伴,想把这些东西弄到手。

据阿切尔说,保罗自从在苏丹出事后,就四处奔逃,从利比亚、突尼斯,一直跑到阿尔及尔。他很害怕,也很疲倦,希望能找个人帮忙,帮他卖掉珠宝,并安全离开北非。他愿意拿出全部价格的百分之十作为酬劳。这引起了卡明德的兴趣,所以他同意到阿尔及尔与保罗见面。

那个法国人拒绝透露他的藏身之处,并告诉阿切尔,他将派一个叫妮可的女人与卡明德联系。显然,妮可知道保罗的藏身之处,她将带卡明德去保罗那里。卡明德觉得这做法很聪明。他们约定今天下午四点,在乔治旅馆见面,但现在已经四点半了,还没有见到那个女人的身影。卡明德等得不耐烦了。他喝完最后一口酒,决定等到五点钟,如果她那时还没有出现⋯⋯

门上有轻微的敲击声。

卡明德走过去,打开门。一位身材高大的女人走进来,她将近三十岁,一头黑发,穿着白色的裙子,露出一双漂亮的大腿,她的眼睛乌黑冷漠。卡明德看着她。

"我就是妮可。"她的声音沙哑,带点法国腔。

"你迟到了半小时,"卡明德说,"我不喜欢等人。"

"交通一直是阿尔及尔的大问题。"

"你可以早一点动身。"

"你很生气,是吗?"

"我不是来享受的。"

她似笑非笑地瞄了他一眼,"你很生气吗?"

"保罗现在在哪儿?"

"在鲁卡多的一间房子里。"

"珠宝在他手中吗?"

"不在。"

"他藏在什么地方?"

"你为什么不自己去问他呢?"

"好主意,"卡明德说,"我们走吧!"

卡明德从衣柜里拿出外套,并将手枪连同皮带挂在肩上,衣服穿好后,根本看不出带着枪。卡明德发现,妮可一直盯着他。

"你怎么来的?"卡明德问。

"出租车。"妮可回答说。

"那么坐我的车好了。"

他们乘电梯下楼,经过一个高雅的大厅,就到了外面炎热的停车场。卡明德下飞机后,就租了一辆菲亚特汽车。在妮可的指点下,他们穿过拥挤的街道,卡明德车技娴熟,很快就到了城市的边缘。

鲁卡多离城市中心不远。卡明德将汽车停在一个广场附近,广场中间聚集着生病的女人和一大群吵吵闹闹的孩子。他们两人走向一栋房子,那房子被粉笔涂满了各种图案。

他们经过一个生锈的楼梯,再转了两个弯,妮可停在一个拱形走廊前,然后转进那个有雕刻的走廊。这使卡明德回忆起以前在隧道探险的情形,他必须弯下腰,以免头撞到石头洞顶。他们走进砖瓦围成的庭院,中央有一个已经干涸了的水池。从走廊的上面开始,是一圈圆形的骑楼,那些栏杆大都生锈了,从其中的某扇门后面传来一阵阵的阿拉伯音乐。

妮可带卡明德穿过院子,到了骑楼下的一扇门前,她敲了三声——轻、重、重,屋子里有轻微的脚步声,接着他们听到铁链解开的声音。

开门的人大约四十岁,肌肉结实,精力充沛。他有白皙的肤色和浓密的长发,在浓浓的双眉下,是一双深邃的蓝眼睛,他先看看妮可,再望一眼卡明德,然后说:"怎么这么晚,什么事耽误了?"

"问你的朋友吧。"卡明德说,"你就是保罗?"

"没错。"

卡明德点点头,然后和那女的一起走进去。球形的天花板破旧不堪,木质家具堆得乱七八糟,卡明德觉得都快喘不过气来了。

"好吧,保罗,你说吧。"

"你知道我找你干什么。"

"再跟我说一遍。"

保罗重新说了一遍他的背景和请求,最后说:"这些珠宝至少要卖到欧洲市场的价格,在你的指挥下,我想这是不成问题的。"

"我得百分之十,是吗?"

"是的。"

"我们看一看那些珠宝。"

"珠宝并不在这儿,我藏在一个安全的地方。"

卡明德干笑一声,"你什么时候能拿到手?"

"今天晚上。"

"现在不行吗？"

"今天晚上，不能再早了。"妮可坚决地表示说。

卡明德转向妮可，"你是他的伙伴吗？"

"也不能这么说……"

"那么让他自己说。"

"她帮了我很多忙，"保罗说，"她想说什么都可以。我们在苏丹遇到的，她是一位舞蹈家。"

"好吧。"卡明德说，"珠宝什么时候拿到。"

"我告诉你了，今天晚上。"

"什么时间？"

"大约十点以后，我会和你联系的。"

"你不希望我和你一起去拿？"

"我能照顾自己，要不然我也不会活到现在。"

卡明德笑笑，"在没有看到那些珠宝之前，我绝不会为你做什么的。今天午夜之前，如果我还没有得到你的消息，我们的交易就取消。"

"我明白。"保罗回答说。

卡明德不再说什么，他打开房门走了出去。

卡明德没有回到他的汽车上，他拐了几个弯，到了一个市场上，那里有一个酒吧，市场上人来人往。

卡明德在最近的一张桌子边找到一张椅子坐下，从那里可以看清广场的进出口，他要了一杯酒，静静地等着。

他并没有等很久。

半小时不到，保罗和妮可出现了，他们正往广场的上方走，卡明德扔了几个铜板在桌上，跟在他们身后。妮可和保罗，斜穿过广场，向一辆绿色汽车走去，那辆汽车离卡明德的汽车还有一段距离。卡明德从另一个方向绕回自己的车上，当妮可发动汽车后，他以适当的距离尾随其后。那里交通拥挤，所以不容易被他们发现，也不会被甩掉。

他们开到港口，又转向西，沿着宽敞的林荫大道行驶，一边就是地中海了，这里车辆比较稀疏，所以卡明德把距离拉得更远一点，中间隔了三四辆汽车。

妮可开得非常快，看来她非常熟悉当地的道路。他们沿着海岸开了三十五公里，妮可突然向右一拐，朝大海方向开去，那段路不太好开，而且四周又种了许多蔬菜。

卡明德仍然跟着，他把距离拉得很远，只能看到前面的一个绿点。但是，开了三公里后，那个绿点突然一拐弯，不见了。卡明德加快车速，到了那个拐弯点，他看到地面上有一条窄窄的黑线，直指前面的一间陈旧的农舍。绿色的小跑车就停在走廊前，那两人走进了农舍。

卡明德继续开了几百英尺，直到他确信不会被屋里的人看见。他停下车，悄悄地溜了下来，轻轻地关好车门。附近没有别的轿车，也没有任何有生命的东西，下午的太阳仍然非常炎热。卡明德快步跑过马路，翻过围墙，想找一条通往农舍的捷径。

四周的蔬菜，以及被风吹倒的一大堆草，向卡明德提供了最好的掩护。当他接近房屋时，停了下来，考虑了很久。四周仍然没有什么动静，他用夹克的袖子擦擦汗珠，然后弯着腰跑过去，手里握着那把手枪。他来到一个窗户下，听到模糊的声音，窗户关得很紧，而且还有一层黑色的窗帘遮着，里面什么都看不到。

卡明德又向前走了几步，前面的走廊上空空的，他靠在墙上，拿不定主意：是破门而入呢，还是在这里等下去？

突然，门开了，保罗走了出来。卡明德吓了一跳，他听到妮可的声音从屋里传来："后面有绳子，快一点好不好。"

保罗转身关门，这时，卡明德跳上走廊，保罗大叫一声，吓呆了。卡明德用枪柄击昏保罗，紧接着破门而入，他听到妮可惊慌而愤怒的声音，卡明德滚到旁边的一张摇椅边，并将一张茶几拉近。屋里弥漫着妮可开枪后所散发的火药味。

妮可发现摇椅正向她靠近时，又开了一枪。这时，一个皮肤为古铜色的胖男人连忙趴在地上，卡明德跳出来，打掉妮可手中的枪，并使劲把她拉到门外。

门口有点动静，卡明德本能地将妮可往旁边一拉，保罗正站在那里，手里端着一把步枪，脸上有血迹，他疯狂地开了一枪，卡明德进行反击，击中了他胸口的上部，保罗倒在地上。

卡明德慢慢地站起来，轻轻地叹了一口气，回头看到妮可趴在墙边。她的脸扭曲着，充满仇恨地盯着他。卡明德捡起她的手枪，放在口袋里，并用他的手枪皮带捆住保罗。

那个胖男人从地上爬起来，他脸色苍白，一副憔悴的样子，汗珠嘀嘀嗒嗒流下来，他的眼睛里充满血丝，冲着妮可破口大骂。

卡明德拍拍他，"不要冲动。"

胖子转过身打量着卡明德，"你是什么人？"

"卡明德。"

"但是……"

"别着急，"卡明德说，"你是保罗，真正的保罗，对吗？"

胖子点点头，"他们打算杀我，妮可和外面那个是一伙的。"

"那个男的是谁？"

"他叫查理，"保罗说，"他是妮可在苏丹的情人，那是她遇见我以前的事，我原以为他已经回法国了。"

卡明德说："他们想装作你和我交易。"

"我真愚蠢，居然相信她。"保罗咬牙切齿地说，"我以为她真爱我，我以为……"

"你是一头猪。"妮可趴在地上说。

"妮可，你安静点儿。"卡明德说。他认为，妮可约会时迟到，一定是希望能先从保罗口中得到藏珠宝的地方，这样她就可以先请卡明德变卖，省掉一点麻烦。保罗一定没告诉她，不过看情景，可能就在这附近。如果那个胖男人能拿出珠宝，他就能证明，他是真的保罗。

"你怎么知道这地方的？"保罗问。

卡明德说了他如何跟踪一事。

"但是，你怎么会怀疑查理是假的呢？"

"阿切尔告诉我，你从苏丹经利比亚沙漠到阿尔及尔，经过这么一段旅行，一定会被晒得很黑，查理太白了，不像被太阳晒过的样子。"

"你真是名副其实，"保罗说，"我欠你一份人情。"

"不用，我是为那珠宝而来的。"

"你现在想看看吗？"

"等一会儿吧，我相信你。"

"妮可和查理怎么办？"

"他们怎么了？"

"他们原来要杀我。"

"算了，他们也受够了。"卡明德拉着保罗走出房间，走进北非的黄昏。

职业刺客

"你想要杀谁？"我问。

"我自己。"米切尔说。

又是一个那种人。

我说："我没有必要知道你为什么要死，不过，也许你可以满足我的好奇心。"

"我欠了一屁股债，只有用保险费来偿还，剩下的钱还能让我太太和两个孩子过上好日子。"

"你确信这是唯一的办法吗？"

他点点头。米切尔是一个三十岁出头的人。他问："你是一位好射手吗？"

"最出色的。"

"我要你射穿我的心脏。"

"一个明智的选择，"我说，"这没有什么痛苦，也不会引起怀疑。大部分的人喜欢打开棺木供人瞻仰遗容，棺木盖上的话，可能引起人们的怀疑和幻想。你觉得什么时候最好？"

"中午十二点到一点最理想，"他进一步解释说，"我是海湾储蓄所的会计，十二点是我们吃午饭的时间，星期五除外。星期五我是柜台负责人，那时候只有我和一位女孩在营业厅。"

"你要那女孩做证人？"

"是的，我觉得，如果没有人看见我被枪杀，我的死亡可能引起怀疑，那时赔偿就会很麻烦。"

"星期五，十二点三十分整，我走进营业厅，开枪打死你？"

"穿透心脏，"他再次说，"我想我们可以使整个事件看上去像抢劫。"

"还有报酬问题。"

"当然，要多少钱？"

我试着开了一个数目："一万元。"

他皱着眉毛想了一下，说："我先预付五千元，其他的事后……"他停下。

我微微一笑："很显然，没有什么事后了。"

他让步了，不过，他不是那种先付全款的人。

"我们这么办，我现在付给你五千元，其他的我放进一个信封，放在营业厅的柜台上，你杀了我之后，可以拿走信封。"

"我怎么能肯定信封里装的不是报纸或其他东西呢？"

"你可以先看看信封里的东西，然后再杀我。"

这似乎很合理。

"从你的情况来看，你几乎是破产了，你到哪儿去弄一万元呢？"

"我过去两个月里从公司挪用出来的。"他打量着我，"告诉我，你经常有像我这样的顾客吗？"

"不经常有。"

实际上，在我的生涯中，我处理过像米切尔这样的事，有三件我干得非常满意。

例外的是皮罗。

皮罗是本市一所中学的数学教师，他深深地爱上了一位教家庭经济史的小姐，不幸，这位小姐并不喜欢他，嫁给了一个校董事会的成员。

皮罗勇敢地参加了教堂的婚礼，但是婚礼后，他立刻散步到海滨的一家酒吧，他在那里认识了弗伦——我的代理人之一。四杯威士忌下肚后，皮罗向弗伦表示，他不想活了，但他没有自杀的勇气。

弗伦把他介绍给我。

"我猜有那样的人，他们在雇用了你之后，又改变主意，不想死了，是吗？"米切尔问。

"是的。"

"可是，一旦你收了人家的钱去杀人，你就不能停下，不管他们怎么哀求，是吗？"

我微微一笑。

"我不会请你饶命的。"米切尔坚决地说。

"不过，你会逃跑吗？"

"不，我不会逃跑的。"

可是，皮罗逃跑了，我仍然遗憾这项工作没有做完。

米切尔从口袋里掏出一个厚厚的信封，数出五千元，说："开车到营业厅，向我开枪，然后开车离开，用不了十分钟。记住，一定要穿透心脏！"

他走后，我锁上门，走到隔壁套房，打开门。

我和顾客见面时，总是租两间相连的房间或套房，那是防备有人等着跟踪我。

进入第二间房子后，我取掉假胡子、墨镜和淡金色假发。

我将那些东西和衬衫、西装外套一起，塞进我的高尔夫球袋。

我套上一件运动衫，戴上一顶棒球帽，背上高尔夫球袋。当我离开时，我是个出门打高尔夫球的人。

到达旅馆停车场时，我看见米切尔正开着一淡蓝色的轿车离去，我默默地记下他的车牌号。

我驱车来到凯西街的罗盘酒吧，我约好弗伦在这里会面。

我有许多代理人——我喜欢称他们为协会会员。

他们分布在全国各地。当他们找到一位顾客时，便在当地报纸上刊登一则遗失广告：

"遗失棕白色牧羊犬，名叫紫罗兰，送还者有奖。"

后面是电话号码。

这些年来，我的会员们和我合作得很愉快，只有一些小麻烦，那就是我们得给那十三只名叫紫罗兰的牧羊犬找人家。

至少，表面上我与邻居们没有什么不同，除了我订有十七份美国报纸和两份加拿大报纸。

弗伦留着大胡子，有一对平静的眼睛，平时总是穿着淡绿色夹克，戴着船长的长舌帽。有人可能以为他在海上过了大半辈子，其实，他是社会安全局的退休会计。

他住在郊外，但是，每天午饭后，便穿上他的制服，开车进城，或者到海边。他在海边和酒吧消磨大部分时间，听人家聊大海的事，偶尔请客。他非常向往海上生涯，他是因为早婚和五个孩子才放弃的。天黑前，他返回女婿家。

我发现他坐在一张划痕累累的桌子边，正在喝啤酒。

"你得到多少？"他问，"你带来没有？"

"他预付五千元，"我在桌子下面打开信封，数出两千元。

我付四成佣金给我的代理人，我想有些人会认为付高了，但是，我觉得我的会员做的和我一样多，他们的期望也和我一样高。

弗伦是我的新会员，到目前他只介绍给我两个人：皮罗和现在的米切尔。

他把钞票折起来，放进淡绿色夹克的口袋。

"你怎么发现米切尔的？"我问。

"其实，是他发现我的。我正坐在这里看午报的时候，他进来，从吧台上要了一杯啤酒，在我旁边的椅子上坐下。他喝完啤酒后，看着我，说：'你要喝什么？'我说啤酒。他要了两杯，在我桌边坐下。没过多久，他就告诉我他的烦恼和他的想法。"

"他知不知道你的名字？"

"不知道，我从来不告诉别人。"

"可是他来找你，几乎马上就和你谈起他的烦恼。"

弗伦缓缓地点点头说："现在想想，都是他先提出来的。"

我们想了很久，然后我说："你能肯定，你从来没有告诉任何人与我的关系？"

"我发誓，"弗伦肯定地说，"一位船长发的誓，世界上没人知道我们之间的关系。当然，皮罗除外。"

皮罗？米切尔会不会是从皮罗那里来的呢？

我的会员们从不告诉顾客真实姓名和住址，不过，皮罗仍然可能有办法帮助米切尔找到弗伦。

弗伦的制服，他的大胡子，还有他经常在海边——还有，我现在才注意到，弗伦右眉毛上有一个星形的伤疤。

是的，要找到弗伦不难。

我想，如果米切尔是从皮罗那里得到消息的话，那又有什么关系呢？

"弗伦，"我说，"我想你现在最好不要用那些钱，至少在我告诉你之前不要用。"

他似乎明白了我的意思。"你认为也许钞票做了记号，或者警方有号码？"他淡淡地一笑，"我希望我们不必扔掉它。"

我也希望如此。

第二天，我开车来到米切尔住的那个小镇。它在两百英里之外。我两点过后到达那里。

那个小镇就像个农村，生意大部分在一条主要街道上。镇界上有块牌子上写着：人口两千三百一十四。我停下车，走进一家药店，进入公共电话亭，翻阅镇上的电话簿。镇上有二十二家商店，三位医生，一位按摩师，两位牙医，六家餐厅，四座教堂，一家储蓄所和四家律师事务所。

我注意到，四位律师中，有一位名叫米切尔。我考虑了一下，米切尔曾经说他是储蓄所的会计，他是不是律师兼会计呢？

再翻阅住宅部分，我没有发现皮罗这个名字。

我离开药房，在主要街道上漫步，我停在一家理发店，看选举海报。

从海报上看，米切尔还是当地地方法院的检察官。

我叹了一口气，漫步经过海湾储蓄所，里面有三四位职员，六七个顾客，没有看见米切尔。但是，他可能在里面的办公室。我拐进最近的一家酒吧，里面很安静，有两位穿着工作服的人坐在吧台的一头，边喝边聊。

他们喝完酒后，就离开了。

酒吧侍者擦擦吧台，向我走来，准备聊天。

"刚到这里？"

我想他不可能认识这里的两千三百一十四人，但是，他却认为我是陌生人。可能因为我这样子太显眼。

在喝三杯啤酒的时间里，我打听到，米切尔是个单身汉，没有成家，他正在竞选当地法院的检察官，但这很困难，因为他不是本地人，而选民总喜欢选自己家乡的人。我也打听到，警长马丁的妻子是米切尔的姐姐，他的妹妹则刚和一位中学数学老师结婚。

那位数学老师叫什么名字？

他叫莫洛。

三点差一刻时，我离开酒吧，徒步走回我的停车处。我很快找到海湾中学，停在外面，学校门口有一排校车，等着学生放学。

三点过十分，学校的铃声响了，三十秒之后，学生蜂拥而出，他们大部分冲向校车。

当第一位老师开始离校时，大部分的校车都已经坐满学生开走了。

我等着，最后看到了皮罗——现在叫莫洛。他个子高高的，有点驼背，将近三十岁。

我看着他走向他的汽车，如果他注意到我的话，那也没有关系，我们只见过一次面，而那次我是戴着假胡子、墨镜和假发。

皮罗预付了三千元，对一个教师来说，这可是一大笔钱。

对他的死亡，他没有提出确切的时间，他不愿意知道确切的时间，只限定在一个星期内完成。

三天后，当我去找他的时候，他失踪了。

后来我得知，皮罗在跟我见面后二十四小时内，认为生命很宝贵，不应该去死。

他急忙赶到我和他见面的旅馆，但我当然早已不在了。

他又赶到第一次与弗伦见面的酒吧，但弗伦那天去外地看孙子，也不在。

皮罗吓坏了，收拾起行李，逃跑了。

现在，我看着莫洛，也就是皮罗，上了汽车，开走了。

我紧跟其后。

走过六条街后，他停在一栋高大的维多利亚式的住宅前，下了车，钻进大厦。

当我开车过去时，我也注意到，米切尔那辆淡蓝色轿车正停在皮罗的汽车前。

这又使我想起米切尔。

他骗我说已婚，又有两个孩子。那是什么意思呢？要使他自杀的动机更可信？

他真正的意图是什么？

我回到那条主要街道，停在镇上唯一的旅馆后面，登记后，拿着衣箱和高尔夫球袋进了房间。

第二天是星期五，我很晚才吃早饭，又漫步到那条主要街道。我遇见一位肥壮的警察，从他的年龄和举止来看，我猜他是马丁警长。

我走上台阶，进入镇图书馆。我找到一本书，在一张靠近窗户的桌子边坐下，那窗户正对着主要街道，从那里，我可以清楚地看到海湾储蓄所。

十一点十分，我看见马丁警长走进了储蓄所。

我等着。

他没有离开。

十一点半，十二点，十二点半，他仍然没有出来。

一点钟的时候，米切尔从储蓄所出来，他向街道两头看看，又看看手表，回到里面。

我仍然等着，对马丁警长感到好奇，他会出来吗？

两点差一刻的时候，我放弃了。到了离开小镇的时候了。我将书放回书架，走回旅馆。

当我打开房门时，马丁警长正拿着手枪在等我。

他微笑着说："这么说，你决定不上储蓄所亮相了？"

我装出一副无辜的样子说："亮相？亮什么相？"

他走到我面前，搜我的身，但没有找到武器。

我注意到他搜了我的衣箱，也查了高尔夫球袋。我的假胡子、墨镜和假发都在床上。

他放回手枪。"当你没有按时出现时，我很奇怪，有五千元在等着你来取，你竟然不来，为什么？"

我没有说话。

"你怀疑到我的安排了？"他咧嘴一笑，"米切尔穿着防弹背心，你开枪后，他佯装倒地死去，然后，我从藏身之处出来，命令你扔掉手枪，否则要你脑袋开花。"

这么说，这是一个陷阱！

马丁警长继续说："这件事是从莫洛开始的，也许我应该称他为皮罗。一个月前的一个晚上，皮罗、米切尔和我三人在一起喝酒，皮罗喝多了，说出了他雇你杀他之事。他认为你可能仍在追杀他。"

马丁警长又笑了一下："米切尔灵机一动。他正在竞选地方检察官，他需要拉选票。他估计，如果他冒着生命危险来破获黑社会组织，可以博得选民的信任。所以他想出了这个小计谋。"

马丁警长从制服里面的口袋取出一根雪茄。"是的，正像我说的，当我在储蓄所等候时，我心想，也许你怀疑了，放弃了。可是，是什么引起了你的怀疑？是不是你先住进来，打听到什么了？也许你仍然留在这里，看看是不是一个陷阱？"

马丁警长点燃雪茄。"我拿起电话，找到旅馆账房希尔，问他有没有人住宿，他提到你，说你还没有结账。所以我从后门离开储蓄所，到旅馆来查。"说着，指指从高尔夫球袋取出来的东西，"我想，如果你戴上那些东西，你就和米切尔向我描述的一样了。"

我叹了一口气，我就要以凶手的罪名入狱吗？不，可能入狱，但不是以杀人的罪名。

理由很简单：我的协会和我都是假的，我们从来没有杀过人，不论在什么地方，什么时候，都没有。

我们的确是拿别人的钱，但是过后，我们总是没做事就消失得无影无踪。不过，不会忘记给受害者寄一封匿名信，告诉他有人急于看他死去，并且说出名字。

这至少可以使受害者提高警惕。

我们也寄一封信给警方，告以同样的消息。这不一定能使警方逮捕我的顾客，因为缺乏扎实的证据，但我相信，当警方查问我的顾客时，这至少能阻止他们采取进一步的杀人计划。

总之，我们是救人的，同时也借此赚点钱。

我们从没有听到顾客抱怨，说到底，雇人杀人的顾客，不会因为我们没有履行合约而报警。遇到像皮罗这种自杀的情况，我总是过了好几天以后，再去找他们。我总是发现他们已经改变主意，因此，我会"允许"他们活下去，凭这一点，就使他们感激不尽，没人会要求收回预付款。

我来这里，并不是要枪杀米切尔，取那五千元。

我来这里，是因为我怀疑皮罗可能就在这里，我准备找到他，告诉他，我已放弃杀他的意图。

马丁警长缓缓地吐着烟，说："是的，先生，我在等候的时候，认真考虑过了。"

他打量了我三十秒。

"没有人知道我来这里，"他说，"米切尔也不知道。"

我皱起眉头，猜测这是为什么。

又有三十秒过去了。

最后，他似乎下了决心。他说："是我那个该死的太太，我不能忍受和她一起生活了，她又不愿和我离婚。"他探过身，"我银行存有四千元，我愿意给任何人，只要他能够替我解决我的难题。"

我盯着他，然后，我松了一口气。

我又有一位顾客了。

两个老头

莫利说："犯罪很有意思。"

巴克咕哝了一声，没有反驳，反正莫利自己会解释这话是什么意思，巴克有的是时间。

他们俩坐在靠墙的两张折叠椅上，面前是碧绿的草坪，再过去是铁栏杆和街道，铁栏杆把退休中心全围了起来。

这个中心很不错，大部分住在这儿的人都不愿离开。

这天早晨，草坪上露珠闪闪，太阳还没有穿过浓密的树叶，莫利和巴克两人坐在树下，其他人还在餐厅吃早饭。

莫利拿起膝盖上的望远镜，眺望着对面的公寓。莫利瘦骨嶙峋，肩上顶着一件大花运动衫，一头白发乱蓬蓬的，满脸皱纹，两眼湛蓝，他已经七十五岁了，可看上去很年轻，并没有显得迟钝或呆滞。

"五楼的那个女人，"他说，"又到阳台来了。每天早晨同一时间，一定穿着比基尼晒太阳。"

"比基尼有什么稀奇的，海滩上多得是。"巴克说。

莫利把望远镜递给他说："海滩上可不是这样的。"

巴克拿起望远镜，打量着那座公寓。"我不喜欢她晒得黑黑的，一个身段那么好的女人，应该白嫩嫩、软绵绵的。"说着，放下望远镜，靠着椅背斜躺下。他个子矮小，脸上的肉很松弛，秃头上闪着汗珠。巴克怕热，即使早晨在阴凉处，他也流汗。他宁可陪莫利回屋里聊天。他小心地摸摸铁灰色的头发边，好像那稀疏的头发是什么宝贝一样。

"这也无聊，"他说，"做什么好呢？"

"犯罪，"莫利说，"我早该过犯罪生活，那样的话，我现在就不会到这里了。我现在有什么？几元养老金，几元社会福利金，全交给这个中心了。自己口袋里的钱，还不够买进城的公共汽车票。即使有钱搭车，口袋里没有钱，进城干什么呢？"

"我有钱，"巴克说，"我儿子寄给我五元零用钱。"

"那有什么用，"莫利抱怨说，"我们俩辛苦一辈子，剩下什么？两袖清风，一无所有。我们是老老实实、奉公守法的人，结果无路可走。我们积蓄的一点钱，都因为通货膨胀用光了。我告诉你，巴克，昨天中心的负责人叫我到办公室，要我每星期再交十美元，否则要我离开。我到哪里弄十美元？如果我不住在这儿，又住到哪儿去呢？"

"他每星期要涨十美元？这倒没有对我说。"

"会说的。"

巴克叹了口气："那么，我们俩得一起离开此地，我一星期也拿不出十美元。"

"你有儿子可以帮忙，我可没有。"

"不，他自己也要养家糊口，他没法每星期多付十美元。"

"把望远镜给我。"莫利说。

他再次打量对面的公寓。他说："每天上午，她丈夫一出门，那个年轻人就来，然后窗帘就放下来。想一想，每天早上，他们不累吗？"

"你以前也年轻过，"巴克说，"你知道是怎么回事。"

"我可没有到那种程度过，"他放下望远镜，"如果我到她那里，告诉她，如果每星期不给我十美元的话，我就把这事告诉她丈夫，你想她会同意吗？"

"敲诈勒索？"巴克吓了一跳。

"为什么不呢？全国小偷多得是，你每天都可以在报纸上读到。大财团操纵金钱，生意人偷税漏税，警察收受贿赂，即使他们被抓到了，也是不了了之。还有贩毒的，抢银行的，欺诈的。巴克，我告诉你，他们想得对，等他们年老时，钱已经弄够了，那时就不用担心每星期加十美元钱了。我一直在想，昨天晚报上有一条消息，说有一个人走进银行，递张字条给出纳，说他有一把枪，如果不将所有的钱交给他的话，就开枪。结果她照办了，他得手后，带着五千元逃进人群。真容易！你想，在这么大的城市里，他会被抓到吗？告诉你，永远不会！真的，我早就该想到做那种事了。"

"这么说，你想去抢银行？"巴克问。

"为什么不呢？那只需要一点胆量，那我倒是有一点。"

"你没有枪，即使把我们俩的钱凑起来，也买不起一把枪。如果你有枪的话，你也用不了。你有关节炎，枪都拿不稳，何况，你对枪一窍不通。"

莫利说："我一直在考虑这个问题。我不需要枪，我可以造个小包裹，告诉出纳小姐我包裹里有炸弹。我想，她会给钱的。"

"你倒是挺当真的。"

莫利举起望远镜，看了好久，他说："我是当真的。为你自己想想，我们俩坐在这儿，为每星期增加的十美元发愁，没钱就得滚蛋，就得被赶走。那时，我们就得到贫民窟找个房子，日夜不敢出门，生怕被抢。同时呢，由于物价飞涨，我们势必慢慢饿死。为了区区十美元，我们就不能住这个好地方，受人照顾！这儿不是最好的，不过，你愿意离开吗，巴克？"

"不愿意，"巴克说，"他们下棋、打扑克时，是有点吵人，不过，那是因为我不喜欢那些事情。"他环顾四周，其他的椅子上开始坐满人，而且人们开始走来走去，"这儿都是和我们一样的人，我真怀疑他们能不能拿得出十美元。"

"我不知道，我也不关心。我昨天一晚上没有睡着，我想的只是我自己，结果，我得出了一个结论。"他把望远镜递给巴克，"看看公寓房子过去那家的招牌，告诉我你看见什么了。"

巴克接过望远镜，"洗车厂有什么好看的？"

"另一个方向。"莫利烦躁地说。

巴克转动方向，望了一会儿，然后放下："你是说银行？"

"对，我们去那儿连车费都不用。"

"我们？"

"我需要你帮忙。"

"可是我对银行一无所知。"

"去抢银行，不必知道什么。你以为抢银行的人比我们知道得多？他们就是进去，然后抢，干净利落。"

"进去，然后抢，说得倒容易。银行有警卫和警察，他们有枪，会开枪的。"

"是很容易，"莫利说，"所以才有那么多人抢银行啊。昨天晚上我计划好了，我们照样做，一定能成功的。"

"假如我们被逮捕了呢？"

"我们不会被捕，"莫利耸耸肩，"就是被抓到了，他们又能把我们怎么样？我们还能活多久？坐几年牢又有什么关系？至少那些日子我们不必为每星期提高的十美元食宿费发愁了。"他从巴克手里接过望远镜，再次眺望银行，脸上露出一丝微笑，"不过，我们不会被抓住的，各种可能我都考虑过了，我考虑过储蓄所、零售店、酒吧，甚至洗车厂，没有一个地方比银行更容易下手的。"

"假如你想抢劫什么人的话，我建议你到绿石南，去抢我们那儿的一个屠夫，那个坏蛋，总是缺斤短两。"

"一个卖肉的能有几个钱？"

"他们有现金啊。"

"算了，抢银行最好，这家小银行，只有一个进口，中午时，路边的人行道挤满了人，警卫或警察不会对人群乱开枪，那就容易逃脱。"

"我腿上静脉曲张，你指望我能跑得快？"

"你不用跑，"莫利不耐烦地说，"你要慢慢走，免得引起人家的注意。如果需要跑的话，我来跑。"

巴克不屑地说："你会跑出心脏病的。"

一位拄着拐杖的白发老太婆，费力地走到他们旁边，如释重负似的跌坐到椅子上，对他们笑笑。

莫利凑到巴克耳边低语道："回我房间去，我不要这位美国小姐听到我们的谈话。"

莫利的房间在二楼，小小的，但很温馨。主人坐在床上，客人坐在唯一的椅子上。

"这事我没把握，"巴克抗议道，"我总觉得不对劲。"

"银行不会赔钱，"莫利说，"他们都保了险，再说，我们拿的也不多，只要几千块，应付几年就行了。你我反正不久人世了。"

"我觉得身体很好，"巴克说，"还可以活二十年，你也一样。"

莫利不耐烦地做了个手势，打断巴克的话，"那是你一厢情愿，我们关心的只是现在每星期加的十美元。"

"这么一大把年纪了，我可不想变成坏人去犯罪。"

"你年轻时，是不是在银行存过钱？"

"存过，但不常去存。"

"银行利用你的钱去赚钱，却只付你一点点利息。你现在做的，只不过是多收一点利息罢了，你不觉得有权多收回一些吗？"

"想是想，"巴克摸摸下巴，沉思道，"只是，你准备怎么做这事？"

莫利伸手到抽屉里，拿出一只用褐色纸包着的长方形盒子，得意地笑着说："这是我的炸弹。"

"看来倒像是一个用纸包着的鞋盒子。"

莫利脸一沉,"这本来就是鞋盒子,不过银行的出纳员不会知道里面是什么。"

"里面是什么?"

"什么也没有,"莫利承认说,"我想也不需要放什么。"说着,从口袋里掏出一张纸条,递给巴克,"这是我的字条。"

巴克眯起眼睛,伸直手臂看。上面写着:"盒子里有一枚炸弹,把所有的钱放进纸袋,不许叫喊,除非我离开,不然的话,我会将炸毁整个银行,让每个人粉身碎骨,包括你在内。"

巴克说:"是不是太长了点?你不必告诉她,炸了哪儿,她会死,她知道这一点。如果是我,我就不写那几句。"

"她看懂就行了。"莫利暴躁地说。

"好,你给她字条。那么纸袋呢?"

"就在这儿,"莫利递给他一个沾满油渍的袋子,"我今天早晨在厨房拿的。"

巴克皱皱鼻子,"什么不好找,偏要找他们装鱼的。"

莫利不耐烦地说:"这已经够好了,她把钱放进去,我就走开。"

"然后呢?"

"你要在外面等候,我把纸包塞给你,即使我被抓到了,也没有证据。"

"警卫会开枪打你的。"

"只要出纳员认为我有炸弹,就不会。"

"他会追到外面。"

"在人群里,他什么也不能做,什么也不敢做。"

"你真是疯了。"

"这样才能成功,你以为别人有更好的办法吗?我经常研究报上的这类事情,他们没什么特别的办法。"

"你递钱给我的时候,他们会揪住我。"

"没有人会注意到,你只要走过马路,回这儿来。我逃脱后再来和你会合。"

"你会在牢里和我会合。"

"不,"莫利说,"他们不会想到老人抢劫,他们认为老年人只会小偷小摸。只有出纳小姐看到我,那时候她吓坏了,不会认出什么。我们呢,就成了两个午间出来散步的老人。"

巴克没有说话。

"每星期涨十美元,"莫利说,"我们需要的只是每星期十美元,银行不会为了区区几千元而小题大做的。"

"你真是疯了，"巴克说，"我不相信你会做这种事。"

"当然，我是疯了，我真的准备这么干。我要和别人一样，得到我所需要的，如果你不愿帮忙的话，我自己一个人去干。"

巴克摸摸脸，扯扯领子，梳梳他的宝贝头发，一脸忧郁。

"好吧，"他最后同意了，"如果你坚持要进监狱的话，我就陪你去，免得你一个人孤单。今天是个好日子吗？"

"今天和任何一天一样，是好日子。我们下楼，等到那一刻来临。"

十二点一过，他们就走过草坪，穿过大门。莫利在前，巴克在后。

莫利胸前紧抱着空鞋盒，纸袋则捏在手中。两人缓步跨过街道，留心红绿灯，巴克低着头，一跛一跛地跟在后面。

在银行的旋转门前，莫利转过头，意味深长地看了巴克一眼。

里面很安静，出纳的窗口前，人们心不在焉地排着队。三个窗口的出纳小姐，对着顾客露出职业的笑容。莫利站到靠近门边的那一排。

他的手掌在出汗，胃部抽紧，像消化不良一样，他想起早晨忘了吃胃药。

当他向巴克解释时，事情好像很简单，可是现在，似乎没有那么简单了。

每星期加十美元的食宿费，他想。

他排在第四个。他前面是个高个子，挡住了他和出纳之间的视线。莫利觉得有点激动不安，他微微转向一旁。那位出纳小姐很年轻，一副活泼、开朗的样子，短短的金发，皮肤泛着健康的色泽。

队伍向前移动。

莫利向外瞥了一眼，巴克站在门边，正探头探脑向里看，秃秃的脑袋，闪闪发光。莫利心想：笨蛋，那样会引起人们注意的。

现在，轮到前面的高个子了，莫利伸长脖子打量那个出纳小姐。

她的脸色不再有健康的光泽，而是一片苍白。她正把钞票塞进一个纸袋中，而且根本不数。

根本不数！

莫利警觉起来，那女孩给别人钱时，总是不慌不忙地数两遍，为什么现在数都不数就往袋子里塞呢？

她的两眼盯着忙碌的双手，好像不敢抬头。莫利注意到她有点发抖。

那人伸手进柜台，从小姐手中接过纸袋。她抬起头，眼睛刚好与莫利的视线相遇，他看见那双眼睛充满了惊恐和哀怨。

那人转身走开。不知为什么，莫利跟在那人身后，他知道那人强迫出纳小姐给钱，但不知道那人是怎么做的。

莫利生气地想：那是我的钱，他无权拿走。

那人急匆匆地向门口走去。这时，巴克走进银行，两眼盯着莫利，举起一只手，向前走了一步，刚好挡住那人的去路。那人骂了一声，猛地一推巴克，巴克踉跄了几步，然后"咚"的一声摔倒在地。

莫利记起年轻时的一个把戏，那时候，他经常走在别人身后，伸出一脚，钩住对方的脚踝，一使劲，让对方身体失去平衡，摔一跤。这把戏需要运气和掌握好时间，莫利在这方面可以说是专家。现在，他使出这一招，那人冷不防被钩了一脚，身体前倾，脑袋撞在旋转门的铜框上，重重地响了一声，纸袋从那人手中落下，钞票散落了一地。小手枪在大理石地上滑过，发出清脆的声音。

莫利身后的出纳小姐，终于从惊愕中醒来，高声尖叫。一位穿制服的警卫跑过来。

巴克痛苦地站起身，低头看看躺在地上的人，再看看莫利，耸耸肩说："这有什么稀奇的？"说着，全身发抖，脸色苍白。

那是一个晴朗的早晨，草坪的草仍然闪着露珠。莫利和巴克像平常一样，坐在椅子上。

莫利用望远镜眺望远方，他说："她又出来了，仍然是比基尼。"

"我不感兴趣，"巴克回答说，"我全身还是痛，上了年纪的人，干那种事没有什么好处。"

"那人活该，现在坐牢，你能把他怎么样？"

"可能是你坐牢，而不是他。"

"我不这么认为。你应该注意到，如果不是我钩他一脚，他就逃走了。没有人钩我的脚。我仍然认为那是一个好主意。他们没有问我为什么到那里。我告诉过你，巴克，没有人会怀疑一个七十五岁的人。我问你，你进银行干什么？你破坏了我们的计划。"

"我正准备进去阻止你。像我们这么一大把年纪的人，不应该犯罪，而且，我们也做不好。"

"我可不这么认为，我们这儿有许多人很有本领，我们应该组织一个帮会。"

"那倒不错，"巴克无精打采地说，"我们可以坐轮椅逃走，别尽说废话。"

"这么说，你可以忍受金钱、精神和肉体的煎熬了？"

巴克耸耸肩说："过了七十五岁，受一点煎熬也无所谓了，我们可以想办法熬过去。"

莫利叹了口气说:"至少我们有一阵子不用担心钱了。银行经理告诉我,他会付百分之十的酬金,那应该有一千元。还有,报社还要付我如何逮到歹徒故事的支票,一个老态龙钟的人,很少见义勇为,奋不顾身抓歹徒的。他们不知道我是生气,因为他取走了我们的钱,又推了你一把。所以,我们还可以在这儿静静地住一段时间。"

"我们还可以多住一阵,"巴克说,从口袋里摸出一沓钞票,递给莫利,钞票的纸带上写明是一千元,"我倒在地上的时候,从地上捡起来的。你想他们会查吗?"

"当然会查,不过,那里有很多人,任何人都可能拿走。"

"我想我们应该退回去。"

莫利想了一会儿,说:"不用着急,我们留下钱,现在我们是不需要,也许永远不需要,到时候我们可以留下遗嘱,把它退回银行,我们把它当做免息的贷款。"

"那么,"巴克说,"现在我们可以坐下来,安安静静、心平气和地看了。把望远镜给我。"

"有件事我们必须做。"莫利说。

"另外买一副望远镜,你的视力跟我不同,每次我都得调整焦距。"

巴克愤怒地说:"我也正为这事心烦呢,我们今天下午就去买。"

"中午的人潮过后,"莫利说,"就会有很多漂亮的年轻姑娘出来散步。"

"是的,上帝保佑那些漂亮姑娘,幸亏你没有抢银行。"

"为什么?"

"万一被捕,在牢里有什么可看的?"

人生指南

晚饭后，戴维脱掉鞋子，躺在沙发上看书，立体音响开得震天响，他那间位于十楼公寓的小房子，充满了流行歌曲的声音。

据说，有些经历能改变一个人的生活。当戴维翻到《从艰难走向胜利》的最后一页时，他深信，这本书将改变他的一生。

五分钟内，他就忘记了震耳欲聋的音乐，全身心地投入到《从艰难走向胜利》里。那本书的广告上写道："一本男人必读的书，有事业心的男人的人生指南。"这正是一本值得戴维认真阅读的书。作者詹姆士是一位杰出的房地产经纪人，也正是戴维心目中的榜样——富有、勤奋、自负。詹姆士通过他的书，告诉戴维怎么达到成功，而戴维正在洗耳恭听。

公寓门口传来低沉的敲门声，像枪声一样，打破了戴维的幻想。

戴维将书放在咖啡桌上，走过去开门。

来人是住同楼D户的明克斯。他站在走道上，正举手准备再敲。当房门打开时，明克斯举起的拳头像一朵玫瑰一样张开，然后放下手臂。他年纪和戴维差不多，三十六岁，但是个子矮些，蓝眼睛中带着沮丧的神情。他的头已经开始秃了，而且有中年人发胖的趋势。

"你的音响，"他对戴维说，圆圆的脸上努力装出微笑，上面闪着汗珠，"假如你把声音放低的话，我非常感激。时间不早了，我明天一早要上班。"

"好吧，"戴维不客气地说，关上房门。他不想和邻居发生冲突，但是，明克斯老是抱怨他的音响，这使他烦透了。

他走到音响前，伸手要调低音量，又突然停下了。他心想：明克斯算什么？凭什么要我听他的？他和明克斯一样出钱付房租，完全有权利为所欲为，也许更有权利，因为他比明克斯住的时间长。

想到这里，戴维离开震天响的音响，回到沙发上，重新拿起书。他翻到第三章"从胁迫到胜利——徐徐灌入恐惧的艺术。"

戴维再次大声朗读，声音超过音响。门上不再有敲门声，他对詹姆士的书信心大增。

当戴维上床休息时，他惊讶于自己的好运气。《从艰难走向胜利》这本书，早不来，晚不来，刚好在这个时候进入他的生活。目前，他是公司东南区新成立的分公司经理的候选人之一。公司高层人物正在考查他和另一个名叫韦尔的人，准备从中选一位任分公司经理。

第二天早晨，在电梯里，韦尔向戴维打招呼说："早晨好。"

戴维没有回答，让他去纳闷吧，让他开始怀疑自己的重要性。

两人离开电梯时，戴维很高兴地注意到韦尔和蔼的脸上，有一种迷惘的神情，那种表情詹姆士曾在第二章中形容为"敌人遭到打击后，失去平衡的第一个标志"。

那天中午吃饭的时候，戴维一直等到韦尔快要返回办公室时才离开。他到韦尔平常吃饭的餐厅，经过仇敌桌边时，不经意地挥挥手，算是打招呼，然后走到消费更昂贵的雅座，挑了一个韦尔看得见的座位坐下。戴维要了一杯马提尼，一边喝着，一边时不时看看手表，做出一副等人的样子。他知道韦尔一点三十分有个约会，很快就得离开，不会知道戴维等的是谁。等韦尔离开后，他再回到廉价的座位上，叫一份三明治。

显然，韦尔没有读过詹姆士所写的畅销书。他从椅子上站起来，面带微笑地向戴维走过去。戴维故意不报以微笑。

"戴维，"韦尔笑容可掬地说，"你在等谁啊？"

"哦，一位朋友。"

"嘿，今天早晨在电梯时，你不理我，我希望没有什么误会。"

"没有，韦尔，我在想心事，没有听见。"

这可不行！韦尔站着，戴维坐着。于是戴维端着饮料，站起来。

"你要走了吗？"

"恐怕是的。"

戴维故意盯着韦尔的领带，上面有一点油污。韦尔似乎没有注意到，也不在意。

"你等的朋友呢？"

"他有事，不能来了，"戴维说，喝完饮料，"再见。"

戴维先韦尔离开餐厅，然后两人一起走到停车的地方，戴维故意把车停在韦尔的汽车旁边。戴维的汽车比较新，最近打过蜡。他一语不发，爬上发亮的汽车，驶离停车场，心中很高兴自己的车是深蓝的———一种有力的颜色。

那天黄昏，戴维疲惫地回到公寓，心情很恶劣。在公寓的房门前，刚好碰上明克斯从隔壁公寓走出来，他一边扣着皱巴巴的西装外套，一边斜着瞄了戴维一眼，然后急急忙忙地向电梯走去。

"明克斯！"戴维叫道，声音很轻。

等明克斯转过身，戴维走进公寓，关上门，觉得自己高人一等，心情舒畅了一点。

那天晚上，戴维再次钻研《从艰难走向胜利》的第三章，对它的简单和实用感到非常惊讶。韦尔会逐渐受到他的影响。詹姆士在第六章指出，某种类型的人，有时候很难打垮，要多费些时间。

然而，他的阅读不得不中断。他听见邻居明克斯返回住所的沉重脚步声，于是，放下书，故意把音响声放大。明克斯这种无用的人，是个活生生的例子，证明书上所说的技巧非常灵验。韦尔是个敏感、沉默的人，很像明克斯这位邻居。潜意识里，他们都是一样的（见第四章）。那晚睡觉时，戴维相信，为了达到目的，需要的只是时间。

第二天在韦尔办公室里，他得到了可以更进一步试验第三章技巧的机会。

公司罗蒂经理在那儿，准备让他们两位候选人做一个有关双层货柜的综合报告。表面上，这任务是减少一半人为错误的可能性，但是，戴维知道，谁交上去的报告切实可行，谁就能成为东南区的经理。

开会时，罗蒂经理迟到，韦尔请戴维坐下，但他拒绝了，反而慢慢地、心不在焉地在办公室踱步，偶尔瞄一眼坐在办公椅上的韦尔。

韦尔似乎并不在乎，很轻松地说："我明白，我们正在试验既不提高生产费用，又能改进新负荷的货柜。"

"我可以马上提出几种可能的方法，"戴维说，声音非常轻，韦尔必须侧耳倾听才能听到。

"说出来听听怎么样？"韦尔和蔼地说。

他疯了？戴维心中无名火起——他要韦尔憎恨他，畏惧他！

当一头白发的罗蒂经理走进办公室时，戴维对他很恭敬，但并不显得卑躬屈膝，而是用书中第九章所说的"一种与经理平等的态度"，罗蒂经理似乎没有注意到。

公司需要的，正是加重货柜负荷的综合报告。在罗蒂经理说话时，戴维两眼一直傲慢地盯着韦尔，韦尔开朗的脸上流露出一种迷惘，而不是他预期的畏惧。

"戴维，"罗蒂经理突然说，"你在听吗？"

"当然在听，经理！"戴维说。眼睛盯着一个人看，同时又要听罗蒂经理的话，这是比较困难的。这正是他所害怕的，他在镜前练习了很长时间。这时，韦尔露出了微笑——至少他似乎在微笑。

戴维觉得非常沮丧。那天晚上，他把工作带回家做。

整个晚上的大部分时间，他的思想都集中在纸板的厚度、波状纸板的样式、立体的尺寸和压力等因素上。最后他决定，答案是减小旁边纸板口盖的尺寸，增大末端口盖的尺寸。按照工程学原理，那是可行的。

当他累得躺下来听音乐时，不停地想到韦尔，这个沉静、不易激动的韦尔！

敲门声被音乐声压倒了，戴维很高兴地不予理睬。

但是，电话就不能不理了。在响到第六次时，他骂骂咧咧地从沙发上起来，拿起话筒。当他听到电话中畏怯的声音时，不由得厌恶起来。

"戴维先生，我敲门，你没有开门。求求你，把音乐声放小些，我要睡觉……我筋疲力尽，不休息不行……我们全家人都不舒服，我弟弟目前住院……"

明克斯声音中的畏怯，反倒鼓励了戴维。他认为詹姆士的理论在明克斯这位邻居身上生效了，明克斯不仅尊重他，而且害怕他。

"我对你家的问题和谁住院不感兴趣。"戴维说。

"我不指望你感兴趣，不过，那噪声……"

"好吧，我关小一点就是了。"这是书上第七章所提到的"同意与生气"的把戏。戴维没有说再见，就挂断了电话，然后回到沙发上躺下，音响依旧。公寓管理员度假去了，他相信明克斯没有胆子报警。

戴维在沙发上呼呼睡着了。

醒来时是凌晨四点，音响仍然震天响，最后放进去的那盘录音带一定自动反复放了十来遍。

明克斯没有再打电话，即使他打了的话，戴维也没有听见。

早晨，戴维和明克斯碰巧一起乘电梯下去。显然，明克斯身体不好，眼睛里充满忧郁，黑黑的一圈，脸色苍白。他根本不看戴维，后者却死死地盯着他。戴维知道不用怕明克斯动粗的，像明克斯和韦尔这种人，他们在这世界上，除了幻想，什么都不会。（见第八章）世界属于那些无畏的、有进取心的人，戴维就属于那种人。

戴维觉得，明克斯是一个有趣的实验品，但是，重要的是韦尔，而他却没有被戴维的技巧折服。

那个星期，在综合报告提出前的一个晚上，戴维在办公室加班。当同事们都下班后，他利用塑料卡片打开门，进入韦尔的办公室。他喘着粗气，心怦怦乱跳，搜索韦尔的办公室。这是第五章所说的"合理的侦察"，戴维知道，如果韦尔有胆量的话，他也会秘密进入他的办公室。

戴维在中间抽屉找到综合报告，他迅速阅读了一遍。韦尔对解决货柜的方法是，用不同形式涂粘口盖，另外，采用一种构造较粗的纸板。那方法比戴维的方便得多，费用上也节省得多。

经过一秒钟的犹豫后，戴维把冗长的综合报告带到自己办公室，涂改一些数字，然后放回韦尔的抽屉里。

那天晚上，戴维高兴地回到家，在浴室镜子前练习了一会斜眼看人，然后决定到外面吃饭。沐浴后，换上休闲衣服，离开公寓。音响则照样开着，目的在骗小偷。

第二天，罗蒂经理通知戴维，东南区的分公司经理是他了。罗蒂经理向他握手祝贺，他则以平等态度对待罗蒂经理——第三章的预言得到证实。

韦尔对落选一事很泰然，没有流露出失望。戴维并不为他难过，没有意义的怜悯是弱者的表现，人生中总要做一些不择手段的事，只有这样，像戴维这种人才能爬上去。

戴维平常很少喝酒，但是那天晚上，他要喝酒庆祝自己。他公寓附近有一家酒店，还算不错，他和朋友进去吃过几次。那天晚上他一个人去那里喝酒，在徒步回家的时候，他发现自己走路不稳，才意识到自己喝多了。

他把钥匙插进公寓门时，发现地毯上有碎玻璃。

一进入屋中，他大吃一惊，因为家中那个昂贵的音响箱，被砸得稀巴烂。四分五裂的录音带乱扔了一地，进口的唱片机转盘，像一只锡罐盖一样，弯在那里。戴维摇摇身体，握紧拳头，难以置信地凝视着这一切。

"这是我的唯一选择。"他身后有人道歉般地说。

戴维转身离开那堆破箱烂片，看见明克斯双手放在膝盖上，正襟危坐在沙发上。

"我不想这么做，"明克斯继续说，"我不是使用暴力的人……但是我身体不好，我们家人一向患有人格分裂症，你使我畏惧你，憎恨你，逼迫我不得不出此下策……"

喝下去的酒突然在胃里发酸，愤怒的胆汁涌上来。

他大步向正襟危坐的明克斯走去。"你这个卑鄙的家伙，你赔我！"他大叫道,"你得赔偿!"

"我怕应该赔偿的是你。"明克斯很有礼貌地更正,声音不像平常的那样畏缩,反而极为坚定。他面带嘲弄地微笑,站了起来,举起一把紧急救火的斧头,那本来是放在走廊消防箱里的。

戴维目瞪口呆地望着他那张固执的脸,再移到长长的斧头柄上,这时,斧头带着死亡的气息向他砍了过来。在那瞬间的平静中,他感到好奇,不知道詹姆士对人格分裂症有什么说法。

生　意

对面院子里的男人懒洋洋地躺在那里已经大半天了。哈利透过窗子看着他，心头一股无名火直往上蹿。

"看看他，"他一边扣衬衫，一边厌恶地摇摇头，"成天什么也不干，坐在那儿挺尸。"

"哈利，"他的太太说，"古奇先生也是没办法，这些日子好多人失业。"

"是啊。"哈利伸手拿领带。他是个五十来岁的男人，头已经秃了，长得矮矮壮壮，肥大的肚子向前挺出，似乎他昂贵的裤子都包不住了。他接着说："像那边那个叫古奇的，他们可能懒得连根指头都不想动，哪儿会有人给他们工作。"

哈利太太抓件家常衣服披上。她不像哈利，虽然脸上有皱纹，眼角也有鱼尾纹了，已经日渐失去丈夫的欢心，但身段还很苗条。她说："有一次有人告诉我，他是个机械工程师呢。"

哈利大笑起来，"难怪他们要解雇他，他有哪一样是对劲的？他的汽车总爱抛锚，割草机动不动就冒火，还有……"

"别数落那个可怜的人了。"

"哼，反正是不对劲。看看我，正穿衣服准备到店里上班。而他呢，只会躺在那儿看日出。不但如此，我在别人休息的日子里也在干活。别人度周末时，我还得去南部谈生意。我有时要每周工作七天，为的是纳税来帮着维持像古奇那类懒人的生活。我的天啊，要是我也失业了。"

"见你的鬼，"哈利太太讽刺地说，"别在那儿鬼话连篇了。你的生意是你从你父亲那里继承下来的，而你父亲又是从……"

"闭嘴。"

"你不喜欢古奇先生，真的是因为他失业吗？还是为了去年竞选村长他支持过你的对手？"

"我已经忘记那档子事儿了。"哈利系上领带，回答说。

"我却有点怀疑。总之，今天晚上在安伦家的派对上，如果你看见他……"

"你开玩笑，你是说安伦家的派对会邀请他？"

"不错，他太太和孩子回娘家去了。安伦夫妇俩觉得他成天坐在大房子里挺可怜，就请他了。所以今天晚上你看到他的时候，答应我，别让他下不了台。"

"我什么也不答应。"

"得了，哈利……"

"别拿小学老师的语气跟我说话，"他很不高兴地说着，穿上外套，向门外走去，"我对那种语气厌恶透了。"

他一直在找借口和太太吵架。她越早一点闹起来，提出离婚就越好，他就不用再掩饰藏在南部的那个小情人了。

但哈利太太并没有上钩，在争吵的边缘，她犹豫了一下，然后说："对不起，我知道你很忙，我不该惹你生气。"

那天晚上在安伦家的自助派对上，哈利好像是最渴的一位。他为自己调了一杯马提尼，坐在院子里和一群男士们聊天，吹嘘、炫耀自己的事业。

当他调第二杯酒时，对面院子的古奇走了进来。他四十出头，个子不高，眼神很忧郁。他拿了罐啤酒，站在人群边上。

哈利回来，和人们继续谈了一会儿。然后他品着酒，凝视着古奇，心头的那股怒气又冒了出来，直到再也不能忍受时，他清清嗓子，说："古奇，你失业有多久了？"

"嗯，有四个月了。"

"那么告诉我，这些日子你为什么不找别的工作。"

人们的谈话慢慢停下来。

古奇不安地把身体的重量从一条腿换到另一条腿，慢吞吞地说："嗯，我一直希望公司会找我回去，他们说业务一好转就让我回去继续干。"

"这些日子你是怎么过的？就是坐在那儿，拿失业救济金？"

"我还有些积蓄，"古奇说，"救济金数目很有限。"

"对你来说可能不多。但对于像我这样的纳税人，可就不……"

"算了吧，"有人打岔说，"那也不能说是他的错。"

"不，我要说个痛快，"哈利接着说，"这整个制度就不对，一些人由另一些人来养活，而且是无限期地养活。不错，任何人都会可能被解雇，失业一阵子。但如果是我的话，我就会试试别的地方，才不会那么笨，坐等公司来找我回去。"

古奇微微一笑，"像我这样的年纪？"他摇摇头说，"没人要我。"

"你怎么知道？除非你试过。"

"我试过不少地方，都是一样，嫌我年纪太大。"

"那么，干吗不自己做生意？你是个机械工程师，那可是个挺值钱的技术。你说你有积蓄，怎么，怕拿自己的钱冒险？"

"不是那样，我……哦，还有别的事牵涉着。比如去卖东西，不错，我有可以卖钱的东西，但我会是天下最差劲的推销员，我没那本事，也没口才，还有……"

"你不过是在找借口。如果一个人对他推销的东西有信心，谁都行。"哈利摇摇头，"不过有些人就是宁可像寄生虫那样活着，直到老死……"

哈利太太走过来，"够了，你太过分了。"

"我不过是说出大家的想法而已。"

"不，你不是，你只想证明你最能高谈阔论，还有最粗野，最愚蠢……"

"好了，"古奇打断她的话，"我不想惹麻烦，也许我最好还是告辞吧。"说着，他转过身匆匆离去。

哈利不理会在场的人们冰冷的目光，举起酒杯，猛吞马提尼。受够这女人，受够这郊区的村夫，明天到南部，见到心上人……

第二天黄昏后，天稍稍暗下来时，哈利走在通向他金屋藏娇的一条街道上。一切都变得顺心如意。昨天宴会后，他们夫妻俩大吵了一架。在相互怒吼中，他故意引导她，要她同意找律师，同意离婚。

那就意味着他不久就可以把他的小情人带出这个贫民窟，住进一座漂亮的房子里，那里没人会管你是否结过婚，或者同居。

前面巷子里一个穿黑衣的人闪出来，挡住去路，他正是对面的那个古奇。

"你在这儿搞什么？"哈利问。

"你太太派我来的。"

"她知道……"

"你的小情人？不错，她告诉我她已经知道好几个月了。现在我告诉你，我在公司的名册上登记的是机械工程师，那是不错。不过，那只是挂个好听的名字而已。我真正的职业是杀手。"

"黑社会的？"

"不错,我工作的公司相当大,最近生意不好,所以我听你的忠告,自己做生意。虽然我的推销能力不好,但总算找到了第一位顾客,那就是你的太太。我告诉她干掉你的代价是一万元时,她觉得还不错。那样她就不用等着离婚,也不用分什么财产了,她可以继承你的每一分钱。"

哈利张了张嘴,但他的声音全被一声枪响淹没了……

该死的人

我们四个人坐在木屋里，围坐在桌子四周玩扑克牌。天花板上悬挂着一盏煤油灯，壁炉里的一堆火已经烧得差不多了，仍然散发出一股热气，这热气在这寒冷的夜里是很受欢迎的。

木屋不精致，只有一个房间，里面摆着四张小床，一个烧饭用的大火炉。房屋只是用来避风雨和睡觉而已，如果谁想住得舒服些的话，还有别的地方。

坐在我对面的是一位矮胖的名叫黑田的人，他是个成功的律师，在深度眼镜陪衬下，显得很有学问，我两天前才认识他。

坐在我左边的是娄贝，他很胖，两眼有眼袋，衔着雪茄的厚嘴唇撅着。右边是考尔，他的身体显得很健壮，肌肉紧紧的，结结实实，在这湖边当了二十年的导游，做着一份比我们三人都健康的工作，这点是由他的壮健身体来证实。

"该你了，南克。"黑田对我说。

我瞄了瞄手中的牌，三个皮蛋，够赢他们任何人。但有些事情涉及的不仅是钱，娄贝是我的老板，他可以让我当广告部经理，甚至副总经理，我不会为这区区数元美金而惹怒他。我说道："我不跟了。"

娄贝拿出两张五元钞票："跟进十元。"

律师微笑着："我看看，跟进十元。"

考尔摇摇头说："我跟不起。"

我奇怪，为什么这位导游要参加这个牌局，他的经济状况显然不如我们，不过，他或许一心想赚我们几文，而不考虑钱的来源，黑田和娄贝，牌艺都相当精，尤其是娄贝。

星期五下午，一架水上飞机送我们来湖边度周末，钓一次鱼。现在周末差不多要过去了,明天早晨,飞机就会来接我们。我一起来,并不是因为我喜欢钓鱼,而是给娄贝机会了解我。此行是我的主意,他临行前对我说:"我喜欢多了解和我在一起工作的人,你知道,这个工作很重要,不能随便找个人。"

说真的,那不算是真正的邀请,也不能说是命令,但我还是收拾起多年未用过的钓鱼用具,吻别妻子,加入了他和黑田的钓鱼行列。

娄贝把另一张十元钞票推向桌子中间:"我要看牌。"

黑田摊牌:"两对,一对九,一对小二。"

娄贝咯咯笑了,他将手中的牌成扇形亮出:"三条四。"

如同我所预料的,我手中的三个皮蛋准赢。

考尔背靠椅子,双手抱胸,历经沧桑的面孔上的眼睛,呈淡蓝色,并逐渐眯起,同时还露出了邪恶的凶光。我不知道他是因为输钱,还是波恩酒的关系。黑田捡起纸牌,准备再洗。

我站起来,说:"我今晚不想再玩了。"

"去你的,"黑田说,"三人玩不好。"

"你俩玩吧。"考尔说,"我也玩够了。"

黑田扔下手中的牌,说:"上床睡觉太早了,现在做什么好?到火炉边去,讲故事?"

"我有个故事。"考尔说。

我们全凝视着他。

他站起来,走到壁炉前,点燃他的烟斗,他的头顶上有一把老式的枪,油亮地横放在两只木钉上。考尔给我的印象不是那种健谈的人,自从我们抵达此地以来,他都不大说话,现在却自动要求讲故事,这显得很突然。

"什么样的故事?"黑田问。

"关于一个该死的人。"娄贝突然阴阴地笑了,"那可以包括很多人。"

考尔不理他。他说:"故事大约发生在二十年前,那时候我很年轻,而且有点野性。我参加了一位叫蒙利的人所设计的一个银行抢劫案,他要我帮忙。我还介绍了一位叫莫甘的朋友,和一位叫莎莉的女孩参加。我们分配好工作,如抢劫成功每人可捞到五万元。"

"那倒是值得去冒险的。"娄贝说,"好多人没有那么多也干。"

"那时候我也是这么想。"考尔继续说,"我没有做过歹徒,不过,我以为抢一次无所谓,尤其是我正好缺钱用,抢劫银行似乎很简单,细节方面,我不多叙述了。重要的是,那一次成功了,到手的钱比预计的还要多。"

"得手后，我们到蒙利的住所分赃，准备分到钱后，各自远走高飞。"考尔说，"莎莉本来说好跟我走的。"

我不必猜疑，顺口说，"蒙利独吞了。"

"比这还糟。"考尔说，"他做得太过分了。他卷走了所有的钱，怕我们报复，于是，他抽出枪，出其不意地打死莫甘，然后向我开枪，幸亏没打中要害。我屏住呼吸，伴装死亡，直到他和莉利离开。"

"这么说，女孩也被他带走了。"我问道。

"蒙利是个花言巧语的家伙，莎莉又爱财如命。我在警察抵达前离开了那儿，投奔到城里的朋友那儿治好了伤口。此后我通过报上广告找到了这份工作，来到这儿后，本打算只停留一阵，结果爱上了此地，一住就是二十年。但是我对蒙利的事从没有忘记。"

我没有理由不相信他，我的问题是：他干吗告诉我们这个？

"这么说，该死的人是蒙利。"黑田说，"我的看法是你冒了险，失败了，就像玩牌时手气不佳，该退的时候，你跟进了，蒙利走运，如此而已。"

"不！"考尔反驳说，"如果他卷走钱，离开我们，我可能会同意你的说法。他没有必要杀掉我俩，我欠莫甘一份情，不报仇，对不起朋友。"

"照你的说法，你是再也没有见过他。"我对他说。

"是的，直到最近。"考尔说，"我在报纸上看到了他的照片，现在他已成为大人物，而且做的都是合法生意，我猜想，他是靠那二十万元起家的。"

"你准备报仇吗？"黑田问，"抢劫的法定年限已经期满，不过，你仍可以控告他谋杀。"

考尔摇头："我赢不了他，他太有钱了。我想到了一个更好的办法，报纸上说他是钓鱼高手，所以我寄了封信给他，邀请他到这儿，提供一个他不能拒绝的机会，他上钩了。"

"他正在这儿？"

考尔伸手取下头顶上的老枪，镇静地说："他现在就在这儿。"

我想，现在我相信他了，明白为什么他要站在那儿，讲述二十年前所发生的事。当他说话的时候，他的脸一直躲在壁炉火的阴影中，这点我早先没有注意到。现在，我看见他的两眼闪着凶光，下巴还紧紧箍住烟斗嘴，嘴巴抿成一条极细的线。

我没有时间去怀疑他准备怎么做，因为突然间，事情如同梦中一样发生了。娄贝站起来想移动，考尔开枪了，娄贝向后倒地，打翻了座椅，枪声在小木屋里像炮轰声。

黑田仍旧坐着没动,张着嘴,瞪大着眼,他颤抖着站起来说:"你该死!你知道你做了什么?"

"我知道。"考尔说。

"你的余生将在狱中度过。"

"不,"考尔柔和地说,"那不是我的计划。"他将枪口转向黑田,"我的计划是不留目击人。"说着,他轻巧地扣扳机,开枪。黑田沉甸甸地应声而倒。

枪口接着转向我。

我向后一窜,往地上一滚,滚到门边,打开门,当考尔再向我开枪的时候,我正好闪进外面的黑暗中,并且以全速跑向树林,一心只想离开木屋。

我的头部撞上一棵树,被反弹回来,我觉得晕头转向。惊慌中,我四肢着地地爬,不知道要爬向何处,我也不顾了,我只觉得考尔会像杀别人那样杀我。爬着,爬着,直到意识到自己发出的沙沙响声正好可以指引考尔时,我才停止。我张嘴喘气,喉咙干燥,胸部一起一伏。

林子里了无声息,我观察了一下,黑暗中有盏黄灯,木屋门敞开着,考尔并没有跟出来。

我跪在那儿,恐惧使我汗流浃背,额头冷汗淋漓。如果不是我反应快的话,连逃走的机会都没有。

娄贝死了,在那种情况下,没有人能够逃生。他是否就是考尔所说的蒙利,或者只是考尔单方面的想法,现在都无关紧要。很有可能,考尔的说法是对的,没有人知道娄贝的过去,他从一家小小的店铺发展到八十家店面的连锁企业,二十万元应给人一个很好的开始。那么看来,蒙利这人太残酷,为了创业,竟如此残忍地杀人。说真的,我不喜欢他,但是同事中,他不是我第一个不喜欢的人,重要的是,我认为自己可以应付他,和他相处得很好。凭他付给我的薪水来说,他即使是魔鬼,我也能忍耐,一旦有良机,再当垫脚石一样利用,跳上更高更好的一层做别的。

黑田可能也死了,娄贝邀他来钓鱼,纯属友情,没有别的理由,此刻的我,由于同样的理由,生命也岌岌可危。

考尔有些疯狂,那是二十年的积怨所造成的。当他发现娄贝就是二十年前的蒙利时,他一心想找个计谋干掉他。他的计谋得逞了。只是,明天上午水上飞机的驾驶员抵达时,他将如何解释?我不知道,不过,有件事是肯定的,我必须想办法生存到水上飞机抵达时。

我跪在那里,脑子由于震惊,差不多成为空白,而想不出下一步该怎么做。

我想到妻子，她舒舒服服地待在家里，以为我正玩得痛快，岂不知她正要成为一位美丽的年轻寡妇。

一个黑影正站在门前，他拿着枪。

"南克！"他的声音在黑暗中回响："你逃不掉的，南克！我们这儿五十里内，前不着村，后不着店，你没有地方去！明天天一亮，我就出来追你，如果你跑的话，会留下痕迹的。"

我知道，他说得不错。"如果你正在指望明早的飞机，算了吧！我来告诉你会怎样吧，我会连驾驶员一起杀掉，然后把尸体全放进去，再把飞机拖到湖中，放把火，然后告诉人家，你们起飞时失事。你想他们会寻找什么吗？"

我的血液比夜空更冷，疯狂的考尔真会那样做，他有杀死四个人的机会，并且可以逃避罪行。

我有麻烦了，不过，至少我还知道大祸临头，但是飞机的驾驶员不会知道有什么祸事，直到考尔拿枪对准他。他飞抵此地时，即使考尔还没有杀死我，他也还是可以先杀死驾驶员，将尸首放在飞机里，再去执行他的计划。至于我，他随时都可以干掉。如果我的尸体不在湖里的话，没有人会想到别的，因为湖面宽阔，深不可测。

考尔返回木屋。

我颤抖。寒夜开始侵入肌肤，当我冲出木屋时，身上只穿了很少的衣服。这种季节，这些衣服是不足以抵御寒冷的。难怪考尔不急于追我，反正天亮前我就会被冻得行动迟缓。

我必须保持温暖。

我在黑暗中清点口袋，里面有一些零钱、打火机、皮夹、钥匙、一条那天下午我用来绑蚊钩的绳子，两根雪茄。还有一样武器，如果可以称作武器的话，那是多年前我太太买来送我当礼物的小刀，上面有刮鱼鳞的小刨子、退钩器，和枪相比，它没有什么用处。

如果躲到看不见木屋的地方，我就可以生一堆火，使血液正常循环，以便想出一个逃脱的办法。我确信考尔不会在黑暗中追击我，那样的话，要暗击他易如反掌。如果在白天则另当别论，白天在未接近他之前，他就可以开枪了。

寒夜使我发抖，我开始以臂护面，穿过树林，远离木屋。

木屋后面，森林向上斜到一个小山脊。如果我可以到那个山脊，就可以生堆火，而不怕被看见。

我知道自己会留下相当清楚的足迹和断枝给考尔跟踪，但那是明早的事，现在我需要的是温暖和思考的机会。

我觉得脚下的地面下斜，于是小心翼翼地向下行动，一直到我估计应在考尔的视线之外，再摸出打火机，打亮它。借着火光，我找到了一些细小的干树枝，很快便生了一堆火。

当我沐浴在火光的温暖中时，考尔的疯狂又占据了我的大脑。

有件事我是深信不疑的：考尔不比我聪明。我大半生都是在有创意的生意中度过，不断地出新主意，解决难题，我在这方面的成功，可由我的薪水来证明。

制服考尔又是另一种难题。我真有机会吗？

当我站起来时，东边天色呈鱼肚白，我迅速做了几样体操，放松四肢，扑熄火，打量四周。我是在一个小山谷，不过，如果我再继续向上爬的话，我就会在黑暗中撞上一个露在地面上的岩石。

我绕过巨石，刚一过去，我就知道，这是我对付考尔的地方了。因为巨石后面，突然现出一个小沟渠，沟底长满高及腰部的羊齿植物。

沟渠好在出人意料，那些野生的植物使你不可能仔细看，除非你来到渠边。如果我躲在渠里，考尔不知道我在那儿，而要到最后一分钟才发现，而我躲在这儿可以早看见他，这方面，我占优势。

现在天大亮了，考尔很快会追来，我必须迅速行动。

我寻找着我想要的东西，我发现了一棵稍微比我拇指粗的，具有弹性的树苗。经过乱砍后削去两端，弯成弓形，再以靴带做弓弦，它尽管粗糙，但似乎挺管用。

我还发现了一棵比我小指粗些的树苗，我砍下一节，将一端削尖，另一端劈开，向后开数寸。再从皮夹里取出两张塑胶信用卡，修剪一下，塞进用来做箭的一端，然后用渔线系紧。我拿出小刀，以脚跟踩住，取下刀刃。再将小刀嵌进箭头的劈开处，以剩余的渔线固定。

将箭握在手中试试，它和弓一样，颇为管用，这两样克敌武器或许奏效。

我坐在草中，以靴子的弯曲部分挟住弓，上箭，背部向后倾，选十码外的一棵大松树做靶。我缓缓地将箭向后拉，抓住它，不想真射出去，因为我担心这个原始武器不灵光，但我想到了驾飞机前来的驾驶员——不论考尔是否先抓到我，他都想杀那个人。那个驾驶员年轻，愉快，笑眯眯的，他的一切财产都在飞机上，并且正准备结婚成家。考尔会出其不意地杀死他，如果真那样的话，他未免死得太冤枉了。

我屏住呼吸，射出箭。

它轻轻地飞出去，结结实实地扎在松树上，但力量比我预想的还要小些。我把箭拉出来，发现它仍完整无缺。但我必须把它调得更好用些。经过调试后的箭飞得更直，更有劲。如果打在人身上，伤害的程度是可观的。

太阳刚刚开始从东山头露出脸，现在我能做的是等候考尔，他的出现和太阳的出现一样，是避免不了的。

我走回山谷边，从树后向下面的斜坡窥伺，我夜里留下的足迹清晰可辨，追踪我并不难。我等候着。

透过晨雾看太阳，太阳如一只圆盘。这时，我听见下面的灌木林有沙沙声，我便跑回巨石那儿，故意留下清楚的足痕。

我选好地点，藏身在羊齿植物丛里，我知道考尔很难立刻发现我。

我背部着地倒卧，两脚翘起，以两趾中间瞄准，对着他可能出现的沟边瞄。

头顶上，天空晴朗，一片蔚蓝。我心无所惧，只对考尔脑袋出现时会发生什么事报以极大的好奇。我听见了他的咳嗽声，然后，他的脑袋出现在沟渠边，他穿着厚厚的茶色夹克，戴着贝雷帽，枪高举着，行动迟缓地爬着。

他正审视前方，好像预计到我会跳出来似的，然后，他停住脚，半转身子。

我射出了手中的箭。

箭刚出手，我就发现有人陪着他，箭从考尔的枪柄掠过。

一个男人在尖叫。

考尔直挺挺地站着，样子有些发呆。

和他在一起的男人摇摇摆摆地向前走了几步，箭以一种奇怪的角度刺在了他胸前，他双手抓住箭，好像要拔出来，可是还没等拔出来，双膝即无力地着地，面部朝下伏在了沟渠边。

我僵住了。

那人是黑田，可是，黑田昨夜不是死了吗？

当我和考尔把呼吸困难的黑田平放在木屋的小床上时，考尔急忙为他急救。我也看见了娄贝，他对我说："那是一场游戏，一场玩笑。子弹并没有，枪是空的，我们三人演活了我们的角色，没有料到会是这样的结尾。"

一场玩笑！我低头看看那位脸色苍白、轻轻呻吟的律师，心里却在叫：玩笑？差点使人没命，这算什么玩笑？

该死的娄贝、考尔和黑田，居然想出这种邪恶的玩笑，差点害我杀人！

我愤怒地问道："这种所谓的玩笑有什么目的？"

"一种测验。那是我测验一个人准备做我的左右手时的方法，我要知道，一旦发生意外，有了危难时，我是否可以依靠你。"

"只是为了我,你们不辞辛苦,做这一切?"

他耸了耸肩:"这已不是第一次。"

以前,他们曾排演过,怪不得那么逼真,叫人深信不疑。

"你是第六个,"娄贝说:"以前五个人中,有四个双膝跪地,求考尔饶命;另一个号啕大哭,像个婴儿。你想,我会要那种人为我工作吗?"

他说这种试验没有任何伤害,只是那几个人的创伤要很久以后才能治愈,他们会恨透娄贝,就如同我恨他一样。

"你是唯一想到向外冲的人,我们不知道怎么办,最后决定,让你在林子里过夜无妨,你不会冻死,也不会跑远。"

"你们昨晚一定会感到好笑吧。"

"是有幽默在里面。"他耸耸肩说。

"去你的,幽默!"我火冒三丈,"把人吓得半死,还有什么好玩?你们三人昨天晚上可以一起出来,高声喊我,黑田今早可以不停地喊我的。"

"我们也想到了,不过,我们想看看你搞什么名堂,现在,我想是发现了。"

愤怒在我心田里燃烧,要好久才会熄灭。我看着他那张肥胖的脸蛋,心中怀疑自己怎么会为这种人做事的,为什么还要把他提供的工作当做终生工作。娄贝和我永远没办法相处,从前以为可以相处是在开自己的玩笑,大概是被野心和优厚的薪水所蒙蔽。我再也不会重蹈覆辙。

飞机在空中飞过,它在湖面上空绕一圈,然后滑下来,溅起一圈轻柔的水花。

我的心里特别难受。他愚弄我,逼我差点去杀死一个人,因为我认为那是唯一的求生之道,如今,我的余生会一直后悔的,我的箭要是迟一点发,那该多好!

他疯狂的测验引起了这一切,他还若无其事,侃侃而谈,认为正常。一个人会这样,一定是有问题的,一开始就有那种念头,就更有问题。

"听我说,"娄贝对我说,"你不必为黑田的事负责,最要紧的是你自卫的方式,那份工作是你的了。"

他声音里含有一种失望的意味,我有种感觉,他不希望任何人通过他的测验,他宁愿看见别人崩溃,借机欣赏人们濒临死亡时的卑躬屈膝。

考尔佯装射击娄贝,当他是该死的人。

一个该死的人!

就我个人的看法,娄贝的确够资格。他冤枉我,愚弄我,我没有办法,但他应受到我的惩罚,不仅为我个人,还为先前那几位"难友"。

第二天,一架水上飞机坠毁,机上五人只有一人生还,据生还者讲,飞机失事的原因是由于导游为报二十年前分赃不均之仇，在机上争斗而引起的。导游的一柄老枪可以证明。

我虽然早就有杀娄贝之心，但一直找不到好的借口，如果那两个人不是一同设计骗我，我未必会忍心把他们二人和驾驶员一同杀死。我大学时代是学校里最优秀的高台跳水运动员。

现在，娄贝的公司由我操纵了。

律师太太

他的太太要求离他而去，但不是因为另有男人。

"我不再想当家庭主妇，"她说，"时代不同了，所以，也许我们还会再见。"于是，她搬入城边的一处单身公寓中。

整个事件让他懊丧不已。她居然这样离开他，而且走得潇洒之极。更让他沮丧的是，他甚至跪下来求她，但她毫无所动。无论他如何委曲求全，她都丝毫没有留下的意思。他觉得自己就像一只她吃过的香蕉的皮，被随手扔入垃圾箱中。

因此，他的爱变为恨，真正的仇恨。可以猜想一下，他是否想复仇？这个问题根本没有答案，因为他根本就不是那种有信心、有主见、生活积极主动的人。她很大程度上是因为这一点离开他的。

他每天做着白日梦，却根本想不清楚自己是否该报复一下，在日思夜想的如意算盘中，他的失眠症更加严重。因而，他夜里辗转反侧，经常惊醒，噩梦连连。

这天凌晨三点，他又一次惊醒，喉部觉得冷冰冰的，原来有一支枪顶在他喉咙上。这次不再是梦。

"站起来，打开灯。"一个男人的声音。

他腿脚发软，但被手枪顶着下巴抬了起来。

"进去，"那男人把他推进起居室，"我要看清楚。"那男人扭亮电灯，把他推进沙发里。

他吓得大气也不敢喘一下。灯光下，他看见手枪管上套着消音器，这说明不可能是玩具手枪。

"可怜虫。"那男人冷笑道，"你的汗水都可以装满一游泳池了。"

他自己也知道，身上的冷汗已经湿透了睡袍。

"你是谁？"他几乎辨不出自己的声音。

"一个等了很久的人。"

这时他才看清来人。个子高大，肤色苍白，淡黄色的眼睛，黑黑的头发、长长的络腮胡子修剪得斜斜的，似两把利剑。

从来人的口气看，他觉出了一股强烈的恨意。可是为什么呢？

"肯定有误会。"他说，他的声音提高了八度，"我们根本就不认识！"

"误会？"来人狞笑了一声，从腰间解下一条尼龙绳，紧紧地捆住他的手腕。绳子深深地嵌入了他的肉里。"如果你想叫喊的话，随你的便！"

他知道自己即使叫破了喉咙也没有用。他住在郊区，方圆半里内并无邻居。

来人又捆住了他的脚踝。

"来吧，要下手就快一点，给我一个痛快。"他忽然冒出一句电影里常听到的台词。

"没那么便宜。"来人恶狠狠地说，"我会让你死个明白，但绝不让你死得太快。"

他四肢被捆住，已毫无反抗之力。其实，即使没被捆住，他也根本不会反抗。不仅仅是因为来人手里有枪，而是他天性犹豫怯懦，他甚至敌不过他的太太。

来人在沙发上坐下来，面对着他，手枪放在扶手上，跷起二郎腿。"这沙发不错，你活得挺舒服。你们住在郊区，枫树街10624号。克莱尔，我是在电话本上找到你的。请放心，绝没有人看见我进来，我保证也不会有人见到我离开。我现在要看一看你痛不欲生的样子，也要你像我一样生不如死。为这一天，我足足等了五年，五年……"

"你说的话我根本听不懂，肯定是误会。"他说。

"少来这一套。"来人用手抚摸着锃亮的手枪，"你以为我这五年是在哪儿过的？"

他忽然感觉不太紧张了。他已经投降了，还能有什么办法？一切全由对方决定。大不了就是太阳穴上挨一枪，他可能根本来不及痛苦就死掉了。他活着已经够痛苦的了。

"你我素不相识，我怎么知道你这五年在哪里？"

"鬼才相信你的话。我这五年一直被关在牢里，就在河上游那个监狱。五年前，我的罪名是持枪抢劫。"来人咬着牙说。

"我还是听不懂你的话。"他说。

来人气极而笑。"当我在那个阴冷恶臭的监牢里苦挨时光的时候，唯一支撑我活下去的就是外面有个好女人在等我。后来，玛丽来了一封信，说有一个精明狡猾的律师已经出面替她打赢了离婚官司。我感觉自己的脑袋像一个旧车胎一样爆开了花。不过，我同时又找到了一条活下来的理由，就是要亲眼看见你的脑袋开花。"

"所以你就在电话本上找到克莱尔？"

"是的，律师先生。假如你要在我面前施展三寸不烂之舌的话，我劝你还是省点力气吧。正是你帮助玛丽和我离婚，她又再婚，却与她第二个丈夫一起死于车祸。你说，我活着还有什么意思？"

来人的手停止抚摸手枪，抓住了枪柄，"你说，我们怎么会是素不相识？"

"可是，我也失去了老婆。"他说。

"真让人遗憾。"来人讽刺道，同时，慢慢抬起手枪。

"我和你一样想报仇。"他说，"她嘲笑我，作践我，让我跪在地上，还冲我吐口水，最后离开我。"

"很高兴你也知道被人抛弃的滋味。"来人的手枪正指在他两眼之间。

"她的名字叫克莱尔！"

手枪慢慢垂下，指在他胸口。来人一脸疑惑。

"事情很简单。"他说，"克莱尔是女人的名字。她总是骑在我头上，我们不是婚姻，是主人和奴隶。我连接电话都不自由，所以电话本上是她的名字——克莱尔，律师。"

手枪彻底垂下来。

"是我老婆为你老婆打的离婚官司。"他说，"我真的从未听说过你的名字。我叫克里特，写小说为生。假如你不相信，可以看我的身份证。"

他四肢被捆，很难动弹。他不得不把克莱尔现在的地址告诉那人——手枪顶头，他怎能抗拒。

那人像一只丛林里的黑豹，迅速离开。他真希望自己也有这么矫健的身手。因为这样的话，他可以快一点扭动着穿过走廊，进入厨房，找东西割断尼龙绳。那人离开已经有三十多分钟了吧？

突然，他想起一件事——他可能应该先扭到电话机前，虽说被捆得很惨，但他捆着的双手可以把电话摘下来，找接线员通知克莱尔。

然而，当他向电话机那边扭动时，他又在想，也许先到厨房把绳子割断，再打电话要快一些。他不知道该做什么才好，他必须要好好想一想。他真希望自己是一个有主见的人。

克莱尔正是因为这个离开他的。

开车到克莱尔的公寓大约四十分钟。

虚幻的绿色

外面，围绕着房屋的人数至少有十个。

我知道他们的目的何在，不过，在他们能得逞之前，我要阻止他们。

我这话不是唬人的。

六个月前，这幢白色的大房子，因为它很隐蔽，所以我买下了它，它坐落在一个林区的中间。

你如果想看到最近的邻舍，必须费劲地透过林子瞧。在这儿，不像以前住的公寓，老是有人敲门，也不像在城里，得迈动你的双腿。在这偏僻的地区，你开车可以直抵超级市场、洗衣店或任何地方。讲明白些，连电话也不用。

我以为住在这人烟稀少、不与人接触的地方，就可以改变安娜——我太太的生活方式。

事实上，她一点也没改变。

这就是为什么我会手持猎枪，站在卧室窗边的原因。

假如你不明白安娜的真面目，你会认为她是个了不起的妇人，可以让了不起的事情发生。当然你可以说不只这些，她差不多是世界上最可爱的小女人。这不只是我个人的看法。

美丽的女子有时候是从孩提时期就被宠坏，也许安娜需要的，我没有给她，这点我不知道。我只知道，我一向是妒忌的，有些人对这事是情不自禁，无法控制的。安娜应该试着努力了解。

当然，在某一方面，我也知道，她不能自制，就如同我不能自制一样。不管别人怎么说，我知道我自己在做什么就是了。

我爱安娜，但是从一开始我就可以看出，我们是一对错误的结合，安娜有双柔和的灰色大眼睛，长长的睫毛，婀娜的身材，步态生姿。

我承认，那不是她的错。

我们婚后一个月不到，我就发觉她公然向我的一些朋友卖弄风情，灰色的眼睛艳羡地凝视他们，长长的黑色睫毛一开一闭，你可能说是文雅，但却是明确的邀请，至少，我看来就是那样。

然后，我周围的一些朋友的行为便开始怪异起来。除非安娜和我在一起，否则，他们大多数时候都避开我，我不会麻木到注意不到这事。最后，安娜和我为这事吵了一架。

她以难听的话骂我，然后又像是抱歉似的对我发誓，说没有什么好妒忌的，她对我忠心耿耿。

有一阵子，我相信她，她有使男人相信她的能力——只相信一会儿。

那天，我走到马丁·克森面前，掴了他一耳光，他又惊又怒。

他常常借故到我们公寓来，我也曾留意到他和安娜之间的眉目传情。当我从马丁·克森太太那儿得知他们的勾当时，他装聋作哑，安娜也是。你可以想象，马丁·克森这傻瓜，居然把偷情的事告诉他老婆！

那件事后，我分期付款，买下了这幢房子。安娜也认为是好主意，免得被那么多男人包围。

我说过，有许多事情，她是不能自已的，哪怕是对陌生人。

六个月前，我们都觉得一起生活在这房子真好，只可惜这种情况并没有维持多久。

事情开始发生，一点一点地发生。

我想尽方法，企图告诉她，她正在渐渐逼我发疯，可她却装出一派纯洁无邪的样子，依然我行我素，不予理会。

如果她不用那双大眼挑逗男人的话——不仅是用那双大眼，而是用一切——事情也许会改观！

现在，我正手持猎枪，空气中弥漫着火药味。当我从窗帘缝中向外窥视的时候，我可以看见我击中的那个人的下半身，他无力地伏在花丛边，当他受伤的时候，曾企图在树丛爬行，偷偷溜走，但是我的第二枪似乎打中了他的后脑勺或颈部。他那穿着蓝裤子的腿和怪异扭曲的脚，已经有一个小时没有动弹，我相信他是死了。

安娜就坐在我身后的沙发上，想开口说什么。当然，她没办法开口，因为我已捆着她，并且用东西堵塞了她的嘴。我不得不如此。

当我告诉她他们在外面的时候,她害怕了,不过安娜是那种喜欢被吓坏的人,借惊吓而高兴。我不懂得她这种心理,不过,她就是那样,我们婚后,我立刻发现她有这种心理。

在我们每次的争吵中,她会一再发誓,她不会让我的任何朋友,或任何男人碰,我想我相信她。不过,她挑逗一个男人,许多男人或任何一个男人,只能到这程度,那也是我能忍耐的限度,超过这个限度就会爆炸了。这种情况下,如果是你,你也会和我一样,拿枪拼命的。

有声音,一种轻轻的脚步声!不是从后门,是从前面门廊传来的。

我迅速竖起枪支,拨开窗帘。我看见的只是一个影子。那人刚刚走过去,正好站在门廊上我可以打到他的地方。

现在,他直立在那儿。我注意看他的影子,看见他从一个箱子里抽出一个有长柄的武器。当那影子向前门走进时,我跳离窗边,直接到门前,瞄准着门,连开四枪——两枪向高处,两枪向低处。

没有声响。

我退回原处,偷窥窗外,看见一条手掌张开的手臂从门廊的平台上垂落下来,淌着一道浓浓的鲜血。那只手,僵硬如岩石,也有点像车道两旁的橡木。

我看看安娜,她默默地瞪着我,我向她微笑着,送她一个飞吻。那是不是疯狂行为?

一个小时过去了,然后,又一个小时。

如果不是怕伤及了安娜的话,我知道,房子会嗡嗡地狂飞着无数子弹,颗颗像蜜蜂一样地寻找我。但是,他们不想伤害她,没有人真正伤害她。因此,屋子里静悄悄的,一种冷漠的静。冷气机在嗡嗡地响着,灰尘在有角度的阳光中无声无息地旋转着。他们仍然守在外面,等待良机。

当夜幕垂落时,我知道他们会躲在夜幕的后面。

另一个微弱的声音又传了过来。

他们不会知道,我的两耳对这种声响是多么敏锐。我弯下身来,半蹲着跑进我们的卧室。

我缓缓地移开高高的、有大镜子的梳妆台,到窗户前,向外瞧去。

那人背对着我,他正弯着腰在房屋旁边做什么。是不是安装子弹?我不知道,我也没有时间去看个究竟。我的子弹打碎窗玻璃,找到它的目标。一顶帽子飞了起来,那人面部朝下,伏在地上,身躯下面的草堆中,有一摊鲜血。

我再堵好窗户,跑到房屋前面。也许那是调虎离山计,把我诱到后面,而其他的人从前面的门和窗子冲进来。

房子前面，长长斜斜的草坪、树木和弯曲的车道都是静悄悄的，一辆闪着红灯的警车，像是没事情发生过一样，驶了过去。

我回过头看看安娜，又安定下来，目不转睛地守望着。

我在装另一匣子弹时，紧张得呼吸困难起来，这情况差不多像回到越南战场一样，我发誓是一样！

我回想，他们已经有三个试图闯进来，三个都得到了报应。外面的那些还不死心，他们可能另谋别策——也许是直冲我的，直接冲进屋子里。

谁知道他们还有多少人？

又一个小时过去了，差不多平静无事，然后是一阵马达声音，紧接着是一片寂静。什么东西经过路上？一定是。

我想，我和安娜之间如果和开始一样，该有多好！

连刚开始的那种日子，也不复再来，我们生活中走过的每扇门，在我们通过后，随即关上，虽然如此，然而……

外面有人，而且走近了！脚步声，没错，是踩在碎石上的声音。

那些脚步声停住，然后重又响起，越来越快，越来越弱，终于消逝。

我拨开另一个窗子的窗帘，看到一个穿制服的人在向树丛移动。

我迅速瞄准，开火——太急了。

一个跑动的人影闪进树丛后边，我知道我没有打中他。

我又开了三枪，都未打中，只是让他在下次尝试时，认真想想。

然后是寂静，沉甸甸的静……

路上又响起马达的声音。

周围更静了。

我集中目力，向外窥视，试图把自己换到他们的立场，用他们的脑筋设身处地来推论，如果我在外面的话，我要躲到哪里去。房屋的左边是些密不透风的玫瑰树丛，但很矮。

我身边有很多子弹，因此，我对着玫瑰树丛连发五枪，让他们知道，我正想干掉他们。

一阵骚乱！嘈杂的人声！

我小心地探首在窗台上，看见他们了。他们正停车在车道半途，后面来了更多的人。

红色闪光灯迎着阳光，微弱地闪着。短波无线电里，一种冷漠的机械的声音向我传来。

警察！他们已经发现，并已抵达这儿！

我从没有这样高兴……

"是警察！"我向安娜大声说。

她瞪大两眼，惊恐的满脸不信的神情。

我站起来，推开前门，冲出去迎接他们，差点被卧在门廊上的尸首绊倒。

不知什么东西打进我的胸膛，我倒在地上，试图站起来，然后感觉到疼痛，像有一百张利嘴在啃咬我。那疼痛是从未感觉过的。

……

"大卫太太，你丈夫的死我们没有选择余地，你了解吗？"加文警官饱经风霜的脸，毫无怜悯地对着安娜。

她点着头，咬着下唇，抚摸着细长灼热的手腕，也就是被绳索捆过的地方。

站在加文警官旁边的是一位英俊、蓄八字胡的便衣人员，他双手抱胸，黝黑的面庞没有任何表情，他是艾弗警探。

"你丈夫杀害了三个人，"他温和地说，差不多尊敬地，"一位挨门挨户兜售物品的推销员，一位吸尘器的推销员，还有一位电力公司查电线的。如果那位邮差不及时逃开的话，死亡人数就可能不止三个人了。大卫太太，为什么他会这样做？为什么？他疯了吗？这是突发的吗？"

她没有说话。

一百万元的陪葬

人要是老了，总爱回忆往事。不管你是好人还是坏人，都会如此。

这可能要归咎于人们对于生命以及我们人类生存的世界的迷恋。

这些天来，我经常想到我的弟弟，我常常觉得对不起他，但我确实为他的死花掉了一百万元。

人的天分总是不一样，即便是一母同胞的兄弟，我和凯利就是这样。

凯利是我的弟弟，比我小五岁，他一向比我聪明能干，打从小的时候，他就是我们那一片的孩子王。母亲过世以后，他很快也加入了我们一伙，但时间不长，他就样样事情比我能干。

我必须老实承认，我和凯利曾经都是不光彩的贼。

凯利和我完全不一样，他一直有野心，总是渴望做大事，做贼也不像我一样仅仅满足于小偷小摸，而总是想寻到所谓的"最大最熟的瓜"。应当说，我并不配称为贼，当生活无着的时候，我总要千方百计花点时间去找工作，但是，凯利根本不找工作，他一心只想干一票大的"活儿"，一夜暴富，然后便可以过上豪华的生活。

然而，凯利年纪轻轻的便死了。现在，我要讲一下这件事，我不想让它和我一同进入坟墓。

事情是由我们结识费林斯开始的。

费林斯是个中年人，当时也许比我大十五或二十岁，很难说。他穿一身剪裁合体的西服，肌肉发达，身材适中，高颧骨下的面颊塌陷。他整个相貌平平，但那双眼睛与众不同，上眼皮垂下，有点肥大，柔软软的，使眼睛细眯，给人一种邪恶感。我们是通过我们的一个朋友介绍与费林斯相识的，那时他正在急着寻找两个帮手，于是我们就合伙了。在他的安排下，我们准备干一桩最大的"买卖"，那是一桩会有最大收益，同时也极具冒险性的"活儿"。

费林斯没有说一共会有多少钱的进项，只说我们两人可以各得两万五千元，其余的归他。凯利和我均同意这个安排，因为诚如费林斯所解释的，我们对这趟"活儿"没有多大的投资，而他需要的仅仅是两个人的帮忙，而且那种忙差不多任何人都可以做。

事先，费林斯把他的计划向我们讲了差不多有一百遍了。

"一切都明白了吗？"

我觉得有些厌烦，"我不必明白什么，反正你和我在一起，假如我有什么闪失，你立即指出来就成了。"

他盯视我良久，然后转开说："好，你们两人现在回房间，留在那儿，今晚不要上酒店，以免喝酒误事。"

我和凯利刚要起身，有人敲门，那是一阵有节奏的敲门声，像暗号一般。费林斯拉开锁，打开门。

站在门前的是位娇小女子，红色金发向两边分开，长长地、轻飘飘地披在肩上，围住她那大而黑的眼睛和灵巧的嘴巴。她身穿蓝色薄上衣，长裤紧紧裹住臀部，露出美好的身段。

我看看费林斯，"不要喝酒，难道要女人？"说着和弟弟一道走出去。

"不知道她是从哪儿来的。"我们跨越停车场，回到自己房间的时候，凯利嘟哝。

"假如这是他给我们的唯一意外的话，我会很高兴。"我说，"我告诉过你，我不喜欢他，不信任他，我真想打退堂鼓。"

凯利弯腰开启房间，"听我说，科伦，我们可以各得两万五千元啊，我们自己干的活儿，最好的也不过一万元，两万五比那数目多得多。我要亲眼看看大师们干的活儿，我们要尽量学习，明天你会和他在一起的，留心看，好好学。看看他是如何把这桩活儿衔接起来的，他不比我们聪明多少，只是年纪大些，经验多些，有朝一日，我们会不需要像他那样的人。我们自己策划，自己做。我们也要留下大的，分小的给人家。"他咧嘴笑，"那个'又大又熟的瓜'会是我们的，到那时候，我们就可以在迈阿密或赌城，或洛杉矶，享受高级的生活了。"

我跨过房间，将冷气机调整一下，"假如他是咱们这行的大人物，为何我从没有听说过他？我认识的人中似乎也没有人了解他，我告诉你，这家伙不是个好东西。"

凯利耸耸肩,"只有这样的人才能成功,独来独往,不让任何人了解底细。"

"不过,我们应该有些什么法子保护自己。"

凯利咧开嘴笑,翻开他的行李,掏出一支点三八的手枪,亮出来说:"这玩意儿够不够?"

我不无忧虑地看看凯利,"但愿够。"

第二天下午一时,我坐进费林斯的汽车,他穿一套黑色西服,小撮八字胡,从中间分开的头发,给人一种不同凡响的感觉。我头戴黑色的长假发,配一副大太阳镜,看起来就像一个二流歌星。

"凯利的拖车弄到没有?"他问。

"今早就弄到了。"按计划,由费林斯掏钱让凯利弄一辆大拖车。

"我相信他会办到的。"

二十分钟之后,他停车在城中心的一处路旁,一位女子站在那儿。

"一切顺利?"他问。

"顺利。"她说。

我们下车,她上了车,并开走车,留下一股高级香水的气味。

"我不知道她也参与此事。"我说。

"总得有人接班开走车子,"他说,"我们不能把车留在街头这儿等人发现,她会把车停到机场的停车场,再开另一部。凯利用你的车,你要我乘坐什么?出租车?地铁或骡子?"

"这些我从来没有想过。"

"当然。"他说。

我们向南行走,车拐弯,进入一条宽阔的街。

那是一条以"珠宝市"闻名的大街。实际上,那条街上的每一幢房屋、每一个人做的都是珠宝批发的生意。底楼一般装潢豪华,专门经营各类珠宝零售,楼上各层均辟为办公室,再分为大批发商和小批发商。这里从没有人在报上登过广告,然而,单是钻石这一行,每年都要做数百万元的生意。

从表面看来,似乎其中任何一个地方都是打劫的理想对象,其实不然。它们大部分都紧锁着门,只允许认识的或有身份证明的人进入。不锁大门的店铺,值钱物品也都锁在保险柜里。每一间店铺还都装有防盗装置,只要一按电钮,数分钟内,警方便会立即封锁该区。由于这一切,这一地区除了偶尔有推销员被暗袭,抢去少数物品外,还从没有过打劫得手的纪录。

费林斯带我走入一幢古老的、用褐石建造的大厦,来到二楼的一个小小的房间。门上的不透明玻璃上，用黑色字写着："专营钻石——聚宝行"。

费林斯推开门，进入里面。屋里除了地板上有一个小厚纸箱外，全部是空的。

"关上门！"他说。

我四面看看，费林斯曾向我们描述过他这个办公室，但我不曾来过，因为除了费林斯自己之外，他不想让同楼住客看见有别人进出。无疑的，他投资的钱部分是租赁这个地方，租多久我不知道，但是肯定是够久，否则角落里不会有电话，并且登录在电话簿上，使"聚宝行"成为合法注册的公司。

我瞥一眼手表。我们的"行动"应当正式开始了，关于这些，费林斯早已在事先做过极为周密的策划。但万一有哪一方面考虑不周，或某一方面出了纰漏怎么办？想到此，我不禁心里打鼓。

大约过了不到五分钟，我们听见外门开启声，费林斯向外瞧，我看见他在微笑。

"来得真准时，"他说，"我可以看一下你的身份证吗？"

一只拿着证件的手高举到窗前，费林斯点点头，打开门。

两位穿制服的人走进屋来。制服是铁灰色的，上面配有"安全服务"的标记，腰部是宽宽的枪带，胸前是闪闪发光的金属徽章，大盖帽使他们显得很威严。其中一个手里拿着文件夹，上面夹着数页文件。

我用手枪顶住第二个来人的肋骨，不必我说，他便高举双手，半转过头，瞪大的眼中，闪露出恐惧之色。

"别紧张！"我说。

第一位来人转身，明白何事后，伸手刚要取枪。费林斯在他的颈背上狠狠地一击，那人声都没吭便倒了下来，文件夹也落在了地上。

费林斯打开箱子，拉出一副薄手套，弯腰，扯出那人的枪，扔给我，再把那人双臂弯后，上了手铐，然后，用胶布贴住那人的嘴，又以一活结绳套其双足，拉其双腿向背后弯，将绳子系在手铐上，然后一手揪住那人的衣领，将他拖进一个小壁橱里。

我把被我看住的人向前推。费林斯从那人的枪套里取出枪，我注意到他把子弹退了出来。

"你们押运车上边还有人吗？"

那人点头。

"好，"费林斯对他说，"你和我到楼下去，我就在你身后，你不会看见我的枪，别人也不会看见，不过，你会知道枪在我手里，我们到前门的时候，我要你喊你的同伙，我不在乎你怎样说，反正是要他上楼到这房间来。假如你自作聪明的话，我第一个先宰了你。我这位朋友在听见枪声时，也会宰掉壁橱里的那个人。假如你合作的话，你会皮毛无损，而且可以活着回去和你的伙伴们一边饮酒，一边吹你的历险经过，清楚了没有？"

那人点头。

费林斯伸一只手进入他的外套，"走吧！"

他们走出去。我走到窗前，低头看街道。

一辆押运车和路旁的车辆并排停放着，一位安全人员站在车门附近。

费林斯的计划到目前为止一切尚称顺利，是否全部顺利，要看其后的了。

一两分钟后，我看见那位安全人员抬起头，盯视着大门口，然后走向前来，踏上台阶。

我背靠门边墙上，持枪等候。

两位安全人员先走进来，费林斯随后。第三位正在诅咒。

"闭嘴！"我说。

费林斯命令两人解开枪带扔掉，给他们全套上手铐，封他们的嘴，让他们伏地，再和第一位一样，手脚捆在一起。

他取下他们的警章，从他俩口袋掏出身份证和汽车钥匙，粗暴地把他们拖进入橱子里，和先前那位昏厥的人堆在一起。

费林斯的纸箱里面装有两套和警卫们穿的一样的制服和帽子。费林斯和我穿上，把换下来的衣物放进纸箱里，配上从警卫身上夺下的枪带。费林斯扔掉从第二位警卫手里夺过来并退去了子弹的手枪，伸手向我要枪。我把第一位警卫的手枪递给他。

当时，只是为了尽量模仿他，在他出去的时候，我把这支手枪的子弹也退了出来。

我们别上警章，分别拿起一个身份证，那只是种有塑胶套封的卡片，每张上面均有照片。但照片极粗糙，不仔细看便分辨不出谁来。

费林斯扯掉胡须、八字胡，放进纸箱里，我摘下太阳镜和长假发，也把它们扔进纸箱。

费林斯扯断电话线，向房间做最后一次的检查，同时以戴手套的手揩拭他认为我们可能留下指纹的地方。我擦干净那把空手枪，扔在房间的一个角落。

我们准备离开。费林斯在把手套装入口袋之前，小心地擦拭门柄，而我手捧纸箱，好像它是装着很贵重的东西一样。费林斯跟随在后，一手执文件夹，另一手抚着枪，好像正在保护我一样。

在走道或楼梯，我们没有遇见任何人。

到了外面，我们打开押运车，将纸箱放进里面，然后爬上前座。

第一阶段一切顺利，我们没有被任何人看见，即便碰见人，他们也会认为我们只是两个警卫，转运了某种有价值的东西，这种事在那地区，极为平常。

"他们可能会给我们带来很多麻烦。"费林斯发动卡车时，我说。

"我确信他们不会，"他说，"他们没有这个必要，他们是被一家叫'聚宝行'的公司请来运送一批钻石的，无非从旧办公室搬运到新办公室，现在没有钻石，卡车也是空的。为什么要冒生死之险，为辆空车而反抗呢？如果在这种情形下，你会冒险吗？不为任何东西而冒险？"

"我想我不会，"我说，"不过，人是很难预料的。"

"不对，"他打断我的话，"过程才难以预料，"他说，"而不是人。假如你深入研究人类心理的话，你便可以断定，在某一种特定情况下，人们会做些什么，不会做些什么。掌握这一点很重要，它是力量的源泉。懂了它，人们才会发财。"

他抬手看看腕表，"到目前为止，时间十分充裕，假如你弟弟完成他的那份……"

"你不用担心他。"我说。

"我知道，我告诉过你，'过程才难以预料'，某种他难以控制的情况也许会发生，使他无法完成任务，假如那样的话，他知道如何通知我们，我们就取消原定计划，抛弃卡车，按第二种方案办。"

"那你就赔掉租办公室的租金，以及买制服和租车的钱，而且白白浪费掉我们这些天来所付出的心血吗？"

费林斯耸耸肩，不以为然，"这份投资要比你能想象的还要大，但是事到紧要时，宁可放弃，免得冒坐十年到二十年牢的风险。如果那样的话，我们所投资的时间和金钱将会全部赔掉。是的，假如我买下某种股票，它不涨，反而跌，我会赔着抛掉它，然后重新再来。渐渐的，如果你足够聪明的话，你就会赢，一旦赢的时候，所获得的一定能够补偿损失。钱永远不会是个难题的，假如你输掉，总可以再多赚些回来，但是，假如他们逮到你，把你送去坐牢，你永远也赚不回时间来。任何人都可能成为贼，但监狱里面关的几乎都是傻子。聪明的是，既当了贼，又不被他们逮住。因此，我一直遵守一个原则——除非你自信绝对可以逃脱，否则，试都不要去试。"

我不得不同意他的话，因为只有傻瓜才会愿意坐牢。

他将卡车拐进一条单行道，加入一条长汽车队里，我怀疑要多久壁橱里的三个人才会被发现。他们不能喊叫，不过，我相信他们会想办法弄出声音，迟早，会有人注意。

就这点，我问费林斯。他笑了，告诉我不用担心。他说他曾花费好几天的时间在那间空办公室里面敲敲打打，并且告诉同座楼里的好些人，说他正在重新装修。

我心想：他是够聪明的，也许比凯利还聪明。

卡车上的无线电一直静静的，现在嗡嗡响，并且有声音传来。

"通信员，请说。"费林斯拿起话筒回答。

"我们被交通所阻，有个笨蛋开一辆大型拖车阻住街道，通知顾客，我们会迟到。"

"通信员，照办。"

我看看费林斯，他咧嘴在笑，得意洋洋。

"我们就代替那部卡车？"我问。

他点点头，"你弟弟已经完成任务。"

"可是，假如公司的通信员打电话……"

"甭提他。"

不提我也难以释怀，我的双掌渐渐潮湿。

他将卡车驶进一条偏僻的街道，将车停在路边。

"好，"他平静地说，"我们走吧！"

我们下车，踏上路边狭窄的人行道，我们右手过去一点，就是银行的侧门。一位双手背后，穿制服的警卫正站在旋转门里面。费林斯咧嘴笑着，向他挥手。银行的正面有一个小房间，凹进大厦里，那是特为银行内部人员而设的专门入口。费林斯揿一下嵌在墙里的一道铁门边的门铃。

门向外打开。

推开门的是一位白发警卫，看看我，又看看费林斯，谨慎地说："你们不是平时来的人呀！"

费林斯咧嘴笑着，举起一只手，伸出食指和拇指说："我们是抢劫的人，砰！砰！"

那人微笑，"开玩笑。究竟怎么回事？"

费林斯亮亮身份证，速度极快，只让对方瞄一下照片，但不能辨认形貌。他说："平时来的卡车遇到麻烦，他们要我们到这里接替工作，因为公司知道你们不喜欢迟到。"他挥挥手，"他们急得没有时间再找第三个人，关于这点，你可以为我们做证，我一定要向公司抗议的，工会契约上明文规定，一部车要三个人。"

"好，"警卫说，"别向我发牢骚，你们把东西弄走就是。"

"我们公司的人来点过了吗？除非公司的人员先来点过，否则，我可不签字的。"

"他早先来过，全部数过，而且封了袋。你们只需把袋子堆好，拿出去。"

"没问题。"费林斯说。

我们跟随警卫走过一条短通道，到银行休息室外的一个大地窖。地窖门开着，但是入口处的不锈钢门关着。

我怀疑公司的通信员为何没有打电话报告银行卡车会迟到，假如他打来的时候，我们正在这里……

想到此，虽然银行里有冷气，可是我的汗水还是从脖颈不停向腰际淌。

"打开！"警卫说。

另一位秃头、大腹，也穿制服的警卫在铁栅的另一头出现，他打开门锁。

我们进入。我从未见过银行储藏贵重物品的金库，但是我也不会呆头呆脑地四处乱看。

一部小小的手推车，上面堆放着五六袋灰色的大帆布袋。

"这些。"白发警卫说。

费林斯屈膝，小心地用手指摸摸所有袋子的封口。

"你不相信我们？"警卫问。

"当我必须签字的时候，我谁也不相信，"费林斯说，"我收领这些袋子，万一有一个封口失落或破损，他们就要唯我是问了。"

"我不怪你，"警卫说，"干这行的就是要小心。"

费林斯站起来说："OK。"说着，拿起文件夹，小心地填写收据，签了名，撕下来，交给警卫，"这张收据可以叫你们的负责人满意吧？"

那人咧嘴笑了，仔细瞧着收据，说："一向都满意。"

费林斯示意行动。我拉动推车，走出地窖，进入通道。费林斯和警卫紧跟在后。

"听我说，老兄，"费林斯说，"我们没有第三个人手，能不能装车的时候帮我们站在路边？没有人会劫持我们的，不过，那样我们好看些，你明不明白我的意思？我会关照他们下回来再谢谢你。"

"当然可以。"

几分钟后，我们爬上押运车，昂然驶开。我的心脏怦怦地跳，"老天，我们得手了。"

"我告诉过你，我们会得手的。"

凯利说过，要尽可能向他学习一些东西，因此，我说："我仍不懂为何一定能得手。"

费林斯将卡车驶进拥挤的汽车队中，车速逐渐加快。

"没有什么可担心的。他们在等候一部押运车前来，所以他们没有必要问。我们有制服、身份证，而且我们还知道公司的人员曾来检点过货物，并且封了封口，这些都符合，当然，最重要的是，我们有真的收据给他，有了收据，他就没有责任，管他名字签什么人的，他不负责的。想想看，什么样的歹徒能够给你一张公司正式收据还要留下签名？"

"通信员接到那部卡车的消息，他可能挂电话……"

"我告诉你甭操这份心。"

就在那时候，我才开窍，公司调派车辆的人员可能参与了此事。

从一开始，这一点我就该明白的。

我不喜欢费林斯，也不相信他，但是我不得不敬佩他的设计周详。我以拇指指一指后面，"你想那儿会有多少？"

"够给你两万就是了。"他冷冷地说。

我们默默地行驶数条街后，我说："你本可以找第三个人当卡车上的人员，那样会显得更真实些。"

"事情不能设计得太完美，我们装扮的是临时代替人员，而不是全班人马无所事事，坐着等缺。抱怨缺一个人手只是说给他听的，他可以理解，因为缺一个人手，老板可以省一点儿开支。如果是歹徒的话，绝不会省一个人的。"

他转动方向盘，开了半条街，再转动方向盘，现在，我们离开银行已经有五分钟了，卡车隆隆地进入一条很狭小的街道，那地区以前曾繁华过，如今已成破落地区。

他指一指，"开那道门！"

我爬下车。他指的是一扇巨大的、上下推拉型的门。我弯腰，往上一推，门"吱吱"响着向上卷。他将卡车驶进，我拉下门，同时瞧瞧四周。

我们进入一个从前是给住户们用作装货卸货的地方。唯一的灯光是头顶上的灯，费林斯扭亮灯，照出一处肮脏的水泥地面。

我从没有到过这里，费林斯说没有必要。凯利倒是来过，因为费林斯必须告诉他造成交通阻塞后，人要去哪儿。

外面有一声短促的喇叭声。费林斯从旁边一道小门向外瞧，然后示意要我再开门。当拉门"咯吱吱"向上滑时，一部灰色汽车驶进来，滑过我身旁。开车的人是先前那女子。

我再拉下门，心中不禁嘀咕起凯利来，按计划，他在造成交通阻塞后，就要抛弃拖车，那是假如可能的话。假如不可能当场弃车的话，就把车随便弃置在市中心，然后开我那辆事已先放置在市中心的车，驶到此地会合。我们分得我们的一份，然后离开费林斯，所有事情便都结束了。

那女子打开汽车的行李箱，拖出两口大皮箱。费林斯爬上卡车后面，扭亮电灯。帆布袋的口是皮革的，并且折叠过来，用一只大扣环扣住，再以公司专用的、细而坚的铁丝从中穿过，末端再用铅封住。没有钢剪，没有办法弄断钢丝，不过费林斯并不愁。他以一把利刃划开第一口帆布袋，将一捆捆钞票倒在地板上，用手理弄，抛一些在一旁，放一些在卡车两旁木制的长凳上。第一袋弄完后，他又划开第二袋。

我平生还是第一次看到数目如此之多的钞票，心中禁不住又喜又怕。听见门上有低沉的声音，费林斯反应快，手枪先我出手，面对敞开的卡车门。

我们听见与女子说话的声音，"我们进行得如何？"是凯利，我立刻把枪收回。

凯利探首进入卡车门，看见堆积如山的钞票，咧嘴笑了，"我的车停在外面，"他说，"你把我们的那份给我们，我们马上走。"

费林斯的枪并没收回，现在，它正缓缓地从凯利身上指向我，再指回到凯利身上。

"那不必了，你们什么也得不到的。"费林斯冷冷地说，"并非我贪婪想独吞，因为比较起来，五万元微不足道。只是我不愿留下可以指认我，又会说出这桩'活儿'的活口。"

他猛然扣动扳机，但扳机只是"咔嚓咔嚓"响。费林斯看看我，眼中闪过一阵突发的惊讶，我知道他明白他忽略了一件事。

我是趁他下楼去找第三位警卫时，取出第一位警卫手枪里的子弹的。当他要走那把枪时，我照给，他以为子弹仍在枪膛里。

凯利的点三八手枪射向费林斯，那可是有子弹的。

费林斯眼睛透着惊异之色，一句话来不及说便倒下了。

与此同时，另一声枪响几乎震聋了我的耳鼓，是那女子从背后开枪射向凯利。

凯利向前扑倒，扭转身，向那女子也开了一枪。

好长时间我什么也听不见了，只有耳朵里的嗡嗡回声。

我跪在凯利身旁，托起他的头。痛苦从他的眼睛冒出，他脸色惨白，但似乎还努力想做出笑容。

"振作些，"我说，"你会挺过来的。"

"不会的，"他几乎是耳语，"我心里有数。"

"不，"我说，"你必须振作。"

"那只又大又熟的瓜，"他说，"我永远弄不到了。"

"我们已经弄到了，"我说，"那是我们兄弟俩的。"

他咳嗽，上不来气，"那全是你的。"

"我不要。"我说。

他的笑几乎像哭，"你傻了……你一向有点傻！"

他在我怀中吐完最后一口气。我感觉全身麻木，我知道那种感觉得花很久时间才会消逝。

我把我们自己的汽车开过来，轻轻地将凯利抱上前座，用安全带系住，使他看来像在午睡一样。然后，我取过那女子带来的箱子，装下所有放在长凳上的钞票，我不知道一共有多少钱，也懒得去数，反正是十元、二十元、五十元和一百元一沓沓分别捆着的。箱子虽然很大，但仍装不完所有的钞票。我装满两箱子后，还有一些留在车上。我装一沓五十元的钞票在口袋里，然后用手帕擦拭卡车，抹掉我摸触过的每一处。最后，擦拭从手上掉落的枪支，一直擦到子弹，我生怕上子弹时，会留下指纹。最后，我把枪塞进费林斯的手中。这样一来，警方得花许多时间来解这个谜了。

一切料理完毕后，我脱掉费林斯提供给我的制服，从箱子里拿出自己的衣服穿上。

我学着费林斯在办公室的样子，对四周做最后的检查，审视每样可以看见的东西，一直到我满意，以使我们兄弟不留任何痕迹。

现场就像电影喜欢拍的，车头灯照在黑暗处，照出伏在肮脏水泥地面的女子尸首，卡车窄窄的后车门里，躺着费林斯的尸体，还有划开的帆布袋。这一切只是在数秒钟的时间内形成的，我想，他们原本是活生生的，但在一阵骚乱中，三人全死了。为了什么？为了钱？为那只人人都在追逐的"又大又熟的瓜"？

我重重地关上车门，驶离那是非之地。

在一条街的公共电话亭边我停了一次车，挂电话给警方。我告诉接电话的人，到"珠宝市"的办公室和我刚刚离开的大厦去查查，说完，立刻挂上电话。

一小时十五分钟之后，我来到大约六十里外的一个小镇，进入我以前听说过的一家殡仪馆。这家殡仪馆兼管火葬和储藏骨灰。假如你能说出适当的理由，再付出足够多的钱，那么，这里可以给你开出一纸你所需要的死亡证明。

我花了不止一沓五十元钞票，弄到一张肺炎兼并发症之证明，我又从箱子里取一沓买了一口最好的棺木，并支付了火葬的费用。

那位殡仪承揽人必定是孤家寡人一个，因为他允许我独自一人和弟弟在一起，盖棺时，也允许我一人作最后的瞻仰。

在我支付的费用中还包括一只骨灰盒和储藏所里的一个位置。

当一切完结，骨灰盒捧起，壁龛门封住后，我缓步走向外面黑暗的停车场。

夜静悄悄、死沉沉的，使人更感燥热，抑闷。

我该走了，是到别处去试图忘却弟弟的时候了。

我数数留在身边的钞票。

一共三百元。

那天早上出发时，我口袋里是四十元。

一个像我这样的人，想到我过去所习惯的生活，再想到未来，口袋里的钱我很满意了。

凯利也该满足了。我在为他盖棺之前，把两箱钞票悉数倒进他的棺木里，那几近一百万元的钞票所化成的灰，现在正和他的骨灰熔炼在一起。

因为凯利是我的弟弟，我不愿让我，或者任何人，即使是神，骗去他一直梦寐以求的那只"又大又熟的瓜"。

看不见的线索

通常,我的朋友默洛克沉默寡言到了让人觉得无礼的地步,但对林纳德一案他却相当地沾沾自喜。

他有理由这样做。毕竟,考林·默洛克少校——这位退伍士兵和退休的殖民地警察——并不是个侦探。但在林纳德一案中,他却立刻抓住了案子的关键,虽然他并没有看见与这案子有关的两个男人。

这样的功绩,所有职业犯罪调查人员都不得不表示钦佩。而更加让人吃惊的是,他侦破这案子依靠的竟是一条看不见的线索。如果能被看见,那它就根本不是什么线索了——起码默洛克是用调侃的口吻这样解释的。

"是不是就像柯南·道尔的狗,其重要性就在于不发出叫声?"我问道,极力想使自己显得很聪明。

"一点儿也不像,小伙子。"默洛克少校呵呵笑道。

他是个短小精悍、表情严肃的人。那浆过的衣领以及手工制作、擦得锃亮的皮鞋在他身上显得有些不太协调。看见他,总会让我想起藤椅、缅甸雪茄、夕阳以及被热带丛林环绕的网球场。接着我意识到,虽然默洛克已在现代化的伦敦城被放逐了很长时间,但他一直在追寻索默塞特·毛姆笔下描写的生活。

尽管默洛克会否认我的话,但他确实在自己周围营造出一种怀旧的氛围。这使得人们经常把他当成一件老古董而忽略他。但他在打壁球时仍然是个很好的杀手,而且当我早已大汗淋漓、瘫倒在地时,他仍能精神百倍地做着俯卧撑。

默洛克称自己是个私人安全顾问——这听上去很枯燥,很体面,当然,也让人感到安全。他出售的正是安全,因为考林·默洛克少校是个保镖,而且有些人会说他是世界上最好的几十个保镖之一。

"我就像是个上了年纪的足球运动员，"是他对自己谦虚的评价，"我没法冲锋陷阵，但我能准确地读懂比赛。你要善于组织、调动起报警肌肉，然后迅速、准确地在正确的时间进入正确的地点。"

报警肌肉？根据默洛克的说法，当他或他的雇主有危险时，他的后背就会疼得像个怀孕妇女。

听说了那条看不见的线索后，我就缠着他让他给我讲那个故事。

"那个案子还没有开庭审理，我敢说电视会报道这件事，"他警告说，"所以，我不会用他们的真名。而且如果你在报纸上引用我的话，我不会承认的。但那全是真的，我保证，小伙子……"

故事开始于默洛克少校位于圣保罗大教堂附近的办公室里。伦敦一半的鸽子是从那里放飞的，宣告新一天开始的大钟有一半也是在那儿敲响的。

那些办公室！一个流行音乐唱片公司倒闭时，默洛克以很低廉的价格得到了那块地方。里面的装修起码已过时十年了，显示着最拙劣、最疯狂的迷幻派风格。里面有许多扇门，每扇门都被涂成一种与其他门极不协调的颜色。墙壁、文件柜、办公桌是各种完全不搭配的橘红色、黄色、紫色和绿色，哪一种也不适合默洛克。但是，房租适合。

这一星期他大部分时间都在城外办事，现在他正在办公室里听录音。

那上面是他秘书琳达的声音，"我已经处理完了所有的日常业务，先生。只有一件事比较有意思。空军中队长阿里克斯·林纳德今天下午打电话找你。我从来没有听说过他，但他的声音里绝对有种'你一定听说过我'的语气。"

默洛克少校露出一个苦笑。这话让他感到自己确实是老了。

在不列颠战役中，阿里克斯·林纳德曾是一个出色的战斗机飞行员。但那已是很久以前的事了——空战进行时，琳达的父母还只是十几岁的孩子。

我从来没有听说过他。因为走了神，默洛克不得不把磁带倒回去。二次大战结束后，林纳德移民到了美国，他在那里种地，养殖牲畜，规模还很大。但不幸的是，中队长林纳德对美国对待战后新兴国家的政策产生了兴趣。他得到了黑人兄弟的敬仰，却遭到了其他白人的冷眼。

默洛克再次按下播放键。

琳达的声音："他听上去很亲切，但有些害怕、坐立不安。他一定很有钱，因为他在五月花广场的梅博里大厦有一套永久性套房，虽然他一年才来伦敦一次。他希望你尽快和他联系。他说他在飞机上睡了不少觉，但他没法坚持二十四小时以上。那就是说，等你回来后，还有八个小时。"

磁带上的话还没说完，琳达本人就冲进了办公室。她有些不好意思地听着自己的录音，"很抱歉，少校。我本来昨晚要洗掉那磁带的，可我男朋友有事找我，我把这事忘了。"

"干吗要洗掉？"

"都取消了，"琳达喜滋滋地说，"昨天晚上我关门前，他亲自过来了——我是说中队长林纳德。他说了很多对不起，说他改了主意。很不错的老家伙——当然不是指他年龄大。和你差不多。"她脸红了，摇了摇头。

带着极大的耐性，默洛克说道："忘掉这些礼节性用语和外交辞令，它们不适合你。事实，我要听的是事实！"

琳达的目光中既有气愤也有责备，"没必要这么生气。因为取消预约，他付了五十英镑。他坚持要这样做。如果你问我为什么，我想他是因为向别人求救，所以感到很惭愧，他希望一切赶紧过去，赶紧被忘掉。"

默洛克少校皱起了眉头，开始轻轻按摩起自己的后背。三十年中，阿里克斯·林纳德也许已经变了，但不列颠之战的雄鹰们可很少会如坐针毡，发出毫无必要的求救信号。

而且，默洛克在搜集与自己这行有关的信息时，是个非常有心的人。最近，他保护过一个内罗毕的商人。他到伦敦来想用钻石换现金，而且不想丢掉这两样东西中的任何一样。一次，当默洛克在旅馆等候时，阿里克斯·林纳德的名字曾在他耳旁出现过，而且这名字至少与两起暗杀企图有关。

"没人接听，"默洛克嘟哝道。他找到了中队长林纳德在梅博里大厦的电话号码。那是一座二十世纪风格的摩天大楼，一千多扇黑洞洞的窗户居高临下俯视着海德公园。

态度缓和了许多的琳达给他端来一杯咖啡，"他已经取消了预约。也许是出去了。他不会为了你这样找他而感谢你的。"

"也许。"默洛克少校端着咖啡沉思着。他猛地抬起头，盯着琳达的眼睛，"把你能记得的关于他来访的所有细节都告诉我。"

琳达耸耸肩，板起了面孔，"有什么可说的？你知道，他有些不好意思。付我五十英镑的时候把钱还掉在了地板上。"

她打了个响指，"咯咯"地笑了，"还有件事，少校，他是个色盲。告诉我要取消预约后，他就急匆匆地要出去，结果一下子就走进了卫生间。我告诉他是那扇绿色的门，可他却头也不回地走进了那扇红色的门，也就是储藏室。他都忍不住骂人了。我不停地说'那扇绿色的门'，可他还是打开了那扇粉色的门，跑到了消防楼梯上。虽然这让我们两个人都非常尴尬，但我还是从办公桌后绕过去，带着他出了大门。"

但默洛克少校已经转过了身，他一把抓起了电话。还不到九十秒钟，他就接通了苏格兰机场布莱克警官的电话。

"我是默洛克。有麻烦，小伙子，也许还很严重。当然很紧急。中队长林纳德——是的，就是那个支持非洲独立的林纳德。他现在或说过去在梅博里大厦的东座524房间。有人想杀死他。我在那儿和你碰头。"

当布莱克警官和他的手下踢开梅博里大厦东座524房间的大门时，他们发现了躺在卧室内昏迷不醒的阿里克斯·林纳德。后来得知，是有人想伪造他服用安眠药自杀的现场。

在附近一家医院接受抢救后，林纳德解释说他确实是服用了大剂量的药物。因为那位来客要他在药物和子弹之间选择。在几乎必死无疑和肯定必死无疑之间，林纳德选择了前者。

那一定是场怪异而丑恶的情景：那人手里拿着枪，像护士一样坐在床边，看着林纳德的脸色渐渐变白，呼吸越发缓慢和艰难……

"一旦发现到我办公室来的那个林纳德是个冒牌货，那么他这样做最可能的原因就是阻止我去寻找真正的林纳德。"默洛克少校教导我。

"那么，暗杀者一定听到了林纳德给我打的电话，也就是说他窃听了林纳德的电话，或是在他隔壁房间采用了某种监听设备。布莱克警官的人检查了那里的电话，没有发现它被窃听，所以他们就检查了墙壁，发现上面有一个洞直通隔壁的523房间。上面都贴着壁纸。那人有过犯罪记录，他们在机场抓住了他。"

默洛克似乎认为我肯定明白是什么引起了他的怀疑。我能够理解他刚开始的判断，也就是当林纳德先是要雇用保镖，可后来又放弃这一计划时。但后来我就有点儿糊涂了。我这样对他说了。默洛克少校看上去真的很吃惊。

"但是我亲爱的年轻人！醒醒，小伙子。那个取消预约的家伙是个色盲，所以他就不可能是中队长林纳德。如果你是色盲，你是不可能成为英国皇家空军的！"

事故的寡妇

米莉右手中的枪开火了。

西还没来得及表示惊讶。

他倒在她脚下，死了。

"见鬼。"米莉轻声道。这不公平，她又失去了一位丈夫。

从一开始，她就不想要那支愚蠢的枪，她曾恳求西不要把枪给她。他叫西蒙，但他喜欢别人叫他西。她的抗议没有用，西坚持说她应该学会射击。西是她这些丈夫中最固执、最喜欢发号施令的一个。他已经下定了决心。米莉必须学会怎样专业地摆弄枪支，以便保护自己。西的工作使他出差的时间越来越长，所以米莉（她的真名应该是米莉森特）一个人待在家里不安全。她必须能够保护自己，这就是说她要学会射击一个不速之客。

米莉对枪支——不管它们是叫左轮还是叫手枪——有一种近乎病态的恐惧。为了不和一支枪待在家里，她请求西出差时带着她，这样她就能得到他随时随地的保护。西连想都不愿这样想，他不愿让米莉牺牲幸福的家庭生活而和他一起四处奔波。

于是，不顾米莉的极力反对，西把那支枪买了回来，并开始给她上第一课。

"你看，亲爱的，"他说道，"你就这样拉开枪栓。"他姿势相当优美地做了示范，然后把枪递给米莉，让她重复自己的动作。米莉刚一碰到那枪，它就开火了。

可怜的阿奇博德——他喜欢人们叫他阿克——死得也同样的突然。他非常喜欢水。米莉的叔叔亚当曾说阿克生下来时应该是带着鱼鳍的——也许是鱼鳃？反正他对水已经到了疯狂的地步。

米莉怕水。有一些东西会让她害怕。闪电不会吓着她，老鼠她也认为很可爱，她甚至还很喜欢蛇。但她不喜欢水。也就是说，她不喜欢大面积的水，在小小的游泳池里游泳还是相当惬意的。如果她生活在没有飞机的年代里，那她肯定不会去美国之外的地方。阿克喜欢水，而米莉也支持他在闲暇时间尽可能多地待在湖边。她只是很礼貌地请求他不要让她一起到船上去——她会很高兴地坐在岸边，看他划船，并向他挥手致意。

但阿克并不满足。他下定决心要治好她对水的恐惧，并说她的恐惧和她对他的爱其实是一码事，如果她不坐到船上来，就意味着她不爱他。既然他都这么说了，她还能怎么办呢？

所以她胆战心惊地爬上了船。就连他们离开码头时，她还在恳求阿克带她回去。她当时简直是吓疯了。阿克哈哈大笑。巨大的恐惧使她想跳进湖里淹死自己，以使这恐惧消失。她站了起来，阿克也站了起来，想伸手扶她，可她把他推了开去。

突然"扑通"一声水响，船上就剩下了她一个人。她开始大叫起来。

附近的人们听到了她的叫声，把船划了过来。她告诉他们发生的情况。他们潜下去救人，还叫来更多的帮手。

但这一切都无济于事，四个小时后，他们找到了阿克的尸体。

乔纳森是另一个。如果米莉没记错的话，他应该是阿克死后她嫁的那个丈夫。乔纳森喜欢别人叫他乔。他对米莉的母亲很气恼，因为她提到他时，总把他叫做约翰。他说米莉的母亲是一个女婿所能期望的最好的岳母，但她为什么要坚持叫他约翰而不是乔？可怜的宝贝，他没有多少时间可让米莉的母亲叫错他的名字了。

乔非常喜欢野餐，但是那种很原始风格的。米莉也不讨厌野餐。如果你拿着一张折叠桌、一把小帐篷、许多椅垫、银餐具、餐巾纸、美味的鸡胸肉、火腿再加上充足的冰镇香槟，她还可以说非常喜欢这种活动。

但乔喜欢从自然获取一切。他说，如果你不自己采摘食物，那野餐就不能称之为野餐。那是你大显身手的时候。

他们最后一次野餐时，乔负责钓鱼，他让米莉去采集蘑菇和野草莓。她不知道怎样挑选蘑菇，也这样告诉了乔，所以他就非常详细地解释了她应该采摘什么样的，不应该采摘什么样的。她尽力按他说的做了，但她那天没戴眼镜。乔不喜欢她戴眼镜的样子。他似乎认为那是她为赶时髦而戴的装饰品，他说她根本就不需要它。所以在没戴眼镜的条件下，她尽最大努力采摘了蘑菇和野草莓。

乔回来了，炫耀着他钓到的鱼。他们开始就着瓶子喝着波旁威士忌来开胃。他们一滴酒都没剩下，所以不到一会儿，他们就变得像孩子一样欢欣雀跃、傻笑不断了。他们发现自己已经饿得饥不择食，就四处跑去收集了许多树枝点起了火，并把鱼埋在灰堆里。然后，乔就吃起了蘑菇。米莉不喜欢生吃蔬菜，所以就用一些野草莓来充饥。而乔就这样一边烤着鱼，一边吃着蘑菇。

大部分蘑菇都是好的，但有一些却是有毒的。这足以结束了乔短暂而快乐（这一点米莉很有把握）的生命。

然后是潘——其实是潘勒顿的昵称。一想到他出的事，米莉都恨不能把眼珠哭出来。只要潘往旁边站一点点——不管是向左向右，还是往前往后，哪怕只是连一英寸也不到——那个半身像就不会砸在他头骨致命的地方。

潘从前想做一个室内设计师，但他父亲却不同意，所以他最后成了一个银行职员。和米莉结婚后，他在房屋设计方面的天赋就得到了充分的发挥，特别是在大厅里。刚刚按摄政时期的风格装饰完，他就又想把它变成维多利亚或现代风格。接着他最雄心勃勃的计划是把它按古典风格装饰，并把这一主题顺着楼梯延伸到楼上，包括楼梯的平台。在这儿，他打算放置六个古罗马将军的半身像，以和楼下那六个立像遥相呼应。设计草图完成后，他拿来给米莉过目。很庄严，但也冷冰冰的。很快，各式各样的搬运工便按照潘的指令，扛着山一样重的半身像来到家里了。

就在这之后不久的一个倒霉的夜晚，米莉正要上楼去，潘刚好站在楼下。他叫住她，说他希望米莉穿上那件蓝色的睡袍。她俯身给他一个飞吻，并说好的，亲爱的，可不知怎的，她就碰翻了裘力斯·凯撒的半身像。

她父母依然很有同情心，一如既往地站在米莉一边。但当她母亲听说了潘和裘力斯·凯撒的事故后，她很巧妙地提到了一件有些尴尬的事。

"米莉，亲爱的，"她母亲说道，"我非常不愿这么做，我也不想让你觉得我太冷淡——这么说我的心都快要碎了——但是我们家的墓地里已经没有潘的地方了。你瞧，亲爱的，你叔叔亚当和婶子贝斯、你爷爷、你父亲和我——而且当然还有你，亲爱的——都要葬在那里，尽管我们一直很高兴地接纳着你的丈夫们，但现在我们已经没有地方容纳潘了。"

所以，在最后一分钟，米莉还得为买墓地而忙碌，而她能找到的唯一一块墓地还是在河对岸很远的地方。

葬礼过后，她为把潘一个人留在那里而感到非常悲哀。

不过，他不用等太长时间就会有人去陪他了。

艾尔——他的全名是艾罗西斯——也很固执，像乔坚持在野餐时一定要自己采集食物一样，他坚持要米莉学打垒球。

艾尔非常喜欢体育，米莉并不喜欢体育。当然，如果能坐在阴凉地里观看网球比赛，她也会觉得很不错。上高中和大学时，她曾观看过许多场足球比赛，其中有两次还被选为赛场上的女皇。但她不喜欢参加体育运动。她的手脚很容易起茧子，还很容易抽筋，而且她还近视，球都快打到脸上了，她才能看见。艾尔对她的抗议毫不理会，径自在俱乐部报了名，参加那里举行的夫妻垒球比赛。

于是米莉就举着球棒站在那里，简直像是一条出水的鱼。艾尔就站在她身后，说着："击球，亲爱的。狠狠地来一下子。打啊。"于是她用尽全力挥起球棒。动作过大，她没能收住脚。球棒正中艾尔，他当场倒地死去。

倒不是说那天下午有什么好事发生，但毕竟米莉没有打中接球的穆尔或其他什么人。本来是穆尔站在那儿的，可米莉击球时，艾尔要求和他调换位置。想象一下，如果米莉击球时站在那里的仍是穆尔！如果米莉杀了穆尔，他妻子玛丽·穆尔是永远不会原谅她的。

那当然是一次可怕的事故。当米莉击中艾尔而不是球时，她只是在努力讨他的欢心。

于是艾尔就到新墓地去和潘做伴了。

幸运的是，男人们似乎还没有被吓倒——至少到目前为止是这样。她听到爷爷嘟哝说，男人们像苍蝇围着糖碗一样追逐着米莉，但他们全都是为了钱。可爷爷这么说有些太过分了，因为虽然米莉的丈夫们都没有什么钱，但他们都很迷人，很可爱，也有很好的工作。其实倒是他们留给了米莉一些钱，因为她父亲在同意他们的婚事前，都要证实这些男人已购买了人身保险，而意外死亡则会获得双倍赔偿。而你是不用为保险赔偿金交遗产税的。所以如果说她那些丈夫们是在寻宝的话，真正发现宝物的却是她。

她的下一个丈夫是迦——他的真名是博瑞迦。

迦是米莉知道的最和蔼的人。迦的眼睛总是神采奕奕，不管是在什么季节里——这倒不是说他们一起生活了很长时间。他喝苏格兰威士忌、波旁威士忌或伏特加时，还比较清醒，但喝杜松子酒时，他就会有些控制不住自己。所以米莉在商店买酒时，总是故意不买杜松子酒，除非她要举行一个大型聚会，有别人要喝时。

一天下午，亚当叔叔来看他们，并带来了杜松子酒。他说这酒是世界上最文明的饮料，可米莉和迦结婚后，这屋子里就再也没见过杜松子酒。他赞赏地看着米莉按他喜欢的样子调制着鸡尾酒。他几乎可以说是米莉最喜欢的亲戚，而他的来访也显得很短暂。当他离开时，米莉请求他把杜松子酒带走，可他听都不听。

米莉在门口和叔叔道别时，迦下班回来了。等她叔叔离开，迦已经兴高采烈地痛饮起来。

米莉希望食物也许能转移迦的注意力,所以她跑到厨房,要厨子和管家早些开饭。但每吃一盎司牛肉,迦就得灌下两盎司的酒。

迦眼睛里的亮光显得格外灿烂。

米莉还穿着外出的衣服。现在她急着要吃甜点——按贝斯婶子的方法制作的苹果水饺——等一吃完,她打算去看晚间新闻。

但她的计划恐怕要泡汤了。

新婚之夜后,或至少是迦上次大喝杜松子酒后,米莉就没看见过迦的情绪如此高涨。他根本没碰自己那份苹果水饺。米莉已把自己的吃了一半,她坚持说如果迦不坐下来,停止胡闹,她就要把他那份也吃掉。迦又往杯子里倒了些酒,然后跑到楼上的起居室里。他大声叫米莉跟他上去,到阳台上去看月亮。

米莉像海盗一样抓过迦的苹果水饺,狼吞虎咽地吃完,然后来到楼上。迦正站在阳台上,手舞足蹈地指着天上的月亮。一些酒从杯子里洒了出去,掉在下面院子里的马鞭草上。迦骂骂咧咧地抱怨了两句,就冲到楼下去装满酒杯。

茂密的葡萄藤遮住了米莉站的那部分阳台。她转过身看着迦再次走进起居室。他手里拎着那个快要空了的酒瓶。他把酒往杯子里倒着,接着又仰脖就着瓶子喝了起来。随着一声兴奋的大叫,他把空瓶子从开着的门里扔了出去。瓶子越过米莉的头顶,她静等着瓶子掉在石头路面上发出的响声,但只有"嘭"的一声闷响——灌木和马鞭草接住了那个瓶子。

"我的姑娘在哪儿?"迦问道,"我亲爱的姑娘在哪儿?"

他的声音那么甜蜜,那么哀婉动人。再说亚当叔叔把酒留下也不是他的错。也许他今天上班很不顺心,所以需要放松一下。噢,稍稍放肆一下有什么错?丈夫需要妻子的爱护和鼓励。你必须对他们百依百顺。

米莉咯咯笑了,说道:"我在这儿,可你找不到我。"

当然,迦肯定找不到她,所以她从阴影里跳了出来,来挑逗他。他想抓住她,可她又跑到了阳台的另一边。迦从她身后追来,可不知怎的,他冲破了细细的铁栏杆。

命运对待迦不像对待那个酒瓶一样仁慈,不管是灌木丛还是马鞭草,都没有挡住他下落的趋势。迦一头掉在了院子里的小路上。

就这样,米莉的生活一如既往地前进着,而她周围的男人却一个接一个地丢了性命。

她的一些婚姻只持续了几个月。

她和阿德博特的婚姻——他喜欢人们叫他博特——持续了一年。像以往一样，她也很希望这次婚姻能成为永恒。如果不是因为那些药片的话，博特恐怕现在还在她身边呢。

博特就像迦一样傻——不，不是迦。迦很喜欢她戴眼镜的样子，但博特和她另外一个丈夫（名字她一时想不起来了）却很讨厌她戴眼镜，即使不戴眼镜的她几乎什么也看不清。博特简直太苛刻了。他说她是完美的，他不许她用眼镜来丑化自己可爱的脸。于是她就像讨好所有丈夫一样，尽力来讨好博特，虽然她认为博特不让她在他面前戴眼镜是件很傻的事情。她在报上看到，美国有一半人都在戴眼镜，那为什么她不能呢？

所以发生在博特身上的事情可以说是他自找的。

不，这样说太可怕了。

但博特对他的病确实太小题大做了——所有的人，包括他母亲和米莉的母亲，都这么说。

首先，他怎么会得心脏病就是一件说不清楚的事情。没人在二十六岁时就会犯严重的心脏病。从医院的特护病房出来后，博特就躺在家里休息，由米莉来照顾他。在他康复期间，他表现得就像个被宠坏的孩子——这是形容他行为的唯一合适的词汇，他要米莉没日没夜地守在他身边。

一天傍晚，筋疲力尽的她趴在他床边睡着了。他把她捅醒，嚷着说他该吃药了。她当时没戴眼镜，就在抽屉里摸索起来。她把放在最外面的药盒子递给了他，可没想到那恰恰是他不该吃的药。

就米莉所知，医生根本就不知道是怎么回事。他安慰她说，像博特这种情况随时都可能死去。

博特死后的一段时间里，米莉终于有空来思考发生在她和她丈夫们身上的所有事情。

她必须承认，她把他们都搞混了，尽管她费了很大劲想把他们分开，分清楚。她记得她以迦的名义将一大笔钱捐给了麻省理工，可很久以后才想起上麻省理工的是博特。这对麻省理工来说当然无所谓——他们收下了捐款，并给她寄来了一封措辞含混的感谢信。一次，她捐给动物保护协会一笔钱来纪念乔的生日，可后来她才想起乔对动物并不感兴趣——那动物爱好者应该是阿克。在他们短暂的婚姻生活期间，他们饲养的动物完全可以和市里的动物园相媲美。再说，那不是乔的生日，而是阿克的。

有时她会回忆和西做爱的销魂滋味，可后来又不得不告诉自己那应该是潘。她会回忆和迦在巴黎四处游览的情景，而事实上她只和阿克一起去过巴黎。她还会想念和乔游历威尼斯的美好时光，而实际上和她在圣马可广场喂鸽子的却是阿克。

不过不要紧，她记不清和谁一起经历过什么，并不意味着她不尊重他们。她怀念他们每一个人。她结了这么多次婚并不是她的错。在她还是个小女孩，刚刚知道丈夫和婚礼的时候，她就梦想着和她上天安排的另一半庆祝金婚纪念日。

但生活并没按那样的路线走。

再过几年米莉就要三十岁了，而她已经有——到底有多少个丈夫了？

她掰着手指数着。

左手大拇指——博特。

食指——乔。

中指——阿克。

无名指——迦。

小拇指——西。

右手大拇指——潘。

一共六个——虽然可能顺序不对。六个丈夫！想想看。天哪，简直让人头都晕了！

等等。她这是什么意思——六个丈夫？她刚才忘了艾尔。她怎么会想不起来艾尔呢？他是她最喜欢的丈夫之一。

艾尔——右手食指。

艾尔是第七个。

亲爱的，他们全都是亲爱的。这是她能形容他们的唯一方式。她曾是世界上最最幸运的女人。

同时也是最最不幸的。

现在怎么办？

生活对她来说已经结束了。她内心深处知道这一点。她敢肯定没人再会怀着浪漫的想法接近她了。任何知道她历史的男人在追求她前都会再好好想想，尽管爷爷说她就像糖碗一样吸引着男人。

她渴望对什么人诉说自己的疑虑和苦恼。如果能倾诉一下心中的不安该有多好！但她结婚的次数越多，死的丈夫越多，她的家人和朋友就越不想谈论她不同寻常的处境。他们似乎对发生在她身上的事感到尴尬，好像谈论这件事是很不礼貌的行为。他们简直是机智老练的化身——满怀爱心和同情守候在她身边，却忽视了她最迫切、最严重的问题。她急需和别人谈谈发生在她身上的悲剧。

长长的门铃声打断了她的自卑自怜。

来访者是一个个子高高、非常英俊的男人，而且上了岁数。他至少也有四十岁了。她所有的丈夫都和她差不多大，上下差距不超过一岁。所以这个人肯定不是想和她结婚的。

"雷蒙德夫人？"

他走错了地方。

"雷蒙德夫人吗？"他再次问道，好像米莉没听懂他的话似的。

"雷蒙德夫人？"他第三次问道。

这最后一问使米莉清醒过来。

天哪，她有一个丈夫的姓正是雷蒙德。没错，是可怜的博特，他姓雷蒙德。

她最后一任丈夫姓雷蒙德，那么她当然也应该姓雷蒙德了。她曾经有过那么多姓，她怎么可能都记得那么清楚呢？

米莉冲那男人点点头。

"我叫威廉姆斯，我可以进来吗？"

米莉再次点点头。

威廉姆斯先生没有告诉她他的名字，也没说他的职业以及头衔。

他是纽约女王区负责重案组的警官，他故意没有泄露任何有关他本人的信息。这次来访现在还不能让总部的人知道。他本来是想做一次例行的公开调查。他早就想把米莉森特·雷蒙德逮捕归案了。第三次意外死亡发生后，他就找过局长，但局长挥手让他靠边站了。局长和米莉森特·雷蒙德的爷爷和父亲都很熟。他说，在美国南部，甚至整个世界，都没有比他们更好的家族，而米莉森特则是那个家族的骄傲。

第五次意外死亡发生后，威廉姆斯再次试图说服局长展开调查，这次局长真是火冒三丈了。威廉姆斯为什么这么鬼迷心窍？他必须忘掉那些愚蠢的怀疑，去惩罚那些真正的罪犯。女王区大街上的杀人犯还不够满足他吗？他怎么敢去怀疑一个无辜的姑娘？

让威廉姆斯鬼迷心窍，并一直让他无法摆脱的，是一种很正常的正义感。使威廉姆斯鬼迷心窍的是，看到一个聪明的女杀手不断残害女王区的年轻男性却逃脱法律制裁而感到的愤怒。

七次谋杀已经足够了，他要停止这一切。

于是威廉姆斯就来到了米莉森特·雷蒙德的门前。他并不知道自己会看见一个什么样的人，也许是那种一眼就可以看出有罪的人，但米莉森特·雷蒙德那张可爱的脸上却没有写着有罪。她的眼睛下方没有皱纹。他敢肯定她一定睡得像个婴儿一样香甜。她那双小手也让他吃了一惊，那纤细、娇小的手指有着婴儿般圆润的指尖，但它们却把七个好男人送上了黄泉路。他不知道她是否保留着那些丈夫们的画像或照片。要想容纳那么多战利品，她得准备一个单独的房间才行，而且还不能太小。

他得承认，她很漂亮，而且似乎并没有察觉自己对男人们的这种吸引力。他很容易理解那些可怜的家伙为何会爱上她。

威廉姆斯相信她一定会露出马脚，而且待的时间越长，他对这一点也越有把握。她似乎已被那些可怕的罪行压抑了太长时间，所以不停地说着。她似乎很感激终于有机会能畅快地谈谈她那些丈夫们。他毫不怀疑，在下午结束前，他就会听到她认罪的忏悔。

米莉被这个意想不到的来访者彻底迷住了。

这正是她一直期待的事情，找一个可以倾诉的对象。特别让她吃惊的是，威廉姆斯知道有关她那些丈夫们的情况。这真奇怪。就连她——更不要说她父母、她爷爷以及亚当叔叔和贝斯婶子——也记不清他们的顺序。威廉姆斯先生却可以毫无困难地做到这一点。甚至当她把艾尔放到西或是别的什么人前面时，他还纠正了她。他似乎对她说的每一个字都很感兴趣，甚至不时掏出笔记本记下一些东西。

他对这房子也很感兴趣。这倒没有什么奇怪的，因为这所房子年代久远，声名远播，每当春季或圣诞节期间对外开放时，人们总会蜂拥而至。

威廉姆斯先生对谁死在什么地方显得格外好奇，但在这一点上他表现得非常谨慎。当他站在大厅的楼梯下时，却突然跳了开去，好像发生在可怜的潘头上的悲剧还会发生在他头上，虽然在潘的葬礼后，那些半身像就被捐献给了博物馆。

说到迦（当然他灌了满肚子杜松子酒）掉下去的阳台，威廉姆斯先生也很小心。显然，他担心自己也一不小心掉下去。

午饭过后没多久，天就阴了下来，看来一场暴风雨快要来临了。屋子里的光线越来越黑，米莉打开了电灯。呼啸的大风吹得窗板"啪啪"直响，米莉说声对不起，就跑去关门关窗。威廉姆斯先生很绅士风度地提出帮忙，但他总是与米莉保持着一定距离。在他背转身、探出窗外关窗户前，他总是要先观察一下米莉所处的位置。

一道闪电打在附近，屋里的灯灭了。谁也不知道它们什么时候才会再亮起来。没关系，米莉喜欢烛光。有时她认为在烛光下，这房子才显得最美，最浪漫。她递给威廉姆斯先生一个烛台，然后又为自己点起一根蜡烛，接着两人继续在暴风雨中关着门窗。

当米莉和威廉姆斯先生来到后面的楼梯上时，他们都闻到了一股刺鼻的煤气味。

"是从地下室传来的，"米莉说道，"一定是风把热水器的火给吹灭了。"

威廉姆斯吹灭了自己的蜡烛，命令米莉也吹灭了她的。"站在一边，"他说道，"看着通往地下室的门，别让它关上。"

然后他就摸索着走下了漆黑、狭窄的楼梯。

威廉姆斯先生这么专横，这么不可一世，像个训练士兵的军官一样发号施令。他让米莉全身一阵发冷。

"吹灭你的蜡烛！站在一边！看着通往地下室的门，别让它关上！"

刹那间，米莉想象着火焰吞没了他，而她救了他，俯身给他做着人工呼吸。

多么浪漫，就像一篇哥特式小说——风雨交加的夜晚，一座位于荒郊野岭的古老大厦，一个神秘的陌生人和信人不疑的女主人公。而她就是那个女主人公。上帝，多刺激。

一声巨响打断了她的美梦。

威廉姆斯先生一定没能及时赶到热水器那儿。什么东西点燃了泄露的煤气，发生了爆炸。一切都完了。房子会被夷为平地，只剩下高高的烟囱耸立在地平线上，凄凉而浪漫。

接着，她意识到并没有发生爆炸。一阵狂风猛地关上了通往地下室的门。米莉忽略了她的职责——威廉姆斯先生命令过她要让那扇门开着。

她冲到门前，拼命把它推开。

那一刻发生的事情可能在一百万年里也碰不上一次，但它确实发生了。就在米莉把门打开时，威廉姆斯先生刚好冲上来要做同样的事，于是那门给了他狠狠的一击。

他向后摔倒，顺着台阶滚了下去，脑袋重重地撞在砖头地板上，顿时一命呜呼了。

米莉悲痛欲绝。

那么好的一个人，却碰上这么可怕的事情。但从某种角度来说，这种事她经历多了，所以她知道自己应该怎么做。发生意外死亡事件，她必须报告警察，而且不能动任何东西。

当她跑向电话时，她不禁想到，真奇怪，她还不知道威廉姆斯先生的全名，而他却知道她姓过的所有姓，而且顺序丝毫不差。

名片之谜

这天早上天气非常冷。

我站在金门公园一处小小的、杂草丛生的斜坡上，双手插进外套口袋，眺望罗尹德湖平静的、浅浅的湖水。

寒冷的白色太阳正从晨雾中穿出来，阳光在湖面上舞动着，使湖水的暗灰色变成半透明的蓝色。

这一片景致非常平和安详，有着田园般的宁静。这时候的旧金山市还真是个美丽的都市。

远处传来警笛声，我向肯尼迪车道和远处的草坪望过去。

一辆救护车进入我的视线，停在湖前的车道上。两个人下了车，从救护车里取出一副担架，走上小路。

一位穿制服的警察过来迎接他们，我注意到他们交谈了一会儿，然后，两人开始爬上我站立的那个柔软如海绵的斜坡。

我看着他们走到一棵高大的柏树下，用一条被单盖在布伦达的尸体上。我很高兴他们把她遮盖起来，因为这样寒冷的早晨，没有遮盖地躺在那儿似乎不合适，即使业已身亡。

两个从救护车下来的人开始向下面的人群走去。当他们走近时，人群中有一个男人向我走来，他站在我身旁，眺望着湖面。

我们都默默地站着。和我站在一起的男人名叫维克多，他是旧金山市警察局的警官。

他从口袋里取出烟斗，往里塞了点烟草，衔在嘴里，但没有点火。

"怎么样？"他说，眼睛没有看我。

"很抱歉。"我说。

"你不认识她？"

"不认识。"

"她的皮包里有你的名片，"维克多说，"你是不是在替她办什么事？"

"我有许多客户。"

"那么，她也许和你谈过话。"

"维克多，我不认识她，"我说，"我早告诉过你了。"

"为什么她会有你的名片？"

"她也许打算找时间来看我。"

"可是从没去过？"

"没有。"

"你分送出去很多名片？"

"不太多。"

"她怎么会有呢？"

"我不知道。"

我们默默地看着湖水，不再交谈。

过了一会儿，我说："假如我知道什么的话，我会告诉你。我可以走了吗？"

"你要回办公室？也许回头我会去你那儿。"

"假如你愿意的话，欢迎之至。"

维克多转过身回到那群人当中。他们刚刚把布伦达的尸体抬上担架，我可以看见一只细细白白的手垂落在被单下。她今年二十三岁，有人残酷地杀害了她。

我慢慢走下斜坡，沿湖边小路走到车道上。我在汽车里坐了一会儿，突然觉得很冷。

我的办公室有股尘埃和香烟的气味。我打开窗子，让楼下的噪声传进来，然后在办公桌前坐下来。

我看着窗外，身上仍觉得有点冷。

坐在那儿，心中想到岁月能催人老，世上的事不再会令你吃惊，哪怕是死亡。你开始用一种超然的态度看世事。你内心麻木不仁，不像年轻时有激情。一个人在死亡面前不再觉得可怕时，那就是老了。

我走到铁皮档案柜前，用电咖啡壶煮上咖啡。墙上的钟指着十点差一刻。

我问秘书："有什么消息没有？"

"一位叫安东尼的先生请你回电话，有急事找你。"她说。

我随手把她告诉我的电话号码在桌上的便条上记下来。咖啡已经在电壶里汩汩地响。我倒了一杯,然后给安东尼先生打电话。

一个年轻女子的声音从话筒里传来:"喂?"

"我找安东尼先生。"

"请问你是哪一位?"

我报上姓名。

停顿了一会儿,才回答一声"哦",接着又是一阵停顿,然后说:"请稍等。"

我啜着咖啡等候着。

电话那头有个男人自我介绍说是安东尼。他说:"你能来一下吗?"

"可以,"我回答,"你要做什么?"

"我不想在电话中讨论,你能出来吗?"

"是的,"我说,"我想可以。你的地址?"

他说了地址,那是海岬区。

海岬区与金钱具有同样意义。我猜想不是太太跑了就是女儿私奔。如果是太太的话,她肯定是想捕捉逝去的青春,在某个海滨和小白脸厮混;如果是女儿,她肯定是和一位留胡子的画家在某个山谷同居。那是古老而悲哀的故事,你以为他们生活得称心如意,但事实却不然。

我不想去琢磨陈尸金门公园的那个名叫布伦达的女子,她头部中弹,皮包里有我的名片。

我告诉秘书,我要出去一会儿。然后,披上大衣走下楼。

海岬区高高矗立在一个绝壁上,俯瞰着旧金山海湾的入口,那儿很幽静。在旧金山市你可以用一个人房子的大小和坐落的位置来估量他成功与否。

看来安东尼是一个事业有成的人。我把车停在街上,看着那座房屋,心里觉得不舒服。

我坐在那儿抽了一会儿烟,然后下车沿铺砖的小路到大门。房屋后面,我可以看见白色的太平洋。

一个瘦瘦的年轻女子为我打开门,她大约二十岁,神情紧张不安,像是被关在笼子里的松鼠。

我报出姓名,然后说:"安东尼先生和我有约。"

"是的,"她说,"请进。"

过道很暗。女孩走在前面,领着我穿过一个拱门进入起居室。地面铺着瓷砖,我的鞋跟落地发出很大的声音,使我不安。

女孩子在一个巨大的沙发前停步，她说："我去告诉父亲，请稍等。"

"谢谢。"

在那儿坐了大约五分钟，从过道的拱形门那儿走出来一位穿西装的男人，他以一种英国式的步态向我走来，并且伸出一只修剪整齐的手。

我站起来，握住那只手，他的手很有力。

"你好，"他说，"我是安东尼。"

"你好。"我说，同时有点自惭形秽。

他大约四十五岁，很英俊，有一张给人美感的脸，一头银发，灰色眼睛露出稳健的神色。

"请坐，"安东尼说，于是我又坐下，"想喝一杯吗？"

我谢绝了，上午喝酒会令我消沉。

"假如你不介意的话，我倒要喝一杯。"

我没有说话，那是他的家。

他走到拱门旁的一个小托盘那儿，倒了一杯琥珀色的饮料，像码头卸货工人一样一饮而尽。

他小心地放下杯子，那位为我开门的瘦长女子，正站在拱门那儿。安东尼用灰色眼睛看着她，问道："埃达，你有事吗？"

她摇摇头，迅速转身离开了。

安东尼走到沙发前，在我对面坐下说："我女儿，她好幻想，将来很想成为作家。"

我说："安东尼先生，你在电话中提到关于寻人的事……"

"是的，"他说，"我儿子约翰已经失踪两天了，我非常担心。"

我想到自己没有猜对，不禁有点尴尬，清清喉咙说："你和警方接触过没有？"

"没有，"他说，"我没有报警的理由。"

不错，我了解。住海岬区的人往往处心积虑地避开警方，生怕一点小事会贬低他们的社会地位，除非事情已到了不可挽回的地步。

我说："你儿子在哪儿？你有没有一点线索？"

"根本没有。他在大学念法律系，星期一他离家上学就没有回来，但没有一个同学知道他去哪儿啦。"

"也许他出去玩了，"我说，"搭便车就走，年轻人有时候就是那样。"

"约翰是个正直谨慎的年轻人，"安东尼说，"他打算旅行的话，事先一定会告诉我。你身后就是他的照片。"安东尼说着，做了一个戏剧化的手势指给我看。

照片上的人金发碧眼，五官端正，那模样就是你想象中生长在海岬区的孩子的典型。

安东尼说："他和女儿都是我现在仅有的亲人，夫人三年前去世，父兼母职，实在不好当，尤其是对两个正在成长的孩子。"

"安东尼先生，"我说，"我乐于效劳，但我不知道从哪儿查起。"

他灰色的眼睛打量着我。

"你已经向他的朋友打听过了。"我说，"我怕我也只能那样做。我可以到学校找教师们谈谈，四处打听，但那似乎没有意义。很可能等我打听出什么眉目时，他已经回家。我相信他离家两天不会出事的。"

安东尼冷冷地说："你的意思是不愿帮我忙？"

"不，没那意思，我只是和你实话实说。假如你需要的话，我愿意试试。"

"那么，你意思是说，我等候一阵再采取行动？"

"我没有任何意思，安东尼先生，我只是提出一个想法。假如你真觉得你的儿子惹了什么麻烦或有什么意外，当然要采取必要行动找到他的下落。"安东尼突然站起来，我也跟着站起来，我们站着互相看着对方，我仍猜不透他眼中的神色。

过了一会儿，他说："假如他没有回家，或者再过一阵没有他消息的话，我可以再麻烦你吗？"

"当然。"

安东尼从上衣口袋掏出皮夹，抽出几张钞票递给我说："谢谢你的帮忙，谢谢。"

"安东尼先生，这个没有必要。"

他不理会我的话，把钞票塞给我，然后送我到大门口。

坐在汽车里，我看看钞票：五十元。我为此可能得跑五趟，也许不止。但那不会有什么进展的，我告诉安东尼的全是事实。

下午两点三十分，维克多来我办公室。

他喝着咖啡说："那个叫布伦达的有新发展，中午验尸室传来了消息。"

我等候着。

"她怀有身孕，"维克多说，"三个月。"

我倒抽一口气，说："这些女孩真不可测！对我的名片在她皮包里的事，你有没有发现什么？"

"有的。"维克多说，"好像布伦达最近收到一些匿名信，她对那些信十分不安，打算找一位私人侦探。"

"我？"

维克多说："是的。但不知为什么，她从没有找你。"

我说："你怎么知道这些？"

"我们做了一些调查，"维克多说，"她和一个叫玛德琳的女孩住在一起，她们都是伯克利大学的学生。"

"你认为那些信和布伦达的死有关？"

"可能。"维克多说，"不过，照目前的情况看来，也与男友有关。"

"她有男友？"

"都订了婚了。"

我点了一支烟，点点头。

维克多继续说："我们得和这个男朋友谈谈。不久前我们往他家打电话，好像他失踪了，他父亲说他已经失踪两天了。"

我突然一下坐直了，"失踪？"我说，"两天？"

"是啊，没人知道他去哪儿了，听玛德琳小姐说，他和布伦达吵了一架后就离开了。"

我舔舔干燥的嘴唇，说："维克多，那男孩叫什么名字？"

"约翰。"维克多回答。

我把上午和安东尼谈话的事告诉了维克多，他觉得很有趣。安东尼先生并没有告诉他请我帮他寻找儿子的事。

有人打电话找维克多，我猜是急事，他没有告诉我是什么事，说了声"再见"便急忙离开了。

我独自坐在那儿，不停地想着布伦达皮包里名片的事，还有匿名信的事。维克多似乎不认为两者有关联，但我觉得多多少少有些关联。

我从市区的电话号码簿里找到玛德琳的电话和地址，她住在要塞地附近的B街，我觉得有必要和她谈谈。

玛德琳住的那幢房子是维多利亚式的，现在被分隔成小公寓。在楼道里的信箱那儿，我找到"玛德琳、布伦达"的名牌，门牌是203室。

我上了二楼。203室门上有个小铜板，板上夹一张白色名片，上面写着和信箱同样的字，我敲了敲门。

我听见赤脚走路声，一个女孩探出头来问："找谁？"

"你是玛德琳小姐？"

"是的。"她说，眼睛带着疑问。

我介绍身份后，问她是不是可以和她谈谈有关布伦达的事。

"你是想找出凶手？"她问。

"不是官方的，"我说，"她皮包里有我的名片。"

"警方人员来这儿的时候也问过这事，"她说，"我告诉他们，她是因为收到匿名信才有名片。"

她把我请到屋里，随手关上门。我们在一间舒适的小房间里坐下。

"这时候来打扰你，很抱歉。"我说。

"没有关系，我现在哭够了。"

我能看出她和布伦达的感情很深，她正勇敢地忍受着好友死亡噩耗带来的震惊。我温和地说："玛德琳小姐，说说那些信吧。你能不能告诉我信的内容？"

"很可怕。哦，不是猥亵、污秽的话，只是威胁、恐吓。要布伦达立刻滚出城，否则对她不利，等等。"

"那些信在哪儿？"

"布伦达交给约翰了。"

"约翰·安东尼？"

"是的。"

"你知道他把那些信怎么处理啦？"

"不知道。"她说，"不过肯定还留着，他打算把信交给一个私人侦探。"

"布伦达怎么会有我的名片？"

"我想是从约翰那儿来的。"玛德琳说，"他有一个同学，手里有一大沓，他收集名片。"

"是这样。"我说，心里觉得很冷，很疲倦，"你能不能告诉我一些布伦达的事？"

"她是个好人，"玛德琳毫不犹豫地说，"她文静，实在，不矜持。"

"不矜持？"

"她相信每个人，以至到了轻信的地步。"玛德琳说。

我继续问她："警方似乎认为约翰和她的死亡有关。"

"真荒唐，约翰才不会伤害布伦达呢。"

"你和他熟吗？"

"相当熟，"玛德琳说，"我和他交往过一阵，布伦达是经我介绍才认识他的。"

"听说他们订了婚，可有此事？"

她点点头说："十二月他们就要在这儿结婚。"

"他们吵架了？"我说。

"不是吵架,"玛德琳说,"只是争论,和约翰的家庭有关系。他父亲和妹妹埃达都反对这桩婚姻,还是老一套,你知道,反正他们觉得她配不上约翰。"

"他们为此争吵?"

"是的,布伦达害怕约翰的父亲会阻挠他们,你知道,约翰是个孝子,他正在考虑将婚期推后。"

我沉默一阵,然后说:"你知道布伦达怀有身孕吗?"

玛德琳看着我说:"知道。但约翰不知道。布伦达没有告诉他,她只告诉了我一个人。"

"那么,约翰为什么要离开家?"

"他说他要把事情仔细想一想。"

"布伦达告诉你的?"

"是的。他们争吵的那天晚上,她哭着回来说约翰要到外面去思考怎么办。她相信他会听他父亲的话,她会失去他的。"

"她可能已经把怀孕的事告诉他了。"

"当然,"玛德琳说,"她为此逼他结婚。她不应那样,那会是什么婚姻!"

我说:"你能不能告诉我昨晚的事?"

"昨晚大约七点钟,布伦达接到一个电话,"玛德琳说,"那时我正在洗澡,没听见他们的谈话。后来大约九点钟时,布伦达说她要出去。"

"她说去哪儿了吗?"

"没有,"玛德琳说,"不过,我想是去见约翰。她当时似乎很兴奋,我问她兴奋什么,她只是微笑,说回来时再告诉我,后来……"

她说不下去了,我简直不忍看她的脸。

我说:"你知道约翰可能到哪儿去思考?"

"不知道,我……"玛德琳想了一会儿,"他们家在达依附近有间小木屋,我是说安东尼家,约翰可能去那里。"

"你有没有告诉警方?"

"没有,他们来的时候,我正在难过,心情乱得很。"

"我很理解。"我说,"你知道这木屋在哪儿吗?"

"我想是崔登路。"玛德琳说,"好像是那类名字。我记得以前约翰说过,有时他想独处或准备考试时就去那儿。"

我点点头,心中斟酌着,有一会儿,我们都没有说话。然后玛德琳说:"不论是谁下的毒手,绝对不会是她认识的人,也许是写那些信的疯子。"

"也许。"我慢慢地说，同时站了起来，"就到这儿吧，玛德琳小姐，谢谢你的时间。"

"没有关系！"她说，"希望我对你有帮助。"

"我想是有的。"

她送我到门前，问道："后天举行葬礼，你来参加吗？"

这是个奇怪的问题。我说："是的，我会来。"

我在街头停车区的公共电话亭里，拨通警察局找维克多。

过了好一会儿才找到他。维克多接电话时，我告诉他："我刚刚和玛德琳谈过话。"

"是吗？"

"早上她有些事没有告诉你，"我说，"关于安东尼家孩子可能在哪儿。"

"达依，"维克多说，"安东尼家在那儿有间小木屋。"

我打开电话亭的门，透透空气，"你怎么找到的？"

"约翰告诉我们的。"维克多说，"一个小时前，他自己来我们这儿，他说在收音机里听到消息后立刻就赶来了。"

"你们扣住他了吗？"

"当然，你认为怎么样？"

"我想过去和他谈谈。可以吗？"

"当然可以。"

我在维克多的办公室里坐下来，问道："约翰都说了些什么？"

维克多耸耸肩膀说："他没有杀害布伦达。"

"就是这些？"

"他说他到小木屋去想有关他们俩的事。"维克多说，"从星期一起一直在那儿，独自一人。"

"你怀疑他是凶手？"

"也许。"维克多说，不表示意见。

"他并不知道女孩怀孕的事。"

"他也是那么说。他到了警察局才知道这件事，听了后大吃一惊，简直要命一样，不过，他可能是伪装的。"

"他不是伪装，"我说，"你给他父亲打电话了吗？"

他说："他们现在在一起。"

"你问没问他父亲，为什么他没提今早和我谈话的事？"

328

"他说，他认为不重要。"

我说："我想问约翰两个问题。"

他打量了我一番，然后站起来说："我们走吧！"

约翰比照片上显得高好多，他坐在一把木制椅子里，双手紧紧地抓住膝盖，显得非常局促不安。那可能是因为他是疑凶，或者由于知道未婚妻儿死亡的消息感到震惊。

安东尼坐在儿子身旁，一只手搭在儿子肩上。

我请他先出去一会儿，我要单独和约翰谈。

安东尼不大高兴，但没有办法，只有听从。

他离开后，维克多把我介绍给约翰。他的表情没有显示出他知道我的名字。

"我要问你两个问题。"我说。

他说："请问吧。"

"警方在布伦达小姐的皮包里找到一张我的名片。"

他的眼睛显出顿悟的神色说："你就是那位私人侦探。"

接下来，他回答了我的一连串问题。

他说，他从一位朋友那儿弄来两张我的名片，一张给了布伦达，另一张自己留了下来，现在在他家的房间里。

还有，布伦达小姐收到的那些匿名信也在那儿。在他的一个五斗柜抽屉里。

我问："你认得信上的笔迹吗？"

"那些信不是手写的，"他说，"用打字机打的。"

"约翰，"我说，"我很难过。"

他点点头，双手蒙住头，他以为我是为布伦达之死难过。

他只对了一半。

回到维克多的办公室，他问："你这些问题是什么意思？"

我讲给他听。

"整个案子有两个关键。第一是我的名片，不是布伦达皮包里的那一张，而是约翰房里的那张。那孩子一告诉我还有第二张名片时，一切就合拢了，这一切只有一个可能。安东尼打电话找我太巧合了，尤其是在他儿子的未婚妻遇害后的早上。他早知道布伦达小姐的死亡，不是他就是他女儿埃达，反正父女中有一个发现了信和我的第二张名片，所以他才会打电话要我到他家。还有，他指儿子的照片给我看是他要弄清我是否认识约翰，约翰是否为匿名信的事找过我，我是否正在为约翰工作，我是否知道写信的人是谁。"

维克多没有说话，我相信现在他明白了。

我继续说："我开始怀疑他是因为他骗我说不知道约翰去了哪儿。安东尼当然会知道他儿子去了小木屋，如果他认为儿子失踪的话，第一个地方应该查看那儿。"

维克多在烟灰缸上敲掉烟灰，说："第二个关键呢？"

"是那些信。那些信肯定和布伦达的死有关。不论谁寄信给她，那人就是凶手。"

"是安东尼？"

"安东尼是个意志坚强的人，他会有闲情逸致写匿名信吗？"

"那是谁写的？"

"那不是很明显吗？安东尼今早要我到他那儿，是为了保护某人，但那人不是约翰。"

"是他的女儿。"维克多说。

"是啊，"我说，"他的女儿。"

第二天我从维克多那儿知道了整个故事。

安东尼的女儿埃达在警察的讯问下，承认杀害了布伦达。

埃达憎恨布伦达。哥哥和布伦达结婚要离开她，使她不能忍受。她认为布伦达是一种邪恶的力量，正在分裂他们先前亲密的家庭。

她想用匿名信来吓走布伦达，但没达到目的，她认定只有一个方法可以除去这个威胁。

她从父亲的书桌里偷走了枪，然后给布伦达打电话。她告诉布伦达小姐，她和父亲决定同意婚事，并且要见见她。布伦达自然欣喜若狂，同意当晚和埃达见面。布伦达是个容易信任别人的女孩，所以到金门公园去见埃达时，没有一丝疑虑。

埃达杀了布伦达之后，哭着向她父亲坦白了一切。安东尼想保护女儿，于是从悬崖上把枪扔进大海，烧毁信件——那是埃达在约翰房间里找到的，连同我的名片放在一起，然后今天又给我打电话，目的正如我所推测的。

维克多讲完后，我倒了两杯白兰地，递给维克多一杯。

"世事有时变成这样，真令人惋惜。"他说。

"是呀，"我说，"真令人惋惜。"

过后，我们喝着酒，谁也没说话，各人在想各人的事。

作家轶事

星期一下午闷热难熬。当法官终于宣布延期审判后，我如释重负地长出一口气，走到外面，解开领带，呼吸着从湖边吹来的和风。

我站在停车场的吉普车边，斟酌着是回家吃乏味的饭菜呢，还是去酒吧喝一大杯。最后饮酒的欲望胜利了。

"威尔，威尔！"

我回到路边人行道时，海伦小姐尖锐的声音刺耳地响在我耳边。我停住脚步，等着听她的抱怨，说我欠她文具店的钱欠得太久。

"我只是要谢谢你，"她说，"今早我收到你寄来的全部款子。"

我没有回答。她继续说："假如你还想买你感兴趣的那几本画册的话，我可以赊给你。"

"等这件案子审判后我会来。"我嘟哝着说。

"你认为案子会有什么结果？依我看，曼尼是罪大恶极！"

"对不起，"我急于摆脱她，"身为陪审员，我不应和任何人谈案子。"我经过她身边，向高尔夫酒吧走去，心中对她所说的话惊愕不已，事实上，我欠她的账分文未付。

我在吧台前坐下，酒吧老板把一杯冰冻啤酒放在我面前，说："免费。"

我小心地拿起酒杯，从一位锱铢必较的酒吧老板手里喝到一杯免费酒，真是稀奇的事。

我问："这是干吗？"

他走到现金柜前，拿出一张纸放在我面前，那是欠酒吧的账单，上面写着"全部付清"几个字。他说："今早我收到你的信和现款。你的小说总算卖出去啦？"

我低声嘟哝了几句，到一个角落里坐下来。

我应该回到我在湖边的单人小屋，我已被案子搞得精疲力竭，由于陪审使我没时间动笔而懊悔不已。几分钟前发生的事情——先是海伦小姐，后来是酒吧老板，我根本没有寄钱还给他们——让我困惑。

我坐在角落里啜饮着啤酒，不理会酒吧里的喧哗，努力集中精神清理思路。

我是湖港镇上的名人，我是作家，海伦小姐和老板不会把别人当做我。

我唯一的亲戚是哥哥，他在旧金山当警察。是他替我还的账吗？为什么？他比我大五岁，自从我因伤退伍，选择了写作这份职业后，他一直不高兴。

"假如你不是这样固执的话，"他说，"你可以和我一同加入警界，总会有点成就。"

不，他不会替我还账，在他眼中，我差不多是个"嬉皮士"。

再说，就算他有意帮助我，他又怎么知道我欠谁的钱？欠多少？

我叹口气，拿起酒杯。假如我在军队中学到了什么的话，只有一样，那就是永远不要问财运。

我的座右铭是：躺下来，怡然自得。

撞球台那儿有人在争吵，争论声打断了我的思绪，有人说："你怎么能撞那样的球？"

"没什么，"撞球人说，"只不过是反着撞。"

我怀着恶劣的心情，驾驶我的吉普上了通湖边的路，拐进我和隔壁邻居共用的车道，宝拉向我挥挥手。

她是一位度假的教员，高高的个子，掩藏着的容貌看来已不年轻，当我从吉普车上下来时，她投给我一个温暖的微笑。我下意识地打量着她。

她拥有的女性美全被掩饰在大草帽、大太阳镜以及宽松的粗呢格子衣服下，她的那件衣料可以用来做马身上的毛毯，在某方面来说，我很高兴她租下隔壁的小屋，她不是那种穿比基尼泳装、款摆臀部、使男人眩晕的妞儿。

我转身向小屋走去，她问："邀不邀请我？"

"邀请你干什么？"

"嘿，当然是参加你的宴会啊！今天下午我看见有人送来许多食品。"

"你在太阳下晒得太久了吧？什么食品？"

"从斯马特市场买的，送货员跑了两趟才送完。"

我冲进屋里一看就傻眼了。冰箱里塞满青菜、水果、鸡蛋、牛油和果汁。冰室里还有包装整齐的牛排、猪肉和烤肉，够举行一次得州式的烤肉宴会。平常空荡荡的碗橱里塞满罐头食品，酒柜里的酒够开一家餐馆。

我大惑不解地回到外面，问宝拉："你是说那些东西是从斯马特市场送来的？"

她点点头。

"他们一定是送错了。"

"可是我看到了你寄给他们的购货单，送货员还要我和他核对项目，看他有没有忘掉什么。"

我又回屋里给市场打电话，没有任何意义，似乎有个人在暗中行善。

我不与它抗拒，反而大大地享受了一番：晚饭前的马丁尼酒，烤肉片炖香菇，冷冻的意大利红葡萄。这顿丰盛的晚餐对一个寅吃卯粮的作家来说，真是稀有而迷人的体验。

酒足饭饱后，我没有服用安眠药就沉沉入睡了。

星期二上午，我开车进城，去履行陪审员的义务。

被告曼尼显得憔悴，疲倦，他三十来岁，那张孩子般英俊的脸很难使人相信他是一个疯狂阴险的冷血凶手。

就目前所听到的，我仍无法下结论。我是陪审员，要尽可能公正，要根据有关本案的事实判断。

原告控告说，曼尼在旧金山市黑社会坐第二把交椅，曾杀死他的情妇桑德拉。

她是一个美丽的舞女，因为厌倦了他的嫉妒和残酷，逃到湖港镇，住在一幢租赁的公寓里。曼尼接到一个匿名电话，才知道她的住处。律师说："曼尼在夜里怀着邪恶和明显的预谋来到湖港镇，找到桑德拉枪杀了她！"

那天休庭后，我尽量怀着开朗的心情回到湖边。我已计划好那天晚上的节目：在湖里划一会儿船，游一会儿泳，再吃一顿精美的晚餐。酒醉饭饱之后，或许能用我那台老爷打字机打些字出来。

宝拉站在游艇码头上，打着一把太阳伞，仍然是垂落的草帽、太阳镜和格子呢衣服。我怀疑，这样一位怕晒太阳的老小姐怎么会选湖边作为度假的地方。

我一推开门，就知道又有了改变。那台老爷打字机不见了，代替它的是一张全新的桌子和一把相配的、舒适的椅子，桌上放着一台发亮的电动打字机。

桌上有成捆的稿纸、厚纸板，成沓的邮票、牛皮纸信封——一位作家所需要但很少能购买得起的，这儿应有尽有。

打字机上有一张纸，我弯下腰读着纸上打出的几个大写字：

曼尼是无辜的。

我惊呆了。我真傻！只有白痴才看不出我突然的好运与我陪审曼尼案有关。很明显有人企图贿赂我。

想到这点我很生气。有人仔细研究过我，这会不会就是他对我的最终评价——我可以被食物和家具买通？这真是一个叫人沮丧的想法。

我给自己倒了一杯酒，认真考虑发生的事和可能会出现的坏结果。

也许是曼尼的朋友利用这些来做交易。一旦案子交到陪审员手里，在给曼尼定罪的时候，使审判无效的最好理由莫过于揭露陪审员的突然发财。假如我被请去查问，我如何解释我的横财？

不论哪一方面，这都是重审的一个借口。假如我现在到地方法院检察官那里说出我的不义之财的话，陪审团就得解散。

我仍然没有决定该怎么办，只好上床睡一个烦躁不安的觉。

星期三上午，我无精打采地开车到法院，曼尼却好像因睡了一夜好觉而显得很振奋。

我不愿再看他，想到自己被利用，心中怒不可遏。然而，我没有明确的证据证明那是曼尼所为。

那天的证人全都宣称，曼尼是一位很了不起而大方的慈善机构捐助者。他的双亲老泪纵横地坚称他的性格可靠，他母亲把她儿子的麻烦归罪于抛弃他的儿媳妇。

曼尼的律师沉痛地指出，是他妻子抛弃了曼尼，才会使可怜的曼尼到别的女人怀中去寻找安慰。

曼尼非常自信，他承认，他知道桑德拉的住所是事实，他曾到湖港镇去找她，但不是因嫉妒而报复，而是在她失踪后，他发现他的五万元现金也失踪了。

离开法庭时，我感到我的同情心是偏向曼尼的。但是我内心一直不安，假如曼尼是无辜的话，他用得着贿赂我吗？那是讲不通的！

回到家，我从信箱里拿到几封信。

有一封是本地银行寄来的，里面还有我的银行存折，我发现存折上八块钱的余额难以置信地升到五千元。

现在，我别无他法，只有打电话给地方检察官，把整个事情告诉他，由他来处理。

那样一来就意味着解散陪审团，给曼尼一个重审的机会，增加纳税人的费用，但我可能会挽回我的一点好名声。

在我改变主意之前，我离开小屋，到宝拉的屋里去打电话。

我敲了敲门，一个低微的声音说："进来。"我进入屋里。

"我在淋浴，"她的声音传出来，"是你吗，威尔先生？"

我说："是的，假如允许的话，我来借个电话。"

"我一会儿就好了，"她说，"请等一等，你可以先给我们调两杯酒。我喜欢马丁尼，不掺水的！"

我走进小厨房，架子上有杜松子酒和苦艾酒，还有一只调马丁尼酒的大杯子和一根搅棒。很明显她在等什么人，我突然想到，那人是否是我？

调好酒，走进起居室的时候，浴室门打开了。宝拉在那里站了好一会儿，一动不动，好像摆姿势拍照片一样。

她的宽边草帽、太阳镜、格子呢衣服不见了。她穿着一件长长的几乎是透明的便装，里面没有穿其他衣服。

我愕然了，她是那么美丽！

"意外吗？"她用一种自然的优美姿态向我走来。

我没有回答，我说："你准备打电话给谁？给地方检察官吗？"

我木然地点点头。

"那么，你一定是收到存折了？"

我觉得一阵紧张："你是谁？"

她微笑着伸手拿酒："我是曼尼太太。"

我目瞪口呆，但是，一切都吻合了。除了她，还有谁有机会这么做？谁能在我出庭的时候进入我的小屋？我的银行存折，欠的账单，这些都扔在那张旧写字台的抽屉里。

她好像看透了我的想法，说道："是的，那是我。你对奢侈生活的味道觉得怎样？"

"可能会习惯，可是为什么找上我？"

"因为你在越南的优秀记录而选择你。"

"那和这事儿有什么关系？"

"当然有关系！你是个了不起的英雄，我读过报纸上对你的每一篇报道，你们八个人乘坐的直升机被击落，在他们大多数人想投降的时候，你凭着胆识和意志力制服了大家。你是多么固执啊！你不顾自己的腿伤，把他们安全领回基地。你是个能将你的意志强加给别人的人。"

我沉默无言，一直到手中的酒变热。我不高兴地说："哦，我们现在怎么办？"

"这完全由你自己决定，如果你向检察院报告的话，案子将重审，而你就会失去一切，包括你的英雄形象。"

"我并没有收下那些东西！"

"可是全镇的人都知道是你强迫我给你的，这就够瞧的了。"

"你会这么做吗？"

"很可能。但还有另一方面，假如你保持沉默，你就可以保留所有的东西，也不会有人知道。"

我感到十分惊恐，同时还得思考这星期所发生的一切。

我进退两难。向检察官自首可能免予起诉，但是，那样做制止不了舆论，怀疑的种子已在镇民心里根深蒂固。当然我也可以卷行李一走了之，但我的本性拒绝我那么做。

我放下酒杯，站起来，对她说："我愿意考虑。"

"这样最好。"她说，"相信我，毁掉你我是毫不犹豫的，我得照我的方式做。"

我觉得后背发凉，迅速地离开她的小屋。

星期四，天气炎热。在法庭里，只有曼尼的律师好像不那么烦躁，他沉着冷静地回击着原告的指控。

他说，他的当事人确实是去了湖港镇找到桑德拉，但只有一个目的——要取回她偷走的钱。

那么他取回钱没有？没有。律师说，当曼尼抵达时，桑德拉小姐已经死了，她的公寓一团糟。曼尼开车匆忙离开凶案现场时，撞在一辆停在路边的汽车上。一位目击者记下了他的车号。

当公路交警拦住曼尼的汽车时，发现他身上带着一把没有用过的点三八手枪。但是桑德拉是被一把小型的点二五自动手枪打死的。

我无法想象，一个像曼尼这类的歹徒会用点二五这种玩具枪。当然，原告的理由是，桑德拉很害怕，取出枪来自卫，而曼尼把它夺了过来，用它向她射击。现场没有发现凶器和钱。

那天法庭辩论到最后，我相信曼尼是无辜的。我的决定应该使我快乐，但是相反，它却使我生出许多疑虑。

我来到高尔夫酒吧，要了一杯啤酒，像往常一样，从那些玩撞球的人身边穿过，坐在一个角落里。

我把头埋在双手里，自惭形秽，不想让任何人见到我这样子。

"嘿！"一个玩撞球的人叫道，"你这一击犯规了！"

"你懂什么，这是好球，是倒击球。"另一个人说。

我抬起头看着玩球的人，看了好久，然后放下手中的酒杯，走到电话间。

我头一个冲动是打给检察官，告诉他说："我有办法使案子真相大白！"但是当我要拨他的电话号码时，又觉得检察官不一定相信我的话，而且这么做也不妥当。所以，我改了主意，拨通了旧金山市我哥哥的电话。

哥哥麦可听了我的想法后，说："嘿，正对路子！我这里有有关她的全部档案，整个旧金山市的警察都在找她。"

"为什么你们对曼尼太太有兴趣？"

"我们知道她是她丈夫犯罪活动的活档案。她曾是布朗大学的高材生，毕业时成绩在全校名列前茅。曼尼大部分活动她都记在脑中。"

"你们要是找到她，她会说出来吗？"

"可能吧。曼尼喜欢整她，她一直在忍耐。后来她知道他勾搭上桑德拉，就离开了曼尼。一个眼线告诉我们，她威胁过曼尼说，如果他还想控制她的话，她就把所有事情都说出来。"

我说："也许她是想离开曼尼他们那个团伙。"

麦可说："和这种人掺和在一起是很难脱开关系的。曼尼掌握着所有的钱，她离开时是曼尼送她走的。我们预料有一天会发现她的尸体被冲到海岸上。"

我和他又谈了一会儿，然后挂上电话。

回到我的小屋，一阵凉风从湖面吹来，夏天就快过去了，我高兴地想，也许有些比气候更重要的事就要完结！

宝拉正躺在湖边的一条毯子上。我走进小屋，换上游泳裤，调了一大杯马丁尼酒，不掺水，味道很特别。

我在她旁边躺下来，她翻过身，看见我的酒杯，叫道："你想得真周到！"

我为她倒了一杯酒，说："我想和你谈点事。"

"有什么好谈的？"

"有关曼尼的事，明天这个案子要交陪审团，我已经决定照你的意思做。"

我仔细注意她的表情，一切都要依据她的反应。她的双眼眯起来说："你是说，你准备投票判决无罪？"

"当然不是！"我笑起来，"我要做你一开头就要我做的事，我要判他有罪！"

她低头看着她的酒杯问："你怎么知道的？"

"一开始我想不通，为什么在曼尼几乎已经稳操胜券要得胜的时候，你还在我身上花那么多精力。但是，撞球游戏使我明白了这其中的奥妙。"

"撞球游戏？"

我点点头说："对。玩这个游戏要想得胜，有时候可以从相反方向撞球。由此推论,你是想利用我的逆反心理。以你的学历背景,你对我的生活习惯和性格的确有深入的研究,你知道我不会盲目落入任何圈套,有人逼迫我必须做什么事情时,我通常做相反的事。你真正的目的其实是要我替你把曼尼送进毒刑室里。"

她哈哈大笑,问道:"我为什么要这样做?"

"有很多理由,但最主要有两个。第一,你疯狂地嫉妒桑德拉,是你尾随她到湖港镇杀了她的,还冒充别人的声音打电话告诉曼尼她在哪里。第二,你拥有那失踪的五万元。你离开曼尼时什么都没带,留下了一切。你现在贿赂我的钱只能是从桑德拉那里拿的,此外还能从什么地方拿?"

"你准备把我怎样?"她低声问,"把我交给警方吗?"

"当然不!我另有计划。"

她沉默了一会儿,然后趴在我身上,轻轻给了我一吻,几乎没有碰到嘴角。

她问:"威尔,你要什么?"

"一半!"我说,"曼尼那五万元的一半。"

宝拉没有说话,她给自己倒了一杯酒,吞了下去。然后她才说:"我对咱们俩的事想了很多,威尔,除掉了曼尼,那五万元根本不算什么。我知道他的钱存在哪儿,那是一大笔款子,我也知道如何获得它。"

"那和我有什么关系?"

她娇羞地眨眨眼睛,就像一个少女第一次在和情人约会。她说:"也许过一会儿我们之间可能会发生什么事,是件既有意义又重要的事。那事是我和曼尼从没有过的。"

"假如那事发生后仍没有进展呢?"

她笑着说:"那它仍然是笔巨款,威尔,你不用和我在一起,事情过后,你拿走你的那一份,走你喜欢的路。"

"真是个诱人的主意,我可能会同意。"

"好极了!"她高兴地叫道。

她坐了起来,双手抱住膝盖说:"哦,我们去划船吧!"

她的提议出乎我的意料,但我同意了。湖上荡舟可能是件好事。我站起来说:"我去准备船,你喝杯酒再来。"

我把船划到湖中央时,宝拉从她的提包里掏出枪,小小的枪,我猜是点二五口径的。

"我很抱歉。"她说,"但你应该明白,我们对曼尼所做的事和那笔钱将永远成为我们之间的障碍。"

"我知道,"我说,"可是,陪审团的一位陪审员失踪或死亡,会有什么事发生呢?"

"这我已经想到了。"她打了个哈欠,"曼尼会重新审判,但在那之前,我已经把他的秘密存款都取走了。而新的陪审团里一定会有另一个威尔,一个我可以轻易……做……我……"

她的声音越来越低,头也低垂下来,我伸手拿下她的枪。

我笑了。这种很纯很特别的马丁尼酒美妙地生效了。我希望高尔夫酒吧老板永远不要想到在苦艾酒里加安眠药这个主意。

宝拉平稳地呼吸着,小船随湖水轻轻摇荡。我把枪放在一边,伸手握住船桨。这时,心里有冷冷的声音在说:"不,你这傻瓜!警方早就预料她会死的!钱就都是你的了!把锚绑在她的脚上!你得那样做,威尔!"

我觉得背上又是一阵发凉。我拿起船桨,朝湖岸划去。

我就不喜欢被动做事,甚至由我自己发令也不喜欢。

凶案研究

"杀人犯们,"汉森用毫无表情的语调说道,"总逍遥法外,这往往超出了我们的想象。我们每天都有可能遇上一个凶手,或者说,起码是潜在的杀手。"

"一派胡言乱语。"约翰·贝尔一边调制刚做好的掺了姜汁啤酒的威士忌,一边反对说,"凶杀并不那么普遍,即使把意外伤亡、杀人和自杀都算上。"

"我说的是故意杀人,"汉森说道,"和故意杀人犯。让我给你讲个实例吧。"

"老伙计,"贝尔傲慢地笑笑,"难道我们就不能谈些让人高兴的事?我听说你从芝加哥到这里来是因为你有兴趣购买沃西·贝尔公司的股票。在这个问题上,我可以给你提供一些充满疑问的事实和数字。你为什么要把任何不如意的事都视为凶杀?"

"因为这引起了我的兴趣。"汉森闷声说道。他那阴郁的双眼与平直的脸型和他的语调一样毫无表情。

"几个星期前,你在沃西·贝尔公司的五十周年纪念日接受采访,告诉记者说每个人都有嗜好。"

"我的嗜好就是凶杀研究。"

"有点过分,我不该这样以为吗?"贝尔把一只鼓起的布满斑点的手在他浓密灰白的头发上弄平了,"要是你喜欢凶杀研究,为什么不试试高尔夫、钓鱼或打猎呢?"

"那不够复杂。"汉森说,"蓄意杀人一般需要异常周密的计划——如果杀人者要成功逃脱的话。有许多都是这样。"

"我不同意,当今警察的侦破技术都非常高明。由暴力引起的死亡都彻底受到了调查,即使是没必要的也是这样。在多数情况下,杀人凶手终究难逃法网。"

"在凶手被抓住的情况下，案情自然就真相大白了。"汉森发表不同意见说，"我说的是没有被抓住的情况。在这种情况下，犯罪就被当做意外事故或自杀，或者干脆就没有被发现。我将给你阐释这样一个案例。"

"抽象的理论，"贝尔摆手反对道，"我特别不感兴趣。"

"非常好。我们就举一个实际的例子吧。我们就以你的合伙人菲利普·沃西为例吧，大约在一年前，他被发现头上有一颗子弹。"

"哦，听我说！"贝尔抗议说，"那叫人怪难为情的。毕竟，那个可怜的人因为不能接受被指控为贪污犯而自杀。但我则必须面对攻击和恶意中伤。这个话题现在仍叫人痛苦不安。"

"经过了这么长时间，想必你已不会为此生气了吧？我们举他的例子或别的例子有什么区别呢？我只是想向你展示一下凶杀是怎么一回事而已。"

贝尔呷了一口威士忌，然后不耐烦地动了动。"你是个非常古怪的年轻人。"他说道，"多数的投资人都对公司的财务状况感兴趣，而不是对公司从前的成员是如何或为什么死感兴趣。我向你保证，由于沃西挪用资金造成的损失已完全由保险公司和他自己的已归公司所有的股票得到了弥补。他自杀的事对公司的金融声望并没有坏的影响，因此你对他死亡的兴趣只能是……"贝尔又摆了一下圆胖的手，好像要驱散一个令人不快的话题似的。

"只能是一个人把凶杀研究当做嗜好的病态兴趣。"汉森无动于衷地补充说，"是的。正是这个嗜好，我才被吸引到沃西·贝尔公司来投资的。因此，或许你会满足我的愿望……"汉森直而黑的眉毛突然由惊叹号弯成了问号，"要是我把沃西的死再现为谋杀，你不反对吧？"

贝尔有些恼怒地叹了口气："不，不。倘若你熟悉所有的事实，你就会知道，这样一个假设对于必须忍受悲剧的我们显得多么荒唐可笑。"

"人人都同意，那么，就是自杀了？"汉森问道，"甚至他的家人都这么以为吗？"

"当然！"贝尔厉声说，"他有一个妻子和一个女儿，她们自然彻底给毁了。有这样一个阴影笼罩着，她们不能继续在这个小镇生活了。她们把家卖了就搬到芝加哥去了。"贝尔停了一下，匆忙瞥了一下这个一脸严肃的同伴，"我问一下，"他说，"你打算为自己投资，还是作为代理人？"

"我计划为自己和其他家庭成员投资十万美元。我确信你已在邓恩—布雷斯特里特查过我了，你知道我的信誉和大概财产，否则今晚你就不会邀请我到你家里来做进一步的商谈了。"

"你说得很对。"贝尔表示同意,"我是个讲求实效的生意人,从不把嗜好和生意混为一谈。"

"我也不,"汉森冷淡地说,"如果我继承了一家企业,就像你继承——你和菲利普·沃西的那样。我所继承的只是一笔带有产业的收入而已,这几乎不让我操什么心的。因此我的职业兴趣就在研究凶杀上。"

听到重复凶杀这个词,贝尔滚圆的双唇厌恶地抽动了一下。他伸手去取酒瓶,又倒了杯威士忌。汉森的杯子仍半满着。这位身躯硕大的年轻人舒坦地躺在安乐椅上没有一点疲倦的样子,他的双眼注视着在装饰华丽的黑色大理石壁炉里燃烧的火苗。贝尔长吸了一口气,用亚麻手帕擦了擦双唇。

"非常好,"他顺着汉森念念不忘的话题尖刻地说,"如果你坚持认为那是一起凶杀案,你一定知道有一位凶手。你怀疑是谁呢?难道是他的门卫吗?"

"我发现,"汉森说道,"怀疑每一个人,然后随着研究的进行再逐一排除掉,这样就简单多了。如果你愿意,我们就以门卫的发现开始吧。"

"我无所谓,"贝尔挖苦地说,"在这件事上我似乎也没有选择权。不管喜欢还是不喜欢,我们都要说到凶杀,而且也不管所有记录在案的完全相反的证词。"

"是证据——不是证词。"汉森纠正说,"事情并不总像它们外表显示的那样,因此我们就从怀疑每一个人和每一件事开始。"

"真是荒唐可笑!"贝尔气哼哼地说,"有这样一些既定的事实,如果你不予考虑或者加以歪曲来适应你的理论,那你就挫败了自己的意图。"

"什么既定事实?"

贝尔舒适地靠在椅子上,喝了一口威士忌。"如果你连这都不知道,"他说,"你怎么能再现这个案子呢?"

"作为个人爱好的介入者,"汉森冷冰冰地宣布说,"你应当知道一个真正的狂热者会尽一切可能、不厌其烦地谈论自己所喜爱的话题的。"他从里面的衣袋里抽出一个长长的棕色信封,"我这里有一份有关菲利普·沃西之死的剪报汇编。"

贝尔把双唇缩起,好像要藏住什么秘密似的。"你当然知道。"他说,"他是晚上十一点钟在他的私人办公室里被厂门卫发现的,带有他的指纹的他自己的枪就放在他的旁边,他被证实是在九点至十点之间的某一时刻死去的。厂子一到六点钟就上了锁,只有四个人有钥匙,值夜班的门卫、厂负责人、菲利普·沃西和我。其他人如果不唤醒门卫,就不可能进去或离开,因为门上有里外两把锁。换句话说,任何人在六点以前偷偷进入这座建筑不可能出来,对门和窗户的任何触动都会引发电子报警装置。"

"那么显然是有人用钥匙进去的。"汉森自信地宣布。

"不可能。钥匙上有某种特殊的东西,打有'请勿复制'的字样,这使得一般的锁匠都不能进行复制。要想得到一把配制的钥匙,就必须送一份官方的命令给制造商。"

"那用的就是某个人的钥匙。"

"当尸体被发现时,四把钥匙都各属其主。"

"啊,是的。"汉森一边用拇指翻动着剪报一边说,"负责人不可能到厂子里去,因为他晚上和四个人玩滚木球的游戏,其中一个是警官。你自己因为在个人实验室里进行化学试验遭受严重的酸灼伤在家躺了三天。我看到你手上还留有疤痕。"

"我的手深受其苦,不能活动已经好几个星期了,现在还非常不灵活。"

"我能想象到。这还剩下死者和门卫,死者的钥匙在他的身上,发现还未经触动过。"

贝尔暗自发笑,把酒瓶在玻璃杯上方倒翻了过来。

"通过排除的过程,你现在得到了你的杀人犯。满意了吗?"

"一点儿也不。"汉森镇定自若地说,"我几乎还没有开始呢。到现在我们还只是发现了尸体,沃西那晚为什么到厂子里——显然是一个人?"

贝尔叹了口气,放下杯子。"对我来说,事情的确很明显,"他痛苦地说,"这个可怜的人绝望了。为了给厂里改建筹措资金,我们曾讨论过把一些证券换成现金的可能性。这件事将要在下一次的董事委员会的会议上提出来。证券当然已不再在公司的保险库里了,发现这些证券的丢失只是几天甚至几个小时的事。他来到办公室,最后一次无望地想找一条走出困境的路。只有一条出路,他接受了。"

"糟透了。"汉森表示说,"在这些剪报中我没有看到一条是自杀的记录。"

"他留下的,实质上也是相同的东西。在他的桌上放着一封两天前从芝加哥代理公司寄来的信,信是写给他而由芝加哥邮局的信箱转投的。这封信感谢他为购买证券而开具的价值一万六千五百美元的支票,证券将另外以挂号形式寄给他。"

"这些证券还没有找到吗?"

"没有。当然,有人假定为他的妻子和女儿所有,但沃西太太向我保证,她们对此一无所知。她甚至提出把他的八成保险收入转交给公司,这当然是没有必要的。"

"沃西太太非常幸运。"汉森说着瞥了一眼剪报,"我觉得也应该认为沃西已从邮局信箱里取走了证券,他在临死前的当天曾去了一趟芝加哥。"

"事实上，据说应该由我去出那趟差。"贝尔沉思着说，"你知道，沃西·贝尔公司生产用来处理化学品的工业设备。我们在芝加哥一家大厂有一套用于实验的特殊设备，这就需要我经常到那里出差去检查、指导设备的运转情况。由于我出了点儿意外，沃西不得不代替我出去。平常他管理行政，我负责生产。"

"检查的时候，邮箱是空的。"汉森继续看着剪报，"在那家公司进行的调查显示，那张支票是在芝加哥的一家银行开具的。经纪人从这家银行得悉，一万六千五百美元只是个人账户上几美元的结余而已，而这个账户显然是沃西于几年前立的。当初的存款将近二十万美元。大部分的提款都付给了各种各样的代理公司，而这些投资并非都是明智的和获利的。我真想说他是一个十足的赌棍，"汉森脸色冷静地抬起头，"一个负责像沃西·贝尔这样一家公司行政部的不很牢靠的人。"

"噢，他办事够谨慎的，"贝尔勉强地说，"有时就过于小心了。他通过背后冒险来满足自己赌博的本性，可是……"他小心地把烟头蹭灭了，又加了一句，"他最终还是给毁了，太可惜了。"

汉森表示同意，"或许我应当说，的的确确是。我常禁不住钦佩那些精心组织的计划，因此一旦一项煞费苦心的构造破碎了，毁坏了，我总怀有一种遗憾的心情，甚至在我帮着破坏它的时候也是这样。"

"你不必道歉，"贝尔大度地说，"你要再现这个案子，你的确这样做了。正像我一开始就告诉你的，它们并非都能证明是凶杀。还有其他问题吗？"

"还有许多。"汉森干脆地回答，"那个护士出了什么事？"

贝尔的杯子在唇上猛地一抖，酒溅在了衬衣的前胸上。"护士？什么护士？"他用令人窒息的语调质问道，"你到底指的是什么？"

"那个护士，"汉森沉着地说，"你被酸灼伤时照料你的那个护士。你的双手不能活动，你必须有一个护士照料，否则你一定不能自理。"

"你……你……"贝尔的玻璃杯哗啦一声碰翻在了鸡尾酒桌上，他的脸色铁青，"你是个冒名顶替者！你不是詹姆士·汉森！你被派到这儿……"

"被我妻子——詹姆士·汉森太太，"汉森镇静地回答，"以前叫马里恩·沃西。"

"正是这样。"贝尔向脸上抹了一下，竭力控制住自己，"尽管我很慷慨，但他们并不满足，他们仍要制造麻烦。我能——"他神经质地笑笑，"我能理解他们不愿相信这个案子中的全部事实；我同样能理解你倾向于——相信他们所告诉你的。但我向你保证，你犯了一个严重的错误，职业警察对沃西的死进行了调查。"

"多数人都会为他们的嗜好丢丑。"汉森声明说，"我的确是个业余爱好者，但作为一个犯罪专家，我绝不会没有经验。这的确是我的嗜好，可是我与芝加哥警署密切合作还不止一次。马里恩对有关她父亲的死的原委从来没有满意过，她听说了我，带着这个故事找到了我。开始时我对这个女孩本人挺感兴趣，她是个可爱的人，她的精神和她的母亲一样没有垮掉。她决心找出真相，慢慢地，她以强烈的意志感染了我。"

"非常罗曼蒂克。"贝尔一边拧着手帕一边哼着说，"我不怀疑她给你讲了一个美丽的故事，你非常乐意接受——连同她在内。"

"她告诉了我实情，"汉森冷冷地反驳说，"正如我不久就发现的那样。首先，有这样一个事实，菲利普·沃西在芝加哥的全部事务都是通过设在邮局的信箱号处理的。他除了签发挂号邮件时出示符合要求的证明文件——属于菲利普·沃西的那些外，自己从来不到场。"

"自然！"贝尔愤愤不平地喝道，"他不得不对所有这些事务保密。他不能冒险让邮件送到他这里来。"

"然后就是你的意外事故这件奇怪的事情了。"汉森继续说道，"事情这么凑巧，就在沃西被开枪打死前三天，你一个人在家，在你的私人实验室里干活。那天是星期天，那晚直到相当晚了，护士往沃西家打电话，还没有人知道这件事。她说有一个芝加哥专家飞了来，还说她陪着他，后来就留下来照顾你了。你脸的一侧和两只手都裹着绷带，你相当无助。所以，第二天沃西就必须代替你去芝加哥出差了。这就给他一个机会，在星期二上午回家前去经纪人公司拿证券和那封信。那张一万六千五百美元的支票和证券定购单是星期六寄出的，经纪人对这样的定购单通常在收到的当天即做出答复。所以证券是在星期一邮出，第二天从邮局拿到的。当然，这时你一直由训练有素的护士照顾着，由于紧张，在开始的几天必须用麻醉剂才能止住痛。"

贝尔伸出两只手，他的手上布满了白斑和细小的蓝坑，这些都是酸腐蚀掉肌肉后留下的。"有必要，"他声音嘶哑地说，"以后在我的脸上移植些皮肤，这次意外完全是真的。我……"

"够真的，"汉森嘲笑地说，"可是并没有意外。沃西被打死的那晚你把双手插进酸里，又在脸上涂了几下，你的小朋友，也就是那个护士，在星期天给你缠上了专门的绷带——酸还远没有碰着你。如果你是一个人在房里，并且在极度痛苦中，又不能使用双手，你又如何召唤那个芝加哥专家？为什么派人到三小时路程以外的地方去请什么人？本地任何医生完全可以医治你的痛苦的。"

"我不知道我是怎么就那样做的。"贝尔说道，"当你运用体力以应付人体所能遇到的情况时,这只是要做的许多事中的一件,许多次中的一次。上帝!我再也不愿经历这样一次……"

"别担心,"汉森讥讽地说,"你不必了。有关来自芝加哥这家银行的作废支票的微型胶卷录像带已由专家审查过了,专家宣布菲利普·沃西本人的签名都是伪造的。模仿一个熟悉的伙伴的签名是不太困难的,在这种情况下,模仿实在是太完美了,即使认识这种笔迹的人也不能辨认出。要得到毫无猜疑的伙伴的某种证件也是容易的,比如借一个驾驶执照,或俱乐部会员卡,或者其他什么你可以使用的东西。借枪也是容易的,或者你知道放枪的地方,拿走就是了。最后,就是那些有价证券,购买它们用完了银行账户上的钱。有价证券,不就是像钱一样可以任人转让的证券么?再加上经纪人公司给菲利普·沃西的信,足以让他跳进黄河都说不清哩。"

汉森的双眼半闭着,说话时两手一动也不动——几乎就是自言自语的。贝尔的手在椅子右侧的小方台上不安地移动着,突然,他的手向下一伸,扯开一个浅抽屉,拿出一把短而粗的自动手枪。他的第一枪穿透汉森外套的肩部,打在了安乐椅的靠背上。而汉森的双手只是漫不经心地动了一下,贝尔还没来得及把枪仔细瞄准,汉森手中的枪就响了。贝尔不停地喊叫着,他的尖叫声又慢慢变成了极度痛苦的呻吟声。

他被击伤的手腕喷射出深红的鲜血,他瘫坐在椅子上,两只突出的眼睛充满了恐惧。

汉森站起来,绕过鸡尾酒桌,把贝尔掉在地上的亚麻手帕捡了起来,用它做止血带系在贝尔的手臂上,喷射而出的血慢慢减少了。然后他穿过布置华丽的书房来到电话机旁。

"请接长途,"他说,声音已变得很有感情了,"我要与芝加哥的马里恩·汉森太太通电话。号码是……是的,谢谢。如不见怪,请催一下。"

他挂断了,然后又一次拿起听筒,"请接警署。"他说着,如释重负地笑了笑,"是的,是紧急情况。虽然——"他压低声音又加了一句,"虽然晚了一年。"

移情别恋

隔着柜台，当琼·阿诺德和我对视时，我看到她的目光里带着讨好的样子，这么说还算是最轻的。我尽可能把它当做任何一个女人对她丈夫的兄弟所表现的那种欢迎方式，不过真要这么做也难。刹那间，看到她使我的心跳加速，就像把我们俩隔开之前的那样。而这正是在过去五年里我一直难以从容应对的变故。

"你好，琼，"我说，故意使语气显得略微随意，"伸出手，闭上眼睛，我给你一件东西，保准你会高兴。"

她大笑起来。这是当年我们常玩的那种游戏，这次只不过变了个花样而已。那时，我和汤姆还是脸上满是雀斑的孩子，而她则是一个有着一双修长的双腿的姑娘，她父亲——格雷沙姆就是洗衣店的店主。

那时她总是把一头乌黑的秀发扎成长辫子，还戴着牙箍。靠这些先前的记忆，我根本认不出眼前的这个姑娘。不过我不必费这个劲。我看着她从一个小女孩长成这样一个亭亭玉立、仪态万方、有着褐色皮肤的美人。她现在朝我微笑着，漆黑的眸子充满温柔。

"克利夫·阿诺德，有何吩咐？"她大声说道，"又有活儿吗？要熨裤子吗？"

"我是带来点活儿，"我告诉她，朝着扔过柜台的那件发皱的睡袍点点头，"洗洗再熨熨……不过这件不一样。就这样吧。你也知道规矩。"

她又大声笑起来，并且照我说的那样闭上眼睛，伸出双手。她这样使她看上去像个小姑娘。一双大眼睛闭着，纤巧的手指正伸着要接那份惊喜。

我从口袋里拿出发自假释委员会的那个信封并把它递给她。我一眼不眨地看着她从信封里抽出那份葱皮纸复印件并一扫而过，但读不懂那双睁大的眼睛里包含着的情感。

"汤姆……"她终于说话了,声音里有一丝哽塞,"他……他要回来了……"

我点点头。"这份决定刚刚出来,"我说,"我急忙给你拿过来。我走了点儿后门,让汤姆早点获释。星期三他就可以回家了。"

她抬头看我,那双黑眼睛里的内容可以说是一目了然。那是一双潮湿的眼睛。

"我是多么的高兴,克利夫,"她淡淡地说,"这么久……不过现在过去了——对我们俩来说。"

"对我们仨来说,"我纠正道,"部分过去了,不是全部。还没……你会对他好的,是吧,琼?"

那双漆黑的双眼瞪大了。"对他好?哦……哦,当然啦,克利夫。"

我点点头。我想这一点得要保证下来。"毕竟他做那件事是为了你,琼。我并不是说是你叫他去干的,或者想让他那么做。但你确实是他最难以割舍的——他一生的至爱。在他还是孩子时,你就占据了他的心。他要不是那么不顾一切地带你去这儿去那儿,给你买这买那,他本来可以不动不属于他的任何钱。"

那双黑眼睛低下去看着柜台,遮在长长的睫毛下。"是的,"她低声说道,"是啊,我也是这么想。"

"咱们造成了他的不幸啊,琼,你和我。"我接着说道,"一开始就这样注定了。现在我们得为他做些补偿。"

听到这里,她的眼睛又睁大了一点儿。"给他补偿?啊,是的,我想也是这样。可我们呢,克利夫?我们受的罪又怎么补偿?我,整日在这儿受累,有干不完的活儿,哪儿也不能去。我的衣服也是穿了一年又一年……你呢,也让汤姆的事儿拖累,在政治上跌打滚爬,个人前程也给误了……你也实在不容易啊,克利夫。"

我摇摇头,"我还算好,这事儿给了我拼搏的动力,让我做事情有目标,也没失去什么。"

那双漆黑的眼睛慢慢抬起来,"什么也没失去?"琼·阿诺德轻声地问,"什么也没失去吗,克利夫?"

我久久地看着她,然后转身离开。"什么也没失去。"我说,有点儿粗声粗气。我大步走向停在路边的汽车,这是一辆灰色的轿车,门上赫然印着"地方检察官"的字样。

我清楚,让一个男人在监狱待上五年他会变成什么模样。尽管这一类事我见过多次,但当这个人是我的同胞兄弟时,情况便不一样了,我还缺乏准备。

他走进监狱长办公室,面容苍白,缩在他们给他的一件廉价并极不合身的衣服里面。金丝眼镜后面是他那双褐色的眼睛，目光忧郁，透着只有久处牢笼的人才有的那种难以名状的眼神，看不出他有多么高兴，也看不出他对自由的向往到什么程度，什么都看不出来。

他跟监狱长道了别，然后对我说："你好，克利夫。"此外再没说别的什么。我们沉默着走出了办公室，朝车子走去。

我多想对他说些话啊，说些热情、振奋、暖心的话，可这时我却说不出口，我在等他先开口说话。可他就坐在我旁边的座上，褐色的眼睛里空寂无神，一双薄嘴唇动也不动。我一边开着车，一边在想着谜语般令人难测的汤姆。这个谜只有我，或许还有琼，才能破解。

我没有为已发生的事责备他。我怎么能呢？他就是在跟着我寸步不离中长大的，是我的影子。他穿我穿过的衣服，上学也跟着我，但成绩却总不如我，也不像我那样讨人喜欢，因为认识我们的人总爱把我们俩做比较。

我那时总是咋咋呼呼，从不安生，扮演的总是山大王的角色。他喜欢的则是音乐、艺术、数学。他视力不好，参加不了多少体育活动。因为年龄比我小，他跟我们那一帮孩子玩不到一起。这样，他越来越孤僻，整日待在家里读他的书。

"你为啥不能多像克利夫一些？"人们会这样对他说，而这时的他眼中会有愤怒沮丧的泪水。

现在想起来，当初我们俩都爱上琼也是很难避免的。在我们的孩提时代，琼就是我们那个街区最标致的小姑娘。到了上中学时，她仍是最漂亮的姑娘。在学生阶段，我们俩在琼面前似乎都不占优势。她会今晚跟我去跳舞，明天又跟他去看电影。

后来在毕业一年左右，事情看上去似乎是我要成为赢方了。在追女孩的事情上也居我后，这肯定让汤姆发疯，结果我们打了一架。那天晚上她跟我一块儿出去而没有赴他的约会，他认为是我有意唆使她那么做的。平常对付他是没有多大问题的，可这回他怒火中烧，力气陡然增加许多。

他抓住我的一只脚使劲拧着，直到最后骨头"啪"的一声折断。打那以后那只脚踝就再也没有彻底恢复，我不得已在脚踝上绑上带子。这就是为什么我进不了陆军或海军的原因。

此后不久我就开始用大部分晚上的时间在家里学习法律，我的零用钱都花在课程和教材上了。汤姆在一家银行工作，这使他晚上没事可干，可花的钱也明显多了。但对琼来说没有什么能让她满足。

我永远不会忘记那个早晨。他走进来，目光闪烁地告诉我她和他私奔了。可他们在她父亲留给她的那幢小房子——从洗衣店走过去转过街角便是——住了还不足两星期啊！这时正值州检查人员突然来他的银行造访。于是一切大白于天下，原来他将部分别人的存款装进他自己的腰包，又造假账，这样他便有更多的钱花在琼身上。我尽一切努力试图将这件事放在法庭外解决，比如如数退还款项啦，为他承担责任啦，但都无济于事。银行总裁态度强硬："我们得时不时挖出一个贪污犯让他曝光，以警戒他人。"他如是说。

就这样他们把汤姆送进了监狱。我花了五年时间，其中后三年还是作为地区检察官，四处奔波才使他获得假释。

我清了清喉咙，我再也忍受不了这样了。"琼也想来的，汤姆，"我轻声说道，"可是，哦，她在店里走不开。这年月找个帮手挺难。不过我们回去时她会在家等你。她会给你做好你最喜欢的菜，我肯定不会猜错的。"

这时他转过那双褐色忧郁的眼睛看着我，从他的目光中我看到了我最害怕的东西——对我的怨恨丝毫不减。

"你一直跟她处得不错，是吧，克利夫？"他说，嘴唇微微前突，"不错吧？我不在的这五年。别担心，我清楚得很，在给我的信里，她所写的可都是你的事儿啊。"

他略作停顿，长长地吸了一口粗气，然后开始引用琼的信里的片段，说起来简直倒背如流：

"改革派要推选克利夫竞争地方检察官一职，汤姆，我一直为他的竞选出力……斗争漫长而艰巨，但我们胜利了，汤姆。法院的那帮家伙还想把你扯进去，真是一群肮脏的到处咬人的狗杂种，最后还是搬起石头砸了自己的脚。选民们忘不了克利夫为你做的那场精彩绝伦、才华洋溢的辩护……

"克利夫今年秋天还要竞选国会议员，汤姆。上次他几乎成功了，不说你也知道怎么回事儿。这回他可能成功——我知道他会的……他今天还过来一趟，还在为你争取呢。他一直在找那些假释委员会的成员们。你有一个像克利夫这样的兄长为你打拼真是幸运啊……"

我紧盯着公路，尽力不去听，尽力不张嘴。我说什么才能让他理解呢？说我关照琼只是因为她是他的妻子？说我心里想如果琼需要帮助的话，他愿意由我而不是某个外人来照顾她？他会相信这些吗？

他又开口说话了，语言尖酸，刻薄，像是兴师问罪。"是啊，你在琼的身上可真下工夫，克利夫。我真惊讶你怎么不趁我在监狱时撺掇她跟我离婚！啊，对，那样在选民面前就不好卖乖了，是不是？因为这个你才这样卖力地要把我弄出来。

我寻思着事情不会太久了吧。"

　　我把车开到路边然后停了下来。我双手紧紧握着方向盘，连手指关节都发白了。我转头直瞪着他的眼睛，久久地、严厉地："咱们得把几件事说清楚，汤姆。"我说，强压低嗓门，"琼嫁给你这本身就斩断了我对她可能还有的任何情愫，我原来认为她只是拴住我们俩，然后决定我们俩中间是谁最有可能给她带来她想要的东西——良辰美景，锦衣美食……

　　"我想错了。琼本人也证明了这一点，她嫁给你是因为她爱你，汤姆。她不停地在劳作，自食其力，要等你回来照顾她。她从没出去过一次，而她有的是机会，这个你清楚。

　　"你怀疑我，对此我并不觉得奇怪，我理解这一点。可想到你居然会怀疑琼，而她却为你一直在支撑着……我真为你感到害臊！"

　　他双目不安地移开，开始低下头去，苍白的脸上微微发红。直到接近城区我们俩谁也没再言语什么。

　　这时我感觉到他的手轻轻地放在我的肩上，霎时前面的路在眼前有些模糊起来。我们之间争吵过，彼此挤对过，有时还像野猫一样交战过，可在这一切的背后，维系在我们之间的亲情纽带从没断过呀！

　　"对不起，克利夫，"他说道，"在你牵肠挂肚的事情上我总是扮演一个小人的角色，我想我这样做是因为我知道你会受得了的。在大墙里面，一个男人的头脑是很容易扭曲变形的啊！"

　　我把车停在琼的那座小房子前面，想必她正在里面等着呢。我朝他笑笑，他也朝我一笑。

　　"快进去会她吧，小子。"我粗声粗气地说，"忘掉我——所有的东西。过一两天我会过来，让你在我给你提到的那个电石厂重新开始新的工作。"

　　我感觉好多了，好久都没这样了——五年了啊！我独自驾车回办公室，一路在想着我们道别时我弟弟眼睛里透出的那种神情。

　　电话铃响的时候，我还在办公室伏案工作。电话里传来琼的哭声，我立刻明白过来了：不祥之事。多少年了，我了解她，我还从来没有听到她哭过一次呢。但眼下她分明就在哭么，她使劲地啜泣着，我都听不清她在说些什么了。

　　"克利夫吗？噢，可找到你了！你得过来一趟，马上。我不知该怎么办，出事啦……"

　　"汤姆呢？"我厉声问道，"汤姆没事吧？"

电话那端良久沉默无语，然后传来低低的几乎听不清的声音："噢，克利夫，他……他死了。"

我木然地放下听筒。我想我是机械地走出办公室钻进汽车，不觉间我已停在他们家门口。

前门微微敞开着，我也不知道自己是如何走进那间狭小的起居室的。我听见琼在隔壁的卧室里正低声地啜泣，声音哽咽。我走过去，看到她仍然蜷缩在电话机旁边的椅子上。当然，我也看到了汤姆——死后的汤姆。他的双脚还搁在地上，他坐在床沿上就这样搁的脚吧。身体的其他部位向后跌倒着，平压在被单上。

他的脸朝着我，显然死的时候就是这个姿势。双目紧闭，一支点二二左轮手枪的银白色枪柄留在他的嘴巴外面。他的牙齿仍咬着枪管，紧紧地，哪怕人已死去……头底下白色的亚麻布被单现在一片殷红，上面浸满斑斑血迹。床单的顶部翻卷着，好像他要伸手拿下面的什么东西。

他是先摘掉了眼镜——他总是戴着的，现在眼镜整齐地叠着，放在梳妆台上一个余温尚存的牛奶软糖盘子旁边。

我的目光又移回到尸体那儿，这时一股莫名的怒火在我心中腾起。我猛一转身面向琼，她的眼睛也闭着。她就坐在那把椅子上，身体稍稍摇晃。

"这是为什么？"我劈头向她问道，"他为什么要这样？不早不晚，偏偏在今天晚上？又偏偏在这个地方？"

她颤抖着。这时，她睁开眼，目光里不再有热情的光芒，只显得苍老、干涸，并由于惊吓而呆滞无神。

"我不知道，"她喃喃说道，"除非……"她的眼睛机械地转向房间那头一扇开着的壁橱门。

我也看到它了。那件睡袍，那件我放到店里要洗烫的睡袍。

"我把它和其他需要缝补的活儿带回来。我打算把肩膀上的那个缝补起来。我在店里哪有时间干完，克利夫，每分钟都有顾客在等。我从没想到……

"噢，克利夫，你也知道他这个人爱嫉妒，他肯定发现了它挂在那儿，就……就往别处想了。当时我们本来正准备上床，这时我突然记起我做好的牛奶软糖——却发现他这个样子。他知道我在枕头下放着那把小手枪，多少个夜晚我就那么独自一人……我们……我们该怎么办，克利夫？"

我盯着她，仍然处于痛苦和惊悸中。"有一件事我们可以做，"我说，"但这也唤醒不了汤姆。"

我伸手越过她那颤抖的肩膀，拨通了警察局的电话。

和大部分警员一样,吉姆·劳利警官也是我的朋友。他看了看尸体,摇了摇他那发白的头,说起话来粗声大气,有些老态的声音里分明透出痛惜。

"有时就是这样,克利夫。严酷是严酷,可还是照来不误。在监狱呆五年叫人不疯也狂,尤其像汤姆这样一个敏感的孩子。当他们最后又得面对外面的生活时,一下子转过弯来可真不易,他们要考虑自己已经遭受的两次打击,除非他们是真正的硬汉。唉,这种事情总会发生的。"

我麻木地点点头。琼向他们叙述了她的故事,没有提睡袍这档事儿。劳利大步走向房门让一帮记者进来。

"要是你们哪个家伙是反对派报纸来的,想要从这事里炒出一桩谋杀案,趁早打消这个念头!"他毫不客气地警告他们。"瞧那副眼镜,整整齐齐地在那儿放着;他那双眼睛,法医说是死前就闭上了的;还有那把枪,被牙咬得多紧,恐怕只能撬开牙才能拿出来。

"尸体上、房间里都没有一丝一毫暴力搏斗的迹象或痕迹。如果你认为一个人一点不反抗就让一支上了子弹的枪插到自己嘴里——除非他自己放进去——那他肯定疯了。

"我的报告也会这么写的,只说事实。如果你们有谁出于政治原因而要大做文章的话,那诽谤罪这个罪名会有你好看的。明白吗?"

星期五那天是汤姆的葬礼,雨下了一整天。除了劳利请的牧师以外,墓地旁只有琼和我两人。后来她邀我去家里喝一杯,我瘫坐在她家客厅的沙发上。

我不太想喝什么。我不停地回想着汤姆死去的那个晚上的那些细节,像一张唱片一样不停地播放了一遍又一遍……

琼端着杯子走过来在我身边坐下,这已是她的第三杯酒了。她一条胳膊搂住我的肩膀,手指捻弄着我搭在额前的头发,头发还是湿漉漉的。

"可怜的克利夫,"她轻声说道,"这件事对你比对汤姆还糟糕,是吧?你得振作起来,克利夫,不能再想不开了。这注定会发生的,早晚的事……汤姆很脆弱,克利夫。他总那么脆弱。你肯定也早已意识到了。他永远都不能真正学会如何再次面对生活。"

"不管怎样,我很高兴,"她突然说道,"高兴一切都过去了,既然它早晚要发生,早来早去好了。我们决不能让它也毁了我们的生活,克利夫。"

听到这里,我转过头看着她,看着她身体那修长、美妙的曲线,她双唇上那柔和的细纹,她双眼里闪烁的炽热的光芒。好像我这是第一次见她一样。

"我们的生活?"我麻木地应道。

她点点头,她的唇微微张开,胳膊突然更紧地搂着我的肩膀。"你清楚,克利夫,"她喃喃说道,"你肯定知道的。当一个女人在爱一个男人时,这个男人肯定知道,尤其是当这个女人一直在爱着他时……"

我一直在看着她,看着她那双痴迷的眼睛。"当初嫁给汤姆,我真是疯了,"她继续说着,"我到现在也不知道当初是什么让我这样做,他只是不停地求我,你呢?又总是忙于学习……我想那时我只是想让你痛苦,因为你没有把我放在心上。后来,我又离不开他了。当他最需要我的时候,我得苦守苦等他。而这也是你的意思吧,克利夫?"

我隐隐点了点头。一阵痛楚慢慢渗入我的骨髓,袭入我的心头。但这个她无从知道。她微笑着。"现在呢,"她说,"我们要考虑我们自己的事了,克利夫。你的好运才刚刚开始,你要进国会,也许会坐上州长的交椅。我想助你一臂之力,克利夫。你得让我帮助你。"

我又点了点头。现在事情开始明朗了。在这之前我是万万想不到的。挂在柜中的睡袍,眼镜整齐地叠放在梳妆台上,紧挨着糖盘……

"是啊,"我不露声色地说,"你会喜欢那样的,是吧,琼?你会喜欢做国会议员夫人或州长夫人。"

她的手缩了回去,仿佛被我猛击了一掌似的。她的眼睛垂下了。"哦,是啊,克利夫,如果这个国会议员或州长就是你的话。不过这并不是真正的原因,你不会认为……"

"不,"我说,"我认为你所做的所有事情后面都是这个原因。听着,琼,因为这些年我潜心于自己的事业而没有和别的女人谈情说爱,你就认为我在暗恋着你。因为在道义上,在那种情况下不能够对你示爱,强忍伤感,无以言说。但如果就是这个原因你要那么做——杀了汤姆——你要是不这么做会更好啊!"

她惊恐地睁大双眼,神色黯然。"克利夫!"她小声说,"你在说什么呀?你想哪儿去了?"

我有点颤抖。"我在想,一个男人摘掉眼镜一定另有原因,而不会是要寻短见。"我对她说道,"比如说,去吻一个姑娘……我在想,没有哪个男人仅仅因为在他妻子的衣柜里看到他自己的睡袍而对自己嫉妒到要自杀。"

她双目黯然,神色困惑,"他的……他自己的……"

我点点头。"汤姆搬出去跟你住时在那边的公寓里留下一些东西,这件睡袍只是其中之一。"我说,"知道他要回家来了,我就把它拿过来洗好烫好,这样他一回来就可以用了。

"打一开始我就知道看到那件睡袍绝不至于令他自杀，我以为你只是猜错罢了，仅此而已。可某种东西叫我欲言又止，没有当场告诉你事实。现在我才明白这东西是什么——是怀疑。起初我不敢承认这就是怀疑，自己连想都不敢想的。"

她表情愕然，继而显得神情恍惚。"啊，不，克利夫！"她低声说道，"你脑子里——多么可怕、疯狂的念头！亲爱的，你一定要挺住，不要胡思乱想啦。你肯定也听到劳利警官有关那把枪的说法！除了汤姆自己，没谁能把枪插到他的嘴里！"

我眯起双眼。"没有谁么？"我轻声问，心里想着卧室梳妆台上的那个糖果盘，想着我们还是孩童时常耍的那种把戏……

"张开嘴，闭上眼睛，我给你点儿东西让你变聪明。"我一字一句刻板地说。

听到这里，她对我尖叫起来，声音凄厉，像一头困兽。她从沙发上跳起来，我还没拉住她就跳进卧室。我向前冲去，脚绊在那道老式的门槛上，一头向前栽去。

正是这救了我，那颗原本是要打入我心脏的子弹只射进了我的臂膀。

我倒下的样子为我做了掩护，她以为这样一来事情就全结束了。没有人来帮她把这第二具尸体弄出她的卧室，她只有一种办法解脱。

我听到了第二声枪响，但我浑然不觉。即使在我爬了过去，看到子弹穿过她那颗美丽的头颅在后脑勺上留下一个血洞时，我的大脑里还是混沌一片。

水獭西蒙

《水獭西蒙》谋杀案发生的当天,雷切尔经历了她从事旧书销售生意不久以来的第一次重大事件。这一次重大的经历并非是她亲历的凶杀案,而是她参加了一场拍卖会。

雷切尔的叔叔奥斯卡·沃米林死后,留给她一间位于圣莫妮卡大街的沃米林书店。自从雷切尔开始经营这间书店以来,一位年近半百却风韵犹存的妇人——赫麦妮·斯万,就成了这里的常客。一天下午,在一张位于书店前部的桌子前,赫麦妮探过身子,推心置腹地对雷切尔说:"雷切尔,我想让你帮我弄本《水獭西蒙》。"

这本著名的儿童书雷切尔有,挺好,而且她只要价七点五美元。正当她想向赫麦妮推荐时,赫麦妮却把一本造价昂贵的拍卖品目录丢到了桌子上,说:"不是随便哪一本都行,而是一本特别的书。它原本属于我父亲,在感情上,这本书对我来说,价值非凡。"

雷切尔打开目录,里面分别列出了关于新近亡故的福斯特·唐纳利的儿童书收藏品。仅凭这本目录的用纸的光泽度来判断,那些书一定价值不菲。正当雷切尔停下来欣赏一幅早期的奥兹书中精美的扉页复制品时,赫麦妮不耐烦地催促说:"它是第183号。"

雷切尔飞快地翻书。目录中对第183号的描述是:保持着1941年第1版《水獭西蒙》的原貌,是作者格瑞兹伍德·麦克题献给他的朋友埃德索·斯万的十二本书系列中的第一本。

"赫麦妮,你想让我替你出席这次拍卖会?"

"如果你愿意的话。"

"我很愿意,但我对此一窍不通,也从未参加过书籍拍卖会。你干吗不自己去呢？"

"我是有苦衷的。雷切尔，我的的确确想得到那本书。"

"那本书是怎样从你父亲的收藏中失落的？"

赫麦妮抽了一下鼻子，雷切尔以为赫麦妮会说这不关她的事而拒绝回答，这确实在情理之中，然而赫麦妮却开口回答了，"父亲死后，我将此书送给了福斯特·唐纳利。他是父亲的好朋友，也是我的好朋友。本以为福斯特死后，我能取回此书，谁知福斯特的后人们却不这样想，他们是一群唯利是图的东西。不瞒你说，唐纳利的孩子们一直对我怀恨在心，认为是我破坏了他们父母的婚姻，这显然荒谬至极。"

雷切尔忍住笑，说："是他们的指责，还是婚姻本身？"

"都有。这也是我不去参加拍卖会的一个原因。如果他们知道我参加竞拍的话，他们可能会抬高价格来敲我竹杠。他们是什么都做得出来的。"

"赫麦妮，你想让我去，我也很愿意，但我毫无经验，不能保证能有你自己去的效果好。你准备出多少钱？"

"最多出一千五百美元。"

"一千五百美元？那本书至多值二百美元！"

"我想要那本书，这就是原因，那本书是我的。埃德索·斯万是一位著名的收藏家，但他首先是一位父亲，他认为，书是给孩子们读的。当然，他也让我了解了那些书的价值，他知道我会非常仔细地对待它们的。那本《水獭西蒙》是我的书，如果要把它买回来得花一千五百美元，那它就是值一千五百美元。"

雷切尔冲动地说，"我敢肯定能低于一千五百美元买到它。"

"如果能那样的话，你将得到一笔可观的酬金。现在来谈谈你的报酬，好吗？"

"干吗不等到拍卖会结束呢？"雷切尔说，"那时你就可以知道我是否完成了任务。"说老实话，雷切尔并不知道该要多少钱。

第二天，雷切尔坐在拥挤的拍卖厅里，翻弄着目录，焦急地等待着第183号的拍卖。她始终认为，那些收藏家们会集中精力竞买路易斯·卡洛尔和肯尼斯·格雷姆的价格昂贵的著作，此外还有许多汤姆·斯威夫特的作品，以及儿童畅销书。等到《水獭西蒙》露面时，他们已没剩下多少精力和金钱了。她认出了福斯特·唐纳利的主要继承人——一个脸孔圆胖又苍白的年轻男子（赫麦妮的假想敌之一）。那人看着一件件拍卖品以高价成交，乐得几乎心花怒放。

一旦顺利地买进第183号，雷切尔希望自己也能像个旁观者那样看看乐子，甚至，如果她能以足够低的价格买进的话，她还能得到那笔酬金，为自己买点儿什么。

"卖给吉伯顿先生了，"拍卖人又一次喊出了他的名字，"我觉得您做了笔很上算的交易，先生。"默文·吉伯顿，一位虚弱的老人，身着显眼的方格运动夹克，坐在那儿几乎一动不动，只是微微扯动了一下嘴角。雷切尔不禁怀疑别人是怎样看出他在竞拍的。

"现在要拍卖的是183号，对于所有这些格瑞兹伍德·麦克的忠实读者们来说，这是一本不可多得的好书——《水獭西蒙》，保持着达尔曼公司1941年第1版发行的原貌。该书最早由著名的收藏家斯万收藏，书中有作者格瑞兹伍德·麦克于1942年5月8日写给斯万先生的题词。这可能是拍卖会上或其他交易中最好的题赠书了，毫无疑问，是我见过的最好的。请放心，这里绝对没有小孩黏黏的脏手印。"

雷切尔会心一笑。这屋里的所有人都已超过了选举年龄，她本人也已二十五岁了，却比这屋里大多数的人还要年轻许多。这其中有许多眼光明亮的老年男子，还有许多老妇人，她们中的一位的脸上还罩着厚厚的黑纱。雷切尔相信，这些儿童书收藏家中的大多数人，实际上是很讨厌孩子的，因为人人皆知，孩子们总是容易把书弄坏。

"五十元开拍，有人喊五十元没有？"

雷切尔在寂静中屏住呼吸，她知道过早地参加竞价是不明智的。

"快呀，女士们，先生们，这可是一本精美的书，完美的插图，有人喊四十五元吗？"

"四十五。"一个令人生厌的声音传了出来。这是艾丽莎·哈德威吉尔，一个坐在前排的上流社会的中年妇人，打扮得过于华丽，看不出她的具体年龄。

"哈德威吉尔夫人出四十五，有人出五十吗？快呀，你们这些西蒙迷们，这样可真有点对不住西蒙这小家伙。好，有人出五十！"

在拍卖人侧边的某个地方有人加了价，雷切尔不知道确切是哪里，一定又是吉伯顿先生。

"五十五。"哈德威吉尔夫人用一种轻蔑得仿佛对仆人说话似的语气报出价来。

"六十。"雷切尔报了价，尽力使自己的声音听起来无动于衷，像那位珠光宝气的妇人一样。那妇人扭过头狠狠地瞪了她一眼。

"谢谢您，汉尼斯女士，"拍卖人说，"在沃米林书店的橱窗里摆上这本书不是很好吗？"

雷切尔神经质地笑了一下，多希望他并没有叫出她的名字。

拍卖继续进行，中间有时停顿，有时缓缓地攀升，但木槌仍未落下。形势渐渐明朗起来,吉伯顿先生在动真格的,一个坐在侧边的男人正全神贯注地盯着他看。竞争逐渐白热化了,这另外的两位竞价者似乎也和雷切尔一样,决意要买到此书。当哈德威吉尔夫人喊到二百元时,又有一个人加入了。那是一位坐在后排的灰白头发、气度不凡的老绅士。他把价格抬高到了二百二十五元。

"二百五十元。"雷切尔说。

"二百七十五元。"哈德威吉尔夫人说道,声音听起来不那么令人生厌了。

"三百元。"后排的男人说。

雷切尔想要打破这种紧张的局面,买到书,就试着大幅度地提了价:"四百元!"

然而,这只是使局面更加紧张。哈德威吉尔夫人,吉伯顿先生,还有那位不知名的大有来头的人物轮番抬价,竞价节节攀升。雷切尔一直等到价格升至八百五十元,才又参加竞买。房间里的其他人既疑惑又兴奋地望着他们,为什么这本书如此的值钱——比所有人预计的多出了整整三倍?雷切尔的雇主早已料到要出大价钱才能买到它,但一千五百元是否够多呢?雷切尔多么希望能与赫麦妮商量一下,看能否再增加一些钱。

吉伯顿先生首先突破了四位数大关,但哈德威吉尔夫人很快又加至一千零五十元。灰白头发的那个男人出价一千一百元,雷切尔加至一千一百五十元。几人连续加价,直至价格升至一千四百五十元,雷切尔的心都快要跳出来了,报出了自己的最高价,一千五百元。价格似乎在那里停了下来,好像竞争者们都在使自己清醒一下,但很快,哈德威吉尔夫人又加价至一千五百五十元。一时冲动,雷切尔又报价一千六百元,实际上,她是投入了自己的一百元,作为这件抢手货的十六分之一的股份。灰发男人又加价至一千六百五十元。雷切尔有点儿解脱,又有点儿失望,恢复了理智,退出了竞价。吉伯顿先生和哈德威吉尔夫人各自出了最高价后,也偃旗息鼓了。灰发男人最后以二千美元的惊人高价买到了那本书,几乎是公认价格的十倍。

"您知道他是谁吗?"雷切尔向她左边的《勇敢小子》的收藏家悄声问道。

"罗杰·马斯特曼,宾佐食品公司的副总裁。还记得他们印在所有可乐包装瓶上的宾佐骡子吗?那真是成功广告的典范。他们后来真不该换掉那骡子。"

"他总是在这样的拍卖会上露面吗?"

"所有的拍卖会我都来了,以前从未见过他。我认识他,只因我自己也在做食品生意。"

"您知道为什么……"

"对不起,小姐,他们开始拍卖《财宝塔》第一辑了,我等了它快一天了。"

雷切尔有点扫兴，提前离开了拍卖会场。晚上还得向赫麦妮·斯万汇报竞买的经过，这很令她恐惧。但是，当她驾车返回沃米林书店时，一直萦绕于心头的谜团越来越大，把那竞买未果的阴影挤到了一边去。为什么会卖那么高的价钱？为什么是一位食品公司的行政领导，而不是哪位图书收藏家出如此高的价格买走了《水獭西蒙》？为什么别的竞买者也会跟他一样如此狂热地抬价呢？

突然，雷切尔想到了些什么——虽然仅仅是个假设，但已足够驱使她在回到沃米林书店之前，先去一趟当地的公共图书馆，查查看能否找到一些关于另外两位竞买者的情况。

晚些时候，雷切尔在她那位于旧书书店上面的公寓里，打开收音机，边听新闻，边吃晚饭。她听到了一条新闻，惊愕得张大了嘴，顾不得嘴里正嚼着的食物。宾佐食品公司的罗杰·马斯特曼，当天下午在位于拍卖会场不远的一条巷子里被枪杀，洛杉矶警察正在寻找这名身份不明的凶手。雷切尔丢下叉子，抓起了电话。她的想法太离奇了，不能对一个陌生人讲，但幸好，她有个朋友在洛杉矶警署。

为了联络上侦探曼纽尔·冈萨雷斯，雷切尔不得不暗示，她找他是为了私人的事情，而不是警察的事务。当曼纽尔得知雷切尔要谈的并非是与他重拾旧情的事，而是一桩案件，甚至还是他手上的案子时，语气里透出失望来。

"是的，雷切尔，我们一点儿线索也没有。但是，如果你也在拍卖会场的话，我们确实想问你几个问题。"

"你能来书店吗？"

"当然可以。"

"我想我知道该怎么办，但是，曼纽尔，我需要你在这儿。"

"你能向我说说吗？还是想象南希·杜鲁一样向我保密到最后？"

雷切尔详详细细地把她的想法说了一遍。

当她的那位顾客一走进书店的大门，雷切尔就说："实在抱歉，我没能买到书，赫麦妮，不过我确实没有机会。"

"没什么，雷切尔，别担心了。关于我是你的委托人的事，你没对谁说过吧？"

"没有，当然没有。"

"很好。"

雷切尔小心翼翼地说："你听了广播没有，赫麦妮？罗杰·马斯特曼，就是他买走了那本书，在拍卖会后被人杀了。"

"真的？真是匪夷所思！他们说书的下落了吗？"

"我怀疑他们根本就不知道书的事情。赫麦妮，这本《水獭西蒙》为什么如此值钱？"

"我告诉过你，我之所以认为这本书重要，是因为它是我父亲的收藏品中值得争取的有价值的事物之一。对我来说，它有非凡的感情价值，我像个孩子一样地珍爱这本书。不过，我可以告诉你，我的手指并不是黏糊糊的。我并不介意一位像福斯特·唐纳利那样的朋友拥有它，但是，如果把它在拍卖会上随便卖给什么人，就……"

"恕我冒昧，赫麦妮，一定还有别的什么原因。还有另外三人也竞买这本书，出价远远高于此书的价值，买到这本书的人又被谋杀了。这本书一定有什么特别之处，关于这一点他们一定知道，而且，你也肯定知道。"

"我当然不知道。我只是想收回父亲的收藏品而已。"

雷切尔叹了口气，道："好吧！但我有自己的看法，谋杀案发生之前就有了。死者生前为宾佐食品公司工作，他们除了宾佐可乐以外，还生产各种各样的产品——麦片粥、糖棒、薯条——但宾佐可乐是他们的主要产品。"

"难喝的东西，我可受不了它。当然，我并不知道它怎么样，因为所有可乐类的饮料，我都不爱喝。"

"今天下午，离开拍卖会场后，我就开始想了。也许宾佐公司在为他们的电视广告寻找一种新的动物形象。宾佐骡子，他们用了很多年，非常成功。可是后来，他们又换上了宾佐兔子，还记得吗？那可是个彻彻底底的失败。后来，他们又尝试了宾佐熊、宾佐狗，但是销售额仍然没能上去。他们本可以回过头再用骡子的，但可能他们是太固执了，不愿意承认失败。要是他们正在寻找一种新的动物，并且买下了格瑞兹伍德·麦克的作品的产权的话，会怎样？水獭西蒙就会成为他们非凡的广告明星，替他们卖掉许许多多的泡沫饮料。"

"我还是不会买的。"

雷切尔没有理会她，继续说道："宾佐公司在没有准备向公众宣布之前，对这一新的行动计划会一直守口如瓶的。任何知道内情的人都会预见到，一场非凡的、新的麦克作品热，并且麦克作品的第1版本，一定会大大增值。那么，谁会知道内情呢？那些普通的儿童书收藏家们不会知道。很有可能，唐纳利的后人们也不知情。不过，今天下午，我在《美国名人录》中查找默文·吉伯顿时，却发现他过去曾是宾佐食品公司的董事会成员，因此，他可能有获得机密消息的渠道。"

赫麦妮开始感兴趣了："是吗？那艾丽莎·哈德威吉尔呢？"

"她的一个儿子在一家为宾佐公司做宣传的广告公司工作。那第三位竞买者，不用说了，是宾佐公司的副总裁。"

赫麦妮点头道："所以价格才会那么高。要是我早知道就好了。"

"你一定早就知道了，否则你怎么肯让我出一千五百元的高价呢？"

"我只是想万无一失。"

"你与宾佐公司并无联系，但你很可能从格瑞兹伍德·麦克的后人们那里得知了这个消息。如果那本书真的对你那么重要，为什么你没能得到它，却并不心烦意乱呢？"

赫麦妮决定表现得激愤些，她说："雷切尔，我可不是雇你来威胁我的！我喜欢你的叔叔奥斯卡·沃米林，还有这间小书店。我本以为，雇你作为我的代理人去参加拍卖会，能帮你一把。我真不如自己去了！"

"你确实去了。"

"你说什么？"

"你让我代表你去，但是，我敢肯定，你也去了，带着厚厚的伪装，这样，我和你那些收藏界的熟人们，就谁也不会认出你来。如果我没能替你买到那本书，你就会不惜一切代价来得到它，这其中包括：跟踪、杀人、偷书。"

"真是一派胡言，雷切尔！"

"或许吧，随你怎么说。"

"你没有证据。"

"如果那本书在你家里的话，那么，它就是证据。还有枪和面纱。你来这里之前，有时间把它们处理掉吗？在你到家之前，警察可能已经准备好了搜查令。我说得对吗，赫麦妮？"

"完全正确。"一个男性的声音回答道。一位便衣警探从放着神秘小说的书架后面走了出来。

"你自始至终都在怀疑我？"赫麦妮问道。

"一点点而已，"雷切尔回答她说，"但经验告诉我，防人之心不可无。如果几分钟之前，你没有提及黏手指的话，我还不会有十足的把握，因为我并没有告诉你拍卖人关于黏手指的玩笑呀！如果你不在场的话，怎么会知道？"

"大家说到孩子和书籍时，自然会用到这个引喻。"

"可能吧。但是，你接下来又问我关于艾丽莎·哈德威吉尔的事。你怎么知道她是那本书的竞买者之一？我可从没提过她的名字。"

赫麦妮缓缓说道："雷切尔，我的兴趣与宾佐公司一点儿关系也没有。至于那个消息，我当然知道，但它只不过是一个使事情复杂化的因素而已。"

"你想要这本书，还另有原因吗？"

"格瑞兹伍德·麦克有着某种不算讨厌的堕落的幽默感。他所具有的那种对下流幽默的欣赏能力，显然与其儿童文学作家的地位极不相称。当他把其所有的《水獭西蒙》书籍题上词，送给我父亲时，开了个巧妙的玩笑。父亲没能发现，到我发现时已太晚了。所有的这十二份题词，连在一起看，组成了一条很是下流的信息，也就是你们年轻人称为痞性十足的东西，显然这不适合儿童看。但只有当一个人把两本或更多的题词放在一起看时，才有可能会想到它的存在。除了第一本外，我拥有所有的《水獭西蒙》题词本，我刚把那第一本给了福斯特·唐纳利，就发现了这套书之间的连续的方式。

"'永远不要坠入爱河，雷切尔，那只是无边的痛苦。'我立刻意识到，作为一整套，这些书就是无价之宝，远远比把它们拆开来单卖有价值多了。有了那本书，我就有了五万，或更多，十万块钱。父亲是个有钱人，但是，多年来，我一直靠着父亲留给我的那笔钱生活。"

她转向曼纽尔·冈萨雷斯，说："好，你是不是打算念我的权利或别的什么给我听，年轻人？"

"这么说就是你干的，赫麦妮？"雷切尔问道。

"我并没承认什么。我可以解释每一件事物——书、手枪、面纱，以及所有的东西。我还有一位非常好的律师。亲爱的，我可以给他打电话吗？"

"请便。"雷切尔答道。

寻找遗体

"我是公民,是纳税人,"我生硬地说,"你们破坏性地搜查我的财产,必须原封不动地恢复其原貌。"

"华伦先生,不必担心,"中士侦探里托尔说,"政府会把一切摆得像苹果馅饼一样整齐的,"他微笑着,"无论找到与否。"

当然,他指的是我妻子的尸体。

到目前为止,他们还没有找到。

"中士,你们要花大工夫修理的。你的人实际上已经掘了我的花园,前边的草坪就像犁过一样。显然你们是在拆我的房子,一点一点地拆。我看见你的人已拿着气锤到地下室去了。"

我们在厨房里,里托尔呷着咖啡。

他仍然满怀信心,"美国的领土是三百零二万六千七百八十九平方英里,包括水域。"

里托尔在这样的情况下准确地记起了这个数字。

"包括夏威夷和阿拉斯加吗?"我尖刻地问。

他没有生气。

"我想可以不包括它们。如前所说,美国总面积是三百零二万六千七百八十九平方英里,包括高山、平原、城市、农田、沙漠、河流。当一个人杀害了他的妻子时,他一定会把她埋在自己的私有领域之内。"

当然这是最安全的地方,我想。如果把妻子埋在树林里,一些调皮的童子军在挖箭镞时就一定会发现她。

里托尔又一次笑了笑:"你的这块地有多大?"

"六十英尺宽，一百五十英尺长。没看出来吗？我利用多年时间把我花园的土壤改造得多么肥沃，你的人翻动了底土，现在能看到到处都是一片片的黄土。"

他已经来了两个小时，仍然坚信自己能成功。"恐怕你还有比花园土壤更应担心的事情，华伦先生。"

通过厨房的窗户可看到后院，八九个民工在警察的监督下，正在把平地挖成一道道的地沟。

里托尔看着他们说："我们干得很彻底，我们将分析你烟囱中的烟灰，过滤你火炉中的炉灰。"

"我用的是油炉。"我加了些咖啡，"我没有杀害我妻子，说实话，我也不知道她到哪儿去了。"

里托尔自己加了些糖，"你如何解释她的失踪？"

"不用解释。夜里，爱米莉简单地整理了一下行李箱就走了。你不是也看到了？她的一些衣服都不在了。"

"我怎么知道她有哪些衣服？"里托尔看了看我提供给他的我妻子的照片，"没有什么恶意，我想问一下你为什么和她结婚？"

"当然是为了爱情。"

显然这样说很可笑，即使中士也不相信。

"你妻子投保一万美元，对吗？你是受益人？"

"是的。"保险金当然是她死亡的一个因素，但并非我最初的动机。我抛弃爱米莉的最真实的原因是我再也忍受不了她了。

我不能说，和她结婚时我处在高度的痛苦之中，我的本性不是那样。我相信自己步入结婚礼堂，主要是因为自己屈服于一种从众心理，认为过久的单身就等于犯罪。

爱米莉和我都受聘于马歇尔造纸公司——我是高级会计师，她是没有任何前途的打字员。

她朴素，寡言，柔顺，不知道如何打扮自己，谈话内容从来没有超出过对天气的寒暄，每天依靠阅读报纸来增长些知识。

简单地说，她是那些觉得婚姻必须依靠安排，自己不可能成为浪漫的人的理想的妻子。

但最惊奇的是，婚姻竟将一个朴素、寡言、顺从的女人变成一个绝对的泼妇。

"你和你妻子相处得怎么样？"

相处得很糟，但是我却说："我们各有各的特点，难道人人不都是如此吗？"

总而言之，中士已经了解到许多高级机密，"据你的邻居们说，你和你妻子总是不停地吵架。"

邻居，他肯定是指福勒德和威尔玛·特立勃。自从我有了一块地后，他们的房屋是我隔壁紧挨着的唯一的房屋。我怀疑爱米莉的声音是否会传到花园和小路那边的摩利森家。

"特立勃家能听到，你和妻子几乎每天晚上都吵架。"

"只有当他们停下他们在自己家的尖叫，专心来听的时候才会听到。他们说听到我们俩吵架，这一点不真实，我从来没有提高过嗓门。"

"最后一个见到你妻子活着的时间是星期五晚上六点三十，当时，她走进了这所房子。"

是的，她从超级市场回来，带着冰冻晚餐和冰淇淋。这些是她仅有的一点对烹饪艺术所做的贡献。我自己做早餐，在公司咖啡店用午餐，到了晚上我要么自己做晚餐，要么吃些需要花费四十分钟在高温下才能做成的东西。

"那是其他所有的人见到她的最后一次，"我说，"不过我那天晚上最后一个见到她是在我们就寝的时候。到了早上，我一醒来就发现，她已经收拾行李走了。"

楼下，气锤开始破坏水泥地板，噪音太大，我不得不关上通往地下室的门。"到底谁是最后一次见到爱米莉的人？我的意思是说，除了我。"

"福勒德·特立勃夫妇。"

威尔玛·特立勃和爱米莉非常相似，她们都变成了大女人，脾气如悍妇，心眼似针尖。福勒德·特立勃是一个小男人，两眼总是泪汪汪的，或者说他本来就是这样，或者说婚姻将他研磨成了这样。但是他棋下得非常好，并且非常欣赏我天生的固执与坚强，因为这是他所缺少的东西。

"就在那天深夜，"里托尔中士说，"福勒德·特立勃听到从这座房子里传出了可怕的惨叫声。"

"可怕的？"

"他的原话是这么说的。"

"福勒德·特立勃在说谎，"我平静地说，"看起来他妻子一定也听到了？"

"没有。她睡得很死，但是惊醒了福勒德。"

"这所谓的可怕的惨叫声惊醒了摩利森一家吗？"

"没有，他们也睡着了。他家离这座房子相当远，而特立勃的家离这里仅有十五英尺。"里托尔装满一烟斗烟，"福勒德·特立勃想叫醒妻子，最后却决定不叫她了。似乎她脾气不好。但是他却无论如何也睡不着，早上两点钟，他听到你的院子里有声响，就走到窗子旁。趁着月光他看到你在花园里掘地。最后他起了床，紧张地叫醒妻子。两个人都看到了你。"

"这两个可耻的间谍，你们就是这样了解的情况？"

"是的。你为什么要用那么大的箱子？"

"我只有这一个，但无论如何也不够一个棺材的尺寸。"

"特立勃夫人整个星期六都在思考这个问题。当你通知她说你妻子出去旅游了，过一段才回来时，她终于确认你……啊……把妻子的尸体装进一个袋子掩埋了起来。"

我给自己加了咖啡，"好啦。你们找到了什么没有？"

他仍然有些尴尬，"一只死猫。"

我点点头，"所以我犯了埋葬死猫的罪行。"

他微微一笑，"你很会找托词，华伦先生。最初你否认自己埋过什么。"

"我觉得这不关你们的事。"

"我们找到死猫后，你宣布它属于自然死亡。"

"当时我就是这样认为的。"

"猫是你妻子的宠物，很明显头骨是被敲碎的。"

"我没有验猫尸的习惯。"

他吐了一口烟，"根据我的理论，杀妻之后，你又杀了猫。可能是因为它的存在使你忘不掉你的妻子，或者可能是因为这只猫看到了你处理你妻子尸体的情况，可能会把我们引到……"

"讲下去，中士。"我说。

他脸一红，"好吧，都知道动物会到处去挖寻埋葬它们主人尸体的地方。通常，狗就是这样，我承认。难道猫不是这样吗？"

我事实上也这样想，难道猫不是这样吗？

里托尔听到一阵气锤的响声："当我们接到报告说有人失踪了，我们通常的程序是通过寻人公司发出寻人启事，然后就等待。过上一两个星期后，失踪者一般总会回到家里。一般都是在他把钱花光之后。"

"那么你们究竟为什么对这个案子不那么处理？我确信爱米莉几天后就会回来。据我所知她只带了一百元左右，我知道她非常害怕自立和无助。"

他的牙齿微微一露，说："当我们听说有人丢了妻子，又有人听到了惨叫声，两个证人在神秘的月光下看到有人在花园里掩埋什么，于是我们就确认这是犯罪的证据，所以我们就不敢怠慢。"

我也不敢怠慢。因为，爱米莉的尸体不可能长久保存，所以我就杀了那只猫，尽量让人看到我在掩埋一个箱子。我尖刻地说:"于是,你立即就抓把铁锹来破坏私人财产了?我警告你,如果有一根柱、一块砖、一块石、一片土没有按原样放好,我就起诉你。"

里托尔泰然自若地说:"但是在你客厅的地毯上有血迹。"

"告诉你,那是我自己的血迹。我不小心摔碎了杯子,刺破了手。"我再次让他看了看痊愈的伤口。

他没有因此而打动,"为了掩饰那些血迹而进行自伤。"

他说得对,当然是这样。不过我还是想让地毯上的血迹少一些,以不引起警察的搜查。

我看到福勒德·特立勃倚在栅栏上看着里托尔的人在搞破坏。

我站起身,"我要去和那些畜生们谈一谈。"

里托尔跟着我走出去。

我沿着土堆走到栅栏旁,"你把这叫做好邻居吗?"

福勒德·特立勃长出一口气,说:"阿伯特,我并不想伤害你。我不认为你真的那样做了,不过你了解威尔玛,还有她的想象力。"

我瞪着他,"以后咱俩再也不要下棋了。"我转脸对着里托尔,"是什么叫你如此积极,认为我处置了我的妻子?"

里托尔从嘴上挪开烟斗,"还有你的车。星期五下午五点三十分,你开车到慕雷大街伊格尔加油站,将车子加了油。工作人员把通常的标记条粘在车门内侧的门边上,表明何时加油,表明里程表上的里数。自那时起,你的里程表上增加的里数只有十分之八里。那是从加油站到你家车库的确切距离。"

他笑了笑:"换句话说,你直接开车回到家里,并没有在星期六去上班,而今天是星期日。自星期五以来你的车没有动用过。"

我一直希望警察们能注意到那个标记,如果他们没有注意到,我还要以某种办法来诱导他们注意。我淡淡地一笑:"你想没想过有这样的可能性,我把她转移到附近的某块空地里埋掉了她?"

里托尔宽容地咯咯一笑:"最近的一块空地距这儿有四个街区那么远。简直不可想象,你能背上她的尸体在深夜里穿过大街走那么远。"

特立勃把眼光从我花圃中的那些人们身上移开,说:"阿伯特,无论如何你的大丽花是要被挖掉的,用你的大丽花换我些琥珀巨人,怎么样?"

向后一转,我走回屋子。

下午被一点一点地糟蹋了,当听了人们的汇报后,里托尔脸上的自信被耗干了。

天色黑下来，六点半时，地下室的气锤停下来。

奇尔顿中士来到厨房，他又累又饿，看起来非常颓唐，裤子上全是灰土："下边什么也没有，绝对什么也没有。"

里托尔拿下烟斗，说："你敢肯定哪儿都搜到了吗？"

"拿我的生命打赌，"奇尔顿说，"如果这儿有尸体，我们就应找到。外面也彻底搜查了。"

里托尔瞪着我："我知道你杀害了你的妻子，我感觉到了。"

我有点悲哀，一个平日里很聪明的人竟然退却到凭直觉办事。无论如何，在这个案子里，他的直觉是正确的。

"我想，今晚要给自己做鸡肝炒洋葱吃，"我兴奋地说，"多日没吃过了。"

从后院来了一个巡逻兵，"中士，我刚刚与他的邻居特立勃谈过话。"

"怎么啦？"里托尔焦急地问。

"他说华伦先生在本地区的拜伦县的一个湖畔有一套夏日别墅。"

我差一点把正从冰箱里取出来的一袋鸡肝掉在地上。这个喜欢泄密的傻瓜！

里托尔睁大眼睛，幽默不见了。他咯咯一笑，"好的！他们总是，总是要把尸体埋在自己的领域内。"

可能我的脸色是苍白的，"你胆敢踏上我的地盘。我买下那座房子后已花了两千元的装修费，绝不能让你们去糟蹋它。"

里托尔哈哈一笑，"奇尔顿，找些泛光灯来，集合全体人员。"他转身对我说："现在，你准备往哪儿退却？"

"我坚决拒绝回答你的问题。你知道我反正不能到那儿去。你忘记了？我车上的里程表表明，自星期五下午以来我的车没有离开过车库。"

他越过这一障碍，"你可能把里程表倒了回去。你的别墅坐落在哪儿？"

我抱着双臂，"我拒绝回答。"

里托尔微微一笑，"没必要拖延时间。要么你想在今天夜里亲自溜到那儿去，把她掘出来，再换个地方埋起来？"

"我没有那样想。我坚持自己的合法权利，什么也不说。"

里托尔用我的电话通知拜伦县的警官开始行动，在四十五分钟内他准确地定位了我的别墅位置。

"我告诉你，"他最后一次放下电话时，我马上说，"你不能像在这儿这样把我那个地方也搞得一塌糊涂。我现在就给市长打电话，看看能不能解你的职！"

里托尔很幽默，他搓搓手，很实际地说："奇尔顿，明天派一批人来，把一切按原样整好。"

我跟着里托尔走到门口,"每一株花,每一根草,否则我就叫我的律师。"

那天晚上,我对鸡肝炒洋葱不感兴趣。

到了八点半,后边有敲门声,我打开门。

福勒德·特立勃看起来很后悔:"对不起。"

"你到底是怎么提起别墅的?"

"我只是在谈话,谈着谈着就说漏了嘴。"

我难以控制胸中的怒气:"他们要去破坏那个地方,我刚刚顺利地开辟了一块草坪。"

我本应继续大发一通脾气,但是我说服了自己,"你妻子睡了吗?"

福勒德点点头,"她到早上才会醒来,从来没在夜里醒来过。"

拿起帽子和上衣,我们到了邻居福勒德家的地下室。

爱米莉的尸体放在一个阴凉的地方,盖有帆布。我觉得这是一个相当好的临时藏尸处。威尔玛除了在洗衣服的那天外其余时间从来不到这儿来。

福勒德和我把爱米莉移回到我的房子,搬进地下室。这地方看起来像个战场。

我们把爱米莉丢进最深的一个坑中,盖上了一尺半厚的土层和垃圾。我们成功地达到了目的。

福勒德看起来有点担心,"你确信他们找不到她?"

"当然找不到,最好的藏物处就是有人找过的地方。明天就会有人来填平所有的地坑,整平所有的地面。"

我们上楼来到厨房。

"我还得再等一年吗?"福勒德直截了当地问我。

"当然,我们不能再引起怀疑。过十二个月左右,你就杀死你的妻子,我把她放到我的地下室里,等着你的房屋被搜查后再移回去。"

福勒德叹了口气,"还得和威尔玛在一起等那么长时间,不过,我们掷了硬币,猜正反面时你赢了。"他清清嗓子又说,"你说的不是真话吧,阿伯特?"

"什么真话?"

"你再也不和我下棋了?"

一想到警察此时很可能正在破坏我的别墅和花园,我就想告诉他那是真话。但是,他看起来的确有点可怜,有点内疚。于是,我叹了口气说:"可能是真话。"

福勒德满面红光,"我去拿棋盘。"

三倍赔偿金

在那个穿着灰色法兰绒套装的男人向她提出这个建议之前,海伦·斯平德勒从来也没有考虑过要杀掉她的丈夫杰斐里。

这个男人的名字,据他告诉她的,叫琼斯,他是"某一类保险推销员"。

"我们早就有足够多的人寿保险了。"她告诉他,尽管她不能确认他们有多少种人寿保险。杰斐里从没告诉过她,而且她对数字也毫无兴趣。

她认为事情到此结束了,准备关上前门,但是琼斯先生极其熟练地将脚伸进门缝,有效地使门无法关上。

"我不是来卖人寿保险的,斯平德勒太太,"他带着令人愉快的微笑对她说,"这更像是一种——死亡保险。我能进来和您谈谈吗?"

她还没来得及表示反对,他已经从开着的门里挤了进来,绕过她,穿过门厅,走进了起居室。

海伦感到有些恼火。她本来打算在半个小时后到哈维的公寓去,趁着杰斐里在广告公司埋头工作时,与哈维度过一个令人销魂的下午。好吧,她要尽快地将这位琼斯先生打发走。他卖什么?死亡保险?这倒挺新鲜的,她从来没听说过。

"您的家很漂亮,斯平德勒太太。"琼斯先生说,他环视着宽敞的起居室里那些昂贵的家具,品位高雅的油画和价格高昂的窗帘。

"谢谢您,琼斯先生,"海伦说,"现在来谈谈您要卖的保险吧。杰斐里,也就是斯平德勒先生已经有足够的……"

"十万美元。"琼斯先生说。

海伦瞪着他,"什么?"

"您丈夫的寿险保额为十万美元,斯平德勒太太,赔偿金额为三倍。"

"三倍……"

"如果您丈夫死于意外事故,您将获得三十万美元的赔偿金。"

海伦屏住了呼吸。杰斐里每个星期只给她一百美元的家用,这对她来说已经是笔大数目了。一百美元的三千倍令她惊异不已。

琼斯先生笑得更甜了,"有了这笔钱,您和哈维·布里尔就可以真正地享受二人世界了,不是吗?"

海伦喘息着点点头,"哈维总是需要很多钱。我把我从每星期一百美元家用里能省下的钱都给了他,可是……"

她停了下来,当她意识到琼斯先生以及她自己刚才说了些什么时,她的脸羞得通红。

琼斯先生笑了,"不必担心,斯平德勒太太,我没打算告诉任何人——包括您的丈夫——关于您的事儿。"

她看着他舒舒服服地坐在了长沙发上,她坐在他对面的一张椅子上,不安地舔了舔嘴唇。这场谈话的程序奇怪地颠倒了,一个陌生人坐在她的家中,告诉她他知道她和一个不是自己丈夫的男人通奸,她不知道该和他说些什么。

"我也没打算勒索您,斯平德勒太太,"琼斯先生向她保证,"您那美丽的脑袋里可千万别有这种想法。"

刚才是没有,可现在有了。同时,她也为他的恭维感到身上发热。美丽的脑袋,是的,作为一位三十多岁的女人,她的确相当有魅力,不仅是脸蛋,身材也是如此。琼斯先生那欣赏的眼神也让她又一次意识到这点。

琼斯先生向前倾了倾身子,"也许,斯平德勒太太,您对我来访的目的感到好奇。"

海伦点点头,说:"我想是向我出售保险。"

"不完全是,"琼斯先生说,"您已经有足够的保险了。我来这儿,斯平德勒太太,是来帮助您兑付您那些保险的。"

海伦的眼睛瞪大了,"但是只有一种情况下,我才能拿到赔偿金,"她说,"那就是……"

"那就是您的丈夫杰斐里死了。"琼斯先生说。

这回是海伦笑了。

"我丈夫结实得像个魔鬼,琼斯先生。他恐怕要比我们都活得长呢。"

"不,"琼斯先生说,"如果他出了事故。"

"事故?琼斯先生?"

"事故，斯平德勒太太，在这种情况下，您能得到的就不是十万美元的赔偿金，而是三十万美元。"

海伦·斯平德勒又一次屏住了呼吸，这巨大的数字又一次击中了她。如果她能有这么多钱，她和哈维就能在一起分享更多的快乐，比现在要多得多，如果这是真的话。

本来他们现在就可以乐一乐的，她转念一想，皱起了眉头，如果她没坐在这儿和琼斯先生谈话的话。她站了起来，"我真的要请您离开了，"她告诉他，"我有个约会……"

琼斯先生举起一只手，"我完全理解，哈维正在他的公寓等着您呢。"他站了起来，"不管怎么样，我相信您会考虑我的建议的。"

"建议？什么建议？"

琼斯先生叹了口气，海伦·斯平德勒是个魅力无穷的美人，可是她也的确没头脑。他说："我这样说吧，斯平德勒太太，我来安排一次意外事故，让您丈夫死掉，等您拿到赔偿金后，将其中的三分之一作为我的酬劳。"

"三分之一？"

"十万美元作为我的酬劳，但是您要记住您还剩下二十万美元呢。别忘了您还有银行存款，股票债券，个人财产，这栋房子和地产呢。"

海伦·斯平德勒沉思着点了点头。二十万美元当然比不上三十万美元，可是，这还是一个吸引人的数字。另外，正像琼斯先生指出的那样，还有很多其他的财产。她不知道它们值多少钱，但是她敢肯定，她现在开始琢磨这事了，这的确是笔大数目。

"您不必现在就答复我，"琼斯先生告诉她，"跟哈维谈谈，我敢肯定他对此事准有主意。但是别拖得太久。您知道，我还有其他客户，我有优先服务的原则。"他递过来一张硬纸片，"我的名片。"

海伦看着名片，那上面印着琼斯先生的名字和一个地址，没有公司的名字，也没有电话号码。她跟着琼斯先生走到门口。

"再见，琼斯先生。"她说。

"回头见，斯平德勒太太。"他纠正道。

他离开后很久，海伦还站在门边，犹豫着她该如何是好。杰斐里是个好人，她确实喜欢他。他对她也很好，虽然，他们的婚姻中已经没了激情，是哈维重新点燃了她的激情，可她还不至于仇恨自己的丈夫到杀了他的地步。

另外，她也不至于爱他爱到放过眼前这个大好的发财机会。

也许这只是个实用的笑话。

是的，那只是个……实用的笑话。她冲着名片笑了，准备将它撕成碎片……她又改变了主意，她要让哈维看看，他一定会哈哈大笑的。

哈维·布里尔并没有哈哈大笑。他沉思着盯着那张名片，摇了摇头，"这不是开玩笑。这个人——琼斯知道你丈夫所有的保险，还有我们的事儿。他长得什么样？"

"琼斯先生？"海伦想了一会儿，"他穿着一身灰色法兰绒，我想是比较破旧的，过时的。他的头发是黑色的，夹杂着一些白发。看上去是很普通的一个人，可是透着一股聪明劲儿。"

哈维疑惑地看着她，"一股聪明劲儿？"

"不如你聪明。"她安慰他，拥抱着他。

但是哈维没那份心情，他耸了耸肩，推开了她，"这个样子有点滑稽，"他说，"我不喜欢。"

她撅起了嘴，"可是我以前也是这样搂着你呀。"

"不，不。"哈维说道，徒劳地试图掩饰从他脸上和声音中透出的恼怒。以前当海伦·斯平德勒表现得如此愚蠢时，他也无法忍受她，可是一想到她从她那点可怜的家用中省钱给他，他的脸就变得柔和了，他搂着她，"很抱歉我对你大喊大叫的。"

"没关系，"她对他说，又轻轻咬着他的耳朵，"我不知道这会令你不安，否则的话，我就不会对你说了。"

"我很高兴你告诉了我，这为我们开辟了一条光明大道。"他迟疑地说，"你是否想过……想过干掉杰斐里？"

她耸了耸肩，"我没想过那么多。"她现在没心情考虑这件事，哈维正用他那结实的年轻男人的身体紧搂着她，他身上的阳刚之气充满着她的鼻翼，令她昏昏欲醉。

"杰斐里死了，就只剩下我和你，宝贝儿，"他提醒着她，"我们可以在一起消磨所有美好的时光，还有那二十万美元。"

"你的主意总是最好的，"她说，"但我们以后再谈这事儿，好吗？"

哈维·布里尔不再谈这事了，可他的脑子里一直在想着这件事。杀掉杰斐里·斯平德勒，和他漂亮的寡妇结婚的念头一直在他的头脑中盘桓。但是他知道自己不是一个杀手，他胆儿太小了，只能把事情干砸，或是被抓住。

但是如果别人能替他干这事儿，一个专家，一个能让这事看起来像一场事故的专家……

二十万美元可是一大笔钱，比每星期那一点可怜的施舍要强得多。一个聪明人有了这笔钱可以干很多事。

"我打算去见见琼斯先生。"过了一会儿，他对海伦说。

她正在费力地拉着衣服后面的拉链，"哦，那好吧。我们是不是要杀了杰斐里？"

哈维笑了。他们谈起这事来是如此的随便，如此的漫不经心，真是可笑。"是的，我们是要杀了杰斐里。"

海伦离开了，因为她要在她丈夫下班之前到家。她不能和他一起去见琼斯先生，哈维也不想让她一起去。他敢肯定那位"死亡保险"推销员不会介意和他谈谈的，因为他很清楚哈维和海伦的关系。

哈维开着他那老掉牙的普利茅斯车来到了名片上写的地址，幻想着等他有了钱，他开着一辆大型的、闪闪发光的高级轿车该有多棒——但是这地址是假的。

"该死的！"他愤愤地捶着方向盘，这真是个实用的笑话！

他将车停好，跨出了车门，在街上愤怒地来回走了几分钟。当他走回停车的地方时，一辆大型的黑色轿车停在了他的车后。一个穿着灰色法兰绒套装的男人坐在方向盘后面，示意他上车。

哈维打开车门，坐进了驾驶席旁边的座位，在身后关上了车门。他指了指假地址，"我想……"

"干我这行的，布里尔先生，"这个男人说，"最好别有永久性的地址。"

"您就是琼斯先生？"

"当然。您来这儿，是想和我谈谈干掉杰斐里·斯平德勒的事吧。"

哈维舔了舔柔软的嘴唇，"您会让这事看上像一场事故，不会引起警察的注意吧？"

"相信我，布里尔先生，处理这些事情我是专家。我会非常仔细地策划此事，我有很高的技巧。对我而言，动机是无所谓的，但是请告诉我，您在策划着杀死另外一个人时，良心上是否感到痛苦？"

哈维耸了耸肩，"为什么？我从来没见过这个人，而且他要是死了，我就能得到二十万美元。我干吗不干？"

"干吗不干，确实如此。"琼斯先生表示同意，"令人赞叹的哲学，布里尔先生，我衷心地表示同意。"

"我……哦……不用签什么文件吧，不是吗？"哈维想知道。

"我想不必，布里尔先生，越简单越好。"

哈维松了口气，"很好。您信任我们，我们也信任您。"他眯起了眼睛，"嗨，那是什么？"

琼斯先生费力地从他的夹克衫中掏出一个闪光的东西，"一个皮下注射器，布里尔先生。我总是给我的牺牲者来点儿这个，这样我就可以对他们为所欲为了。"

"嘿，等等，"哈维向后缩了缩，"我不想知道这些事，您想怎么干都行，但是别告诉我，好吗？"

"恐怕我不得不告诉您，布里尔先生。"

琼斯先生猛地将针头插进哈维的脖子，推下了活塞。

哈维尖叫着，捂着脖子，一滴血渗了出来："你为什么要这么做？"

"因为您，布里尔先生，就是牺牲者。"琼斯先生说，"有人要杀了您……哦，不是那位可爱的、迷人的、天真的斯平德勒太太，而是她的丈夫杰斐里。"

哈维知道他应该尽快地离开这辆车，但是他的身体渐渐麻木了，他无法动弹。

"斯平德勒先生没有表示出来。布里尔先生，但是他很嫉妒，美丽的海伦在与您的会面中表现得很轻率。他决定雇我杀了您——当然要让这事看上去像一次事故。"

"不。"哈维艰难地说。

"是的，"琼斯先生不同意了，"可怜的是，杀了您我没得到多少钱——只有十万美元——但是您死去的方式是很快乐的。您有一辆旧卡车，布里尔先生。您在车里遇到了一场事故，车子着火时，您陷在了后轮中。在整个极其痛苦的时刻中，您都是完全清醒的。"

"晚餐棒极了，亲爱的。"杰斐里·斯平德勒在餐桌的那一头称赞着他的妻子，"你真是个好厨师。"

海伦·斯平德勒谦虚地羞红了脸，"这都是自动微波炉的功劳，亲爱的。我再给您拿点儿苹果派和白兰地调味汁好吗？"

"不，谢谢，我已经饱了。告诉我，你今天过得怎么样？有什么有趣的事情吗？"

海伦想起了琼斯先生的来访和她去哈维·布里尔公寓的事，"不。我只是四处逛逛。"

"真遗憾你没在外边找到什么乐子，"他微笑着说，"你知道，出去交一些新朋友……"

"哦，今天是有一件有趣的事，"海伦说，"有一位琼斯先生来了两次。第一次是您让他利用我除掉了可怜的哈维，第二次是他杀了哈维之后，向我提出了一个我无法拒绝的建议。"

笑容从杰斐里·斯平德勒的脸上消失了："什么？"

海伦笑着点了点头，"琼斯先生说他可以卖给我一种绝对查不出来的毒药——他得到十万美元的保险赔偿金作为报酬。他一会儿就来，把这事安排得像一场事故。"

杰斐里·斯平德勒从椅子上半抬起身，抓紧了胸口，然后向前轰然栽倒，他那张惊愕的脸倒在了他面前的空盘子上。

"你的确出了个好主意，杰斐里。"他的妻子说，"谢谢，我自己从来也没有过这么好的主意。"

致命因素

我再也不会爱博尼费斯湖那温暖的湖水了，再也不会欣赏它那碧清湛蓝的色彩了，也不会聆听它那拍岸的涛声了。

那死去的女孩被匆匆扔在湖里。她沉没在三十英尺深的水中，脚踝上用麻绳系着一对水泥块。

我划动着水，潜到了她的身边。她的身体随波摆动，她光裸的脚趾距离清爽、沙质的湖底还有三英尺。看上去仿佛是一种可怕的、全新的生活降临到她的身上。她的金色长发随着水波的颤动飘散在她那美丽的脸庞周围。如果不考虑到她的处境的话，一位芭蕾舞演员也许会赞叹她那优雅的动作。我在潜水面具后静静地哭泣着。

我用一支桨划着水，肩膀搅动着湖底的淤泥。我摸了摸绳子，它穿过水泥块上的孔绑在尸体上。它会自然磨损的，水泥块那尖尖的、锋利的尖角会把它磨断的。到那时，绳子会断开，它的浮力会把她带到水面上，她会被发现的。

我游动着，留神着不看她，钻入了小艇倒映在水下的阴影中。当我钻出水面时，脚蹼搅起了一股水流，耳朵也感到了一股微小迅速的压力。

我滚到小艇的一侧，平躺了一会儿，极力压制着胃中的搅动。太阳、蓝天、古老的海岸线、红树林和美洲蒲葵，我周围的一切都是如此不可思议的不真实，仿佛世界上所有的钟表都停止了转动。

"你这个卑怯、胆小的告密者。"我大声说，勉强脱下我的潜水装备，拿起船桨，奋力划起水来。

我把船停靠在码头上，系好缆绳，扛起潜水装备，向我的小屋走去。那孤零零的小屋隐蔽在杂乱的松树林中，好像在烈日下轧轧作响。

我站在摇摇欲倒的前廊上。有一会儿工夫，我都没有勇气和力量走进屋去。

亚拉巴马州的炎热令人倒胃口。小虫子嗡嗡叫着，鸟儿愉快地歌唱着，生活是火热的，但是在死亡那黑色的空洞之下。

随着一阵刺痛，我又能动了。小屋还像以往一样凌乱，破烂的家具、肮脏的碟子、空空的啤酒瓶子和豆子罐头，所有的这些都没有令我感到不安。而她却无所不在，那死去的女孩儿正泡在外面的水中。油画、木炭画，画的都是她，还有水粉画里用粉红色和褐色细致勾勒的她。屋子中央她的画像才完成了一半，看上去像是个光裸的头盖骨。

我嗓子发干，颤抖着匆匆在我湿漉漉的腿上套上肮脏的帆布裤，穿上一件破烂的T恤衫，把脚滑进一双有带的凉鞋中。当我小跑着冲出小屋时，那种恶心的感觉又一次冲击着我的胃部。

当我那辆有八年车龄的破车驶向德索塔大街时，帕尔梅托城看上去就像是一幅用脏画笔画出来的还未干的风景画。被观光客踏平了的小路上，像麦加朝圣一样挤满了下巴突出的农民、渔夫和矿工们。

我瞧着街景，试图把自己带回到真实生活中。穿着劳动布衣服的黑人小伙子剔着牙从杰克的饭店里走出来——以前他老爹可没胆子往里走。在地图上，这块闷热的盆地只有针尖那么大，那个已死去多年的家伙在那儿放了一架轧棉机，用他的骡车将棉花包拉到莫比利，几名商人乐观地把他们那初具规模的小村庄称作城市。

它是如此的不真实，帕尔梅托城。亚拉巴马州汇集了亨茨维尔(加拿大)的科技，伯明翰(英国)的钢铁，克里姆森湖的潮水和比尔·布莱恩特的灵魂。今天就是乔治·华莱士再世，也看不出被年轻的州长掩饰得很好的歧视了。黑人们早就获得了选举权，他们在塞尔马被警犬和马匹追逐的日子早已一去不复返了。

但是它又是真实的。在美国新南部，到处都是像帕尔梅托城这样的城市，它们掩盖在水泥、玻璃和钢铁铸就的喧闹之下。它真实得就像那些幽灵一样四处徘徊的三K党徒，公然出没于这个捧读《圣经》的国家中，真实得就像是死亡……

我沿着肮脏的街角拐了个弯儿，把突突冒烟的车停好，走了出来。走在人行道上，我在五金商店那肮脏的窗户上瞥了一眼自己：六英尺高，瘦骨嶙峋，一头浓密的浅黄色的乱发，一张瘦脸上带着期望的神情，眼窝深陷，仿佛有一个星期没睡觉。

走进商店，布雷利·索耶迎向我，他是一个没精打采、邋里邋遢的人，穿着一身皱巴巴的热带风格的衣服。"嗨，这不是泰兹威尔·埃弗夏姆嘛，帕尔梅托城的高更吗！"他咧嘴笑着，露出了一口金牙，"听说你昨天在威利·莫罗加了油，去了莫比尔。我想你是会见那儿的艺术商了。"

我点了点头，"我今天一大早回来的。"

"等你出了名，还会记得我们这些乡巴佬吗，'高更'？"他为这个说法大笑了起来。我没在意他的这个小笑话，他晃晃荡荡地回到柜台后，问道："想买点儿什么？"

"铁链。"这个词停滞在我的喉咙里，说不出来。我清了清嗓子，又试了一次，"我想买十二英尺中等尺寸的铁链。"

他眨眨眼，"铁链？"

"是的。"我说，我现在能控制住自己的声音了，"我想修个花园，但是有一些树桩在那儿。尽管我挖得挺深，把树桩的枝杈也砍掉了，我还得用拖车把它们拉出来。"

他耸了耸肩，当他走向店后去的时候，他的眼睛一直盯着我，说："我想会起作用的，如果你能把它们捆牢的话。"

我转过身，盯着某处，铁链在卷轴上哗哗作响。"我把它放在一个粗布袋里，你拿着方便，'高更'。"索耶冲我大声嚷道。

"好吧。"我听到铁链被叮叮当当地放到袋子里。

几秒钟后，索耶把铁链扔到了我的脚下。我付了钱，把粗布袋拎出来，放进了拖车中，然后我沿着街走进商店，买了几样东西——罐装食品、咖啡、面粉和两夸脱最便宜的酒，是低等的朗姆酒。

我把这些东西放在粗布袋旁边，关上了后挡板，绕到车前头，上了车，这时有人从街对面叫我："嘿，泰兹。"

这个摇摇摆摆走向我的男人看上去就像是松林里最原始的低劣人种，他是县里的警长——杰克·塔利。他大腹便便，斜肩膀，因酗酒过多腮帮子和鼻头上青筋毕露，他那凸出的双眼带着一种虐待狂似的饥渴。他的出现让我觉得并不是所有的原始人都在一万年前消亡了。

他用大拇指向后推了推帽子，吐了口痰，狂笑着，"琳达让你渴坏了吧，不是吗，宝贝儿？"

我觉得颈后一股凉气直冒，"你在说什么，警长？"

他用胳膊肘捅了捅我的肋骨，我向后退着，躲开他。"宝贝儿，我可不是聋子。我知道梅洛迪·格兰特溜进了你的小屋。"

"犯法了吗？"

380

"只要邻居不抱怨就行。"他猥亵地向我挤了挤眼,"何况你没邻居,不是吗,宝贝儿?"

他的下流的念头清清楚楚地写在他那带着假笑的蠢脸上。就是解释一百万年也改变不了他的想法,就像是要向他解释一幅画一样白费力。

"她是不是还没告诉你,宝贝儿?"

"告诉我什么?"

"关于年轻的佩里·汤姆林的事儿,他是这县里最有钱的人的儿子。她早就盯上他了,现在他带着他的大学文凭回来了。她要和他结婚了,我听说,蜜月选在欧洲过。这对在棚户区长大的女孩来说,真是好运气,对梅洛迪这样的美人来说也是如此。我想你会感到寂寞的,因为你再也见不到她了。"

"也许,警长,也许。"

"可是……"我们突然变成了同谋者,他贪婪地盯着我,"但是有一件事是你忘不了的。"

"什么事,警长?"

"县里最有钱的人的儿子得到的只是一个衣衫褴褛、口袋里没有一个大子儿的画家玩剩下的烂货。"他已经忍俊不禁了,"宝贝儿,我要为这个和你握握手!小伙子,这会把他们的血管气爆的,佩里和他那老爹两个人的血管,要是他们知道了事情真相的话。"

他沙哑地笑了起来,几乎快笑死了。当我走进车里,发动车子的时候,他还站在那儿揉着眼睛,被这个笑话逗得浑身直颤。

回到小屋,我打开一瓶朗姆酒,拾起画笔,站在画架前。我从左手的酒瓶中痛饮了几口,用右手在画布上大肆涂抹起来。她的脸出现在类似头盖骨的轮廓上,朗姆酒开始发挥作用了。我知道画不了这么好的,朗姆酒弥补了我的不足之处。

我扔下画笔,猛地扭过身去,"为什么她要离开我?为什么?"

当我潜入三十英尺深的水下时,她,当然,还在那里。她那薄薄的棉布裙子随着水波荡漾,紧紧地贴在她身上。她身后是水草的世界,深绿而悠远。

当我将铁链从粗布袋中取出来的时候,我觉得氧气面具将一股酸水压进我的肺里。我那颤抖的手指努力了一次,两次,三次……才把铁链缠绕在她那冰冷、纤细的脚腕上。

我把铁链穿过水泥块上的孔,有没有麻绳都不重要了。工作完成了。再也不会有浮上来的危险了。

在小屋里,我捡起水壶,冲了冲自己,随后我穿上了一件干净的衬衣,喘息着梳理好我的头发。

我来到前廊上,最后看了一眼留在粗糙的厚木板上的血迹。我的目光追随着那些血迹,它们一直滴到码头和小艇的甲板上。在我的胃又一次开始抽搐前,我跑下前廊,冲过铺着沙石的院子,跌进了拖车中。

我勉强在方向盘后坐好,发动了汽车。尽管这一天显得如此的不真实,我的破车还是像以前一样"吭吭"响着,冲过海滨小路,上了高速公路。货车从我身边呼啸而过,我被卷入了客车的车流中。

在帕尔梅托城的郊外,我把车开上了一条私人车道,它蜿蜒着伸向那风景如画的住宅深处。车道的尽头是一栋殖民地风格的豪宅,它俯瞰着半个城,远处波光粼粼的海湾一览无余。一对有小马那么大的丹麦种大狗正在追逐嬉戏,像一对小狗似的在宽阔的修剪得整整齐齐的草坪上打着滚儿。

一个瘦瘦的、精干的老头儿听见汽车开过来的声音便站起来张望。我从汽车里走出来,走上那短而宽大的台阶,房子的阴影笼罩着我。那老头儿仔细地打量着我,他的一头银发修剪得整整齐齐,消瘦的脸庞上满是皱纹;那双灰色的眼睛明亮,敏锐,坚定,像蛇一样冷酷无情;嘴傲慢地闭着,流露出冷酷的权力欲。在我那乱糟糟的想象中,他就像是一条凶猛的、致命的蜥蜴。

"汤姆林先生?"

他点点头,"你就是那个本地的新闻人物——流浪画家了。你从高速公路上拐下来的时候难道没看见那些警示牌吗?"

"我是来和您的儿子谈生意的,汤姆林先生。"

"佩里去华盛顿了,为我去处理点事情。他昨天飞走的,两天后才会回来。你可以打电话和他约定正式见面的时间。现在从这里滚出去,不然立即让狗把你赶出去。"

我的胃像是在往下沉,但是我直视着他,冷冰冰地说:"如果佩里不在这儿,那你就是我要找的人。是的,佩里不会杀她,但是你无法容忍你儿子对她的感情,对吗?"

"我不明白你在说什么。"他明白,全都明白。他眼中那一闪而过的小心翼翼和动物般的狡诈告诉了我。

"那么让我解释给你听吧,汤姆林先生。昨天我去莫比尔和一名艺术商商量举办个人画展的事。今天早上回来的时候,我发现了一些血迹。它们把我带到了水里。我用了一上午的时间潜水,搜索。我在三十英尺深的水下找到了她。"

我等着他说点儿什么,可是他没有。他只是站在那儿,用那双小小的、冷酷的眼睛盯着我。

"这不难猜出来，"我说，"她来我的小屋，是想告诉我，我们之间的一切都结束了。这个棚户区的白人穷女孩儿要嫁给县里最有钱的人的儿子了。但是你不喜欢这个主意，不是吗？"

"继续说。"他平静地说道。

"还有一点儿就讲完了。所有的事情都很简单，你把佩里打发出城，这样你就有机会破坏他和那个穷女孩儿的关系了。什么都逃不过你的眼睛，你听到过关于她和那个流浪画家之间的关系的闲言碎语，当你在城里遍寻不见她的时候，你决定去我那里找找。我猜你试图说服她，收买她，威胁她放弃，当这一切都不奏效时，你大发雷霆地打了她，并杀死了她。"

老人视而不见地盯着那对快乐的丹麦大狗。

"当你意识到你所干的事时，"我说，"你找了一根绳子，一对水泥块，把她沉入了三十英尺深的水中。"我摇摇头，"干得不漂亮，实在是不漂亮。当水泥块把绳子磨断的时候，一名嗅觉灵敏的警探会找到你留在那儿的痕迹的：轮胎印、脚印，也许还有你无意中留下的一些指纹。"

他盯着那对嬉戏的大狗，仿佛准备让它们去杀人，说："你还没说出最重要的东西呢，画家。犯罪的证据，证明我除了和她谈谈之外，还干过别的事的证据。"

"也许吧，"我点点头，"但是处在你这样地位上的人能够忍受那些讯问、丑闻和那些产生并遗留在你儿子头脑中的怀疑吗？他会一直怀疑到你死的那一天的。我想不能。所以我帮助了你。"

他眨着眼睛看着我。

"我用一根铁链代替了绳子，水泥块不会把它磨断的。"我说，"当然我要一些回报，一千美元。我相信你会同意的，用这为你建一堵挡风的墙。今天就是交易日，汤姆林先生。"

他仔细地想了几分钟。落日的余晖在他的眼中反射着金光。

"以后怎么办，画家？要是过些天你又需要一千美元了呢？"

我摇了摇头，"我不会那么傻。现在我抓住了你，我赢了。所有的事情都对我有利。你没时间选择、考虑、计划。但以后就不同了，我会傻到当县里最有钱的人把他的力量都聚集到一起的时候还继续敲诈他吗？"

"你的逻辑思维能力很强，画家。"

"一千美元，"我说，"我会迅速地沿着车道把车开走的。我会把这一切扔进火里的，所有的一切，包括捆着她双膝的绳子和我的推理，然后我们再来看看是谁的损失大。"

我把一摞五十元和一百元的大票子对折起来——有些钱还是新钱——小心地把它们放进我的口袋，然后我们分了手，谁也没再说话。

当我开上高速公路的时候，我的拖车像是焕发了新的生命。我感到了钱的重量——那致命因素——压在我的大腿上。

捆着她双膝的绳子让汤姆林上了钩，以为他用一千美元就可以摆平这个陷阱，于是他在他的犯罪供词上签了字——所有的钱上都布满了他的指纹。

我不相信帕尔梅托的草包警长。我想我最好是带着这致命因素和这场噩梦的所有细节直接到蒙哥马利市去见律师。

我坚信我的老拖车会把我带到那儿的。

猩猩的悲剧

野生生物学家斯格瑞伯微胖的身体懒懒地陷在躺椅里，月光正照在他微秃的头顶上。他的眼光望着黑漆漆的丛林，但他的耳朵却收集着来自周围的动静。小路如带，直接延伸入丛林中，林边是一片茂盛的草地。沿着小路插着一排栅栏，显示出人类领地的范围。

"有什么事吗？"我问。

"没什么。"斯格瑞伯轻轻地回答。这位野生生物学家的眉头紧皱，眼睛眯成了一条线。虽然他的人还在躺椅里，但他身上的肌肉却已绷紧。他全身上下都显出了紧张的信号。

忽然，他一下子从躺椅中弹起，躺椅被他的反作用力弄得摇晃不停。一道黑线正穿过白色的小路，他像一只迅捷的灵猫一样扑了过去。

"是一条该死的赤链蛇。"他抓住了那条黑线的头，蹒跚着向栅栏门走去，"这已经是它第二次逃走了。"

过了一会儿，他走回来，"嘎吱"一声，又陷在躺椅里。

我好奇地发问："你在那条赤链蛇过小路之前就发现它了吗？"

"当然没有。"生物学家回答，"我只是觉得情况不大对劲。其实很简单，当赤链蛇逃走的时候，它引起了一瞬间的沉寂。许多不该沉寂的声音在同一时间沉寂了。现在，请你仔细听一听。"

从兽室内传出一种奇异的嗡嗡声，声音的节奏很神秘，仿佛整个周围的丛林都在倾听。这是生物学家所关养的动物发出的响声：长臂猿的呵欠声，灵猫的呼噜声，黑猴的啼叫声，蛇类的嘶嘶声。这些声音交织在一起，给兽室区罩上一层特殊的气氛，与周围的野生丛林有很大不同。

"它们现在好多了。"生物学家自言自语,"它们刚才都安静下来了。"

"但刚才它们怎么知道那条赤链蛇逃跑呢?"我问,"那条赤链蛇又没有发出声响,周围又那么黑。"

生物学家笑了。我知道自己的问题在他的眼中一定很幼稚,因为他是一种成人对孩子的笑容。

"怎么知道的?"他重复道,"我的朋友,长臂猿可以从自己的血液流动中本能地感觉到这一点。它轻轻地呼唤,让消息在笼子中一点点传开。黑暗对习惯夜行的生物来说毫无阻碍,它们身上的每一块皮肤都是眼睛,每一个毛孔和细胞都在向它们传递外界的信息。它们必须有这种能力。我感到了它们声音的变化,意识到一定发生了什么。我正在回味年轻时的一场橄榄球赛,但我马上清醒过来。黑猴最聪明,它的叫声变化最微妙。赤链蛇可能爬到任何的位置,如果我不听它们的动静,很难判断蛇在什么地方出现。"

我不禁对这位生物学家肃然起敬,但我心中的疑问却始终没有消失。我回头看了看一排排兽室,心中总是不舒服。周围的丛林中,风摇枝叶,各种植物摇摆不停,各种野兽的嚎叫,爬虫的嘶鸣,昆虫的鸣叫,远远近近,此起彼伏。我不禁为之轻轻一颤。虽然我恐惧丛林里的危险,但我知道那里是自由的世界。

"可是,这么做是不是有些太残酷?"我试探着问。

生物学家笑了一下。我一言不发,等着他的回答。

"这并不残酷。"他慢条斯理地回答,"你看,丛林里所有动物得互相捕食。"他的手指向黑漆漆的丛林,"那里的生存条件非常危险。而我这里关养的动物既安全又食物充足。你难道刚才没有听到那些动物在赤链蛇逃出笼子时是多么惊恐吗?那个黑猴刚生了个小猴,所以她最为害怕。那些老幼病残的生物在丛林中是很难生存下去的。我到这里五年了——真好似五十年一般。前一次,我在爱丁堡的动物园里还见到了一只我五年前捕获的灰尾猴,它只有一只耳朵。如果它继续生活在丛林里,是否能活五年呢?我不知道。"

兽室的声音不断传来,仿佛整个丛林都在倾听。

"不。如果正确地对待动物,捕获本身并不是件坏事。"生物学家继续说,"你说它们哪一方面没有被善待呢?"

我无话可说,我无法找出支持我的话的证据。斯格瑞伯的动物都有充足的食物,它们生命安全,小黑猴还能不被赤链蛇侵袭。

生物学家使劲吸着烟,一言不发。我们沉默了几分钟,他的眼睛紧盯着丛林,仿佛陷入回忆。

"动物学家对待他们的动物要比人类社会对待人类自己好得多。"他轻轻地说，"搞生物的人总是对动物很友善，我还没见过哪个人对动物不好。"

他忽然停下来，使劲咳了两声，喉头在上下移动。记忆中恐惧的回忆让他很不舒服。

"我说错了。"他快速更正，"我认识一个对动物不好的人。夜还未深，时间尚早，如果你有兴趣，我可以给你讲一个故事。那是很多年以前了，我第一次到亚马孙河来，同行的还有福伯格。我所说的那个人叫莱森——皮尔·莱森——他也只是个所谓的生物学家，我是说他的心思根本不在工作上，一点也不。他总是想着该如何挣钱，这样的人是不配被称为生物学家的。野生生物学需要人投入心灵、灵魂和思想。所以我说他是所谓的生物学家。抱怨和不满充斥了他的心灵，在工作中是不应有这些情绪的。一点也不应该，我的朋友。

"一天，我沿河而下到莱森的营地。他拿出一张巴黎的报纸给我看。他笑得很开心，很兴奋，只有充满贪欲的人才会笑得那样兴奋。

"'你觉得这东西怎么样？'他问我。

"我读了那张报纸，看了上面的照片。照片上是一只猩猩，取了一个人的名字，像你我一样，有名还有姓。它坐在一张椅子上，抽着雪茄，右手拿着一只羽毛笔，装模作样地在纸上写着什么。我感到很厌恶。我一点也不喜欢这样用动物赚钱。我把报纸还给他，一句话也没有说。

"'怎么样？'他打着响指说，'我问你觉得怎么样。'

"'不怎么样，'我说，'我对此不感兴趣。'

"'你真是个老顽固，'他叫道，'这猴子可以在皇家剧院一周挣二百镑，简直是它主人的摇钱树。'

"'这与我无关，'我说，'我一点也不感兴趣。'

"'噢，上帝！'他嘲笑道，'你难道想在这连人影都没有的丛林里呆上一辈子？直到死在这里喂了野狗和鳄鱼？我可不想这样。我有我的理想，斯格瑞伯。'我知道他要说什么，但我当时并没有打断他。'我有我的理想，'他继续说，'我不想做鳄鱼食，我想死在巴黎。我想死在漂亮女人的怀抱里，想在死之前好好地享受生活。我为什么就不能享受那么多的女人和美酒？'

"'但这对你有什么用呢？'我指着报纸上的照片问他。

"'有什么用？'他尖叫，'有什么用？你真是个大傻瓜。我，皮尔·莱森，也要训练出这样一只猩猩。'

"'把一只动物训练成人并没有好处，'我说，'如果我是你，就决不干这种事。'

"我说这话的时候，莱森笑得前仰后合，好像听到了一个天大的笑话。他倒在床上笑了几分钟。他是皮尔·莱森，是个聪明透顶的人。像他这种人本不应该离开城市的，也不应学生物学。丛林里不适合他们。丛林里的人应该是为了撰写研究报告而来的，莱森从来不写报告，他一直在忙于幻想。"

斯格瑞伯停了下来，在躺椅中向前欠欠身子，好像又在倾听什么。兽室里依旧传来各种声音，我听得出微有变化，但却无法说清变化在何处。

斯格瑞伯轻轻站起来，走入黑暗中。

几分钟以后，他走了回来。一边摘下胶皮手套，一边坐在椅子中。

"小黑猴病了，"他解释说，"如果要是在丛林里，这次它死定了，在我这儿它会活下去的。我刚给它注射了一针青霉素。还是让我们回到我们的故事中，讲一讲这个聪明透顶的皮尔·莱森，这个一心想在巴黎生活的人。他把那张猩猩照片揣在口袋里，每天看来看去。他昼思夜想的都是这事。

"'一周二百镑！'他冲我大叫，'想一想吧，顽固的德国佬，这是五千法郎四千马克！我们为什么不也训练一只？'

"'我不干，'我说，'我只喜欢猩猩本来的样子。我觉得这样挺好。如果猩猩本来就这么聪明，那它可以抽我的雪茄，用我的笔写信。但我却决不喜欢强迫它做上帝本未赋予它天赋的事。'

"我的话让莱森很气恼，他甚至有些气急败坏。三天后，一个当地的土著捕到了一只刚出哺乳期的幼猩猩，莱森毫不犹豫地就买下了它。

"'我就想找这么大的猩猩，'他对我和福伯格说，'我想尽快把它训练出来，噢，你们这两个笨蛋，等着瞧吧，巴黎的摩登女郎都在等着看我的表演。每周五千法郎！皮尔·莱森教授和他训练有素的猩猩联袂登场，等着瞧吧。这有什么不好？'

"我和福伯格都没有说话，我们知道猩猩并不是那么容易训练的，大自然早就安排好了一切，从蚂蚁到恐龙，每种生物都有自己的位置。

"莱森并不是个心慈手软的人。我的朋友，我敢保证他不是软弱的人。相反，他是一个急性、坚强而残酷的人。他好动不好静，而丛林中根本没有什么可以让人兴奋的事。也许，那些城里人会觉得丛林里一定很刺激很浪漫，但事实截然相反。丛林是一个让人安静思考生命问题的地方。你能理解吗？法国人莱森是无法安静坐下来的。他才买下猩猩两天，就开始把自己想象成一个百万富翁了。他已在设想巴黎的公寓，四轮马车，赌场中的筹码，芭蕾女郎的媚笑。有些人就是这样，他们无法控制自己的想象，加大马力的想象通常会驶向罪恶。莱森还有一个更糟的癖好,他的衣兜里总是装着一个方方的酒瓶,他频频为自己的猩猩和自己将要在巴黎过上的美妙时光而干杯。他酒喝得有些过头。

"那只猩猩很聪明,学得很快。每次我和福伯格到莱森的营地,他总是把自己毛乎乎的学生牵出来向我们炫耀一番。福伯格不喜欢,我也一点不喜欢。我们告诉莱森自己的看法,他总是大声嘲笑我们。

"'你们这两个傻瓜!'他叫道,'你们这两个猴脑!你们等着瞧!皮尔·莱森教授和他训练有素的猩猩将每星期赚五千法郎!五千法郎!想一想吧!我会搂着巴黎名模的腰想起你们两个在亚马孙受苦的傻瓜。'

"他想过那种奢侈的生活有点想疯了。他昏了头。他看见自己和猩猩在全欧洲大把捡钱。他想疯了。我觉得那只猩猩也开始觉得他疯了。它会坐在莱森身边,托着腮纳闷,为什么主人这么兴奋。这畜生不知道莱森的巴黎梦,它怎么会知道呢?它怎么会知道莱森已在头脑中为自己架了一只天梯,正在一点点爬上去吻仙女的脚跟。它只是一个畜生,它不知道有人会每星期花四千马克看它装模作样地抽雪茄。噢,想想都让我恶心。

"后来有一天,猩猩发了野性,有件事情它就是不肯学。我想那天莱森一定是又喝醉了,他一定醉了。撒野的猩猩和醉酒的莱森,能有什么好事?皮尔·莱森后来告诉我,猩猩揉烂了雪茄打碎了道具,撒起野来。于是,他也撒起野来。他好像看到别墅、马车、女人的腰都飞走了。他一口喝干了酒,甩掉方酒瓶,干了一件疯狂的事。"

黑漆漆的丛林安静下来,似乎也在倾听斯格瑞伯的故事。夜晚正微凉。生物学家的故事似一根魔鬼的手指,拨动着每个生灵的心弦。

"他一定疯了。"生物学家继续,"又疯又醉。亚马孙河刚好沿莱森的营地门口流过,有许多肮脏、丑陋、凶残的鳄鱼整日睡在河边的烂泥里。我恨鳄鱼,它们让我恶心。那个法国佬疯了,他认为猩猩需要好好教训一下。"

"然后怎么样?"我问。整个夜晚在听这个故事,囚养的动物的嘶鸣声已几不可闻。

"然后怎么样?"生物学家重复道,"皮尔·莱森想让猩猩知道不服从命令的代价。他把猩猩绑在河边的树干上——对,正挨着腐臭的烂泥塘,然后,皮尔自己坐在平台上,把莱福枪横靠在大腿上。

"猩猩在哀啼,莱森在笑。他后来告诉我的。猩猩一遍又一遍地哀啼,然后开始恐怖地尖叫。一块烂泥开始移动,把身体庞大的猩猩吓坏了。你见过鳄鱼的眼睛吗?冰冷的眼光。那是凶残的鲨鱼才有的眼睛,没有别的生物会有这么冷的眼睛。不，我错了，鲨鱼也没有，鲨鱼的眼睛是凶狠战斗的眼睛。鳄鱼却不战斗，它要等到稳操胜券时才出击，它是个魔鬼。被皮尔·莱森绑在树上的猩猩吸引了泥中魔鬼的注意。猩猩愚蠢的哀啼正是向鳄鱼表明了自己正身处困境。

"鳄鱼盯了猩猩一个小时，两小时，三小时。它以为这也许是个陷阱，迟迟不发起攻击。莱森也在一旁观瞧。他要把猩猩调教成能在巴黎大把捞钱的聪明家伙。

"鳄鱼甩掉头上的烂泥，以便能把四周看得更清楚。猩猩尖叫着求莱森来解救自己。它的尖叫一定凄厉哀婉无比。它在哀求，如果莱森马上来救自己，它一定会做莱森吩咐的任何事。但莱森只是笑着坐在那里，一动不动。

"鳄鱼从泥中浮出身来，紧盯着浑身颤抖的猩猩。莱森后来曾向我绘声绘色地描述当时的情形。鳄鱼爬到岸边，眼中流出了几行眼泪，猩猩的眼中也流出了眼泪。残忍的眼泪与恐惧的眼泪。鳄鱼冰冷的闪着死意的眼神彻底摧毁了猩猩的神经，猩猩瘫软在绳套里，用独有的哀啼向皮尔求救，它的声音已经绝望。鳄鱼因而更加充满信心，这个狡猾而残忍的家伙，它认为在这场与猩猩的比赛里自己已拿到了四张A，必胜无疑了。它决定发起攻击。鳄鱼身体虽然笨重，但真正冲刺起来速度却是惊人的。它全速向猩猩冲去。皮尔·莱森等的就是这个时刻，他使用了来复枪，子弹射入了鳄鱼的右眼。鳄鱼翻了个身，惨嚎一声，飞快地钻回烂泥中。

"你看这个皮尔·莱森，他简直就是个疯子。第二天，当我和福伯格又去他的营地，他向我们炫耀了一番，笑得自鸣得意。猩猩可怜兮兮地围着他献殷勤，恐怕他再导演一次这样的恐怖剧。上帝，那个畜生真的吓坏了。我敢打赌，它梦中都会看见鳄鱼闪着死意的眼睛。每次莱森看它一眼，它就颤抖一阵，像婴儿一样啼哭。它被鳄鱼盯了三个小时，就算是正常的人，也会神经崩溃。

"'你们看，'莱森叫道，'它再也不敢撒野了！我驯服了它！去！'他冲着猩猩叫喊，'去把我的酒瓶拿来！'

"猩猩去了没有呢？它当然去了。而且表现得这个任务简直生死攸关，一点不敢怠慢。莱森放声大笑，笑声好像可以传到巴黎。他说鳄鱼的眼睛是世界上最好的东西。

"'我下周先带它去新加坡，'莱森说，'然后沿途演出，最后会去巴黎。每周五千法郎！你们会在报纸上看到我的消息，看到皮尔·莱森教授和他驯养的猩猩！'"

斯格瑞伯停了下来，轻轻吁了口气。一阵疾风吹来，巨大的树叶噼啪作响。阵风忽然消失无踪，周围又恢复沉静。

"快说，"我兴奋地叫，"告诉我，后来怎么样了？"

"四天之后，"斯格瑞伯平静地说，"我又一次沿河而下来到莱森的营地外。我叫喊他的名字，却没有人回答。我以为他一定到树林里去了，于是决定自己先上去休息一会，喝上一杯。那天很闷热，亚马孙可绝不是个避暑的好地方，相反，是个火炉。

"你能想象死一样的沉寂吗？我有时会有这种预感，正如刚才赤链蛇逃走时的那一刻。丛林中应有的蝉声似乎都已停止。呀！太奇怪了。每当我感觉到沉寂时我总是十分谨慎。我并非胆小，因为我知道正是我无法感知而别的生物能感知的东西才最危险。

"当我走向莱森的房子时，路上就感觉到这种沉寂，好像有一千只冰冷的手在抓着我的身体。我并没有幻想，在丛林里生活的人可以靠皮肤观察聆听，我的皮肤当时有些颤抖，它正在告诉我的大脑，有些我不知道的事发生了。

"我沿着小路，小心翼翼地搜索前进。我不知道会遇见什么，但我知道我马上就会发现的。我在头脑中追寻着那种奇异的感觉，我知道自己马上就会找到答案。我感到自己心在剧跳，嘴唇发干。我想起了莱森对猩猩的暴行，想起他如何把猩猩绑在树干上，想起猩猩如何面对一身泥垢两眼凶光的鳄鱼。我好像看见猩猩又一次被捆在树上。完了，猩猩出事了。我脑中灵光一闪，好像挨了重重一击。

"有三分钟我才平息下来。我深一脚浅一脚地来到平台前。你猜我看见了什么？那个丑陋的猩猩拖着莱森的来复枪，像人一样在痛哭。

"'莱森在哪儿？'我叫道，'他在哪？'我为自己的问题疯狂地笑。我的皮肤，我的直觉已经告诉了我答案。

"猩猩走过来，好像能听懂我的话。我的腿虚弱得像两根稻草。我并没有看到事情的经过，但我在梦中却可重演每一个细节。沉寂、猩猩的哭泣、皮肤的战栗告诉了我一切，把太多的事情教给一个畜生绝不是好事。'他在哪里？'我又喊道，'告诉我他在哪里？'

"猩猩抹着它丑陋的鼻子上的眼泪，伸出毛茸茸的手抓住我的手臂，开始拉我向泥岸边走去。

"我感到阵阵恶心，那种气氛让我五脏翻涌，我知道发生了什么。是的，我当时就知道，我的大脑像拼魔方一样把枝零叶碎的细节拼在一起。我紧紧地抓着来复枪，浑身冷汗直淌。走近泥岸时，我四处搜寻着可以证实自己猜想的证据。证据就摆在那儿。在莱森绑过猩猩的树上，系着两只衣袖，衣袖里还有半只断臂，一条粗绳圈环在树根部，系得很紧——这就是我所要的证据。

"事情对我来说再明显不过了。莱森肯定又喝醉了,醉得十分厉害。他的醉相激起了猩猩的恐惧的回忆。一个恶作剧的念头出现在这个畜生简单的大脑中:让莱森也尝一尝在冰冷的眼神前发抖的滋味。它把莱森绑在自己被绑过的树上,学着他的样子拿着枪坐在一边的平台上,等待着那些冷冷的眼睛发现莱森的困境。莱森一定清醒过来,面对死亡的恐惧他一定大声呼救过,猩猩也学着他的样子故意不理不睬。事情太明显不过了——一定是这样。莱森教了猩猩许多,唯独忘了教它如何装子弹。当鳄鱼发起攻击时,猩猩拼命扣动扳机,但毫无用处,太不幸了!猩猩只有坐在那里像人一样地哭泣,直到我赶来,可是已经太迟了。"

"那你后来做什么了?"我问道。

"我什么也没有做。"斯格瑞伯轻叹了一口气,"皮尔·莱森告诉过我他对猩猩的所作所为,模仿本来就是灵长类动物最大的天性——莱森本来就是想利用猩猩这个特长去实现自己的法国梦的。命运?造化?报应?……无论管它叫什么,总是有这种奇怪的规则,总不爽约。我盯着猩猩,猩猩也盯着我,惊恐地后退。它边退边哭边回头,它回头望了十几次,直至消失在丛林里。"生物学家用手指了指黑漆漆的丛林,"那里有一只猩猩,头脑中永远留存着一场悲剧。"

轮椅上的邓肯小姐

我病了好长时间，这期间刘易斯出城好几次。

我已经有好几个月没见到我那位侦探朋友了，因此，10月的一个黄昏接到他的电话时，我很高兴，同时也觉得意外。

"安格思，假如你觉得身体好些的话，"他说，"我手边有个案子，凶杀组的卡尔警官明天下午四点到我这儿。"

没有多问，我立刻接受。和刘易斯打交道多年，我知道他在电话中说话喜欢尽可能简捷，尤其是涉及一件新案子。

第二天下午三点半，我开车抵达秋街七号。飒飒秋风起时，这地区被飞舞的枫叶点缀得非常华丽，黄色和深红色的叶子在阳光中辉映。我觉得每年这时候，这条秋街真是名副其实。

几分钟后，我舒适地坐在刘易斯点着煤油灯的维多利亚式起居室，和以前一样，我长出一口气坐下来，佯装自己返回了十九世纪。

刘易斯拿出一大瓶酒和三个玻璃杯。

他灰蓝色的眼睛小心地打量着我说："你的气色不坏，安格思，只是有些消瘦！"

我点点头说："这是医生的功劳。减肥可不简单，从早到晚都饿肚子，食欲好得很。"

这时门铃叮当作响，刘易斯站起来开门。

卡尔警官进入房间后冲我点点头，然后小心翼翼地坐下来，生怕维多利亚式的椅子会在他的体重下垮掉。

刘易斯笑着说："放松点儿，卡尔警官，那椅子比它的外表结实多了！"

卡尔警官接过一杯酒，冲着天花板皱着眉头，搓搓下巴。

"刘易斯，我遇上了少见的人命案！至少目前看来是这样。你听说过'神秘的锁'的故事吗？"

"那是相当陈腐的故事，警官，而且没有头绪，所有的可能性都被推翻。"

"是的，"卡尔警官说，"现在我就遇上了这样一个案子，我疯了似的想破案。"

刘易斯说："你从头说说吧。"

卡尔警官立刻叙述起来："事情发生在一星期前，你也许已经在报纸上看到简短的报道，一位名叫邓肯的老人被人发现死在W路上的一幢房屋里。他先是遭到殴打，后又被勒死。他和七十一岁的有残疾的姐姐住在一起，他姐姐已经有好多年没有离开过那屋子。事实上，姐弟俩差不多过着隐居生活。姐姐整天坐在楼上的轮椅里，要不就躺在床上。"

警官擦掉额头上的汗水说："我们接到一位邻居的电话，他们看见邓肯家的牛奶和报纸堆积在门廊，打电话也没人接。我们来了后，不得不撬开门硬闯进去。他们家很奇怪，每道门，每扇窗，都有三四道不同的锁，而那些锁没有一个是用过的。我们弄开一扇窗子，刚跳进去，屋子里便警铃大作，就像闯进一家银行。"

卡尔警官喝干杯里的酒，说道："我们在楼梯口找到老邓肯，他的脸被打得伤痕累累，但致他命的是明显的勒痕。依我们看，好像他在房屋的另一端撞见闯入者，两人挣扎一番，他挨了打，挣脱后向楼上跑，但他没上楼之前就被凶手追上，当场被勒死。后来我们知道他为什么往楼上跑，我们在楼上他的房间里找到一把上了膛的点三二手枪。"

警官玩弄着手中的杯子说："我们发现七十一岁的范妮——邓肯的姐姐倒在轮椅上。起初家庭医生以为她熬不过去了，但她终于醒过来了。先是语无伦次，最后承认大约一星期前，她曾听见楼下有可疑的声音，曾试图从楼上分机打电话出去。可是她说'号码一直在脑中打转'，然后，她丢下电话，再也举不起来，神智变得混乱不清，人坐在那儿，束手无策。她的两腿数年前在一次意外中受伤，现在已经瘫痪萎缩。"

卡尔警官叹口气，继续说："我们检查了那幢房子的每道门和每扇窗，没有一点儿遗漏。此外，我们还查问了送牛奶的、送报的，甚至邮差。调查了郡内每个百货商店，看看是否有人送过货物，结果一无所获。到目前为止，承认进去过那房子的只有家庭医生，而他至少也有一个月没有去那儿出诊了。"

卡尔警官摇摇头说："这件案子最奇怪的部分，就是根本就没有挣扎过的迹象，而且屋里没有失窃任何东西！看来好像凶手没有什么动机！我们一直在考虑各种可能性。"

刘易斯交叉着两手的指头，一贯镇静严肃的面容激动起来，我依稀看见他的两眼在闪耀！他像一头久久囚于笼舍的猎犬上了路，重又活跃起来。

他微笑着说："卡尔兄，你提出的只是个小问题，我们可以去现场瞧瞧。明天上午十一点，你能安排吗？"

卡尔警官点点头说："我会在那儿等你。还有，邓肯的尸体还在停尸房，如果你想看的话，也可以安排，下葬的事可稍缓，因为，"他狞笑着，"那是我们仅有的证据！"

"好！明早去邓肯家之前，我们有许多时间。"

第二天是一个柔美的十月天，发黄的树叶仍在柔和的秋阳中飘落。

这样美好的日子去看尸体，似乎亵渎了这风光。但是刘易斯等不及了，更令我不舒服的是，刘易斯对十月灿烂的阳光似乎视若无睹。

我们检查了邓肯的尸体。

很明显，受害人的面部和头部在死亡之前受到过相当野蛮的打击，但是致命的原因是窒息。钢铁一般坚硬的手指，像一把虎头钳一样紧紧地勒住老人的脖子。整个脸都浮肿着而且呈蓝色，我不忍目睹。

刘易斯仔细观看那尸体，用了十五分钟，甚至还取出放大镜来看那张恐怖的脸。

我们离开停尸房，驱车到W路的邓肯家。刘易斯哼着一首英国老歌，那首歌的名字是《令我困惑》。我机械地驾着车，天气仍然很柔和，天色蔚蓝。

邓肯家是幢巨大的灰色两层楼，外表丑陋，建造日期可能在1900年左右。它坐落在一片高起的地面上，距离两旁的房屋较远。W路是高级住宅区。

卡尔警官出来迎接我们，神情比昨天更忧郁。他问："你们去过停尸房啦？"

刘易斯点点头说："去过了，警官。现在我们看看这房子吧。"

卡尔警官领我们看过楼下每一个陈旧发霉的房间，大部分装饰是巨大的吸引人的维多利亚式家具，井然有序，不过上面都落了一层厚厚的尘土。厨房十年前翻修过。所有的门和窗子至少都有两道闩。

"这么多门闩，"我说，"必定有不少相当值钱的东西。"

刘易斯说："现在社会上犯罪率增高，每个人都生活在恐惧中，两道门闩和三道门闩已经逐渐普遍。"

卡尔警官领我们到楼梯下边，刘易斯检查了大厅的地板和破旧的楼梯地毯，然后说："现在我们是否可以和邓肯小姐交谈几句？"

邓肯小姐坐在卧室靠窗边的轮椅上，那儿光线充足。卡尔警官咳嗽一下，轻轻敲了敲敞开着的房门。

她转过头，我们看见了她的脸。

那是一张残疾者的脸，看来她早就放弃复原的希望，那张脸反映出坚韧和无声的绝望。她说话的声音就像是房间里的回声。

"请进来，各位先生。"

当我们走近时，我看出她以前是个身材高大的女人，双肩很宽。再往下看，我发现她的两腿只是两根弯曲的棍子。

刘易斯鞠了个躬，道歉说："对不起，打扰你了，邓肯小姐。不过，你已经知道，我们想弄清令弟遭遇不幸的原因。"

她点点头，低声叙述命案发生那天的事。

我看刘易斯一眼，他几乎没有听，两只眼睛不停地转着打量着房间。

她讲完时，刘易斯先向她道谢，然后向靠在墙上的一副拐杖挥挥手。那是一副金属拐杖。

老妇人立刻抬起头，脸上闪过警觉和愤怒的神情，然后解释说："我已经有一年多没有用那拐杖了，我的双腿不能站立，我不得不放弃。"两行泪水顺着她蜡黄的面颊滚落下来。

刘易斯正在观察卧室的地板，地板上没铺地毯，可能是为了残疾者的轮椅走起来方便。地板上到处都是圆圈的痕迹，十分明显是拐杖的印迹。

刘易斯对泪流满面的老妇人说："邓肯小姐，你最好告诉我们实情。"

卡尔警官说："真是的，刘易斯，邓肯小姐是一位病人，她不能多说话。"

她的脸开始扭曲，两眼凶巴巴地盯着刘易斯嚷道："滚出我的房间，你这讨厌的东西！你这可怕的人！"

刘易斯机敏地快速向前，一把抓住邓肯小姐的手，迅速将她的衣袖推了上去，卡尔警官和我目瞪口呆。

看见她的手臂，我们更是愕然。

如果说邓肯小姐的双腿萎缩了的话，那么她的双臂恰恰相反，它们非常结实，肌肉发达。

刘易斯放下她的手，对警官说："这就是你要找的凶器。我相信另一只手也一样。邓肯小姐勒死自己的弟弟，然后把他推下楼梯。根本没有什么外人闯进来。"

卡尔警官僵直地站着，无言以对，刘易斯转身走出房外，我跟随其后。

那天下午我另有约会，直到晚上，我才又到刘易斯家里。当我们置身在他深爱的维多利亚式沙发中时，刘易斯对我说："安格思，你那个一丝不苟的脑子里，还有一些想不透的吧？"

我傻笑着说:"是啊,邓肯小姐怎么会有那样粗壮有力的双臂?你怎么怀疑到她的?她为什么杀她的弟弟?"

刘易斯说:"她差不多有六英尺高,体重有两百磅左右,当她的双腿残废后,她开始用那拐杖在屋里四处行走,可能还偶尔到外面去。这种情形持续多年。体重的百分之八十都由双臂来支撑,想想那么大块头的体重!而手臂由于每天的锻炼,自然而然的长出肌肉来。"

我的朋友继续说:"至于说是什么使我怀疑她——唔,安格思,那是一句老话,'山重水复疑无路,柳暗花明又一村'。没有人进入屋里,或躲在屋里,又不是自杀,除了邓肯小姐是凶手外,还有什么可能?事情很明显嘛。"

他又说:"我忘记说了,刚才卡尔警官打电话来,说邓肯小姐已经招供了。她说,她弟弟多年来对她很不好,甚至很残酷。出事那天,轮椅的一个轮子嵌进楼梯口地板裂缝里,她请弟弟帮忙,他却骂她。她被骂得控制不住,趁他弯腰推轮子时,伸手抓住弟弟的脖子。等自己清醒时弟弟已经一命呜呼。她很害怕,在一阵突发的冲动下将他的尸体推下楼梯。"

刘易斯在椅子上转动一下身子,说:"她说,这之后,她就陷入昏迷状态。但我对这点仍觉得怀疑,我相信她是想静坐等候到邻居或警察来破门而入。她房间里有饼干、点心和水,而且她还可以用拐杖行走,虽然运用不很自如。"

我说:"真是一个荒唐的故事。那老太太会怎么样呢?我有点儿为她难过。"

"我想她不会怎样,"刘易斯回答,"他们永远没法证明她预谋杀人,而且陪审团也会同情她的境遇,尤其是,假如能证明她弟弟虐待她的话。即使她被判了刑,以后受到的照料可能还会比先前受到的照料好。"

我可不满意。我说:"你个人的意见呢?"

刘易斯站起来说:"安格思,我的意见认为她是一个自私、痛苦、有复仇心的老太太,她先刺激她弟弟发狂,我不排除一个可能,这件罪案是事先预谋的!"

我惊呼一声,但刘易斯只是耸耸肩,他说:"唔,不论怎样,我会被传唤出庭做证的。"他走向酒柜,"现在,安格思,我们要不要喝一杯庆祝又一个案子成功了结?"

我轻轻地叹了一口气,说:"此刻,我想不出还有更合适的时间和地点来喝点儿酒,我的嗓子有些干了。"

手足之情

亨利从瑞士的苏黎世打电话给我的时候，正好是美国旧金山市的差十五分一点，我才睡了一个小时。

"兰斯被绑架了，"他说，"我要麻烦你到家里为我瞧瞧。"

我两腿跨下床，双脚落在地板上。他的语气听起来有一点儿烦乱，不过，可能是越洋电话电缆的问题。"我去你家干什么？"

"封锁这件事——假如可能的话。不过可能太迟了，亚当，因为简太太通知我之前已经先向B镇的警方报案了。"

"简太太什么时候打电话给你的？"我在逐渐清醒。

"她大约五分钟前刚挂上电话，好像说莫琳——我家的女佣被歹徒击昏，她慌乱中不由自主地先挂电话报警。"

"我怎么能封锁这消息？为什么要封锁？"

"因为我正在求你！首先，我那个儿子太混了，这事儿很可能是他自导自演——我不会无中生有冤枉他。另外，这消息会影响我们公司的声誉，现在我不再需要宣传了，亚当，请尽力而为。"他的"请"字像是吐出一颗牙齿一般。

我默默不语。我不喜欢亨利，他的为人和他的五千万钞票一样，毛病很多，他的钱很少是正当而来的。不过，我喜欢他的儿子兰斯，我不认为他会自导自演绑架敲诈他父亲。亨利又说话了："简太太说，歹徒留下来的字条说，我们只有八小时的时间筹钱，不然的话就撕票。"

"要多少钱？"

"我不知道，纸条上没说。亚当，看在上帝的面上，到我家里去吧，尽量帮帮我，我回头再和你联系。"说完，他立刻挂上电话，我连问他回不回来的机会都没有，不过，我也不想知道。

我去过亨利家三次，都是去和他打网球的。亨利家有两个极上等的红土网球场。我坐过他的游艇和他钓过鱼，但那并不表示我们是朋友。我为他办过事情，一件接一件的办，办事拿钱，谈不上友谊。

抵达亨利住宅时，B镇的警局主管和一位穿制服的警察已经来了一个小时，他们脸上全是忧愁的皱纹，那位主管自我介绍说，他叫巴兹尔，本来要联络联邦调查局的，可是亨利打电话——在和我通过电话之后——不让他那么做。亨利说让我来处理这件事，他也似乎乐于这样。他和他那些副手们一样，主要的责任是保持这个小城的纯洁。与其说他们是警察，不如说是保镖。

进入厨房时，警察介绍我认识简太太，后者正疲倦地坐在厨房的桌子边，我让她告诉我事情经过。

她说，那天晚上她休假，出去看电影，午夜才回来。进门后，发现莫琳昏倒在地上，冰箱上贴着一张纸条，她弄醒莫琳，然后打电话报警。

"你家的狗哪儿去啦？"我问她。亨利家有一条短毛看门狗，以前我每次来这儿，它老是叫个不停。她说不知道，没有听到狗叫还挺奇怪呢。

巴兹尔警长和我跑到外面去找，结果发现它死了。有人毒死了它。

返回途中，我们经过可停放八辆汽车的车库，我打开所有的电灯。除了主人几辆豪华轿车外，还有一辆又旧又破的甲壳虫式的小车，大约有十年的车龄。

"亨利先生和太太五天前去了苏黎世。"巴兹尔警长说，"厨子和园丁——他们是夫妻——以及司机都在休假。简太太说，亨利太太去苏黎世做美容手术，他们出国期间，放佣人两星期假，只留简太太和女佣莫琳两人。"

莫琳躺在日光浴室的轻便睡椅上，正在低声抽泣，她脑后的伤口还在渗血。我问简太太请没请大夫，她说莫琳不让她请。

"你们有家庭医生吗？打电话找他！"

莫琳的双眼由于哭泣而略显红肿，眼中满含恐惧。她有张胖胖的圆脸，两只眼睛是五官中最美的。一条毛毯一直盖到她的下巴，她睁大眼睛看着我。

"你能告诉我发生了什么事吗？"我问。

她说，当晚她和兰斯在厨房边喝可可边看电视，突然听见狗在外面狂叫。兰斯跑到外面去看个究竟，一分钟后她也跟随出去，如此而已。

简太太给医生打完电话回来，一脸凝重地站在我身后。她说："她的一只拖鞋掉在厨房门外，她一定是被拖回来的，我发现她昏倒在桌子边。"

字条还贴在冰箱上，信中的字是由杂志和报纸上剪贴的。内容是："你们不久就可以接到赎回儿子的指示。你们有八个小时时间准备钱,从今天(十八日)午夜算起,不得有误!否则,兰斯必死无疑!"

八小时,还是在夜里!真令我费解。

巴兹尔警长说:"我们只有六小时了,又不知道他们要多少赎金,送到哪儿也不知道!"

"只知道他们要杀他。"穿制服的警察说。

巴兹尔警长阴沉着脸。他是负责此案的重要人物之一。兰斯正在危险中,但赖以活命的每一件事都没有头绪。

电话铃响了。打电话的是亨利公司的业务部副经理唐纳德,他找我讲话。

他说四十五分钟前,他接到亨利先生从苏黎世打来的电话,要他取出存放在保险箱里的所有现金,送到家里交给我。但亨利先生并没有告诉他发生了什么事。

"你弄到多少钱?"

"七万七千元。不过,这是怎么回事?"

"把钱送来就是了。"

现在,我开始考虑兰斯自导自演的可能性。这件事分明是内部人干的,至少得有内应。

不过兰斯还是孩子呢。他喜欢画画,有自己的房间,二楼还有一间画室。有一天,小家伙带我上画室参观了他的作品,我很喜欢。他的画室里大约有二十张贴在墙上的画,颜色都用得很刺眼、强烈。

他向自己父亲勒索钱?我对自己说,这也太离谱了。简太太煮好咖啡,我请大家在厨房坐下来,然后向简太太询问一些事情。

简太太告诉我,厨子、司机和园丁都是昨天离开的,她每星期四晚上都去看电影。她已和丈夫离婚四年,他现在在奥克兰。

她还说了莫琳的一些事。莫琳在这儿九年了,每天默默地干活,几乎没人注意到她的存在。在这个家里,莫琳是兰斯的唯一朋友,他们很亲近,他很听她的话。莫琳也没有什么亲人,只有个弟弟在柏克利大学读医科。

"还有什么我该知道的?"简太太说完后我问她。

她眨着两眼说:"关于我的前夫。他一直在亨利公司做事,两个月前,他因为篡改发货单,偷奥克兰仓库的货被开除了。他让我在亨利先生面前说情,我说了,但亨利先生拒绝给他复职。"

"他来过这儿吗?"

"没有来过。"

"他知道你们家有看门狗吗？"

"我不知道。不过这儿的大多数人家都养狗。"

"他知道你每星期四晚上休息吗？"

"我不知道，他怎么会知道。"

"你认为是他干的吗？"

"不，我……我想他没有那胆量。"她直率地说。

"尽管如此，我们还是得查一查。"

"我想是的。"她说。

这时，有人按门铃。来人是医生。因为午夜被人打扰，他满脸的不高兴。

他粗鲁地检查莫琳头上的伤时，她那对美丽的眼睛再次露出畏惧的神色。

巴兹尔警长非常恼火，他在屋里转来转去，差不多每半分钟看一次表，其心中之紧张可以想见。

我理解他的心情，时间一分一秒地过去，事情却一点儿眉目都没有。

为了让他觉得有点儿事做，我建议他派人到外面去搜查，万一能发现点儿什么线索，好顺藤摸瓜。

"好主意！"警长绷着脸吩咐一个警察，"你去查查外面的房舍和院子，带把手电筒，从车库开始，网球场、游泳池周围的房舍都要看看，寻找新翻过的土地，也许他已经死了。"

"为什么他们会……"

"少废话！这是命令！"

我请简太太去陪伴莫琳，免得医生检查完后，她又孤单一人。

最吸引我的东西莫过于兰斯的画了，所以，我和巴兹尔警长去他的画室。

室内大约有四十幅大小不同的画，比前一次我来时多一倍，它们挂满了两面墙，琳琅满目，美不胜收。

画架上有一张大帆布，我摸摸它的角落，有点儿黏手。

警长说："他卖画吗？"

"不知道。我喜欢他的画。"我说。

"哼！怪不得他老子和他合不来，假如他是我孩子的话，我就把他赶出去。"

我想，也许兰斯已经被赶出去了，他需要钱自立，这才逼他出此下策。还有，他和莫琳关系不错，假如真是他做的，那么她也一定参与了此事。

可是，当我看着那些画时，又觉得不对。他有点儿娇生惯养，像他母亲一样长了一双纤细柔软的手，这双手不可能把莫琳打成那样，即使他心里想做也做不来。他用画笔作画时得心应手，但用木棒打人可是另外一回事。

我请警长去查看其他房间，自己则下楼到厨房。

医生正在喝咖啡，他说："兰斯被绑架，这事可当真？"

"看来是的。"我坐下来说。

"你是谁？"

"私人侦探亚当。莫琳好点儿了吗？那才是你该关心的事。"

"别跟我这么说话，亚当先生，我已受够了这家人了，我不在乎他们怎么想。莫琳是个精神病患者，患有幻想症，她是个三十三岁的老处女。"

"你给她用过镇静剂吗？"

"没有，她不肯要。"

"大夫，你说'已受够这家人'是什么意思？"

"告诉你，六个月来，我出诊到这里的次数比出诊去其他人家的总数还要多，只有这一次是真正有病叫我看的。"

"那其他人家都看什么病？"

他没回答我的问题，突然抬起头来说："亨利太太去苏黎世做美容手术，其实她真正需要的是一位能经常在家的丈夫，和一大堆家务事。亚当先生，我告诉你，富有是灾祸！那个女人简直一无是处，她自己也知道，有钱她也不好好活，每隔一个晚上她就会尖叫着醒来，大喊'找佩格大夫'！唔，老佩格大夫就得来！"

"你不能推辞吗？"

"这位病人能推辞得了吗？"

"兰斯怎么样？他有什么毛病吗？"

"没有，他是个好孩子，几个月前他手腕扭伤了是我给他治好的，他送我一张油画抵偿费用，他不想用他老子的钱。他可是个好孩子，希望你能救他。"

说到这里，他突然站起来戴上帽子说："晚安，我得走了。"

莫琳睡意很浓，她虽然在和简太太看电视，可是每隔几分钟她的眼皮就合拢一次，我站在门边看了她一会儿，走进去坐在她的躺椅旁。

"你为什么不上楼去睡？"我说。

她勉强睁大眼睛说："我不要！我不要一个人睡觉！"

"我去给她倒点儿咖啡。"简太太说着站起来，"我自己也想喝点儿。"

我问她："莫琳，你喜欢兰斯吗？"

"是的。"她声音低沉，几乎听不见。

"你觉得我们能把他救回来吗？"

"喔，但愿能够，是的，我希望能救他回来！"

"莫琳，你认为他会在哪儿？"

她的双眼又瞪大了，说："不，我不知道！"

她已经受了伤害，但又不肯休息，她怕睡觉？还是只是今天晚上？佩格大夫说她有精神病，可是，患那种病也得休息呀。她和兰斯是否因为同病相怜共谋此事？两个害羞的人……

门铃叮当响起，我看看手表，是凌晨四点。可能是唐纳德带钱来了，我不知什么事使他耽误这么久。简太太去开门。

"莫琳，"我说，"告诉我有关你弟弟的事。你们常见面吗？"

"德里克在柏克利大学里读书。"

"是的，我知道……"

"亚当！"唐纳德站在门边喊道。

我站起来和他握握手说："什么事耽误这么久？"

"我回家穿了件衣服。发生了什么事？"

我对他讲了事情经过。他知道兰斯的一切，对这孩子他和亨利有同样的看法。

"那孩子不值这笔钱。"唐纳德说，"可这也还不够他们敲诈的数目。"

"我也怀疑。"我说。

他目光炯炯地看着我说："现在我们只是等候？"

"是的。"

电话铃响起的时候，我们都紧张起来。巴兹尔警长急忙拿起电话，听了一会儿，慢慢放下电话说："真该死！"

"什么事？"唐纳德问。

"电报公司打电话通知这家里的人，有一份电报，电文是'去狗窝看看'，没有署名。"

我拿手电筒照亮，巴兹尔警长用木棍把东西从狗窝里掏出来。那是一个公文箱，我们把它带回屋里。

我打开箱子，里面什么都没有，只有一张字条贴在箱盖上，信文的字和先前的一样，是从报纸上剪贴下来的。上面写道："在这箱子里放五万元旧钞，派女佣人开她的车送来，凌晨六点整在镇上第十四街拐角的公共电话亭停车，在那儿再接受更进一步的指示。不要跟踪她。"

巴兹尔警长深深地叹了口气。

"可怜的莫琳。"简太太说。

"搞什么鬼！"唐纳德说，"五万元，喂鸡呀！胃口真小！"

我们决定让莫琳多睡半小时，从亨利家到第十四街的交叉路口只要十五分钟，所以，五点四十出发还绰绰有余——假如她能起床出发的话。

巴兹尔警长接到奥克兰警察局的电话，说简太太的前夫一星期前离开租赁的房间，他们正在全力追踪。巴兹尔警长问简太太是否知道她前夫的去处？但没问出任何结果。唐纳德走了。我则派警察出去找歹徒打莫琳的武器。

五点二十分，我去摇醒莫琳，告诉她要做什么。

"不！"她说，拼命地摇头，"不！不！不！"

"你希望兰斯安全回来吧？"

"不，我不愿去！"

"你非去不可，莫琳，你不会有事的。"

她猛烈地摇头，但还是很仔细地听我说完。几分钟后，她同意了。

巴兹尔警长和我在皮箱里放了五万元，再把箱子放进车库里的那辆老爷车里。那辆车是莫琳的，差二十分六点的时候，她准备就绪驾车出发。

当她的汽车在路上消失时，我告诉巴兹尔警长，我打算跟踪。他没有反对。

我对这个镇了如指掌，因此，我抄捷径先赶到十四街的拐角，找个地方躲了起来。

莫琳也到了。她在车里坐了一会儿才下车，走进电话亭，取下话筒。那时是六点整。

她在里面待了三分钟，我觉得时间长了点儿。莫琳走出电话亭后倚靠在汽车上，似乎在哭。我想也许她接到的指示超过她的能力范围。但是一会儿之后，她就擦干眼睛，开车走了。

我保持距离跟着她。

我们行驶了大约七里路，她突然慢下车速，停在路旁。我在一处树丛后停下，从座位下取出一副望远镜，正好看见她提着箱子进入路左边的树林里，很快消失不见了。

大约五分钟后，她又回来了，急匆匆开着车走了。

我躲在路边直到她走远。然后我也钻进树林。

我找了二十分钟才找到箱子。它在公路旁边的一条水沟里。我爬下陡峭的斜坡，用手指钩住箱角，拿了起来。

这儿有许多地方可以藏起来而不会被人发现。我环视四周，附近似乎没有什么记号或痕迹，更无兰斯的影子。

回到汽车上，我将箱子放在前座，心中感到奇怪，为什么这人在取款逃离之前，还要把钱从箱子转移到别的东西里。

七点十分，我回到B镇，七点四十，我把车停在亨利家的厨房门边。莫琳的老爷车又回到车库原先的角落。

我坐在汽车里打量着她的车，巴兹尔警长小跑着从屋里出来。

"怎么样？"巴兹尔警长问。

"没什么事。"我说着向箱子指一指，"我找到它的时候，它是空的，莫琳在哪儿？"

"她睡觉去了。"

"她说什么没有？"

"她说她照吩咐的做了，然后就上床休息。老天爷，那孩子呢？亚当，现在快八点了！"

"我知道。"我伸伸四肢，打个哈欠下了车。巴兹尔警长盯着我，眼睛布满疲倦和忧愁的血丝。

"他死了？"巴兹尔警长说，"歹徒撕票啦？"

"我希望没有，巴兹尔警长，来，我们去瞧瞧莫琳的汽车。"

"为什么？你难道认为他在车里？"

"不，不过我认为钱在那里。"

"什么？"

我们在车后座的地板下找到钱。钢铁地板被切开一个一英尺见方的洞，洞下面粗略地焊着一个浅浅的金属箱子，上面盖了一块破旧的地毯，不仔细看谁也不会发现。

那个金属箱子里装满了钞票，那也是歹徒只要五万的原因，因为再多也容纳不下。那也是莫琳开那么一大段路的原因。她一离开电话亭就开始转移钱，做得干净利落，虽然她可能知道有人跟踪。

巴兹尔警长愣住了，他说："那么孩子在哪儿呢？"

"没准儿一会儿就会进来了，头也被打破。"我觉得非常疲倦。

"他们一起策划的吗？"

"看来是那样，只有一件事除外，警长……"可是他没听，正在想着什么。

"老天，"他嘟囔着，"我要上楼去把那妞儿……"

"警长，你胡来的话我就和你拼，我们一起上去。"

她不在她的房里，床铺未动，人也不在浴室。不过洗手池里有一个褐色的小瓶子，瓶子是空的。我闻了闻，闻不出什么名堂。瓶子能装三十颗胶囊，没有标签。我跑步离开房间。

我们在兰斯的画室找到她——兰斯也在。她将窗边靠椅子的画搬下来，小心地倚放在墙边，但来不及躺下药性就发作了，她便倒在地上。她曾要兰斯多吸点空气，所以把他跟尸体一样平放在靠窗户的靠椅上，双手叠放在胸前。他还活着，呼吸很微弱。我不明白为什么要把他放在那儿。

"打电话叫急救中心。"我对巴兹尔警长说，"让他们带洗胃器来！"

莫琳一息尚存，但看样子一时半会儿醒不过来。

我和巴兹尔警长把兰斯从躺椅上抱下来放在地板上。

他头上也有一个和莫琳一样的伤——伤痕大小够把他击昏的，但不够昏迷八小时。他逐渐在清醒。

我把他的衣袖卷上去，他的左臂有一个小红点，是个针孔。他被人注射了药！

我心中纳闷，为什么把他放在窗边的躺椅上？

急救中心的车来了，救护人员说莫琳生还的可能性很小。

他们走后，巴兹尔警长说："我想事情告一段落了，那孩子不会死。"

"是呀。"我说。

我回到兰斯的画室，望着那个窗边躺椅出神。唯一合理的解释是莫琳坚持要把他放在那儿，他是她的好朋友，她有爱他的方式，她想让他能接触到空气——这是她通敌合作的代价。假如她没活过来，那就是这点促使她的死亡。

我回到厨房，简太太坐在桌边喝咖啡。当我打电话给佩格大夫的时候，她疲乏地看着我。

佩格大夫在家里。

"我是亚当，"我说，"你给莫琳开镇静剂了吗？"

"当然没有！"他不高兴地说。

"唔，那么就是另一个人开了！"我也不高兴地回答，挂上电话。

简太太好奇地看看我，我告诉她，我只是询问一下。

"她不会死吧？"她问，眼神中也有一份关切。

"难说。不过你可以给亨利先生打电话，告诉他兰斯平安无事。"我补充说，"这并不是他关心不关心的问题。"

"我要再等一会儿。"她说，眼中闪过一丝满意的光芒，"或许，我们该通知莫琳的弟弟。"

"知道他住哪儿吗？"

"不知道，不过，大学里有他的住址。"

"简太太，你见过他没有？"

"没有，不过……"

"不过什么？"

"他最近经常给她打电话，我想他是跟她要钱——要学费。"

"她给他了吗？"

"大概给过一点儿，她自己没什么钱。不过，万一莫琳有个三长两短的话，她弟弟会很高兴可以接收她的汽车。"

"我想，他已经安排好了。"我说。

回到家，我倒了一杯咖啡，给 B 镇方圆二十里内的每一个电报公司挂电话，没有一家公司在凌晨四点给亨利家打过电话。

我给巴兹尔警长打电话的时候，他仍在办公室。他的声音听起来和我一样疲惫不堪！

"警长，"我说，"昨晚你接电报公司的电话时，里面有没有电报公司常有的那种杂音？比如打字机声和人声等等？"

"有。怎么了？"

"稍后再告诉你。莫琳有消息吗？"

他大声地打了个哈欠说："稍等，我查查。"

我将话筒放在腿上，如果她还活着，不但能解开整件事的谜底，使案情明朗，而且除了医院有兰斯和她的急救记录外，这件事完全可以私了。一整夜我都在可怜她，她在凄凉空虚的环境中挣扎着活着，如果她能活下来，她仍旧没法躲开这种痛苦。她自己也知道。

"她死了。"我听见巴兹尔警长的声音从我腿上的话筒里传来。我拿起话筒，"她半小时前断气。现在谈谈电报公司的事吧？"

我咬住牙根，告诉自己不谈也罢，可是我觉得心里堵着不吐不快。

我不认识他，但我恨他，我想念被他杀害的姐姐。

我说："警长，逮捕莫琳的弟弟德里克，罪名是勒索和谋杀。你可以从柏克利医科大学打听到他的住址。告诉逮捕他的人，搜索他的住处，找一盒录音带，录音带里录有你误以为是电报公司的嘈杂声，他可能还没有洗掉。"

"亚当，你说什么？她这个弟弟和录音带是怎么回事？"

"巴兹尔警长，你没听见我说的话吗？"

"我听着呢。是他吗?真是他?"

"是的,是他和莫琳。巴兹尔警长,去逮捕他!"

"好,不过,他谋害了谁?"

我挂上电话。

我不想再和任何人谈话了,我要想想有关莫琳弟弟的事。

他是一个医学院的学生,需要钱——我知道的就是这些。也许他再有一阵子就完成学业,不能半途而废;或者他赶不上功课,自暴自弃;或者无钱创业……总之,他请莫琳求助于亨利先生,但是莫琳是个不被亨利先生重视的女子,她连试都不敢试,因此他产生了绑架兰斯的念头。他跟她借过车,在汽车的踏板下做了那个箱子。

她也许不知道那儿有暗箱,一直到在公共电话亭接过电话后才知道;也许夜里差一刻十二点时,他拿着棍子、毒药和针筒抵达她家时,她就知道。当她明了他的意图时,她坚持要把兰斯留在画室窗前——这注定了她的厄运。

他说服她吃下褐色瓶子里的药,那药刚好致她的命。然后,等她下葬后,他就可以到亨利家来清理遗物,开走她的车,谁知道?

当电话铃响的时候,我正坐在椅子中熟睡。

电话是巴兹尔警长打来的。他说他们逮捕了莫琳的弟弟德里克,并且在他房间里找到录有电报公司杂音的录音带、针筒和其他行头。他招认了一切,已被扣押,不得保释。

"我把这事告诉了亨利先生。"巴兹尔警长说。

"你和他通过话啦?"

"他说曾打电话给你,可是没有人接,然后打给了我。"他语气活泼,充满生气,"嘿,亚当,你今晚一夜的工作,账单要他开多少?"

"我不知道,"我说,"不过,不论数目多少,都是不够的。"